临床免疫学检验
质量管理与标准操作程序

LINCHUANG MIANYIXUE JIANYAN ZHILIANG GUANLI
YU BIAOZHUN CAOZUO CHENGXU

主　编　张秀明　　熊继红　　杨有业

副主编　温冬梅　　卢建强　　陈桂山

编　委　（以姓氏笔画为序）

王伟佳　　王结珍　　卢兰芬　　卢建强
兰海丽　　朱　涛　　阮小倩　　孙各琴
严海忠　　杜满兴　　李　飞　　李　曼
杨有业　　杨志钊　　吴剑杨　　余元龙
张汉奎　　张秀明　　陈桂山　　欧阳能良
罗锡华　　聂瑛洁　　索明环　　徐全中
黄福达　　黄燕华　　梁培松　　彭侠彪
傅冰洁　　曾伟英　　温冬梅　　慕月晶
阚丽娟　　熊继红　　缪丽韶

人民军醫出版社
PEOPLE'S MILITARY MEDICAL PRESS
北　京

图书在版编目(CIP)数据

临床免疫学检验质量管理与标准操作程序/张秀明,熊继红,杨有业主编 . -北京:人民
军医出版社,2011.11
　(医学实验室认可参考书)
　ISBN 978-7-5091-5201-0

Ⅰ.①临… Ⅱ.①张…②熊…③杨… Ⅲ.①临床医学-免疫学-实验-质量管理②临床医
学-免疫学-实验-技术操作规程 Ⅳ.①R392-33

中国版本图书馆 CIP 数据核字(2011)第 206920 号

策划编辑:郭伟疆　崔玲和　　文字编辑:陈　卓　　责任审读:黄栩兵
出 版 人:石　虹
出版发行:人民军医出版社　　　　　　　经销:新华书店
通信地址:北京市 100036 信箱 188 分箱　邮编:100036
质量反馈电话:(010)51927290;(010)51927283
邮购电话:(010)51927252
策划编辑电话:(010)51927300-8031
网址:www.pmmp.com.cn

印刷:京南印刷厂　　装订:桃园装订有限公司
开本:787mm×1092mm　1/16
印张:39.25　字数:927 千字
版、印次:2011 年 11 月第 1 版第 1 次印刷
印数:0001-2500
定价:150.00 元

内容提要

　　编者按照 ISO 15189 医学实验室认可标准中对作业指导书的要求编写。全书分上、中、下 3 篇共 18 章,上篇介绍了临床免疫科通用质量管理程序及艾滋病检测筛查实验室、产前筛查实验室和新生儿遗传代谢病筛查实验室质量管理程序;中篇介绍了临床免疫学检验常用分析仪器的标准操作程序,包括酶联免疫分析系统、化学发光免疫分析系统、时间分辨荧光免疫分析系统和特定蛋白分析系统的操作、校准、维护保养及性能验证程序等内容;下篇则详细介绍了常用免疫学检验项目的标准操作程序,这些程序涵盖了医学实验室认可准则中要求的所有要素,包括检测方法原理、标本采集及干扰因素、试剂和设备、检测程序、校准程序、质量控制程序、性能参数、医学决定水平、生物参考区间和临床意义等内容。该书内容全面、实用、可操作性强,是医学实验室质量体系建立和医学实验室认可的参考书,同时也可作为医学实验室从事临床免疫学检验工作人员和实验研究人员的工具书。

前　言

　　近年来,随着各类自动化仪器的广泛应用及信息技术的飞速发展,检验医学发生了巨大的变化,如何提高医学实验室的质量管理水平和检测技术能力,以确保实验室检验的质量已成为医学实验室学科建设的核心问题。《医学实验室—质量和能力的专用要求》(ISO 15189)国际标准的发布,为医学实验室的质量管理提供了一个科学的方法,实验室认可则为医学实验室向社会证明其检测技术能力提供了有效的途径。

　　广东省中山市人民医院(中山大学附属中山医院)检验医学中心于2004年按照ISO 15189:2003建立质量管理体系,2007年8月获得了中国合格评定国家认可委员会(CNAS)颁发的ISO 15189:2003即CNAS CL02:2006标准认可证书,成为全国第九家通过该标准认可的医学实验室。2008年3月,本实验室按照国际标准化组织最新发布的医学实验室认可标准ISO 15189:2007即CNAS-CL02:2008改进了质量管理体系,在进行首次监督评审的同时进行扩项评审,并于2009年4月获得了国家认可委颁发的认可证书,通过认可项目273项。在筹备实验室认可的过程中,我们对ISO 15189标准各要素有了深入的理解,并在质量体系文件编写、质量体系的建立与运行,方法学性能评价等方面积累了一定的经验。针对医学实验室认可的重点和难点,我们编写出版了《临床检验方法学评价》《临床检验标本采集手册》《临床基础检验质量管理与标准操作程序》《临床生物化学检验质量管理与标准操作程序》《临床微生物学检验质量管理与标准操作程序》等系列专著。

　　《临床免疫学检验质量管理与标准操作程序》按照ISO 15189质量管理体系中作业指导书的要求编写而成,是我们编写的实验室认可系列专著之一。该书详细介绍了医学实验室免疫学检验质量管理程序、各类免疫分析仪器和检验项目的标准操作程序等内容,是我们在筹备实验室认可过程中集体智慧的结晶和实践经验的累积。期望该书的出版能够为正在计划或筹备实验室认可的医学实验室建立标准操作程序提供参考,同时为医学实验室建立质量管量体系提供依据。

　　本书虽然在编写的过程中做了反复讨论和修改,但难免存在不足之处,恳请专家和广大读者批评指正并提出宝贵意见。

张秀明

2011年9月28日

目　录

上篇　免疫学检验质量管理程序

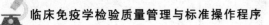

上　篇

免疫学检验质量管理程序

临床免疫科质量管理程序

Chapter **1**

	文件编号：
第一节　组织结构	版本号：
	页码:第　页　共　页

1 目的

为保证临床免疫科质量体系的正常运转和质量目标的有效贯彻实施,根据临床免疫科的工作及发展需要,合理设置临床免疫科组织结构,以提高临床免疫科的管理效率,保证科室各项工作的顺利进行。

2 范围

适用于临床免疫科。

3 责任

在检验医学中心主任的领导下,临床免疫科主任依照科室情况及临床需要设置合理的组织结构,并督促各项工作的有效运行。

4 组织结构

4.1 人员配置

根据临床免疫科工作需要,配备能独立完成工作的各级专业技术人员9名,其中设立临床免疫科主任1名,主任助理1名。

4.2 专业设置

根据临床需要,临床免疫科现主要开展感染免疫、自身免疫、移植免疫、肿瘤免疫、新生儿疾病筛查、产前筛查4大部分检测项目。其中感染免疫项目可使用ELISA法、时间分辨荧光免疫法、化学发光法等方法进行检测,自身免疫主要使用ELISA法、免疫印迹法进行检测,新生儿疾病筛查、产前筛查主要使用时间分辨荧光免疫法进行检测。

4.3 服务范围

主要为临床和客户提供疾病诊断和健康保健所需的临床免疫检验的相关检查项目,以及检验报告的解释和相关的咨询服务。

临床免疫科的组织结构见图1-1-1。

	文件编号:
第一节　组织结构	版本号:
	页码:第　页　共　页

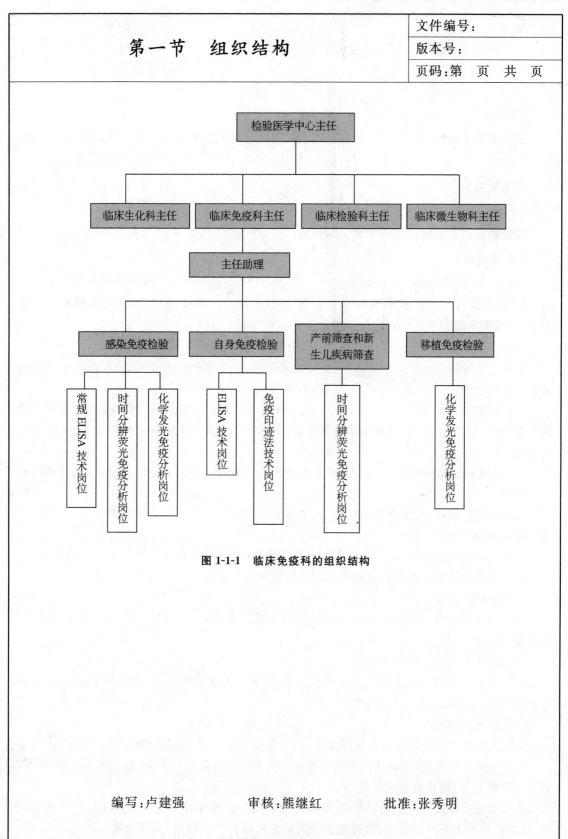

图 1-1-1　临床免疫科的组织结构

编写:卢建强　　　　审核:熊继红　　　　批准:张秀明

	文件编号：
第二节　工作制度	版本号：
	页码：第　页　共　页

1 目的

建立临床免疫科工作制度，以规范免疫科工作人员的各项工作。

2 范围

临床免疫科。

3 责任

临床免疫科员工均应遵守本科工作制度。

4 相关程序

4.1 日常工作制度

4.1.1 "以病人为中心"作为指导思想，爱岗敬业，热情、关心和体贴病人。主动配合临床工作，开展优质服务是每位临床免疫科员工的工作宗旨。

4.1.2 严格遵守医院的规章制度，举止端庄，文明礼貌，仪表整洁大方。

4.1.3 科内员工必须工作认真负责，对收集的标本、检查的结果、病人姓名录入等均需核对无误方可审核结果。严禁在实验室内大声喧哗，以保持良好的实验室环境。

4.1.4 做好个人防护，严禁在实验室内吸烟、进食；工作时必须戴手套操作，不得用污染的手触摸皮肤、口唇、眼睛等身体暴露部分；工作完毕后，脱去手套后必须洗手，再脱去工作衣，然后离开实验室。

4.1.5 实验室应保持清洁、整齐，不能存放无关的物品。在实验结束后，应及时清理操作台，以保持台面的整洁。

4.1.6 爱护仪器，当仪器工作完毕，应及时移开试剂和关机，并做好维护保养工作，如发现故障，尽快通知维修人员。

4.1.7 发扬团队精神，工作中既有分工又有合作，确保日常检验工作的按时优质完成。

4.1.8 产前诊断筛查检验由具有产前诊断资格人员负责。

4.2 仪器维护保养制度

当班人员每日对所使用仪器必须做好使用及维护保养，并签名负责。有故障时，需填写维修报告。

4.3 交接班制度

实行交接班制度。下班前应向在岗人员交班，如为次日复检标本或跨班（科）标本，应做好交接及填写交接记录。

4.4 质量控制制度

4.4.1 认真做好室内质控和室间质评工作，并做好相应的记录工作。

4.4.2 标本检测前，应确认所接收标本是否合格，遇不合格标本，应及时联系临床科室，必要时重留标本，并做好登记工作。

4.4.3 每个检验项目应严格按照作业指导书进行。检验结果必须核对，经审查确认无误，以双签名制度发检验报告；发现危急结果应及时联系临床科室，做好沟通工作。

第二节 工作制度	文件编号:
	版本号:
	页码:第 页 共 页

编写:张汉奎　　　　审核:熊继红　　　　批准:张秀明

	文件编号：
第三节　各级人员职责	版本号：
	页码:第　页　共　页

1 目的

明确和规范免疫科各级工作人员职责,以促进科室的发展,确保各项工作顺利进行。

2 范围

适用于临床免疫科各级工作人员。

3 相关岗位职责

3.1 临床免疫科主任职责

3.1.1 免疫科主任为本专业实验室的学科带头人,在检验医学中心的领导下,负责本专业的全面质量管理、科研、教学和部分行政管理工作。

3.1.2 负责本科室人员的工作安排、业务学习、继续教育和技术考核等工作,规划及落实本专业的发展计划,负责组织编写本科室的作业指导书(SOP),经常检查执行情况。

3.1.3 负责制定本专业的室内质量控制方案,每天检查各检验项目的室内质控措施情况,分析质控数据,如有错误,则提出纠错办法,检查月质控总结报告的填写。

3.1.4 积极参加各临床检验中心组织的室间质量评价活动,审查签发室间质评回报表,分析质评成绩,提出改进措施,填写室间质评总结报告。

3.1.5 解决本专业复杂疑难的理论和技术问题。

3.1.6 经常深入临床科室征询对检验质量的意见,介绍新的检验项目及临床意义,有条件时参加临床疑难病例讨论,主动配合临床医疗工作。

3.1.7 认真进行教学工作,指导进修、实习人员的学习,努力做好科内各类技术人员的培养。督促和不断学习与使用国内外新技术,不断改进各种检验方法。

3.1.8 结合临床医疗的实际情况,积极开展科学研究,制定本专业的科研计划,并不断引进国内外的新成果、新技术、新方法,开展新项目,提高本专业的技术水平。

3.1.9 检查督促检验人员贯彻执行各项规章制度的情况,进行考勤、考绩、人员安排。

3.1.10 负责本专业仪器设备和各种设施的管理;负责制定本专业试剂和实验用品的申购计划,负责本专业范围内试剂和消耗品的保管。

3.1.11 专业科主任外出前,应向检验医学中心主任提出申请,临时指定人员负责代理。

3.2 免疫科主任助理职责

3.2.1 监督检验工作是否按检验医学中心质量手册、程序文件和作业指导书的规定进行,检验报告和原始记录是否按要求操作。

3.2.2 监督检验医学中心服务对象对服务态度或服务质量的投诉,意见或建议有无得到相应处理,处理后检验医学中心服务对象是否满意,如不满意有无具体改进措施。

3.2.3 监督是否对新职工进行培训,是否按培训计划执行和管理,人员业务培训是否按要求执行,对实习生培训是否按计划执行和管理。

3.2.4 是否按计划进行仪器的检查和校准,是否有未授权人员操作主要仪器,仪器维修和维护是否正确标明,仪器使用有无记录。

	文件编号：
第三节 各级人员职责	版本号：
	页码：第 页 共 页

3.2.5 监督环境有无记录,内务管理是否符合 7S 标准(即整理、整顿、清洁、清扫、素养、效率、效果),安全管理是否符合规定。

3.2.6 监督试剂申购和验收记录,试剂、定标物、质控物的失控是否按规定处理。

3.2.7 监督标本交接、查对、检验、保存是否按要求进行。

3.2.8 监督开展新项目、新方法、换用新标准是否依据标准管理。

3.2.9 监督标准物是否有溯源证明,比对试验及室间质评结果汇报后有无分析报告。

3.2.10 遵守有关的审核要求,交流和阐明审核要求。

3.2.11 定期参加质量体系内部审核工作,报告所观察到的情况。

3.2.12 审核中如发现有不符合质量手册或程序文件规定的项目时,应开具不符合项报告。

3.2.13 报告审核结果,跟踪验证审核后提出的纠正和预防措施的有效性。

3.2.14 在质量体系运行过程中执行上下沟通的桥梁任务,对质量体系的保持和改进起参谋作用。

3.3 各级检验人员职责

3.3.1 正/副主任技师职责

3.3.1.1 在科主任的领导下,负责本专业的业务、教学、科研和仪器设备的管理工作。

3.3.1.2 负责本科主要仪器、设备的购置论证、验收和调试,定期检查,做好仪器、设备的使用和维护保养。

3.3.1.3 解决本科相关的复杂、疑难的技术问题,并参加相应的检验技术工作,授权的检验结果审核。

3.3.1.4 负责科室业务技术的训练和考核,担任教学工作,培养下一级技师解决复杂技术问题的能力。

3.3.1.5 掌握本专业国内外信息,指导下级技术人员开展岗位职责科研和引用新业务、新技术、新方法的工作,总结经验,撰写学术论文。

3.3.1.6 参加临床疑难病症的会诊及讨论,负责疑难检验项目的检查与室内质控及室间质评工作。

3.3.2 主管技师职责

3.3.2.1 在科室领导和正(副)主任技师指导下进行工作。

3.3.2.2 熟悉各种仪器的原理、性能和使用方法,协助科主任编写本科室作业指导书(SOP)和质量控制措施。负责仪器的调试、鉴定、操作和维护保养,解决较复杂、疑难的技术问题,参加相应的检验工作和授权的检验结果审核工作。

3.3.2.3 应具备指导下级技师解决较疑难技术问题的能力,担任进修、实习人员的带教工作,并负责其技术考核。

3.3.2.4 了解和掌握国内外本专业信息和应用先进技术,开展科研和引进新业务、新技术、新方法,总结经验,撰写学术论文。

第三节 各级人员职责	文件编号：
	版本号：
	页码:第 页 共 页

3.3.2.5 参加科室一线值班。

3.3.2.6 负责疑难项目的检验及报告的审签,需要时参加临床病例的讨论。

3.3.3 技师职责

3.3.3.1 在科主任领导和上级技师的指导下进行检验技术工作。

3.3.3.2 参加本专业仪器、设备的调试、鉴定、操作、建档和维护保养工作。

3.3.3.3 根据科室情况,参加一线的检验工作;指导下级技士及进修人员做好相关技术工作,并负责其技术考核。

3.3.3.4 学习、应用国内外先进技术,参加科研和引用新业务、新技术,总结经验,撰写学术论文。

3.3.3.5 参加本科一线值班。

3.3.3.6 负责科室各种检验项目的技术操作和特殊试剂的配制与鉴定。

3.3.4 技士(技工)职责

3.3.4.1 在科主任领导和上级技师的指导下进行工作。

3.3.4.2 协同技师做好仪器、设备的操作、维护、保养、建档和使用登记。

3.3.4.3 协同技师做好物品、试剂、器材的申领和保管,以及各种登记、统计工作。

3.3.4.4 钻研业务技术,引用新业务、新技术,做好进修、实习人员的带教工作。

3.3.4.5 负责收集、采集检验标本和进行一般检验工作;检验器材,做好消毒液的配制和灭菌工作。

3.3.4.6 参加本科一线值班。

4 质量记录表

PF5.1-01-TAB-001《中山市人民医院检验医学中心培训计划表》(表1-3-1)。

PF5.1-01-TAB-002《中山市人民医院检验医学中心个人信息表》(表1-3-2)。

PF5.1-01-TAB-004《中山市人民医院检验医学中心专业技能考核记录表》(表1-3-3)。

PF5.1-01-TAB-005《中山市人民医院检验医学中心检验仪器授权表》(表1-3-4)。

PF5.1-01-TAB-006《中山市人民医院检验医学中心外派会议/培训记录表》(表1-3-5)。

第三节　各级人员职责	文件编号：
	版本号：
	页码：第　页　共　页

表 1-3-1　中山市人民医院检验医学中心培训计划表

20　　年　　　　　　　　　　　　　　　　　　　　表格编号：PF5.1-01-TAB-001

时间		形式	内容	对象	讲课者	培训完成/考核情况	备注
开始	结束						

科室意见：

主任签名：

备注：培训形式分为科内培训和外派培训两种。　　　每次培训结束后将培训完成情况记录在案。

本表制定时间：　　　年　月　日

表 1-3-2　中山市人民医院检验医学中心个人信息表

表格编号：PF5.1-01-TAB-002

（一）人员基本情况

姓　名		性　别		年　龄		出生年月	
职　务		职　称			文化程度		
毕业院校		所学专业			毕业时间		
从事检验专业年限		婚姻状况		身份证号码			
工作单位			住址				
联系电话	办公：		手机：		住宅电话：		
学习经历（从初中起，含成人教育和非学历、学位教育）：							
工作经历及从事本专业工作经历：							

（二）继续教育

	起止时间及地点	主办单位及学分	培训内容
培训			

<table>
<tr><td rowspan="2">第三节　各级人员职责</td><td>文件编号：</td></tr>
<tr><td>版本号：</td></tr>
<tr><td></td><td>页码：第　页　共　页</td></tr>
</table>

（续　表）

教学记录	时间	讲授内容	参加对象

备注：学习形式：①培训班；②学术报告、讲座、会议；③外出（出国）进修、培训、考察；④学术论文；⑤论著、教材；⑥自学；⑦研讨班、研修班；⑧科研项目、科技成果；⑨录音、录像带；⑩其他

（三）业绩记录

论文发表情况	发表论文名称	发表杂志名称	发表杂志级别	期刊及起止页	第几作者
科研项目登记	课题名称	课题级别	第几完成人	起止时间	成果形式

其他情况记录：

（四）工作记录

专业轮转情况	起止时间	所轮专业	工作内容及职责
奖惩情况	时间	奖惩原因	奖惩部门及级别

不利事件和事故记录：

（五）专业授权记录

培训时间	专业/岗位	理论考试	技能考核	考核人	考核时间	授权人	授权时间

第三节　各级人员职责	文件编号：
	版本号：
	页码：第　页　共　页

表 1-3-3　中山市人民医院检验医学中心专业技能考核记录表

表格编号：PF5.1-01-TAB-004

姓名		性别		年龄		学历	
专业/岗位				培训时间			
专业技能考核记录							
考核内容： 考核结果：　　　　优秀　　　　良好　　　　合格　　　　不合格 考核人员： 考核时间：＿＿＿年 ＿＿月 ＿＿日							

备注:考核人员由技术负责人(或质量负责人)和相关专业组长组成

表 1-3-4　中山市人民医院检验医学中心检验仪器授权表

表格编号：PF5.1-01-TAB-005

仪器编号		仪器名称		仪器型号	
仪器所属 专业组		授权使用时间			
考核人		审批人		审批日期	
授 权 使 用 人 名 单					

表 1-3-5　中山市人民医院检验医学中心外派会议/培训记录表

表格编号：PF5.1-01-TAB-006

时间		会议 地点	内容	参加 人员	主办单位	完成/考核 情况	备注
开始	结束						

编写:张汉奎　　　　审核:熊继红　　　　批准:张秀明

第四节　标本管理程序	文件编号：
	版本号：
	页码:第　页　共　页

1 目的

建立规范的标本采集与处理程序,保证标本的质量,以减少分析前影响因素,确保检验结果的准确性。

2 范围

适用于需进行免疫学检验的各类型标本的采集。

3 职责

门诊和临床各科护士、检验医学中心工作人员负责标本采集;光华公司运送部人员负责标本运送;检验医学中心负责标本的接收和处理。

4 操作程序

4.1 病人准备

临床医护人员及实验室工作人员在标本采集前,应事先了解病人的状态、相关检测项目的要求,并将相关的要求和注意事项告知病人,要求病人给予配合。使所采集的样本尽可能减少非疾病因素的影响,保证所采集的样本能客观真实地反映病人当前的身体状态。

4.2 病人身份确认及标本的标识

4.2.1 病人身份确认

4.2.1.1 住院病人,清醒病人询问病人姓名,神志不清或昏迷病人查看腕带标识或询问其家属。

4.2.1.2 门诊病人,询问病人姓名。

4.2.1.3 儿科病人,根据父母或监护人识别。

4.2.1.4 标本采集后应立即对标本粘贴标签。

4.2.2 标本的标识:临床医师开电子申请单将病人资料、检测项目及临床诊断输入计算机后,通过计算机条形码系统打印出标本唯一性标识条形码,再将其粘贴在相应的容器上。

4.3 采集容器及添加剂

采集血液标本用一次性无菌无抗凝剂真空采血管或肝素抗凝无菌真空采血管。用肝素抗凝管采血量一般为 3～5ml;尿液采集容器为本科定制的具盖密封塑料瓶。

4.4 标本的采集

4.4.1 血液标本采集

4.4.1.1 血液标本采集的基本要求

a)采集血液标本以保证质量为前提。血液标本应避免溶血、高血脂,抗凝标本要注意摇匀,防止凝血,如同时抽多管血,有生化、免疫、凝血、血常规等,应先凝血管、血沉管、血常规、肝素管、其他抗凝管,最后是无抗凝管。

b)采集血液标本的人员应有无菌操作概念,严格注意每一步骤,防止病人间的交叉感染;采血体位对检验结果有影响的,采集标本时应注意病人的体位;静脉采血时,止血带压迫不能太紧,时间不宜过长;采取血液标本应考虑是否需加入合适的抗凝剂。

文件编号：
版本号：
页码：第　页　共　页

第四节　标本管理程序

4.4.1.2 醛固酮测定标本采集要求

a)病人要求:醛固酮测定时,病人早晨 6 时取卧位、上午 8 时取立位、中午 12 时取卧位采血,或按临床医师要求采血,避免提前或延迟抽血。

b)标本采集:采静脉血 3ml,不抗凝。

4.4.1.3 新生儿疾病筛查标本采集要求

a)病人要求:新生儿采血时间为出生 72h 后,7d 之内,并充分哺乳(6 次以上);对于各种原因(早产儿,低体重儿,提前出院者等)没有采血者,最迟不宜超过出生后 20d。

b)标本采集:采末梢血。穿刺部位选择足跟内、外侧缘,但最好为足跟外侧缘。针刺前,最好用热湿毛巾(不超过 42℃)敷住婴儿足跟,使其局部的血液循环加快。用乙醇消毒后,用左手指将取血部位的皮肤绷紧,右手持一次性采血针在足跟采血部位刺入深度约 2.0mm,然后在刺点周围适当施压,血液自行流出,用棉签拭去第一滴血,随后血液继续流出,血滴足够大时,用载血滤纸轻触血滴,血滴即被吸入滤纸并渗透至背面,形成直径大于 8mm 的圆形血斑,为确保血液对滤纸的渗透和饱和性一致,绝不允许双面滴入血滴。每名新生儿用 S&S903 或 S&S2992 滤纸采 3 个血斑。

c)标本保存:将滤纸以水平位置在室内让血斑自然晾干,通常在 15~22℃空气中至少暴露 3h,不可弄脏、加热干燥血片。将检验合格的血片用塑料袋封好,保存于冷藏温度为 2~8℃的冰箱或冷库中。

d)注意事项:①绝不允许在新生儿足跟中心部位采血,因该部位皮肤靠近骨头,也易导致新生儿的神经、肌腱和软骨损伤。在足跟后缘部位、足弓部位、肿胀或水肿部位、曾经用过的针眼部位、手指均不能用于筛查采血。②血片应置于清洁空气中,避免阳光直射,自然晾干呈深褐色,并登记造册。③血滴要自然渗透,使滤纸片正反面血斑一致。④晾干的血片应在采集后 5 个工作日内递送,3d 内必须到达筛查检测机构。⑤初检后的检测血片应保存 5 年以上,备日后复检。⑥样品应保存在 2~8℃的冰箱或冷库中,并定期记录有关参数,且制定一旦保存条件达不到要求时,如何采取应急措施以保证样品的不变质或损坏。样品保存场所,应有安全措施,且要专人专管。

4.4.1.4 产前筛查标本采集要求

a)病人要求:空腹采血。孕早期筛查采血时间:8~13 周;孕中期筛查采血时间:14~20 周。

b)标本采集:采静脉血 3ml,不抗凝。

c)标本保存:标本分离血清后待测。如不当天测量,可将样本密封后,1 周内置于 2~8℃保存,标本检测完毕应置于 -70℃至少保存 2 年。

d)注意事项:①避免标本溶血。病人可不空腹,但脂血需重新采样。标本不宜反复冻融,以免影响结果。在自动化仪器上检测时,应避免过度振摇产生泡沫影响测试。②以下情况应建议孕妇进行产前诊断:羊水过多或过少;胎儿发育异常或者胎儿可疑畸形;孕早期接触过可能导致胎儿先天缺陷的物质;有遗传病家族史或者曾经分娩过严重先天性缺陷婴儿的;有 2

| 文件编号： |
| 版本号： |
| 页码:第　页　共　页 |

第四节　标本管理程序

次以上不明流产、死胎或新生儿死亡的；初产孕妇年龄在 35 岁以上者。③产前筛查服务对于孕妇应有知情选择权和自愿原则，不得以强制手段要求孕妇进行产前筛查。

4.4.1.5 自身抗体检测标本采集要求

a)病人要求：建议空腹采血，非空腹亦可。

b)标本采集：静脉采血 3ml，无需抗凝。

c)标本保存：标本分离血清后待测。如不当天测量，可将样本密封后，1 周内置于 2～8℃ 保存，超过 1 周在 -20℃ 保存，长期保存可在 -70℃。

d)注意事项：①避免标本溶血。病人可不空腹，但脂血需重新采样。标本不宜反复冻融，以免影响结果。②类风湿因子(RF)检测标本要求。血清需新鲜，标本于 2～8℃ 应在 48h 内检测，时间过长需置 -20℃ 冷冻保存，不得使用血浆，不得反复冻融。③抗核抗体(ANA)测定标本要求。待检血清在 2～8℃ 时应在 3d 内完成检测，时间过长须置 -20℃ 冷冻保存。不得使用血浆，不得反复冻融。

4.4.1.6 普乐可复(FK506)检测标本采集要求

a)病人要求：大多数患者口服普乐可复后，3d 内可达到血液浓度稳定状态。故药物浓度检测宜在移植后的 2～3d 开始。

b)标本采集：取服药 12h 后的全血，测定其浓度。或于服药前 30min，采静脉血 2ml，用 EDTA 抗凝。

c)标本保存：标本如不当天测量，可放入 -20℃ 冰箱中保存。

d)注意事项：①为调整好患者的血药浓度，移植后的前 2 周，每周可进行多次测定，以后则根据患者的反应逐步延长测定时间。②测定全血 FK506 药物浓度的方法有很多，但不同方法提取的过程不同，对代谢物的识别不一样，其检测结果也不相同，因此，不同检测方法之间无可比性。

5 标本的运送

5.1 采集标本后应及时送实验室检查，以免影响检验结果。本院标本由送检人员统一收取，室温保存送检，外院标本加冰用保温壶送检。

5.2 注意血液标本在实验室间传递的样品应为血清或血浆，除特殊情况外一般不运送全血。

5.3 标本检测项目若跨专业科，需做 2 次分流时，要做好与前台或专业科的交接工作，并在《临床免疫科标本交接登记表》上做好记录。

6 标本验收

6.1 本院住院及门诊病人、外院病人标本，只要标本符合检测项目留取要求均可接收。

6.2 收集容器必须是本实验提供的清洁的相应容器。

6.3 标本必须有条形码标签或标识标签，要求标签内容清晰、粘贴牢固，病人资料正确；对院外标本，要求临床医师按规定格式填写检验申请单，并且书写端正，字迹清楚，便于检验

文件编号:
版本号:
页码:第 页 共 页

第四节　标本管理程序

人员录入病人信息。

6.4 要求特殊留取的标本,按其项目标本留取要求收集。如 17-OH、17-KS、VMA 尿液标本,需加防腐剂浓盐酸 5ml 留取 24h 尿液,防腐剂于第 1 次尿液中即加入。

6.5 签收方法为送检标本经前台标本接收人员检查合格后及免疫科人员对标本复核后用 LIS 系统签收。

7 标本的拒收

7.1 不合格标本的处理

属于下列情况视为不合格标本,电话及时通知送检方处理,并记录于不合格标本登记表上。

7.1.1 标本量过少。

7.1.2 由条形码提取的病人资料与标本管上资料不一致。

7.1.3 检验项目与标本类型不符。

7.1.4 输液时在同侧血管抽血。

7.1.5 标本严重溶血或脂血。

7.1.6 标本送检时已放置时间过久。

7.2 不合格验单的处理

分院或外单位需填写申请验单的,属于下列情况之一者视为不合格验单,并记录于不合格标本登记表上:病人姓名、性别、年龄错误;住院号、床号错误;医师签字不清,难以辨认;检验单漏项。

注意:不合格标本在临床要求发报告时,要在检验单上注明不合格内容及已与临床科室联系。

7.3 标本移交

7.3.1 若标本项目要跨专业科完成的,应交给前台或通知被检科室取走,并有交接记录。

7.3.2 来自生物体的任何标本都应看成是有传染性的,应按生物污染处理程序规定处理。

8 待检标本的保存

标本室温放置不超过 24h,2～8℃保存不超过 1 周。超过者,血液标本离心(3000r/min)10min 分离血清后保存于－20℃以下冰箱内,尿液标本直接冷冻保存。非每天检测标本分类放置后冷库保存。

9 检验后标本的保存

检测完实验的血液标本放入密封的标本保存箱内,并在箱盖加上标签,标签有标本的检测日期、项目及检测号码范围,然后置于 2～8℃的冷库架上(按 1 周分层)保存 7d,以备复检。检测完保存 7d 后的血液标本移至科室污物间统一废弃处理。

	文件编号：
第四节　标本管理程序	版本号：
	页码：第　页 共　页

10　生物安全处理

血液标本及一次性受污染器具等均来自人体,应视为具有潜在性传染性,应按照传染物处理方法处理。抗 HIV 阳性标本,用含氯消毒剂(次氯酸钠,含有效氯 5000mg/L)浸泡消毒,保持10～30min;或高压蒸汽消毒,121℃,保持 15～20min,再与普通标本一同废弃。

11　质量记录表

PF5.4-02-TAB-001《中山市人民医院检验医学中心不合格标本及处理意见登记表》(表 1-4-1)。

PF5.4-02-TAB-002《中山市人民医院检验医学中心标本采集质量周期检查记录表》(表 1-4-2)。

JYZX-MY-TAB-031《中山市人民医院检验医学中心标本交接登记表》(表 1-4-3)。

12　参考文献

[1]　叶应妩,王毓三,申子瑜.全国临床检验操作规程.3 版.南京:东南大学出版社,2006.

[2]　戚仁铎.诊断学.4 版.北京:人民卫生出版社,2000.

[3]　顾学范,叶　军.新生儿疾病筛查.上海:上海科学技术文献出版社,2003.

[4]　薄玉红,王世相.FK506 的临床应用与血药浓度检测.肾脏病与透析肾移植杂志,2000,9(3):249-251.

表 1-4-1　中山市人民医院检验医学中心不合格标本及处理意见登记表

20 　年　月　　　　　　　　　　　　　　　　　　　　　　　　表格编号:PF5.4-02-TAB-001

日期	病人姓名	科别	ID号	标本类型	检测项目	不合格原因										处理意见	临床接收者或送检者	记录者	登记时间
						血少	错管	凝血	溶血	错人	错标本	时间不符	补液时抽血	血型错	与条形码不符	其他				

备注:不合格原因请打√

第四节　标本管理程序	文件编号：
	版本号：
	页码：第　页 共　页

表 1-4-2　中山市人民医院检验医学中心标本采集质量周期检查记录表

200　年　月　　　　　　　　　　　　　　　　　　　　表格编号：PF5.4-02-TAB-002

检查日期	抽查科室	标本质量检查内容（检查 100 份标本）							检查人
		采集合格	采集量少	重度溶血	严重脂血	采集部位错误	容器错误	其他	
结果汇总及意见：									
					技术负责人签名：				

表 1-4-3　中山市人民医院检验医学中心标本交接登记表

科别：免疫科　　　　　日期：20　年　月　　　　　　　表格编号：JYZX-MY-TAB-031

日期	病人姓名	ID号	科别/单位	交接或复查项目/原因	临床接收人	交标本人	接收人	备注

编写：卢建强　　　　　审核：熊继红　　　　　批准：张秀明

第五节　试剂管理程序	文件编号：
	版本号：
	页码:第　页　共　页

1 目的

为实验室的正常运行,确保试剂供应质量及供应连续性,制定相关的试剂管理制度。

2 适用范围

适用于免疫科试剂的供给。

3 职责

检验医学中心主任负责组织人员制定试剂管理程序,免疫科主任及成员负责具体实施。

4 试剂管理程序

4.1 采购方式

所有试剂选用中山市医用试剂招标委员会在试剂网公布的中标试剂。科主任根据工作需要每周将预订购试剂列成清单通过 LIS 系统发送检验医学中心主任审核,审核完毕传送至设备科,由设备科负责订购。

4.2 试剂质量审查

试剂更换批号(已批批检合格试剂除外)时需做质量评估,可通过新旧批号试剂检测质控及病人标本的结果评估优劣;改用新品牌试剂时需做质量评估;若开启新试剂盒,当天不能用完的写上启用日期。

4.3 试剂厂商要求

试剂厂商有生产批文,试剂标明生产批号、效期,以确保试剂在效期内使用。

4.4 试剂目录

含厂商名或品牌名、规格。

4.5 试剂储存

试剂必须按试剂盒要求储存在合适的地方。

4.5.1 冰箱 2~8℃保存试剂:免疫试剂以生物制品为主,均应置冰箱 2~8℃保存。

4.5.2 仓库室温保存物品:消耗品如吸头、吸管可室温保存于仓库。

5 试剂验收、试剂出库及试剂库存量记录

5.1 试剂的签收

订购的试剂送至检验医学中心时,试剂签收者对试剂的质量进行初步评价,记录相关试剂的批号、收到日期及数量。验收完毕的试剂存放于试剂冷库免疫科存放区。

5.2 试剂的出库

试剂使用者根据需要从试剂冷库取出试剂时,要记录试剂的出库情况(试剂名称、批号和数量),每周对试剂的存量检查一次并记录库存量。

6 试剂的报废和退回

所有试剂都要在试剂的有效期内使用,禁止使用过期试剂,发现过期试剂必须立即进行报废处理,在有效期内发现试剂出现质量问题,向中心主任汇报确认后退回给供应商。

第五节　试剂管理程序	文件编号：
	版本号：
	页码:第 页 共 页

7 质量记录表

PF4.6-01-TAB-001《中山市人民医院检验医学中心试剂库存量清单》(表1-5-1)。

PF4.6-01-TAB-002《中山市人民医院检验医学中心试剂申购、验收记录表》(表1-5-2)。

PF4.6-01-TAB-003《中山市人民医院检验医学中心试剂出库清单》(表1-5-3)。

PF4.6-01-TAB-004《中山市人民医院检验医学中心试剂报废申请单》(表1-5-4)。

表1-5-1　中山市人民医院检验医学中心试剂库存量清单

部门：　　　　20　年　　　　　　　　　　　　　　表格编号:PF4.6-01-TAB-001

清点日期	试剂名称	生产厂家	试剂批号	有效期	库存量	备注

清点人：＿＿＿＿＿＿

表1-5-2　中山市人民医院检验医学中心试剂申购、验收记录表

部门：　　　　20　年　　　　　　　　　　　　　　表格编号:PF4.6-01-TAB-002

申购日期	项目名称	规格	订购数量	品牌	申请人	验收数量	批号	有效期	外观是否合格	签收者	签收日期

表1-5-3　中山市人民医院检验医学中心试剂出库清单

部门：　　　　20　年　　　　　　　　　　　　　　表格编号:PF4.6-01-TAB-003

日期	试剂名称	生产厂家	批号	有效期	出库量	领取人

临床免疫学检验质量管理与标准操作程序

	文件编号:
第五节　试剂管理程序	版本号:
	页码:第　页 共　页

表1-5-4　中山市人民医院检验医学中心试剂报废申请单

部门:　　　　20　年　月　　　　　　　　　　　　　　表格编号:PF4.6-01-TAB-004

试剂名称		批　号	
规　格		数　量	
原因: 　　　　　　申请人:　　　　　　日　期:20　年　月　日			
审核意见: 　　　　　　检验医学中心主任:　　　　日　期:20　年　月　日			

编写:张汉奎　　　　审核:熊继红　　　　批准:张秀明

第六节 室内质量控制管理程序

1 目的

检测控制本实验室测定工作的精密度,并监测其准确度的改变,提高常规测定工作的批间批内检测结果的一致性。

2 适用范围

临床免疫科实验室。

3 职责

检验医学中心主任负责质量控制程序制定,临床免疫科实验室负责人负责具体实施。

4 室内质量控制管理程序

室内质量控制是由实验室技术人员采用一系列统计学的方法,连续评价本实验室测定工作的可靠程度,判断检验报告是否可发出的整个过程。室内质量控制是实验室质量控制保证体系中的基本要求之一。

4.1 开展室内质量控制前的准备工作

4.1.1 培训工作人员:在开展质控前,每位实验室工作人员都应对质控的重要性、基础知识、一般方法有较充分地了解,并在质控的实际过程中不断进行培训和提高,在实际工作中实验室应培养一些质控工作的技术骨干。

4.1.2 建立标准操作规程:实施质控需要有一套完整的标准操作规程文件做保障,如仪器的使用,维护操作规程,试剂、质控品、校准品等的操作规程等。

4.1.3 仪器的检定与校准:对测定临床样本的各类仪器要按一定要求进行校对,校准是要选择合适的标准品,如有可能,校准品应能溯源到参考方法或参考物质。

4.1.4 质控品的选择:质控品是保证质控工作的重要物质基础。根据物理性状可有冻干质控品、液体质控品、混合血清等;根据有无测定值可分为有定值质控品和非定值质控品。实验室可根据各自的情况选用以上任何一种质控品作为室内质控品。

作为较理想的质控品至少应具备以下特性:①人血清基质,分布均匀;②无传染性;③添加剂和调制物的数量少;④瓶间变异小;⑤冻干品复溶后稳定,2～8℃≥24h,-20℃不少于20d,某些不稳定成分在复溶前后4h的变异应小于2%;⑥到实验室后应有1年以上的有效期。

4.2 室内质量控制的方法

一般来说,实验室通常将质控品与病人标本同时测定,并将质控结果标在质控图上,然后观察质控结果是否超过质控限,从而判断该批病人的检测结果是否失控。目前,国内最常用的是 Levey-Jennings 质控图,此图的优点是可以从两个角度观察误差,即观察批内误差和批间误差。室内质量控制的实际操作如下。

4.2.1 设定靶值:开始室内质量控制时,首先设定质控品的靶值。各实验室应对新批号质控品的各个测定项目自行确定靶值。靶值必须在实验室内使用自己现行的测定方法进行确定。

第六节　室内质量控制管理程序	文件编号：
	版本号：
	页码:第　页　共　页

4.2.1.1 先连续测定同一批的质控品20d,根据获得的20次质控测定结果,计算出平均数,作为暂定靶值。以此暂定靶值作为下1个月室内质控图的靶值进行室内质控。1个月结束后,将该月的在控结果与前20个质控测定结果汇集在一起,计算累积平均数(第1个月),以此累积的平均数作为下1个月质控图的靶值。重复上述操作过程,连续3~5个月。

4.2.1.2 常用靶值的设立。以最初20个数据和3~5个月在控数据汇集的所有数据计算的累积平均数作为质控品有效期内的常有靶值,并以此作为以后室内质控图的平均数、标准差。

4.2.1.3 靶值设立的另一种方法可采取即刻法室内质控法设定靶值。

质控品检测与病人样品同时进行,孔位定于紧接最后一位病人样品孔位后,顺序从低值→中值→高值,新批号质控品每个值测3个孔,直到累积了20个测定值。累积满20个数据后每天每个值测一个孔位。

4.2.2 设定控制限。确定控制限:在求出均值及标准差后,再确定质控上限(UCL)及质控下限(LCL)。质控上限值为$(\bar{x}+3s)$;质控下限值为$(\bar{x}-3s)$,为行动界限,若超出此线,极可能为误差,应采取积极的行动,以求改善。另将$(\bar{x}\pm2s)$定为上下警告线,若超出此线,则有误差可能。虽不必采取行动,但需要密切注意今后的趋势与变化。

4.2.3 绘制质控图及记录质控结果:根据质控品的靶值和控制限绘制Levey-Jennings质控图(单一浓度水平)。以Y轴为质控品的测定值,X轴为测定次数N。在Levey-Jennings质控图上Y轴刻度上一般提供$(\bar{x}\pm4s)$的浓度范围。各水平线相应为均值和质控限。Levey-Jennings质控图中其失控限定为$(\bar{x}\pm3s)$。

4.2.4 失控情况处理及原因分析:由技术主管审核质控结果,按统计学规律判定分析物结果是否在控制范围内,以下情况判为失控:①$1_{3s}$,一个质控物的结果超过$\pm3s$。②$2_{2s}$,同一个水平的质控品连续2次控制值同方向超出$(\bar{x}+2s)$或$(\bar{x}-2s)$,是失控的表现;另一种情况是在一批检测中,2个水平的控制值同方向超出$(\bar{x}+2s)$或$(\bar{x}-2s)$,是失控的表现,违背此规则表示存在系统误差。③$10\bar{x}$,连续10次质控物结果都在均数的同一侧。

失控原因分析如下。

a)失控信号的出现受多种原因的影响,这些因素包括操作上的失误,试剂、校准物、质控品的失效,仪器维护不良及采用的质控规则,控制限范围不恰当等。失控信号一旦出现就意味着与测定质控品相关的那批病人标本报告可能作废。此时,首先应尽快查明导致的原因,然后再随机挑选出一定比例(如5%或10%)的病人标本进行重新测定,最后根据既定标准判断先前测定结果是否可以接受,对失控作出恰当的判断。

b)当得到失控信号时,可以采用如下步骤去寻找原因:①立即重测定同一质控品。此步主要是用以查明失控原因,另外,这一步还可以查出偶然误差,如是偶然误差,则重侧的结果应在允许范围内(在控)。如果重测结果仍不在允许范围,则可以进行下一步操作。②新开一瓶质控品,重测质控项目。如果新开的质控血清结果正常,那么原来那瓶质控血清可能过期或在室温放置时间过长而变质,或者被污染。如果重测结果仍不在允许范围,则可以进行下

第六节　室内质量控制管理程序	文件编号：
	版本号：
	页码：第　页　共　页

一步。③进行仪器维护，重测质控项目。检查仪器状态，查明光源是否需要更换，比色杯是否需要清洗或更换，对仪器进行清洗等维护。另外，还要检查试剂，此时可更换试剂，以查明原因。如果结果仍不在允许范围，则进行下一步。④重新校准。如果是有校准品的定量项目，用新的校准液校准仪器，排除校准液的原因后，重测质控项目。⑤请专家帮忙。如果前5步都未能得到在控结果，可能是仪器或试剂的原因，此种情况应联系仪器或试剂厂家，请求厂家的技术支援。

4.2.5 每月室内质控数据的保存：每个月末，应将当月的所有质控数据汇总整理后存档保存，存档的质控数据包括：①当月的所有项目原始质控数据；②当月的所有项目质控数据质控图；③所有质控的计算数据（包括平均数、标准差、变异系数及累积的平均数、标准差、变异系数等）；④当月的失控报告单（包括违背哪一项失控规则、失控原因、采取的纠正措施）。

4.3 临床免疫科室内质控实施细则

4.3.1 凡用 ELISA 法检测的项目，必须用酶标仪判读结果，酶标仪的结果判断设置应根据试剂盒说明书的要求正确设置。

4.3.2 检测必须有原始记录，记录上至少应注明检测日期、方法、试剂品牌、批号、阴阳性对照孔。原始记录应保持完整、清晰、有序，便于查阅。

4.3.3 乙肝两对半和抗 HCV、抗 HIV、TP 应开展室内质量控制，每次检测每块反应板都应做室内质控；失控应查找原因，有纠正措施，并有记录。

4.3.4 临界状态的标本均应复检，复检范围一般为临界值±20％浓度范围，S/CO 值范围 0.8～1.2，或根据试剂说明书提供要求设定。

4.3.5 HBsAg、HBeAg、抗-HCV、HAV-IgM 抗体阳性对照 A(OD)值应＞1.0，阴性对照 A(OD)值应＜1.0；抗-HBe、抗-HBc 阴性对照 A 值应＞1.0，阳性对照 A 值应＜0.1（上述数值不包括空白值）。

4.3.6 肝炎标志物检测必须使用有国家批文的试剂盒，HBsAg、抗-HCV、HIV 抗体、梅毒检测试剂盒必须有国家批检合格的防伪标贴。

4.3.7 室内质控数据必须及时输入计算机，及时观察质控图形变化，判断在控或失控。

4.3.8 必须建立室内质控的天间均值和标准差，不可随意更改质控图上的标准差。发现失控，应采取纠正措施，并保留失控数据和质控图上的失控点。

4.3.9 采用统一的失控分析格式，完善质控记录。

4.4 即刻性室内质控

4.4.1 对于临床免疫实验室内一些检测频次低的检验项目，初始阶段则推荐采用即刻法（Grubbs 法）进行室内质控。

4.4.2 即刻法室内质控方法：质控品检测与病人样品同时进行，孔位定于紧接最后一位病人样品孔位后，顺序从低值→中值→高值，新批号质控品每个值测 3 个孔，直到累积 20 个测定值。累积满 20 个数据后每天每个值测 1 个孔位。

4.4.3 即刻法室内质控结果分析：记录检测结果，计算出至少 3 次测定结果的平均值和

文件编号：
版本号：
页码:第　页　共　页

第六节　室内质量控制管理程序

标准差。

　　n 计算出 SI 上限值和 SI 下限值：

$$SI 上限 = (\bar{x} 最大值 - \bar{x})/s$$

$$SI 下限 = (\bar{x} - \bar{x} 最小值)/s$$

　　n 查 SI 值表(表 1-6-1)，将 SI 上限和 SI 下限与 SI 值表中的数值进行比较。n 当检测的数据超过 20 个以后，可转入使用常规的质控方法进行质控。

　　当质控值的 SI 上限和 SI 下限值 < SI 表的 n2s 值时为在控；当 SI 上限和 SI 下限值在 n2s 和 n3s 值之间时处于"警告"状态；当 SI 上限和 SI 下限值有 1 个值 > n3s 时属"失控"，处于"警告"和"失控"状态的数值应被删除，重新测定当次的结果，累计满 20 个数据后，制作常规的质控图。计算质控值的 $\bar{x}$、s 和 CV，在允许的 CV 值范围内为在控，若失控时，应删除这一组中离散度最大的一个质控值，累计满 20 个数据后，制作常规的质控图。

表 1-6-1　即刻法质控法 SI 值表

n	n3s	n2s	n	n3s	n2s
3	1.16	1.15	12	2.55	2.29
4	1.49	1.46	13	2.61	2.33
5	1.75	1.67	14	2.66	2.37
6	1.94	1.82	15	2.70	2.41
7	2.10	1.94	16	2.75	2.44
8	2.22	2.03	17	2.79	2.47
9	2.32	2.11	18	2.82	2.50
10	2.41	2.18	19	2.85	2.53
11	2.48	2.23	20	2.88	2.56

5 质量记录表

PF5.6-01-TAB-001《中山市人民医院检验医学中心室内质控失控报告》(表 1-6-2)。

PF5.6-01-TAB-002《中山市人民医院检验医学中心室内质控数据统计表》(表 1-6-3)。

PF5.6-01-TAB-003《中山市人民医院检验医学中心新批号质控靶值调整记录表》(表 1-6-4)。

JYZX-MY-TAB-006《中山市人民医院检验医学中心室内质控数据记录表》(表 1-6-5)。

JYZX-MY-TAB-044《中山市人民医院检验医学中心试剂批间差评估记录表》(表 1-6-6)。

6 参考文献

[1]　叶应妩,王毓三,申子瑜.全国临床检验操作规程.3 版.南京:东南大学出版社,2006:82-98.

[2]　王兰兰.临床免疫学和免疫检验.3 版.北京:人民卫生出版社,2005:253-268.

第六节　室内质量控制管理程序	文件编号：
	版本号：
	页码:第 页 共 页

表1-6-2　中山市人民医院检验医学中心室内质控失控报告

部门：　　　年 月 日　　　仪器：　　　仪器编码：　　　表格编号:PF5.6-01-TAB-001

质控品批号	失控项目	靶值	2SD	失控结果	处理后结果	失控规则	处理办法				
							更换质控液	更换试剂			其他
LEVEL1 批号：											
LEVEL2 批号：											
LEVEL3 批号：											
原因分析											
失控规则	$1-3S/2-2S/R-4S/10-X/4-1S$										

表1-6-3　中山市人民医院检验医学中心室内质控数据统计表

部门：　　　仪器名称：　　　仪器编码：　　　表格编号:PF5.6-01-TAB-002

质控品：　　　批号：　　　统计时间： 年 月 日

测定项目	绘制质控图的测定结果				当月原始测定结果			
	单位	靶值	SD	CV%	平均值	SD	CV%	N
总结								

第六节　室内质量控制管理程序	文件编号：
	版本号：
	页码：第　页　共　页

表 1-6-4　中山市人民医院检验医学中心新批号质控靶值调整记录表

部门：　　　　　　　　　　　　　　　　　　　　　　表格编号：PF5.6-01-TAB-003

仪器名称：			仪器编号：		
质控品名称：			质控品批号：		
检测日期	测定次数		质控项目与结果		
	1				
	2				
	3				
	...				
	20				
总和					
均值					
SD					
CV%					
操作者：		科主任：			

表 1-6-5　中山市人民医院检验医学中心室内质控数据记录表

科别：免疫科　　　　　仪器名称：　　　　　　　　　　表格编号：JYZX-MY-TAB-006

质控品：			批号：			统计时间：					
测定	绘制质控图的测定结果				当月原始测定结果				当月除失控数据后测定结果			累积测定结果				可接受CV%

测定	单位	靶值	SD	CV%	平均值	SD	CV%	N	失控个数	平均值	SD	CV%	平均值	SD	CV%	N	可接受CV%

总结：

　　　　　　　　　　　　　　　　　　　　填表人：　　　　　主任：

第六节　室内质量控制管理程序	文件编号：
	版本号：
	页码:第　页　共　页

表 1-6-6　中山市人民医院检验医学中心试剂批间差评估记录表

项目：　　　　　　试剂厂家：　　　　　　　　　　　　　　表格编号:JYZX-MY-TAB-044

检测日期	旧批号试剂(批号：　　　　)			新批号试剂(批号：　　　　)			结论
	阳性样品	阴性样品	接近临界值质控物	阳性样品	阴性样品	接近临界值质控物	

编写:卢建强　　　　审核:熊继红　　　　批准:张秀明

	文件编号：
第七节　室间质量评价管理程序	版本号：
	页码:第　页　共　页

1 目的

室间质量评价(EQA)也被称为能力验证,既能考察本实验室结果的准确性,检查实验室室内质控的质量,同时还能了解自己实验室与其他实验室之间的差异。通过实验室之间的比对来判定实验室的检测能力。

2 范围

卫生部临检中心室间质评、广东省临检中心室间质评。

3 职责

检验医学中心主任负责与省、部中心联系,申请参加项目,要求及时发放质控物,免疫科负责人负责安排室间质评活动,及时将省、部中心的质控物进行测定、上报;结果回来后及时总结室间质评结果。

4 室间质评程序

4.1 检查

收到室间质评样本后检查其是否有遗漏或破损的情况,如有问题样本及时与省、部中心联系。

4.2 保存

按照室间质评说明书妥善保存,并有专人进行温度记录。

4.3 使用

按照室间质评样本说明书上的建议测定日期,安排具体测定日期和负责测定人员。

4.4 检测

室间质量评价样本应与常规工作放在一起做,不能单独操作,应把它当做病人的标本同样看待;室间质评的测定由本实验室独立完成。

4.5 上报

按照室间质评样本说明书上的建议测定日期,及时测定,及时填写质控表后经负责人签字后分别寄回省或部临检中心。

4.6 质控结果分析

每次室间质评结果回来后要认真分析。有误差时必须及时采取措施纠正,发现有问题时,结合本科室内质控情况进行讨论研究,以达到推动常规工作质量提高的目的。

5 室间质量评价的要求

5.1 室间质量评价样本应与常规工作放在一起做,不能单独操作,应把它与病人标本同样看待。

5.2 应由做常规工作的人员操作,而不能由专人做。实验室所有的技术人员都可参加。

5.3 应按测试病人标本同样的方法、步骤及试剂来做室间质评标本。

5.4 当检测结果完成后,应像常规标本一样解释和报告结果,而不是反复做。

第七节　室间质量评价管理程序

文件编号：

版本号：

页码：第　页　共　页

5.5 实验室在规定回报结果截止时间之前，不得在实验室之间进行检测结果交流，不得将 EQA 的标本或标本的一部分送到另一实验室进行分析。

5.6 在室间质量评价结束后，必须将所有的原始数据，记录资料保存 2 年。

6 免疫学室间质量评价

6.1 全国临床免疫学室间质量评价项目（14 项）

抗-HAV-IgM、乙肝病毒表面抗原（HBsAg）、乙肝病毒表面抗体（HBsAb）、乙肝病毒 e 抗原（HBeAg）、乙肝病毒 e 抗体（HBeAb）、乙肝病毒核心抗体（HBcAb）、乙肝病毒抗 HBc-IgM、抗-HCV、梅毒抗体（Syphilis Serology）、抗-HIV、RV-IgM、TG-IgM、CMV-IgM、HSV-IgM。

6.2 广东省临床检验中心室间质量评价项目（6 项）

乙肝病毒五项（HBsAg、HBsAb、HBeAg、HBeAb、HBcAb）；丙肝抗体（抗-HCV）

6.3 全年测定次数

省、部中心各 3 次。

6.4 测定时间

项目检测时间以临检中心安排为准。

7 检验能力验证（proficiency testing，简称 PT 方案）

从 1999 年起，卫生部临检中心开始采用类似美国临床检验能力验证计划，即 PT 方案的评价模式。按照 PT 方案，每年至少进行 2 次室间质评，每次测定至少 5 个批号的质控血清，各单位的测定结果如落在 PT 方案的可接受范围内称为可接受结果，否则称为不可接受结果。对每次分析项目能达到 80% 得分，则本次活动该项目为满意 EQA 成绩；对每次室间质评所有评价项目未达到 80% 得分，称为不满意的 EQA 成绩。对于不满意的 EQA 成绩，必须加以分析或进行适当的培训，采取纠正措施，并有相应的文件记录，记录必须保存 2 年以上。

8 质量记录表

PF5.6-02-TAB-001《中山市人民医院检验医学中心实验室间比对分析报告表》（表 1-7-1）。

PF5.6-02-TAB-002《中山市人民医院检验医学中心室间质评记录》（表 1-7-2）。

PF5.6-02-TAB-003《中山市人民医院检验医学中心室间质评归档记录控制清单》（表 1-7-3）。

JYZX-MY-TAB-004《中山市人民医院检验医学中心免疫科室间质评回报表》（表 1-7-4）。

9 参考文献

[1]　叶应妩，王毓三，申子瑜.全国临床检验操作规程.3 版.南京：东南大学出版社，2006：99-109.

[2]　王兰兰.临床免疫学和免疫检验.3 版.北京：人民卫生出版社，2005：268-269.

第七节 室间质量评价管理程序	文件编号：
	版本号：
	页码:第 页 共 页

表 1-7-1 中山市人民医院检验医学中心实验室间比对分析报告表

表格编号:PF5.6-02-TAB-001

检测日期:20 年 月 日		分析日期:20 年 月 日			20 年第 次		
组织单位：			部 门：				
质评类别：							
理想项目：							
不理想项目：							
不理想项目	样本编号	结果	靶值	偏倚(%)	VIS	PT 得分(%)	重测结果
项目检测不理想原因分析及改进：							
科主任签名：							
检验医学中心主任审批：							
签名：							

表 1-7-2 中山市人民医院检验医学中心室间质评记录

归档室间质评所属部门：　　　　　　　　　　　　　　　　表格编号:PF5.6-02-TAB-002

序号	归档日期	文件名称	移交人	归档人

表 1-7-3 中山市人民医院检验医学中心室间质评归档记录控制清单

部 门：　　　　　　　　　　　　　　　　　　　　　　表格编号:PF5.6-02-TAB-003

收到质控品日期	建议检测日期	截止日期	组织单位	质评类别	第几次质评	组长签收	结果发出日期	结果存底日期	质量负责人	备注

第七节 室间质量评价管理程序	文件编号:
	版本号:
	页码:第 页 共 页

表 1-7-4 中山市人民医院检验医学中心免疫科室间质评回报表

实验室编码:114037　　　　　医院名称:广东省中山市人民医院　科室名称:检验中心免疫科

测定日期: 年 月 日 第 次　　　　结果发出日期: 年 月 日

质控样本批号:

项目	质控样本批号					编码		
	1	2	3	4	5	方法	仪器	试剂
HBsAg(定性)								
HBsAb(定性)								
HBeAg(定性)								
HBeAb(定性)								
HBcAb(定性)								
抗-HCV(定性)								
抗-HIV(定性)								
HBV-IgM(定性)								
HAV-IgM(定性)								
梅毒(特)(定性)								
梅毒(非)(定性)								
HBsAg(S/CO)								
HBsAb(S/CO)								
HBeAg(S/CO)								
HBeAb(S/CO)								
HBcAb(S/CO)								
抗-HCV(S/CO)								
抗-HIV(S/CO)								
HBV-IgM(S/CO)								
HAV-IgM(S/CO)								
梅毒(特)(S/CO)								

注意:表内定性报"＋""－",S/CO 报具体数据

实验人员签字:＿＿＿＿＿＿＿＿＿　　　日　期:＿＿＿＿＿＿＿＿

实验室主任签字:＿＿＿＿＿＿＿＿　　　日　期:＿＿＿＿＿＿＿＿

联 系 电 话:(0760)8823566－22916　　电子邮件:ZSPH@ZSPH.COM

编写:杜满兴　　　　　审核:熊继红　　　　　批准:张秀明

第八节　定性检验方法分析性能评价程序	文件编号：
	版本号：
	页码:第　页　共　页

1 目的

评价本实验室定性测定项目的分析性能,提高常规测定工作检测结果的一致性。

2 适用范围

临床免疫科实验室。

3 职责

检验医学中心质量负责人负责程序制定,临床免疫科实验室负责人负责具体实施。

4 概述

定性试验是检验医学的重要部分,在各种疾病的筛查、诊断和治疗中起着重要作用。临床检验学很多专业都会用到定性试验,各专业因实验设计、数据分析及结果解释方面的侧重点不同,其定性试验的评价方法也有所不同。

新的定性试验要能在临床检验中得到应用需满足以下条件:更经济、检测性能更好或更能达到试验人员的需要。试验人员必须在充分验证新方法分析性能之后,才能采用该方法报告病人结果。虽然目前在世界范围内还没有一个通行的定性试验评估方案,但在方法评价上有以下共同要点:在收集性能评估数据前,试验员必须先熟悉新方法,通过试验培训以及质量保证计划。

免疫学定性试验的方法学评价一般进行精密度评价和准确度评价,同一实验室同一检测项目多套检测系统也需要进行结果一致性的评价。

5 仪器设备的熟悉及培训

在方法学评价前让操作者熟悉仪器设备及操作过程。对检验方法的熟练包括懂得标本处理和贮存、试剂的处理和贮存、正确的试验步骤、合理地解释结果及检测系统的质量控制。每位操作者必须对检测方法非常熟悉。

在培训期内要求为操作者示教检测过程,并要求操作者进行实践操作。每位操作人员在一个培训期结束后应能通过实践证实他们对检测项目的熟悉程度。在进行方法评价前,要客观地评价每位操作者在熟悉培训期所达到熟练程度。

6 材料和方法

6.1 质控品

理想的质控品要能保证一致的试验性能。乙肝五项、甲肝抗体 IgM、乙肝核心抗体 IgM、HIV、丙肝、梅毒,使用卫生部临检中心提供的室内质控品。其他项目使用试剂盒提供的质控品,使用方法应按照商家提供的试剂盒说明书进行。如担心质控品的基质效应干扰,可以采用其他稳定的商业化质控品或临床标本质控品。如果要对多个方法进行比较,需用多种方法检测同一质控品。

6.2 阴阳性对照

试剂盒提供。

	文件编号:
第八节　定性检验方法分析性能评价程序	版本号:
	页码:第　页　共　页

6.3 临界值血清

试剂盒提供或卫生部临检中心提供。

7 精密度评价

一般进行批内重复性试验。

7.1 阴阳性对照

在质量评估过程中,每次试验均应设立阴阳性质控对照。

7.2 室内质控

逐一测试质控品,在质控结果达到文件规定的要求时才能认为试验数据有效。如果方法学比较试验在10d内完成,即每次试验质控品重复检测2次,总共检测20次。

如果任一质控品检测结果未达到预设值,应立即停止该次试验,试验数据视为无效,在当天或第2天重新进行新一轮试验。同时,实验室应调查出现失控的原因,但10d内不应超过1次失控。如果失控次数过多,实验室就应停止该项试验,并向试剂商家咨询,查出原因同时进行失控处理。

7.3 重复性定性试验

首选临界值血清为试验标本,若该检测方法无临界值血清可取质控品或阴阳对照,或自制浓度达到临界值或位于临界值+/-20%浓度范围外的标本。

重复试验的目的是确定检测方法的临界值浓度,并明确该临界值+/-20%浓度范围是否位于临界值95%区间内。一般试剂盒说明书已给出检测方法的临界值浓度,但各实验室需建立自己的临界值。如果不能通过重复试验来确定临界值,可将阳性标本做系列稀释,重复检测各稀释物直到阴阳性概率各占50%,此时该稀释物浓度即是检测方法的临界值浓度。分析步骤如下:取同一份试验标本在条件稳定的情况下,采用日常标本同样的程序连续进行20次的重复检测。计算其 OD 值的 $\bar{x}$、S 与 CV。

8 准确度评价

8.1 参加权威机构的室间比对活动,如卫生部临检中心、省临检中心。按组织部门的计划进行,对汇报结果进行统计分析。符合率要求达到80%。

8.2 进行检测方法间分析性能的比较

8.2.1 试验标本:取100份新鲜标本检测,其中50例阳性,50例阴性,试验尽量在同一时间段进行,以减少时间对结果的影响。

8.2.2 标本量:根据试验者预期希望得到的数据量来决定标本总量。例如,某实验室检测的患病率为5%,共检测100个新鲜标本则约有5个阳性标本,95个阴性标本。这样的标本量足以在阴性人群中评估出假阳性率,但要在阳性人群中评估出假阴性率就未必足够了。即用对比方法检测标本获得预期希望的阴阳性结果数量时就达到试验需要的标本量,或用试验方法检测获得的阴性标本再经对比方法检测获得预期希望的阴阳性结果数量时就达到试验需要的标本量。就对比方法而言,标本量应保证至少50个阳性标本,并有至少50个阴性

第八节 定性检验方法分析性能评价程序	文件编号：
	版本号：
	页码：第 页 共 页

标本以用于评估试验方法的特异性。判断两种比较方法检测有无显著差异，可向统计学专家咨询。另外，通过检测足够量病人及健康者的标本获取生物学变异的证据也是非常重要。

8.2.3 试验时限：临床标本的方法学比较研究通常应进行 10～20d，这样可保证试验者获得具有代表性的标本，并在标准的实验室条件下进行方法学评价。如条件允许，所有受试标本都应正确保存以便复查。若有必要还可复查可疑的结果。用相同的对比方法、另一种对比方法或临床诊断进行更多试验也可能为试验方法结果间差异的原因分析提供更多信息。

8.2.4 检测：收集标本合格后在参考系统和比对系统上同时检测。

8.2.5 收集数据并核查：所有数据应立即做好记录和进行核查以保证早期检出系统误差和人为误差。如是由于某些已知因素导致一些数据异常，应做好误差原因记录，该结果不可用于数据分析。如果数据异常的原因无法解释，即需保留原始数据供以后分析。

8.2.6 数据处理：将比对结果用四格表列出，计算两组结果的符合性。以参考方法为标准评价比对方法结果的准确性。

8.2.7 诊断明确的定性试验：诊断明确的定性试验的评价指标是灵敏度和特异度，当诊断明确时，计算灵敏度和特异度非常容易。

方法敏感度 $=100\%[A/(A+C)]$

方法特异性 $=100\%[D/(B+D)]$

相关样品的患病率 $=100\%[(A+C)/N]$

阳性结果预测值（PVP）$=100\%[A/(A+B)]$

阴性结果预测值（PVN）$=100\%[D/(C+D)]$

方法效率 $=100\%[(A+D)/N]$

但通常情况下，并不清楚所选择的样本是否具有代表性及代表性好或差，因此，计算灵敏度和特异度就很不现实，而计算灵敏度和特异度的可信区间就显得非常有意义。灵敏度和特异度 95% 可信区间的计算方法如下：

$[100\%(Q1-Q2)/Q3, 100\%(Q1+Q2)/Q3]$

按照下面的公式来计算 $Q1$、$Q2$、$Q3$。

对于灵敏度：

$Q1=2A+1.96^2=2A+3.84$

$Q2=1.96\sqrt{1.96^2+4AC/(A+C)}=1.96\sqrt{3.84+4AC/(A+C)}$

$Q3=2(A+C+1.96^2)=2(A+C)+7.68$

在上面的公式中 ±1.96 是标准正态分布曲线下相对于 95% 可信区间所对应的变量值。

对于特异度：

$Q1=2D+1.96^2=2D+3.84$

$Q2=1.96\sqrt{1.96^2+4BD/(B+D)}=1.96\sqrt{3.84+4BD/(B+D)}$

$Q3=2(B+D+1.96^2)=2(B+D)+7.68$

8.2.8 诊断不明确的定性试验：对定性试验方法进行评价时，许多情况下样品的临床诊

	文件编号：
第八节　定性检验方法分析性能评价程序	版本号：
	页码：第　页　共　页

断是未知的，试验方法只能与对比方法进行比较。由于对比方法的准确度并非 100%。不能简单使用敏感性和特异性来描述方法学性能，应使用"符合率"对试验方法结果与对比方法结果的一致程度进行描述。

符合率 $=100\%[(a+d)/n]$

阳性符合率 $=100\%[a/(a+c)]$

阴性符合率 $=100\%[d/(b+d)]$

诊断不明确置信区间评价：

一致程度 95% 可信区间为：$[100\%(Q1-Q2)/Q3,100\%(Q1+Q2)/Q3]$

$Q1=2(a+d)+1.96^2=2(a+d)+3.84$

$Q2=1.96\sqrt{1.96^2+4(a+d)}=1.96\sqrt{3.84+4(a+b)(b+c)/n}$

$Q3=2(n+1.962)=2n+7.68$

9 参考文献

[1]　叶应妩，王毓三，申子瑜.全国临床检验操作规程.3 版.南京：东南大学出版社，2006：58-73.

[2]　杨有业，张秀明.临床检验方法学评价.北京：人民卫生出版，2009：296-311.

[3]　CLSI 之 C24 文件《Statistical Quality Control for Quantitative Measurements：Principles and Definitions for more information》

编写：罗锡华　　　　　　审核：熊继红　　　　　　批准：张秀明

第九节　检验结果报告程序	文件编号：
	版本号：
	页码:第　页　共　页

1 目的

规范免疫标本的报告程序,避免分析后各种因素对检验结果的影响,确保真实、准确、准时的将检验报告审核发出。

2 范围

适用于所有临床免疫标本的检测。临床免疫标本包括血液、尿液、胸腔积液、腹水、脑脊液等各种体液。

3 职责

免疫科所有检验人员按免疫科岗位职责分工,负责相应检测标本的检验结果的报告。

4 结果报告程序细则

4.1 样品检验完毕后,由操作人员逐一核对检验项目有无遗漏,确保与申请项目准确无误后,再由授权签字人再次进行核对,确保检验结果间不相互矛盾,并与临床诊断相符时签发报告。

4.2 当发现检验报告中有缺陷而对其准确性及有效性产生怀疑时,应由相关人员处理并追回已发出的有缺陷的报告单,并报告科室负责人,对其做必要的修改后再发出。

4.3 检验报告单应包含实验室名称、编号、日期、检测项目、方法及其结果、参考值、实验室声明(如本报告仅对该送检标本负责),定性检验结果必须以中文形式报告,不得以符号报告,检测者和审核者签全名或盖章。

4.4 报告单格式按照《病历书写规范》的要求执行。检验医学中心已建立计算机网络系统,格式及内容已参照《病历书写规范》的要求执行。

4.5 实习生、进修人员、见习期的工作人员无报告权,需由带教老师签发,检验专业毕业生见习期满后,经专业主管考核合格,由科主任批准可获得相应的报告权。

4.6 所有报告须经有关人员审核后发出。在室内质控措施得到全面落实并在控时,常规报告单由授权的检验人员审核后发出;异常结果及室内质控失控时,需采取一定的措施处理后由专业主管审核后发出。

4.7 免疫分析仪结果报告。检测完毕后,将结果传入检验医学中心信息系统,然后在该系统编辑、录入和签发报告。

4.8 所有手工 ELISA 方法的结果报告。手工 ELISA 方法的结果判断,均必须经过全自动酶标仪读取 S/CO 值来确定,结合肉眼判断机器检测的真伪,依据两者相结合的结果综合判定后才能发出报告。以乙肝两对半结果为例,在加入终止液后,尽快通过酶标仪读取 S/CO 值,结合肉眼判读酶标板情况,同时将 HBsAg 阳性标本再用金标法测定一次,全部结果一致时,且根据乙肝两对半的五项结果之间相符后发出。否则将该标本复查。

4.9 检验工作人员不得向无关人员透露检验结果及相关信息。

4.10 检验报告使用者因特殊原因造成报告损坏或遗失时,只有从网络计算机能够调出者或登记本上有记录者,才可补发。

	文件编号：
第九节　检验结果报告程序	版本号：
	页码:第　页　共　页

4.11 申诉及处理. 检验报告申请人或被检者对检验报告的内容有异议时, 可向本科负责人或科室质量负责人提出申诉, 按投诉处理程序执行。

5 检验报告流程

见图 1-9-1。

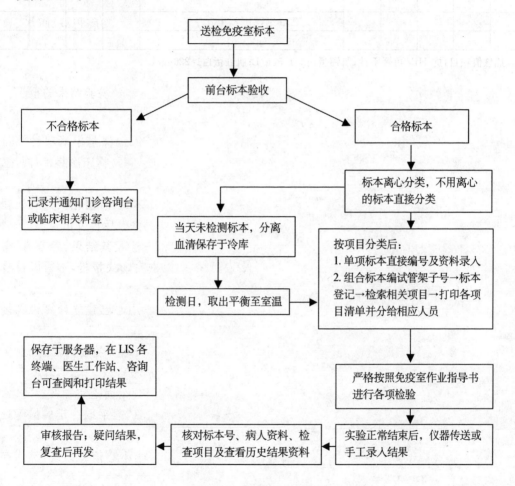

图 1-9-1　免疫科工作流程

6 质量记录表

PF5.8-01-TAB-001《中山市人民医院检验医学中心与临床联系及危急值报告记录表》(表 1-9-1)。

第九节　检验结果报告程序	文件编号：
	版本号：
	页码：第　页　共　页

表 1-9-1　中山市人民医院检验医学中心与临床联系及危急值报告记录表

部　门：　　　　年份：20　年　　　　　　　　　　　表格编号：PF5.8-01-TAB-001

日　期	病人姓名	病人 ID	科室	床号	与临床联系原因或出现危急值项目及结果	接收人	报告人	报告时间	备注

危急值项目：抗-HIV 可疑阳性；肌钙蛋白$>1.5\mu g/L$；肌红蛋白$>220\mu g/L$

编写：张汉奎　　　　　审核：熊继红　　　　　批准：张秀明

<table>
<tr><td>文件编号：</td></tr>
<tr><td>版本号：</td></tr>
<tr><td>页码：第 页 共 页</td></tr>
</table>

第十节 传染病报告程序

1 概述

为加强我院传染病信息报告管理，提高报告质量，为预防控制传染病的暴发、流行提供及时、准确的信息，依据《中华人民共和国传染病防治法》等相关法律、法规，制定我科传染病报告程序。

2 范围

适用于所有临床免疫标本的检测。

3 报告程序细则

3.1 报告病种

3.1.1 法定传染病

a)甲类传染病：鼠疫、霍乱。

b)乙类传染病：传染性非典型肺炎、艾滋病、病毒性肝炎、脊髓灰质炎、人感染高致病性禽流感、麻疹、流行性出血热、狂犬病、流行性乙型脑炎、登革热、炭疽、细菌性和阿米巴性痢疾、肺结核、伤寒和副伤寒、流行性脑脊髓膜炎、百日咳、白喉、新生儿破伤风、猩红热、布鲁菌病、淋病、梅毒钩端螺旋体病、血吸虫病、疟疾。

c)丙类传染病：流行性感冒、流行性腮腺炎、风疹、急性出血性结膜炎、麻风病、流行性和地方性斑疹伤寒、黑热病、包虫病、丝虫病，除霍乱、细菌性和阿米巴性痢疾、伤寒和副伤寒以外的感染性腹泻病。

d)其他：卫生部决定列入乙类、丙类传染病管理的其他传染病。

3.1.2 其他传染病：省级人民政府决定按照乙类、丙类管理的其他地方性传染病和其他暴发、流行或原因不明的传染病。

3.1.3 不明原因肺炎病例和不明原因死亡病例等重点监测疾病。

3.2 填报要求

3.2.1 传染病报告卡填写：《传染病报告卡》(见附表1)统一格式，用A4纸印刷，使用钢笔或圆珠笔填写，内容完整、准确，字迹清楚，填报人签名。省级人民政府决定按照乙类、丙类管理的其他地方性传染病和其他暴发、流行或原因不明的传染病也应填写传染病报告卡。

3.2.2 病例分类与分型：传染病报告病例分为疑似病例、临床诊断病例、实验室确诊病例、病原携带者和阳性检测结果5类。其中，需报告病原携带者的病种包括霍乱、脊髓灰质炎、艾滋病及卫生部规定的其他传染病。

炭疽、病毒性肝炎、梅毒、疟疾、肺结核分型报告：①炭疽分为肺炭疽、皮肤炭疽和未分型3类；②病毒性肝炎分为甲型、乙型、丙型、戊型和未分型5类；③梅毒分为一期、二期、三期、胎传、隐性5类；④疟疾分为间日疟、恶性疟和未分型3类；⑤肺结核分为涂阳、仅培阳、菌阴和未痰检4类。

乙型肝炎、血吸虫病应分为急性和慢性。

3.2.3 传染病专项调查、监测信息的报告：国家根据传染病预防控制工作需要开展的专

第十节　传染病报告程序	文件编号：
	版本号：
	页码:第　页　共　页

项调查、报告和监测的传染病,按照有关要求执行。

3.2.4 不明原因肺炎病例、不明原因死亡病例的监测、报告按照《全国不明原因肺炎病例监测实施方案(试行)》和《县及县以上医疗机构死亡病例监测实施方案(试行)》的规定执行。

3.3 报告时限:实验室责任疫情报告人发现甲类传染病和乙类传染病中的肺炭疽、传染性非典型肺炎、脊髓灰质炎、人感染高致病性禽流感的病人或疑似病人时,或发现其他传染病和不明原因疾病暴发时,实验室责任疫情报告人应积极联系临床并报告医院预防保健科相关人员于 2h 内将传染病报告卡通过网络报告。

对其他乙、丙类传染病病人、疑似病人和规定报告的传染病病原携带者在诊断后,责任报告单位应于 24h 内进行网络报告。

其他符合突发公共卫生事件报告标准的传染病暴发疫情,按照《突发公共卫生事件信息报告管理规范》要求报告。

3.4 报告程序和方式

3.4.1 乙类传染病:初筛检测 HIV 抗体阳性患者,电话通知预防保健科,经预防保健科与市疾控中心确认为新病人时,需填写《HIV 抗体复测送检单》,经光华公司上送市疾控中心,同时在《HIV 抗体阳性病人存档资料登记表》上做好记录,如为已确认的旧艾滋病病人,仅在《HIV 抗体阳性病人存档资料登记表》上做好记录;检测伤寒和副伤寒、病毒性肝炎、梅毒为阳性患者的结果尽快在 LIS 系统上发布,以配合预防保健科每天及时通过南方惠桥传染病上报管理系统,收集阳性病人资料以做好登记和上报工作,同时报告审核者要在各传染病(病毒性肝炎除外)的阳性结果记录本上做好登记。

3.4.2 丙类传染病:风疹、流行性和地方性斑疹伤寒、轮状病毒感染病人的处理方法同上述伤寒、副伤寒、梅毒阳性病人。

3.4.3 报告程序:实验室发现传染病例后填写传染病报告卡并报告医院预防保健科相关人员,联系电话:科室××××××××。

3.4.4 报告方式:进行网络直报时,要经查错、查重、订正后上报。同时登记备案。实验室工作人员发现本年度内漏报的传染病病例,应及时补报。实验室填写的《传染病报告卡》及传染病报告记录应保存 3 年。

4 质量记录表

JYZX-MY-TAB-018《中山市人民医院检验医学中心梅毒检测阳性结果记录》(表 1-10-1)。

JYZX-MY-TAB-037《中山市人民医院检验医学中心伤寒检查阳性结果记录》(表 1-10-2)。

	文件编号：
第十节 传染病报告程序	版本号：
	页码：第 页 共 页

表 1-10-1 中山市人民医院检验医学中心梅毒检测阳性结果记录

科别：免疫科　　　　　　年份：20　年　　　　　　　　表格编号：JYZX-MY-TAB-018

日期	病人姓名	性别	年龄	职业	民族	人群类别	病人ID	送检科别或单位	通讯地址	送检医师	结果	记录者

表 1-10-2 中山市人民医院检验医学中心伤寒检查阳性结果记录

科别：免疫科　　　　　　年份：20　年　　　　　　　　表格编号：JYZX-MY-TAB-037

日期	病人姓名	性别	年龄	病人ID	送检科别或单位	送检医师	结果	记录者

附表 1 中华人民共和国传染病报告卡

卡片编号：_____　　　　　　报卡类别：1. 初次报告　　2. 订正报告

患者姓名 *：_____　（患儿家长姓名：_____）

身份证号：□□□□□□□□□□□□□□□□□□　　性别 *：□男　□女

出生日期 *：_____年___月___日(如出生日期不详，实足年龄：_____　年龄单位:□岁□月□天)

工作单位：_____　　联系电话：_____

病人属于 *：□本县区　□本市其他县区　□本省其他地市　　□外省　□港澳台地区　□外籍

现住址(详填) *：_____省_____市_____县(区)_____乡(镇、街道)_____村_____(门牌号)

患者职业 *：

□幼托儿童　□散居儿童　□学生(大中小学)　□教师　□保育员及保姆　□餐饮食品业　□商业服务　□医务人员　□工人　□民工　□农民　□牧民　□渔(船)民　□干部职员　□离退人员　□家务及待业　□其他( )　□不详

病例分类 *：(1)□疑似病例　□临床诊断病例　□实验室确诊病例　□病原携带者

　　　　　　(2)□急性　□慢性(乙型肝炎、血吸虫病填写)

发病日期 *：_____年___月___日(病原携带者填初检日期或就诊时间)

诊断日期 *：_____年___月___日___时

死亡日期 ：_____年___月___日

甲类传染病 *：

□鼠疫　□霍乱

第十节　传染病报告程序	文件编号:
	版本号:
	页码:第　页　共　页

乙类传染病＊：

□传染性非典型肺炎　□艾滋病、病毒性肝炎(□甲型　□乙型　□丙型　□戊型　□未分型)

□脊髓灰质炎　□人感染高致病性禽流感　□麻疹　□流行性出血热　□狂犬病　□流行性乙型脑炎、登革热

炭疽(□肺炭疽　□皮肤炭疽　□未分型)、痢疾(□细菌性　□阿米巴性)、肺结核(□涂阳　□仅培阳　□菌阴　□未痰检)、伤寒(□伤寒　□副伤寒)　□流行性脑脊髓膜炎　□百日咳　□白喉　□新生儿破伤风　□猩红热　□布鲁菌病　□淋病、梅毒(□一期　□二期　□三期　□胎传　□隐性)　□钩端螺旋体病　□血吸虫病

疟疾(□间日疟　□恶性疟　□未分型)

丙类传染病＊：

□流行性感冒　□流行性腮腺炎　□风疹　□急性出血性结膜炎　□麻风病　□流行性和地方性斑疹伤寒　□黑热病　□包虫病　□丝虫病　□除霍乱、细菌性和阿米巴性痢疾、伤寒和副伤寒以外的感染性腹泻病

其他法定管理以及重点监测传染病：

订正病名:＿＿＿＿＿＿＿＿＿＿＿＿＿	退卡原因:＿＿＿＿＿＿＿＿＿＿＿
报告单位:＿＿＿＿＿＿＿＿＿＿＿＿＿	联系电话:＿＿＿＿＿＿＿＿＿＿＿
报告医生:＿＿＿＿＿＿＿＿＿＿＿＿＿	填卡日期＊:＿＿＿＿年＿＿月＿＿日

备注:

《中华人民共和国传染病报告卡》填卡说明

卡片编码:由报告单位自行编制填写。

患者姓名:填写患者的名字(性病/AIDS 等可填写代号),如果登记身份证号码,则姓名应与身份证上姓名一致。

家长姓名:14 岁以下的患儿要求填写患者家长姓名。

身份证号:尽可能填写。既可填写 15 位身份证号,也可填写 18 位身份证号。

性　　别:在相应的性别前打√。

出生日期:出生日期与年龄栏只要选择一栏填写即可,不必既填出生日期,又填年龄。

实足年龄:对出生日期不详的用户填写年龄。

年龄单位:对于新生儿和只有月龄的儿童请注意选择年龄单位,默认为岁。

工作单位:填写患者的工作单位,如果无工作单位则可不填写。

联系电话:填写患者的联系方式。

病例属于:在相应的类别前打√。用于标识病人现住地址与就诊医院所在地区的关系。

现住地址:至少须详细填写到乡镇(街道)。现住址的填写,原则是指病人发病时的居住地,不是户籍所在地址。

第十节　传染病报告程序	文件编号：
	版本号：
	页码：第　页　共　页

职　　业:在相应的职业名前打√。

病例分类:在相应的类别前打√。乙肝、血吸虫病例需分急性或慢性填写。

发病日期:本次发病日期。

诊断日期:本次诊断日期。

死亡日期:死亡病例或死亡订正时填入。

疾病名称:在作出诊断的病名前打√。

其他传染病:如有,则分别填写病种名称,也可填写不明原因传染病和新发传染病名称。

订正病名:直接填写订正后的病种名称。

退卡原因:填写卡片填报不合格的原因。

报告单位:填写报告传染病的单位。

报　告　人:填写报告人的姓名。

填卡日期:填写本卡日期。

备　　注:用户可填写一些文字信息,如传染途径、最后确诊非传染病病名等。

注:报告卡带"＊"部分为必填项目。

编写:阚丽娟　　　　审核:熊继红　　　　批准:张秀明

艾滋病检测筛查
实验室质量管理程序

Chapter 2

	文件编号：
第一节　标本管理制度	版本号：
	页码:第　页　共　页

1 目的

规范人类免疫缺陷病毒(HIV)检测标本采集的操作,使其检测结果更具有可靠性。

2 适用范围

人类免疫缺陷病毒(HIV)检测筛查实验室。

3 标本的类型

人类免疫缺陷病毒(HIV)检测最常用的样品是血液,包括血清、血浆和全血。唾液或尿液有时也可作为测试样品。

4 操作步骤

4.1 采样前准备

4.1.1 根据检测项目的具体要求,确定采集样品的种类、处理、保存及运输的时限和方法,按照临床采血技术规范的要求操作,遵守生物安全要求。检查所需物品是否已备齐,是否在有效期内,有无破损,是否足量,特别应检查受检者信息与标本容器表面的标记是否一致,并注明标本采集时间。选择合适的室内(外)采血空间,受检者坐(卧)于合适的位置,准备采血用具、皮肤消毒用品、采血管及试管架、硬质废弃物容器等。

4.1.2 标本的编码和记录

a)规定标本编码的原则和方法,为标本制定唯一性编码,保证其唯一性。

b)采血前,先对装样品的试管核对编码。要将标签贴在试管的侧面,最好使用预先印制好的专门用于冷冻储存的耐低温标签。

c)应使用专门的标本记录本或登记表记录标本,同时录入电脑保存。

4.2 采集和处理

4.2.1 采集和处理注意事项

a)采集标本原则上应按临床采血技术规范操作。

b)采集标本时应注意安全,建议采用真空采血管及蝶形针具,以避免直接接触血液;直接接触HIV感染者/艾滋病(AIDS)病人血液/体液的操作,应戴双层手套。谨慎操作,防止血液污染双手,防止被针头和其他利器刺伤,防止造成外界污染。

c)所有的血液、血清、未固定的组织和组织液标本,均应视为有潜在传染性应以安全的方式进行操作。

d)应像操作未知传染风险标本一样,小心存放、拿取和使用所有可能有传染性的质量控制和参考物质,用后的包裹应进行消毒。

e)离心机要使用密闭的罐和密封头,以防液体溢出或在超/高速离心时形成气溶胶。

4.2.2 血液选择

a)抗凝全血:消毒局部皮肤,用加有抗凝剂(如 EDTA 钠盐或钾盐、枸橼酸钠、肝素钠)的真空采血管抽取适量静脉血,或用一次性注射器抽取静脉血,转移至加有抗凝剂的试管中,轻轻颠倒混匀 6～8 次,备用。

	文件编号：
第一节 标本管理制度	版本号：
	页码:第 页 共 页

b)末梢全血:消毒局部皮肤(成年人和 1 岁以上儿童可选择耳垂、中指、环指或示指。1 岁以下儿童采用足跟部)。用采血针刺破皮肤,用无菌纱布擦掉第一滴血。收集滴出的血液,备用。

c)血浆:将采集的抗凝全血 1500～3000r/min 离心 15min,上层即为血浆,吸出置于合适的容器中,备用。

d)血清:根据需要,用一次性注射器(或真空采血管)抽取 5～10ml 静脉血,室温下自然放置 1～2h,待血液凝固、血块收缩后再用 1500～3000r/min 离心 15min,吸出血清,置于合适的容器中,备用。

4.3 样品的保存

4.3.1 用于抗体和抗原检测的血清或血浆标本,短期(1 周)内进行检测的可存放于 2～8℃,1 周以上应存放于－20℃以下。

4.3.2 艾滋病检测筛查实验室检测的筛查阳性标本应及时送确证实验室,阴性标本可根据具体需要决定保存时间,建议至少保存 1～2 个月。特殊用途或专项项目的标本根据具体要求确定保存时间。

4.4 标本的运送

4.4.1 应符合生物安全要求,要获得相应部门批准并由具有资质的人员专程护送。

4.4.2 应采用三层容器对标本进行包装,且应附有与标本唯一性编码相对应的送检单。送检单应标明受检者姓名、标本种类等信息,并应放置在第二层和第三层容器之间。

a)第一层容器:直接装标本,应防渗漏。样品应置于带盖的试管内,试管上应有明显的标记,标明标本的唯一性编码或受检者姓名、种类和采集时间。在试管的周围应垫有缓冲吸水材料,以免碰碎。

b)第二层容器:容纳并保护第一层容器,可以装若干个第一层容器。要求不易破碎、带盖、防渗漏、容器的材料要易于消毒处理。

c)第三层容器:容纳并保护第二层容器的运输用外层包装箱。外面要贴上醒目的标签,注明数量、收件和发件人及联系方式,同时要注明"小心轻放、防止日晒、小心水浸、防止重压"等字样,还应易于消毒。

d)用于抗体检测的血清和血浆标本应在冻存条件下运送。

e)运送标本必须有记录。

f)特殊情况下经有关部门批准可以用特快专递邮寄标本,但必须用三层包装,将标本管包扎好,严禁使用玻璃容器。

4.5 标本的接收

4.5.1 标本包裹必须在具有处理感染性材料能力的实验室内、由经过培训的、穿戴防护衣、戴口罩、戴防护眼镜的工作人员在生物安全柜中打开,用后的包裹应及时进行消毒。

4.5.2 核对标本与送检单,检查标本管有无破损和溢漏。如发现溢漏应立即将尚存留的标本移出,对标本管和盛器消毒,同时报告实验室负责人和上一级实验室技术人员。

第一节　标本管理制度	文件编号：
	版本号：
	页码:第　页　共　页

4.5.3 检查标本的状况,记录有无严重溶血、微生物污染、血脂过多以及黄疸等情况。如果污染过重或者认为样品不能被接受,应将标本安全废弃,并将标本处理情况立即通知送样人。

4.5.4 接收标本时应填写标本接收单。

5 标本处理

5.1 采血完成后的穿刺针头必须丢弃于尖锐危险品容器里,妥善处理,防止发生职业暴露。

5.2 检验标本先用含 2～3g/L 有效氯消毒剂浸泡 30min,再用高压锅高压消毒,然后用双层专用黄色医用垃圾袋专人收集所有废弃医用垃圾,送专门存放医用垃圾处统一焚化处理,并做好登记。

编写:王结珍　　　审核:熊继红　　　批准:张秀明

第二节　生物安全防护制度	文件编号：
	版本号：
	页码:第　页　共　页

1 目的

保护艾滋病检测筛查实验室所有工作人员的人身安全,防止实验室内外污染,保护环境。

2 适用范围

艾滋病检测筛查实验室。

3 实验室安全细则

3.1 实验室要求

3.1.1 人类免疫缺陷病毒(HIV)属第二类病原微生物,是高致病性病原微生物。HIV初筛实验室必须是专用实验室,符合Ⅱ级生物安全实验室(BSL-2)要求,严格划分清洁区和污染区,设明显标记,保证充足的操作空间。

3.1.2 在实验室入口处及重点污染区域设有明显的"生物危险"警示标志。

3.1.3 实验室墙面、地面、台面材料耐酸、碱;易清洁消毒、不渗漏液体;室内防蚊、防蝇、防鼠设备完好。

3.1.4 实验室配备生物安全柜、紫外线灯、紧急洗眼器、感应水龙头、应急药箱、灭火器及各类个人防护用品。

3.1.5 配备足够的一次性手套、口罩、隔离服和防护眼镜,各类防护用品均符合国家安全标准。

3.1.6 个人衣物、用品等要放置清洁区。

3.1.7 室温保持在 20～25℃。

3.2 建立安全制度

实验室主任是实验室安全的第一责任人,对实验室工作和环境的安全负责,负责制定全面的实验室安全管理制度并监督落实。所有工作人员都应无条件遵守实验室安全管理制度,保护自己和他人的安全。艾滋病检测实验室应建立下列安全制度,每年都应对安全制度或安全标准操作程序及其落实情况进行检查和修订,并有记录。

3.2.1 制定实验室的安全工作制度及安全标准操作程序(S-SOP)。

3.2.2 意外事故处理预案:主要是生物安全意外事故,内容包括应急处理、登记和报告、调查和处理。

3.2.3 信息安全及保密制度:与 HIV/AIDS 检测相关的所有资料均应严格保密,包括送检单、检测记录、样品登记、报告单及工作人员年度检测结果等,不得对无关人员透露检测结果。

3.3 培训和管理

3.3.1 实验室应进行全员安全培训并强化"普遍性防护原则"安全意识,所有的血液、未固定的组织和组织液样品,均应视为有潜在的传染性,都应以安全的方式进行操作。所有管理和检测人员都应接受省级以上艾滋病检测实验室主持的安全培训,包括上岗前培训和复训,并接受管理人员的监督。

	文件编号：
第二节　生物安全防护制度	版本号：
	页码：第　页　共　页

　　3.3.2 必须对新上岗人员进行安全教育和培训,使他们清楚实验室工作的潜在危险,通过考核等方式确认他们具备安全操作的能力后方可单独工作。

　　3.3.3 必须对新调入人员、外来合作、进修和学习的人员进行生物安全培训,经实验室主任批准后,方可进入实验室。

　　3.3.4 生物安全培训和监督应有客观翔实的记录。

　　3.3.5 实验室主任应详细了解所有工作人员的教育和培训背景、特长、性格特点等。要根据人员特点、工作种类、所涉及的生物材料合理安排工作区域,要定期对实验室环境进行安全检查。

　　3.4 个人保健和防护

　　3.4.1 遇有手部皮肤有开放性伤口及其他不适于工作的情况,应暂停工作。

　　3.4.2 皮肤的微小伤口、擦伤、皲裂等,应用防水敷料严密覆盖。

　　3.4.3 应为每位在艾滋病实验室工作的人员提供充足的防护服、一次性乳胶手套、口罩、帽子和覆盖足背的工作鞋。应将清洁的防护服和其他个人防护用品置于实验室清洁区内的专用处存放。

　　3.4.4 实验室应设置应急冲洗眼睛装置。

　　3.4.5 工作人员上岗前必须进行 HIV 抗体和乙型肝炎病毒、丙型肝炎病毒等肝炎病毒标志物检测,应接种乙肝疫苗。应每年对工作人员采血检测 HIV 抗体,血清应长期保留。

　　3.4.6 进实验室工作前要摘除首饰,修剪长的指甲,以免刺破手套。

　　3.4.7 严禁在实验室内进食、饮水、吸烟和化妆。

　　3.4.8 实验操作时应穿合适防护服(白大衣、隔离衣或一次性工作服)、戴手套和口罩、穿实验室专用的工作鞋。如接触物的传染性大时,应戴双层手套;含有 HIV 的液体(样品或病毒培养液)有可能喷溅时,应戴防护眼镜,穿防水(如塑料)围裙。工作完毕,先脱去手套,再脱去防护服,用肥皂和流动水洗手。穿过的污染的防护服应及时放入污物袋中,消毒后方可洗涤或废弃。操作过程中,如发现防护服被污染应立即更换,如手套破损,应立即丢弃、洗手并换上新手套。不能用戴手套的手触摸暴露的皮肤、口唇、眼睛、耳朵和头发等。不要将手套清洗或消毒后再次使用,因为使用表面活性剂清洗可使手套对水的通透性增加,消毒剂可以引起手套的破损。

　　3.4.9 禁止使用口腔吸液管,必须使用移液器来操作试验的所有液体。

　　3.5 安全操作

　　3.5.1 试剂及样品的管理:应严格按要求妥善保存血清及其他体液样品,应按有关规定设立专门储存阳性血清、质控品的血清库和(或)毒种库,应上锁并指定专人管理。对存放试剂和有毒有害物质的区域应进行监控,冷藏柜、冰箱、培养箱和存放生物试剂、化学危险品、放射性物质的容器,置于工作人员视线之外的地点时应上锁。

　　3.5.2 实验室的清洁和消毒:工作完毕应对工作台面消毒,推荐用 0.1%～0.2% 的次氯酸溶液消毒;用消毒液清洗后要干燥 20min 以上;操作过程中如有样品、检测试剂外溅,应及

第二节　生物安全防护制度

时消毒。如有大量高浓度的传染性液体溅出,在清洁之前应先用1%的次氯酸钠溶液浸泡,然后戴上手套擦净。

3.5.3 样品的采集和处理:抽取静脉血液(或以其他方式收集血液样品)时要注意安全,应使用一次性注射器,戴手套,谨慎操作,防止血液污染双手。应小心防止被针头和其他利器刺伤。离心样品时要使用密闭的管和密封头,防止离心时液体溢出或在超/高速离心时形成气溶胶。

3.5.4 样品的带入、带出和操作

a)不得将非实验室物品带入实验室。

b)包装有测试样品的包裹应在实验室的安全柜内打开,不能在收发地点或仓库等地点打开,同时,打开包裹的人员应接受过处理感染源方面的训练并穿戴合适的防护服;实验室应具有处理感染源的设备并准备好可消毒的容器。

c)打开样品容器时要小心,防止内容物泼溅。要核对样品与送检单,检查样品管有无破损和溢漏。如发现溢漏应立即将尚存留的样品移出,对样品管和盛器进行消毒,同时要按照程序报告有关负责人。

d)要检查样品的状况,记录有无严重溶血、微生物污染、血脂过多及黄疸等情况。如污染过重或者认为不能接受,则应将样品用安全方式废弃,同时将情况通知送样人。

e)常规处理血液、体液样品可在工作台上进行,如样品有可能溅出,则应戴手套、口罩和防护眼镜,在生物安全柜中操作。

f)将样品转送到其他实验室时,应防止对工作人员、患者或环境造成污染。护送样品的人应清楚接收地点和接收人,实验室负责人或其指定的人员应及时确认样品已送达指定的实验室,被转入安全位置并得到妥善处理。

g)被污染或可能污染的材料在带出实验室前应进行消毒。用后的包裹应进行消毒。

3.6 使用利器注意事项

3.6.1 应尽量避免在实验室使用针头、刀片、玻璃器皿等利器,以防刺伤。如果必须使用,在处理或清洗时应采取措施防止刺伤或划伤,并应对用过的物品进行消毒。

3.6.2 应使用安全针具采血,如蝶形真空针、自毁性针具等,以降低直接接触血液和刺伤的危险性。

3.6.3 应将用过的锐器直接放入耐穿、防渗漏的利器盒,用过的针头应直接放入坚固的容器内,消毒后废弃。

3.6.4 禁止将使用后的一次性针头重新套上针头套。禁止用手直接接触使用过的针头、刀片等利器。

4 污染物处理

4.1 实验台消毒

4.1.1 实验台消毒措施必须符合艾滋病实验室的通用生物安全要求。由专人按特定程序和方法进行清洁和消毒。

第二节　生物安全防护制度	文件编号：
	版本号：
	页码：第　页　共　页

4.1.2 台面的清洁消毒,保持清洁、湿式打扫。每天开始工作前用湿布抹擦 1 次,地面用湿拖把擦 1 次,禁用干抹干扫。抹布和拖把等清洁用具实验室专用,不得混用,用后洗净晾干,下班前用含氯消毒剂(次氯酸钠,含有效氯 2000mg/L)、0.2%～0.5%过氧乙酸或 75%乙醇抹擦 1 次。也可用便捷式高强度紫外线消毒器近距离照射消毒。

4.1.3 应像操作未知传染风险样品一样进行消毒与灭菌,小心存放、拿取和使用所有可能有传染性的血液、质量控制和参考物质,若被上述物品明显污染,如具传染性的标本或培养物外溢,溅泼或器皿打破,洒落于台面,应立即用消毒液消毒,用 5000mg/L 有效氯消毒剂、过氧乙酸或乙醇洒于污染的台面,并使消毒液浸过污染表面,保持 30～60min 再擦拭干净拖把用后浸于上述消毒液内 1h 以上。

4.1.4 各类在实验室实验台上操作后的废弃物品均应视作污染物分类处理,所有废弃物应视为 HIV 污染物品,按照《传染病防治法》处理。

4.2 艾滋病检测实验室常用的消毒方法

4.2.1 物理消毒方法

a)高压蒸汽消毒,121℃,保持 15～20min。

b)干燥空气烘箱消毒(干烤消毒),140℃,保持 2～3h。

4.2.2 化学消毒方法

a)含氯消毒剂(次氯酸钠,含有效氯 2000～5000mg/L)。

b)75%乙醇。

c)2%戊二醛。

4.2.3 艾滋病检测实验室物品常用的消毒方法

a)废弃物缸:5000mg/L 次氯酸钠。

b)生物安全柜工作台面和仪器表面:75%乙醇。

c)溢出物:5000mg/L 次氯酸钠。

d)污染的台面和器具:2000mg/L 次氯酸钠,也可以用过氧化氢或过氧乙酸;器械可用 2%戊二醛消毒。

4.3 消毒液的配制及使用

4.3.1 含氯消毒剂:HIV 实验室最常用的化学消毒剂是含氯消毒剂(次氯酸钠,含有效氯 2000～5000mg/L)、75%乙醇和 2%戊二醛,保持 10～30min。

4.3.2 含氯消毒剂的配制:次氯酸钠原液使用前进行 1:20～1:50 稀释(2000～5000mg/L)或联昌 84 使用前进行 1:10～1:25(2000～5000mg/L)稀释后,用于实验室内的消毒。

4.3.3 乙醇:俗称"酒精",能够杀灭多种细菌,对 HIV 病毒有一定的杀灭作用,70%～75%的效果最好。因此,使用前新鲜配制足量 70%～75%的乙醇,用于生物安全柜、工作台面和仪器表面的消毒,可以达到最佳的消毒效果。

4.3.4 过氧乙酸:也是目前使用比较广泛的一种高效消毒剂,新鲜配制 1%～3%的过氧乙酸熏蒸,用于地面、墙壁、实验器材及实验室内资料、文件、书本等物品的消毒。0.04%的过

	文件编号：
第二节 生物安全防护制度	版本号：
	页码：第 页 共 页

氧乙酸用于实验室工作人员手浸泡 1～20min，再用肥皂洗手。

4.3.5 2％戊二醛：用于可浸泡物品的消毒、医疗器械等。

4.4 应按照《实验室生物安全通用要求》(GB 19489-2004)和《消毒技术规范(2002 年版)》处置实验室废弃物。

4.5 艾滋病实验室产生的所有废弃物，包括不再需要的样品、培养物和其他物品，均视为感染性废弃物，应置于专用的密封防漏容器中，安全运至消毒室，经高压消毒后再进行处理或废弃。

编写：王结珍　　　　审核：熊继红　　　　批准：张秀明

第三节　质量管理程序	文件编号：
	版本号：
	页码：第　页　共　页

1 目的

建立健全实验室质量保证和质量控制体系,并由专人负责质量体系的正常运转,为受检者提供准确、可靠的 HIV 初筛结果。

2 适用范围

艾滋病检测筛查实验室。

3 质量管理细则

3.1 人员培训

3.1.1 由 4 名医技人员组成,其中具有中级卫生技术职称人员至少 1 名。

3.1.2 艾滋病实验室检验人员上岗前必须接受省级或其授权部门组织的专业技术培训、经考核合格、获得合格证书,持证上岗,在工作中还应定期或不定期接受复训。上岗培训内容至少应包括政策法规、艾滋病检测相关基础知识、生物安全、操作技能及质量控制等。在岗持续培训指在工作中要根据需要接受复培训,确证实验室技术人员每年至少 1 次,筛查实验室技术人员至少每 2 年 1 次,除接受检测基本培训内容外,要求了解相关技术、质控及安全要求的新进展。建立实验室检验人员培训登记表,记录检验人员接受培训情况,便于监督管理。非卫生专业技术人员不得从事艾滋病检测工作。

3.1.3 检验人员必须被告知实验室工作的潜在危险,建立"普遍性防护原则"安全意识,并有能力处理一般的安全事故后方可单独工作。

3.1.4 实验室在使用新方法前,需对技术人员进行培训,获得资格后方可开展相应工作。

3.1.5 检测人员应分为检验人、复核人、签发人。复核人、签发人应具备对检测过程进行分析和解决问题的能力。

3.1.6 建立实验室质量管理制度,落实到位,定期进行检查,有检查记录。

3.2 环境条件 HIV 筛查实验室的设置及其建筑、设施、设备符合《全国艾滋病检测工作管理办法》的要求。

3.2.1 实验室用房需独立,且污染区、半污染区和清洁区分开,符合二级生物安全实验室(BSL-2)要求,并保证充足的操作空间。

3.2.2 实验室墙面、地面、台面材料耐酸、碱;易清洁消毒、不渗漏液体;室内防蚊、防蝇、防鼠设备完好,实验室配备生物安全柜、紫外线灯、紧急洗眼器、感应水龙头、应急药箱、灭火器以及各类个人防护用品。

3.2.3 在实验室入口处及重点污染区域设有明显的"生物危险"警示标志。

3.3 样品采集、运送和处理严格按照本规范第一节要求执行。

3.4 检测试剂和方法的选择

3.4.1 所用的 HIV 抗体检测试剂必须是 HIV-1/2 混合型,应使用经国家食品药品监督管理局注册批准的试剂,经过批批检定合格,且符合相关要求的试剂。

3.4.2 使用可靠的检测方法,应选择敏感性高、特异性好的试剂。各实验室更换试剂批

第三节　质量管理程序

号时，应进行平行试验，即新批号试剂在测定质控品（已知结果）时能够获得与原试剂相同的结果。所有试剂盒须严格按要求条件保存。试剂盒拆封时，要记录拆封时间，所有试剂严格控制在有效期内使用。

3.5 仪器设备

3.5.1 配备 HIV 抗体筛查试验所需设备，至少包括酶标读数仪、洗板机、普通冰箱、水浴箱（或温箱）、离心机、加样器（仪）、消毒与污物处理设备、实验室恒温设备、安全防护用品和生物安全柜。

3.5.2 所有检测器材必须专室专用，艾滋病检测实验室中使用国家规定需要强检的仪器设备，必须由同级或上级计量认证部门定期检定，非国家强检的仪器设备应定期要求厂家或供应部门维护和校准。

3.5.3 建立仪器设备档案，内容包括仪器设备采购过程的商业文件，安装、验收及领用过程的管理资料，仪器设备的技术性文件，仪器设备校准计划，人员授权情况，仪器设备的配件技术资料等。

3.5.4 实验室应设立常用仪器的维护及校准制度，以保证检测工作正常运转。必须经国家法定部门定期（每年至少 1 次）校准的仪器至少包括酶标仪/洗板机、加样器、温度计、高压灭菌器。加样器、温湿度计需经计量部门校准。必要时可根据需求每 1～2 个季度进行期间核查。其他精密仪器及出具实验结果的仪器，如生物安全柜、离心机等也必须定期（每年 1 次）校准，可请生产厂家校准。

3.5.5 保管人和使用人应负责仪器设备的日常保养和维护，重要的仪器设备必须经校准合格、贴上校准合格标签后方可正式启用。

3.5.6 因仪器设备故障或技术性能下降等需要维修时，应及时申请维修。修复后的仪器设备需重新检定或校准合格后放可投入使用。

3.5.7 实验室需选购质量优良的耗材，以保证检测工作安全和结果的可靠性，并定期（每批次）或在更换产品时对耗材进行质量评价。

3.6 实验室规范化管理

3.6.1 HIV 筛查实验室必须符合 II 级生物安全实验室标准，并有利于日常工作的开展。

3.6.2 重要的工作制度、操作流程、应急预案要置于实验室显眼位置。强化每个工作人员的质量意识，充分发挥质量监督员的监督职能。

3.6.3 对实验室的工作环境、工作流程和实验操作实行经常性的监控、监督和检查。应对实验室内的恒温恒湿环境进行监控。

3.7 建立管理文件

3.7.1 作业指导书（标准操作程序，SOP）：HIV 筛查实验室要建立覆盖主要工作内容的作业指导书。所有业务人员要在所从事工作的作业指导书上签名表示已经阅读并掌握了有关内容。实验过程中应严格执行标准操作程序（SOP），不得擅自修改。

3.7.2 实验原始记录：实验过程必须填写或打印原始记录（根据不同的试验选择相应的

第三节　质量管理程序	文件编号：
	版本号：
	页码：第　页　共　页

原始记录表）。实验原始记录必须用钢笔或签字笔填写,修改必须符合计量认证的要求,不得涂改,必须有检验人员和复核人员签名。

3.7.3 文件存档:艾滋病实验室应对实验相关资料(包括样品送检单、样品登记表、实验原始记录、酶标仪打印数据等)归档保存。艾滋病实验室还应对其他重要环节的工作情况进行记录,范围包括检测试剂、仪器设备、质量管理、人员培训、安全操作、事故等方面内容,并进行分类归档,长期保存。可使用电脑记录的资料,最好同时使用电脑保存各种记录。

3.8 质量控制

3.8.1 质控对照:每次实验必须设立内部质控对照和外部质控对照。内部对照质控血清必须使用该试剂盒内提供的阳性和阴性对照品,且只能在同批号的试剂盒中使用。每次实验中阳性对照和阴性对照的数量和结果在控,按该试剂盒说明书的要求设立和判定。设立内部质控对照可以有效监控该试剂盒的检测能力和操作过程的正确性。外部对照质控品包括强阳性、弱阳性和阴性对照品,但通常可以只设一个弱阳性对照。外部对照质控品可以采用国家权威检验质控机构供应的定值产品,也可自行制备。

3.8.2 作用:通过使用外部质控对照制作质控图的方法,可以有效监控检测的重复性、稳定性及试剂盒的批间或孔间差异。

3.8.3 质控图的制作和应用:严格按《HIV 抗体检测质控图建立和应用操作程序》执行。

3.9 质量评价

3.9.1 室间质量评价的目的:检验实验室对未知样品获得正确结果的能力,是评价实验室对 HIV 抗体筛查能力。

3.9.2 室间质量评价的内容:HIV 抗体筛查技术、结果报告和各项职能工作的完成情况。

3.9.3 质量评价的意义:实验室积极参加卫生部临检中心和广东省临检中心 HIV 室间质量评价活动,并取得合格证书,将每次参加室间质量考评的有关材料汇总成册保存。通过评价实验室对 HIV 抗体筛查能力,以促进实验室建设、完善实验室功能、提高实验室技术和质量管理水平。

编写:张汉奎　　　　审核:杨志钊　　　　批准:张秀明

	文件编号:
第四节　检测程序	版本号:
	页码:第　页　共　页

1 目的

明确 HIV 初筛检测程序,使结果更具可靠性。

2 适用范围

艾滋病检测筛查实验室。

3 试剂

初筛使用的 HIV 抗体检测试剂必须是 HIV-1/-2 混合型,经卫生部批准或注册,经过批检合格,并在有效期内。本实验室使用 cobas6000 E601 配套专用 HIV 测定试剂。

4 初筛检测程序

4.1 检测标本要严格按照试剂说明书,严格遵守实验室标准操作规程操作,不得擅自更改。

4.2 血液标本验收合格处理后,编号、登记、离心分离血清,使用卫生部临检中心提供的 HIV 质控品,严格按照 cobas6000 E601(罗氏 E601)操作程序操作检测。

4.3 结果报告

a)初筛检测结果如呈阴性反应,则做 HIV 抗体阴性报告。

b)初筛检测结果如呈阳性反应的标本,需进行重复检测。复检时 cobas6000 E601 重复测检测和 TPPA 法重测一次。如两种试剂复检均呈阴性反应,则做 HIV 抗体阴性报告;如均呈阳性反应,或有一份阳性,该标本需送上级实验室加以进一步证实。送检时应准确填报复检单,重新抽血连同原血专人送省疾控做 HIV-Ab 确证实验。

4.4 艾滋病检测筛查实验室检测程序流程图

见图 2-4-1。

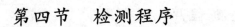

第四节　检测程序	文件编号：
	版本号：
	页码:第　页　共　页

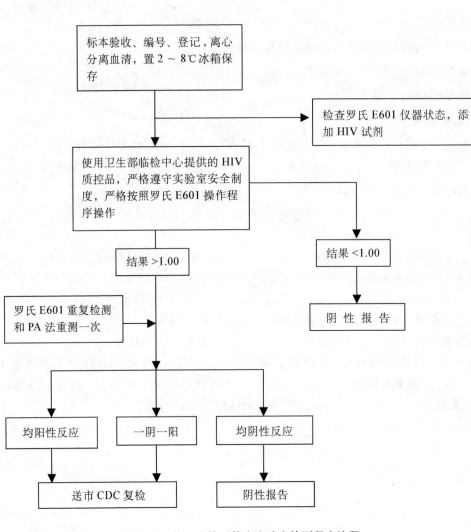

图 2-4-1　艾滋病检测筛查实验室检测程序流程

编写:张汉奎　　　　　审核:杨志钊　　　　　批准:张秀明

第五节 报告程序	文件编号:
	版本号:
	页码:第 页 共 页

1 目的

建立艾滋病检测筛查实验室报告制度,及时将本实验室检测情况向上一级卫生行政部门报告,为疾控中心提供及时、可靠的 HIV 抗体初筛情况。

2 适用范围

艾滋病检测筛查实验室。

3 报告细则

3.1 初筛试验呈阴性反应的标本,可判为 HIV 抗体筛查阴性,报告"HIV 抗体筛查阴性";初筛试验中发现 HIV 抗体筛查阳性或可疑的标本,首先通知相关科室该标本 HIV 抗体筛查可疑阳性,然后应用原有试剂和另外一种不同原理或不同厂家的筛查试剂重复检测。如两种试剂复测均呈阴性反应,可判为 HIV 抗体筛查阴性;如两种试剂复测均呈阳性反应,或一阴一阳,可判为 HIV 抗体待复查。

3.2 对 HIV 抗体待复查者,应尽量重新采集第 2 份标本,标明采样日期,连同第 1 份标本转送艾滋病确认实验室进行确证。送检标本不少于 1.8ml,送检前应填写"HIV 抗体复检化验单",由 1 名检验人员和 1 名具有中级或以上卫生技术职称的人员审核签字,连同标本一并送当地卫生行政部门指定的 HIV 确认实验室。要求尽快(城区一般要求在 48h 内)将血样连同试验数据(如试验方法、试剂批号、有效期)和送检化验单送市疾病控制中心。

3.3 具体工作流程见图 2-5-1。

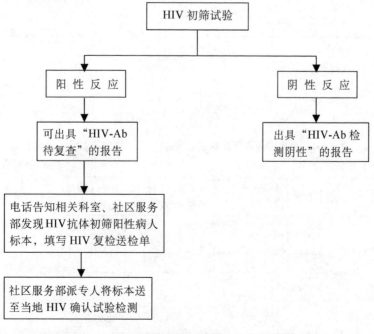

图 2-5-1 艾滋病检测筛查实验室报告流程

	文件编号:
第五节　报告程序	版本号:
	页码:第　页　共　页

4 质量记录表格

JYZX-MY-TAB-035《中山市人民医院检验医学中心 HIV 抗体复检化验单》(表 2-5-1)。

JYZX-MY-TAB-033《中山市人民医院检验医学中心 HIV 抗体筛查标本记录表》(表 2-5-2)。

表 2-5-1　中山市人民医院检验医学中心 HIV 抗体复检化验单

科别:　　　　　　　　　　　　　　　　　　　　　　　表格编号:JYZX-MY-TAB-035

送检单位				送检日期		年　月　日
送检标本				送检人群		
姓　　名		性别	年龄	职业		
现 住 址				户籍所在地		
国籍或民族				既往病史		

	初　筛　试　验	复　检　试　验	
		第一次	第二次
检测日期			
检测方法			
试剂厂家			
批　　号			
有 效 期			
送检标本			
结　　果			

检测者:	审核者:
送检单位(公章): 电话: 邮编:	

表 2-5-2　中山市人民医院检验医学中心 HIV 抗体筛查标本记录表

科别:　　　　　年份:　　　年　　　　　　　　　　　　表格编号:JYZX-MY-TAB-033

送检日期	姓名	ID号	性别	年龄	国籍或民族	职业	人群类别	送检科别或单位	标本编号	检验结果	检验者	审核者	报告日期	备注

编写:张汉奎　　　　　审核:杨志钊　　　　　批准:张秀明

	文件编号：
第六节　咨询程序	版本号：
	页码：第　页　共　页

1 目的

规范艾滋病检测筛查实验室行为，明确艾滋病检测筛查实验室职责。为受检者提供咨询，并及时将初筛阳性送艾滋病检测确认实验室确认。

2 适用范围

艾滋病检测筛查实验室。

3 职责细则

3.1 艾滋病是一种病死率很高的传染病，而且 HIV 感染经常被认为与某些社会主流道德所不容的行为有关，所以感染 HIV 会使人蒙受比患其他疾病更严重的精神压力，尤其在遭到歧视、遗弃的情况下，他们一方面有可能产生严重的孤独、恐惧和绝望，甚至以自杀求得解脱；另一方面他们也可能采取一些报复他人和社会的行为。这不仅影响到感染者个人和他们的家庭，而且会影响到社会，以及 HIV 的传播流行。

3.2 在进行 HIV 抗体检测前为受检者提供咨询服务可以帮助他们了解有关的知识信息，评价检测的必要性，分析检测对他们带来的积极的和消极的影响，帮助他们全面权衡利弊，在此基础上由他们自己选择是否进行检测。这样可以避免盲目检测给受检者带来的不良影响。

3.3 在检测后，无论检测结果如何，都需要由专门人员对检测结果做出科学全面的解释，为检测阳性的人提供必要的心理支持，同时也避免检测阴性的人盲目乐观。更重要的是，检测前、后咨询是对要求检测的人进行有关知识教育，促使他们改变危险行为，减少 HIV 传播的机会。在人们自己意识到 HIV 感染威胁的时候，及时向他们传递知识信息。分析行为改变的意义，更容易促使他们接受健康的行为方式。

3.4 HIV 初筛实验室对本地按规定和要求检测的对象做 HIV 抗体初筛检测，并提供检测前、后的咨询服务。

3.5 做好初检标本登记、试验记录，定期向当地的 HIV 抗体初筛中心实验室或省级 HIV 抗体确认中心报告 HIV 抗体检测情况。

3.6 HIV 初筛实验室保密程序制度

3.6.1 HIV 检测实验室的所有工作人员要具有高度的保密意识，不得对无关人员透漏任何实验室内部的信息。

3.6.2 HIV 检测实验室要有专人负责妥善保存与 HIV/AIDS 相关检测项目的所有资料（包括送检单、各种试验记录、感染者档案、报告单的发放），不得擅自修改和销毁。未经省级卫生行政部门许可，不得向无关人员或单位提供任何情况。严格遵守保密制度，杜绝泄密事件的发生。

3.6.3 我科 HIV 实验室属于艾滋病检测筛查实验室，检测的结果也不是最终结果，检测到阳性结果应及时将初检呈阳性反应的标本送 HIV 抗体初筛中心实验室，再转送确认实验室确认，根据 WHO 提出的三级包装系统送到上级实验室作进一步确认。此时，不能出具

第六节　咨　询　程　序	文件编号：
	版本号：
	页码:第　页　共　页

HIV 抗体阳性的结果报告,更不能告知受检者本人。

3.6.4 经确认的阳性标本,包括在实验室留存的标本,应送省级 HIV 抗体确认中心或省级卫生行政部门指定的单位保存,不得擅自处理。标本保存时间至少 5 年。

3.6.5 当发生职业暴露事故后,无论职业暴露事故级别的大小,对涉及的职业暴露者,均应注意做好保密工作,任何一个得到信息的人都要做好保密工作。

3.6.6 未经病人同意,工作人员决不对病人提供的材料及有损病人秘密的信息、关键数据或事件等对外提供或发布,不使用有损于病人利益的信息(姓名、家庭住址、工作单位等)和数据等在国内外刊物上发表文章或对外公布,使病人的利益得到充分的保障。

3.6.7 如果病人为儿童或精神障碍者的查询,应确保资料查询后的效果,所提供的查询不应有损于法律法规,不应与病人利益相矛盾,不应有不正当透露他人隐私和秘密的目的,对不能及时收回被查询资料的,不应提供查询。

编写:张汉奎　　　　审核:杨志钊　　　　批准:张秀明

	文件编号：
第七节　意外和事故处理程序	版本号：
	页码：第　页　共　页

1 目的

明确艾滋病检测筛查实验室意外和事故处理程序，对意外和事故能有效而迅速地处理，减少感染的发生，缩小污染范围。

2 适用范围

艾滋病检测筛查实验室。

3 处理程序

3.1 意外和事故

3.1.1 意外：指发生了未导致个人伤害偶然发生的危险，但也可能已经发生了伤害。

3.1.2 事故：指发生了人身伤害。意外和事故都可被分为小型的和重大的。

3.1.3 小型意外：少量潜在传染性物质漏到椅子上，常用于这种情况的有效处理措施是消毒污染处。

3.1.4 重大意外：指任何情况下，如果怀疑有严重性的意外，都将被视为重要的，实验室必须被清空，上锁，并且实验室管理者要请教安全专家，听从他们的意见。

3.2 发生意外事故时，应针对事故的类型立即进行紧急处理。

3.2.1 皮肤针刺伤或切割伤：应立即用肥皂和大量流水冲洗，尽可能挤出损伤处的血液，用 75% 乙醇或其他消毒剂消毒伤口。

3.2.2 皮肤污染：用水和肥皂冲洗污染部位，并用适当的消毒剂浸泡，如 75% 乙醇或其他皮肤消毒剂。

3.2.3 黏膜污染：用大量流水或生理盐水冲洗污染部位。

3.2.4 衣物污染：尽快脱掉污染的衣物，进行消毒处理。

3.2.5 污染物泼溅：小范围污染物泼溅，应立即进行消毒处理和清洗。发生大范围污染物泼溅事故时，应立即通知实验室主管领导和安全负责人到达事故现场，查清情况，确定消毒的程序。

3.2.6 空气污染：发生空气污染时，可采用低温蒸气甲醛气体对空气进行消毒，但甲醛有致癌作用，不宜用于生物安全柜和实验室的常规空气消毒。

3.2.7 如果发生重大泼溅事故，应采取以下措施。

a)从污染处疏散人员，但要防止污染扩散。

b)控制污染扩散，锁门并禁止人员进入。

c)通知实验室主管领导、安全负责人等，查清情况，确定消毒处理的程序。

d)必要时可进行生物安全柜和(或)实验室的低温蒸气甲醛气体消毒，使用这种方法生物安全柜和(或)实验室必须密闭，人员必须离开。具体操作可按说明书执行。

e)溢漏处可用经消毒剂浸泡的吸水物质覆盖；消毒剂作用 10～15min 或以后，移走吸水性物质，用消毒剂冲洗，用水清洗。

3.3 意外及事故的登记、报告和检测

第七节 意外和事故处理程序	文件编号：
	版本号：
	页码:第 页 共 页

3.3.1 对重大意外和事故必须进行登记,对职业暴露事故应填写"艾滋病职业暴露人员个案登记表"。内容包括以下几方面。

a)意外和事故发生的时间、地点及详细经过。详细记录职业暴露发生的时间、地点及经过;暴露方式;损伤的具体部位、程度;暴露物种类(培养液、血液或其他体液)和含有 HIV 的情况。

b)事故处理方法和经过,包括专家或领导赴现场指导和处理的情况。处理方法及经过;是否采用暴露后预防药物,详细记录用药情况、首次用药时间(暴露后几小时或几天)、药物毒性反应情况(包括肝肾功能化验结果)、用药的依从性。

c)随访和检测的日期、项目和结果。

3.3.2 对重大意外和事故必须进行报告和检测。

a)发生重大事故时,在紧急处理的同时要立即向主管领导和专家报告。同时抽血检测 HIV 抗体,暴露后 4 周、8 周、12 周、6 个月要定期检测。

b)发生小型事故时,可在紧急处理后立即将事故情况和处理方法报告主管领导和专家。

4 质量记录表格

《中山市人民医院艾滋病职业暴露人员个案登记表》(表 2-7-1)。

表 2-7-1 中山市人民医院艾滋病职业暴露个案登记

一、基本情况							
编　　号		性别		年龄/工龄	/	职　业	
工作单位							
发生时间				发生地点			
暴露时从事何种防治活动							
是否接受过艾滋病安全操作培训							
二、暴露方式							
(一)接触暴露							
1.皮肤　　无破损 □　有破损 □				2.黏膜		□	
3.接触部位				4.接触面积		cm^2	
5.暴露量和时间	量小暴露时间短		□			量大暴露时间长	□
6.污染物来源	(1)血液 □		(2)何种体液			(3)其他	
(二)针刺或锐器割伤							
1.何种器械	(1)空心针 □		(2)实心针	□		(3)其他器械	

第七节　意外和事故处理程序

	文件编号：
	版本号：
	页码:第　页　共　页

2.损伤程度、危险度	表皮擦伤、针刺　低危　☐		伤口较深、器皿上可见血液　高危　☐	
3.污染物来源	(1)血液　☐	(2)含血体液　☐	(3)其他	
（三）其他方式				
致伤方式	抓伤☐　　咬伤☐　　其他		破损、出血　　有☐　　无☐	

三、暴露源严重程度				
（一）实验室样品	1.血液　　　　　　　☐		2.何种体液	
	3.其他		4.病毒含量:滴度低　☐　　滴度高　☐	
	5.其他情况			
（二）来源于患者	患者编号	性　别	年　龄	确诊时间
	患者病情	无症状 HIV 感染者　☐	有症状,但不同于艾滋病　☐	艾滋病期　☐
	病毒载量		CD4 细胞计数	
备注：				

四、暴露后紧急处理		
（一）皮肤	1.清水冲洗　　　　　　☐	2.是否用肥皂　　是☐　　否☐
	3.是否挤出损伤处血液　是☐　否☐	4.消毒药物
	5.冲洗时间　　　　　min	
（二）黏膜	1.生理盐水　　　　　　☐	2.清水　　　　　☐
	3.其他液体	4.冲洗时间　　　　　　min
备注：		

五、评估			
（一）暴露级别	(1)1 级暴露　☐	(2)2 级暴露　　☐	(3)3 级暴露　☐
（二）暴露源头严重程度	(1)轻度　　　☐	(2)重度　　　　☐	(3)不明　　　☐
		评　估　人：	

第七节　意外和事故处理程序	文件编号：
	版本号：
	页码:第　页 共　页

<table>
<tr><td colspan="3" align="center">六、暴露后预防性治疗方案</td></tr>
<tr><td>1.是否需要预防性用药</td><td colspan="2">是□　　　　　　　　　否□</td></tr>
<tr><td rowspan="3">2.用何种药物及用量</td><td colspan="2">(1)</td></tr>
<tr><td colspan="2">(2)</td></tr>
<tr><td colspan="2">(3)</td></tr>
<tr><td>3.开始用药时间</td><td>4.停止用药时间</td><td></td></tr>
<tr><td>5.因毒副作用修改治疗方案</td><td colspan="2"></td></tr>
<tr><td>6.毒副作用</td><td colspan="2"></td></tr>
<tr><td>肝功能检查
肾功能检查</td><td colspan="2"></td></tr>
</table>

<table>
<tr><td colspan="3" align="center">七、症状</td></tr>
<tr><td>暴露后4周内是否出现急性 HIV 感染症状</td><td colspan="2">是□　　　　　　　否□</td></tr>
<tr><td>何种症状</td><td>持续时间</td><td></td></tr>
<tr><td colspan="3">备注：</td></tr>
</table>

八、HIV 血清学检查

	项目	日期	结果	项目	日期	结果
暴露后当天						
4 周						
8 周						
12 周						
6 个月						

备注：

| 文件编号： |
| 版本号： |
| 页码:第　页　共　页 |

第七节　意外和事故处理程序

九、结论	
1.暴露后未感染 HIV　　□	2.暴露后感染 HIV　　□
备注：	

填表单位：_____　　填 表 人：_____

审 核 人：_____　　填表时间：_____

联系电话：_____

编写:王结珍　　　　　审核:熊继红　　　　　批准:张秀明

第八节 职业暴露的防护及处理措施	文件编号：
	版本号：
	页码：第 页 共 页

1 目的

制定艾滋病检测筛查实验室职业暴露的防护和暴露后的处理措施,有效防止职业暴露的发生和减少职业暴露后的感染率。

2 适用范围

所有医务人员。

3 职业暴露的预防

3.1 职业暴露的定义

医务人员从事诊疗、护理、检验等工作过程中意外被艾滋病病毒感染者或艾滋病病人的血液、体液污染皮肤或黏膜,或被含有艾滋病病毒的血液、体液污染针头及其他锐器刺破皮肤,有可能被艾滋病病毒感染的情况。职业暴露也包括其他行业的工作人员,如警察、公安、司法等部门的工作人员,羁押或劳教机构、戒毒所和殡葬业的工作人员,在工作过程中被艾滋病病毒感染者或艾滋病病人的血液、体液污染皮肤、黏膜者刺破皮肤等情况。

3.2 职业暴露的防护

3.2.1 医务人员预防艾滋病病毒感染的防护措施应当遵照标准预防原则,对所有病人的血液、体液及被血液、体液污染的物品均视为具有传染性的病源物质,医务人员接触这些物质时,必须采取防护措施。

3.2.2 医务人员接触病源物质时,应采取以下防护措施。

a)医务人员进行有可能接触病人血液、体液的诊疗和护理操作时必须戴手套,操作完毕,脱去手套后立即洗手,必要时进行手消毒。

b)在诊疗、护理操作过程中,有可能发生血液、体液飞溅到医务人员的面部时,医务人员应戴手套、具有防渗透性能的口罩、防护眼镜;有可能发生血液、体液大面积飞溅或有可能污染医务人员的身体时,还应穿戴具有防渗透性能的隔离衣或围裙。

c)医务人员手部皮肤发生破损,在进行有可能接触病人血液、体液的诊疗和护理操作时必须戴双层手套。

d)医务人员在进行侵袭性诊疗、护理操作过程中,要保证充足的光线,并特别注意防止被针头、缝合针、刀片等锐器刺伤或划伤。

e)使用后的锐器应直接放入耐刺、防渗漏的利器盒,或利用针头处理设备进行安全处置,也可以使用具有安全性能的注射器、输液器等医用锐器,以防刺伤。禁止将使用后的一次性针头重新套上针头套。禁止用手直接接触使用后的针头、刀片等锐器。

4 职业暴露后的处理

4.1 职业暴露发生后,通常应遵循4条原则:及时处理原则、报告原则、保密原则、知情同意原则。

4.2 医务人员发生艾滋病病毒职业暴露后,应立即实施以下局部处理措施。

4.2.1 用肥皂液和流动水清洗污染的皮肤,用生理盐水冲洗黏膜。

第八节 职业暴露的防护及处理措施

4.2.2 如有伤口,应当在伤口旁端轻轻挤压,尽可能挤出损伤处的血液,再用肥皂液和流动水进行冲洗;禁止进行伤口的局部挤压。

4.2.3 受伤部位的伤口冲洗后,应使用消毒液,如 75％乙醇或 0.5％碘伏进行消毒,并包扎伤口;被暴露的黏膜,应反复用生理盐水冲洗干净。

4.3 医务人员发生艾滋病病毒职业暴露后,医疗卫生机构应对其暴露的级别和暴露源的病毒载量水平进行评估和确定。

4.4 艾滋病病毒职业暴露级别分为三级。

4.4.1 发生以下情形时,确定为一级暴露。

a)暴露源为体液、血液或含有体液、血液的医疗器械、物品。

b)暴露类型为暴露源沾染了有损伤的皮肤或黏膜,暴露量小且暴露时间较短。

4.4.2 发生以下情形时,确定为二级暴露。

a)暴露源为体液、血液或含有体液、血液的医疗器械、物品。

b)暴露类型为暴露源沾染了有损伤的皮肤或黏膜,暴露量大且暴露时间较长;或暴露类型为暴露源刺伤或割伤皮肤,但损伤程度较轻,为表皮擦伤或者针刺伤。

4.4.3 发生以下情形时,确定为三级暴露。

a)暴露源为体液、血液或含有体液、血液的医疗器械、物品。

b)暴露类型为暴露源刺伤或割伤皮肤,但损伤程度较重,为深部伤口或割伤物有明显可见的血液。

4.5 暴露源的病毒载量水平分为轻度、重度和暴露源不明 3 种类型。经检验,暴露源为艾滋病病毒阳性,但滴度低、艾滋病病毒感染者无临床症状、CD4 计数正常者,为轻度类型。经检验,暴露源为艾滋病病毒阳性,但滴度高、艾滋病病毒感染者有临床症状、CD4 计数低者,为重度类型。不能确定暴露源是否为艾滋病病毒阳性者,为暴露源不明型。

4.6 医疗卫生机构应当根据暴露级别和暴露源病毒载量水平对发生艾滋病病毒职业暴露的医务人员实施预防性用药方案。

4.7 预防性用药

4.7.1 预防性用药方案分为基本用药程序和强化用药程序。基本用药程序为两种反转录酶制剂,使用常规治疗剂量,连续使用 28d。强化用药程序是在基本用药程序的基础上,同时增加一种蛋白酶抑制药,使用常规治疗剂量,连续使用 28d。

4.7.2 预防性用药应在发生艾滋病病毒职业暴露后尽早开始,最好在 4h 内实施,最迟不得超过 24h;即使超过 24h,也应当实施预防性用药。

4.7.3 发生一级暴露且暴露源的病毒载量水平为轻度时,可以不使用预防性用药;发生一级暴露且暴露源的病毒载量水平为重度,或发生二级暴露且暴露源的病毒载量水平为轻度时,使用基本用药程序。

4.7.4 发生二级暴露且暴露源的病毒载量水平为重度,或发生三级暴露且暴露源的病毒载量水平为轻度或者重度时,使用强化用药程序。

	文件编号：
第八节　职业暴露的防护及处理措施	版本号：
	页码：第　页　共　页

4.7.5 暴露源的病毒载量水平不明时，可使用基本用药程序。

4.8 医务人员发生艾滋病病毒职业暴露后，医疗卫生机构应当给予随访和咨询。随访和咨询的内容包括：在暴露后的第4周、第8周、第12周及6个月时对艾滋病病毒抗体进行检测；对服用药物的毒性进行监控和处理；观察和记录艾滋病病毒感染的早期症状等。

4.9 登记和报告

4.9.1 医疗卫生机构应对艾滋病病毒职业暴露情况进行登记，登记的内容包括艾滋病病毒职业暴露发生的时间、地点及经过；暴露方式；暴露的具体部位及损伤程度；暴露源种类和含有艾滋病病毒的情况；处理方法及处理经过，是否实施预防性用药、首次用药时间、药物毒副作用及用药的依从性情况；定期检测及随访情况。

4.9.2 医疗卫生机构每半年应将本单位发生艾滋病病毒职业暴露情况进行汇总，逐级上报至省级疾病预防控制中心，省级疾病预防控制中心汇总后上报中国疾病预防控制中心。

编写：王结珍　　　　审核：熊继红　　　　批准：张秀明

第三章

产前筛查实验室质量管理程序

Chapter 3

第一节　产前筛查技术规范	文件编号：
	版本号：
	页码:第　页 共　页

1 目的

为规范产前筛查技术的应用,确保产前筛查质量,制定产前筛查的技术规范。

2 适用范围

适用于产前筛查实验室。

3 定义

产前筛查是采用简便、可行、无创的检查方法,对发病率高、病情严重的遗传性疾病或先天畸形进行产前筛查,检出子代具有出生缺陷高风险的人群。筛查出可疑者再进一步确诊。是防治出生缺陷的重要步骤。目前主要对21-三体综合征和神经管畸形两种先天缺陷进行筛查。

4 产前筛查技术规范原则

目标疾病的危害程度大;筛查后能落实明确的诊断服务;疾病的自然史清楚;筛查、诊断技术必须有效和可接受。

5 基本要求

5.1 机构设置

开展21-三体综合征和神经管缺陷产前筛查的医疗保健机构必须设有产前筛查诊疗组织,妇产科诊疗科目,如果有产前诊断资质许可,应及时对产前筛查的高危孕妇进行相应的产前诊断;如果无产前诊断资质许可,应与开展产前诊断技术的医疗保健机构建立工作联系,保证筛查阳性病例在知情选择的前提下及时得到必要的产前诊断。

5.2 设备要求

需配置紫外分光光度计、荧光分光光度计、全自动酶标仪、pH计、半自动分析仪、电泳仪、计算机软件分析系统、冰箱、离心机、电子天平、恒温水浴箱等设备。

6 管理

6.1 产前筛查的组织管理

6.1.1 产前筛查必须在广泛宣传的基础上,按照知情选择、孕妇自愿的原则,任何单位或个人不得以强制性手段要求孕妇进行产前筛查。医务人员应事先详细告知孕妇或其家属21-三体综合征和神经管缺陷产前筛查技术本身的局限性和结果的不确定性,是否筛查以及对于筛查后的阳性结果的处理由孕妇或其家属决定,并签署知情同意书。

6.1.2 产前筛查纳入产前诊断的质量控制体系。孕中期的筛查,根据各地的具体条件可采取两项血清筛查指标、三项血清筛查指标或其他有效的筛查指标。从事21-三体综合征和神经管缺陷产前筛查的医疗保健机构所选用的筛查方法和筛查指标(包括所用的试剂)必须报指定的各省开展产前诊断技术的医疗保健机构统一管理。

6.2 定期报告

开展产前筛查和产前诊断技术的医疗保健机构应定期将21-三体综合征和神经管缺陷

第一节　产前筛查技术规范

| 文件编号： |
| 版本号： |
| 页码：第　页　共　页 |

产前筛查结果,包括筛查阳性率、21-三体综合征(或胎儿其他染色体异常)和神经管缺陷检出病例、假阴性病例汇报给指定的各省开展产前诊断技术的医疗保健机构。

6.3 筛查效果的定期评估

国家级和各省开展产前诊断技术的医疗保健机构,应指导、监督 21-三体综合征和神经管缺陷产前筛查工作,并进行筛查质量控制,包括筛查所用试剂、筛查方法,对筛查效果定期进行评估,根据各地的筛查效果提出调整或改进的建议。

7 技术程序与质量控制

7.1 筛查的技术程序和要求

7.1.1 筛查结果必须以书面报告形式送交被筛查者,筛查报告应包括经筛查后孕妇所怀胎儿 21-三体综合征发生的概率或针对神经管缺陷的高危指标甲胎蛋白(AFP)的中位数倍数值(AFP MoM),并有相应的临床建议。

7.1.2 筛查报告必须经副高以上职称的具有从事产前诊断技术资格的专业技术人员复核后,才能签发。

7.1.3 筛查结果的原始数据和血清标本必须保存 2 年,血清标本须保存于－70℃,以备复查。

7.2 筛查后高危人群的处理原则

7.2.1 应将筛查结果及时通知高危孕妇,并由医疗保健机构的遗传咨询人员进行解释和给予相应的医学建议。

7.2.2 对 21-三体综合征高危胎儿的染色体核型分析和对神经管畸形高危胎儿的超声诊断,应在经批准开展产前诊断的医疗保健机构进行。

7.2.3 对筛查出的高危病例,在未作出明确诊断前,不得随意为孕妇做终止妊娠的处理。

7.2.4 对筛查对象进行跟踪观察,直至胎儿出生,并将观察结果记录。

8 产前筛查及产前诊断工作流程图

见图 3-1-1。

第一节　产前筛查技术规范	文件编号：
	版本号：
	页码：第　页　共　页

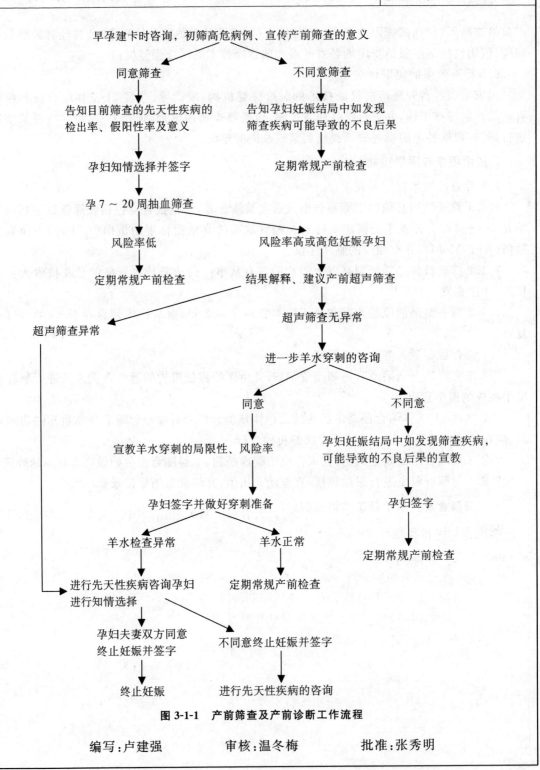

图 3-1-1　产前筛查及产前诊断工作流程

编写：卢建强　　　　　审核：温冬梅　　　　　批准：张秀明

第二节　产前筛查实验室工作制度	文件编号：
	版本号：
	页码:第　页 共　页

1 目的

为了加强产前筛查实验室的管理,规范实验室工作人员行为,特制定本制度。

2 适用范围

适用于产前筛查实验室所有工作人员。

3 工作制度

3.1 严格执行国家法律、法规、产前诊断技术管理办法及其实施细则。

3.2 严格按照许可的产前筛查项目提供检测服务。

3.3 尊重病人的隐私权,严格为病人保密。产前筛查技术服务遵循知情选择和自愿的原则。

3.4 做好产前筛查专业技术人员的培训和继续教育工作。

3.5 严格按照产前筛查的标准操作程序规范操作。严格按照室内质量控制程序执行每天的室内质量控制工作,遇到失控的情况,应及时向主管负责人报告。失控时应按照失控分析步骤进行分析,并采取相应措施予以纠正,并认真填写失控报告。积极参加全国卫生部临检中心、省临检中心组织的室间质评活动,以保证本实验室的检验质量。

3.6 从事产前诊断技术服务的卫生专业技术人员,必须经过系统的产前诊断技术专业培训。通过省卫生行政部门的审核,获得《母婴保健技术考核合格证书》。

3.7 严格按照标本接收程序进行签收,严格执行查对制度,送检标本不符合要求者应立即通知相关科室重新采集。严格按照标本保管程序进行保管。

3.8 制定实验室质量控制制度,定期检查试剂是否过期,定期评估筛查效果,并做好记录。

3.9 认真审核检验结果,并按规定时间发出检验报告。

3.10 筛查结果的原始数据和血清标本应按规定做好保存。

3.11 仪器要设专人负责管理,按照操作规程做好每天、每周、每月、每季度的仪器维护保养工作,定期进行仪器的校准程序。

3.12 落实实验室生物安全制度,实验室的医疗和生活废弃物分类管理,严格按照实验室生物安全和院内感染要求处理,保证试验时无交叉污染。

3.13 保证 LIS 系统和计算机网络使用安全,防止病毒感染及资料泄密。

3.14 积极开展科研工作,开展新项目和新技术。

编写:李　飞　　　　审核:温冬梅　　　　批准:张秀明

第三节　产前筛查实验室人员行为准则	文件编号：
	版本号：
	页码：第　页　共　页

1 目的

产前筛查是为保障母婴健康,提高出生人口素质,在出生前对胎儿或胚胎的遗传性疾病或先天缺陷等进行筛查的一种医疗服务。为安全、有效、合理地实施产前筛查,尊重和保障当事人各方的权益,制定产筛实验室人员行为准则。

2 适用范围

适用于产前筛查实验室所有工作人员。

3 工作守则

3.1 严格遵守《产前诊断技术管理办法》和《中华人民共和国母婴保健法》等有关法律、法规;规范职业道德行为,严禁以医谋私。

3.2 严格按照许可的产前诊断项目或备案的产前筛查项目提供检测服务。

3.3 从事产前诊断技术服务的卫生专业技术人员,必须经过系统的产前诊断技术专业培训。通过省卫生行政部门的审核,获得《母婴保健技术考核合格证书》。

3.4 必须是经培训的专业技术人员才有资质从事母血清产前筛查标志物检测工作,必须是经培训的实验室主管复核检测结果,产前筛查报告应当由副高以上职称的产前筛查技术培训合格的执业医师复核后才能签发。

3.5 对待病人热情、诚恳、礼貌、大方。尊重病人的隐私权,严格为病人保密。产前筛查的实施应充分尊重当事人的意愿、人格和尊严,保证当事人的自主权和知情权。

3.6 必须在筛查的孕妇了解产前筛查的目的、检出率、假阳性率及意义并签署知情同意书后方可接收产前筛查标本进行检测。

3.7 严格按产前筛查技术规范和标准操作程序执行各项工作。

3.8 严禁以任何形式编造检验结果或发假报告的行为。

3.9 实验室应对筛查孕妇的检测结果严格保密,未经授权不得公开。

3.10 实验室应确保检验结果原始数据、知情同意书和产前筛查申请单等记录存放得当,防止丢失、篡改或其他误用。

3.11 相关资料的保存期,按产筛文件规定和医院的制度执行。

3.12 定期对唐氏筛查效果进行评估,在妊娠结局追踪的基础上,定期应用四格表分析检出率,假阳性率及漏检率。

3.13 做好生物安全工作,注重个人防护,以减少感染的危险性,皮肤的任何伤口和擦伤都应以防水敷料覆盖。不用戴手套的手触摸暴露的皮肤、口唇、眼睛、耳朵和头发等。

3.14 严禁在实验室内进食、饮水、吸烟和化妆。

3.15 试验用具用完后一律放回原处,清理台面和做好消毒工作。

3.16 爱护仪器设备,工作结束后应检查电器、仪器等是否关闭,并做好仪器的使用和维护工作。

编写:李　飞　　　　审核:温冬梅　　　　批准:张秀明

第四节　产前筛查实验室人员职责	文件编号：
	版本号：
	页码：第　页　共　页

1 目的

明确和规定产前筛查实验室各级人员职责,健全产前筛查实验室的组织与管理,以规范产前筛查实验室工作人员的各项工作。

2 范围

适用于产前筛查实验室。

3 岗位职责

3.1 产前筛查实验室负责人职责

3.1.1 负责制定产前筛查实验室的相关工作制度,规范管理,督促技术人员认真执行各项规章制度,严格按照产前筛查技术规范和《产前筛查和产前诊断工作流程》开展工作,负责建立产前筛查质量管理体系。负责本实验室的业务、教学、科研和仪器设备的管理。

3.1.2 制定本实验室工作计划,按期总结;贯彻执行医院的各项规章制度的情况,做好人员工作安排和考勤。

3.1.3 编写产前筛查检验项目和仪器设备的作业指导书(SOP),并监督实施情况。

3.1.4 参加卫生部和省临检中心组织的室间质量评价活动,审查、签发室间质评上报表;分析室间质评回报结果,提出改进措施,编写室间质评总结报告。

3.1.5 负责制定本实验室的室内质量控制方案,每个月负责检查各检测系统的室内质控情况,包括查看当月所有项目的质控图、室内质控统计表和当月的失控报告分析表,填写月、季和年质控报告,对室内质控数据进行周期性评价。

3.1.6 负责解决本实验室复杂、疑难的技术问题;审核本实验室的检验报告。

3.1.7 认真听取产前诊断中心对实验室的建议和意见,主动配合产前诊断中心工作。

3.1.8 制定和执行专业人员继续教育的年度计划,做好继续教育和技术考核等工作,不断提高实验室业务水平。积极参加产前筛查的相关培训和继续教育工作。关注国内外信息,开展产前筛查新技术、适宜技术的研究、总结经验,撰写学术论文。

3.1.9 负责本实验室试剂、消耗品和实验用品的申购计划和验收工作。

3.1.10 在检测假阳性率<5%的情况下,制定本机构风险截断值。

3.1.11 定期对唐氏综合征筛查效果进行评估,在妊娠结局追踪的基础上,定期应用四格表分析检出率,假阳性率及漏检率。

3.1.12 完成上级安排的各项工作任务并按期向产前诊断中心主任总结汇报产前筛查实验室工作情况。

3.2 产前筛查实验室技术人员职责

3.2.1 严格按照产前筛查技术规范、《产前筛查和产前诊断工作流程》、规章制度和检验操作规程进行各项工作,在产前筛查实验室负责人的指导下进行产前筛查血清标记物的定量检测工作。

3.2.2 严格按照室内质量控制程序对室内质量控制结果进行分析和处理,若有失控情况

第四节　产前筛查实验室人员职责	文件编号： 版本号： 页码:第　页　共　页

及时向实验室负责人汇报并采取相应的纠正措施,填写失控报告,并由实验室负责人审核签名。

　　3.2.3 熟悉仪器的原理、性能和使用方法,严格按照标准操作规程进行仪器的操作、校准和维护保养,并做好使用记录。

　　3.2.4 严格按照标本的接收程序和查对制度进行标本的接收,对不能立即检查的标本,负责标本的妥善保管。

　　3.2.5 负责保存筛查结果的原始数据和血清标本。

编写:李　飞　　　　审核:温冬梅　　　　批准:张秀明

第五节 孕期胎儿先天性疾病产前筛查 实验室技术规范	文件编号：
	版本号：
	页码：第 页 共 页

1 目的

建立孕期胎儿先天性疾病产前筛查实验室技术规范，以保证产前筛查结果的准确性。

2 适用范围

适用于产前筛查实验室。

3 概述

3.1 筛查

筛查是用系统的方法通过检测或询问的手段从无症状并且未引起医疗上注意的人群中找出某一特定疾病的高危人群，并对他们进一步追踪或采取直接的预防措施。

3.2 产前筛查

产前筛查是采用简便、可行、无创的检查方法，对发病率高、病情严重的遗传性疾病或先天畸形进行产前筛查，检出子代具有出生缺陷高风险的人群。产前筛查的目的是进一步对高危人群确诊，并为孕妇提供终止妊娠的方法，预防和减少出生缺陷。

3.3 产前筛查的主要疾病

目前产前筛查的两种主要疾病是唐氏综合征（又称 21-三体综合征）和开放性神经管缺陷（open neural tube defect，ONTD），另外还可筛查的疾病有 18-三体综合征。产前筛查可以在妊娠早期（7～13 周）或中期（14～21 周）进行。

3.4 唐氏综合征（Down's syndrome）

唐氏综合征也称为 21-三体综合征、先天性愚型、先天痴呆征。其特征主要表现为严重的智力低下，智商（IQ）多为 20～60，只有同龄正常人的 1/4～1/2。该病目前无有效的治疗方法，其发病率约占受孕人数的 1‰，出生率为 1/600～1/700。

3.5 神经管缺陷（NTD）

NTD 是一类中枢神经系统的出生缺陷，是一种多基因遗传病。中枢神经系统包括大脑和脊髓，从胚胎时期发育时神经管不能闭合，就会产生神经管畸形，导致无脑儿、脊柱裂、脑积水、死胎或出生后夭折等，能存活者通常也有精神和身体上的缺陷。

3.6 18-三体综合征（18-trisomysyndrome，edwards syndrome）

是次于先天愚型的第二种常见染色体三体征。主要症状有患者头有后突的枕部，眼裂狭小，耳朵畸形，耳位低下，小颌，胸骨短小，手以特殊姿势握拳，拇指紧贴掌心等。本病在新生婴儿中的发生率为 1:(3500～8000)，多发生在年龄较大的父、母亲，52% 超过 35 岁。女孩比男孩发生率高，为 (3～4):1。

3.7 产前筛查的原理（孕妇血清标记物的筛查）

广泛应用血清标记物对唐氏综合征（DS）和神经管缺陷（NTD）进行产前筛查。目前采用的筛查唐氏综合征（DS）和神经管缺陷（NTD）的血清标记物主要有甲胎蛋白（AFP）、β-绒毛膜促性腺激素（Free-β-HCG/β-HCG）、妊娠相关血浆蛋白（PAPP-A）和游离雌三醇（uE3）。

3.8 选择的产前筛查方案

第五节　孕期胎儿先天性疾病产前筛查 　　　　实验室技术规范	文件编号： 版本号： 页码：第　页　共　页

孕早期筛查(7～13孕周)采用二联法 β-HCG＋PAPP-A，报告唐氏综合征和18-三体综合征胎儿风险率。

孕中期筛查(14～21孕周)采用三联法 AFP＋β-HCG＋uE3，报告唐氏综合征风险率及神经管缺陷风险率。

4 操作程序

4.1 孕早期和中期唐氏筛查适应人群及申请单填写

4.1.1 适应人群：孕早期唐氏筛查适应人群为7～13周孕妇，孕中期唐氏筛查适应人群为14～20周＋6天孕妇，超过此孕期不适合进行此项筛查。另外，孕妇年龄超过35周岁建议直接进行胎儿染色体核型分析，如果孕妇坚持要求做此项筛查，必须经孕妇本人签字同意，并且筛查结果仅作临床参考。孕中期唐氏筛查的申请单必须如实填写。

4.1.2 知情同意书签定：孕期胎儿唐氏综合征产前筛查软件是使用目前世界先进的技术手段，对孕妇的血清指标与正常孕妇进行比对后得出的概率指标，该方法为筛查方法，具有假阳性及假阴性的可能。必须让患者了解唐氏筛查的益处和风险，尊重患者知情同意权。若患者同意产前筛查，本人签署知情同意书。

4.1.3 检验申请单的申请：临床医师在孕妇签署知情同意书后根据孕妇自愿提供的相关筛查资料开具检验申请单，筛查有效资料包括姓名、出生日期、末次月经或可以计算孕周的超声数据、孕妇体重、胎数、孕妇糖尿病病史、孕妇种族、孕妇吸烟史、孕史。筛查相关资料包括住院号、门诊号、有效联系方式、孕妇年龄、月经是否规律、孕妇遗传性疾病家族史、临床医师提出的筛查相关资料。所有标记物水平均与收集样品时的孕期有关，孕期相差接近10d就可能导致错误判断；除 uE3 外，多数标记物在母血中水平与母亲体重成反比关系；1 型糖尿病病人母亲 AFP、HCG、uE3 等标记物水平普遍比健康母亲低；胎儿性别对 HCG 及其相关分子水平有很大影响。所以收集完整、真实的孕妇信息对于筛查质量非常重要，临床医师有义务告知解释孕妇相关填写内容，并告知血样必须在孕 14～21 周＋6 天采集。

4.2 标本采集、运送和接收程序

所有工作人员在进行标本采集前均需掌握此类标本采集、运送和接收的具体要求。详见标本采集、运送和接收程序。

4.3 孕妇血清标记物定量检测的质量控制

选用精密度和准确性好的检测仪器；严格按照仪器标准操作规程(SOP)、校准和维护保养程序进行各项操作，保持设备良好的运行状态；每次进行定量检测时均进行标准曲线标定和校准；每次进行定量检测时均需进行室内质控以评价检测系统的精密度；定期参加卫生部临检中心组织的室间质评计划以评价检测系统的准确度；将检测到的标本标记物浓度转化为相应孕周的中位数倍数(MoM)，对血清标记物 MoM 值异常者，应进行重复检测，以排除检测误差，确认结果后方可报告。

4.4 产前筛查系统

由芬兰 Wallac 时间分辨免疫荧光分析仪、配套体外诊断试剂和相应的分析软件组成。

第五节　孕期胎儿先天性疾病产前筛查 实验室技术规范	文件编号：
	版本号：
	页码：第　页共　页

检测出孕妇血清中标记物(甲胎蛋白、β-绒毛膜促性腺激素、妊娠相关血浆蛋白)的量,将检测数据输入筛查分析软件中,结合孕妇的年龄、体重、孕周、种族、既往病史等因素进行综合性纠正分析,即可得出唐氏综合征(DS)和神经管缺陷(NTD)筛查的结果。

4.5 结果分析

4.5.1 唐氏综合征判读:产前筛查唐氏综合征(DS)胎儿的风险率截断值设定为 1:270。筛查结果风险率≥1:270 者则判断为唐氏综合征胎儿高风险孕妇,建议进行产前诊断;反之,若筛查结果风险率<1:270 者则判断为唐氏综合征胎儿低风险孕妇。筛查报告单上也应向孕妇说明此结果并不能够完全排除胎儿患所有筛查疾病的可能性。

4.5.2 18-三体综合征判读:产前筛查 18-三体综合征胎儿的风险率截断值设定为 1:350。筛查结果风险率≥1:350 者则判断为 18-三体综合征胎儿高风险孕妇,建议进行产前诊断;反之,若筛查结果风险率<1:350 者则判断为 18-三体综合征胎儿低风险孕妇。筛查报告单上也应向孕妇说明此结果并不能够完全排除胎儿患所有筛查疾病的可能性。

4.5.3 开放性神经管缺陷判读:开放性神经管缺陷(ONTD)以母血清 AFP≥2.0～2.5MoM 为中倍数截断值。若 AFP 中倍数>2.5MoM,则判断为神经管缺陷胎儿高风险孕妇,建议进行产前诊断;反之,若 AFP 中倍数<2.5MoM,则判断为神经管缺陷胎儿低风险孕妇,筛查报告单上也应向孕妇说明此结果并不能够完全排除胎儿患所有筛查疾病的可能性。

4.6 注意事项

风险评估软件默认的月经周期为 28～30d,若超出该范围应做超声检查以确定孕周,应以超声结果为准;体重也是其中一个重要影响因素,随体重增加,血容量相应增加,则血清标志物被稀释,故应准确填写体重,并由软件对血清标志物值进行校正。另外,不同种族的参考值可能有差异,检测率随人种数据不同而异。

4.7 唐氏综合征风险评估报告发放

将评估结果输入中文报告处理系统,打印中文报告。只有经过检测者与复核者签字后的报告单方能发放。高风险者由专人打电话告知结果并预约产前咨询门诊。

编写:温冬梅　　　　审核:张秀明　　　　　　批准:张秀明

第六节　产前筛查标本采集、运送和接收程序	文件编号：
	版本号：
	页码:第　页　共　页

1 目的

建立完善的产前筛查标本采集、运送和接收制度,指导相关工作人员正确进行产前筛查标本的采集、运送及接收以保证筛查工作的质量。

2 适用范围

适用于产前筛查实验室。

3 操作程序

3.1 产前筛查对象

妊娠 7～13 周和 14～21 周的孕妇。

3.2 产前筛查项目

21-三体综合征、18-三体综合征和开放性神经管缺陷。

3.3 填写产前筛查申请

3.3.1 对门诊进行产前检查的妊娠 7～13 周和 14～21 周的孕妇进行产前咨询,提供产前筛查信息,让孕妇充分理解产前筛查技术的风险性、复杂性,在知情选择和自愿的原则下签署《产前筛查知情同意书》,医生填写《产前筛查申请单》。

3.3.2《产前筛查申请单》必须填写的内容有姓名、住址、联系电话、出生日期、体重、末次月经日期、胎龄[如果月经规则可以根据末次月经确定胎龄,如果月经不规则用超声下胎儿双顶径(BPD)来确定胎龄];单胎或多胎妊娠;本次妊娠情况(致畸物接触史、用药史等);是否有1型糖尿病;是否吸烟;神经管缺陷和染色体异常的过去史或家族史;采血单位名称、地址、电话、送检医师姓名;是否知情同意等。以上内容与筛查结果相关,不可误填、漏填。申请者必须认真填写申请单,字迹清楚、登记完整准确。

3.3.3 所有筛查孕妇应首先确定年龄、孕周等的准确性,对因月经紊乱等原因影响准确计算孕周者,应建议超声测定胎儿双顶径确定胎龄,以避免因年龄、孕周错误影响筛查结果。

3.4 标本采集

标本采集工作人员应受过产前筛查标本采集与保管的基本知识培训、并取得上级颁发的上岗证书。实施采血时,按检测项目要求正确采集标本。

3.4.1 孕妇采血前准备。要求孕妇采血前避免剧烈活动,采血前 4h 勿喝茶或咖啡、吸烟或饮酒,空腹采血。

3.4.2 采集标本前核对产前筛查申请单信息是否按要求填写完整,知情同意书一栏中被检测者是否签名,否则不能采集。

3.4.3 采集时核对受检者姓名、性别、检测项目及试管的标签。采集前检查取用的试管是否符合要求,是否在使用有效期内。

3.4.4 静坐 15min 后再采血,采集 2～3ml 静脉血于一次性无抗凝剂真空采血管中。采血时,应尽量统一采血姿势;应尽量在使用止血带 1min 内采血,看到回血马上解开止血带;当需要重复使用止血带时,应使用另一上臂。操作过程应注意避免污染和振荡标本、严禁高

第六节　产前筛查标本采集、运送和接收程序	文件编号:
	版本号:
	页码:第　页　共　页

温。

3.4.5 产前筛查申请单上和标本容器均应注明样本编号,采血者签名并注明采集时间。

3.4.6 标本保存和运送。标本采集后应在24h内尽快送检。对不能在24h内分析测定的标本,应在采血后8h内尽快处理分离血清,加塞置于−20℃保存。尽量减少运输和储存时间,其他医疗机构转送的筛查样本应在采集后5个工作日内递送到达筛查检测机构。按照冷藏2~8℃要求储存、运送血标本,避免标本反复冻融,确保血标本质量合格。

3.5 标本接收

标本运送人员将标本、《产前筛查知情同意书》及《产前筛查申请单》送至产前筛查实验室,产前筛查实验室工作人员必须严格按照产筛标本的接收程序签收标本。识别不合格标本,若有不合格标本拒收,通知临床科室重新采集或重新送检标本,不合格标本包括以下情况。

3.5.1 通过条形码接收的标本经过核对,发现病人ID号或住院号,送检标本的试管与条形码上要求不相符者退回重新采集。

3.5.2 在核对检验标本的同时,应查对标本的条形码申请单是否正确、完整、规范;严格核对原始申请单上的孕妇资料是否填写完整,如有不符要求者,应及时与临床科室联系,纠正后再予以接收。接收后在《产前筛查知情同意书》及《产前筛查申请单》上签名确认。

3.5.3 标本收集时间是计算病人真实孕周的重要参数,必须按时填写标本接收日期。工作人员收集标本时,必须核对标本管及申请单上姓名、标本种类等信息,并确定标本未被污染,标本管无破损,否则拒收或要求标本采集人员重新采集标本。

3.6 标本处理和保存

产筛标本血清分离工作主要由产前筛查实验室完成。工作人员认真核对申请单和血标本后,统一编号,试管标签号一定要与申请单编号相符。尽快处理分离血清用1.5ml Eppendorf塑料离心管分装,置于−20℃保存。

4 基层单位产前筛查采血技术规范

4.1 基层产前筛查采血单位必须是相应的已获省卫生厅批准的产前诊断机构的挂钩单位,在技术上接受相应的产前诊断机构的指导并为后者认可。

4.2 基层产前筛查采血单位从事采血的工作人员必须具有一定的专业知识,必须经过相关专业知识的培训与考核。

4.3 基层产前筛查采血单位必须严格按照产前筛查采血工作程序进行标本采集。

编写:卢建强　　　审核:张秀明　　　批准:张秀明

	文件编号：
第七节 人员培训	版本号：
	页码：第 页 共 页

1 目的

建立完善的产前筛查实验室人员培训程序,有计划地对在岗员工进行理论知识和专业技术的培训,提高其质量意识、技术水平和业务能力,满足科室日常工作和发展需要。

2 适用范围

适用于产前筛查实验室。

3 相关程序

3.1 从事产前诊断技术服务的卫生专业技术人员,需具备良好的职业道德,必须经过系统的产前诊断技术专业培训。通过省卫生行政部门的审核,获得《母婴保健技术考核合格证书》,方可从事产前诊断技术服务。

3.2 从事辅助性产前诊断技术的人员,必须在取得《母婴保健技术考核合格证书》(产前诊断技术服务)的人员指导下开展工作。实验室工作人员应具有从事生物化学的试验诊断技术及分析能力。

3.3 从事产前筛查的实验室技术人员,必须符合下列条件之一。

3.3.1 大专以上学历,从事实验室工作 2 年以上,并接受过产前诊断相关实验室技术培训。

3.3.2 中级以上技术职称,接受过产前诊断相关实验室技术培训。

3.3.3 实验室技术人员具备的相关基本知识和技能包括:标本采集与保管的基本知识;无菌消毒技术;血清标记物免疫检测技术的基本知识与操作技能;风险率分析技术。

3.4 负责产前筛查实验室的科室管理层应根据产前筛查实验室的专业发展制订人员培训和继续教育计划,并促进计划落实。培训包括在岗培训和离岗培训,在岗培训可分为定期和不定期培训,培训内容主要为专业发展动态等。离岗培训包括进修、参加学术会议等。

3.5 实验室定期组织业务学习和学术交流,根据专业发展、业务开拓需要和条件,必要时选派专业人员到上一级产前诊断和产前筛查技术服务医疗机构进修、学习,不断提高工作人员的技术水平。

3.6 积极鼓励实验室技术人员参加省内外产前诊断和产前筛查技术专业学习班和学术交流会、研讨会,吸收新知识、新技术、新方法,不断提高专业技术水平。会后需写出参加会议总结,向科室全体员工传达、交流,达到共同学习的目的。

3.7 对进修、实习生要有进修、实习计划,安排专人带教,定期检查、考核。带教老师要言传身教,以身作则,严格要求。进修实习人员要虚心学习,认真工作,不断提高自己的水平。

4 质量记录表

PF5.1-01-TAB-001《中山市人民医院检验医学中心培训计划表》。

PF5.1-01-TAB-002《中山市人民医院检验医学中心个人信息表》。

PF5.1-01-TAB-003《中山市人民医院检验医学中心会议/培训/文件学习签到记录表》(表3-7-1)。

	文件编号:
第七节 人员培训	版本号:
	页码:第 页 共 页

PF5.1-01-TAB-005《中山市人民医院检验医学中心培训记录表》。

PF5.1-01-TAB-006《中山市人民医院检验医学中心外派会议/培训记录表》。

PF5.1-01-TAB-008《中山市人民医院检验医学中心医院文件、法律法规学习记录表》。

表 3-7-1 中山市人民医院检验医学中心会议/培训/文件学习签到记录表

表格编号:PF5.1-01-TAB-003

会议主题:_____

主持人:_____ 时间:_____ 地点:_____

参加人员:_____

内容:

参加人员签名:

姓名	签到	姓名	签到	姓名	签到	姓名	签到

编写:李 曼　　　　审核:温冬梅　　　　批准:张秀明

	文件编号:
第八节　仪器设备管理程序	版本号:
	页码:第　页　共　页

1 目的

规范仪器设备的管理、维护、保养程序,保证仪器设备的正常使用和检测结果的准确性。

2 范围

产前筛查实验室所使用的仪器设备。

3 职责

3.1 产前筛查实验室与设备科共同负责对新购进的仪器设备进行验收。

3.2 产前筛查实验室负责人负责建立实验室仪器设备的正常使用和维护保养管理程序、建档管理、监督落实日常保养工作。

3.3 设备科负责仪器设备采购、维修、报废、重大维护和保养等管理工作。

3.4 检测人员负责仪器设备的日常保养。

4 程序

4.1 安装和验收

4.1.1 复杂或高档仪器设备由供货方的工程师安装调试,安装位置和环境要满足仪器本身的要求。

4.1.2 供货方工程师须培训产前筛查实验室的操作使用人员。

4.1.3 其他设备由医院维修工程中心工程师安装调试。

4.1.4 安装调试验收合格后,由厂家工程师填写仪器设备安装调试报告。本单位工程师视安装调试的仪器设备实际情况填写安装验收报告。检验医学中心索取一份安装调试报告(或复印件)保存在仪器档案中。在试用期间,仪器设备若有问题,由厂家解决处理,存在重大问题时须报告设备科。

4.1.5 设备科、产前筛查实验室共同对仪器设备进行验收。设备科负责根据标书要求对设备的清单进行核对和对设备的硬件进行验收。产前筛查实验室负责在设备正式启用仪器检测病人标本、发出检验报告前对其性能进行验证。需验证的性能主要是精密度、正确度和线性范围,性能可接受标准可根据制造商的说明制定。

4.2 仪器的使用、保养、维修和校准

4.2.1 仪器操作手册的编写:仪器验收后,产前筛查实验室负责人负责编写仪器的操作手册,根据仪器的特性建立仪器的使用、保养和校准程序,程序要按照厂家提供的说明书要求编写,保证仪器能正常使用,保证定期监测以证实设备、试剂及分析系统处于正常、安全功能状态。

4.2.2 仪器的使用

a)计量设备在使用前必须经过校准鉴定合格,其他设备在使用前需要对其性能进行评价。仪器设备的授权使用人员须经过培训合格,方可上机操作。

b)贵重精密仪器设备的非日常维护保养和校准活动必须由仪器负责人或仪器工程师执行。

第八节 仪器设备管理程序

c)一般检测人员不得随意改变仪器设置或参数。任何人必须按规定程序操作,不得违规作业。

d)检测人员在仪器的使用过程中必须检查仪器的状态和环境条件,做好质控、每天标本的检测、日常保养,并做好记录。仪器的校准、失控、非日常维护保养、维修等均应记录。

e)仪器的任何故障,不能处理时或不在自己的处理范围内时,应向上一级报告处理。

只要发现仪器出现影响检验结果的故障就立即停止使用,贴上停用标识,立即展开维修,专业人员或科主任不能解决的电话通知医院工程中心,维修后经校准验证或质控通过后才能检测标本,假如仪器故障会对之前的检测结果造成影响,要评价影响范围。

f)设备如曾经脱离实验室直接控制,或被修理、维护过,在该设备重新使用前,产前筛查实验室负责对其进行检查,确保在正常状态下运行。产前筛查实验室不能完成全面的检查工作,可向工程中心提出协助申请。

4.2.3仪器的保养

a)产前筛查实验室负责人按仪器的要求制定合适的保养程序,并负责定期或必要时的保养。

b)日常保养由检测人员执行。

c)仪器保养若有科内条件不能完成的需工程中心配合的内容,由产前筛查实验室于年底制定下一年的保养计划上交工程中心,由工程中心安排工程师履行保养任务,需要厂家配合或需要进行年度巡回保养的仪器(根据厂家说明书要求),由产前筛查实验室于年底制定下一年的保养计划,上交工程中心联系厂家进行。

4.2.4维修:设备发生故障后,必须由具备资格的维修工程师或供货方工程师进行维修。当需要换零配件或维修费用时,需征得设备科同意。修复后的设备必须经过检查、校准或质控确认后才能重新使用。

4.2.5仪器的校准与检定

a)对于测量仪器,产前筛查实验室负责人根据仪器说明书要求,编写校准程序和制定校准计划。需要厂家或计量机构完成的校准/检定内容,每年年底将本实验室仪器下一年的校准/检定计划报技术负责人,其中对仪器基本性能的校验应由供货方工程师或送外部有合格资历的机构执行。

b)对于计量设备,设备科统一组织,由合格的计量单位检定,并索取计量合格证存档。

c)需要时请仪器供应机构提供校准与检定技术支持。如仪器校准后校准系数发生更新,校准者应上报产前筛查实验室负责人,产前筛查实验室负责人负责新系数的备份,如果仪器设有功能使用权限,产前筛查实验室负责人应设定校准系数修改权限,还须保证及时使用新的校准系数,防止继续使用旧系数。

4.3标识管理

4.3.1产前筛查实验室所有仪器设备均应有状态标识和唯一标识。

4.3.2状态标识分为检定/校准标识,有两类:需要计量检定或校准的仪器设备,如各种

第八节　仪器设备管理程序	文件编号： 版本号： 页码：第　页　共　页

自动测量分析仪；不需要进行计量检定或校准的辅助设备，如电脑、温箱等两类。

4.3.3 仪器状态标识采用"三色标识"，标识上注明仪器设备统一编号、名称、检定/校准/检查日期、有效期、检定/校准/检查个人或单位。

a) 仪器设备绿色标识：为经过校准、检定或厂家验收合格状态的仪器设备。

b) 仪器设备黄色标识：为经过检查，有部分缺陷，但不影响检测分析工作所需的某项功能，该功能经过校准、检定或质控仍然合格，则表明该仪器设备为准用或降级使用。

c) 仪器设备红色标识：为处于维修状态或损坏、性能无法确定或经检定/校准不合格，则表明该仪器设备为停用状态。

4.4 仪器设备档案

4.4.1 产前筛查实验室负责人的所有仪器设备均应有仪器设备标签，作为仪器设备的唯一性标识，并张贴在仪器设备的醒目处。标签的内容包括仪器设备统一编号、名称、型号、使用期、使用科室、负责人等。

4.4.2 对检测和(或)校准具有重要影响的每一贵重设备均要建立档案记录。内容包括：

a) 设备名称。

b) 制造商名称、型号、序号或其他唯一性标识。

c) 投入使用的日期。

d) 现在放置地点。

e) 仪器设备说明书、操作规程或存放地点。

f) 所有校准报告和证书日期。

g) 设备的维修使用记录。

h) 其他信息。

4.5 仪器的安全措施

全程监控、维护仪器安全状态，由仪器的安装开始至操作、运输、贮存和使用都要根据仪器特性考虑安全措施，包括选定安装地点，配置好安全配套设施，如电气、水、消防设施，废物排泄处理，所有这些必须参照制造商提供的使用说明，和参照科室《安全手册》《生物安全管理程序》执行。遵循国家、地区法律法规，生物安全管理条例等。

4.6 仪器设备的报废

4.6.1 当仪器设备严重老化不能使用、无法维修或无维修价值时，检验医学中心向设备科提出报废申请，办理相关手续。

4.6.2 检验医学中心检测仪器在离开本实验室场地使用时，应保证更换场地满足仪器的要求，在新场地应对其进行参数验收确认合格后方能投入使用。

5 支持性文件

JYZX-PF5.3-01 仪器设备管理程序。

6 质量记录

PF5.3-01-TAB-003《中山市人民医院检验医学中心仪器设备履历表》。

第八节　仪器设备管理程序	文件编号：
	版本号：
	页码:第　页　共　页

PF5.3-01-TAB-008《中山市人民医院检验医学中心仪器使用维护记录表》。

PF5.3-01-TAB-007《中山市人民医院检验医学中心仪器设备维修登记表》(表 3-8-1)。

表 3-8-1　中山市人民医院检验医学中心仪器设备维修登记表

部门：　　　　　　　　　　　　　　　　　　　　　　　　　　表格编号:PF5.3-01-TAB-007

年　月　日	故障仪器：	
故障现象：		
警报代码或内容：		
报告人：	通知时间：	工程中心受话者：
故障排除情况：		
维修工程师或排除人：	日期：	
排障后测试情况：		
恢复使用时间：	恢复记录人：	

编写:李　曼　　　　　审核:温冬梅　　　　　批准:张秀明

第九节　产前筛查质量控制管理制度	文件编号： 版本号： 页码:第　页　共　页

1 目的

建立完善的产前筛查实验室质量控制程序,对产前筛查检验全程进行严格质量控制,以保证检验质量的有效性和准确性。

2 适用范围

适用于产前筛查实验室。

3 相关程序

3.1 必须把检验质量放在工作首位,普及提高质量管理和质量控制理论知识,使之成为每位检验人员的自觉行动。按照上级卫生行政部门的规定和临床检验中心的要求,全面加强技术质量管理。

3.2 建立和健全中心、室二级技术质量管理组织,配有兼职人员负责工作。管理内容包括目标、计划、指标、方法、措施、检查、总结、效果评价及反馈信息,定期向上一级报告。

3.3 选择检出率高的筛查技术,建立高质量的产前筛查质量控制规程,减少实验误差,提高检出率,降低假阳性率,以保障产前筛查的医疗安全、选择准确性好、精密度高、灵敏度高、特异性好的产前筛查方法,有专门的风险评估软件。对筛查效果定期进行评估。

3.4 选择的产前筛查设备、试剂和风险评估软件均应获得国家食品药品监督管理局批准上市,建立规范的标准操作程序文件,严格按照仪器操作、校准和维护保养程序进行操作。新引进或维修后仪器经校准和性能验证在可接受范围内后方可用于标本检测。

3.5 严格进行产前筛查实验室人员的培训和资格认定。

3.6 验收标本时严格核对送检标本和产前筛查申请单。收到不合格标本后应电话通知临床重新采样送检,产前筛查申请单信息不全者需电知临床完善相关信息。

3.7 实验记录应包括实验室的温度、湿度、仪器运作状况、标本实验结果、质控结果等。

3.8 实验室要建立室内质量控制程序以监测系统的稳定性。开展室内质量控制,每一批分析中至少要进行一次质控测定,至少包括两个不同浓度的质控品,质控品必须与患者标本同等条件进行检测,发现失控要及时纠正,未纠正前停发检验报告,纠正后再重检、报告。定期对室内质量控制数据进行统计和周期性评价。

3.9 定期参加卫生部临检中心组织的室间质评计划,利用实验室间的比对来确定实验室的检测能力,以保证检测结果的准确度。认真分析室间质评回报结果,对室间质评不合格的项目,应及时查找原因,采取纠正措施,记录总结情况。

3.10 对血清标志物 MoM 值异常者,应进行重复检测,以排除检测误差,确认结果后方可报告。

3.11 实验室报告在超声校正孕周后,假阳性率应控制在 5% 以内。

3.12 应保证筛查报告的规范性和信息的完整性,筛查报告至少应包括以下信息:选用的实验方法、各筛查指标的检测值和 MOM 值、孕妇的出生年龄及预产期分娩的年龄、筛查时的孕周及其推算方法、经校正后的筛查目标疾病的风险度、进一步的建议等。筛查报告发放

第九节　产前筛查质量控制管理制度	文件编号：
	版本号：
	页码：第　页　共　页

要及时,筛查结果为高风险的需及时通知孕妇,并建议其到产前咨询或遗传咨询门诊进行咨询。

3.13 建立并执行筛查档案登记管理制度和数据保存制度。

3.14 孕母血清筛查指标的中位数值至少每年进行统计学处理一次,定期对筛查风险计算软件进行升级和更换,以保证产前筛查的有效性。

3.15 及时掌握业务动态,统一调度人员、设备,建立正常的工作秩序保证检验工作正常运转。

3.16 建立岗位责任制,明确各类人员职责,严格遵守规章制度,执行各项操作规程,严防差错事故发生。

3.17 关注国内外信息,开展产前诊断、产前筛查新技术、适宜技术的研究,总结经验,撰写学术论文,努力提高学术水平。

编写:温冬梅　　　　审核:张秀明　　　　批准:张秀明

第十节　产前筛查结果报告程序	文件编号：
	版本号：
	页码：第　页　共　页

1 目的

制定产前筛查结果报告程序,使产前筛查实验室检测报告及时发送,更好地服务于临床以及患者。

2 适用范围

适用于产前筛查实验室。

3 产前筛查报告程序

3.1 筛查结果的报告时间为收到血标本后 5 个工作日。

3.2 筛查结果应以书面形式送交被筛查者,报告应准确、清晰、明确、客观和及时,杜绝虚假报告。

3.3 检测报告均需具有检测和审核资格的试验人员进行检查核对,筛查报告必须经副高以上职称的具有从事产前诊断技术资格的专业技术人员复核后方可签发。

3.4 产前筛查报告应包括病人姓名、出生年月日、实验室编号、样本采集日期、实验室样本接受日期、检验医师、审核医师姓名、发出报告的临床机构、实验室名称、所测生化标志物的绝对值、筛查标志物的中位数倍数(MoM)值、风险度、阳性结果与高风险切割值等。

3.5 产前筛查报告里应包括解释结果时所用到的资料,如孕周、母亲体重、单胎或多胎等。应写明胎儿罹患开放性神经管缺陷、21-三体综合征、18-三体综合征的概率、相关提示和建议,所用语言应为非遗传学专家也能理解的。

3.6 产前筛查报告里应包括有关说明,如低风险(<1/270、<1/350)的报告,只表明孕妇胎儿发生该种先天异常的机会很低,并不能完全排除这种异常或其他异常的可能性。高风险(≥1/270、≥1/350)的报告,只表明孕妇胎儿发生该种先天异常的可能性较大,并不是确诊,建议孕妇立即到产前诊断中心就诊,做绒毛/羊水/脐血(穿刺)行细胞遗传学检查,以确定诊断。

3.7 筛查结果的评价和高危孕妇的处理原则。应及时将筛查结果通知孕妇或家属,并由产前诊断中心的咨询人员向他们解释结果,并提出进一步检查和诊断的建议。对筛查出的高危病例,在未作出明确诊断前不得随意为孕妇作出终止妊娠的处理。对所有筛查对象进行跟踪观察,直至分娩,并将观察结果准确记录。

3.8 检测结果和产前筛查申请单、知情同意书及登记本的保管。实验室的检测结果、《产前筛查申请单》和《产前筛查知情同意书》均需妥善保管,保管期限为 3 年。

编写:卢建强　　　　审核:温冬梅　　　　批准:张秀明

第十一节 产前筛查标本和污物处理制度	文件编号：
	版本号：
	页码：第 页 共 页

1 目的

检验后产前筛查标本和污物具有潜在传染性,建立规范的处理程序以减少其危险性,以避免工作人员的健康和环境受到影响。

2 适用范围

适用于产前筛查实验室。

3 检测后产前筛查标本处理制度

3.1 检测后的血清用 1.5ml Eppendorf 塑料带盖离心管分装,置于－70℃保存,以备日后查对。存放标本需保存 2 年,且避免反复冻融。

3.2 在子弹头的毛玻璃样面,清晰写明编号、姓名、年龄、孕妇 ID 号码、采血日期及检验日期。

3.3 按检测日期将上述盛装好的子弹头存放于标本盒,标本盒上附有清单,列出该盒每一份样品的编号、姓名、年龄、孕妇 ID 号码、检验结果、采血日期及检验日期,并注明存放人、存放日期,保存时间。

3.4 存放人应定期整理存放的标本,并做好归档记录,注明存放人、存放日期、标本编号、标本盒编号、冰箱编号等。

3.5 未经产前筛查实验室负责人同意,不得将任何标本带出实验室或私自转送他人;在职人员调离、出国等情况下需进行标本交接,将所有相关标本进行整理,列出清单,交与标本保管人处,标本保管人核对后负责保管,做到责任到人。

3.6 所有标本必须登记造册,并注明存放人;标本库存放标本的设备进行监察,确保设备满足要求。所存标本按指定位置进行存放,不得随意乱放;相关人员,必须定期对自己所存放的标本进行清理,必须保证所存标本陈列有序,便于查找与查询。

4 产前筛查污物处理制度

4.1 产前筛查实验室员工应自觉贯彻执行国家《医疗废物管理条例》和《医疗卫生机构医疗废物管理办法》等法律法规。

4.2 产前筛查实验室产生的一切医疗废弃物不准乱丢乱放,必须按规定分为感染性废弃物、非感染性废弃物及化学性废弃物,分别装入医疗废弃物专用容器内,不能混合收集。

4.3 化学性废弃物中批量的废化学试剂、废消毒剂应当交由专门机构处置。

4.4 血液标本处理必须在指定的场所进行,处理后的污物必须置于专用污物桶(含有去污剂),定期专人处理。

4.5 已放入包装物或容器内的感染性废物、损伤性废弃物不得取出;盛装的医疗废弃物达到包装物或容器的 3/4 时,应使用有效的封口方式,使包装物或容器的封口紧实、严密。

4.6 盛装医疗废物的包装物、容器在使用前应仔细检查,完好无损才能使用。包装物或者容器的外表面被感染性废物污染时,应对被污染处进行消毒处理或增加一层包装。

4.7 盛装医疗废弃物的每个包装物、容器外表面应当有警示标识,在每个包装物、容器上

第十一节　产前筛查标本和污物处理制度	文件编号：
	版本号：
	页码：第　页　共　页

应系上中文标签,中文标签的内容应包括医疗废弃物产生单位、产生日期、类别及需要的特别说明等。

4.8 产前筛查实验室收集的医疗废物每天定时由光华公司派出专人收运,用密封车送到院内医疗废弃物存放点。医疗废弃物产生量大时,应随时通知光华公司派人收集。双方要对医疗废弃物进行交接、记录、签收(类别、数量、包装是否合格等)。

4.9 严禁买卖、转让医疗废弃物;严禁医疗废弃物流失、泄漏。发生意外流失应向医疗废弃物管理委员会报告并尽快设法追回。发生泄漏时应立即设置隔离区,采取有效措施防止扩散并进行消毒或无害化处理。

4.10 产前筛查实验室应确定专人定期定时对本室医疗废弃物管理情况进行督促检查,并做好记录或登记备查。

4.11 加强产前筛查相关人员的医疗废弃物管理知识的宣传和培训工作。产前筛查实验室员工只有参加医院统一组织的学习、培训、考核合格后才能上岗。

4.12 凡违反本制度者,按医院有关规定处理;情节恶劣、后果严重的将给予行政处分、直致追究法律责任。

编写:张汉奎　　　　审核:温冬梅　　　　批准:张秀明

第十二节　统计汇总及上报制度	文件编号：
	版本号：
	页码：第　页　共　页

1 目的

规范产前诊断信息汇总和上报程序以保证产前筛查实验室信息统计汇总完整无误,规范产前诊断信息上报程序,制定本制度。

2 适用范围

适用于产前筛查实验室及产前筛查工作。

3 产前筛查各种相关信息

3.1 在日常工作中,应注意收集、保存孕妇在产前咨询、产前筛查等环节获得的各种资料,尤其是孕妇的年龄、体重、孕龄、妊娠史等,用以帮助、指导产前筛查工作的开展。

3.2 产前筛查的病历、孕妇检查登记本、知情同意书、阳性结果登记本、疑难病人会诊记录、孕妇追踪记录、孕妇随访记录、孕妇转诊登记本等资料,应有专人负责定期收集、整理、分析、保存。

3.3 为了不断提高产前筛查的技术水平和质量,产前咨询专业组负责人应定期对产前筛查阳性病例追踪观察率、六大畸形检出率、物理诊断符合率、病理诊断符合率、产前诊断阳性病例追踪观察率、产前诊断结果随访率、诊断结果与随访结果符合率等指标进行总结、分析,不断改进工作。

3.4 在收集、审核、分析资料过程中发现的问题,应及时反馈到有关单位或个人,并督促及时整改、纠正或完善,不断提高工作质量。

3.5 产前咨询专业组收集、整理的各类信息资料和报表应注意保密,妥善保管。未经医院领导批准,任何资料均不准对外查阅、泄露。

3.6 对于按上级有关规定应定期上报的资料或报表,均需提前做好准备,认真审核无误后才能上报。

4 产前筛查信息统计报告制度

4.1 信息统计工作由专人负责,做好原始资料的登记、收集、整理、汇总。

4.2 按产前筛查病例统计要求,使用电脑软件输入原始资料数据,以保证统计资料科学、准确、及时、客观、完整。

4.3 资料每个月汇总统计一次,并按要求上报医务科、信息科等。

4.4 统计资料每个月定期总结、分析,每年开总结分析例会。

编写:张汉奎　　　　审核:温冬梅　　　　批准:张秀明

	文件编号：
第十三节　随访制度	版本号：
	页码：第　页　共　页

1 目的

为尽量对所有产前筛查对象进行有效随访,保证工作顺利进行,并能按时按质完成随访工作,特制定本制度。

2 适用范围

适用于产前筛查工作。

3 要求

3.1 配备专职护士,专人负责孕妇的随访,进行专案管理。

3.2 每一位孕妇均有详细病情记录,包括孕妇的身份资料(地址和各种通讯手段)、病史资料、治疗经过、结果和随访治疗。

3.3 随访追踪应对所有筛查对象进行随访,随访时限为产后 1～6 个月。随访率应≥90％;随访内容包括:妊娠结局,孕期是否顺利及胎儿或新生儿是否正常;筛查高风险的孕妇,应随访产前诊断结果、妊娠结局。流产或终止妊娠者,应尽量争取获取组织标本进行遗传学诊断;登记随访结果、总结统计分析、评估筛查效果。

3.4 孕妇本次妊娠结局随访

3.4.1 有无产前诊断操作后的并发症发生,并发症发生的程度及处理方法、预后。

3.4.2 妊娠与否。

a)不适合妊娠:诊断原因。

b)妊娠并分娩:早产、死产、正常产。

c)早产或正常产:胎儿体重、性别、胎数、有无畸形等。

3.5 所有随访结果均应详细记录并保存。

4 具体细则

4.1 产前咨询特殊病例登记及追踪随访制度

4.1.1 产前咨询中遇到特殊病例,要单独登记在《产前咨询特殊病例登记簿》上,内容包括就诊日期、患者姓名、性别、年龄、联系方式、咨询内容、医师意见、随访结果等。

4.1.2 特殊病例包括罕见的遗传病,具有完整的、典型家系的遗传病,暂不能确定是否为遗传病的症状或体征,孕期接受过严重致畸因素影响的孕妇,超声发现为较少见的胎儿畸形孕妇等。

4.1.3 对孕妇进行随访追踪,填写追踪记录,了解疾病的最后诊断或妊娠结局,以便不断提高技术水平。

4.1.4 特殊病例登记与追踪由咨询医师负责实施、完成。

4.1.5 遵守保密原则,对特殊病例登记簿妥善保管,存档备查。

4.2 产前筛查追踪、随访制度

4.2.1 承担产前筛查工作的医生必须在全面告知的前提下,充分尊重孕妇及其亲属的知情权、选择权,只有在孕妇签署同意书后,方可进行相关筛查随访工作。

第十三节　随访制度

文件编号:

版本号:

页码:第　页　共　页

　　4.2.2 产前筛查随访对象主要包括 35 岁以上(包括 35 岁)高龄孕妇;生过一胎先天畸形儿者;有原因不明流产史、死胎史及新生儿死亡史的夫妇;先天性智力低下者及其血缘亲属;有遗传病家族史的夫妇;有致畸因素接触史的孕妇;原发性闭经和原因不明的继发性闭经;生育过母儿血型不合引起新生儿核黄疸致死亡者;近亲婚配者;孕期接受过严重致畸因素影响的孕妇;筛查发现异常的孕妇。

　　4.2.3 产前筛查中发现的高风险病例,要登记在产前筛查病例登记簿上,登记项目包括就诊日期、患者姓名、性别、年龄、联系方式、筛查项目与结果、医师意见、随访结果等。

　　4.2.4 对筛查发现的高风险病例应进行随访追踪,填写追踪记录,注意了解患者的最后诊断或妊娠结局,根据筛查结果以排除或确定胎儿是否神经管缺陷、21-三体综合征、18-三体综合征。通过随访唐氏筛查孕妇的妊娠结局和胎儿出生后情况,提高对唐氏筛查方法学的认识,判断其符合率及筛查效果。

　　4.2.5 专人负责追踪随访资料保管、督促病历归案,定期向产前诊断中心主任汇报。

　　4.2.6 在整个筛查过程中,医护人员必须严格遵守保密原则,对病历登记簿妥善保管,存档备查。

编写:张汉奎　　　　　审核:温冬梅　　　　　批准:张秀明

第四章

新生儿遗传代谢病筛查
实验室质量管理程序

Chapter 4

第一节　新生儿遗传代谢病筛查实验室总则	文件编号：
	版本号：
	页码：第　页　共　页

1 目的

新生儿疾病筛查是指医疗保健机构在新生儿群体中,用快速、简便、敏感的检验方法,对一些危及新生儿生命,危害新生儿生长发育,导致新生儿智能障碍的先天性疾病、遗传性疾病进行群体筛检,从而使患儿在临床上未出现疾病表现,而其体内生化、激素水平已有明显变化时作出早期诊断,结合有效治疗,避免患儿重要脏器出现不可逆性的损害,保障新生儿正常的体格发育和智能发育的系统医疗服务。为安全、有效、合理地实施新生儿疾病筛查,尊重和保障当事各方的权益而制定本总则。

2 适用范围

本总则适用于新生儿遗传代谢疾病筛查实验室。

3 相关内容

3.1 知情选择和自愿原则

3.1.1 新生儿疾病筛查的实施应充分尊重当事人的意愿、人格和尊严,保证当事人的自主权和知情权。

3.1.2 新生儿疾病筛查应向当事人提供与新生儿疾病筛查有关的信息,包括发生疾病或缺陷的可能性、风险、疾病的严重程度、治疗方法、预后和可供选择的新生儿疾病筛查方法;应向当事人提供可实施新生儿疾病筛查的目的、方法,与诊断性检查相关的局限性、不确定性、有无危害、后续新生儿疾病筛查方法等;还应提供检查结果的准确性、可能出现的局限性、费用等有关信息。对所有服务对象发放《新生儿疾病筛查告知书》,认真履行告知义务,对拒绝采血者需在《新生儿疾病筛查告知书》签名,并存档在病历内。

3.2 以医疗为目的

新生儿疾病筛查技术的应用应当以医疗为目的,符合国家有关法律规定和伦理原则,不得实施非医疗目的的新生儿疾病筛查技术。

3.3 保守秘密,尊重隐私

3.3.1 当事人的个人信息、新生儿疾病筛查、新生儿疾病筛查结果、是否治疗等属个人隐私。医务人员有责任为当事人保守秘密,避免由筛查给当事人及亲属带来不良后果。

3.3.2 如果检查结果涉及影响当事人亲属发病风险的遗传信息,医务人员应将对亲属的可能影响告知当事人,并向他们陈述有关的道德义务,由他们自己决定是否告诉有关亲属。

3.4 伦理监督,权益保护原则

为了确保新生儿疾病筛查符合伦理原则,实施新生儿疾病筛查应自觉遵守国家法律法规、社会公德、医院的规章制度。对实施中遇到的伦理问题应主动提请医院医学伦理委员会进行审查、咨询、论证和指导,以维护当事人的权益。

3.4.1 医学伦理学的一般原则是患者的权益和利益高于一切,医护人员需确保将患者的福利和利益放在重要位置。

3.4.2 对所有患者的个人资料、信息有严格保密的义务。

第一节　新生儿遗传代谢病筛查实验室总则	文件编号：
	版本号：
	页码：第　页　共　页

3.4.3 对所有患者和服务对象一视同仁、公平对待、毫无歧视。

3.4.4 在对多个服务对象或患者同时要求服务时弱者优先，与健康或生命关系最密切者优先，与群体利益关系最密切者优先，这些都应得到患者的理解。

3.5 原始样品采集

3.5.1 对患者采取的任何操作都应得到患者的同意。对于大多数常规检验操作，包括检验单、申请单等均视为合同。如果患者拿着检验申请表来到实验室，并自愿接受常规的采样操作，即可默认为同意。

3.5.2 通常情况下，应给予患者拒绝检验的机会。

3.5.3 特殊操作，如具侵害性的操作或操作后有并发症可能性时，需要更详细的解释，某些情况下需签署知情同意书。如果是无意识的患者，只能征得患者最亲近的亲属或法定代理人同意并签订书面协议。

3.5.4 根据所采集的原始样本类型及所申请的信息，在接收和采样期间应充分保护患者的隐私。

3.5.5 如果送达实验室的原始样本不适于进行要求的检验项目，一般应丢弃并通知申请医师。

3.6 检验行为

3.6.1 所有检验均应按照适当的标准及与其专业相当的技术水平和能力进行。

3.6.2 不允许以任何形式编造检验结果或发假报告的行为。

3.7 结果报告

3.7.1 实验室对特定患者的检验结果应严格保密，未经授权不得公开。通常是向提出申请的医师报告结果，经患者同意或按照法律规定也可向其他方面报告。

3.7.2 除了准确报告检验结果，实验室还有责任尽可能地保证对检验结果进行准确的解释，并从患者的最佳诊疗考虑进行应用，对检验项目的选择和解释提供专业意见和咨询服务。

3.8 筛查记录、结果资料的归档

3.8.1 应确保病历、检验结果、记录存放得当，防止丢失、篡改或其他误用；不允许未授权者接触。

3.8.2 资料的保存期，按有关部门文件规定和医院的制度执行。

3.9 检验报告、记录的查阅与获取

3.9.1 检验结果或报告记录档案，未经授权不得查阅和获取。

3.9.2 由上级主管机关或部门实施实验室质量工作的检查可查阅。

3.9.3 司法机关经正常程序的需要，并经上级主管机关或部门批准的可查阅。

3.9.4 检验申请医师可在医生工作站查阅相关的检验报告。

3.9.5 患者凭有效身份证明可直接通过咨询台或检验科获取自身的检验报告。

3.9.6 实验室工作人员职责范围内所需的查阅和获取。

3.9.7 其他经授权的人员可查阅或获取。

第一节　新生儿遗传代谢病筛查实验室总则	文件编号：
	版本号：
	页码:第　页　共　页

编写:卢建强　　　审核:熊继红　　　批准:张秀明

第二节　新生儿遗传代谢病筛查工作流程	文件编号：
	版本号：
	页码:第　页　共　页

1 目的

建立简易的新生儿遗传代谢病筛查工作流程,指导新生儿家长及医院新生儿疾病筛查中心工作人员开展相关疾病的筛查。

2 适用范围

适用于所有新生儿遗传代谢病筛查。

3 工作流程

见图 4-2-1。

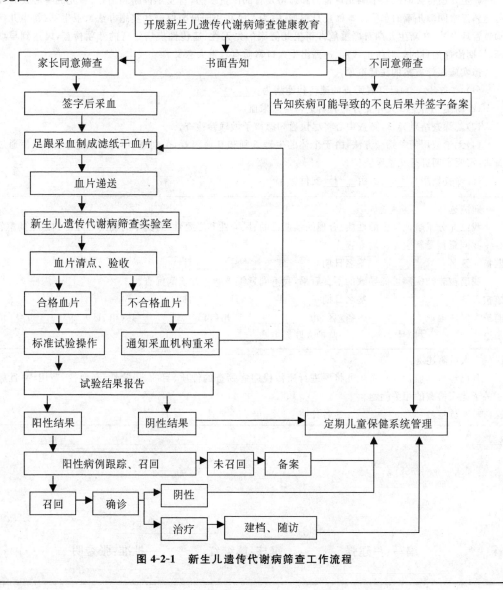

图 4-2-1　新生儿遗传代谢病筛查工作流程

第二节 新生儿遗传代谢病筛查工作流程	文件编号：
	版本号：
	页码:第　页 共　页

4 附表

见表4-2-1。

表4-2-1 新生儿遗传代谢病筛查知情同意书

_____省(自治区、直辖市)
新生儿遗传代谢病筛查知情同意书

母亲姓名	新生儿性别	出生日期	住院病历号

　　新生儿遗传代谢病是影响儿童智力和体格发育的严重疾病,若及早诊断和治疗,患儿的身心发育大多可达到正常同龄儿童的水平。本筛查是根据《中华人民共和国母婴保健法实施办法》、卫生部《新生儿疾病筛查管理办法》在新生儿期对严重危害新生儿健康的先天性、遗传性疾病施行的专项检查,以达到早期诊断、早期治疗的目的。对防止残疾、提高出生人口素质有着重大意义。

　　拟实施医疗方案的注意事项:

(1) 本省(区、市)已开展筛查的遗传代谢病为:_____。

(2)新生儿出生3天并充分哺乳后进行足跟采血。

(3)若筛查结果异常,筛查中心将尽快通知您孩子做确诊检查。

(4)无论应用何种筛查方法,由于个体的生理差别和其他因素,个别患者可能呈假阴性。即使通过筛查,也需要定期进行儿童保健检查。

(5)筛查费用_____元,由_____支付。

　　知情选择

我已充分了解该检查的性质、合理的预期目的、风险性和必要性,对其中的疑问已经得到医生的解答。

我同意接受新生儿疾病筛查。

监护人签名_____　　签名日期_____年_____月_____日

我已被告知疾病可能导致的不良后果,我不同意接受新生儿疾病筛查。

监护人签名_____　　签名日期_____年_____月_____日

监护人现住地址_____省(区、市)_____州(市)_____县(市、区)_____乡(镇)/

街道_____村/号　　监护人联系方式_____

　　医(护)人员陈述

我已经告知监护人该新生儿将要进行遗传代谢病筛查的性质、目的、风险性、必要性、费用,并且解答了关于此次检查的相关问题。

医(护)人员签名_____　　签名日期_____年_____月_____日

编写:卢建强　　　　审核:熊继红　　　　批准:张秀明

第三节　新生儿遗传代谢病筛查实验室	文件编号：
工作制度	版本号：
	页码：第　页　共　页

1 目的

建立完善有效的新生儿疾病筛查实验室工作制度，指导实验室工作人员自觉遵守各规章制度并积极完成本职工作。

2 适用范围

本制度适用于所有新生儿筛查实验室工作人员。

3 工作制度

3.1 严格执行国家法律法规、新生儿疾病筛查技术管理办法及其实施细则，不得实施任何非医疗目的的新生儿疾病筛查。

3.2 严格按照上级许可的新生儿疾病筛查项目提供检测服务。

3.3 认真做好新生儿疾病筛查专业技术人员的培训和继续教育工作。

3.4 在检测过程中自觉按照新生儿疾病筛查的作业指导书规范操作，并认真做好室内质量控制工作。

3.5 从事新生儿疾病筛查技术服务的检验人员，应获得省级卫生行政部门批准，并取得从事新生儿疾病筛查的《母婴保健技术考核合格证书》。

3.6 接收标本时，严格执行查对制度，对送检标本不符合要求，应立即通知相关科室重新采集；对不能立即检查的标本，应妥善保管。

3.7 认真审核检验结果，并按规定时间发出检验报告，凡异常标本，必须经复查后再签发。

3.8 筛查结果的原始数据和血清标本应按规定做好保存。

3.9 建立实验室质量控制制度，定期校准仪器和检查试剂是否过期，定期抽查检验质量，并做好记录。积极参加卫生部或省临检中心组织的室间质量控制检查，以保证高水平的检验质量。

3.10 仪器要设专人负责管理，并做好其使用和维护工作。加强所使用试剂的管理和使用，对试剂盒应妥善保管，不可使用过期或受污染的试剂，以保证检验质量。

3.11 定期核对计量用具、仪器，如有异常和故障应及时检查、校准、维护。

3.12 保持实验室清洁，减少外源性污染。节约水电，注意用电安全。严格遵守污水、污物的无害化处理条例。

编写：卢建强　　　　　审核：熊继红　　　　　批准：张秀明

第四节　新生儿遗传代谢病筛查实验室工作守则	文件编号：
	版本号：
	页码:第　页　共　页

1 目的

建立完善的新生儿疾病筛查实验室工作守则,规范实验室工作人员日常检验工作。

2 适用范围

适用于所有新生儿疾病筛查实验室工作人员。

3 工作守则

3.1 从事新生儿疾病筛查技术服务的检验人员应获得省级卫生行政部门批准,并取得从事新生儿疾病筛查的《母婴保健技术考核合格证书》。

3.2 熟悉国家新生儿遗传代谢病筛查的法律、法规,以及新生儿疾病筛查各项技术规范、管理办法和其实施细则。

3.3 严格按照上级卫生部门许可的项目开展新生儿疾病筛查检测服务,不可盲目开展新项目或更改检测方法。

3.4 对待病人热情、诚恳、礼貌、大方。尊重病人的隐私权,严格为病人保密,新生儿疾病筛查遵循知情选择和自愿的原则。

3.5 坚持严谨的科学态度、实事求是,维护患者利益、公平公正的工作原则,遵守社会公德和各项规章制度,自觉接受舆论监督。

3.6 认真核对标本和检测项目的一致性,做好检测后标本的登记和保存工作,防止差错,严格遵守操作规程,准确处理每一份标本并及时发出报告。

3.7 采用优质的检测试剂盒,保证检验结果的可靠性。注意检查试剂的质量,试剂用后应及时放回冰箱保存。

3.8 检查结果在填发报告之前要进行审查,如发现与诊断不符,结果异常或偏低,或质控血清出现异常等,应仔细检查操作、试剂和计算数据有无错误,必要时再取原始标本或重取标本复查,以严谨的工作态度杜绝虚假报告。

3.9 做好生物安全工作,注重个人防护,皮肤的任何伤口和擦伤均应以防水敷料覆盖,不能用戴手套的手触摸暴露的皮肤、口唇、眼睛、耳朵和头发等,以减少被感染的机会。

3.10 严禁在实验室内进食、饮水、吸烟和化妆。

3.11 试验用具用完后一律放回原处,清理台面和做好消毒工作。

3.12 爱护仪器设备,做好仪器的使用和维护工作,对仪器要做定期校准。

3.13 注意节约水电,工作结束后应关闭仪器的电源,保证安全。

编写:卢建强　　　　审核:熊继红　　　　批准:张秀明

第五节　新生儿遗传代谢病筛查实验室人员岗位职责	文件编号：
	版本号：
	页码：第　页　共　页

1 目的

为安全、有效、科学地实施新生儿遗传代谢疾病筛查技术,维护当事人的权益,制定新生儿疾病筛查中心医务人员工作责任制度。

2 适用范围

适用于所有新生儿遗传代谢疾病筛查实验室工作人员。

3 相关责任制度

3.1 实验室负责人职责

3.1.1 在院务委员会、主管院长和新生儿筛查中心主任的领导下,负责新生儿疾病筛查实验室的医疗、教学、科研及行政管理工作。

3.1.2 制定工作计划,组织实施,经常督促检查实验室工作,按期总结汇报。

3.1.3 领导新生儿疾病筛查实验室技术人员进行新生儿疾病筛查工作,完成医疗任务。

3.1.4 做好室内质量控制,制定失控规则,积极参加卫生部或省临检中心组织的室间质量评价,制定并严格执行实验室质量管理制度,以保证日常检测结果的准确性,为临床提供准确结果。

3.1.5 组织医护人员学习,运用国内外新生儿疾病筛查先进经验,开展新技术,进行科研工作,及时总结经验。

3.1.6 督促新生儿疾病筛查实验室工作人员认真执行各项规章制度和技术操作规程,严防差错事故发生。

3.1.7 领导新生儿疾病筛查实验室技术人员进行业务训练,合理安排进修学习。

3.1.8 审签试剂或器材的申领、报销,经常检查安全措施,严防差错事故。

3.2 实验室技术人员职责

3.2.1 中专以上学历,从事检验工作2年以上,具有技师或以上职称,接受过新生儿疾病筛查相关实验室知识和技能培训。

3.2.2 专业人员应以保障母婴健康,提高出生人口素质为己任,按照新生儿遗传代谢疾病技术规范操作,保证新生儿疾病筛查工作的安全、有效进行。

3.2.3 严格按照许可的新生儿疾病筛查项目或备案的产前筛查项目提供检测服务,必须严格遵守知情选择、自愿的原则,以及尊重病人的隐私权,严格为病人保密。

3.2.4 熟悉各仪器的原理、性能和使用方法,严格按照项目操作规程(SOP)做好日常新生儿疾病筛查项目的检测及检验结果审核工作。

3.2.5 做好室内质量控制,参加卫生部或省临检中心组织的室间质量评价,并在指定时间内完成检测,以保证日常检测结果的准确度,为临床提供准确结果。

3.2.6 定期检查和做好仪器、设备的使用和维护保养。

3.2.7 专业人员应积极参加新生儿疾病筛查的相关培训和继续教育工作,关注国内外信息,开展新生儿疾病筛查新技术、适宜技术的研究,总结经验,撰写学术论文。

第五节　新生儿遗传代谢病筛查实验室人员岗位职责	文件编号：
	版本号：
	页码：第　页　共　页

3.2.8 接收标本时，严格执行查对制度，对送检标本不符合要求的，应立即通知相关科室重新采集。对不能立即检查的标本，要妥善保管。

3.2.9 筛查结果的原始数据和血片标本应按规定做好保存。

3.2.10 实验结束后，所有用具一律放回原位，清洁和整理台面，检查电器、仪器等是否已关等，并注意做好仪器的防尘工作。

3.2.11 立足本职，团结互助，相互协调，保证工作质量和医疗安全，提高工作效率，保证各项任务的胜利完成。

3.3 采血机构质控员职责

3.3.1 负责采血机构内新生儿筛查工作的质量控制，接受新生儿筛查中心质控员的定期检查与指导。

3.3.2 认真核对分娩登记册活产数（应筛数）与院内实筛数，及时发现漏筛个案以防漏筛。

3.3.3 对采集的所有筛查血片进行质量检查，定期（每周一）将筛查血片寄送新生儿疾病筛查中心。

3.3.4 新生儿因各种原因提早出院（或转院、转科）、或未哺乳、或出生前 3d 内输血而没有采血者，采血机构质控员应负责追踪采血，最迟不宜超过出生后 20d，因特殊情况超出 20d 者，应尽快采血，以免影响进一步诊治。

3.3.5 负责资料登记和存档保管工作，包括活产数、筛查数、新生儿采血登记信息、反馈的检测结果及确诊病例等。

3.3.6 对每例拒筛个案均应与家长联系，动员其进行筛查，拒筛者需请家长在《新生儿疾病筛查告知书》上签名，并存入住院病历。

3.3.7 召回。苯丙酮尿症（PKU）、甲状腺功能低下、G-6-PD 筛查可疑和阳性的新生儿应及时召回复查确诊，并将其信息资料登记录入计算机备查。

3.3.8 抽查院内采血员的采血工作，进行考核，不达标者应重新培训。

3.3.9 定期对院内新生儿疾病筛查情况登记本进行质量检查，确保无缺漏项，做到实事求是，认真清晰填写。

3.3.10 做好新生儿疾病筛查登记，每季度做好统计、分析工作，并将新生儿疾病筛查工作相关数据按照《广东省妇幼保健项目开展情况年报表》的要求，逐级上报。

编写：卢建强　　　　审核：熊继红　　　　批准：张秀明

第六节　新生儿遗传代谢病筛查血片采集技术规范	文件编号：
	版本号：
	页码：第　页　共　页

1 目的

新生儿干血斑标本采集是新生儿疾病筛查整个过程中最首要的，并且是十分关键的环节，建立标准的新生儿遗传代谢病筛查标本采集技术规范，指导标本采集工作人员正确进行标本的采集及保存，以确保检验结果的准确性。

2 适用范围

本规范适用于所有新生儿遗传代谢病筛查实验室标本的采集。

3 相关程序

3.1 采血人员要求

3.1.1 具有中专以上学历，从事临床工作 2 年以上。

3.1.2 接受过新生儿遗传代谢病筛查相关知识和技能的培训并取得技术合格证书。培训内容包括新生儿遗传代谢病筛查的目的、原则、方法及网络运行；滤纸干血片采集、保存、递送的相关知识；新生儿遗传代谢病筛查相关信息和档案管理。

3.2 采血人员职责

3.2.1 积极开展新生儿遗传代谢病筛查的宣传教育工作。

3.2.2 加强对本机构血片采集人员的管理和培训。

3.2.3 承担本机构新生儿遗传代谢病筛查有关信息的收集、统计、分析和上报工作。

3.2.4 血片采集人员在实施血片采集前，应当将新生儿遗传代谢病筛查的目的、意义、筛查疾病病种、条件、方式、灵敏度和费用等情况如实告知新生儿的监护人，并取得书面同意。

3.2.5 认真填写采血卡片，做到字迹清楚、登记完整。卡片内容包括采血单位、母亲姓名、住院号、居住地址、联系电话、新生儿性别、孕周、出生体重、出生日期、采血日期和采血者等。

3.2.6 严格按照新生儿遗传代谢病筛查血片采集步骤采集足跟血，制成滤纸干血片，并在规定时间内递送至新生儿遗传代谢病筛查实验室检验。

3.2.7 因特殊情况未按期采血或不合格标本退回需要重新采血者，应及时预约或追踪采集血片。

3.2.8 对可疑阳性病例应协助新生儿遗传代谢病筛查中心，及时通知复查，以便确诊或采取干预措施。

3.2.9 做好资料登记和存档保管工作，包括掌握活产数、筛查数、新生儿采血登记信息、反馈的检测结果及确诊病例等资料，保存时间至少 10 年。

3.3 血片采集步骤

3.3.1 填写采血卡和登记采血个案。必须将新生儿及采血信息完整而准确地填在采血卡上，特别要注意所提供的联系地址和电话必须是有效的。凡采血筛查个案，均需按要求在《新生儿代谢病筛查采血登记本》登记。采血前应仔细核对采血卡、登记本和待采血新生儿。

3.3.2 血片采集人员清洗双手并佩戴无菌、无滑石粉手套。

第六节　　新生儿遗传代谢病筛查血片采集 技术规范	文件编号：
	版本号：
	页码：第　页　共　页

3.3.3 按摩或热敷新生儿足跟,并用 75% 乙醇消毒皮肤。

3.3.4 待乙醇完全挥发后,使用一次性采血针刺足跟内侧或外侧,深度小于 3mm,用干棉球拭去第 1 滴血,从第 2 滴血开始取样。

3.3.5 将滤纸片接触血滴,切勿触及足跟皮肤,使血液自然渗透至滤纸背面,避免重复滴血,至少采集 3 个血斑。

3.3.6 手持消毒干棉球轻压采血部位止血。

3.3.7 将血片悬空平置,自然晾干呈深褐色。避免阳光及紫外线照射、烘烤、挥发性化学物质等污染。

3.3.8 及时将检查合格的滤纸干血片置于密封袋内,密闭保存在 2～8℃ 冰箱中,有条件者可 0℃ 以下保存。

3.3.9 所有血片应按照血源性传染病标本对待,对特殊传染病标本,如母亲患有肝炎、梅毒、艾滋病者,其新生儿血斑标本应单独晾干,用红色笔墨醒目标记疾病名称、单独塑料袋密封包装,非典型肺炎母亲所生新生儿应先行防治、暂缓采血。

3.4 采血工作质量要求

3.4.1 采血滤纸应与试剂盒标准、质控血片用滤纸一致,通常使用物理性状符合美国检测和材料学会(ASTM)标准的型号为 S&S903 的专用滤纸。

3.4.2 采血针必须一人一针。

3.4.3 正常采血时间为出生 72h 后,7d 之内,并充分哺乳;对于各种原因(早产儿、低体重儿、正在治疗疾病的新生儿、提前出院者等)未采血者,采血时间一般不超过出生后 20d。

3.4.4 合格滤纸干血片

a)至少 3 个血斑,且每个血斑直径大于 8mm。

b)血滴自然渗透,滤纸正反面血斑一致。

c)血斑无污染。

d)血斑无渗血环。

3.4.5 如血滴太小、有组织液渗入、有血滴叠加或血滴不均匀的血片,均视为不合格,应重取。

3.5 滤纸干血片应在采集后 5 个工作日内递送,3d 内必须到达筛查检测机构。

3.6 有完整的采血卡片及结果登记册。对不符合要求标本应及时通知采血机构退回、重新采送,并详细记录所退标本不合格的原因及日期。

编写:卢建强　　　　审核:熊继红　　　　批准:张秀明

第七节 新生儿遗传代谢病筛查标本采集、运送和管理制度	文件编号：
	版本号：
	页码：第 页 共 页

1 目的

建立完善的新生儿遗传代谢病筛查标本采集、运送和管理制度,指导相关工作人员正确进行相关工作,以确保筛查结果的准确性。

2 适用范围

适用于所有新生儿遗传代谢病筛查实验室。

3 标本采集制度

3.1 标本采集工作人员必须受过新生儿疾病筛查标本采集与保管的基本知识培训,并取得上级颁发的上岗证书。

3.2 上岗工作人员还应经过岗前安全教育与技术培训,具有独立工作能力。实施采血时,必须按检测项目要求正确采集标本并确保标本不受污染。

3.3 实施采血的新生儿要在出生 72h 后,7d 以内,正常足量哺乳 6 次以上,以减少个体原因造成的误差。

3.4 采血人员应具备良好的工作责任心和熟练的标本采集技术,执行采血前要认真核对新生儿的基本资料是否齐全,避免错采或漏采,相关标本采集技术参照卫生部《新生儿遗传代谢病筛查血片采集技术规范(2010 版)》。

3.5 标本采集后将血片悬空平置,自然晾干呈深褐色。避免阳光及紫外线照射、烘烤、挥发性化学物质等污染。及时将检查合格的滤纸干血片置于密封袋内,并通知有关部门运送标本。

3.6 定期由采血机构质控员对采血人员进行培训和考查,做好不合格标本的反馈,完善改进措施,不断提高血片的采集质量。

4 标本运送制度

4.1 标本运送的人员要有较强的责任心,并接受过有关的岗前培训,包括标本的保存条件、采血容器的选择、生物安全及防范等基本知识。

4.2 运送人员应及时将血片送至检验中心,在护士站及检验中心前台均应做好标本的交接,包括标本的数量、采集时间、送检时间及接收时间等内容,避免错送、漏送。

4.3 实验室工作人员要重视和做好标本的验收、检测、保存,避免错采、错收、污染、丢失;通过条形码接收或院外的标本必须严格实行核对制度,包括 ID 号或住院号,同时对接收的标本要检查采血卡片相关信息是否齐全,卡片基本信息是否填写清晰完整。卡片内容包括采血单位、母亲姓名、住院号、居住地址、联系电话、新生儿性别、孕周、出生体重、出生日期、采血日期和采血者等。特别要注意联系地址和电话是否完整有效。

4.4 实验室工作人员要认真检查所接收血片采样是否合格,如血滴太小、有组织液渗入、有血滴叠加或血滴不均匀的血片,均视为不合格。不合要求者及时通知采血机构退回、重新采送,并详细记录所退标本不合格原因。

4.5 由于特殊原因不能按时正常上送的标本要妥善保存,可密闭保存在 2~8℃冰箱中,

第七节　新生儿遗传代谢病筛查标本采集、运送和管理制度	文件编号：
	版本号：
	页码：第　页　共　页

避免强光、紫外线的照射及其他化学物质的污染,送检时间不能超过5d。

4.6 筛查中心以外和其他基层单位标本的运送,最好由专人负责或选择高效率的快递公司运送,要求同上。

5 标本管理制度

5.1 检测后的标本应妥善保存,并做好资料登记和存档保管工作,标本筛查结果的原始数据必须保存至少10年,血片标本2~8℃密封保存,有条件的最好保存在0℃以下,至少保存5年,以备今后的复检、查对。

5.2 每份标本必须贴上统一标签,清晰标明编号、品名、提取或取材日期,按研究内容或检测内容分类存放于标本盒,标本盒上附有清单,同样列出该盒每一份样品的编号、品名、提取或取材日期,并注明存放人、存放日期,保存时间。

5.3 存放人应定期整理存放的标本,并做归档记录,注明存放人、存放日期、标本种类、标本盒编号、冰箱编号等。

5.4 未经中心主任及课题负责人同意,不得将任何种类的样品私自转送他人;在职人员调离、出国等情况下需进行标本交接,将所有相关标本进行整理,列出清单,交与标本保管员处,标本保管员核对后负责保管。

5.5 标本库的所有标本必须登记造册,并注明存放人;标本库存放标本的设备按要求进行分类,所存标本按指定位置进行存放,不得随意乱放;相关人员,必须定期对自己所存放的标本进行清理,必须保证所存标本陈列有序,便于查找与查询;相关工作人员调离本岗位时,必须将所存标本交付相关人员,做到责任到人;将筛查标本带离本中心时,必须经中心主任或管理人员同意,方可带出。

5.6 因工作需要查阅筛查标本、检测结果等资料,必须经过科室主任批准后方可查阅。

编写:卢建强　　　　审核:熊继红　　　　批准:张秀明

第八节　新生儿遗传代谢病筛查实验室检测技术规范	文件编号：
	版本号：
	页码：第　页　共　页

1 目的

建立完善的新生儿遗传代谢病筛查实验室技术要求，指导实验室工作人员的各项工作。根据国家的有关技术要求，现就开展新生儿苯丙酮尿症、先天性甲状腺功能减低症和先天性肾上腺皮质增生症等遗传代谢性、先天性内分泌疾病，对实验室制定以下规范。

2 适用范围

适用于所有新生儿遗传代谢疾病筛查实验室。

3 相关责任制度

3.1 基本要求

3.1.1 机构设置：省、自治区、直辖市人民政府卫生行政部门按照本区域规划指定具有能力的医疗机构为新生儿遗传代谢病筛查中心，其实验室年筛查检测量应达到 3 万人次以上。

3.1.2 人员要求

a)实验室负责人：与医学相关的本科以上学历，高级职称，具有儿科或临床检验工作经验，从事新生儿遗传代谢病筛查工作 5 年以上，掌握新生儿遗传代谢病筛查网络运作和管理。

b)实验室技术人员：中专以上学历，从事检验工作 2 年以上，具有技师以上职称，接受过省级以上卫生行政部门组织的新生儿遗传代谢病筛查相关知识和技能培训并取得技术合格证。包括：①新生儿遗传代谢病筛查的目的、原则、方法及网络运行；②所筛查病种的相关知识；③滤纸干血片采集、保存、处理的相关知识；④检测技术的基本知识和技能操作；⑤新生儿遗传代谢病筛查结果的定量和定性判断；⑥实验室质量控制的基本技能；⑦生物安全等相关知识。

c)文案人员：熟练掌握计算机操作(文字处理及统计)技术，且有档案管理的工作经验。

3.1.3 设备要求

a)酶标仪或荧光酶标仪或时间分辨荧光分析仪 1 台。

b)洗板仪 1 台。

c)振荡器 1 台。

d)计算机(包括打印机)1 台。

e)温箱或水浴箱 1 个。

f)2~8℃冷藏柜 2 个。

g)多通道加样器 2 个。

h)单通道加样器 2 个。

i)打孔器 5 个。

j)超净工作台 1 个。

k)微波炉或加热搅拌器 1 台。

l)实验室通用低值用品适量。

注：以上设备可根据筛查量、实验方法及筛查病种适当调整。

第八节　新生儿遗传代谢病筛查实验室检测技术规范	文件编号：
	版本号：
	页码:第　页　共　页

3.1.4 房屋要求

a)实验室用房 2 间,使用面积至少 40m² 以上。

b)综合用房 2 间,至少 20m² 以上,用于滤纸干血片的验收、计算机录入和资料登记保存。

c)血片储藏室或冷库 1 间,用于滤纸干血片的长期保存。

d)房屋面积应根据筛查量及筛查病种适当增加。

3.2 实施原则及职责

3.2.1 必须符合《新生儿疾病筛查管理办法》及《医疗机构临床实验室管理办法》。

3.2.2 收到标本应在 24h 内登记,不符合要求的标本应立即退回重新采集。

3.2.3 采用国家规定的实验方法,且具有国家批准文号的试剂和设备进行检测。

3.2.4 必须接受卫生部临床检验中心的质量监测和检查。

3.2.5 检测结果及时反馈,发现漏检病例,需寻找原因。

3.2.6 必须建立以下实验室规章制度。

a)人员分工责任制度。

b)各种技术操作程序。

c)质量控制管理制度。

d)仪器管理及校准制度。

e)试剂材料管理制度。

f)标本登记保存制度。

g)安全制度。

h)应急预案。

3.2.7 实验室检测结果和资料保存完整,内容如下。

a)不符合要求退回的血片标本信息,应注明原因及日期。

b)每次检测结果的原始资料,包括标准曲线、质控结果、筛查结果等。

c)有关质量控制资料,包括室内质控图、实验室间质量评价结果反馈、失控原因、纠正方法等。

若资料为电子版本,则需备份。

3.3 检测方法

对于 2 次实验结果均大于阳性切值者,需追踪确诊。

3.3.1 苯丙酮尿症

a)以苯丙氨酸(Phe)作为筛查指标。

b)Phe 浓度阳性切值根据实验室及试剂盒而定,一般大于 $120\mu mol/L(2mg/dl)$ 为筛查阳性。

c)筛查方法为荧光分析法、定量酶法、细菌抑制法和串联质谱法。

3.3.2 先天性甲状腺功能减低症

第八节　新生儿遗传代谢病筛查实验室 检测技术规范	文件编号：
	版本号：
	页码：第　页 共　页

a)以促甲状腺素(TSH)作为筛查指标。

b)TSH 浓度的阳性切值根据实验室及试剂盒而定，一般大于 $10\sim20\mu\mathrm{U/ml}$ 为筛查阳性。

c)筛查方法为时间分辨免疫荧光分析法(Tr-FIA)、酶免疫荧光分析法(FEIA)和酶联免疫吸附法(ELISA)。

3.3.3 先天性肾上腺皮质增生症

a)以 17-羟孕酮(17α-OHP)作为筛查指标。

b)17α-OHP 浓度的阳性切值根据实验室及试剂盒而定，一般为大于 90nmol/L。

c)推荐筛查方法为时间分辨免疫荧光分析法(Tr-FIA)。

3.4 质量控制

3.4.1 实验室需在接到标本 5 个工作日内进行检测，并出具阴性或可疑阳性报告。

3.4.2 每个月向开展新生儿遗传代谢病筛查的医疗机构反馈实验室检测结果。

3.4.3 每年参加全国新生儿疾病筛查实验室间质量评价，成绩合格。

3.4.4 滤纸干血片标本必须保存在 2~8℃条件下(有条件的实验室可 0℃以下保存)至少 5 年，以备复查。

3.4.5 有完整的实验室检测信息资料，存档保留至少 10 年。

编写:卢建强　　　　审核:熊继红　　　　批准:张秀明

第九节　质量控制管理制度	文件编号：
	版本号：
	页码:第　页　共　页

1 目的

建立完善的新生儿疾病筛查实验室质量控制制度,对新生儿疾病筛查检验全程进行严格质量控制,以保证检验质量的有效性和准确性。

2 适用范围

适用于所有新生儿疾病筛查实验室。

3 相关程序

3.1 分析前质量控制

3.1.1 坚持把检验质量放在工作首位,普及提高质量管理和质量控制理论知识,使之成为每个检验人员的自觉行动。按照上级规定和临床检验中心的要求,全面加强技术质量管理。

3.1.2 建立和健全科、室(组)二级技术质量管理组织,配有兼职人员负责工作。管理内容包括目标、计划、指标、方法、措施、检查、总结、效果评价及反馈信息,定期向上级报告。

3.1.3 新生儿干血斑标本采集是新生儿疾病筛查整个过程中最首要的,并且十分关键的环节,滤纸血斑标本质量直接影响实验室检测结果。新生儿疾病筛查中心定期按技术规范的要求对各医院产科采血人员进行培训,各采血机构设立采血机构质控员监控每例活产新生儿血标本采集、保存、递送和卡片填写的质量严格按照技术规范规定的执行,严把采血质量关。

3.1.4 新生儿疾病筛查实验室应在收到血样标本后24h内做好登记,对不符合要求的标本应立即予以退回,并要求重新采集;对符合要求的样本,应在收到标本后2个工作日内进行检测,在5个工作日内出具筛查报告。对可疑阳性样本,填写可疑阳性报告单,报所在采血机构。

3.2 分析中质量控制

3.2.1 认真开展室内质量控制,发现失控要及时纠正,未纠正前停发检验报告,纠正后再重检、报告,以保证日常检测结果的准确度,为临床提供准确结果。每次检测结果的原始资料,包括标准曲线、质控结果、筛查结果等均需妥善保存。

3.2.2 高质量的试剂是获得可靠筛查结果的基本前提,选择试剂应获得国家食品药品监督管理局批准上市,建立规范的标准操作程序文件,严格按照仪器操作、校准和维护保养程序进行操作。新引进或维修后仪器经校准和性能验证在可接受范围内后方可用于标本检测,以保证筛查结果的准确性,减少因实验误差造成的漏筛机会。试剂的储存应严格执行说明书的规定,新批号试剂进入实验室要对批号、有效期、特殊说明等进行详细的登记。

3.2.3 加强仪器的管理,建立大型仪器档案。新引进或维修后仪器经校正合格后,方可用于检测标本。定期维护仪器,保持仪器良好的运行状态,记录维修仪器故障的情况,详细图表化仪器操作流程。

3.2.4 新生儿疾病筛查试验要求每一试验板均带标准曲线和质控品,对失控批次认真分析,找出失控原因,重复试验。室内质控在控的试验方可发出试验报告。积极参加全国室间

<table>
<tr><td rowspan="3">第九节　质量控制管理制度</td><td>文件编号：</td></tr>
<tr><td>版本号：</td></tr>
<tr><td>页码：第　页　共　页</td></tr>
</table>

质评，认真分析质评结果，对每次室内质控、室间质评的失控结果要认真分析，积极查找失控原因，采取纠正措施和预防措施，预防同样失控现象再次发生。

3.3 分析后质量控制

3.3.1 采血机构在接到新生儿疾病筛查实验室出具的可疑阳性报告后，应在 1 个工作日内立即通知婴儿的监护人，敦促并确保其在收到通知后 2～7 个工作日内携婴儿至实验室检测机构做进一步确诊。对召回可疑阳性者复查，并按照卫生部《新生儿疾病筛查技术规范》进行疾病诊断和鉴别诊断，筛查疾病的确诊和治疗不得晚于出生后 42 天。因地址不详或拒绝随访等原因而失访者，追踪随访机构（采血机构）应注明原因，并告知新生儿疾病筛查实验室备案。

3.3.2 及时掌握业务动态，统一调度人员、设备，建立正常的工作秩序保证检验工作正常运转。

3.3.3 严格遵守岗位责任制，明确各类人员职责，严格遵守规章制度，执行各项操作规程，严防差错事故发生。

3.3.4 关注国内外信息，积极开展新生儿疾病筛查新技术、适宜技术的研究，总结经验，撰写学术论文，以提高学术水平。

编写:卢建强　　　审核:熊继红　　　批准:张秀明

文件编号：
版本号：
页码:第　页　共　页

第十节　实验室检测结果报告及查询制度

1 目的

制定临床检测结果登记、查询及检测报告规范制度,使新生儿疾病筛查实验室检测报告及时发送,更好地服务于临床和患者。

2 适用范围

适用于新生儿疾病筛查实验室所有检测结果的报告、登记及查询。

3 相关制度

3.1 从事实验室检测技术人员必须具备中专以上学历,从事检验工作 2 年以上,具有技师以上职称,接受过省级以上卫生行政部门组织的新生儿遗传代谢病筛查相关知识和技能培训并取得技术合格证。

3.2 进行项目检测时要严格按相关作业指导书认真操作,检测结果的报告应准确、清晰、明确、客观和及时,杜绝虚假报告。

3.3 所有检测报告均需具有检测和审核资格的实验人员进行检查核对,报告单上具有检测人员和审核人员签字方可生效。

3.4 报告单应及时发出。报告单送至客户服务部报告发放处,遵循保密原则,患者只有凭交费单证实自己身份后,才能在发放处领取检测报告。

3.5 原则上不采用电话、图文传真、电子邮件等形式传送结果。

3.6 如临床科室或患者由于特殊情况且理由充分,要求用其他形式传送报告,在确认身份后,经实验室负责人同意后可以采用图文传真或其他电子和电磁设备传送结果;电话报告结果不妥,如紧急情况需经科室领导批准后才能由科室领导安排专人核对并确认身份后方可报告。

3.7 以上所述特殊情况报告传送需详细登记,签署报告人姓名,实验室负责人签字。

3.8 上述特殊情况报告均仅为临床提供参考,必须以正式报告为准。

3.9 任何形式的报告等患者资料必须遵循资料保密原则,未经许可,一般人员不可查询或复印,特殊情况时必须在本室负责人同意的情况下方可查询。

3.10 当患者对报告的有效性提出质疑时,做好记录,留下患者联系方式。若在标本保存期内,当天应进行重复性实验,验证实验结果。

编写:卢建强　　　　审核:熊继红　　　　批准:张秀明

	文件编号：
第十一节　召回随访制度	版本号：
	页码：第　页　共　页

1 目的

制定新生儿遗传代谢疾病筛查实验室检测可疑阳性或阳性结果召回随访制度，提供进一步的确诊或鉴别诊断服务，为确诊阳性患儿提供治疗，并与追踪随访机构协作，共同做好患儿的随访和定期评估。

2 适用范围

适用于新生儿疾病筛查实验室。

3 召回随访制度

3.1 筛查阳性是指所送检筛查标本的实验检测指标的结果超出正常值参考范围，提示标本对应的新生儿可能患有某种先天性遗传代谢病。获得筛查阳性结果应紧急处理、通知家长、召回患儿进一步检查和开始相应治疗。中华人民共和国卫生部《新生儿疾病筛查技术规范》要求筛查阳性结果出来后 7d 内要召回疑似患儿进行复查，筛查疾病的确诊和治疗不得晚于出生后 42d。

3.2 追踪随访机构（一般为采血机构）应依托区域内的妇幼保健网络，建立和完善新生儿遗传代谢性疾病筛查可疑阳性儿童和确诊患儿的召回随访网络，对新生儿疾病筛查进一步加大宣传，普及人民群众相关知识。

3.3 追踪随访机构在接到实验室检测机构出具的可疑阳性报告后，应立即通过电话或书面等方式通知新生儿的监护人，敦促并确保可疑阳性患儿在规定时间内（先天性甲状腺功能减低症、苯丙酮尿症和葡萄糖-6-磷酸脱氢酶缺乏症在 7 个工作日内，先天性肾上腺皮质增生症在 2 个工作日内）到实验室检测机构进行复查和确诊，以尽早得到治疗和干预。

3.4 可疑和阳性患儿及时召回复查确诊，并将他们的信息资料登记并录入计算机备查。筛查中心收到复查血片后优先检测。对复查结果阳性的患儿，筛查中心于 1 周内电话通知家长，需进一步确诊和治疗，并电话通知采血医院，在《新生儿疾病筛查采血登记本》标记"复查阳性"。对复查结果阴性的患儿，筛查中心于 1 周内电话通知家长和采血医院，并予标记"复查正常"。确诊的阳性患儿，建立病案，给予治疗并追踪随访。

3.5 对由于地址不详或拒绝随访等原因造成的失访可疑阳性患儿，追踪随访机构必须注明原因，并告知采血机构、实验室检测机构或治疗机构备案。

3.6 确诊阳性者需每 3 个月随访 1 次，1 岁后每半年 1 次。治疗 18 个月以上，予以智商测定（盖什尔法）和体格检查。每次通知或访视均需记录，相关资料保存 10 年。

3.7 追踪随访机构应按照筛查疾病的不同诊治要求，协助治疗机构做好确诊患儿的定期访视，并按照儿童系统保健管理的要求做好患儿的生长发育监测工作。

编写:卢建强　　　审核:熊继红　　　批准:张秀明

	文件编号:
第十二节 统计汇总及上报制度	版本号:
	页码:第 页 共 页

1 目的

规范新生儿遗传代谢疾病筛查实验室检测结果的统计汇总及上报,确保资料的完整性,方便临床医师和患者及时、准确地查询,也有助于流行病学的统计。

2 适用范围

适用于新生儿疾病筛查实验室。

3 相关制度

3.1 实验室检验人员每次检测后应认真填写相关质量控制资料,包括试剂及仪器的使用情况,检测结果、定标曲线及室内质量控制的原始记录。

3.2 对可疑样本或待复查样本要做好记录,包括采血日期、初次检验结果、复查后结果等,并填写相应记录表格。

3.3 新生儿疾病筛查实验室设立资料档案室,负责保存所有新生儿疾病筛查资料,由专人负责管理。

3.4 每个月由档案管理员负责收集、整理新生儿疾病筛查病历资料进行归档,定期向新生儿疾病筛查中心主任汇报。

3.5 各项有关文件资料必须收集齐全、完整。文件资料符合归档要求,做到内容准确,条理清楚、字面整洁工整。

3.6 新生儿疾病筛查中心主任根据对新生儿疾病筛查资料的统计、汇总、分析,寻找、发现工作的薄弱环节或缺陷,酌情采取措施进行完善、纠正,提高工作效率和质量。

3.7 档案的保存应执行保密原则。存档的资料不能随意调出,若本科室人员由于诊疗、科研需要复习、查阅新生儿疾病筛查资料时,应由科主任同意方可。

3.8 新生儿疾病筛查档案资料应妥善保管,注意防虫、防霉,保存期 10 年。

4 新生儿疾病筛查信息统计报告制度

4.1 信息统计工作由专人负责,做好原始资料的登记、收集、整理、汇总。

4.2 按照新生儿疾病筛查病例统计要求,使用电脑软件输入原始资料数据,以保证统计资料科学、准确、及时、客观、完整。

4.3 资料每个月汇总统计 1 次,并按要求上报卫生行政部门。

4.4 统计资料每个月定期总结、分析,每年开总结分析例会。

编写:卢建强　　　　审核:熊继红　　　　批准:张秀明

第十三节　仪器设备管理制度	文件编号：
	版本号：
	页码:第　页　共　页

1 目的

为使新生儿疾病筛查实验室仪器设备正常运行,保证检验结果的准确性和可靠性。

2 适用范围

适用于所有新生儿疾病筛查实验室仪器的管理。

3 管理制度

3.1 检验仪器实行专人负责,制订操作规程,仪器与仪器资料不分离,妥善保存,以便查询。

3.2 检验人员必须具有高度责任心,上机前应经操作培训,熟练掌握仪器性能,严格遵守仪器的操作规程,正确地进行操作。

3.3 每天检测前应检查仪器是否完好、功能是否正常。操作中若发现异常或故障,应及时报维修工程师检修,不能擅自乱动、乱修。使用后需检查仪器并关复原位。清理好试剂瓶、操作台,写好使用、维修记录。

3.4 按照仪器使用说明和操作规程做好日常维护工作,以便延长仪器的使用寿命。

3.5 进修、实习人员要在带教老师的指导下使用仪器,不得任意操作。指导老师必须严格带教、监督,避免意外情况发生。

3.6 做好仪器的安全、清洁工作,严禁在实验室内吸烟、进食或接待客人。外来参观人员需经科领导同意后方可接待。

3.7 选购仪器应由医院领导、科主任及专业人员多方考察后,按照正常渠道进货,组织验收,培训人员,建立仪器档案,登记入账。

3.8 所有带电脑的仪器,不得运行与本机工作无关的软件,禁止在电脑上玩游戏。

3.9 科主任要经常了解、检查仪器情况,发现问题,及时解决。

4 使用制度

4.1 建立仪器设备使用管理责任制,大型仪器应指定专人管理,严格使用登记。认真检查保养,保持仪器设备处于良好状态,随时开机可用。

4.2 新添置的仪器设备在使用前要由器械科负责验收、安装、调试。组织有关专业人员进行接受管理、使用等训练,在了解仪器的构造、性能、工作原理和使用维护方法后,方可独立使用。凡初次操作者,必须在熟悉该仪器者指导下进行。在未熟悉该仪器的操作前,不得连接电源,以免接错电路,造成仪器损坏。

4.3 仪器使用人员要严格按照仪器的技术标准、说明书和操作规程进行操作。使用仪器前应判明其技术状态确实良好,使用完毕应及时关闭仪器电源。

4.4 不准搬动的仪器不得随意挪动。操作过程中操作人员不得擅自离开,发现仪器运转异常时,应立即停机、查找原因,及时排除故障,必要时应请医学工程中心协助,严禁带故障和超负荷使用和运转。仪器损坏需修理者,应按医院规定将修理单逐项填写清楚,轻便仪器送器械科修理;不宜搬动者,将修理单送去,由器械科维修人员上门修理,注明修复日期。

第十三节　仪器设备管理制度	文件编号：
	版本号：
	页码:第　页　共　页

4.5 仪器设备(包括主机、附件、说明书)注意保持完整无缺,即使破损零部件,未经专业人员检验亦不得任意丢弃。

4.6 仪器用完后,应由管理人员检查,关机放好。若发现仪器损坏或发生意外故障,应立即查明原因和责任,如系违章操作所致,要立即报告主任及医学工程中心,按医院有关规定视情节轻重追究当事人责任。

编写:卢建强　　　审核:熊继红　　　批准:张秀明

第十四节　人员培训	文件编号：
	版本号：
	页码：第　页　共　页

1 目的

建立完善的新生儿遗传代谢病筛查实验室人员培训程序，有计划地对在岗员工进行理论知识和专业技术的培训，提高其工作质量、技术水平和业务能力，满足科室日常工作和发展需要。

2 适用范围

适用于所有新生儿疾病筛查实验室。

3 相关程序

3.1 教学秘书每年制订培训计划报科主任审批，定期进行业务学习、检查、考核、总结，促进计划落实。

3.2 全科人员必须认真学习政治时事、业务技术，不断提高思想政治水平和业务技术水平。

3.3 全科员工均享有继续教育的权利，同时也有不断学习、不断更新知识，促进学科发展的义务。

3.4 科室由技术负责人专门负责人才培养、人员培训工作，有计划地对各级人员进行分层培训，每个月至少安排 1 次业务学习，全年不少于 11 次。

3.5 采血机构采血人员应进行新生儿疾病筛查相关知识和技能的培训，经考核合格，取得《母婴保健技术考核合格证书》。培训内容包括新生儿疾病筛查的目的、原则、方法及网络运行；血样标本采集、保存、递送的相关知识；新生儿疾病筛查有关信息、结果登记和档案管理。新生儿遗传代谢病筛查实验室应对采血机构筛查工作定期检查与指导。

3.6 新生儿遗传代谢病筛查实验室技术人员应接受新生儿疾病筛查相关实验室知识和技能培训，主要内容包括新生儿疾病筛查的目的、原则、方法及网络运行；血样标本采集、保存、处理的相关知识；标记免疫检测技术的基本知识和技能操作；新生儿疾病筛查结果的定量和定性判断；实验室质量控制的基本技能；消毒隔离技术。

3.7 培训方法有自学、进修、参观、交流等，以自学为主。坚持以结合专业在职学习和自学为主；定期组织业务学习和学术交流。

3.8 根据科室工作、专业发展、业务开拓需要和科室条件，必要时选派专业人员外出进修、学习，不断提高科室在室内的竞争力。

3.9 积极鼓励专业人员参加省内外专业学习班和学术交流会、研讨会，吸收新知识、新技术、新方法，不断提高专业技术水平。回科后有责任向全科传达、交流。会后必须写出参加会议总结，并向科室全体员工汇报。

3.10 对进修、实习生要有进修、实习计划，安排专人带教，定期检查、考核。带教老师要身教重于言教，以身作则，严格要求。进修实习人员要虚心学习，认真工作，不断提高自己的水平。

3.11 新来的工作人员必须经过上岗培训后方可签发报告单，培训内容包括职业道德、工

第十四节 人员培训

作态度、工作能力。

　　3.12 检验士参加科室的业务学习,全年不少于 12 次,应主动自学本专业的基础理论、基本知识、基本理论,每年参加实习生的出科考试。

　　3.13 检验师应积极参加科室的业务学习,全年不少于 12 次,应能胜任全科各实验室的工作,掌握仪器的使用,主动自学,必须在任职期满后能一次性通过职称考试。

　　3.14 主管检验师应主动参加科室的业务学习,全年不少于 12 次,积极自学了解本学科发展动态,每年在科室开展业务讲座 1～2 次。

　　3.15 主任、副主任检验师应了解本学科发展动态和前沿知识,每年应撰写有价值的综述 1～2 篇,举行讲座 1～2 次。

编写:卢建强　　　　审核:熊继红　　　　批准:张秀明

第十五节　实验室安全制度	文件编号： 版本号： 页码：第　页　共　页

1 目的

按照国家颁布的法令、法规和单位制订的安全生产工作管理规定,保障工作人员、病人和进入临床实验室人员的安全,保证仪器设备、有毒和易燃、易爆试剂的安全使用,使工作人员在安全的环境和条件下完成日常工作。

2 适用范围

适用于所有新生儿疾病筛查实验室。

3 相关程序

3.1 新生儿疾病筛查实验室应建立安全管理制度,实行实验室安全事故责任负责制。新生儿疾病筛查实验室员工应自觉贯彻执行国家有关实验室安全的法律法规。

3.2 新生儿疾病筛查实验室产生的一切医疗废弃物不准乱丢乱放,必须按规定分为感染性废弃物及化学性废物,分别装入医疗废弃物专用包装物或容器内,不能混合收集。同时加强医疗废弃物管理知识的宣传和培训工作。

3.3 化学性废弃物中批量的废化学试剂、废消毒剂应交由专门机构处置。

3.4 医疗废弃物中 HIV 抗体可疑阳性标本等高危险废弃物,应首先在产生地点进行压力蒸汽灭菌或化学消毒处理,然后按照感染性废弃物收集处理;血液污物的处理:临床血标本处理必须在指定的场所进行,处理后的血样必须置于专用污物桶(含有去污剂),定期专人处理。

3.5 已放入包装物或容器内的感染性废弃物、病理性废弃物、损伤性废弃物不得取出;盛装的医疗废弃物达到包装物或容器的 3/4 时,应使用有效的封口方式,使包装物或容器的封口紧实、严密。

3.6 盛装医疗废弃物的包装物、容器在使用前应仔细检查,完好无损才能使用。包装物或容器的外表面被感染性废弃物污染时,应对被污染处进行消毒处理或增加一层包装。

3.7 盛装医疗废弃物的每个包装物、容器外表面应当有警示标识,在每个包装物、容器上应系上中文标签,中文标签的内容包括医疗废弃物产生单位、产生日期、类别及需要的特别说明等。

3.8 新生儿疾病筛查实验室收集的医疗废弃物每天定时由光华公司派出专人收运,用密封车送到院内医疗废弃物存放点。医疗废弃物产生量大时,应随时通知光华公司派人收集。双方要对医疗废弃物进行交接、记录、签收(类别、数量、包装是否合格)。

3.9 严禁买卖、转让医疗废弃物;严禁医疗废弃物流失、泄漏。发生意外流失应向医疗废弃物管理委员会报告并尽快设法追回。发生泄漏时应立即设置隔离区,采取有效措施防止扩散并进行消毒或无害化处理。

3.10 实验室应确定专人定期定时对本室医疗废弃物管理情况进行督促检查,并做好记录或登记备查。

3.11 水、电安全使用。科室用电总负荷由电工班负责,防止超负荷工作;所有电插座必

第十五节　实验室安全制度	文件编号：
	版本号：
	页码:第　页　共　页

须安全接地；对大型贵重仪器应根据仪器设备的要求和工作性质配备稳压器和不间断电源；使用电炉时一定要有人看守；使用电高压消毒锅时，一定要遵守操作程序，以防爆炸；做好科室设备、物品管理，注意安全防盗。

3.12 使用强酸、强碱、腐蚀、有害、易燃、易爆品时，应在适当的环境中正确操作，防止腐蚀、灼伤、中毒、水灾和爆炸等事件的发生。

3.13 对工作中可能发生的意外事故，如触电、失火、割伤、刺伤、烧伤、中毒等，应有应急处理预案。

3.14 各室内保持走廊通道畅通，便于火警时人员安全撤离，应备有足够数量的防火设施及灭火器。

3.15 凡违反本制度者，按医院有关规定处理；情节恶劣、后果严重者，将给予行政处理，甚至追究法律责任。

编写:卢建强　　　　审核:熊继红　　　　批准:张秀明

第十六节　应急预案

1 目的

建立完善的新生儿疾病筛查实验室安全程序,确保检验工作的顺利进行和工作人员的安全,防止意外事故的发生,特制定意外事件应急处理制度。

2 适用范围

适用于所有新生儿疾病筛查实验室。

3 相关程序

3.1 进入实验室前应穿好工作服,并做好各项准备工作。工作人员在工作过程中意外地被强酸(如硫酸、盐酸)和强碱(如氢氧化钠等)接触到工作人员的皮肤时,应立即进行处理。

3.2 强酸洒在皮肤上,立即用较多的水冲洗(皮肤上不慎洒上浓硫酸,不得先用水冲洗,而要用布擦去,再用水冲洗),再涂上 $3\% \sim 5\%$ $NaCO_3$ 溶液。

3.3 强碱洒在皮肤上,用大量水冲洗,再涂上硼酸溶液。

3.4 液溴、苯酚洒在皮肤上,用乙醇擦洗。

3.5 做易燃液体的蒸馏、回收、回流、提取操作时,要专人负责,在专用设施内进行,周围不得放置化学易燃危险物品。

3.6 能与水发生剧烈反应的化学药品意外起火时不能用水扑救,如钾、钠、钙粉、镁粉、铝粉、电石、过氧化钠、过氧化钡、磷化钙等,因为化学物品与水反应后放出氢气、氧气等将引起更大火灾,必须用泡沫灭火器和二氧化碳灭火器灭火。

3.7 密度比水小的有机溶剂(如苯、石油等烃类;醇、醚、酯类等)不能用水灭火,必须用泡沫灭火器和二氧化碳灭火器灭火,否则会扩大燃烧面积。

3.8 密度比水大且不溶于水的有机溶剂(如二硫化碳等)可用水灭火,也可用泡沫灭火器和二氧化碳灭火器灭火。

3.9 检验工作者必须严格遵守操作规程,严格遵守安全防护规则,防止标本污染、试剂中毒和其他事故的发生。

3.10 刺血针和注射针头应坚持一人一针。工作人员在采血过程中意外地刺伤自己的手指,立即挤出伤口的血液并用碘酒涂在被意外刺伤的手指,并在《员工意外伤害记录表》中记录事故状况。

3.11 当检验标本意外地掉到地板时,用卫生纸吸干并用消毒液消毒地面。

3.12 当检验标本意外地污染工作人员的衣服时,用大量的自来水冲洗并用低浓度的消毒液浸泡。并送洗衣房高压灭菌。

3.13 工作人员在工作过程中意外地被消毒液或清洁剂污染时用大量的自来水冲洗。

3.14 电炉、电烘箱要放置在不燃的工作台上,使用电烘箱要安装测温控制装置,严格掌握烘烤温度。电热设备用完要立即切断电源,当工作人员意外地被烫伤时,立即到烧伤科做处理。

3.15 标本处理及检测应在实验区进行,工作人员在实验时,意外地溅到或污染到工作

第十六节　应急预案	文件编号：
	版本号：
	页码：第　页　共　页

服,应立即用消毒液消毒并用大量的自来水冲洗,送洗衣房高压消毒。

3.16 实验时手部被标本污染,应立即用过氧乙酸消毒或浸于3‰甲酚皂溶液中5～10min,再用肥皂洗手并冲洗干净;如误入口内,应立即吐出,并用3％过氧化氢溶液漱口,根据实际情况服用有关药物,在《员工意外伤害记录表》中记录。

3.17 实验时标本污染实验台或地面,应用3％甲酚皂覆盖其上30min,然后清洗。

3.18 发生较大意外事件或意外事故时,应及时向上级领导和有关部门报告。

编写:卢建强　　　　审核:熊继红　　　　批准:张秀明

中 篇

免疫学检验仪器设备操作程序

酶联免疫分析（ELISA）
系统操作程序

Chapter 5

第一节　Xiril 全自动移液工作站操作程序	文件编号：
	版本号：
	页码：第　页　共　页

1 概述

瑞士 Xiril Robotic Workstation 全自动移液工作站应用先进的液体处理技术和设计理念，可精密、高速、全自动完成液体的吸取、分配、混匀、稀释等各项操作。适用于微孔板、试管、血型卡及各种用户自定义容器。可将 ELISA 检测的加样实现全自动化。

2 主要技术指标

2.1 工作环境

温度 15～32℃；湿度 30％～80％。

2.2 仪器组成

由主机和计算机两部分组成。

2.2.1 主机部分：主要由仪器的加样臂和工作台面部分组成，包括板架部分、微量稀释泵部分、加样臂机械传动部分、电路部分。

2.2.2 计算机部分：其功能有程控操作、自动检测、数据处理、故障诊断等。

3 基本工作原理

Xiril Robotic Workstation 全自动移液工作站是一台模块化自动处理系统，它包含高智能的机械臂和高精度液体加样泵。一臂多能的智能加样臂使仪器设计简化而紧凑，同时可完成液体转移、微板转移和条码扫描。高精度的加样泵采用气动置换加样原理，加样精度高，同时完全杜绝交叉污染。采用精密数字压力传感技术，而且每个加样通道都具备独立的压力感应器，使系统能快速实现液面感应和凝块检测。

4 仪器检测项目

Xiril Robotic Workstation 全自动移液工作站是一台全开放的工作平台，该设备可完成任何试验的标本分配、阴阳性对照、质控品和试剂的加样工作，用户可依据每个试验项目的具体要求在程序设定中定义加样程序。

5 操作程序

5.1 检测前准备

检查标本稀释液、吸头量、阴阳对照和质控液量是否足够，反应微板是否平整放到相应的位置上。

5.2 Xiril Workstation 操作步骤

见图 5-1-1。

第一节　Xiril 全自动移液工作站操作程序	文件编号：
	版本号：
	页码：第　页　共　页

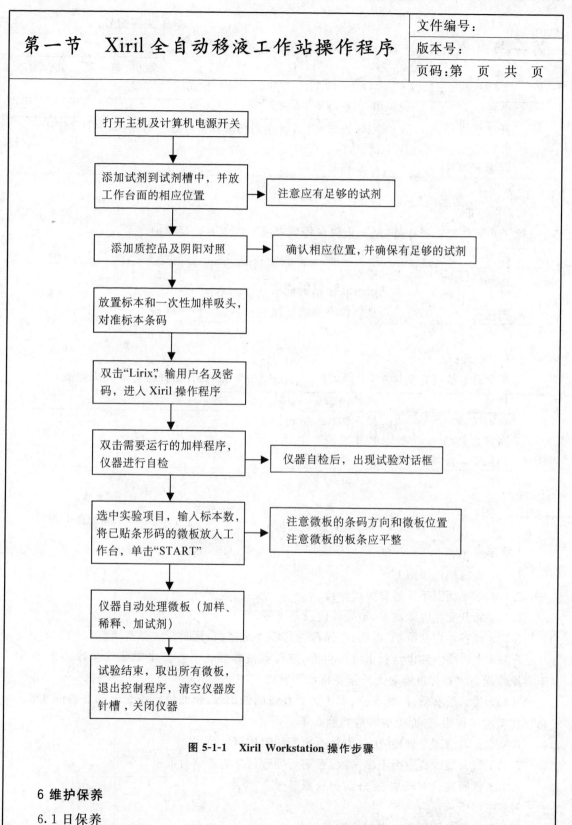

图 5-1-1　Xiril Workstation 操作步骤

6 维护保养

6.1 日保养

	文件编号：
第一节 Xiril 全自动移液工作站操作程序	版本号：
	页码:第 页 共 页

模块	维护步骤
针适配器	用软棉布清洁,检查刮伤。如果针适配器刮伤,更换 MPP
废针槽	清空
台面和器具	用软棉布清洁

6.2 周维护

除了每天的维护过程外,以下步骤在每周末或工作 40h 后要维护。

模块	维护步骤
微量加样泵	检查漏气,如漏气更换
DiTi 废针槽	清空并用消毒剂或杀菌剂清洁
扫描头	目测检查和清洁激光窗口

6.3 定期维护

每 6 个月要执行定期维护,定期维护工作必须由参加 Xiril 培训课程的人员完成。

模块	维护内容
台面阵列	校正锚(anchor)位置
微量加样泵	校正功能
扫描头	校正条码阅读器

6.4 校正维护

校正维护只能由 Xiril 认可的维护人员完成。

7 注意事项

7.1 一般的操作预防

7.1.1 不要用湿手接触开关或导线。

7.1.2 断开交流电源线前,请先关闭设备电源。

7.1.3 设备在定期维护、清洁、电路和内部零件维修前,请断开电源连接线。

7.1.4 电源模块和电脑板上方的台面,应避免液体溅入。在防尘罩或安全棒移走时,请不要操作设备。这样可能对人或设备造成严重的伤害。

7.1.5 确认所有部件,如容器、架子是否在正确的位置,台面设定符合电脑屏幕的实验排布。在实验过程中,台面上的其他物品必须清理。

7.1.6 及时清理废针槽,确保废针不堆积和阻挡退针位置。

7.1.7 每天最少清空废液槽一次,否则可导致污染物流到台面上。

7.1.8 依照实验室规章,穿好防护衣服。

7.2 应用要求预防

7.2.1 设备使用者充分做好实验前准备,并确认以下内容。

第一节　Xiril全自动移液工作站操作程序	文件编号：
	版本号：
	页码:第　页　共　页

a)液体容量和浓度。

b)加液顺序。

c)温度限制。

d)时间限制。

7.2.2 根据试剂厂家建议,处理临床标本、质控、标准和参考品。

7.2.3 定期用中性水代替标本运行,以获得稳定的液体处理参数。

7.2.4 实验结束,移走标本、试剂和溶剂,并清洁工作台。

7.2.5 废弃的吸嘴及预稀释液均视为具有传染性,应按照生物危害物品处理方法处理。

8 质量记录表

JYZX-MY-TAB-026《中山市人民医院检验医学中心仪器使用及维护记录表》(表5-1-1)。

表 5-1-1　中山市人民医院检验医学中心仪器使用及维护记录表

科别:免疫科　20　年　月　仪器名称:Xiril全自动移液工作站　仪器编码：　表格编号:JYZX-MY-TAB-026

日　期		1	2	......	30	31
运行前准备	确认微板放置正确					
	检查试剂及消耗品					
仪器运行情况						
日保养程序	检查针适配器					
	废针槽					
	清洁针适配器、台面及器具					
周保养程序	检查微量加样泵是否漏气					
	DiTi 废针槽消毒					
	检查扫描头及清洁激光窗口					
操作者签名						

编写:张汉奎　　　审核:罗锡华　　　批准:张秀明

第二节 西门子 BEPⅢ 全自动酶联免疫分析仪操作程序	文件编号：
	版本号：
	页码:第 页 共 页

1 概述

BEPⅢ全自动酶联免疫分析仪是德国 Dade Behring 公司生产的全自动酶联免疫分析的后处理仪器。所谓后处理是指酶联免疫吸附方法检测时除了加样之外的所有步骤的处理,包括注加酶液、37℃或室温孵育、洗板、加注显色液、终止液、一定波长下比色获取结果等过程。

2 主要技术指标

工作环境:温度 15～32℃;湿度 30％～80％。

3 仪器原理及组成

3.1 BEPⅢ全自动酶联免疫分析仪

由主机、供应单位、MAC 计算机、打印机 4 部分构成,见图 5-2-1。

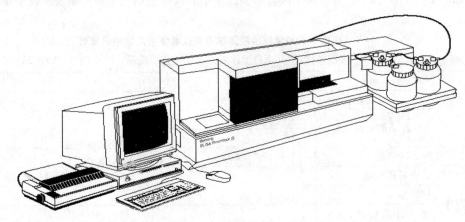

图 5-2-1 BEPⅢ全自动酶联免疫分析仪

3.2 BEPⅢ主机

由进板支架和操作面板、孵育单元、传送单元、洗板和吸干单元、试剂位、加注单元、比色单元 7 部分构成,见图 5-2-2。

3.3 进板支架和操作面板

由紧急停止键、进板键、出板键、微板架、条码扫描组成,见图 5-2-3。

3.4 孵育单元

有 37℃孵育(加热块处理)和室温孵育两种,见图 5-2-4。

3.4.1 37℃孵育器最大可同时对 10 块板进行孵育。在放入前,加热块快速(3min 内)将温度加热到 36.8℃,其加热时间可以在软件中设置,快速加热模块采用电子加热,温暖的热气可通过风扇对每一孔进行均匀的加热,这个模块将微板的温度升到 37℃。快速加热的空气达到 49.7℃。

3.4.2 室温孵育器最大可同时放置 10 块微板或清洗板。

第二节　西门子BEPⅢ全自动酶联免疫分析仪操作程序

文件编号:	
版本号:	
页码:第　页　共　页	

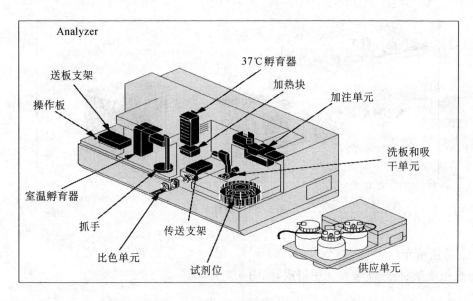

图 5-2-2　BEPⅢ主机

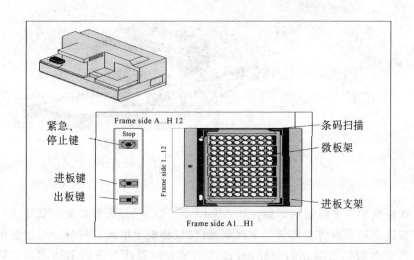

图 5-2-3　进板支架和操作面板

第二节　西门子BEPⅢ全自动酶联免疫分析仪操作程序	文件编号：
	版本号：
	页码:第　页　共　页

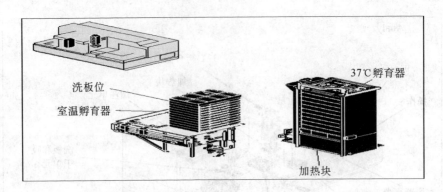

图 5-2-4　孵育单元

3.5 传送单元

由送板支架、传送支架和抓手组成,见图 5-2-5。

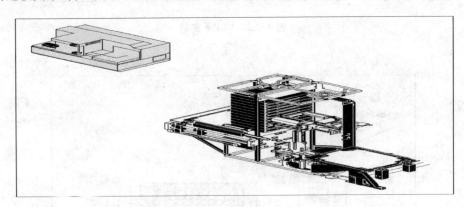

图 5-2-5　传送单元

3.5.1 送板支架用来将板从进板位送入 BEPⅢ,或将已经完成的微板送出 BEPⅢ。

3.5.2 传送支架用来将板传送到下列单元,洗板和吸干单元、加注单元、比色单元。

3.5.3 抓手在孵育器单元的前面,可以在水平方向和垂直方向上移动和旋转来移动微板。通过抓手的移动,微板可以在进板支架、室温孵育器、37℃孵育器、加热块单元之间传送。

3.6 洗板单元

由注液通道和清洗通道构成,见图 5-2-6。洗板单元具备 16 个孔的通道,可同时对微板的 16 个孔进行操作。

3.6.1 洗板多通道头:多通道注液臂通过管道和供应单元的洗液相连;在洗板过程中,16 通道的注液臂吸取程序中所定义的洗液量加到微板孔中。最多可以进行 6 个洗板循环。

3.6.2 吸液多通道头:吸液多通道头与供应单元的废液瓶相连,在真空的作用下,可将微

<table>
<tr><td rowspan="3">第二节　西门子BEPⅢ全自动酶联免疫
　　　分析仪操作程序</td><td>文件编号：</td></tr>
<tr><td>版本号：</td></tr>
<tr><td>页码：第　页　共　页</td></tr>
</table>

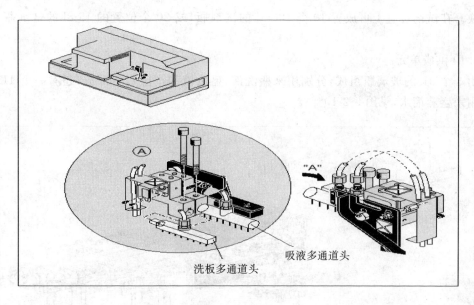

图 5-2-6　洗板单元

板吸干。为将板吸干，吸液多通头将伸进微板孔中，伸入的深度由用户通过选择板型来定义。

3.6.3 在 BEPⅢ中，还提供一个独立的洗板功能供使用。

3.6.4 洗板测试：BEPⅢ对洗板部分是否正常工作是通过进行洗板测试来实现的，在 BEPⅢ每次进行自检时都要进行洗板测试，测试完成后，BEPⅢ清洗板将自动出来，如果清洗板上有 6 条注满洗液，6 条完全吸干，则洗板测试成功。对于清洗板，已经具备了一个被定义好的清洗板条码，而不需要其他的条码。

3.7 加注单元

在洗板单元后方，每次加液量为 $25\sim300\mu l$ 可供选择，见图 5-2-7。加注单元由一个带注射器的抓手单通道传送臂组成。传送臂可以水平和垂直的方向移动。注射器由抓手来带动，完成下面的动作：测量液面高度、吸取所需要量的试剂、由抓手带动移到微板的上方，进行加注、由抓手带动将完成加注后的注射器放回原位。

3.8 比色单元

在加注单元的下方，由反射镜、发光源（卤素灯）、透镜、滤光片转盘、光导纤维、微板孔、光电二极管 7 部分构成。在使用中可选择 340nm、405nm、450nm、492nm、570nm、650nm 等 6 个波长的滤光片，见图 5-2-8。

3.9 试剂位

BEPⅢ的试剂位位于主机的右边，可以打开试剂位的盖子，对试剂进行操作，如添加试剂和将不需要的试剂拿出，可以将所有实验所需要的试剂放置在试剂位。整个试剂位具有两种不同的试剂瓶（15ml 和 100ml），放置的架子具有不同的尺寸，但 15ml 和 100ml 试剂可以互

<table>
<tr><td>文件编号：</td></tr>
<tr><td>版本号：</td></tr>
<tr><td>页码：第　页　共　页</td></tr>
</table>

第二节　西门子BEPⅢ全自动酶联免疫分析仪操作程序

相置换。在试剂位置上可放置 10 个 100ml 的试剂瓶，或 20 个位置的 15ml 的试剂瓶，见图 5-2-9。

3.10 供应单元

由 3 个 3L 的玻璃瓶组成，分别用来盛洗液、盛废液和产生真空部分；还有一个 1L 的塑料瓶用来盛蒸馏水，见图 5-2-10。

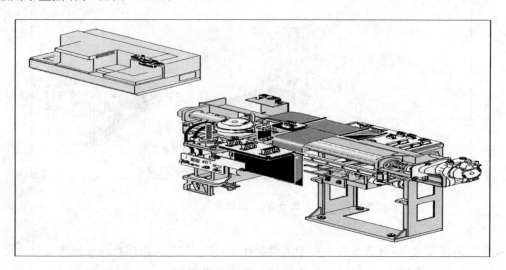

图 5-2-7　加注单元

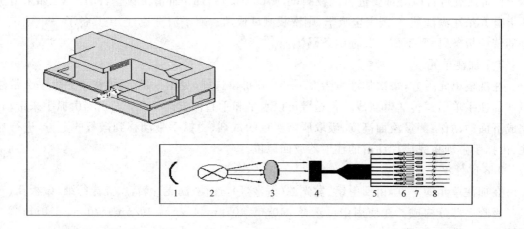

图 5-2-8　比色单元

第二节　西门子BEPⅢ全自动酶联免疫	文件编号：
分析仪操作程序	版本号：
	页码:第　页　共　页

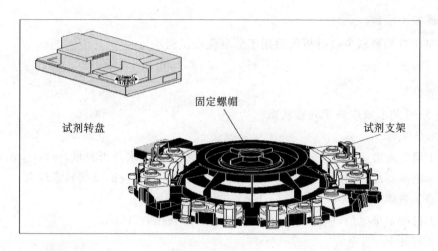

图 5-2-9　试剂位

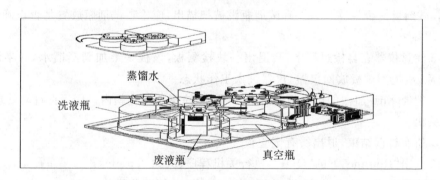

图 5-2-10　供应单元

洗液瓶(washing solution)、蒸馏水(distilled water)、废液瓶(waste)的液位通过液位传感器来感知。真空瓶(vacuum)的压力通过压力传感器来感知。

如果在洗液瓶、蒸馏水液位低于一个定值,洗液不够的信息提示将出现在 Logbook 中:"Washing solution is too low。"

如果废液瓶的液位高于一个定值时,废液瓶满的信息将出现在 Logbook 中:"The waste bottle is nearly full。"

3.11 苹果牌计算机

详见 MAC 计算机的用户手册和细节。

3.12 爱普生牌打印机

详见配置打印机的用户手册和细节。

第二节　西门子 BEPⅢ全自动酶联免疫 分析仪操作程序	文件编号：
	版本号：
	页码：第　页　共　页

4 仪器检测项目

BEPⅢ全自动酶联免疫分析仪适用于酶联免疫试验项目。

5 操作程序

5.1 前提

控制 Xiril 的电脑应处于开机状态。

5.2 准备工作

5.2.1 清空废液瓶,添加洗涤液到洗涤液瓶中,检查蒸馏水是否充足。

5.2.2 把需要的试剂加到试剂瓶中,并把试剂瓶放置到相应的试剂转盘位置。

5.3 操作步骤

5.3.1 打开苹果电脑,应出现"output"和"BEPⅢ results"图标。

5.3.2 打开 BepⅢ电源。

5.3.3 鼠标点击"BES 3.3 e"图标,进入 BEPⅢ自检界面(约 13min)。

5.3.4 当自检结束后,应在菜单"Routine"下"Reagent status"中确认所有的试剂是否被扫描识别,试剂量是否足够。如果有试剂瓶没被扫描出,应检查试剂瓶放置是否正确到位,条形码有无损坏。

5.3.5 注意仪器在自检过程中,会退出一块检测板,该板一半加满蒸馏水,一半没有水。检查无误后,应把测试板放回仪器,仪器进入工作状态。

5.3.6 把经 Xiril 加样的试验板放入 BEPⅢ中,注意条码应朝内。BEPⅢ自动处理试验。

5.4 关机

5.4.1 所有试验结束,退出所有试验板。

5.4.2 点击"Routine"下的"Quit",执行关机程序(大约 3.5min)。

5.4.3 仪器关机。主菜单中,选择"System Off",关掉电源开关。

6 维护保养

6.1 日保养

6.1.1 开机

a)准备好洗涤液,并加注到洗涤液瓶中。

b)检查废液瓶是否被清空。

c)准备试剂,并把它们装到试剂转盘中,然后开机。

d)检查清洗板,应该是 1~6 条加满水,7~12 条被吸干。

6.1.2 关机

a)从"Routine"中选中"Quit",关闭仪器。

b)试剂瓶装上瓶盖,并把试剂瓶放到冰箱中保存。

c)清空废液瓶,并加入新的消毒液。

d)检查蒸馏水,如果少于 50%,应及时添加。

第二节　西门子BEPⅢ全自动酶联免疫分析仪操作程序	文件编号：
	版本号：
	页码:第　页　共　页

6.2 周维护

6.2.1 清洁洗板头下面的金属池。

6.2.2 清洁洗板机加液头。

6.2.3 清洁洗板机吸液头。

6.2.4 检查洗涤液吸头过滤器是否堵塞。

6.2.5 清洁洗涤液瓶、废液瓶、真空瓶和蒸馏水瓶。

6.2.6 用75％乙醇清洁仪器外表。

6.3 月维护

6.3.1 用沾满消毒液的湿布清洁室温孵育器。

6.3.2 用沾满消毒液的湿布清洁试剂转盘。

6.3.3 在进板和洗板部分下的金属导轨上加少许润滑油(图5-2-11,图5-2-12)。

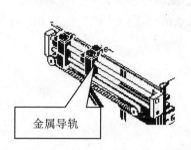 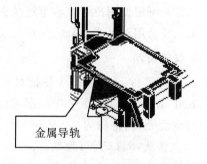

图 5-2-11　进板　　　　　　　　　　　图 5-2-12　洗板

6.4 每6个月维护

更换清洗板。

7 注意事项

7.1 开机前确认所有试剂瓶盖均打开。

7.2 不要用湿手接触开关或导线;设备在定期维护、清洁、电路和内部零件维修前,请断开电源连接线。

7.3 废液瓶中废液具有潜在的传染性,倒空废液必须注意生物安全。

7.4 操作人员应做好仪器使用、维护记录。

7.5 严格遵守操作规程,如仪器出现故障,立即向维修人员报告,查明原因并处理,如遇解决不了的问题,及时与厂家工程师联系。

编写:杜满兴　　　　　审核:罗锡华　　　　　批准:张秀明

第三节　新波 Egate 2310 全自动酶标洗板机操作程序	文件编号：
	版本号：
	页码:第　页　共　页

1 概述

Egate 2310 全自动洗板机采用泵驱动,通过微电脑控制洗液的注入量、洗液浸泡时间、洗涤次数和条数等,全自动完成微孔反应板条的洗涤。

1.1 适用范围

该产品适用于临床检验、血站、防疫站、试剂厂及医学研究等科学领域作时间分辨荧光免疫分析和酶联免疫分析中各种型号的酶标微孔板的洗板工作。

1.2 仪器特点

1.2.1 机器内设置 16 种固定洗涤程序,还可长期保存 16 种用户编辑的洗涤程序。

1.2.2 300μl 洗液标准量的校准。

1.2.3 洗头(8/12 道)可更换,使用简单,灵活机动适用不同规格的酶标板,可适用于 96 孔、48 孔规格的酶标板。

1.2.4 可根据用户需要调节清洗头相对孔底部的位置,洗涤针和微孔条的相对位置。

1.2.5 适用于平底、圆底、V 形底及各种规格的微孔板条的清洗。

2 仪器资料

a)制造厂商:上海新波生物技术有限公司。

b)工作环境:温度 5～40℃;湿度≤80%。

c)电源条件:电源为 220V/50Hz。

d)洗涤头:8、12 针可置换。

e)清洗次数:1～8 次任选。

f)清洗条数:1～12 条任选。

g)洗液注入量:50～450μl 可调,间隔 50μl。

h)洗液残留量:≤5μl/孔。

i)浸泡时间:0～59s 连续可调,误差≤±1s。

j)标准洗涤液允差:≤±5μl/孔(标准量为 300μl)。

3 安装和使用

3.1 仪器说明

该产品由主机、洗液瓶、缓冲瓶、废液瓶组成。

3.2 初步安装

本机有专用包装箱。打开包装箱后,应详细检查,如发现任何损坏,请立即与当地销售商或厂家联系,以便处理。

3.2.1 安装前的准备:本机使用标准电源电压,即 220V/50Hz 交流电源,务必查准电源电压。

3.2.2 洗板机的安装:开箱后,请按装箱清单检查是否齐全。取出主机,检查外观,如无损坏,再摘除粘在洗板机上的保护条,按照仪器安装手册进行安装。

第三节　新波 Egate 2310 全自动酶标 　　　　洗板机操作程序	文件编号： 版本号： 页码：第　页　共　页

3.3 洗板机的使用

3.3.1 操作面板：见图 5-3-1。

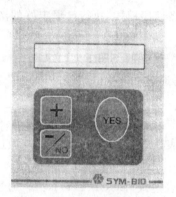

图 5-3-1　操作面板

注：按钮功能 (YES) 按钮——确认； ✚ 按钮——进入上一功能

模式； ⊘ 按钮——进入下一功能模式或不确认

3.3.2 功能模式清单：开机自检 5s 后显示，见图 5-3-2。

SELF CLEAR　（自动洗涤模式）
RINSE　（清洗管路模式）
DISINFECTION　（管路消毒模式）
ADJ　（仪器校正模式）
EDIT　（洗涤程序编辑模式）
RUN　（执行洗涤程序模式）

图 5-3-2　功能模式清单

3.3.3 编辑洗涤程序

a）NUMBER：通过按"＋""－"键来选择 1～16 中任意一个数作为程序的号码；选定后按"YES"键确认。

b）VOLUME：通过按"＋""－"键来选择注入量（如 450μl），步长 50μl；选定后按"YES"键确认。

c）STRIP：通过按"＋""－"键来选择洗涤条数（1～8 或 1～12）；选定后按"YES"键确认。

d）SOAK：通过按"＋""－"键来选择浸泡的时间，时间为 0～59s；选定后按"YES"键确认。

e）LOOP：通过按"＋""－"键来选择循环次数（1～9 次）；选定后按"YES"键确认。

第三节 新波 Egate 2310 全自动酶标 洗板机操作程序	文件编号：
	版本号：
	页码：第 页 共 页

f)STORE：通过按"YES""NO"键选择是否储存程序。当以上各项编辑无误时按"YES"即储存程序。

g)RUN：按 RUN(执行洗涤程序模式)执行已设定好的洗涤程序。

3.3.4 洗板机的操作方法

a)通过功能模式键按"＋""－"选择 SELF CLEAR（自动洗涤模式），按"YES"键，仪器执行自清洗程序以排除气泡；再通过功能模式键按"＋""－"选择 RUN，按"YES"键进入洗涤程序。

b)通过按"＋""－"键来选择设定好的 NAME（1~16），然后按"YES"键确认。

c)屏幕显示洗涤条数选择表达式"STRIP 8 Y/N?"。通过按"＋""－"键来重新设置洗涤条数，然后按"YES"键确认。

d)屏幕显示循环次数选择表达式"LOOP 1 Y/N?"。通过按"＋""－"键来重新设置循环次数，然后按"YES"键确认。

e)屏幕显示洗涤程序表达式，如(450/S1/:10/L9)，其含义是洗液注入量 $450\mu l$；洗涤条数为 1 条；浸泡时间 10s；循环 9 次。

f)机器进入洗涤程序。

3.3.5 关机：按 RINSE(清洗管路模式)，仪器自动完成清洗管路，然后关电源。

3.4 洗板机的测试

3.4.1 泵是否能正常工作：正压，开机后自动清洗是否出水。

3.4.2 载板是否能移动正常不偏斜：开机后选择好排数，然后开始清洗，查看载板是否能移动正常而无阻力感，且无偏斜。

3.4.3 按键膜是否失灵：开机后依次使用预洗、选排、开始、复位等各键，查看其是否失灵。

3.4.4 洗板头抬头运动是否正常：开机后开始清洗功能，查看洗头及顶杆上下运动是否正常，有无阻力感。

3.4.5 查看瓶盖及胶管有否破损，管道是否通畅：查看管道是否通畅，有无个别孔注液不足或吸液不干净，及时疏通。

4 注意事项

4.1 每次开机前应检查废液瓶是否排空，使用过程中不得使废液超过瓶上所示界线。

4.2 用毕及时关机，以延长使用寿命。

4.3 保持瓶盖上的小气孔通畅，如果气孔阻塞，则可能造成瓶内气压过高，导致瓶中液体不能顺畅进出，严重时甚至会对管路造成损坏。

4.4 每次使用前后，用蒸馏水冲洗管路，这是防止洗液结晶堵塞清洗头最有效的方法。

5 日常维护

5.1 清洗管路请在每天仪器使用完后进行管路的清洗。通过功能模式键按"＋""－"选

第三节 新波 Egate 2310 全自动酶标 洗板机操作程序	文件编号：
	版本号：
	页码:第 页 共 页

择 RINSE,重复按 RINSE 2～3 次,仪器自动清洗管路。

5.2 以软布擦拭仪器表面。

5.3 每月用次氯酸钠对仪器管路清洁 1 次。

5.4 该仪器存放环境应保持干燥,防止受潮、腐蚀、远离强电磁场干扰源。

5.5 更换熔断器中的保险管时,应先切断电源,按标注的保险管规格进行更换。

5.6 该仪器出厂时,已经过精确调整。当发现本仪器出现异常或不能正常工作时,应及时与厂家联系,请勿随意拆卸和调节。

6 常见故障处理

警报(bell)如果显示出现问题,则报警声响起。

6.1 错误一(ERROR 1)

板支架左右运动出错(bad left-right plate support movement)。

——检查是否有物品阻塞板支架自由运动。

6.2 错误二(ERROR 2)

板支架上下运动出错(bad up-down plate support movement)。

——检查是否有物品阻塞板支架自由运动。

6.3 错误三(EDIT ERROR)

程序编辑出错或没有编辑程序(program edit error)。

——重新编辑程序。

6.4 错误四(ERROR 4)

其他错误(all other errors)。

——与医院维修部联系由工程师处理。

7 质量记录表

JYZX-MY-TAB-025《中山市人民医院检验医学中心 Egate2310 洗板机使用及维护记录表》(表 5-3-1)。

第三节　新波 Egate 2310 全自动酶标洗板机操作程序	文件编号：
	版本号：
	页码：第　页　共　页

表 5-3-1　中山市人民医院检验医学中心 Egate 2310 洗板机使用及维护记录表

科别：免疫科　20　年　月　仪器名称：Egate 2310 洗板机　　仪器编码：　　表格编号：JYZX-MY-TAB-025

日　　期		1	2	……	28	29	30
运行前准备	1 倒废液						
	2 添加洗涤液						
	3 添加罐洗液（去离子水）						
	4 开机						
	5 用洗涤液罐注管路						
仪器运行情况							
运行结束程序	1 用罐洗液清洗管路						
	2 关机						
日维护程序	1 用软布清洁仪器表面						
月维护程序	1 用次氯酸钠清洁管路						
	2 用罐洗液清洗管路数次						
操作者签名							
备注：							

编写：黄燕华　　　　　审核：罗锡华　　　　　批准：张秀明

第四节　汇松 PW-960 全自动酶标洗板机 操作程序	文件编号：
	版本号：
	页码：第　页　共　页

1 概述

汇松 PW-960 全自动酶标洗板机采用泵驱动，通过微电脑控制洗液的注入量、洗液浸泡时间、洗涤次数和条数等，全自动完成微孔反应板条的洗涤。

1.1 适用范围

该产品适用于临床检验、血站、防疫站、试剂厂及医学研究等科学领域做时间分辨荧光免疫分析和酶联免疫分析中各种型号的酶标微孔板的洗板工作。

1.2 仪器特点

1.2.1 同时洗涤 96 孔，1min 可洗 2 块板。

1.2.2 双板托盘可同时放置两块酶标板，既可单板清洗，又能双板或多板交替清洗。

1.2.3 有堵孔排查程序，可方便地消除堵孔隐患，保证洗板的有效性。

1.2.4 酶标托盘内溢液和漏液自动抽取，确保酶标板底不受污染。

1.2.5 洗液瓶具有均匀体积刻度线，方便洗液工作液配制，废液满自动报警功能。

1.2.6 清洗头位置调节 6 种（水平、左边、中间、右边、触底、板距），酶标板型参数数字化显示精确到 0.1mm，适用国内外各种大小不同的酶标板。

1.2.7 具有暂停功能，按暂停键后可继续完整执行后面的洗板程序。

1.2.8 酶标板上各条的孔数不足不必补孔。

1.2.9 具有透明生物安全罩，避免洗板过程中实验室生物污染。

2 仪器资料

a）制造厂商：深圳市汇松科技发展有限公司。

b）工作环境：温度 5～40℃；湿度≤80%。

c）电源条件：电源为 220V/50Hz。

d）洗板程序：可设置 1～99 个程序。

e）洗板模式：有单板、双板、多板 3 种。

f）洗板次数：可设置 1～99 次。

g）加 液 量：可设置 50～950μl，50μl 间隔。

h）吸液时间：可设置 0.1～9.9s，0.1s 间隔。

i）清洗方式：有浸泡、振动 2 种。

j）时间：可设置 1～999s。

k）板型：有平底、圆底、U 形和 V 形 4 种。

l）洗液选择：有手动、A 液和 B 液 3 种。

m）项目名称：有通用、甲肝、乙肝、丙肝、艾滋病、梅毒等 10 种选择，用于标识对应的项目。

3 操作程序

3.1 开机

第四节　汇松 PW-960 全自动酶标洗板机操作程序	文件编号：
	版本号：
	页码：第　页　共　页

打开仪器左后方的电源开关,仪器进行初始化,并用蒸馏水冲洗管路,完毕后进入正常工作状态。

3.2 程序参数

3.2.1 光标默认在洗板程序代号上,仪器可设置 99 个洗板程序,通过 ▲ 或 ▼ 选择程序参数项,按 ＋ 或 － 修改程序参数项的值。

3.2.2 板型为平底时执行两点吸液功能,其他板型则不进行两点吸液。

3.2.3 位置调节是指校正清洗头长针正对酶标孔端面、左边、中心、右边、触底的位置及两板之间的距离,按 位置调节 ,校正 6 个位置参数是否合适。

3.2.4 参数设置完成后按 返回 保存最新程序内容。

3.3 洗板程序

3.3.1 根据实际标本数量设置洗板条数,键盘上 1A 2B 3C 4D 5E 6F 7G 8H 9 10 11 12 数字键对应各板条,每个数字键对应有指示灯,灯亮表示选中此条进行清洗,灯灭表示此条不清洗,每按一次键转换一次。12 条×8 孔型仪器的数字键均有效;8 条×12 孔型仪器的 9 10 11 12 4 个键无效,不可选择。

3.3.2 根据需要手动按键盘上的 洗液 A 或 洗液 B ,或由程序默认选择所需的清洗液。

3.3.3 将酶标板放入相应的托盘内,按键盘上的 洗板/暂停 则开始洗板工作或暂停洗板工作,洗板过程中可按 返回 取消洗板。单板洗板模式下默认清洗左边那块酶标板。

3.4 按 冲洗管路 用当前洗液对管路进行冲洗。

3.5 按 关机程序 执行专用清洗保养液或蒸馏水冲洗管路,执行完毕提示请关闭电源,关闭仪器左后侧的电源开关。

4 注意事项

4.1 开机注意事项

4.1.1 开机前请检查仪器后方的废液瓶内液体是否倒空,洗液瓶、蒸馏水瓶中液体是否足够,各连接管和清洗头是否接好。

4.1.2 检查仪器的电源线是否接好,接地是否良好。

4.1.3 小托盘内必须放置完整的 96 孔酶标板。

4.1.4 各瓶盖必须拧紧防止漏气。

4.2 操作注意事项

4.2.1 程序位置是否选对编好(即所用酶标板的水平、左边、右边、触底、板距位置是否设置好)。

4.2.2 洗板次数、浸泡时间、吸液时间是否足够。

第四节　　汇松 PW-960 全自动酶标洗板机 操作程序	文件编号：
	版本号：
	页码：第　页　共　页

4.2.3 板型是否选对(平底、圆底)。

4.2.4 加液量是否足够(以小孔内洗液加满为止)。

4.2.5 酶标板及其小孔需要放置平整。

4.2.6 仪器工作过程中不可人为触碰运动部件。

4.3 关机注意事项

4.3.1 小托盘内必须放置完整的 96 孔酶标板。

4.3.2 蒸馏水瓶内蒸馏水或清洗保养液是否足够。

4.3.3 必须按关机键执行关机程序。

4.4 保养注意事项

4.4.1 每周用专用清洗保养液或 1‰次氯酸钠液放入洗液瓶或蒸馏水瓶中对管路进行冲洗 3 次,间隔时间 10min 1 次。

4.4.2 每 3 个月在运动轴承上加润滑油。

4.4.3 缓冲瓶不可倾斜倒置,瓶子内有水及时倒掉以免损坏真空压力泵。

4.4.4 仪器报警线不可人为拔掉。

4.4.5 废液报警功能失效时仪器必须停止使用及时报修。

5 日常维护

5.1 日保养

用厂家提供的专用清洗保养液冲洗管路是防止因洗液结晶而发生堵塞清洗头最有效的方法;将专用清洗保养液按比例装入蒸馏水瓶中开关机自动执行。若无专用清洗保养液请用蒸馏水执行。

5.2 周保养

每周需对管路进行一次彻底保养,将 A、B 洗液瓶倒空,从蒸馏水瓶中取适量的专用清洗保养液于两个洗液瓶中。执行开机冲洗程序,仪器进入正常工作状态,选择 A、B 液各洗一次板,待机 5min 后清洁洗液瓶和废液瓶,装回液体。若无清洗保养液可用 1‰次氯酸钠溶液各取 350ml 放入洗液 A、B 瓶和蒸馏水瓶中,执行开机冲洗程序,仪器进入正常工作状态,选择 A、B 液各洗一次板,待机 5min 后清洁洗液瓶、蒸馏水瓶和废液瓶,装回液体。

6 质量记录表

JYZX-MY-TAB-025《中山市人民医院检验医学中心 PW-960 全自动酶标洗板机使用及维护记录表》(表 5-4-1)。

第四节　汇松PW-960全自动酶标洗板机操作程序	文件编号：
	版本号：
	页码：第　页　共　页

表5-4-1　中山市人民医院检验医学中心PW-960全自动酶标洗板机使用及维护记录表

科别：免疫科　20　年　月　仪器名称：汇松PW-960洗板机　　仪器编码：　表格编号：JYZX-MY-TAB-025

日　　期		1　　2　　3……31				
运行前准备	1 倒废液					
	2 添加洗涤液					
	3 添加罐洗液（去离子水）					
	4 开机					
	5 用洗涤液罐注管路					
仪器运行情况						
运行结束程序	1 用罐洗液清洗管路					
	2 关机					
日维护程序	1 用软布清洁仪器表面					
月维护程序	1 用次氯酸钠清洁管路					
	2 用罐洗液清洗管路数次					
操作者签名						
备注：						

编写：黄燕华　　　　　审核：罗锡华　　　　　批准：张秀明

第五节 雷博 Wellscan MK3 酶标分析仪 操作程序	文件编号：
	版本号：
	页码：第 页 共 页

1 概述

Wellscan MK3 型酶标分析仪是一种具有八通道光路检测系统的高精度光度计,本机采用单片机控制,利用酶联免疫分析法,根据呈色物的有无和深浅进行定性、定量分析。

1.1 适用范围

该产品适用于临床检验、医学研究及农林畜牧等科学领域做酶联免疫分析。适用于各种型号的酶标微孔板。

1.2 仪器特点

本机具有卓越的光学系统,即八通道光路检测系统,检测速度非常快,检测 96 孔酶标板仅需 2s,准确性好(±2%或 0.007Abs),结果更可靠。

1.2.1 可编制、存储、删改操作程序和曲线及各种参数,可储存 64 个程序。

1.2.2 采用多滤光片系统,拓宽了仪器的测量范围。测量范围宽,0~3.5Abs;线性范围大,0~2.5Abs。

1.2.3 具有工作方式选择功能,提高了产品的测量精度。内部软件有 4 种测量程序模块:基础酶联(包括简单的定性和定量)、临界值(可输临界值公式)、曲线定量(可作标准曲线)和凝集检测(供选装)。

1.2.4 打印结果排列与板孔排列一致,并同时打印实验程序、日期、时间。

1.2.5 整板孔间统计分析,可用于质控检验及酶标板质量检验。

1.2.6 每次操作前仪器自动检查、校准。

1.2.7 自动定时检测,延时检测,二次时间检测使实验更准确。

2 仪器资料

a)制造厂商:Labsystems Dragon 公司。

b)使用环境:温度 5~40℃,湿度≤70%。

c)电源条件:电源为 AV 220~240V/50Hz。

d)开机预热时间:≥20min。

e)适用的打印机类型:各种系列打印机。

f)适用的板孔:96 孔或 48 孔标准酶标板。

g)每板测量时间:≤3s。

h)滤光片中心波长:405nm、450nm、492nm、650nm。

i)报告种类:定性、定量、原始值、S/N、S/COV。

j)准确度:0~1.5A,CV 小于 0.5%。

k)功能:工作方式选择功能,测量波长选择功能,计算方法选择功能,空白孔、阴性对照孔、阳性对照孔的清除和设置功能,自动生成有关临检报告的功能,具有存储和回放测量结果的功能,并具有按要求配置打印机打印存储信息的功能。

第五节　雷博 Wellscan MK3 酶标分析仪操作程序	文件编号： 版本号： 页码：第　页　共　页

3 基本工作原理

当键盘给予启动信号后，单片机送脉冲到步进电机驱动回路，步进电机前进，12 排样品测完后返回。光源为卤钨灯，经过滤光片、光纤、透镜等光路系统，将样品的吸收反映在光电检测器上，通过前置放大器、多路开关分选、程控放大、A/D 转换后送入单片机为原始数据，然后按照预先设置的工作方式、报告方式的要求进行数据处理，并打印测量结果。人机对话通过键盘和液晶显示器来实现。

4 仪器操作程序

4.1 工作准备

打开电源开关，仪器自动自检及自动连接 LIS 系统，然后预热 1min；打开打印机电源开关，打印机自动完成自检。

4.2 选择检测方式和输入测定参数

4.2.1 测定方式选择：按"测量模式"→用 ↓ ↑ 键选择所需模式（①单波长检测；②双波长检测；③双时检测；④动力学检测；⑤多波长检测；⑥计算机控制）→输入。

4.2.2 测定参数输入：按"测量参数"→按仪器提示完成设定。

例如，双波长检测：按"停止"→测量模式→ ↓ ↑ 键选 2 双波长检测→输入→1. 滤光片（主波长）输入 450nm（滤光片值）→输入→2. 滤光片（次波长）630nm（滤光片值）→输入→用 ↓ ↑ 键选择 2. 单孔空白→输入→空白值 A1（空白位置输入）→输入→1. 每板带空白→输入→最终结果，仪器进入准备状态。

4.2.3 定量测量

a）简单的定量测量（如因子计算/线性标准/标准直线）：可在基础酶联模式下设定。

b）定量测量（需输入标准品浓度及位置，拟合标准曲线）：可在曲线定量模式下设定。

测量模式→输入→选（①无计算；②因子计算；③线性标准；④标准直线；⑤限值计算；⑥双限值计算；⑦范围计算；⑧列减法计算；⑨两点法计算）→输入。

计算参数输入：计算参数→输入→标准品数 选③→重复次数→选②→输入→输入复孔①的位置→输入→输入标准 1 浓度值→依次输入相应浓度及其位置→输入→每板带标准或保留标准。

4.2.4 保存程序：按储存→输入想要的保存程序号码→用 ↓ ↑ 键选择欲保存号。

4.2.5 调出保存程序：调出→输入想要的调出的程序号码→用 ↓ ↑ 键选择保存的程序号→输入。

4.2.6 打印参数设定：参数→输入→④选择打印机开或关。

4.3 检测标本

将酶联反应板正确置于检测载架上→按"开始"仪器即自动完成检测。

4.4 取下酶联反应板，待检测数据传送至 LIS 系统后（自动传送），关闭电源开关，盖上机罩。

第五节 雷博 Wellscan MK3 酶标分析仪 操作程序

文件编号:	
版本号:	
页码:第 页 共 页	

5 Wellscan MK3 酶标仪校验测试

5.1 重复性

在一定条件下所获得的独立的测定结果之间的一致性程度,即可重复性,可用 CV 值来表示。在某一特定的滤光片下测定某一块酶标板 20 次,用统计学方法求出所有测量值的均值和标准差。

公式如下:

$$CV\% = \frac{所有测量值的标准差}{所有测量值的均值} \times 100\%$$

5.2 精确性

待测物的测定值与一可接受的参考值之间的差异,此项指标需用雷博公司标准板(PVT)来测。

公式如下:

$$精确性 = \frac{测量值 - 参考值}{参考值} \times 100\%$$

5.3 光路检测

将一块酶标板正放测量一次,再将酶标板反放测量一次,查看同一孔吸光值是否相同,从而查看其所有光路 8 通道是否均一;查看光路上的透镜是否清洁;灯泡好否及亮度是否正常;滤光片是否清洁。

5.4 载轨运动

开机后酶标仪能否自检,自检结束后按"开始",查看载轨运动是否正常及有无噪声。

5.5 滤光片的设定及存储

按"参数"键,选择 6"滤光片",再按"输入"键,当显示器显示"波长"时输入正确的滤光片数和每一个滤光片的波长。值得注意的是,这些滤光片的波长是按先后顺序递增的。

5.6 按键膜的好坏

开机后试用所有按键膜,查看其功能是否完好。

5.7 调节显示屏幕的亮度

这可以通过调节 MUSCU 板上的 R14 元件来实现。

5.8 设定日期和时间

5.8.1 按"参数"键,选择 7"时钟设定"。

5.8.2 用数字或上下移动键来设定日期和时间,再按"输入"键。

5.9 程序存储功能测试

5.9.1 编辑一个测量程序,见 4.2.2。

5.9.2 保存程序,见 4.2.4。

5.10 打印机的联线、电脑联线、波特率是否正常

事先用所配的打印机联线和电脑联线联机操作,查看通讯是否正常。

第五节　　雷博 Wellscan MK3 酶标分析仪操作程序	文件编号：
	版本号：
	页码:第　页　共　页

6 仪器保养

6.1 放置环境要求

仪器放在远离热源、无振动及避免潮湿的地方。

6.2 除尘

用湿软布擦净仪器外部、载板架、载板架运行轨道上灰尘。

6.3 仪器月维护

扭开测试部上的螺丝并打开上盖。用水或中性清洁剂或 96％乙醇以无绒毛的布擦净透镜、聚焦透镜及光路系统部件(注意滤光片不能用液体擦拭,不能损坏电路板)。

6.4 消毒

当仪器被污染时,可用醮有 70％乙醇的软布擦拭仪器外部和载板架。

7 常见报警处理

7.1 资料传送错误

重新联通 LIS 系统,资料即可传送。若仍传送失败,联系计算机管理中心处理。

7.2 酶联反应板错误

处理方法：①重新正确放好酶联板；②检查是否有障碍物阻碍仪器运动；③检查载板架运动轨道是否脏或倾斜；④检查动力传送带是否有阻滞。必要时联系维修工程部。

7.3 滤光片错误

检查滤光片轮子是否正确安装或被阻塞。

7.4 无光

更换光源灯泡。

8 注意事项

8.1 应保持光路的洁净及顺畅。

8.2 酶联反应板需正确放置,以免比色时测定光不能准确透过测定微孔。

8.3 板架运动时不能有障碍物。

9 质量记录表

JYZX-MY-TAB-017《中山市人民医院检验医学中心 MK3 酶标仪使用及维护记录表》(表 5-5-1)。

第五节 雷博 Wellscan MK3 酶标分析仪 操作程序

文件编号:
版本号:
页码:第 页 共 页

表 5-5-1 中山市人民医院检验医学中心 MK3 酶标仪使用及维护记录表

科别:免疫科 20 年 月 仪器名称:MK3 酶标仪 仪器编码: 表格编号:JYZX-MY-TAB-017

日　　期		1	2	3 …… 30		31
运行前准备	1 开机					
	2 预热					
	3 连接 LIS					
	仪器运行情况					
运行结束程序	1 关机					
	2 盖防尘罩					
日保养程序	1 用软布清洁仪器表面					
月保养程序	1 清洁透镜					
	2 清洁聚焦透镜					
	3 清洁光路系统部件					
	操作者签名					

备注:

编写:黄燕华　　　　　审核:罗锡华　　　　　批准:张秀明

第六章

化学发光免疫分析系统
操作程序

Chapter 6

第一节　罗氏Cobas E601电化学发光免疫分析仪操作程序	文件编号：
	版本号：
	页码:第　页　共　页

1 概述

Cobas E601全自动电化学发光免疫分析仪应用电化学发光免疫分析法,检测病人标本中的甲状腺功能、性激素、肿瘤标记物、心脏功能类、贫血类、传染性疾病等项目,既具有电发光检测的高度灵敏性,又具有免疫分析法的高度特异性。

2 原理

Cobas E601全自动电化学发光免疫分析仪采用酶联免疫技术、生物素-亲和素技术和电化学发光技术对各类样品进行检测。电化学发光免疫分析是一种在电极表面引发的特异性化学发光反应,参加反应的发光试剂标记分子是三联吡啶钌$[Ru(bpy)^3]^{2+}$,另一种试剂是三丙胺(TPA)。$[Ru(bpy)^3]^{2+}$在TPA阳离子自由基(TPA+)的催化及三角形脉冲电压激发下,可产生高效、稳定的连续发光,同时由于$[Ru(bpy)^3]^{2+}$在发光反应中的再循环利用使发光得以增强、稳定,而且检测采用类似均相的免疫测定技术,不需将游离相与结合相分开,从而使检测步骤大大简化,也更易于自动化,见图6-1-1。

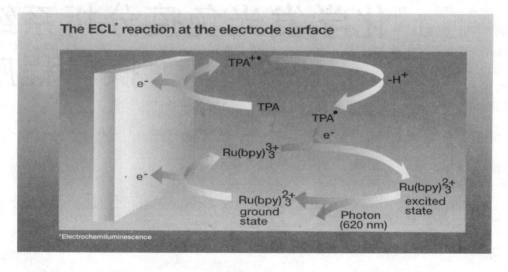

图6-1-1　Cobas E601全自动电化学发光免疫分析原理

3 操作程序

3.1 开机

3.1.1 检查仪器供水、排水系统是否正常。

3.1.2 按下仪器电源开关。

3.1.3 在登录界面输入用户名和密码,仪器初始化后进入Stand by状态。

3.2 常规样本检测程序

3.2.1 双向条码标本

第一节 罗氏Cobas E601 电化学发光免疫分析仪操作程序	文件编号：
	版本号：
	页码:第 页 共 页

3.2.1.1 将离心后的标本于标本登记程序中登记编号。

3.2.1.2 将编号后的标本插入样本架中,条形码向外放入样本装载区。

3.2.1.3 点击界面右下角 Start ⟶ Start ,仪器自动将待测标本送入检测区,然后将吸完样标本送到样本卸载区。

3.2.2 无双向条码标本

3.2.2.1 将离心后的标本编号。

3.2.2.2 点击 Workplace ⟶ Test Selection 中选择所需检测的项目,点击 Save ,点击 Barcode Read Error ⟶ 输入架号位 ⟶ Save ⟶ Start ⟶ Start 。

3.3 急诊标本检测

点击 Start ⟶ 输入急诊编号 ⟶ 输入架号及项目 ⟶ Save ⟶ 放样本架到急诊位。

3.4 试剂装载

3.4.1 点击 Reagent ⟶ Status 查看剩余试剂量。

3.4.2 待仪器进入 Stand By 状态,打开试剂仓盖,取出空试剂盒,加入新试剂,盖上试剂仓盖。

3.4.3 仪器将自动进行试剂注册,显示新加试剂(如试剂更换新批号,需重新定标,详见校准程序)。

3.4.4 更换其他辅助试剂、稀释液和清洗液后,按压相应按钮超过3s,仪器将为新加辅助试剂和清洗液自动进行注册。

4 校准程序

4.1 在做以下操作时需执行校准程序

4.1.1 更换试剂批号。

4.1.2 质控失控,排除随机误差时。

4.1.3 仪器更换较大部件或进行维修后。

4.1.4 增加新的测试项目。

4.1.5 其他情况的定标。

4.2 校准步骤

4.2.1 查看定标/状态,选择所需定标的项目及定标方法,见图6-1-2。

4.2.2 将定标液按低、高水平放在黑色定标架上。点击 Start 启动定标程序,见图6-1-3。

第一节 罗氏 Cobas E601 电化学发光免疫分析仪操作程序	文件编号：
	版本号：
	页码:第 页 共 页

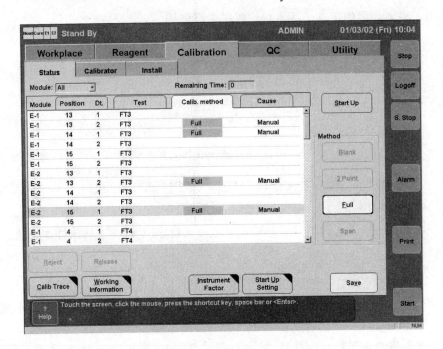

图 6-1-2 Roche E601 定标状态画面

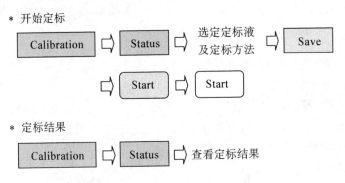

图 6-1-3 Roche E601 定标流程图

5 质控程序

5.1 点击 QC 查看所要做的质控项目。

5.2 选中质控项目点击 Save 将质控品放在质控架上，点击 Start ，见图 6-1-4。

5.3 点击 QC → Individual → Chart 查看质控结果。

<table>
<tr><td rowspan="3">第一节　罗氏 Cobas E601 电化学发光免疫
分析仪操作程序</td><td>文件编号：</td></tr>
<tr><td>版本号：</td></tr>
<tr><td>页码:第　页　共　页</td></tr>
</table>

* 开始质控

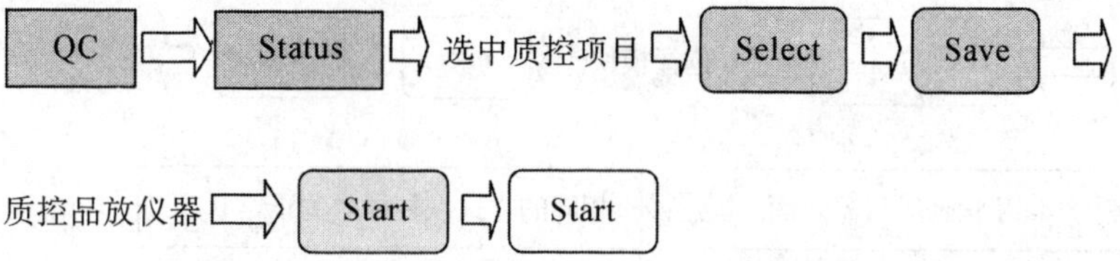

QC ⇒ Status ⇒ 选中质控项目 ⇒ Select ⇒ Save ⇒

质控品放仪器 ⇒ Start ⇒ Start

* 质控结果查看

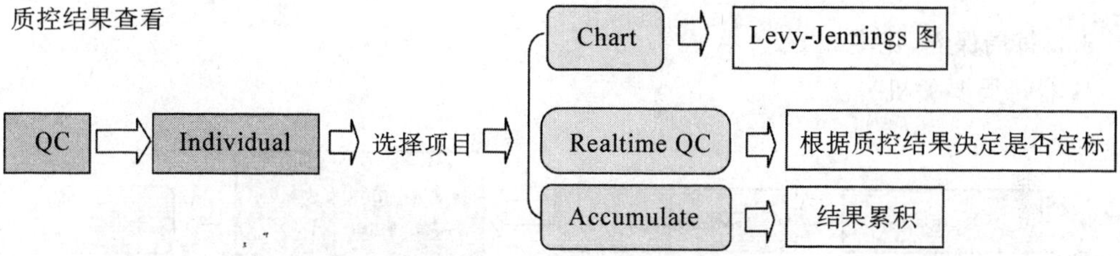

QC ⇒ Individual ⇒ 选择项目 ⇒
- Chart ⇒ Levy-Jennings 图
- Realtime QC ⇒ 根据质控结果决定是否定标
- Accumulate ⇒ 结果累积

图 6-1-4　Roche E601 质控流程图

6 保养程序

6.1 日保养

6.1.1 点击 Maintenance ⟶ Utility ⟶ Maintenance ⟶ Daily 仪器会自动执行日保养。日保养包括排除空气、试剂灌注等。仪器每次开机后会自动执行日保养。

6.1.2 擦洗探针，见图 6-1-5。

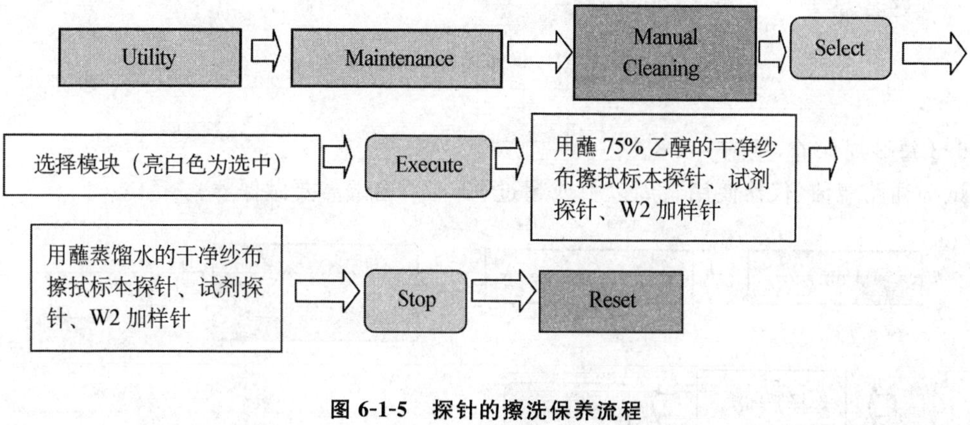

Utility ⇒ Maintenance ⇒ Manual Cleaning ⇒ Select ⇒

选择模块（亮白色为选中） ⇒ Execute ⇒ 用蘸 75% 乙醇的干净纱布擦拭标本探针、试剂探针、W2 加样针 ⇒

用蘸蒸馏水的干净纱布擦拭标本探针、试剂探针、W2 加样针 ⇒ Stop ⇒ Reset

图 6-1-5　探针的擦洗保养流程

第一节 罗氏 Cobas E601 电化学发光免疫 分析仪操作程序

6.1.3 擦洗仪器表面，见图 6-1-6。

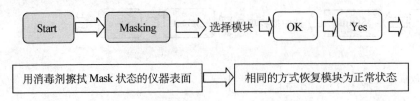

图 6-1-6　仪器表面擦洗保养流程

6.2 每周保养，见图 6-1-7。

仪器每周要关机一次。

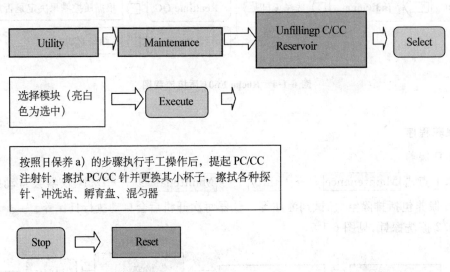

图 6-1-7　仪器每周保留程序

6.3 每 2 周保养，见图 6-1-8。

试剂通路清洁（仪器使用 2 周以上或超过 3000 个测试需要做保养）。

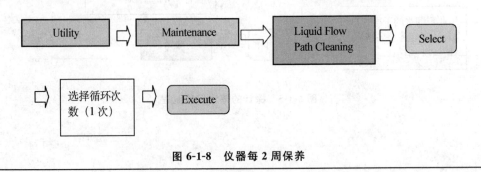

图 6-1-8　仪器每 2 周保养

第一节　　罗氏Cobas E601电化学发光免疫分析仪操作程序	文件编号： 版本号： 页码：第　页　共　页

6.4 按需保养

6.4.1 在 Stand by 状态下做以下保养。

6.4.1.1 Procell M/Cleancell M 系统大瓶试剂的吸管及过滤膜的清洁。

6.4.1.2 用 75％乙醇擦拭试剂盘，用消毒水清洁固体废物部件。

6.4.2 在模块屏蔽的状态下，对固体废物区的清洁。

6.4.3 2d 以内停机，正常关机步骤关机；开机执行设定好的保养 POWER ON。

6.4.4 2～7d 的停机执行保养 POWER OFF 及 POWER ON。

6.4.5 如果超过 7d 关机，与罗氏公司工程师联系。

7 质量记录表

JYZX-MY-TAB-045《中山市人民医院检验医学中心仪器使用及维护记录表》（表 6-1-1）。

JYZX-MY-TAB-016《中山市人民医院检验医学中心电化学项目室内质控记录表》（表 6-1-2）。

表 6-1-1　中山市人民医院检验医学中心仪器使用及维护记录表

20　年　月　　仪器名称：E601 发光仪　　仪器编码：　　　　表格编号：JYZX-MY-TAB-045

日　期		1	2	3	4	5	……	24	25	26	27	28	29	30	31
运行情况	正常														
	异常														
每日保养	1 擦洗探针														
	2 擦洗仪器表面														
	3 关机保养														
每周保养	1 清洁 ProCell McleanCel 的喷嘴、电极														
	2 清洁搅拌棒、混匀器、孵育池														
	3 清洁冲洗站														
	4 每周关机，检查真空阀														
2 周保养(或 3000 个测试)															
季度保养	清洁冰箱、压缩机过滤膜														
操作者签名															

第一节 罗氏 Cobas E601 电化学发光免疫 分析仪操作程序

表 6-1-2 中山市人民医院检验医学中心电化学项目室内质控记录表

科别：免疫科　　　　　检测时间：20 年 月　　　　　试剂厂家：罗氏　　检测仪器：ROE601

质控批号：　　　　　　质控物含量：　　　　　　　表格编号：JYZX-MY-TAB-016

检测项目：　　　　　　　　　　均值(S/CO)：　　　　　　　　　标准差：

CV 值(%)：　　　　　　　　　警告线：　　　　　　　　　　　失控线：

日期	通道(E1)			通道(E2)			试剂批号	操作者
	低值	中值	高值	低值	中值	高值		
1								
2								
……								
30								
31								

注明：在每格分别填入各通道及浓度的测定值，并注明试剂批号

当月质控血清 S/CO 平均值：　　　　　SD 值：　　　　CV 值：　　%

编写：李　曼　　　　　审核：温冬梅　　　　　批准：张秀明

第二节 雅培 ARCHITECT i2000SR 化学 发光免疫分析仪操作程序	文件编号：
	版本号：
	页码：第 页 共 页

1 概述

美国雅培 ARCHITECT i2000SR 化学发光免疫分析仪应用化学发光微粒子免疫分析技术(chemiluminesent micropaticle immunoAssay)，检测病人标本中的甲状腺功能指标、性激素、肿瘤标记物、心脏功能类指标、贫血类指标和传染性疾病等项目。

1.1 适用范围

该产品适用于临床医学体外检测甲状腺功能、性激素、肿瘤标记物、贫血、心肌损伤标记物等的项目。

1.2 产品特点

1.2.1 可供分析之项目广，可分析各种类样品，一机多用，可与全自动生化分析仪 C8000 或 C16000 组成 CI8200 或 CI16000 血清检验工作站。

1.2.2 定量分析，全自动，易于批量及单个样本检测操作，且可 24h 开机待命。

2 主要技术指标

2.1 环境条件

为了确保系统操作的正常运转，应保证以下条件。

2.1.1 无灰尘的、良好通风的环境，温度 15～30℃，湿度 10%～85%。

2.1.2 远离热源物体或冷源物体，避免阳光直射。

2.1.3 仪器必须放置在水平及足够坚硬的地面。

2.1.4 仪器放置必须有一定的周边空间。

2.1.5 仪器电源尽量保持一直打开，并保持稳定。

2.1.6 电源需为接地的三相电源，47～63Hz，200～240VAC(自动选择)。

2.1.7 当系统启动时，温度的改变应小于 2℃/h。

2.1.8 附近没有会产生电磁波的仪器。

2.1.9 环境噪音不大于 65 分贝。

2.2 水质要求

2.2.1 无菌(<10cfu/ml)，去离子水。

2.2.2 1.5MΩ 电阻值（最大 1.0Ms/cm)。

3 基本工作原理

美国雅培 ARCHITECT i2000SR 化学发光免疫分析仪采用化学发光微粒子免疫分析(CMIA)技术对各类样品进行检测。该技术是雅培公司的专利技术之一，主要用于测定蛋白质、病毒抗原等大分子物质。采用此方法生产的试剂具有极高的灵敏度、特异性和稳定性。

3.1 试剂特点

抗原/抗体包被的微粒子采用类磁颗粒，增加了反应的表面积，提高了反应的灵敏度，缩短了反应的时间，应用磁力吸附分离，冲洗彻底干净，提高了反应的特异性。

3.2 标记抗体

第二节　雅培 ARCHITECT i2000SR 化学发光免疫分析仪操作程序	文件编号:
	版本号:
	页码:第　页　共　页

采用专利技术的吖啶类(N-磺酰基)羧基氨基化合物作为标记物,由于其分子结构特性和增加的光子量,使得其在非竞争免疫分析模式中有极好的测试灵敏度和极宽的线性范围。另外,此复合物所结合的特色硫磺丙烷基,提供了极佳的水溶性,使得背景噪音极大降低,从而大大提高检测灵敏度值。该复合物还有极好的稳定性,使试剂效期更长。

3.3 基质液

采用 H_2O_2 作为预激发液,将吖啶酯从反应复合物中脱离下来,采用 NaOH 作为激发液,吖啶酯在过氧化物和碱性溶液中发生氧化反应,进而引起化学发光反应,N-methylacridone 形成并释放能量(光发射),并返回到基态。

3.4 反应过程

3.4.1 反应的第一阶段:标本与微粒以一定比例混合,标本中被检物质与微粒上包被的抗体进行一定时间的反应。第一反应终了后,利用磁场分离,吸去未反应的被检物质与多余成分。

3.4.2 反应的第二阶段:为了将未反应的第二抗体除去,再一次进行冲洗。

3.4.3 反应的第三阶段:加入基质液,CMIA 光路系统通过预先确定好的时间读取化学发光发射的量(活动读数),可计算分析物的浓度,或根据 Index(截断值)来定性进行判断。反应过程见图 6-2-1。

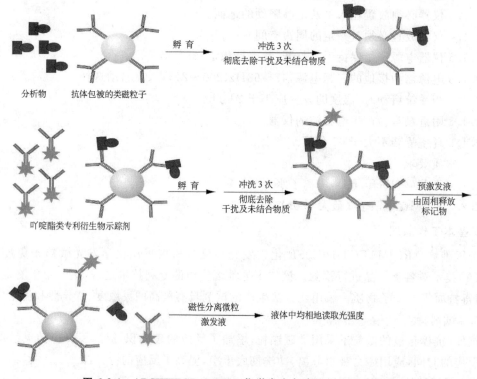

图 6-2-1　ARCHITECT i2000SR 化学发光免疫分析仪反应原理

第二节　雅培 ARCHITECT i2000SR 化学发光免疫分析仪操作程序

文件编号：

版本号：

页码：第　页　共　页

专利设计的 i2000SR 转盘可以灵活地同时运行一步法、二步法和带预处理的分析项目，并使得每种临床检测项目有最适合它的反应步骤设计，使整个分析表现（如灵敏度、特异性、精密度、准确性等）达到最佳状态，并保持较高的分析速度。

4 每天开关机程序

4.1 开机前准备

在仪器启动之前，进行系统的全面检查是非常重要的。如果存在任何问题，参阅操作手册的故障排除章节进行处理。

4.1.1 检查电源线是否连接。

4.1.2 检查环境温度是否符合要求。

4.1.3 检查打印机连接线是否连接。

4.2 开机

4.2.1 打开打印机开关。

4.2.2 打开系统控制中心电源开关（必须确保此时运行模块的电源是关闭的）。

4.2.3 当 Snapshot 屏幕出现在显示屏幕上之后，打开运行中心电源开关。

4.2.4 当 Snapshot 屏幕上运行中心和样品处理中心的状态显示为 Stop，选择两中心图标，按 F5-STARTUP 键启动仪器。

4.3 试剂准备与检查

4.3.1 检查仪器上原有试剂是否在效期之内及量是否足够。

4.3.2 检查仪器上激发液、预激发液或缓冲液是否在效期之内及量是否足够。

4.3.3 检查消耗品（洗液、反应杯）是否足够，废物是否清空。

4.3.4 如有任何不足，需及时添加。

4.4 关机

4.4.1 更新库存（倾倒废物）。

4.4.2 进行每天保养。

4.4.3 按 F2 键做仪器 SHUTDOWN 程序。

4.4.4 关闭主机电源。

4.4.5 关闭打印机电源。

5 校准操作程序

5.1 校准试剂

根据不同项目，校准试剂和类型分为 2 种，并全部为即用型标准品。

5.1.1 校正曲线（2 点校准）。

5.1.2 INDEX 曲线（INDEX CAL 定性校准）。

5.2 校准步骤

5.2.1 输入校正曲线（工厂校准）。标准曲线的详细资料全部在试剂瓶上的条码中，当仪器扫描试剂瓶时,可自动将标准曲线保存起来。

5.2.2 校准申请

a)在 Snapshot 上选择 ORDER。

b)选择 Calibration order。

c)选择要校准的分析项目。

d)输入样品架及位置。

e)输入标准品的批号和效期。

f)选择运行模块(可选择)。

g)选择 F2-Add order 确认校准申请。

h)如需要对更多的项目校准,重复第 b~g 步骤。

i)选择 F1-EXIT 返回 Snapshot 屏幕。

j)打印申请报告单。

5.2.3 校准运行

a)按校准申请清单放置标准品的量和位置。

b)放置消耗品。

c)检查库存(如缓冲液、激发液、预激发液和废物等)。

d)按 RUN 键运行,运行结束后浏览校准情况。

5.2.4 浏览标准曲线

a)从 Snapshot 选择 QC-Cal,选择 Calibration Status。

b)选择想要查看的项目。

c)选择 F5-Detail,浏览所选项目标准曲线的详细参数。

d)返回 Snapshot。

5.2.5 校准频率

a)每次更换新试剂批号后。

b)新版本软件随同试剂要求重新校准。

c)系统更换配件或执行系统重新校准后。

d)质控失控后重做仍未在控,需要重新校准者。

6 质控操作程序

6.1 质控品

根据不同项目分为定性,定量和混合质控品,并全部为即用型质控品。

6.1.1 定性质控品:分为阴性和阳性 2 种。

6.1.2 定量质控品:分为低、中、高 3 种。

6.1.3 混合质控品:分为低、中、高 3 种,同时含多个项目。

6.2 质控步骤

6.2.1 质控定义

第二节　雅培 ARCHITECT i2000SR 化学发光免疫分析仪操作程序

文件编号：
版本号：
页码：第　页　共　页

a)从 Order 图标选择。

b)从定义屏幕中选择 CONTROL。

c)选择一个需要定义质控的项目。

d)输入质控名（每个质控名带一个质控水平，如低、中、高或阴、阳性）。

e)选择 F2-ADD CONTROL。

f)重复第 d~e 步骤输入每一个水平的质控。

6.2.2 输入质控信息

a)选择一个或多个水平的质控。

b)选择 F6-CONTROL DETAILS。

c)选择数据区域（一般按 2 个 SD 的范围）。

d)输入质控信息。

e)按 ENTER 键。

f)重复第 c~e 步骤输入每个质控的信息。

g)选择 F6-SAVE 保存质控信息。

h)按 EXIT 键。

6.2.3 质控申请

a)从 Order 图标选择 Control order。

b)输入样品架的位置。

c)选择要分析的项目。

d)选定检测批号。

e)选择要分析的质控品的水平（如高、中、低或阴、阳性）。

f)选择 F2-Add order 认可质控品申请。

g)如需申请更多的质控项目，重复第 b~f 步骤。

h)选择 F1-EXIT 返回 Snapshot。

6.2.4 质控运行

a)按质控申请清单放置质控品的量和位置。

b)检查检测试剂盒和消耗品。

c)检查库存（如缓冲液、激发液、预激发液和废物等）。

d)按 RUN 键运行，运行结束后浏览质控结果情况。

6.2.5 质控浏览

a)单个质控结果的浏览：从 Snapshot 选择 QC-Cal→选择 QC results review→选择所需浏览的质控结果→选择 F5-DETAILS 或选择 F8-Release，释放被选结果，浏览→返回 Snapshot。

b)浏览质控图（LEVERY-JENNINGS 图）：从 Snapshot 选择 QC-Cal→选择 Levery-Jennings graph→选择分析项目→选择质控水平→选择 Done 浏览质控图→返回 Snapshot。

第二节　雅培 ARCHITECT i2000SR 化学发光免疫分析仪操作程序	文件编号：
	版本号：
	页码:第　页　共　页

6.3 质控结果的判定

所有质控水平必须控制在规定范围内(按试剂说明书要求在2SD范围内)。

6.4 质控频率

6.4.1 每新批号试剂校准通过后运行各水平质控。

6.4.2 每24h运行一次各水平质控。

7 常规标本检测程序

7.1 单个样品检测的申请

a)从 Snapshot 选择 Patient order。

b)输入样品架的位置编号。

c)输入样品编号。

d)如要输入样品信息,选择 F2-Sample details,完成后 Done 返回。

e)如选择稀释模式,F5-Assay option,完成后 Done 返回。

f)选中该样品需要检测的项目(或项目组合)。

g)选择 F3-Add order 认可病人样品申请。

h)如需增加更多样品检测申请,重复第 b~g 步骤。

i)选择 F1-EXIT 返回病人项目申请表。

j)返回 Snapshot。

7.2 批量样品检测的申请

a)从 Snapshot 选择 Patient order。

b)选择 Batch。

c)输入起始样品架的位置。

d)输入起始样品编号。

e)输入要测试的样品数。

f)选择该样品需要检测的项目(或项目组合),在此可选择稀释模式,测试次数。

g)选择 F6-Add order 添加样品申请。

h)如需要增加新的批量样品申请,重复第 c~g 步骤。

i)选择 F1-EXIT 返回病人项目申请表。

j)返回 Snapshot。

7.3 病人测试运行

a)按病人测试申请清单放置样品。

b)确认检测试剂盒和消耗品量。

c)按 RUN 键运行,仪器运行检测工作。

d)如果是在仪器正运行检测工作期间增加检测申请及放置样品,仪器将自动进样检测,无需再按 RUN 键。

第二节　雅培 ARCHITECT i2000SR 化学 发光免疫分析仪操作程序	文件编号：
	版本号：
	页码:第　页　共　页

8 复查标本检测程序

8.1 检测结果的稀释后重检

a)从 Snapshot 中选择 Result。

b)选择 Results review。

c)选择需进行自动稀释的样品。

d)选择稀释模式。

e)选择稀释次数。

f)按 Done 返回 Snapshot 界面。

8.2 检测结果的重运行测试

a)从 Snapshot 中选择 Result 进入结果浏览界面,或从 Snapshot 中选择 Exception 进入异常申请浏览界面。

b)点击选中要重运行的申请(一个或多个申请)。

c)选择 F6-RERUN,被选中的申请将转移到申请列表界面中。

9 检测结果查看

9.1 浏览病人报告

a)从 Snapshot 选择 Results。

b)选择 Results review。

c)选择所需浏览的病人编号。

d)选择 F5-DETAILS。

e)返回 Snapshot。

9.2 浏览储存结果

a)从 Snapshot 选择 Results。

b)选择 Stored review。

c)选择所需浏览的结果。

d)选择 F5-DETAILS。

e)返回 Snapshot。

9.3 检测结果的打印

按需可选择 2 种打印方式:实验室清单式打印和病人结果详情单打印。

9.4 检测结果的保存

按需可选择 3 种保存或传输方式:仪器硬盘保存、光盘保存和 RS232 输出端子、ASTM 双向交流口传输至 Host 保存。

10 维护和保养程序

10.1 每日保养

10.1.1 6040 WZ Probe Cleaning-Automated

第二节 雅培 ARCHITECT i2000SR 化学发光免疫分析仪操作程序	文件编号：
	版本号：
	页码:第 页 共 页

10.1.2 更新库存。

10.2 每周保养

10.2.1 6012 Air Filter Cleaning。

10.2.2 6014 Pipettor Probe Cleaning。

10.2.3 6015 WZ Probe Cleaning-Manual。

10.3 每月保养

3130 RV Sensor Calibration。

10.4 附加保养

10.4.1 1111 Sample Pipettor Calibration。

10.4.2 1112 R1 Pipettor Calibration。

10.4.3 1113 R3 Pipettor Calibration。

10.4.4 2130 Flush Fluids。

10.4.5 2133 Air Flush。

10.4.6 2151 Prime Wash Zones。

10.4.7 2152 Prime Pre-Trigger and Trigger。

10.4.8 2185 Wash Buffer Unload。

10.4.9 3520 Temperature Status。

10.4.10 3530 Temperature Check-Manual。

10.4.11 6010 Load Queue Cleaning。

10.4.12 6017 Unload Queue Cleaning。

10.4.13 6020 Processing Queue Cleaning。

10.4.14 6038 External Decontamination。

10.4.15 6043 WZ Probe Cleaning-Bleach。

10.4.16 6044 WZ Probe Rinse。

11 质量记录

JYZX-MY-TAB-049《中山市人民医院检验医学中心仪器使用及维护记录表》(表 6-2-1)。

第二节 雅培 ARCHITECT i2000SR 化学发光免疫分析仪操作程序

文件编号：

版本号：

页码：第　页　共　页

表 6-2-1 中山市人民医院检验医学中心仪器使用及维护记录表

科别：免疫科　20　年　月　仪器名称：雅培 i2000SR 化学发光免疫分析仪　仪器编码：

表格编号：JYZX-MY-TAB-049

日　　期		1	2	3	……	29	30	31
运情况行	正常							
	异常							
每日保养	1 擦洗探针							
	2 擦洗仪器表面							
	3 运行日保养程序							
每周保养	1 空气过滤网							
	2 清洗分样探针外部的盐类结晶							
	3 清洁清洗区域探针模块外部的盐类结晶							
	4 关机保养							
操作者签名								

编写：罗锡华　　　　审核：熊继红　　　　批准：张秀明

第三节 西门子 Centaur 240 化学发光免疫 分析仪操作程序	文件编号：
	版本号：
	页码：第 页 共 页

1 概述

西门子 Centaur 240 全自动化学发光免疫分析仪，提供了一个前所未有的临床免疫检查的检测能力及最佳的机动性，能够与任何自动化实验室系统匹配。该系统时刻处于准备状态，不停机添加试剂、样本及消耗品；在所有的临床免疫测定仪器中，Centaur 240 是唯一具有此能力的仪器。无需每天开关机；可连续不断的样本加载，具有真正的急诊功能，19min 内即可提供急诊标本的检测结果；24h 随时待机，不必时刻照看。全面而广泛的检测菜单用于各种疾病项目的检测，测试种类非常丰富，具有生殖系统、甲状腺系统、肿瘤标志物、心血管系统、贫血、治疗药物浓度的监测、骨质代谢、变态反应、肾上腺功能、传染病等重要指标的测定。载机容量高达 30 种不同的试剂包或更多的过敏原测试项目的载机容量，最有特色的是多达 300 以上的过敏原测试。灵活多样的样本加载方式，样本可以从仪器的前面载入，也可以从仪器背面的自动轨道架加载。独立的操作系统，即使是轨道系统没有运行，仪器仍然能够独立动作。Centaur 240 免疫分析仪各方面的设计都是为了提高检测能力和测试结果的可靠性及价值。样本可以列队自动进入仪器，具有凝块发现及管理、自动稀释、自动反射检测、自动复检、不停机加载样本等功能，可大大缩短周转时间，急诊试验通道可在任何时候进行急诊测试而不需打断正常工作流程，自动更换一次性吸样头和反应杯，可在任何时候添加水和倾倒废料，更可直接连接净水器及废水管。图像驱动用户界面，可用互动式软体，用的是美国 SUN 系统 SPARC Ⅱ 程序。多种分析形式的设计，双向运行的 115 个位置的温育盆易于进行夹心法及其他测定。最优化的检测性能和检测能力，所有的试剂探针和冲洗探针都是独立运动和快速操作。没有潜在的样本沾滞，用一次性的样本吸头基本上根除了交叉污染。

运行环境：电源 207～253 V／47～63 Hz；室内温度 18～29℃；室内湿度 20％～80％。

2 工作原理

ADVIA CENTAUR 240 全自动化学发光免疫分析仪采用化学发光技术和磁性微粒子分离技术相结合的测定方法，用高敏感性的吖啶酯（acridinium ester）作为化学发光标记物，以极细的磁性颗粒（PMP）作为固相载体，提供最大的包被面积。

2.1 液相

吖啶酯（AE）。

2.1.1 化学结构

2.1.2 特点

a）直接化学发光使用吖啶酯（AE）作为标记物，无需附加催化剂，AE 氧化直接发光，氧化反应在 430nm 快速发光并在 1s 内达到峰值。发光强度是 [125]I 在 1min 内发光强度的 10 万倍。因此系统具有高速度，且产光强。

第三节　西门子 Centaur 240 化学发光免疫分析仪操作程序	文件编号： 版本号： 页码：第　页　共　页

b）吖啶酯（AE）有 2 个甲基，可增加试剂的稳定性，使试剂的稳定性更好，有效期更长。

c）吖啶酯（AE）作为化学发光标记物，无需附加催化剂，氧化直接发光，因此对温度及 pH 等外界环境的变化不敏感，使其具有高度的精密度。

d）吖啶酯（AE）分子量非常小（MW 481），使它对结合的阻碍减少，增加扩散率，提高了灵敏度，可达 10～15mol。

e）吖啶酯（AE）是以共价键结合抗体而不影响抗体结合抗原的特性，因此不影响发光。

f）吖啶酯（AE）加碱后，即时发光且是在暗盒中进行，其光量值与浓度有着良好的线性关系，且本底较低。

2.2 固相

微粒成分为氧化铁（Fe_2O_3），此种微粒体极小，比包被管或包被珠的反应面积增大 50 倍，减少了扩散时间，增加了捕获效率。同时结合动力保证了较大的灵敏度。

2.3 反应类型

2.3.1 双抗体夹心法：双抗体夹心法使用的 AE 标记的抗体位于液相试剂中。见图 6-3-1。

a）含标记抗体的液相试剂添加到样品中，标记有 AE 的特异性抗体与样品中的相应抗原反应。

b）包被有特异性抗体的磁粉颗粒，加入到比色杯中，在 37℃孵育。磁粉颗粒与结合有 AE 标记抗体的抗原相结合，形成抗原抗体夹心复合物。

c）比色杯经过磁铁区时，磁性颗粒被磁铁牢牢吸住，没有结合 PMP 的样品及试剂被水冲洗掉。比色杯中剩下的是结合有 AE 的磁粉颗粒及多余的磁粉颗粒。

d）酸和碱加入后，立即发光；根据光量子数，对应曲线，系统马上计算出抗原的浓度；病人样品中的抗原浓度与光量值呈正相关性。

2.3.2 竞争法：竞争法包括 AE 标记抗原（图 6-3-2）和 AE 标记抗体（图 6-3-3）两种。

a）AE 标记抗原

（1）液相试剂含 AE 标记抗原，固相试剂为包被有特异性抗体的 PMP，共同加入到样品中，比色杯在 37℃孵育，AE 标记的抗原同病人样品中的抗原共同竞争有限的包被有特异性抗体的 PMP。

（2）比色杯经过磁场时，吸住磁粉颗粒，进行洗涤。

（3）加入酸碱试剂，AE 迅速发光；在 AE 标记抗原的竞争法中，病人样品中的抗原与光量值呈反相关。

b）AE 标记抗体

（1）液相试剂含 AE 标记抗体，固相试剂为包被有特异性抗原的 PMP，加入到样品中，比色杯在 37℃孵育，AE 标记的抗体同病人样品中的抗体共同竞争有限的包被有特异性抗原的 PMP。

第三节 西门子 Centaur 240 化学发光免疫分析仪操作程序

文件编号：

版本号：

页码：第 页 共 页

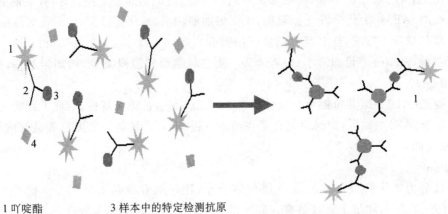

1 吖啶酯   3 样本中的特定检测抗原
2 抗体   4 其他抗原

1 PMP 抗体 - 抗原 -AE 标记抗体复合物

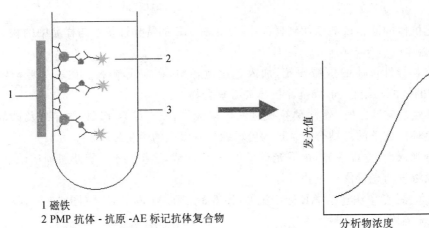

1 磁铁
2 PMP 抗体 - 抗原 -AE 标记抗体复合物
3 反应杯

图 6-3-1 双抗体夹心法

第三节 西门子 Centaur 240 化学发光免疫分析仪操作程序

文件编号:

版本号:

页码:第 页 共 页

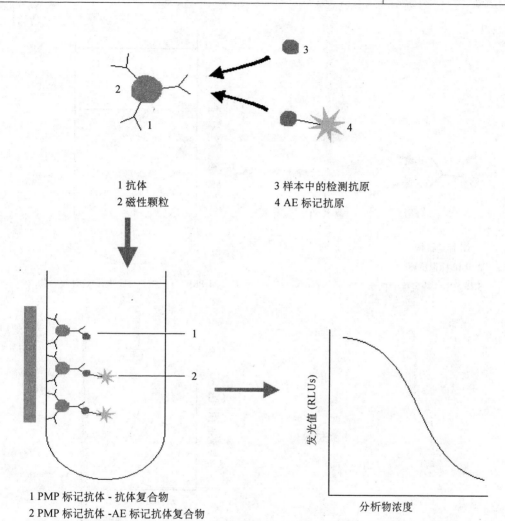

1 抗体
2 磁性颗粒

3 样本中的检测抗原
4 AE 标记抗原

1 PMP 标记抗体 - 抗体复合物
2 PMP 标记抗体 -AE 标记抗体复合物

图 6-3-2 AE 标记抗原

第三节　西门子 Centaur 240 化学发光免疫分析仪操作程序	文件编号：
	版本号：
	页码:第　页　共　页

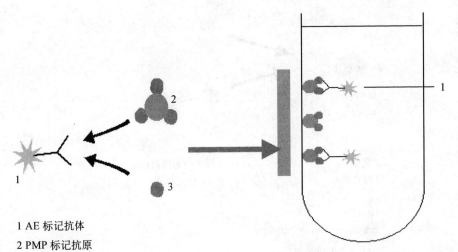

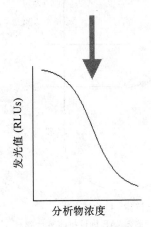

1 AE 标记抗体

2 PMP 标记抗原

3 样本中的特定检测抗原

1 PMP 标记抗原 -AE 标记抗体复合物

图 6-3-3　AE 标记抗体

（2）比色杯经过磁场时，吸住磁粉颗粒，进行洗涤。

（3）加入酸碱后，AE 迅速发光，在 AE 标记抗原的竞争法中，病人样品中的抗体与光量值呈反相关。

2.3.3 抗体捕获法:抗体捕获法被测量样本中的物质是抗体。该法使用一种抗人的特殊抗体。抗体捕获法通常使用两次孵育和洗涤:第一次孵育和洗涤是为了除去样品中过多的干扰物质;第二次孵育和洗涤是为了测量样品中的抗体。抗体捕获法主要检测人体内的 IgG 和 IgM。见图 6-3-4。

第三节 西门子 Centaur 240 化学发光免疫分析仪操作程序	文件编号：
	版本号：
	页码:第 页 共 页

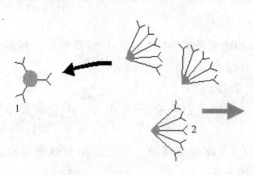

1 结合有磁性颗粒的抗人 IgM 抗体
2 样本中的人 IgM 抗体

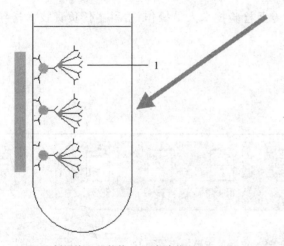

1 PMP 标记抗 IgM 抗体 -IgM 复合物

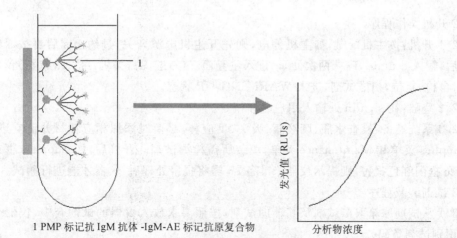

1 PMP 标记抗 IgM 抗体 -IgM-AE 标记抗原复合物

图 6-3-4 抗体捕获法

第三节 西门子Centaur 240化学发光免疫 分析仪操作程序	文件编号：
	版本号：
	页码：第　页　共　页

此处以检测体内IGM为例来说明抗体捕获法。

a)固相试剂含包被抗人IgM抗体的磁粉颗粒,加到样品中37℃孵育。样品中的IgM抗体就会与结合了PMP的抗人IgM共价结合。

b)经过磁场时,洗涤除去未反应的余物。

c)液相试剂含AE标记的抗体。加入到比色杯中,37℃孵育,AE会与样品中的IgM抗体相结合。

d)比色杯再次经过磁场时,多余的AE就会被洗掉。经过加酸和碱后能迅速发光;光量值与病人样品中的抗体浓度存在着直接关系。

3 责任

由经过培训合格后,并经授权的专业检验技术人员操作,由科主任负责技术指导和质量监督。

4 程序

4.1 主要操作界面

见图6-3-5。

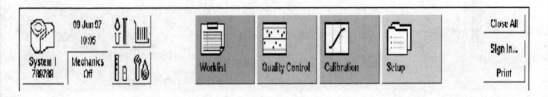

图 6-3-5　仪器的主要操作界面

4.2 开机操作程序

4.2.1 开机:按主机绿键,如主机停电,则先开主机电源开关,过约10s后再按绿键。电脑启动后,输入centaur,确认两次回车,进入主界面。(一般无需关机,可24h待机)仪器自动初始化,自检,复位,扫描试剂,进入WARMING UP状态。

4.2.2 登陆:在sign in处输入用户名和口令。

4.2.3 系统准备:检查水瓶、废液瓶、吸头、反应杯,必要时添加相应耗材并清空废弃物。检查Supplies菜单和Maintenance菜单,填装所需检测试剂。开机后,如Supplies框或Maintenance框闪红色报警,则提示仪器未准备好,需将报警处理后,仪器才能进行测试。

4.3 试剂装载程序

4.3.1 从试剂冰箱取出试剂及其辅助试剂,按照要求放入仪器的试剂仓中,仪器会自动读取并识别试剂条码。

4.3.2 装载新批号试剂:新批号的试剂在使用前,必须先将其主曲线条码扫描入仪器主机,否则仪器视为无效。

第三节　西门子 Centaur 240 化学发光免疫 分析仪操作程序	文件编号：
	版本号：
	页码：第　页 共　页

a)条码扫描器扫描试剂曲线：在主界面选择 Calibration，选择 Master Curve Definition。在 Calibration-Master Curve 窗口，选择 Scan Data，用扫描器扫描主曲线卡，从第一行开始依次扫描。扫描后，点击 Save。

b)手工输入试剂曲线：在主界面选择 Calibration，选择 Master Curve Definition。在 Calibration-Master Curve 窗口，选择 Add，在 Test 里选择项目，依次手工将试剂曲线卡输入（如 Lot、Exp 日月年）后，点击 Save(图 6-3-6)。

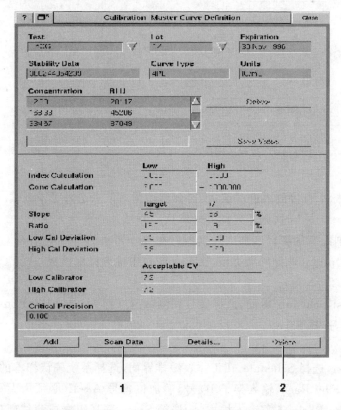

1 Select this button to enter the Master Curve using the barcode scanner.

2 You can delete a Master Curve if no calibrations are run against the Master Curve.

图 6-3-6　试剂主曲线的手工输入界面

扫描时条码扫描器一定要垂直于条码，且从上至下依次扫描，不能暂停，当听到"滴"声时为扫描成功，保存前核对相关数据与单位

4.4 常规标本检测程序

4.4.1 手工编排样本。在电脑主界面，选择 Worklist，选择 Schedule，在工作表编排界面，选择样本类型 Patient；选择系统确认样本的方式，Schedule by SID 或 Schedule by Rack；

第三节　西门子 Centaur 240 化学发光免疫分析仪操作程序	文件编号：
	版本号：
	页码:第　页　共　页

输入架子 ID 号,后加位置号 A～E(必须为大写),按 ENTER 键,若为 Schedule by Rack,还需输入样本号,选择组合或测试项目。按 SAVE 保存(图 6-3-7)。

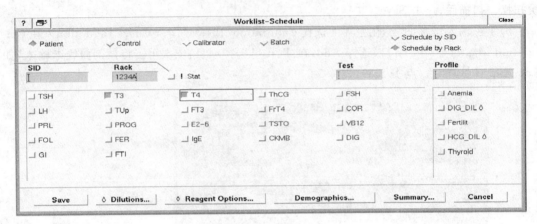

图 6-3-7　工作表测试编排界面

4.4.2 有双向条形码的标本直接放入进样区,仪器会自动读取信息送入吸样测试。

4.4.3 当检测结果为">>>"时,则需要稀释样本后再测试。

a)自动稀释(必须将试剂配套的稀释液加载到仪器):在 Worklist-Schedule 界面,选择架号和测试后选择 Dilutions Option,选择稀释类型,在 Dilution 中输入稀释倍数,选择 Continue 后,选择 Save。

b)手工稀释:在 Worklist-Schedule 界面,选择架号和测试后选择 Manual Dilutions,输入稀释倍数,选择 Continue 后,选择 Save。

4.5 急诊标本测定程序

在主界面,选择 Worklist,选择 Schedule,在工作表编排界面,选择系统确认样本的方式,Schedule by SID 或 Schedule by Rack,输入架子 ID 号,后加位置号 A～E(必须为大写),按 ENTER 键,若为 Schedule by Rack,还需输入样本号,选择 Start,选择组合或测试项目。按 SAVE 保存,将架子从急诊通道放入。

4.6 重复测定操作程序

在电脑主界面,选择 Worklist,选择 Schedule,在工作表编排界面中,选择 Patient;选择系统确认样本方式 Schedule by Rack。输入架子 ID 号,后加位置号 A～E(必须为大写),按 ENTER 键,输入样本号,选择组合或测试项目。按 SAVE 保存。

4.7 项目参数的设置程序

4.7.1 设置一个新的测试组合:主菜单选 Setup-Profile Summary,在 Test-Profile Summary 界面,新增一个组合,按 Enter,屏幕显示:profile xxx does not exist,would you like to add it? →Yes→选组合项目→Save。

第三节　西门子 Centaur 240 化学发光免疫分析仪操作程序	文件编号： 版本号： 页码：第　页　共　页

4.7.2 定义报警：主菜单选 Setup-Summary，在 Setup-Summary 界面，选择 Alarms，再选择 Message Box（信息），Warning（警告），或者 Failure（失败），三种报警信息。选择 Alarm On 或 Alarm Off，在 Sound 处选择报警声音，可选 Continuous Repetitions（连续报警）或 Specify Repetitions（特殊报警）。若选择特殊报警，在 Repetitions 下输入报警次数，Volume 下输入声音大小数值。

4.7.3 定义系统名称：主菜单选 Setup-Summary-Additional Options，在 Setup-Additional Options 界面，输入可达 11 个字母来表示系统名称，点击 Save。

4.7.4 调整时间：主菜单选 Setup-Summary-Additional Options，在 Additional Options. 界面，用＋或－秒数来调整时间差值。

4.7.5 项目设置：单击 Setup 下 Test Definition Summary，在图中 View 下选择看 Enable（激活）、Disable（非激活）或 ALL（所有）项目。

4.7.6 定时自动日保养程序：保养框中选 Perform daily cleaning-Definition-Edit-Auto schedule-在 Time 处输入时间，如：早上 6:30 自动做日保养，则输入 0630-Save。

4.7.7 取消定时自动日保养程序：保养框中依次点选 Perform daily cleaning-Definition-Edit-Auto schedule-Save。

4.8 样品稀释：在 Worklist-Schedule 界面，输入样本和测试后，选择 Dilutions，输入稀释倍数，选择 Continue 后，选择 Save。见图 6-3-8。

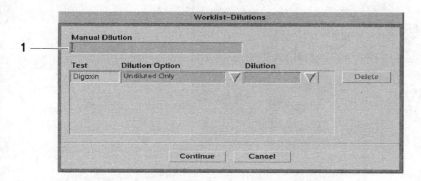

1　If you diluted the sample before loading it in the rack, enter the dilution factor in this field.

图 6-3-8　标本稀释输入界面

4.9 查看结果：点击 WORKLIST，选择 SUMMARY，在 VIEW 框内选择 Current（当前所有已检测和未检测标本状态）或 Current Results（当前所有已完成检测结果）或 Historical（历史数据）。

4.10 关机：点击 CENTAUR 图标，选 TURN SYSTEM OFF，待系统退出后，关闭电源。

第三节 西门子 Centaur 240 化学发光免疫分析仪操作程序	文件编号:
	版本号:
	页码:第 页 共 页

5 定标程序

5.1 定义主曲线

用条码扫描器扫描主曲线,在主界面选择 Calibration,选择 Master Curve Definition。在 Calibration-Master Curve 窗口,选择 Scan Data,用扫描器扫描主曲线,扫描后点击 SAVE(注意用扫描器扫描时,不要暂停或回扫,直至条码扫完为止)。见图 6-3-9,图 6-3-10。

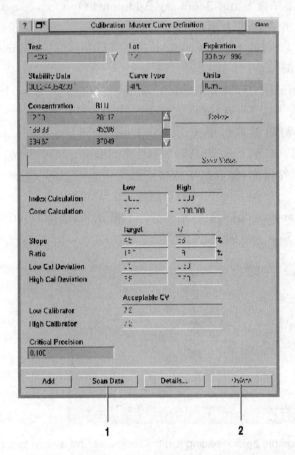

1 Select this button to enter the Master Curve using the barcode scanner.

2 You can delete a Master Curve if no calibrations are run against the Master Curve.

图 6-3-9 定标主曲线的输入

第三节　西门子Centaur 240化学发光免疫分析仪操作程序	文件编号： 版本号： 页码：第　页　共　页

1　Scan the barcodes from top to bottom of the Master Curve card.

图 6-3-10　定标主曲线的扫描

5.2 定义校准液

增加新的定标液，用条码扫描器扫描，在主界面，选择 Calibration，再选择 Calibrator Definition。在 Calibration-Calibrator Definition 窗口，选择 Scan Data，扫描完后，核对数据无误后，保存数据。

注意：当保存后，不能再在这个定标液上增加或删除一个测试。见图 6-3-11。

5.3 曲线全部输入完后，可编排定标工作表进行定标。在主界面，选择 Worklist，选择 Schedule。在工作表测试编排界面，选择 Calibrator；选择系统确认样本方式，Schedule by SID 或 Schedule by Rack。输入架子 ID 号，后加位置号 A-E，按 ENTER 键，选择组合或测试项目。按 Save 保存。见图 6-3-12。

5.4 下列情况需要进行定标

a)定标间隔过期。

b)定标是无效的。

c)使用新批号试剂。

第三节 西门子 Centaur 240 化学发光免疫分析仪操作程序	文件编号:
	版本号:
	页码:第 页 共 页

d)质控超范围。

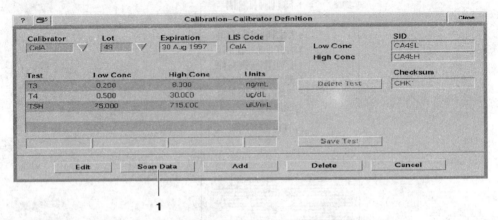

1 Select this button to enter the calibrator values using the barcode scanner.

图 6-3-11 定义标准液程序

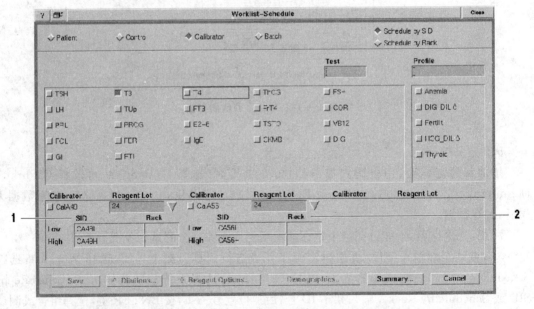

1 When scheduling by SID, select the appropriate SID. The system fills in the Rack ID.

2 When scheduling by Rack, you can select specific racks for the calibrators.

图 6-3-12 定标程序输入

第三节　西门子 Centaur 240 化学发光免疫分析仪操作程序	文件编号： 版本号： 页码：第　页　共　页

5.5 查看定标结果

点击 Calibration→Data，选择定标的项目（Test）和批号（Lot）就可以看到所定项目的定标情况。

6 质控操作程序

6.1 质控品的准备

每天取出－10～－20℃低温冰箱分装保存的 2 个水平的西门子原装配套 ligand plus 质控品各 1 支，静置室温（18～25℃）约 15min，轻轻颠倒混匀瓶子数次，使质控物完全融解。

6.2 质控品分析的个数、浓度水平及频率

每批使用 2 个浓度水平的质控品，24h 进行一批质控品测试，一般在检测常规标本前检测，与常规标本检测同等条件，在质控在控的情况下才进行常规标本的检测。

6.3 质控品的检测

将复融后的质控品装置样品管中，放置样品架上，在 Worklist 窗口，点击 Schedule→点击 Control→点击 Schedule by Rack，选择项目及质控 ID 号，输入架子号→点击 SAVE 保存。启动载入区开始运行所有项目质控测试。

6.4 质控结果的判断规则

采用 1-2s/1-3s/2-2s/R-4s/4-1s/10X 多规则质控。

6.5 实时质控监测

在主界面选择 Quality Control Data，选择一个形式就能查看质控值。在质控统计中可除去质控个别点，再进行统计分析。选择 Quality Control charts 查看 Levey-Jennings 质控图。根据质控规则判断是否失控，对失控的质控项目分析失控原因及采取纠正措施，填写失控报告。

6.6 新批号质控液的更换

增加新的质控或更换当前质控批号：每个质控可储存 50 个项目，每个项目可存 10 个批号。在主界面，选择 Quality Control，再选择 Control Definition，在质控定义界面，选择 Add，输入质控名称。选择一个质控类型，如 Ligand，Ligand Plus，或 Tumor Marker Plus 输入批号和失效日期。在工作界面，选择一个项目，输入均值及 2SD 值。按 Save Test，重复选择另一个项目（图 6-3-13）。

6.7 查看质控结果

在主界面选择 Quality Control ——→Data，选择一个形式就能查看质控值。

在主界面选择 Quality Control ——→Charts，选择一个形式就能查看质控图。

在主界面选择 Quality Control ——→Statistics 选择一个项目、质控名、批号就能查看每月质控数据（图 6-3-14）。

6.8 打印原始质控数据存档保存。

第三节 西门子Centaur 240化学发光免疫
分析仪操作程序

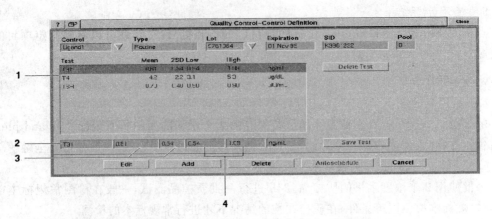

1 This table displays tests and associated values for the control and lot number.
2 Select the test.
3 Enter mean and 2SD for the test.
4 Enter low and high limits for the test.

图 6-3-13 质控设置界面

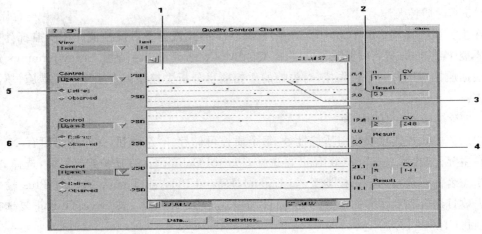

1 Select a data point to display the results for that point.
2 The results for the selected data point are displayed in this area.
3 An Excluded Result displays as an open square.
4 An Included Result displays as a solid square.
5 Displays the manufacturer mean and 2SD values entered when the control was defined.
6 Displays mean and 2SD values calculated from included data points.

图 6-3-14 Levey-Jennings 质控图

| 第三节　西门子 Centaur 240 化学发光免疫
分析仪操作程序 | 文件编号：
版本号：
页码：第　页　共　页 |

7 保养程序

7.1 日保养　每天工作完成后，用 35～75min 让系统完成清洗工作。倒空废液，确保水瓶有 1/4 的水，大约为 2.5L。

7.1.1 在工作界面，选择 Maintenance Status→Daily Cleaning Procedure→Perform，系统开始执行清洗工作（注意如果清洗工作在未完成之前就停下来，状态栏会变成红色，这时不能做标本，直到做完 RINSE CYCLE，状态栏就会变成黄色）。见图 6-3-15。

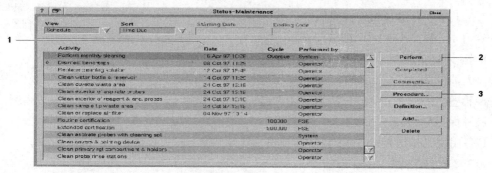

1　This time is when the activity is due.
2　Select this button to perform automated activities such as daily cleaning.
3　Select this button to access online procedures.

图 6-3-15　仪器维护界面

7.1.2 每天交换使用水瓶，用两个水瓶风干交换使用，有利于预防细菌污染。

a)拉开水瓶和废液瓶的抽屉，打开水瓶盖。换上装满蒸馏水的备用水瓶，接上管头。

b)换下来的水瓶，用蒸馏水洗干净后，倒立让其风干备用。

7.2 周保养

7.2.1 做周保养时下列试剂和物品是必需的：干净的空水瓶、ADVIA CENTAUR 浓缩清洗液 2L、蒸馏水 2L、保养螺丝起子、棉签、纱布或纸巾、移液管、干净的空储水瓶、干净的空清洗液罐。

7.2.2 在执行清洗之前

a)在主界面，选择 System status→Turn System Mechanics Off 待仪器关机。

b)移去储水瓶，移去磁夹，小心地移去感应器，把它放在一边的纱布上。同时移去水管配件，把它放在一边（注意取出感应器时应小心，因感应器是易碎的玻璃制品）。

c)拿出储水瓶，拿去盖子并倒空里面的水。清洗多样体，用移液器移去管道里面的水，用移液器吸清洁液洗多样体上的管道。让多样体的管道用清洁液浸泡 5min。用移液器除去液体，再用蒸馏水清洁 5 次，清洗干净。多样体外面可用干净的棉纤或纱布擦拭干净。

d)装上备用的干净储水瓶。小心地装上磁夹及多样体，连接储水瓶上的两根管。手工做完保养后，确保所有管道都已接好，在主界面选择 System Status→Turn System Mechanics

第三节　西门子 Centaur 240 化学发光免疫分析仪操作程序	文件编号： 版本号： 页码：第　页　共　页

On。灌注储水瓶，在主界面选择 Maintenance Status→Prime Water Reservoir→Perform。灌注完成后，系统就进入 READY 状态。

e)清洁涮洗储水瓶，注入约 1L 清洁液到储水瓶中，盖紧盖子，颠倒水瓶，反复摇动瓶子，倒转浸泡约 5min，再反复摇动瓶子，直立浸泡约 5min。倒空清洗液，彻底地除去垢物，再用蒸馏水反复执行上述步骤。除去清洁液。洗清后，倒置储水瓶，风干备用。用同样方法，清洗水瓶，废液储瓶及废水瓶。洗干净后，晾干备用。

7.3 月保养(monthly maintenance)

7.3.1 需下列试剂和物器来做月保养

a)约 4L ACS:Centaur 浓缩清洗液。

b)至少 4L 蒸馏水。

c)大的保养刷子。

d)棉签、纱布、纸巾。

e)月保养导管。

f)备用空气过滤器。

7.3.2 操作顺序

a)清洗试剂针及辅助试剂针外壁(注意不要把试剂针弄弯)。

(1)关闭机械控制部分，在主界面选择 System Status→Turn System Mechanics Off。

(2)松开螺丝，拿开试剂冰箱上面的挡板，用棉签沾上清洗液，向下轻轻地擦拭针，再用棉签沾上蒸馏水向下擦拭针多遍;用同样的方法擦拭辅助试剂针。

b)清洗分离针外部。

c)清洁废杯区域。

d)清洁废样品吸头区域。

e)清洁空气过滤网。

f)执行月保养程序。约要 30min 来完成月保养清洗程序。

(1)系统排空废液储瓶非常重要，让水过滤器不相连，不经除气泡器，直接短路。

(2)执行月保养程序，在主界面，选择 Maintenance Status→Schedule in View→Perform Monthly Cleaning→Perform。

g)执行每月数据维护 Maintenance Status→Schedule in View→Performing Monthly Database Maintenanc→Perform。压缩数据时间根据数据的大小而定，一般为 30min 至 2h。

h)维护数据文件

(1)备份数据:Backing Up Data，进入 FSE，在 SETUP Data Administration,选择需备份的文件。

(2)恢复数据:进入 FSE，在 SETUP Data Administration 选择所要还原的文件。

8 系统简易故障处理

8.1 解决系统问题

第三节　西门子Centaur 240化学发光免疫分析仪操作程序	文件编号： 版本号： 页码：第　页　共　页

　　用系统状态监视系统情况，决定哪些地方需要注意；任何警告或错误提示，都会导致系统背景颜色改变，黄色代表警告，红色表示错误；使用 EVENT LOG，可在线查看错误提示及解决办法（图 6-3-16～图 6-3-18）。

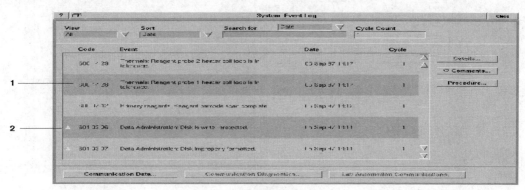

1　Event Code
2　Symbol

图 6-3-16　系统状态监视界面

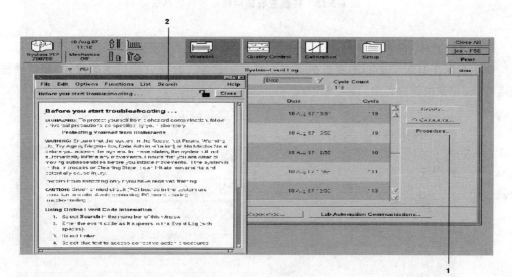

1　Select this button to open the online information window and search for an error.
2　At the online information window, select Search and then select Simple Search to open a search window.

图 6-3-17　警告或错误提示

第三节　西门子Centaur 240化学发光免疫 分析仪操作程序	文件编号： 版本号： 页码：第　　页　共　　页

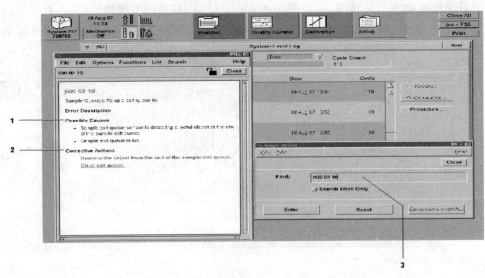

1　The possible causes are in order of most likely to least likely.
2　The corrective actions are listed in the order that you should perform the procedures.
3　Type the event code, including spaces.

图 6-3-18　在线查看错误提示和解决办法

8.2 诊断工具

使用诊断工具时要小心不要被机器误伤自己。诊断工具允许执行系统灌注，测试操作系统组件，纠正系统组件位置（图 6-3-19）。

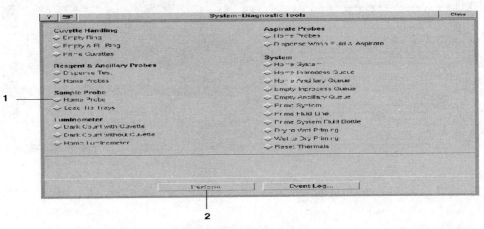

1　Select a tool.
2　Select Perform to initiate the tool.

图 6-3-19　诊断工具

第三节　　西门子 Centaur 240 化学发光免疫	文件编号：
分析仪操作程序	版本号：
	页码：第　页　共　页

8.3 卡杯处理

关掉机械部分,确认杯子没空,查看杯子堆积在什么地方,查看是否为杯子损坏或变形,用工具除去阻塞的杯子。确认没有杯子仍再卡住。然后打开机械部分。选择 Prime Cuvettes,即可恢复正常操作。

8.4 漏液处理

发现机器的某一部分有漏液,立即按紧急停机键。检查漏液的部位,查看是否是松脱或破裂,紧接或更换管道。重新启动机器,在主界面选择 System Status→Diagnostic Tools→Prime Fluid Line,选择所要灌注的管道,灌注 5 次。问题解决后即可开始正常工作。

9 质量记录

JYZX-SH-TAB-040《中山市人民医院检验医学中心仪器使用及维护记录表》(表 6-3-1)。

表 6-3-1　中山市人民医院检验医学中心仪器使用及维护记录表

部门:生化科　20　年　月　仪器名称:Centaur240 化学发光免疫分析仪　仪器编码:

表格编号:JYZX-SH-TAB-040

日　　　期	1	2	3	……	30	31
运行前准备						
1.清空废物						
2.检查试剂	·					
3.检查消耗品						
每日维护保养程序						
1.换上装好蒸馏水的备用水瓶						
2.蒸馏水清洗换下的水瓶并倒立风干						
3.执行日保养程序						
每周维护保养程序						
1.清洗多样体						
2.灌注储水瓶						
3.清洁液涮洗储水瓶						
4.蒸馏水清洗储水瓶、废液瓶						
5.清洁液、涮洗废液瓶						
6.风干储水瓶及废液瓶						
每月维护保养程序						
1.清洁试剂针、辅助试剂针						
2.清洁废液杯区域						
3.清洁吸头区域						
4.清洁空气过滤网						
5.短接水过滤器						
6.执行月清洗程序						

第三节　西门子 Centaur 240 化学发光免疫分析仪操作程序	文件编号：
	版本号：
	页码:第　页　共　页

（续　表）

日　　期	1	2	3	……	30	31
7.风干储水瓶及废液瓶						
仪器运行情况						
操作者：						

编写:温冬梅　　　　审核:张秀明　　　　批准:张秀明

第四节 源德JETLIA 962化学发光免疫分析仪操作程序

文件编号：

版本号：

页码：第 页 共 页

1 概述

源德 JETLIA 962 型化学发光免疫分析仪是专为源德配套试剂盒设计的、使用化学发光免疫分析技术的高精度、高稳定性的检测仪器,单光子计数器为其核心光电检测器。采用单片机作为控制中心,并通过标准 RS-232 串口连接及信号传输指令实现与 PC 机的通讯。该仪器能够满足可见光范围内临床及基础医学领域内定量或定性免疫测试的要求。

2 工作原理及组成

2.1 单光子计数器工作原理

该仪器的光检测部件采用了单光子计数器,结构见图 6-4-1。其核心部分是一个特殊类型的光电倍增管,它是一个超高真空的圆柱形玻璃容器,其中向光的一面(称为窗口)涂有一层特殊的具有光电效应的稀有金属,称为光阴极;而内部还装有多个以特殊方式排列的电极,称为打拿极或加速极;其后部另有一个电极称为阳极。上述各个电极之间均加有直流高压。当光子打到光阴极时,由于光电效应,其表面可以产生能量微弱的游离电子,称为光电子或逸出电子;该电子由于直流高压的作用离开光阴极再次打到第一打拿极上,由于其获得了直流高压提供的能量,因而在第一打拿极上又制造出了能量更高、数量级更大的电子。就这样经过多个打拿极的反复放大,最后使阳极产生了一个能量远远高于最初样品发射光子的电脉冲信号。该信号经前置放大器放大,再经过比较器去除噪声信号,最后由分频器换算出光子脉冲数,通常为相对发光单位,即 RLU(relative luminescence unit)。一个 RLU 相当于 10 个光子。

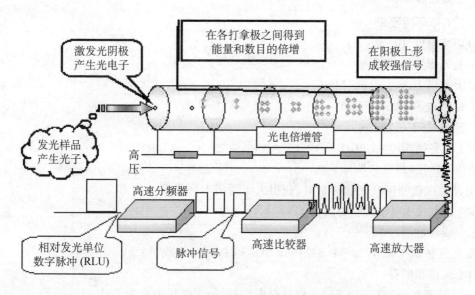

图 6-4-1 单光子计数器基本工作原理示意图

第四节 源德JETLIA 962化学发光免疫 分析仪操作程序	文件编号：
	版本号：
	页码：第 页 共 页

2.2 仪器组成

该仪器的整机结构框图与外围设备的连接关系见图 6-4-2。

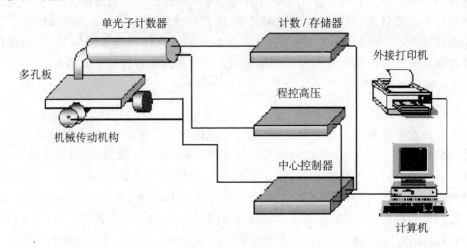

图 6-4-2　仪器系统组成及工作原理示意图

JETLIA 962 加液型发光免疫分析仪由隔离电源、发光仪主机、计算机主机、IC 卡阅读器、显示器及打印机（选配）组成。

3 主要性能指标

3.1 工作环境要求

a）环境温度 10～30℃。

b）相对湿度 ≤70%。

c）大气压力 860～1060kPa。

d）使用电源 220V 50Hz。

e）预热时间 ≤20min。

3.2 本底噪声 0～100RLU/S。

3.3 灵敏度（最低检测限）

用灵敏度监测标准光源测量时，获得大于两倍本底噪声计数值。

3.4 重复性 CV≤3%，稳定性 CV≤3%。

3.5 线性范围

发光值在 500 RLU/S～1.8×106RLU/S时，相关系数＞0.99。

3.6 运输和贮存

环境温度在 −20℃～+55℃；相对湿度≤93%；大气压力值为 500～1060kPa。

4 检测操作流程

4.1 打开计算机和主机电源,开机顺序为：①隔离电源；②打印机；③计算机；④发光仪。

第四节　源德JETLIA 962 化学发光免疫分析仪操作程序	文件编号：
	版本号：
	页码：第　页　共　页

4.2 运行软件，在计算机主界面上点击"亮精灵免疫测定及数据分析管理"软件图标，输入用户名和密码，如果第一次使用该软件，需要填写本单位的中英文名称，如果输入名称为空白，则化验单中将没有医院名称。

4.3 如果准备进行一次新的检验，请选择建立新检验批号。如果是修改某个检验结果，或者继续上次某个尚未完成的检验，则选择相应的原有检验批号。

4.4 输入病人信息并填写各自的检验项目。

4.5 进入"检测"界面并设定微孔板信息。如果是修改某个上次已经建立的微孔板数据文件，或者继续上次某个尚未完成的设定或检测，则打开相应微孔板数据文件。

4.6 开/关仓门，在仓门关闭情况下按"开/关仓门"按钮，仓门会自动打开使微孔板托架弹出，此时可将待测微孔板安置到托架上；再次按该按钮，微孔板托架会自动收回并使仓门关闭。

4.7 按照实验需要设定孔位，并在选择的孔位区域点右键选择试剂类型，如果不选择增加试剂，则数据无法保存，如果需要进行修改，则须在修改后于原区域点击右键，选择更改试剂，选择原试剂和相应批号，重新导入试剂校准点信息。如果实验条件和样品数量允许，可以尽量把不同的检验项目安排到同一个微孔板上，这样可以大大减少实验操作步骤和孔位设定时间。

4.8 保存该微孔板文件。如果有第二块微孔板需要设定，点击"新建"子菜单并重复步骤第4～7步。

4.9 将需要测定的微孔板放入发光仪，选择相应微孔板数据文件打开后点击"直接测光"按钮进行检测。

4.10 点击"计算结果"，再次确认工作曲线、校准品（或阴阳性对照）和质控品的检测结果，以及孔位设定正确无误。

4.11 保存该微孔板数据文件。如果想打印工作曲线，请选择当前试剂并点击"曲线打印"。如果用户有第二块微孔板需要测定，重复步骤第8～10步。

4.12 点击"病人信息管理"子菜单进入病人信息管理界面，确认所有病人信息及各自的化验项目完整，在系统子菜单下点击导入全部结果。

4.13 确认所有病人检验结果完整、正确后点击"打印"，分别打印病人化验单和医院存档报告。

4.14 关机前退出软件。

4.15 关机顺序为：①发光仪；②计算机；③打印机；④隔离电源。

5 常见问题的分析

5.1 试剂信息未载入完全

a)现象：由于部分试剂类型的信息未设置完全，所以不能开始检测。

b)解决方法：重新设置该试剂类型的信息，如曲线来源、试剂盒名称及校正方法等。

5.2 丢步警告

第四节　源德JETLIA 962化学发光免疫分析仪操作程序	文件编号：
	版本号：
	页码：第　页　共　页

a)现象：仪器在运行中遇到障碍，引起机械故障，微孔板无法运动，故软件提示丢步。

b)解决方法：清除障碍后，点击警告对话框的"确定"按钮，或者关闭仪器的主机电源开关，数秒后再打开。如果微孔板托架在主机内部，需切断主机电源，数秒后再重新打开。如果反复开关几次电源后故障依然无法排除，请立即联系维修人员。如仓门打开时，出口处有物体阻挡，导致传动装置空转，请在清除障碍后关闭仪器后侧的电源开关，数秒后再打开。一般建议打开软件后使用用软件内含的"开仓键"功能键进行开/关仓门操作。切忌频繁地反复快速开关主机电源，以免造成电路损坏。

5.3 质控品未及时输入标定浓度值

a)现象：由于未输入质控品的标定浓度，导致建立质控图失败。

b)解决方法：返回相应检验批号的文件输入质控品标定浓度，并保存退出。

5.4 选择曲线来源与校正方式不当

a)现象：测定结果误差较大，特别是质控品测值大大偏离标定值。同时，并不存在试剂失活、仪器故障，以及操作失误等问题。

b)原因分析：应当重点考虑选择工作曲线来源与校正方式是否适当。正常情况下误差主要由试剂活性的自然下降、实验室间的系统误差以及实验操作的微小差异造成。自动化仪器之间的系统误差和内部操作差异均较小，因此误差主要取决于试剂活性的自然下降，而半自动仪器的误差与试剂活性的自然下降、实验室间的系统误差和实验操作的微小差异都有关系。通常采用单/双点校正主要是解决试剂活性自然下降的问题，同时，也能部分地校正实验操作中的微小差异，但无法从根本上校正不同实验室之间的系统误差。因此，如果某个用户与厂家间在环境温度、操作时间、孵育和洗板条件、加样器精度等方面的实验室系统误差较大，则厂家提供的 IC 卡曲线就不适合该用户，此时应使用自己建立并保存的曲线。

c)解决方法：在新开展一个检验项目时，先分别用新建曲线和 IC 卡曲线计算质控品浓度。如果用新建曲线计算所得的质控品检测值更接近标定值，说明实验室系统误差较大，此时应当将该曲线保存，以后每次实验时使用已存曲线并加校正点。但试剂盒批号改变后应当重新做曲线，并保存留用。如果用 IC 卡曲线计算所得的质控品检测值也很接近标定值，说明实验室系统误差不大，以后可以使用 IC 卡曲线加校正。但试剂盒批号改变后应当使用新批号的 IC 卡曲线。

d)注意事项：作为曲线校正点的校准品标定值应尽可能接近正常值。同时，只有单侧正常值的试剂盒才能进行单点校正，而双侧正常值的试剂盒只能进行双点校正。

为校正实验操作的微小差异，不论采用 IC 卡曲线或已存曲线，每次实验都必须按照当前试剂盒批号规定做单或双点校正。

6 仪器保养及维护

6.1 仪器使用注意事项

仪器表面应保持清洁，不可用有机溶液擦拭，如遇试剂遗洒要及时用干净棉球擦净。仪器工作时如出现声音异常、震颤等情况发生，应立即关断电源并通知维修人员处理。仪器使

第四节 源德JETLIA 962化学发光免疫分析仪操作程序

<table>
<tr><td>文件编号：</td></tr>
<tr><td>版本号：</td></tr>
<tr><td>页码：第 页 共 页</td></tr>
</table>

用中突然停电,不要试图强行取出微孔板,待来电后点击或按下"开/关仓门"按钮方能取出,如使用场所经常断电,建议使用UPS电源。

6.2 计算机系统恢复

主机箱硬盘D分区中BACKUP文件夹含有GHOST软件、计算机操作系统GHOST影像、多功能卡驱动、声卡驱动、显卡驱动、主板USB驱动、安装备份文件和U盘通用驱动程序。在D分区根目录中有Bb、Choice、Hj 3个隐藏文件,是C分区的备份文件。如遇到计算机系统崩溃或检测软件错误,需通知厂家维修人员上门维修。

7 质量记录表

JYZX-MY-TAB-050《中山市人民医院检验医学中心仪器使用及维护记录表》(表6-4-1)。

表6-4-1 中山市人民医院检验医学中心仪器使用及维护记录表

科别:免疫科 20 年 月 仪器名称:JETLIA 962化学发光分析仪 仪器编码:

表格编号:JYZX-MY-TAB-050

日 期		1	2	3	......	30	31
运行前准备	1.开机						
	2.预热						
	3.连接LIS						
仪器运行情况							
运行结束程序	1.关机						
日保养程序	1.用软布清洁仪器表面						
周保养程序	1.清洗程序,清洗管路						
操作者签名							

编写:罗锡华   审核:熊继红   批准:张秀明

第五节 安图 LUMO 化学发光免疫分析仪操作程序	文件编号:
	版本号:
	页码:第 页 共 页

1 概述

安图 LUMO 化学发光免疫分析仪是专为安图生物配套试剂盒设计的、使用化学发光免疫分析技术的高精度、高稳定性的检测仪器,单光子计数器(PMT)为其核心光电检测器。采用单片机作为控制中心,并通过标准 RS-232 串口或 USB 连接及信号传输指令实现与 PC 机的通讯。本产品能够满足可见光范围内临床及基础医学领域内定量或定性免疫测试的要求。

2 工作原理及组成

2.1 单光子计数器(PMT)工作原理

该仪器的光检测部件采用了单光子计数器(PMT),其核心部分是一个特殊类型的光电倍增管,它是一个超高真空的圆柱形玻璃容器,其中向光的一面(称为窗口)涂有一层特殊的具有光电效应的稀有金属,称为光阴极;而内部还装有多个以特殊方式排列的电极,称为打拿极或加速极;其后部另有一个电极称为阳极。上述各个电极之间均加有直流高压。

当光子打到光阴极时,由于光电效应,其表面可以产生能量微弱的游离电子,称为光电子或逸出电子;该电子由于直流高压的作用离开光阴极再次打到第一打拿极上,由于其获得了直流高压提供的能量,因而在第一打拿极上又制造出了能量更高、数量级更大的电子。就这样经过多个打拿极的反复放大,最后使阳极产生了一个能量远远高于最初样品发射光子的电脉冲信号。该信号经前置放大器放大,再经过比较器去除噪声信号,最后由分频器换算出光子脉冲数,通常为相对发光单位,即 RLU(relative luminescence unit)。一般讲,一个 RLU 相当于 10 个光子。

2.2 仪器组成

LUMO 发光免疫分析仪由电源适配器、发光仪主机、计算机主机、液晶显示器及打印机(选配)组成。LUMO 发光免疫分析仪的计算机为外置商业计算机和打印机。

3 环境条件

3.1 仪器放置平坦。

3.2 环境温度要保持在 15~40℃。

3.3 温度要保持在 -25~50℃。

3.4 环境湿度要保持在 15%~75%。

3.5 储运湿度要保持在 <85% 非凝固。

3.6 在海拔 5000m 以下工作。

警告:在操作中,有可能使用易燃、有毒的生化物质。请注意这类试剂的使用方法。处理试剂后一定要洗手。要穿着合适的工作衣,工作区间要通风良好。

4 操作说明

4.1 运行前准备

在打开计算机和仪器前先检查计算机和 LUMO 发光仪之间的通信电缆是否连接完好。LUMO 发光仪和计算机电源是否开启。

第五节　安图 LUMO 化学发光免疫分析仪操作程序	文件编号：
	版本号：
	页码：第　页　共　页

4.2 软件运行

单击程序组中的"安图软件"中的"安图仪器"或双击桌面上的"安图仪器"快捷方式,软件即可运行。

4.3 软件注册

厂家软件进行了加密。软件第一次运行时,会提示输入注册码,按照厂家提供的说明方法完成注册。正确输入后单击＜确定＞按钮,即可完成注册,进入软件系统主界面。注册时填写的"用户名称"将作为化验单、报表等打印时的标题头。

4.4 软件登录

基于检验数据保密的原因,每个软件都有用户使用权限的问题。为了确保软件的正常运行,管理员和普通的操作员的权限应该不同。软件启动后,先显示一个欢迎窗口,并显示软件的版本号,等待 1s 或双击欢迎窗口后,将出现登录窗口,选择符合检验操作者身份的操作员名称并输入相应的密码后,点击＜确认＞进入软件系统。

4.5 人员管理

人员管理的主要功能是赋予用户合法的操作权限,并通过管理员(即具有系统权限的操作员)管理所有操作员的操作权限,以及系统配置、数据库信息等设置。

4.6 管理员和操作员

以管理员身份登陆软件系统后,如下图所示单击菜单栏中＜系统配置＞,选择＜人员管理＞,进入人员管理窗口。管理员可以对所有操作员进行管理,包括增加、删除、修改操作员名称、密码。无系统权限的操作员不能更改系统配置。设置完成后,须要单击＜保存＞方有效。

4.7 修改密码

管理员可以在人员管理窗口中修改任何人的密码,也可像普通操作员一样,修改自己的密码。操作员登录后只能修改自己的密码。单击菜单栏＜系统配置＞,选择＜修改密码＞,进入密码修改窗口,输入旧密码,然后输入新密码和确认密码(二者必须相同),单击＜修改＞按钮,完成密码修改。下次登录时,须使用新密码。

4.8 测量

4.8.1 快速测量:快速测量是简单测量微板各个板孔的发光值,不经过任何处理。测量后的数据直接显示到界面上,可打印或数据导出。单击＜快速测量＞图标,进入快速测量界面。单击板子布局中的孔位,设置是否对该孔进行测量,"1"表示测量,"0"表示不测量。单击代表行的"A"、"B"……"H"可以设置该行是否测量;单击代表列的"1""2"……"12"可以设置该列是否进行测量。单击 X 可以设置是否进行整板测量。

提示:快速测量不能保存数据,只能打印或导出。

4.8.2 单项测量:单击＜程序测量＞图标,进入程序测量窗口。选择测量程序在测量类型选项中可以选择＜单项测量＞、＜两点定标＞或＜参考计算＞。在窗口左边的程序列表框中可以选择需要使用的测量程序。

<table>
<tr><td rowspan="3">第五节　安图LUMO化学发光免疫分析仪
操作程序</td><td>文件编号：</td></tr>
<tr><td>版本号：</td></tr>
<tr><td>页码：第　页　共　页</td></tr>
</table>

a)生成样品编号：自动生成样品编号本软件中定义样品编号格式为：前6位为生成编号的日期，如090308，后5位为样品的递增序列号。通常使用＜自动生成编号设置＞，设置起始编号和本次测量的样品数目，然后单击＜自动生成编号＞，完成自动生成编号设置，进入编号显示窗口。若输人的起始样品编号在已有样品编号范围内，系统会提示"起始编号重复，是否按现存最大编号自动生成？"。若选择"是"，则按现存最大编号自动生成，若选择"否"，则重新此项操作。

b)样品录入：样品录入用于给该样品编号录入相关信息，以便在化验单打印时使用。单击＜样品录入＞按钮，进入样品录入窗口。

c)信息录入：每个样品编号对应一个样品，可以根据需要录入样品的姓名、年龄、身份证号、核对者、采样日期、病床号备注和临床诊断等信息。其中标有"＊"的姓名、性别和年龄3项必须填写，其他各项可根据需要录入相关内容。在输入字典中录入的送检医师、病区、标本类型和科室信息在这里可以通过下拉框进行选择，性别和血型也可进行选择。当病人测量多个项目时，可用左右箭头键查看前后项目，其后的文本框显示该样品编号的病人测量项目总数。注意测量的多个项目样品编号要相同，否则无法在此查看多个项目。单击＜保存＞按钮，保存录入的信息，接着可以继续录入下一样品编号信息。在信息录入栏集成了多个功能键来提高录入速度，＜回车键＞在录入完一项信息后点击直接到下一个项目内，在有中文信息的栏目中直接输入每个汉字的第一个字母(如标准类型项输入"xq"，即可出现"血清"选项)。

d)开始测量：当给样品进行多项检测时，运用＜样品编号从已测板子中选择＞比较方便。它是按照原来测量过的板子编号自动生成。注意使用此项设置时要保证现在所测的样品的最大编号小于或等于所选板子的最大样品编号。单击＜测量按钮＞，开始进行测量。软件会提示是否进行测量：如果用户选择"是"，将进行测量。测量完成后，弹出保存提示。单击＜是(Y)＞后，弹出板子编号窗口，输入板子编号，进行结果保存。"定标时限"指若此曲线作为两点定标或参考计算的参考曲线时的最长时间。"试剂有效期"和"试剂批号"一般按照年、月、日格式填写。

提示：当此结果作为两点定标或参考计算的参考曲线时，试剂批号必须和两点定标或参考计算测量程序中的批号相同。

4.8.3 两点定标和参考计算测量：两点定标和参考计算的测量方法和程序测量中单项测量相似，只需在程序测量选项中选择相应的测量方法即可。其步骤参考单项测量。测量结束后可在＜请选择两点定标对应的曲线＞栏中，选择一条适作参考曲线的对应曲线。通过窗口下方的＜标准曲线时间过滤＞可以使标准曲线的选择更快捷更方便。

4.8.4 重选曲线：当用户通过两点定标或者参考计算方式进行测量时，如果用户在选择定标或者参考曲线时误选了曲线，可以在微板查询中通过"重选曲线"功能实现曲线的重选，相应的结果也会在微板查询和样品录入中得到更新。"重选曲线"按钮仅在当前项目为"两点定标"或"参考计算"时可用。点击重选曲线后，出现"重选标准曲线"窗口，在窗口上方是可用

第五节　安图LUMO化学发光免疫分析仪操作程序	文件编号：
	版本号：
	页码：第　页　共　页

曲线,左侧显示的是当前微板使用的曲线(使用蓝色标记),窗口右侧是将要重新使用的曲线(使用红色标记)。用户可以通过左下角的"可用标准曲线测量时间过滤"来过滤可用的标准曲线,然后在上方的"可选曲线"中选择需要的曲线,确认无误后,点击"确定"按钮,会提示用户原始的曲线和当前选中的新曲线。是否要重选曲线,选择"是",如果无异常发生,将提示用户,"重选标准曲线操作成功"。重选成功后,软件将自动返回"微板查询"窗口,并提示用户是否修改和保存数据(按照新选中的曲线进行重新计算)。如果选择"是",将按照新曲线重新计算,选择"否",不对数据做任何改动。用户也可以在此重新设置当前板子的试剂批号和有效期,注意更改批号或有效期后,必须关闭"微板查询"窗口,再次打开才能看到更新后的试剂批号和有效期。

选择参考曲线的条件如下:

a)两点定标和参考计算测量程序的试剂批号必须和被参考测量程序批号相同,才能使其作为参考曲线;若不同,则有错误提示"参考曲线与被参考测量程序批号不同!",询问是否以此曲线作为参考曲线。

b)两点定标和参考计算测量程序选择的参考曲线必须在其有效期范围内,若超出有效期,则有错误提示"被参考测量程序测试试剂超出有效期!",询问是否以此曲线作为参考曲线。

c)若参考曲线拟合形式为线性回归或 Logit-Log 时,$|r| \geqslant 0.99$ 的曲线才能作为参考曲线,显示在"请选择两点定标对应曲线"栏中,$|r| < 0.99$ 的曲线则不显示;若所选参考曲线拟合形式为点到点、四参数拟合或三次样条,无此限制。选择一条合适的参考曲线,单击保存。测量结果将显示出来。

4.9 打印

4.9.1 打印样品报告:单击样品录入按钮进入报告单打印界面,选择需要打印的样品编号进行打印。

4.9.2 打印测量数值:单击微板查询按钮选择需要打印的微板编号和名称。在此界面下可以选择需要打印的内容,包括发光值、调零值、平均值、计算值、浓度值、稀释倍数、板子布局、CV、P/N、P/CO 和图形分析。

4.10 数据导出

单击<数据导出>可将测量结果导出为文本格式(＊.TXT)文件,存放路径可自行设置。

5 日常清洁

5.1 生物危害警告

液体中因为可能含有免疫血清,所以可能存在潜在的传染性。任何接触过液体的部件(如试管、废板、加样针、泵和排液管)都可能存在潜在的传染性。

5.2 常规消毒和清洗

每天用 75％乙醇或其他适合实验室消毒用的试剂对仪器表面和接触部件进行消毒和清

第五节　安图LUMO化学发光免疫分析仪操作程序	文件编号：
	版本号：
	页码：第　页　共　页

洗,之后要用软布擦干仪器的表面,将仪器放置在一个干燥的环境中。

6 故障及异常情况处理

如果发现操作环境不正常,LUMO发光仪可能会无法正常工作,请切断电源,这样可以避免未知的情况。如仪器不能正常运作,应立即联系维修站或厂家维修。以下是异常可能出现的情况:外表可以看到的损坏、不能正常运行、被储存在不良的环境中、仪器在运输过程中受到重压。

7 质量记录表

JYZX-MY-TAB-050《中山市人民医院检验医学中心仪器使用及维护记录表》(表6-5-1)。

表6-5-1　中山市人民医院检验医学中心仪器使用及维护记录表

科别:免疫科　20　年　月　仪器名称:LUMO化学发光分析仪　仪器编码:表格编号:JYZX-MY-TAB-050

日　　期		1	2	3	……	30	31
运行前准备	1.开机						
	2.预热						
	3.连接LIS						
仪器运行情况							
运行结束程序	1.关机						
日保养程序	1.用软布清洁仪器表面						
周保养程序	1.清洗程序,清洗管路						
操作者签名							

编写:罗锡华　　　　审核:熊继红　　　　批准:张秀明

第一节　SYM-BIO EFFICUTA 样本前处理系统标准操作程序	文件编号：
	版本号：
	页码:第　页　共　页

1 概述

上海新波生物技术有限公司 EFFICUTA 全自动样本前处理系统应用先进的液体处理技术和设计理念,可精密、高速、全自动完成液体的吸取、分配、混匀、稀释等各项操作。适用于时间分辨乙肝五项加样、加试剂等前处理工作。该仪器工作电压(220±10)V,要求室内温度 5～40℃,室内相对湿度保持≤85%。

2 操作程序

2.1 开机前检查

确认仪器与电脑电源线连接正常,连接时将仪器后面的串口插座与计算机扩展串口按照对应颜色用有同种色标的通讯线连接,同时确保仪器保护接地端子良好接地,连接时按对应的色标将各端口用相同色标的气(水)管连接,确保连接牢固、密封良好即可。

2.2 开机

2.2.1 启动计算机。

2.2.2 打开仪器左侧面的电源开关,仪器自检,各运动部分按顺序复位,X 轴运动(机械臂水平运动)以机械臂静止于仪器右侧初始位置为成功复位标志,其余运动部分成功复位以仪器蜂鸣器鸣叫为标志。注意电机复位以后所有电机都将处于静止状态,如某个方向仍在运动,说明还没有复位完成。

2.2.3 运动部分完成初始化之后打开软件。点击 Windows"开始""程序"菜单上的"Autotool V1.0",进入操作界面。见图 7-1-1。

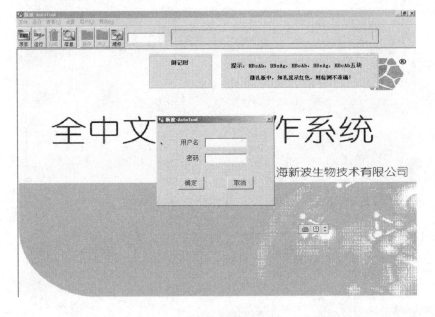

图 7-1-1　操作界面

第一节　SYM-BIO EFFICUTA 样本前处理系统标准操作程序

<table>
<tr><td>文件编号：</td></tr>
<tr><td>版本号：</td></tr>
<tr><td>页码：第　页　共　页</td></tr>
</table>

2.2.4 联机测试结束后进入以下界面，同时仪器执行自清洗功能，自清洗 6 次后蜂鸣器鸣叫 2 声，仪器进入待机状态。见图 7-1-2。

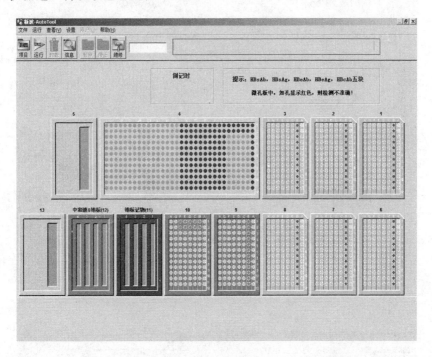

图 7-1-2　待机界面

2.2.5 按"确定"进入系统，如果按"取消"进入，则菜单栏处于屏蔽状态。

2.2.6 在 Anytest2003 主界面下，用鼠标单击"设置"下拉菜单，单击"端口设置"则弹出"端口设置"对话框。选择"端口"为"COM1"，"波特率"为"4800"，设置完毕后，单击"联机"按钮与 ANYTEST 通讯。如果联机不正常，则弹出"联机失败"对话框，此时检查计算机与仪器之间 RS232 串口线是否连接正常，检查完成后再次联机。

2.2.7 如果联机不成功，可以进入菜单"设置"下的"工作环境"，进行串口更改。选择主串口和副串口，测试通过后点击确定，更改成功见图 7-1-3。

注意：联机测试结束后仪器会自动执行自清洗，待自清洗结束后才可以进行项目设置。

2.3 项目设置

点击"文件"菜单下的"输入项目"，见图 7-1-4。或点击项目 图标，弹出图 7-1-5。

软件默认标准品数量为 2 个，其值输入值为 2～12；样品数量为 12 个（一条），其值输入值为 1～84，用户可根据实际需要修改这 2 个参数。参数设置好之后，点击"确定"，窗体右边的试剂使用状态会显示根据用户设置的参数所需要的试剂和样品的体积，见图 7-1-6。

第一节　　SYM-BIO EFFICUTA 样本前处理 系统标准操作程序	文件编号：
	版本号：
	页码:第　页　共　页

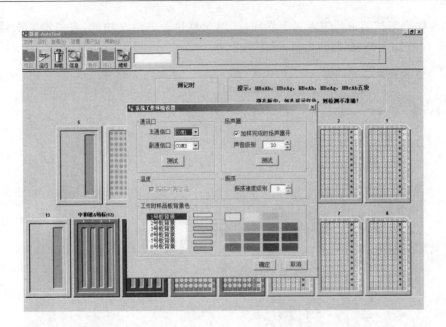

图 7-1-3　更改成功界面

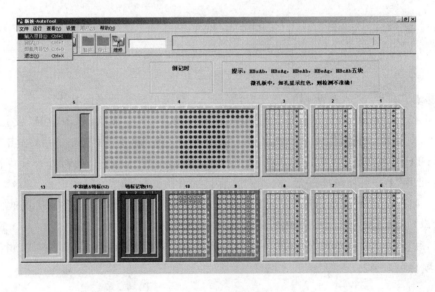

图 7-1-4　操作界面

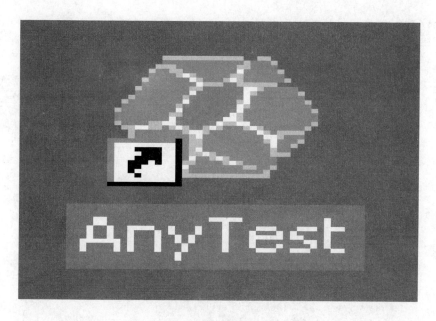

图 7-1-5 弹出界面

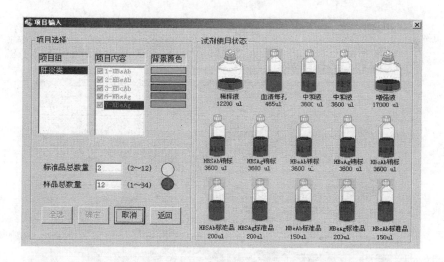

图 7-1-6 项目输入界面

用户可根据此数据配置摆放试剂和样品。

如果用户需要重新设置,点击取消,然后重新输入参数,操作同上。

设置完成后,主界面会发生变化,见图 7-1-7。

第一节　SYM-BIO EFFICUTA 样本前处理	文件编号：
系统标准操作程序	版本号：
	页码:第　页　共　页

单击 卸载 图标,可以取消当前的加样项。需要运行时需重新设置项目。

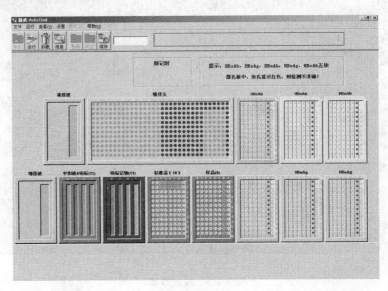

图 7-1-7　操作界面

2.4 运行

在运行之前请检查枪头、试剂、样品是否摆放正确,所有板是否放好,见图 7-1-8。

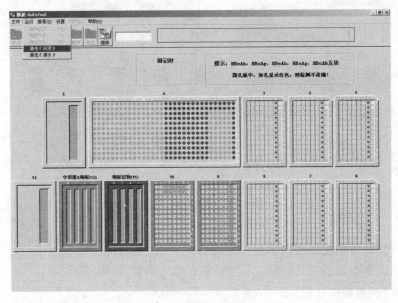

图 7-1-8　运行界面

第一节　SYM-BIO EFFICUTA 样本前处理系统标准操作程序	文件编号：
	版本号：
	页码:第　页　共　页

点击"运行菜单"下的"运行"（图 7-1-9）或点击 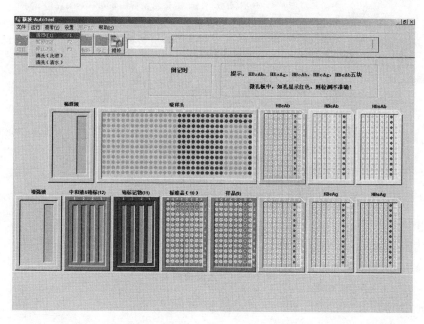 图标,即可根据用户设置的参数自动运行。

图 7-1-9　运行界面

单击 暂停 或 停止 按钮,可以暂时停止项目的加样或终止正在加样的项目。

注意:在振荡过程中不能点击暂停、停止。

运行过程中的检测说明如下。

2.4.1 液位检测:运行吸样品的时候,系统会检测 12 个通道的样品的液位,判断是否有吸液不足或有空管的情况（图 7-1-10）,如果有,在微孔板上即将加注的对应板孔位置会显示红色,反之会显示绿色。显示红色的点,表示该通道可能会有错误。

以下几种情况会显示红色:空管或没有取到 Tip 头;Tip 头有漏液现象,可能是个别 Tip 头变形或移液器枪头受损所致;样品有凝血现象,导致吸液不足。

2.4.2 Tip 头检测:在运行过程中打 Tip 头时可能会遇到一次打不掉的情况（该情况极少发生）,本系统配有相应的 Tip 头检测器,如有打不掉时,软件会提醒用户,见图 7-1-11。

第一节　SYM-BIO EFFICUTA 样本前处理系统标准操作程序	文件编号： 版本号： 页码：第　页　共　页

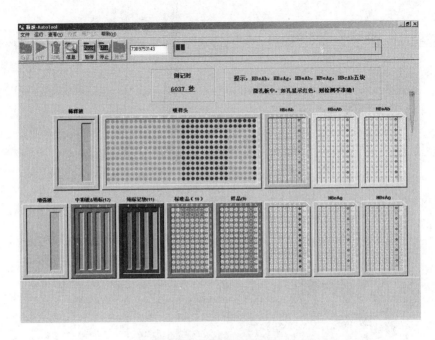

图 7-1-10　液位检测页面

图 7-1-11　提醒软件

注意：用户必须在手工拿掉 Tip 头后再点击确定，系统会继续运行。

2.5 关机

关机前用清水洗机一次后再关机。

3 故障的分析与排除

常见故障现象、原因及其排除方法见表 7-1-1。

第一节 SYM-BIO EFFICUTA 样本前处理系统标准操作程序

文件编号：

版本号：

页码：第 页 共 页

表 7-1-1 常见故障现象、原因及其排除方法

故障现象	原因分析	排除方法	备注
系统不能联机工作	串口设置错误	重新设置	参见 3.3,以上方法还不能排除故障,请与维修部联系
	串口线接触不良	重新插好串口线	
	仪器开关没有打开	打开仪器开关	
仪器不能开机	电源线没有接好	重新接好电源线	
	电源保险丝熔断	更换保险丝	用一字螺丝刀将电源插座内的保险丝盒撬开、拉出,取出已熔断的保险丝,更换相同型号参数的熔断器并归位
洗板不正常	喷头体堵塞	将喷头体拆下,取出两端的堵头,用捅针在流动的水中清洗	可运行自清洗功能,以观察是否恢复正常
移液器滴漏	枪头上有异物黏附	乙醇清洗枪头	
	活塞副密封不好	请与维修部联系	
其他故障现象		请与维修部联系	

注意:用户应更换说明书要求的相同配件,否则后果自负

4 维护保养

4.1 日常保持仪器内部工作台面和储物槽的清洁,无异物留存,并用 84 消毒液(按 1:50 进行稀释)对工作台面进行消毒和清洁,消毒时操作人员需戴好乳胶手套,以防感染。

4.2 每隔 2 周用乙醇清洗移液器 12 通道枪头,避免异物黏附影响枪头密封性。

4.3 本仪器除熔断器可以由用户自行更换外,其余零件均需由制造厂提供,并由专业维修工程师更换,不得擅自更换。

5 质量记录表

JYZX-MY-TAB-056《中山市人民医院检验医学中心免疫科仪器使用及维护记录表》(表 7-1-2)。

第一节 SYM-BIO EFFICUTA 样本前处理 系统标准操作程序	文件编号：
	版本号：
	页码：第　页 共　页

表 7-1-2　中山市人民医院检验医学中心免疫科仪器使用及维护记录表

科别：免疫科　20　年　月　仪器名称：EFFICUTA 全自动加样机　仪器编码：

表格编号：JYZX-MY-TAB-056

日　　期		1	2	3	4	……	30	31
运行前准备	1 确认试剂量							
	2 确认及添加洗涤液							
	3 确认及添加 TIP							
	4 确认及添加清洗水用量							
	5 开机							
	仪器运行情况							
运行结束工作	1 用清水冲洗一遍							
	2 关机							
日维护程序	1 清洁吸样头							
	2 洗板机检查及清洁							
月维护程序	1 清洁仪器内部							
	2 分注系统检查							
	3 洗净空气过滤网							
	操作者签名							
备注：								

编写：罗锡华　　　审核：熊继红　　　批准：张秀明

第二节 SYM-BIO ANYTEST 时间分辨 荧光分析仪标准操作程序	文件编号: 版本号: 页码:第 页 共 页

1 概述

时间分辨荧光免疫分析(time-resolved fluoroimmunoassay,TrFIA)是一种先进的免疫检验新技术,是 20 世纪 80 年代中期发展起来的一种新的荧光标记技术,它与传统的 FIA、ELISA 和 RIA 相比,具有很多优点,如灵敏度高、特异性强、稳定性好、动态范围宽、试剂货架期长、无放射性危害等,迄今已被国际上公认为现代标记免疫最佳方法之一。上海新波生物技术有限公司 Anytest-2000 TRF 仪是一台半自动的免疫检测仪器,它集生物、光学、电子、机械和计算机等领域的一种高新技术产品,适用于临床、医学研究乙型肝炎和糖尿病的实验室检查。该仪器工作电压 220V±10%,使用环境温度 5~40℃,相对湿度≤85%。

2 工作原理

Anytest 2000 TRF 仪实际是对镧系元素进行荧光分析。镧系元素具有宽的紫外激发光谱带、斯托克斯位移大、发射的荧光寿命很长(长达 μs~ms 量级)。而免疫分析样品中的蛋白质、抗原、抗体或核酸等生物活性物质和有机化合物在紫外光激发下也发射荧光光谱,有部分荧光光谱与镧系元素标记物的荧光光谱相重叠,但由于此类荧光光谱的寿命短(ns 量级),采用 TRF 技术,通过选择延迟、采样时间窗和干涉滤光片,完全排除背景荧光的干扰,实现超微量镧系元素定量分析,以此转换成被测生物活性物质的信息。样品在一个脉冲激发后,产生的荧光通过干涉滤光片进入光电倍增管,经滤波、放大后变成一个时间函数的信号,以触发信号为起始时间(T_0),根据被测样品中标记物的荧光寿命,选择合适的延迟时间(T_τ)和时间窗(T_τ~T_2),待(T_0~T_τ)的干扰信号消失,信号采集器收集(T_τ~T_2)时间的信号;以此重复 1000 次,累积积分荧光信号以提高信噪比,使荧光分析灵敏度极大提高。

3 操作步骤

3.1 开机前检查

确认荧光分析仪及电脑电源线连接是否正常,RS232 串口总线分别连接电脑的 COM1 和荧光分析仪后部的串口。同时检查打印纸是否足够并已经正确安装。

3.2 开机

开启荧光分析仪后部的电源开关,使其指向"I",仪器进入自检,蜂鸣器发出一声"嘀"声,液晶屏显示"READY"表示自检通过,此时记录开机时间。

3.3 开机后准备

3.3.1 检测前需预热 30min(不做任何操作)。

3.3.2 双击桌面上的 图标,可以进入分析系统。按"确定"进入系统,如果按"取消"进入,则菜单栏处于屏蔽状态。

3.3.3 在 Anytest2003 主界面下,用鼠标单击"设置"下拉菜单,单击"端口设置"则弹出"端口设置"对话框。选择"端口"为"COM1","波特率"为"4800",设置完毕后,单击"联机"按钮与 ANYTEST 通讯,见图 7-2-1。

第二节　SYM-BIO ANYTEST 时间分辨	文件编号：
荧光分析仪标准操作程序	版本号：
	页码:第　页　共　页

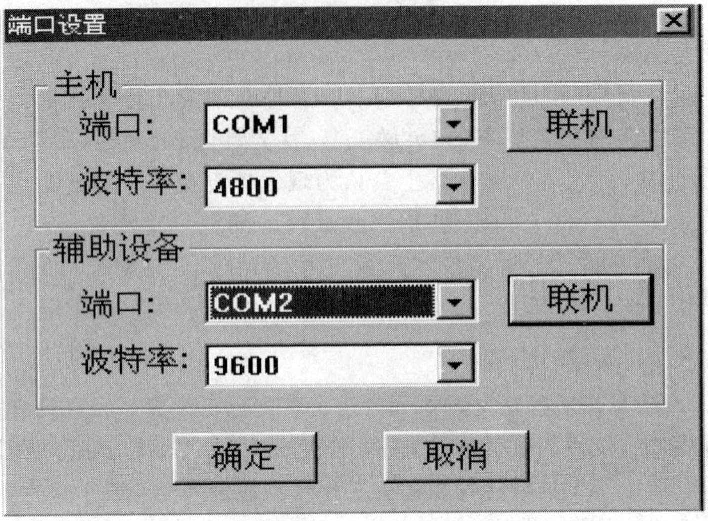

图 7-2-1　操作界面

　　如果联机不正常，则弹出"联机失败"对话框，此时检查计算机与仪器之间 RS232 串口线是否连接正常，检查完成后再次联机，见图 7-2-2。

图 7-2-2　操作失败

　　3.3.4 单击菜单栏上的图标，弹出"样板图"对话框和"样本添加"对话框，见图 7-2-3。此时：

　　a)选择项目类型：用鼠标选择所要检测的项目所属的项目类别，如选择"肝炎类"。

　　b)选择项目名称：用选择所要检测的具体项目名称，如选择"HBsAg"。如果是第一次开展新项目请单击"编辑"，按照使用说明书进行编辑，按"保存退出"结束编辑；如果不是做新项目直接进入下一步，不需编辑。

　　c)单击"添加"按钮，所选项目出现在待测文本框中。

　　d)输入样本数量：用键盘在"样本数量"右侧的文本框中输入样本量。

第二节　　SYM-BIO ANYTEST 时间分辨 荧光分析仪标准操作程序	文件编号： 版本号： 页码：第　页　共　页

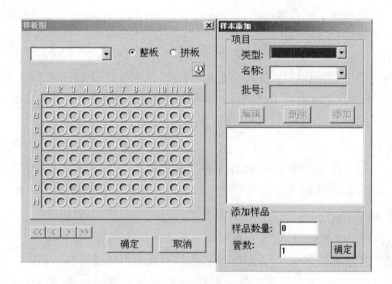

图 7-2-3　样板图和样本添加界面

e）输入管数：用键盘在"管数"右侧的文本框中输入样本复孔管数。

f）设置完毕：单击"确定"，样板图与样本添加对话框中显示出设置的情况。

3.4 样本检测

3.4.1 项目设置完毕，打开仪器的前门，将完成振荡、洗涤的微孔板放置在 ANYTEST

荧光分析仪的托盘架内，关上仪器前门，然后单击 运行 图标。

荧光分析仪开始对设置好的项目进行检测，进度条显示进度（可以选择整数刻度、对数刻度等显示模式）。测试完毕后，会自动转向计算。用户如果中途停止检测，可以按"暂停"按钮，如果取消当前操作按"停止"按钮。

3.4.2 正常检测完毕，弹出结束对话框，单击"OK"，回到下一次检测等待状态。

3.4.3 测试完毕后，自动计算。

3.5 数据查询

要查询相关数据及测试结果，单击菜单栏上的"查询"按钮可以进入查询界面，选择要查询的项目如：病人结果、标准曲线和历史数据等。打印出相关的报告，单击菜单栏上的"报表"

图标进入中文报告软件 报表 ，详见中文报告软件参考。

3.6 定标程序

定期（一般每周）或更换新批号试剂时进行一次定标，绘制标准曲线。取出配套标准品（一般 6 个水平）室温下静置 30min，每个水平做 2 个微孔，与日常标本一起检测。用选择所要检测的具体项目名称，如选择"HBsAg"单击"编辑"，随后选择第三个按钮进行定标编辑，

◆ 221 ◆

第二节　SYM-BIO ANYTEST 时间分辨 荧光分析仪标准操作程序	文件编号：
	版本号：
	页码:第　页　共　页

按"保存退出"结束编辑。按日常标本一样进行检测,检测完后将机器绘制的标准曲线保存;若标准曲线不理想,可重新定标。

3.7 关机

全天检测完毕后,关闭 ANYTEST 荧光分析仪,按照先关闭检测软件系统,关闭 ANY-TEST 荧光分析仪,再关闭电脑主机、打印机,最后关闭显示器的顺序关机。给荧光分析仪罩上防尘罩。做好相应的《ANYTEST 室内质控登记表》,并记录操作者。

4 日常维护

本仪器使用过程中保持环境清洁,用干净柔软的湿布清洁仪器表面。在工作环境欠佳的地方(灰尘较大)定期请专业工程师或已受权的相关技术人员清洁光路。

5 注意事项

5.1 严格执行开关机顺序,以免损坏仪器。

5.2 测量前应保证有 30min 的预热时间,测试过程中严禁打开仪器前门。

5.3 在使用对人体有危害或发生感染的样品时,请使用橡胶手套,不要直接接触。

5.4 定期请设备科技术人员用干净柔软的擦镜纸沾增强液清洁光路镜头。

6 质量记录表

JYZX-MY-TAB-022《中山市人民医院检验医学中心仪器使用及维护记录表》(表 7-2-1)。

JYZX-MY-TAB-002《中山市人民医院检验医学中心 AnyTest 仪室内质控登记表》(表7-2-2)。

表 7-2-1　中山市人民医院检验医学中心仪器使用及维护记录表

科别:免疫科　20　年　月　仪器名称:AnyTest 时间分辨荧光分析仪　仪器编码:

表格编号:JYZX-MY-TAB-022

日　　期		1	2	3	……	28	29	30	31
运行前准备	1 开机								
	2 预热								
	3 连接 LIS								
仪器运行情况									
运行结束程序	1 关机								
日保养程序	2 用软布清洁仪器表面								
季保养程序	3 清洁光路								
操作者签名									

第二节 SYM-BIO ANYTEST 时间分辨荧光分析仪标准操作程序	文件编号： 版本号： 页码：第 页 共 页

表 7-2-2 中山市人民医院检验医学中心 AnyTest 仪室内质控登记表

科别：免疫科　检测项目：　检测方法：时间分辨法　试剂厂家：上海新波　质控批号：

质控物含量：　　　检测时间：20 年 月　　　　　　表格编号：JYZX-MY-TAB-002

均值：　　　　警告线：　　　　失控线：

日期	检测批号	阴性对照测值	阳性对照测值	质控检测值	试剂批号	操作者
1						
2						
3						
……						
……						
30						
31						

注明：在相应位置填写测定结果及试剂批号

当月质控血清平均值：　　　　SD 值：　　　　CV 值：　　%

备注：

编写：罗锡华　　　　审核：熊继红　　　　批准：张秀明

第三节 SYM-BIO 2510 型变频振荡器操作程序	文件编号:
	版本号:
	页码:第 页 共 页

1 概述

上海新波生物技术有限公司 2510 型振荡器是一种可选择不同的振荡频率同时振荡多块微板的变频振荡器。该振荡器噪音低、操作简便,采用变频设计旋转式振荡,连续可调(6±2)Hz～(20±2)Hz,使用电源为 220V/50Hz,工作环境温度－10～55℃,相对湿度≤93%。由于其体积小,性能稳定可靠已经被众多实验室用于各种微板、滴定平板不同频率的振荡。

2 操作程序

2.1 装载平台

直接装载于水平桌面。

2.2 调整频率

将频率档旋钮置可变频率档上,根据实验需要用频率档旋钮调整频率。旋动频率微调旋钮,振荡器可在 6～20Hz 调整振荡频率。其调整范围如下:

a)快速(High):(20±2)Hz。

b)可变频率(Adj):(6～20)Hz。

c)慢速(Slow):(15±2)Hz。

2.3 开机

打开电源开关(电源开关置于振荡器后面板上)。电源接通后,位于前面板的电源指示灯亮。此时振荡器开始工作。

2.4 关机

直接关机(电源开关置于振荡器后面板上)。

3 注意事项

3.1 将振荡器置放在平稳固定的桌面上,以避免共振现象发生。

3.2 不要将其他过重物体放置在振荡器板面上,以免损伤振荡器。

3.3 用毕振荡器后请及时关闭振荡器,避免振荡器电机过热,影响振荡器使用寿命。

3.4 有故障发生时,请先断开振荡器电源并及时与医院维修部联系。

4 维护保养

4.1 拔下插头,用湿布和热水小心清洁。除乙醇外,不可用丙酮或其他有机溶剂清洁。特殊情况下,可使用低浓度乙醇。

4.2 清洗后擦干。

4.3 警告:禁止将仪器置于水或其他液体中。

编写:傅冰洁　　　　审核:熊继红　　　　批准:张秀明

<table>
<tr><td rowspan="3">第四节   Perkin Elmer Wallac 1420 时间
分辨荧光免疫分析仪操作程序</td><td>文件编号:</td></tr>
<tr><td>版本号:</td></tr>
<tr><td>页码:第　页 共　页</td></tr>
</table>

1 概述

Wallac D 1420 型半自动时间分辨荧光免疫分析仪是 PerkinElmer Life and Analytical Sciences 公司专为 Wallac 系列试剂盒设计的、使用时间分辨荧光法或快速荧光法的功能密集型台式仪。用于配合 PerkinElmer Life and Analytical Sciences 公司生产的系列时间分辨荧光试剂盒测量人血清中各种生化指标含量的装置，Wallac D 1420 集两种测定技术于一体，用于时间分辨荧光测定及普通荧光测定。可以在一台仪器上进行多种非放射性检测，并可以根据您的需要选配各种不同的配件以适合更多的检测需要。支持不同的微孔板（6 孔、96 孔、384 孔）及杂交膜、培养皿的检测。使用电压 220V，50/60Hz，环境温度 $10\sim35℃$，相对湿度 $10\%\sim85\%$。荧光检测下限 $<10fmol/孔$；交叉 $<0.000\ 1\%$；时间分辨荧光检测，Eu 检测下限 $<12amol/孔$；Eu 线性 >5 decades；交叉 $<0.000\ 1\%$；Sm 检测下限 $<50amol/孔$。本仪器主要适用于临床、医学研究、产前和新生儿筛查的实验室检查。

2 工作原理

时间分辨荧光免疫分析技术（TRFIA）以镧系元素为标记物，因此又称之为"解离-增强镧系元素荧光免疫分析"（DELFIA）。在传统的荧光标记免疫中，标记物采用的是异硫氰酸荧光素，其激发波长和荧光光谱 Stokes 位移较小，仅为 28nm，由于激发光谱和发射光谱常有部分重叠，故测量荧光强度时不可避免的产生干扰；而用镧系元素标记抗原或抗体，同时利用波长和时间分辨两种技术，可有效地排除非特异荧光信号，具有超灵敏、动态范围宽、稳定性好、易于自动化等突出优点。主要分析方法包括免疫夹心法和免疫竞争法。

3 检测操作流程

3.1 按照试剂盒的操作流程，手工完成操作后，开启检测系统。

3.2 开启检测系统

开机顺序：开启 1420 主机电源，打开联机电脑，双击"1420 workstation"图标，打开读数软件，仪器开始自检。关机顺序为：先退出控制软件，再关闭 1420 主机电源开关。

3.3 荧光数测量

3.3.1 将完成反应的微孔板放入 1420 主机的板架上，关上仪器盖板。注意轻放，不要让液体溅入仪器内部。

3.3.2 控制软件的主界面【Protocol name】栏上选择相应的试验项目名称，然后点击【Start】按钮，→NEXT→屏幕出现读数版，用鼠标标记后点击"measure"选择读版数和孔数，非测试孔点击" empty"→NEXT→NEXT→Finish→仪器开始自动测量荧光数。

3.3.3 点击【Live display】实时显示检测情况。

3.3.4 读数完毕，启动 Multical 数据分析软件分析数据。点击"Multicalc"图标，打开后，系统将会自动将荧光数据转换成最终结果并自动保存和传送结果至风险分析软件 Lifecycle 中。

3.3.5 按"ESC"键，进入主菜单，→F4【Protocol】程序设置 检查质控和标准曲线设置情

<table>
<tr><td rowspan="3">第四节　Perkin Elmer Wallac 1420 时间
分辨荧光免疫分析仪操作程序</td><td>文件编号：</td></tr>
<tr><td>版本号：</td></tr>
<tr><td>页码：第　页　共　页</td></tr>
</table>

况，按 F8【ETC】翻页，→按 F1【Controls】查询质控图，→F3【STD. CVRVE】查询标准曲线。

3.3.6 在主菜单按 F1【Counter】键，软件自动接收数据。

3.3.7 查看质控和标准曲线：两项程序相同，以查标准曲线为例，Multicalc 2000 画面，按 F8【ETC】翻页至显示→F3【STD. CVRVE】→移动光标选项目→ENTER→移动光标选批次（检测时间）→在批次画面回选项目按 F1【SEL NAME】。

3.3.8 F6【RESULT】键查看样品浓度结果。

3.3.9 F2【EVALVATE】重新评价结果（一般在设置更改后使用）。

3.3.10 如果是更换新试剂盒要录入试剂说明书提供标准物数值。

录入方法：F4【Protocol】→ENTER→移动光标选项目→ENTER，在 2STD 处更改标准物数值。按 F1【QUIT＋SAVE】，保存退出。

常见检测项目代码：PKU，84；TSHS，32；AFP/hCGβ，67；Ue3，71；PAPPA，98；frHCG，97。

3.3.11 以上程序完成后退出操作，在无显示退出标识菜单，按 ESC 键，在显示【QUIT＋SAVE】或【QUIT】选择其一退出。退至 Multicalc 2000 画面选择按键盘的 X 键退出。X→ENTER→YES。

3.4 新项目的测定设置

一般目录栏里都包含该仪器所检测的项目代码，如果搜索不到，请厂家协助，设定项目代码和检测方法和相关指标。

3.4.1 设置质控和标准曲线模式

a）F4【Protocol】→ENTER→移动光标选项目→ENTER→【CONTROL】选择 NO 示质控不检测或随标本随机检测；选择 YES 示固定质控检测位置，并绘制质控图。此时要进一步输入质控个数和数值。

b）F4【Protocol】→ENTER→移动光标选项目→ENTER→【STANDARD CURVE】栏选择【NEW】示该项目当天第一批标本标准物同时检测并绘制标准曲线。【STANDARD ON 2……】栏选择 NO，示该项目当天第二批标本不检测标准物。

3.4.2 设置标准和样品检测次数：F4【Protocol】→ENTER→移动光标选项目→ENTER，光标移至最后，2STD 表示每个定标物测两次，UNKN 表示检测样品，一般设成 1UNKN，只检测一次。进位选 R EPL＋1，退位选 R EPL-1。

3.4.3 设置项目：新设项目在主机控制软件的主界面【Protocol name】不能自动显示，通过以下程序生成，在主机控制软件的主界面点击【TOOL】→【START. WIZARD】→NEXT→打开 Kit 文件夹→在项目类型文件夹（如 Prenatal&Fertility）选择项目→NEXT。

3.5 关机

直接关闭电源。

4 维修保养

4.1 日常维护

<table>
<tr><td rowspan="3">第四节 Perkin Elmer Wallac 1420 时间
分辨荧光免疫分析仪操作程序</td><td>文件编号：</td></tr>
<tr><td>版本号：</td></tr>
<tr><td>页码：第 页 共 页</td></tr>
</table>

4.1.1 按照正常程序关闭仪器，拔掉电源。

4.1.2 使用 75％乙醇清洁 1420 仪器的表面和微板架槽。打开 1420 盖板 2h 以上，让乙醇挥发干净后盖上 1420 仪器防尘罩。

4.1.3 使用 Delfia 洗板机上的管道冲洗程序，自动清洁洗板机管道。

4.1.4 取下洗板头，用自来水冲洗干净，如果发现堵孔现象，需用小注射器将水孔和排水孔冲洗干净，再装上去，用蒸馏水替换洗液，冲洗管道 3 次以上。

4.2 半年维护程序

由仪器工程师完成。

5 质量记录表

JYZX-MY-TAB-040《中山市人民医院检验医学中心 Wallac 1420 荧光免疫分析仪质控数据记录表》（表 7-4-1）。

JYZX-MY-TAB-041《中山市人民医院检验医学中心 Wallac 1420 荧光免疫分析仪系统使用及维护记录表》（表 7-4-2）。

表 7-4-1 中山市人民医院检验医学中心 Wallac 1420 荧光免疫分析仪质控数据记录表

科别：免疫科　　　　检测年月：20　年　　月　　　　质控物厂商：

质控物有效期：　　　质控物批号：H：　　　M：　　　L：　　　　　　表格编号：JYZX-MY-TAB-040

项　目	PKU		TSH		17-OHP						操作者
质控水平	中值	低值	中值	低值	高值	中值	低值	高值	中值	低值	
均　值											
警告线											
失控线											
备注：											

第四节 Perkin Elmer Wallac 1420 时间分辨荧光免疫分析仪操作程序	文件编号:
	版本号:
	页码:第 页 共 页

表 7-4-2 中山市人民医院检验医学中心 Wallac 1420 荧光免疫分析仪系统使用及维护记录表

科别:免疫科　　　　20 年 月　　　　仪器名称:Wallac 1420 荧光免疫分析仪

仪器编码:　　　　　　　　　　　　　　表格编号:JYZX-MY-TAB-041

日期	运行状态	维护/保养		操作者	备注
		洗板仪冲洗管道（每天）	Wallac 1420 清洁仪器外壳（每周）		

备注:运行状态打"√",异常记录情况

编写:卢建强　　　　审核:熊继红　　　　批准:张秀明

第五节　PerkinElmer Wallac 1420 洗板机 操作程序	文件编号：
	版本号：
	页码：第　页　共　页

1 概述

Wallac 1420 洗板机是 PerkinElmer Life and Analytical Sciences 公司专为自动清洗微孔板条和微孔板而设计。本仪器通过两个膜式泵在废液瓶中形成真空,从而进行抽吸。在清洗过程中一直监控瓶内的真空度,以防止洗液溢出微孔板,同时通过配备的隔膜泵进行分液,可以精确地控制分液量。通过 5 个功能键与一个 2×20 字符的液晶显示屏控制,洗板机内预设有可供 DELFIA 分析物使用的即用操作程序和多至 75 种自设程序储存空间。通过内置键盘或通过运行 Windows 操作系统及与洗板机一起提供的 Windows 软件的外部计算机可以输入新的分析物程序,也可以为洗板机编程用于其他应用。工作电压为 110/220V,环境温度 $15 \sim 30$℃,相对湿度 $15\% \sim 85\%$,无腐蚀气体又通风良好的室内,可同时清洗 $1 \sim 8$ 条洗板条。

2 操作程序

2.1 控制面板

液晶显示屏下 5 个按钮左边起一、二键为上下滚动选择键,第三键为"IN"载入微孔板键,第四键为"YES"键,第六键为"OUT"放置或移出微孔板键。

2.2 设置微孔板

可设置为 8 个板孔或 12 个板孔。

2.3 选择试剂盒

利用第一、二键来输入试剂盒编号,然后使用第三键选择洗板协议或具有相同编号的下一个试剂盒,一旦选择了试剂盒的编号仪器就将按试剂设置的程序进行洗板。

2.4 洗板中断或停电

当运行试剂盒时按"ESC"键,显示屏将显示试剂盒停止运行所需时间。

2.5 冲洗

按 ESC 回到主菜单,必须总是选择"A"通路,按"YSE"键继续,根据所需的冲洗或预洗来选择洗板机输入。自动冲洗,上一次清洗结束后,如果闲置时间超过"PINSE PARAM"中所设定时间,将进行一次自动冲洗过程。

2.6 洗板机的测试

2.6.1 泵是否能正常工作:正压,开机后自动清洗是否有液体泵出。

2.6.2 载板是否能移动、正常不偏斜:开机后选择好排数,然后开始清洗,查看载板是否能移动正常而无阻力感,且无偏斜。

2.6.3 按键膜是否失灵:依次使用预洗、选排、开始、复位等键,查看是否失灵。

2.6.4 洗头抬头运动是否正常:开始清洗功能,查看洗头及顶杆上下运动是否正常,有无阻力感。

2.6.5 查看瓶盖及胶管有否破损、管道是否通畅:查看管道是否通畅,有无个别孔注液不足或吸液不干净,及时疏通。

第五节　PerkinElmer Wallac 1420 洗板机操作程序	文件编号：
	版本号：
	页码：第　页　共　页

2.7 校准：当使用洗板 6 次的程序，如 32 Neo TSH 或者 18 Prolactin 程序，对整个微孔板运行一个标准洗板循环时，应该检查分液量。消耗的液量应在 400～500ml。操作流程如下：

2.7.1 清空洗液瓶与废液瓶。

2.7.2 在一个带有刻度，容积为 1 000ml 的量杯内注入至少 900ml 的蒸馏水。

2.7.3 将连接洗液瓶的套管一端（标记为蓝色）放入该量杯。

2.7.4 将带有 8 个微孔板条的微孔板置入载板架。

2.7.5 选定程序，如 32Neo TSH W，对一个板条进行清洗，启动洗板机。这样可将套管注满水。

2.7.6 选定程序，如 32Neo TSH W，对整个微孔板进行清洗（最后一个板条编号为 H），启动洗板机。

2.7.7 当洗板程序开始运行时，记录量杯中蒸馏水的液量。这样就可以除去洗板过程开始阶段冲洗所耗的液量。在洗板过程中，要保证套管浸入量杯的一端充分浸没于水中，确保套管没有吸入空气。

2.7.8 洗板结束后，记录量杯中的剩余液量。所耗洗液容积应为 400～500ml。

2.7.9 如果为了获得准确的容量，需要把分液量设定为超过 900μl 的话，请与厂家工程师联系，从而进一步校准仪器。

2.8 关机

每天使用完后用去离子水或蒸馏水进行冲洗，冲洗结束后关闭电源，同时清空废液瓶和洗液瓶并冲洗干净。

3 注意事项

3.1 每次开机前应检查废液瓶是否排空，使用过程中不得使废液超过瓶上所示界线。

3.2 用毕及时关机，以延长使用寿命。

3.3 保持瓶盖上的小气孔通畅，如果气孔阻塞，则可能造成瓶内气压过高，导致瓶中液体不能顺畅进出，严重时甚至会对管路造成损坏。

3.4 每次使用前后，用蒸馏水冲洗管路，这是防止洗液结晶堵塞清洗头最有效的方法。

4 维护保养

4.1 清洗管路

清洗管路时冲洗瓶中应注入去离子水或蒸馏水，在每天仪器使用完成后进行管路的清洗。通过功能模式键按"＋""－"选择 RINSE，重复按 RINSE2～3 次，仪器自动清洗管路。

4.2 仪器清洁

以软布擦拭仪器表面。

4.3 管路清洁

每月用次氯酸钠对仪器管路清洁一次。

第五节 PerkinElmer Wallac 1420 洗板机 操作程序

文件编号：

版本号：

页码：第 页 共 页

4.4 该仪器存放环境应保持干燥,防止受潮、腐蚀、远离强电磁场干扰源。

4.5 更换熔断器中的保险管时,应先切断电源,按标注的保险管规格进行更换。

4.6 该仪器出厂时,已经过精确调整。当发现仪器出现异常或不能正常工作时,应及时与厂家联系。

5 质量记录表

JYZX-MY-TAB-025《中山市人民医院检验医学中心洗涤机使用维护记录表》(表 7-5-1)。

表 7-5-1 中山市人民医院检验医学中心洗涤机使用维护记录表

科别:免疫科 20 年 月 仪器名称:Wallac 1420 洗板机 仪器编码: 表格编号:JYZX-MY-TAB-025

	日　　期	1	2	3	……	30	31
运行前准备	1.倒废液						
	2.添加洗涤液						
	3.添加罐洗液(去离子水)						
	4.开机						
	5.用洗涤液罐注管路						
	仪器运行情况						
运行结束程序	1.用罐洗液清洗管路						
	2.关机						
日维护程序	1用软布清洁仪器表面						
月维护程序	1.用次氯酸钠清洁管路						
	2.用罐洗液清洗管路数次						
	操作者签名						
备注:							

编写:严海忠　　　审核:熊继红　　　批准:张秀明

第八章

西门子 BN Ⅱ 特定蛋白分析系统操作程序

Chapter 8

| 文件编号: |
| 版本号: |
| 页码:第 页 共 页 |

第一节　BNⅡ特定蛋白分析仪操作程序

1 概述

SIEMENS BNⅡ特定蛋白分析仪是检测血浆中特定蛋白的全自动分析系统,它与专用试剂、质控品、定标品配套使用。该系统采用经典的免疫散射比浊原理,对血液中的待测血浆蛋白进行测定。仪器的整体结构示意图见图 8-1-1。其主要由架单位、分配单位、传送臂、反应单元、清洗单元等功能单元构成,完成样品中特定蛋白的全自动定量分析。

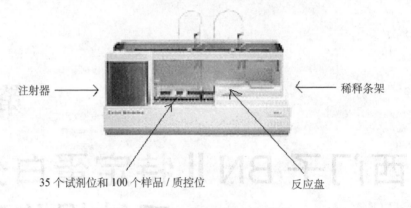

注射器　　　　稀释条架
35 个试剂位和 100 个样品/质控位　　反应盘

图 8-1-1　BNⅡ特定蛋白仪正面观

2 工作原理

2.1 物理原理

2.1.1 免疫散射比浊法:本方法测定的是抗原抗体复合物的散射光,样本中的抗原能够与相应的抗血清形成抗原抗体复合物,在某种条件下(抗体过量区域,见图 8-1-2),散射光的强度和反应杯中抗原-抗体复合物的量成正比。在抗体量恒定的情况下,这种光学信号与抗原含量成正比。用已知抗原浓度的标准品可以生成一条参考曲线,通过该曲线可以评估样本的散射光信号并计算成相应的抗原浓度。

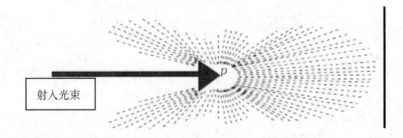

射入光束　　　p

图 8-1-2　Rayleigh 散射,颗粒直径＜入射光波长

文件编号：
版本号：
页码:第　页　共　页

第一节　BNⅡ特定蛋白分析仪操作程序

　　发光二极管产生一道光束,发射光通过反应杯。在遇到管内的抗原抗体复合物时,光束发生散射。

　　在最初的测量中,抗原和抗体已经混合,但还未生成抗原抗体复合物。在最终测定时已经形成了抗原抗体复合物,将终末测量值减去初始测量值就可以得到结果。散射光的强度分布由抗原抗体复合物中的颗粒大小与射入光波长之间的比例关系决定。

　　在下列情况下会产生 Rayleigh 散射(图 8-1-2)或 Mie 散射(图 8-1-3):

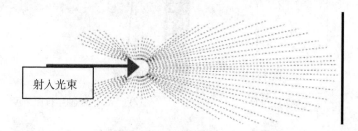

射入光束

图 8-1-3　Mie 散射,颗粒直径＞入射光波长

　　a)如果颗粒直径小于入射光的波长,会出现 Rayleigh 散射。在这种情况下光束被对称平衡地散射到各个方向,用来进行测定的光学功效就会降低。

　　b)如果颗粒直径大于入射光的波长,会产生 Mie 散射。随着颗粒直径的增大,光束主要朝前方散射,这种现象能提高进行测量的光学效率。

　　在反应体系中添加了乳胶颗粒,使得抗原-抗体复合物的直径保持在 d＞1 000nm 左右。由于我们使用的颗粒直径一般大于波长,因此主要产生光信号较高的 Mie 散射。

　　2.1.2 光束的光学路径:测量散射光。发光二极管发射出波长为 840nm 的光束。光束基本上平行射入反应杯。入射光在反应杯中颗粒的作用下发生散射。用复合二极管(探测器)以 13°～24°的固定角度测量相应的光学值。初始光束会被过滤掉。初始光束即不会在抗原抗体复合物的作用下发生散射的光束。得到的散射光通过一系列透镜后聚焦在光电探测器上。发光二极管的入射光波长和测量时抗原-抗体复合物的颗粒大小一起决定了最合适的测量角度。

　　2.2 免疫化学蛋白质测量的基本原理

　　Heidelberger-Kendall 曲线(图 8-1-4)描述了在抗体水平恒定条件下,抗原量和测量信号之间的关系。

　　3 开机程序

　　3.1 工作前检查

　　3.1.1 检查浸在缓冲液瓶中的吸嘴(带水平传感器)是否带有沉淀。如果显示有大量沉淀,需清洗吸嘴。

　　3.1.2 检查供应瓶中系统液的液量水平,必须保证有足够的系统液进行初始化,必要时

文件编号:	
第一节 BNⅡ特定蛋白分析仪操作程序	版本号:
	页码:第 页 共 页

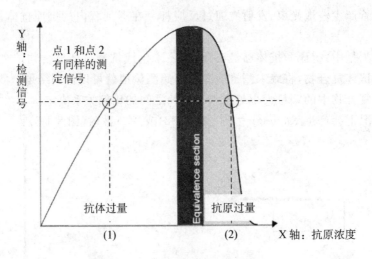

图 8-1-4 Heidelberger-Kendall 曲线

补充系统液。

3.1.3 检查稀释架是否放置妥当。

3.1.4 检查废液瓶内废液是否清空。

3.1.5 检查仪器分液阀是否有白色结晶析出,必要时用 75％乙醇擦拭清洁。

3.1.6 检查试剂针及样本针是否正常。

3.1.7 检查 UPS 的连接是否正常。

3.2 开启系统

3.2.1 将位于分析仪左侧盖板上的主开关拨到 ON 打开。

3.2.2 将 PC 打开,点击显示器上 BNⅡ图标一次→登录→在 user 一栏中选择用户名→并在 password 一栏中输入密码→点击 OK→系统初始化,初始化过程需要 10～15min。

4 试剂管理

采用 SIEMENS 专用配套试剂,超过有效期的试剂不可使用。

5 测试编排

5.1 单个样本输入

主菜单→点击工具栏 Routine-Enter joblist→对话框打开→在 Sample 标识区输入样本编号→在 Profile 或 Assay 标识区选择测定项目→如需更改稀释度,点击 Dilution→选中所需稀释度→点击 OK→返回 Enterjoblist 对话框→点击 Save→继续输入下一个样本→完成输入后,点击 Save&Close 退出。

5.2 批量样本输入

主菜单→点击工具栏 Routine-Enter joblist→对话框打开→点击 Batchinput 框→在

第一节　　BN Ⅱ 特定蛋白分析仪操作程序	文件编号：
	版本号：
	页码：第　页　共　页

Number 框输入样本数→在 Start no 框输入起始样本号→如需更改稀释度,点击 Dilution→选中所需稀释度,点击 OK→返回 Enter joblist 对话框→点击 Save→继续输入下一批样本→完成输入后,点击 Save & Close 退出。

5.3 急诊样本输入

主菜单→点击工具栏 Routine-Enter joblist→对话框打开→在 Sample 标识区输入样本编号→点击 STAT 前面的确认框→在 Profile 或 Assay 标识区选择测定项目→如需更改稀释度,点击 Dilution→选中所需稀释度→点击 OK→返回 Enter joblist 对话框→点击 Save 保存。

5.4 添加样本检测项目

主菜单→点击工具栏 Results-Lab journal→Lab journal 对话框打开→双击要修改的样本→Enter joblist 对话框打开→点击要添加的检测项目→点击 Save & Close 退出。

5.5 删除样本

主菜单→点击工具栏 Results-Lab journal 或点击 Lab journal 图标→Lab journal 对话框打开→点击要删除的样本点击"删除"图标→对话框打开→点击 Complete selection→样本及该样本的所有检测要求被删除。

5.6 删除样本的检测项目

主菜单→点击工具栏 Results-Lab journal 或点击 Lab journal 图标→Lab journal 对话框打开→在相应的样本号下面点击要删除的检测项目点击"删除"图标→对话框打开→点击 Requests only。

6 装载样本

6.1 装载带条形码的样本

条形码样本可以按任意顺序装载在仪器上,使用通道 6～15 装载样本。确保条形码标签排放正确,以便进行扫描,从 6～15 通道推进去开始测定运行。

6.2 装载不带条形码的样本

主菜单→点击工具栏 Routine-loading 或点击 loading 图标→打开 Loading 对话框→从 Rack identification 框中选择样本架→将样本装载到所选的样本架→在右侧 Sample identifier 列表框中选择放在试管架上的样本→至左侧样本架区域选择要装载样本的位置→点击 Take 确认,或点击 Autoload,系统自动依次将尚未装载的样本分配到选择好的架子上。将装好样本的样本架在 6～15 通道推进去开始测定。

6.3 装载儿童样本架

儿童样本架其形状会阻止正确读取条形码,所以必须忽略架子上除样本外的空余位置。识别了相应架上的所有样本后,点击 Ignore all empty positions 图标,系统忽略未装载的空白位置,架子不会被弹出。

7 运行测试

将插好样本的架子插入 6～15 号通道,仪器自动运行测试。

第一节　BNⅡ特定蛋白分析仪操作程序	文件编号：
	版本号：
	页码:第　页　共　页

8 结果编辑

8.1 查看样本结果

主菜单→点击工具栏 Results-Lab journal 或点击 Lab journal 图标→Lab journal 对话框打开,显示样本结果。

8.2 检验结果的传输

BNⅡ蛋白分析仪利用双向通讯功能与实验室管理系统(LIS)进行无缝连接,其检测结果将自动传输到 LIS。如需要重新传送某个或某些标本,可在实验室记录菜单下,选定您所要发送的结果后单击发送图标,选定的结果随即被发送到主机电脑。

8.3 结果审核与打印

工作人员通过输入密码进入 LIS,在标本审核界面,可以选择本地仪器 SIEMENS BNⅡ蛋白分析仪,然后按流水号顺序审核报告。主要内容包括检验收费项目是否与检测项目相符,结果有无异常及与临床的符合性。采集时间、接收时间、报告时间是否齐全,标本类型是否正确,确认无误后审核,批准打印结果。

8.4 结果备份

样本检验结果及质控数据的有两种方式备份:①仪器主机将所有检验结果备份到本地磁盘;②通过实验室信息管理系统数据库自动备份。

9 关机程序

9.1 退出 BNⅡ程序

主菜单→选择 File-Quit→Shift Change 对话框弹出→点击 Perform→建立新文件夹保存数据→关闭保存数据对话框→分析仪执行下列步骤:清洗液清洗试管→将所有在操作位置的样品架移回装载位置→分配探针回到各自的清洗单元→比色管被清洗并装满清洗液→所有架子道上发光二极管亮灯→所有的二极管灯灭→程序结束。

9.2 关机操作

9.2.1 关闭分析仪电源。

9.2.2 关闭打印机电源。

9.2.3 关闭电脑和监控器电源。

9.2.4 倒空废液瓶,并加入有效氯至 2 000mg/L,确保废液消毒 60min 以上。

10 质量记录

ZSPH-JYZX-SH-TAB-041《BNⅡ特定蛋白分析仪维护使用记录表》。

编写:温冬梅　　　　审核:张秀明　　　　批准:张秀明

	文件编号：
第二节　校准程序	版本号：
	页码:第　页　共　页

1 目的

规范 SIEMENS BNⅡ特定蛋白分析仪的校准操作程序,以保证检验结果的准确性。

2 范围

特定蛋白类检测项目。

3 责任

日常操作人员负责 BNⅡ特定蛋白分析仪所有测定项目的校准工作,免疫科质量监督员对所有特定蛋白项目的校准实施情况进行监督。

4 相关程序

4.1 仪器校准的条件

4.1.1 仪器经过大型保养或更换重要部件。

4.1.2 挪动仪器的安装地点。

4.1.3 室内质控失控无法纠正时。

4.1.4 更换试剂批号(试剂批号通过仪器自动扫描生成,可保存 3 个试剂批号)。

4.2 校准品的准备

采用仪器配套的校准品,校准品按说明书的要求进行保存和复溶。

4.3 校准参数设置

记录批次数据校准液放置在仪器上时,信息对话框中看到一条黄色的状态信息。取出校准液包装盒内的条形码单,无需打开任何对话框,缓慢移动条形码阅读器,均衡地扫过条形码,将其扫描进 BNⅡ系统中。

4.4 运行定标

a)方法 1:主菜单→点击工具栏 Calibration-Reference curve→对话框打开。

b)方法 2:主菜单→点击 Reference curves 快捷图标→对话框打开。

c)方法 3:主菜单→点击 Validation 显示区→Reference Curve 对话框打开。

点击目标试验→在 Reagent lots 菜单中,选中放进分析仪的那一批号→点击 Measure 按钮,测定校准曲线。将定标液放置编号 10 开始的质控/定标架上,且条码朝架子缺口处。插入 6～15 通道,仪器自动运行定标。

4.5 查看定标结果

4.5.1 显示校准曲线:选中 Calibration-Reference Curves→点击目标试验→在 Reagentlots 菜单中找到批号→点击 Show Curves 按钮→Show Curves 对话框打开。所有校准曲线点的平均偏差＞5％,在日志中会出现一个错误信息。如果发生偏差＞5％的情况,参考曲线应该重新进行测定。

4.5.2 重测校准曲线:评估后决定重新进行测定,在 Show Curves 对话框中点击 Repeat 图标,重测校准曲线。

4.5.3 接受校准曲线:尽管其偏差过高,评估后决定接受,在 Show Curves 对话框中点击

第二节 校准程序	文件编号：
	版本号：
	页码：第 页 共 页

Accept 图标接受曲线。

4.5.4 打印校准曲线：在 Show Curves 对话框中点击工具栏中的打印机图标，打印曲线。

4.5.5 删除校准曲线：在 Show Curves 对话框中点击工具栏中的 Delete Curve 图标，删除曲线。

4.6 校准的有效性检查：通过重作室内质控来判断和分析校准结果是否有效。如果室内质控结果在控(要求在 2SD 内)，说明校准成功。否则，必须分析原因。

4.7 校准失败的处理

首先分析、确认并记录校准失败原因，按下列步骤排除异常情况后，再校准。

a)检查试剂：试剂状态(颜色、沉淀物等)、批号、有效期、保存条件等。

b)校准品：复溶状态、保存时间、保存条件及其有效期等。

c)仪器原因：稀释杯是否干净、比色杯空白值是否合格、管道是否长时间没有做消毒、保养情况，必要时联系厂家进行仪器的维修保养。

5 质量记录

ZSPH-JYZX-MY-TAB-042《免疫科校准记录表》。

编写：温冬梅　　　　审核：张秀明　　　　批准：张秀明

第三节　质控程序	文件编号：
	版本号：
	页码:第　页　共　页

1 目的

规范 SIEMENS BNⅡ 特定蛋白分析仪的质控操作程序,以保证检验结果的准确性。

2 范围

所有特定蛋白类检测项目。

3 责任

日常操作人员负责 SIEMENS BNⅡ 特定蛋白分析仪所有测定项目的室内质量控制工作,并对失控原因进行分析和处理,免疫科质量监督员对质量控制的实施情况进行监督。

4 相关程序

4.1 质控品的准备

每天将 2～8℃冰箱保存的 SIMENS 原装配套特定蛋白质控品置于室温约 15min,轻轻颠倒混匀数次,使质控品完全溶解备用。

4.2 质控品分析的个数、浓度水平及频率

每批使用 1～2 个浓度水平的质控品,24h 进行 1～2 批的质控品检测,一般在检测标本前检测,在质控在控的情况下进行常规标本的检测。

4.3 质控操作程序

4.3.1 质控测定:主菜单→点击工具栏 Routine-Request controls→选中相应质控品及试验→点击 Measure 按钮。将质控液放置编号 10 开始的质控架上,从 6～15 通道推入,仪器自动运行质控测试。

4.3.2 查看质控结果

a)查看当天质控结果:主菜单→点击工具栏 Result-Control journal→显示当天质控结果。

b)查看质控结果统计:主菜单→点击工具栏 QC-Control statistics→选中测试项目和质控品的类型,质控结果的记录将会在图表的表格中显示。

4.4 质控结果的判断规则

采用 $1_{2s}/1_{3s}/2_{2s}/R_{4s}/4_{1s}/10\bar{x}$ 多规则质控。

4.5 打印原始质控数据并存档。

4.6 失控后的处理措施

失控后分析失控原因。先应检查试剂状态是否良好,包括外观颜色、有无沉淀、配制过程是否正确、当天是否更换不同批号试剂等。确认失控与试剂无关后,再考虑质控物方面原因。如果试剂和质控物都没有问题,可以考虑用校准品重新校准蛋白分析仪,再重做该项目的室内质控,一般都会在控。若经上述处理后仍失控,则应请厂家技术人员协助处理。

5 质量记录

ZSPH-JYZX-MY-TAB-021《免疫科室内质控失控记录表》。

編写:黄福达　　　　审核:温冬梅　　　　批准:张秀明

文件编号:	
版本号:	
页码:第　页　共　页	

第四节　维护保养程序

1 目的

建立标准规范的西门子 BNⅡ特定蛋白分析仪维护保养程序,以保证仪器的正常工作及检测结果的准确性和稳定性。

2 范围

适用于经授权的检验专业技术人员操作使用。

3 责任

由经过培训合格后,并经授权的检验专业技术人员操作,由科主任负责技术指导和质量监督。

4 每日保养

4.1 工作前检查

4.1.1 检查系统液容器中的液体量是否足够。

4.1.2 确保分析仪前盖关闭。

4.1.3 检查稀释架是否已插入,稀释孔是否足够。

4.1.4 检查管道有无扭曲、污物、渗漏及气泡。

4.1.5 按照系统准备中的描述完成所有准备。

4.2 关机程序

4.2.1 退出 BNⅡ程序。主菜单→选择 File-Quit→Shift Change 对话框弹出→点击 Perform→建立新文件夹保存数据→关闭数据框→分析仪执行下列步骤:清洗液清洗试管→将所有在操作位置的样品架移回装载位置→分配探针回到各自的清洗单元→比色管被清洗并装满清洗液→所有架子道上发光二极管亮灯→所有的二极管灯灭→程序结束。

4.2.2 关闭分析仪电源。

4.2.3 关闭电脑和监控器电源。

4.2.4 倒空废液瓶,并加入有效氯至 2000mg/L,确保废液消毒 60min 以上。

5 每周保养

5.1 用 70％乙醇浸泡的无麻棉布清洁消毒系统的外表面、转盘盖、稀释单位和架子通道。

5.2 检查注射器和阀门有无渗漏、结晶。

主菜单→点击工具栏 System-User service-Syringe→选择要冲洗的注射器、洗涤液→冲洗注射器。

5.3 检查试剂和样本探针有无损坏和阻塞(如探针弯曲或扭转,或分配器喷出液散开)

主菜单→点击工具栏 System-User service-Clean dispensing probe→点击 OK→对话框弹出→Clean Now→分配探针会移动到一个可以进行清洁的位置→清洁试剂针和样本针→点击 Cleaning done→试剂传送臂会一个接一个地(大约间隔 20s)移动到分配探针在 15 号通道起始处的调节点位置→检查分配探针是否正好位于 15 号通道起始处的凹口上方→检查喷

第四节　维护保养程序	文件编号：
	版本号：
	页码:第　页　共　页

出的液体,喷出的液体必须垂直落入冲洗站中,呈清澈的圆柱形,不能散开,不能有液滴溅出。

6 每月保养

6.1消毒管道系统

在一个单独的容器内准备消毒液,1L 约 40℃的热水内加入 10g Neodisher GK。消毒管道需要 1L,消毒废物容器需要 2L。

主菜单→点击工具栏 System-User service 选择 Decontamination→打开消毒对话框→点击 OK→打开对话框→在 Include waste container 选择框选择是否要消毒废物容器,在 Time to take effect 框决定消毒液体需要浸泡时间→按 Start 键开始进行消毒→打开下一个对话框→把冲洗液的吸嘴放到盛有 1 L 消毒液的容器内,点击 Continue→在消毒过程中,可以在对话框底部的文本框内查看分析仪当前执行的步骤→管道系统消毒完成→将水平传感器从消毒液中取→用蒸馏水漂洗传感器,并放回冲洗液容器内点击 Quit 退出键确认,然后更换反应杯和冲洗液过滤器。

6.2更换反应杯

建议必要时随时更换反应杯,但至少应该每月更换一次。主菜单→点击工具栏 System-User service 选择 Cuvette→在弹出的对话框中点击 Replace cuvette→弹出 Change rotor cuvettes 对话框→打开前面的树脂玻璃盖,打开转盘盖,更换反应杯→更换完毕后点击 Change rotor cuvettes 信息对话框内的 Confirm 键确认→按分析仪提示把反应杯冲洗单元放回到指定位置上→盖上转盘盖→盖上前部的树脂玻璃盖。

在执行以下工作前,按 File-Quit 即文件-退出,关闭分析仪。

a)用潮湿的无麻棉布清洁灌冲系统液体传感器,或将其取出,放到一个装有水的容器内,等结晶溶解后擦干,接回到系统液体瓶上。

b)清洁冲洗液的容器。

c)更换冲洗液过滤器。

d)用浸过 70％乙醇的无麻抹布清洁条形码扫描仪。

e)消毒终端设备、条形码阅读器。

7 质量记录

ZSPH-JYZX-SH-TAB-041《BNⅡ特定蛋白分析仪使用维护表格》。

编写:温冬梅　　　　审核:张秀明　　　　批准:张秀明

第五节　分析性能验证程序	文件编号：
	版本号：
	页码:第　页　共　页

1 目的

建立 SIEMENS BNⅡ特定蛋白分析仪检测系统的分析性能验证程序。

2 范围

适用于 SIEMENS BNⅡ特定蛋白分析仪检测系统。

3 责任

由经过培训合格后,并经授权的专业检验技术人员测定并统计结果,由科主任负责技术指导和质量监督。

4 程序

4.1 精密度实验

4.1.1 参照 EP15-A 文件《用户对精密度和准确度性能的核实试验-批准指南》进行 SIE-MENS BNⅡ特定蛋白分析仪精密度性能评价。

4.1.2 样本准备:采用质控物(不同于当前用于常规质控程序物质)和已分析过的病人标本作为精密度实验样本。使用 2 个浓度水平,尽可能选择接近"医学决定水平"的浓度或与厂商性能相近的浓度。

4.1.3 熟悉阶段:为避免在实际的仪器性能评价过程中出现问题,操作者先熟练掌握仪器的操作程序、保养程序、样本准备、校准及检测程序等,包括对评价方案的熟悉。该阶段对于精密度的评价至关重要。在这个阶段不需要收集数据,直到操作者能正确操作仪器即可结束。

4.1.4 正式实验阶段:实验方案根据厂家声明的精密度(σ_{within} 和 σ_{total})比例关系可分为 3 种情况。

a)如果 $\sigma_{within} < 2/3\sigma_{total}$:每天分析 1 个批次,2 个浓度,每个浓度重复测定 4 次,连续 5d。

b)如果 $\sigma_{within} > 2/3\sigma_{total}$:每天分析 1 个批次,2 个浓度,每个浓度重复测定 3 次,连续 3d。

c)如果 σ_{within} 与 σ_{total} 相对关系未知:每天分析 1 个批次,2 个浓度,每个浓度重复测定 4 次,连续 5d。

每天应进行常规质控程序。如果某一批因为质控或操作困难而被拒绝,需在找到并纠正原因后重新进行一批实验。一般不在实验中进行校准,除非厂家说明它的精密度数据来自各个校准时间段。分别记录不同浓度的实验数据。

4.1.5 实验数据统计学处理

a)批内不精密度计算:利用下面公式进行批内不精密度计算。

$$S_{within} = \sqrt{\frac{\sum\limits_{d=1}^{D}\sum\limits_{i=1}^{n}(X_{di}-\overline{X_d})^2}{D(n-1)}}$$

其中

$\sum$:表示代数和

	文件编号：
第五节　分析性能验证程序	版本号：
	页码：第　页　共　页

D：总天数（3 或 5）

n：每批重复测定次数（3 或 4）

X_{di}：每天每次的结果

$\overline{X_d}$：一天中所有结果的均值

注意：应严格按照实验步骤收集足够数据，否则该公式得出结果是不可靠的。

b）总不精密度计算：按照下面公式先计算变量 B。

$$B = \frac{\sum\limits_{d=1}^{D}(\overline{X_d} - \overline{\overline{X}})^2}{D-1}$$

其中

$\overline{X_d}$：某天所有结果的均值

$\overline{\overline{X}}$：所有结果的均值

利用公式计算 s_{total}：

$$s_{total} = \sqrt{\frac{n-1}{n} \times s_{within}^2 + B}$$

其中

n：每批重复的测定次数（3 或 4）

（1）估计的批内精密度与声明的批内精密度比较：通过估计的批内精密度与厂家所声明的精密度的比较，验证厂家所声明的批内精密度。如果厂家声明批内精密度用变异系数（CV）表示，按下列公式转换为分析物所有检测结果的均值的标准差：

$$\sigma_{within} = CV_{within} \times \overline{\overline{X}}$$

其中

CV_{within}：厂家声明的批内 CV

如果估计的批内标准差小于厂家声明，则核实批内精密度与厂家声明一致。

如果批内标准差大于厂家声明的批内标准差，有可能这种差异无统计学意义，可利用下面 4 步来进行差异显著性检验：

①计算批内精密度的自由度 V，一个实验持续 D 天，每批重复 n 次，V＝D·$(n-1)$。对于推荐持续 3d 和 5d 的实验：V＝6 或 15。

②确定自由度为 V 时百分点为 $(1-\alpha/1)$ 的 χ^2 分布值 C。其中 α 为错误拒绝率（通常为 5％），1 是测试水平个数。对于水平个数为 2、3、4 的实验，与 C 对应的百分比分别为 97.5％、98.3％ 和 98.8％。C 值可以从统计书上获得，或从计算机表格程序中获得。对于推荐的 3d 和 5d 实验方案，使用 2 个水平，C 值分别为 14.45 和 27.49。

③计算验证值：$\dfrac{\sigma_{within} \times \sqrt{C}}{\sqrt{v}}$。

④如果 s_{within} 小于验证值，厂家声明的批内精密度通过验证。如果声明的批内精密度未

第五节　分析性能验证程序

被验证，应联系厂家寻求帮助。

（2）估计的总精密度与厂家声明的总精密度的比较：如果厂家声明的总精密度以 CV 表示，转换为分析物所有检测结果均值的标准差：

$$\sigma_{total} = CV_{total} \times \overline{\overline{X}}$$

其中

CV_{total}：厂家声明的总 CV 值。

如果估计的总标准差小于厂家声明的总标准差，则核实总的精密度与厂家声明一致。

如果总的标准差大于厂家声明，有可能这种差异无统计学意义，可利用下面 4 步来进行差异学显著性检验：

①计算总精密度的自由度 T，一个实验持续 D 天，每批重复 n 次，$T = \dfrac{[(n-1)s^2_{within} + (nB)]^2}{(\dfrac{n-1}{D})s^4_{within} + (\dfrac{n^2 B^2}{D-1})}$。

②确定自由度为 V 时百分点为 $(1-\alpha/1)$ 的 χ^2 分布值 C。其中 α 为错误拒绝率（通常为 5％），1 是测试水平个数。对于水平个数为 2、3、4 的实验，与 C 对应的百分比分别为 97.5％、98.3％和 98.8％。C 值可从统计书上获得，或从计算机表格程序中获得。对于推荐的 3d 和 5d 协议，使用 2 个水平，C 值分别为 14.45 和 27.49。

③计算验证值：$\dfrac{\sigma_{total}}{\sqrt{T}}\sqrt{C}$。

④如果 s_{total} 小于验证值，厂家声明的总精密度通过用户核实。如果 s_{total} 超过验证值，厂家声明的总精密度未通过用户核实，应联系厂家寻求帮助。

4.2 准确度试验

4.2.1 统计分析室间质评结果：对参加卫生部室间质评的 5 个不同批号的样本测定结果进行分析，以卫生部临床检验中心组织的室间质量评价的靶值为真值，本仪器的相对偏倚按下列公式计算：相对偏倚＝（测定值－靶值）/靶值×100％，统计每个项目 5 个样本的平均相对偏倚，平均相对偏倚≤1/2CLIA′88 TEa（允许总误差）作为分析检测系统的准确度的可接受标准。

4.2.2 对校准品进行测定：用配套校准品校准检测系统后，对同一批号或不同批号的校准品进行检测，检测结果与校准品的标示值进行比对，标示值作为靶值，计算相对偏倚，相对偏倚≤1/2CLIA′88 TEa（允许总误差）作为分析检测系统的准确度的可接受标准。

4.2.3 实验室比对（方法学比对）：对未参加卫生部室间质评的项目，通过与上级医院进行室间比对试验，确保检验结果的准确性。

a）参照美国国家临床实验室标准化协会（CLSI）于 2002 年颁布的 EP9-A2 文件，即《用患者样本进行方法学比对及偏倚评估-批准指南》对检测系统正确度性能进行评价。步骤如下：

（1）样本准备：在整个实验中，保持实验方法和比较方法都处于完善的质量控制之下，始终对实验结果有校准措施。实验时间 5d，按照操作规程收集和处理的新鲜患者标本，样本数

<table>
<tr><td rowspan="3">**第五节 分析性能验证程序**</td><td>文件编号：</td></tr>
<tr><td>版本号：</td></tr>
<tr><td>页码：第 页 共 页</td></tr>
</table>

量应在 40 个以上。且每个样本必须有足够量以备两种方法做双份测定。做 40 份病人标本，尽可能使 50% 的实验标本分析物的含量不在参考区间内，标本分析物浓度范围覆盖面越宽越好，不要使用对任一方法有干扰的标本。

（2）比较方法的选择：实验室当前使用的方法、厂家声明的方法和公认的参考方法都可作为比较方法。比较方法相对于实验方法应具有以下特点：具有比实验方法更好的精密度；不受已知干扰物质的干扰；使用与实验方法相同的单位，其结果具有溯源性。另外，比较方法的分析测量范围至少与实验方法相同，才可用于比较。

（3）仪器熟悉阶段：操作者应熟练掌握仪器的操作程序、保养程序、样本准备方法、校准及检测程序等。

（4）正式实验阶段：使用两种方法每天测定 8 个样本，每个样本重复测定 2 次，共测定 5 天。在样本的重复测定中，指定第一次测定顺序，按反向顺序检测第二次，其浓度应尽可能随机排列。在 2h 内测定完毕，以确保分析物的稳定。

（5）分析实验数据：分析实验数据，对实验数据的离群点进行检查，根据相关系数分析实验标本内分析物含量分布是否适当，进行线性回归统计，在各个临床决定水平浓度 Xc 处，了解 Y 方法引入后相对于 X 方法的系误差（SE），若 SE＜1/2CLA′88，则表示未参加卫生部室间质评检测系统与比较方法实验室可比。在两个检测系统可比的情况下，统计两个系统的 40 个检测值的平均相对偏倚，平均相对偏倚≤1/2CLIA′88 TEa（允许总误差）作为分析检测系统的准确度的可接受标准。

b）参照 EP15-A 文件，即《用户对精密度和准确度性能的核实试验-批准指南》进行 BNⅡ 特定蛋白检测系统准确度性能评价。该方案提供了两种程序来核实准确度：

（1）两种方法间病人标本结果的比较

①实验设计。收集 20 份病人标本，其浓度应分布整个线性范围，不要使用超出线性范围的标本。有些浓度不易得到，可将同一病种标本混合（不超过 2 份），应储存收集的标本直至有足够的标本量。用实验方法和比对方法分别检测这 20 份标本。可在同一天测定完 20 个标本；也可持续 3~4d，每天测定 5~7 个标本。后者得到的结论较前者可靠。每种分析方法都应在 4h 内完成，如果是储存的标本应在复融后 1~2h 测完。每种方法都应有质控程序保障。任何一批因为质控或操作困难而被拒绝，应在问题纠正后重测该批标本。

②实验数据处理与分析。计算每个标本两种方法间结果的差异：

偏倚（b_i）＝试验方法结果$_i$－比较方法结果$_i$

偏倚的百分比（%b_i）＝100·（试验方法结果$_i$－比较方法结果$_i$）/比较方法结果$_i$

画出每个标本两种方法结果的偏倚或百分比偏倚图：

水平轴代表比较方法，垂直轴代表偏倚或百分比偏倚。检查偏倚图，看两种方法间在检测的浓度范围内标本结果差异是否相对一致，如果一致则可用下面的平均偏倚去厂家声明比较；如果偏倚或百分比偏倚在检测的浓度范围内没有一致性，数据应被分割成几部分，每部分独立计算平均偏倚；如果偏倚对浓度表现出一个渐进性的改变关系，不能计算平均偏倚。这

第五节　分析性能验证程序

种情况下，需更多的数据去确认方法的准确性。

计算两种方法间的平均偏倚：

$$\bar{b} = \frac{\sum_{i=1}^{I} b_i}{n} \qquad \overline{\%b} = \frac{\sum_{i=1}^{I} \%b_i}{n}$$

计算偏倚或百分比偏倚的标准差：

$$s_{\bar{b}} = \sqrt{\frac{\sum_{i=1}^{I}(b_i - \bar{b})^2}{n-1}} \qquad s_{\overline{\%b}} = \sqrt{\frac{\sum_{i=1}^{I}(\%b_i - \overline{\%b})^2}{n-1}}$$

估计的偏倚与厂家声明的偏倚比较：

如果偏倚或百分比偏倚小于厂家声明的偏倚或百分比偏倚，则已核实了偏倚与厂家偏倚一致。如果偏倚或百分比偏倚大于厂家声明的偏倚或百分比偏倚，有可能这种差异无统计学意义，可利用下面步骤进行差异的统计学检验：

假设一个错误拒绝率为 α，通常选 $\alpha = 1\%$ 或 $\alpha = 5\%$；确定 $t_{x, n-1}$ 的值，n 代表病人标本的数量；计算偏倚验证值：

$\dfrac{t \cdot s_{\bar{b}}}{\sqrt{n}} + \beta$，其中 β 是厂家声明的偏倚值。如果估计的偏倚 $\bar{b}$ 小于验证值，就核实偏倚与厂家声明偏倚一致。

如果使用百分比偏倚，计算百分比偏倚验证值：

$\dfrac{t \cdot s_{\overline{\%b}}}{\sqrt{n}} + \beta$，其中 β 是厂家声明的百分比偏倚值。如果估计的百分比偏倚 $\overline{\%b}$ 小于验证值，就核实百分比偏倚与厂家声明百分比偏倚一致。

（2）定值参考物质检测：正确度的评价除上述常用的比对实验外，还可通过检测定值的参考物质计算其回收率或者偏差来验证。

①定值参考物来源。新鲜冰冻人血清或其他一些未掺入成分的物质，已用参考方法或决定性方法定值，可从美国国家标准局（NIST）和 CAP 获得；从能力比对试验中获得的参考物；厂家提供的正确度确认物或质控物；实验室室间质评物；由第三方提供的已用一些不同方法定值的物质。

②参考物进行正确度核实的程序。选择适合该方法最易获得的材料。最少要求测定 2 个水平，选择的水平应能代表该方法的最低和最高测量范围。用户注意选择的水平值可能代表了该方法好的精密度水平值。使用前应充分混匀分析物，用实验方法重复测定 2 次，当然测定一次也是可以接受。将结果与设定要求进行比较，如与能力比，对实验组织者的接受标准或医学允许总误差比。

4.3 分析测量范围性能评价（analytical measurement range，AMR）

分析测量范围即定量检测项目的线性检测范围，AMR 指患者样本未经任何处理（稀释、

第五节 分析性能验证程序

浓缩或其他预处理），由检测系统直接测量得到的可靠检测范围，参照 CLSI EP6-A 指南文件进行 BNⅡ特定蛋白检测系统分析测量范围性能评价性能评价。EP 6-A 指南采用多项式回归作为分析线性的评价方法。

4.3.1 实验要求：样本要有足够量，所用样本没有使实验无效的干扰，全部实验数据尽可能在较短的时间内收集；5 个浓度是可靠确定线性范围和进行多项回归最小数，推荐用高值和低值浓度的样本按比例精确配成等间距的不同浓度样本，一般情况下，用厂家推荐的稀释液对病人样本进行稀释。盐水由于基质效应可能会影响到检测结果，此时稀释液尽量用最小量；评价分析测量范围时，要包括下列重要浓度：最小分析浓度或分析测量范围的下限；不同的医学决定水平值；最大分析浓度或分析测量范围的上限。

4.3.2 实验步骤：在临床实验室内收集高值和低限值的病人样本血清，按 1L、0.8L＋0.2H、0.6L＋0.4H、0.4L＋0.6H、0.2L＋0.8H、1H 等不同稀释浓度形成系列浓度血清，对系列血清在检测系统上检测，每个样本按随机方式重复测定两次，在一个分析批内完成。

4.3.3 实验数据处理

a) 初步的数据检查：检查数据有无显著差异，如果确定为分析或技术性问题，纠正后整批数据重做，被发现并得到纠正，则重复整个实验过程。目视每组数据内有无离群值。目视检查就可以判断它是 1 个离群值。1 个离群值可以从数据中删除。如果发现 2 个或以上不可解释的离群值，就应怀疑检测系统的性能。查找问题原因，必要时请求生产厂家协助。观察每个浓度水平的各响应量间的差异。若为线性，各组的斜率大致相等，斜率上的增加或降低是非线性的指示。

b) 确定线性范围：对实验数据进行二元一次、二元二次、二元三次的回归统计。

(1) 多项回归：评价线性时至少需要 5 个不同浓度的样本，每个浓度至少为双份测定，必须知道分析物浓度或对应数据间的关系。下一步进行二元一次、二次和三次多项式回归分析，应用软件方便处理。各个回归式见表 8-5-1。

表 8-5-1 多项式回归方程式

次级	多项式	回归 df(Rdf)
1	$Y = b_0 + b_1 x$	2
2	$Y = b_0 + b_1 x + b_2 x^2$	3
3	$Y = b_0 + b_1 x + b_2 x^2 + b_3 x^3$	4

(2) 一次模式为直线：这是最佳配合线，不论分析方法是否为线性。二次模式描述了曲线响应的关系，在响应上是上升的或下降。三次模式适合响应量环绕水平变化，非线性常出现于检测范围的尾部。回归系数用 b_i 表示，在二项式中，b_2 是非线性系数；在三次式中，b_2 和 b_3 是非线性系数。计算每个非线性系数的斜率求标准差 SE_i，然后进行 t 检验，以检验非线性系数是否在统计学上是显著的，即系数和 0 是否有显著差异。前 2 个系数 b_0 和 b_1 不用分

第五节 分析性能验证程序	文件编号：
	版本号：
	页码:第 页 共 页

析,因为它们不反映非线性。对 b_2 和 b_3 的检验为: $t = \dfrac{bi}{SEi}$ 。自由度为 $df = L.R - Rdf$: L 是线性实验的样品或浓度组数; R 是每个样品重复的次数, Rdf 是回归分析占用的自由度。计算出 df 值,查 t 值表的 t 值(双侧, $a = 0.05$),如果没有一个非线性系数, b_2 或 b_3 ($P > 0.05$),说明数据是显著的,分析是完全的。如果任何非线性系数, b_2 或 b_3 和 b_3 中均显著($P < 0.05$),说明数据组属于非线性模式。

c)非线性程度的判断。

d)实验随机误差对判断的影响:线性评估应考虑随机误差的影响,重复测量两次时,可以用以下公式计算双份检测值的差值(重复测量误差):

$$S_r = \sqrt{\frac{\sum\limits_{i=1}^{L} (r_{i1} - r_{i2})^2}{2 \times L}}$$

r_{i1} 和 r_{i2} 分别为重复结果的 2 个值。如果用到百分比值,则用 CV_r 代替 S_r 。 L 为样本数,重复测量次数为 2。

e)简要步骤:先假定实验室设定的分析项目的重复性和线性的允许误差范围。根据公式计算重复测量误差,若重复测量误差小于设定的误差目标,不精密度符合要求。再对实验数据进行多项式回归分析处理,查 t 界值表,判断 b_2 、 b_3 的显著性,分析实验结果是否呈线性。

4.4 生物参考区间验证实验

参照 NCCLS《临床实验室如何确定生物参考区间——批准指南》(CLSI C-28A2)文件进行生物参考区间验证实验。选择 20 份体检合格的健康人标本,在检测系统上进行测定,检测结果进行 1/3 检验,对结果进行统计并与仪器说明书提供的参考区间进行比较,若有 20 份标本检测结果均在仪器说明书提供的参考区间内或仅有 2 个标本超出,则验证通过。否则,应进行参考区间确立实验。

5 参考文献

[1] 杨有业,张秀明.临床检验方法学评价.2 版.北京:人民卫生出版社,2008.

编写:温冬梅   审核:张秀明   批准:张秀明

下 篇

免疫学检验项目操作程序

第九章

免疫比浊分析项目操作程序

Chapter 9

第一节　血清 IgG、IgA、IgM 测定	文件编号：
	版本号：
	页码:第　页 共　页

1 原理

免疫球蛋白是由浆细胞分泌的,是免疫系统与抗原接触后的体液免疫反应物。采用免疫散射比浊法检测,检测原理为人体液标本中的蛋白与特异性的抗体形成免疫复合物。这些免疫复合物会使穿过标本的光束发生散射。散射光的强度与标本中 IgA/G/M 的浓度成正比。与已知的标准浓度对比即可得出结果。计算公式如下:

$$IgA/G/M 浓度(g/L)＝A_{样品}/A_{标准}×标准液浓度$$

2 标本采集

2.1 采血方法

空腹不抗凝静脉血、肝素或 EDTA 抗凝血浆 2～3ml、脑脊液。新鲜的尿液也适用于 IgG 测定,如要分析对应的血清和脑脊液样品,则应同时抽取。

2.2 标本处理

以 2500～3000r/min 离心 6～10min,分离血清上机测定。若标本不能及时检测,将分离的血清冷藏于 2～8℃的冰箱内保存。

2.3 标本保存

使用新鲜或冰冻的血清样本或脑脊液,2～8℃保存不超过 8d,－20℃条件下保存不超过 3 个月。

2.4 注意事项

血清标本必须彻底凝固,并在离心沉淀后绝不能含有任何颗粒或残存的纤维蛋白。脂血样本或冷冻样本如果在融化后已变得浑浊不清,则必须在测试前通过离心沉淀加以澄清(在约15 000g 下 10min)。随机和定时采集的尿是测试尿中 IgG 的合适标本。禁止使用经冷冻储存的尿和脑脊液样品。尿液和脑脊液样本在测试前必须经过离心沉淀。

3 试剂

3.1 试剂

采用 SIEMENS 原装配套试剂。

3.1.1 试剂组成:N 抗血清为液体动物血清,是用高纯度人免疫球蛋白(IgG、IgA 或 IgM)免疫兔子而制成的。抗体滴度（T）由放射免疫扩散法测定并印在瓶身标签上。滴度表明 1ml 对应抗血清在琼脂糖凝胶中沉淀的抗原的量(以 mg 为单位)。叠氮钠＜1g/L。

3.1.2 试剂准备:直接使用。

3.1.3 试剂保存:原包装试剂 2～8℃储存可保存至标签上失效期。开封后 2～8℃储存,可储存 4 周。不得冰冻。在储存期间,N 抗血清可能会出现沉淀或浑浊,这不是由微生物污染引起的,也不影响其活性。在这种情况下,抗血清应经过滤后再使用。建议使用孔径为 $0.45\mu m$ 的一次性过滤器。上机稳定性至少 3d(按每天 8h 计算)。

3.2 控制品

SIEMENS 原装配套质控液。

第一节　血清 IgG、IgA、IgM 测定

3.3 校准品

SIEMENS 原装配套定标液。

4 仪器和校准

4.1 仪器

SIEMENS BNⅡ特定蛋白分析仪。

4.2 校准

4.2.1 校准品准备和贮存：定标液从冰箱取出，达到室温后均可直接使用。

4.2.2 校准条件：在室内质控失控、更换新批号试剂、更换仪器主要配件或进行大保养后均需校准。

4.2.3 校准程序：将达到室温后的定标液置于编号 10 开始的专用质控/定标架上，且条码朝缺口处。在 Reagent lots 菜单中，选择定标液批号→点击 Measure 按钮，将装有定标液的架子从 6～15 任一通道推入，仪器自动运行定标。显示校准曲线：选中 Calibration-Reference Curves→点击目标试验→在 Reagent lots 菜单中找到相应批号→点击 Show Curves 按钮→Show Curves 对话框打开。

5 操作步骤

5.1 检测流程

签收标本→离心→上机检测→审核报告→签发报告→标本保存。

5.2 标本签收

严格按标本接收程序签收标本。

5.3 标本检测

5.3.1 手工编排测试项目：适用于无双向条形码标本或标本复查，主菜单→点击工具栏 Routine-loading 或点击 loading 图标→打开 Loading 对话框→从 Rack identification 框中选择样本架→将样本装载到所选的样本架→在右侧 Sample identifier 列表框中选择放在试管架上的样本→左侧样本架区域选择要装载样本的位置→点击 Take 确认，或点击 Autoload，系统自动依次将尚未装载的样本分配到选择好的架子上。将装好样本的样本架从6～15 号任一通道推入。

5.3.2 双向条形码标本分离血清后直接运行仪器。

5.3.3 运行：确认样本置于样本架上，且条码朝样本架缺口处。将装好样本的样本架从 6～15 号任一通道推入。

5.4 检验后标本保存：标本检验完后保存于标本冰库内，按日期放好，保存期为 7d。

6 质量控制

6.1 质控品准备和贮存

质控品为液体，可以直接使用。原包装质控品 2～8℃可保存到瓶身有效期，不得冷冻。开启后 2～8℃可保存 14d。

文件编号：

版本号：

页码：第　页　共　页

第一节　血清 IgG、IgA、IgM 测定

6.2 质控品水平和分析批长度

每 24h 至少进行 1 批，每批 1 个浓度水平。

6.3 质控操作程序

将达到室温后的质控品置于编号 10 开始的专用质控/定标架上，且条码朝缺口处。主菜单→点击工具栏 Routine-Request controls→选中相应质控项目→点击 Measure 按钮。将架子插入 6～15 号通道，开始测量质控。查看当天质控结果：主菜单→点击工具栏 Result-Control journal→显示当天质控结果。

7 操作性能

本法线性范围为 IgA 血清 0.25～8.0g/L；脑脊液 1.25～41.5mg/L。IgG 血清 1.4～46g/L；脑脊液 3.6～115mg/L；尿液 3.6～58mg/L。IgM 血清 0.2～6.4g/L；脑脊液 0.13～4.2mg/L。不准确度允许范围<10%，不精密度 CV<6.67%。对于超过测定线性范围的结果，可选择新的稀释度重新测定。

8 生物参考区间

a)血清：IgA 0.7～4.0g/L；IgG 7～16g/L；IgM 0.4～2.3g/L。

b)脑脊液：IgA<5mg/L；IgG<34mg/L；IgM<1.3mg/L。

c)尿液：IgG<9.6mg/L。

9 临床意义

免疫球蛋白是由浆细胞分泌的，是免疫系统与抗原接触后的体液免疫反应物。首次接触后的初步反应是形成 IgM 类抗体，随后形成 IgG 和 IgA 抗体。定量测定免疫球蛋白能提供有关体液免疫状态的重要信息。血清免疫球蛋白浓度降低见于原发性免疫缺陷疾病，以及晚期恶性肿瘤、淋巴细胞白血病、多发性骨髓瘤和瓦尔登斯特伦病等继发性免疫缺陷疾病。血清免疫球蛋白浓度升高是由于多克隆或寡克隆免疫球蛋白增殖，如肝脏疾病（肝炎、肝硬化）、急性或慢性感染、自体免疫疾病，以及子宫内和围生期感染的新生儿脐带血中。单克隆免疫球蛋白增殖发生在浆细胞瘤、瓦尔登斯特伦病和重链疾病等情形下。对于单克隆免疫球蛋白血症，除了做定量测定外，还需要详细的鉴别诊断研究。中枢神经系统的局部免疫反应会导致脑脊液中免疫球蛋白水平升高，尤其是 IgG 的含量升高。患有非选择性肾小球蛋白尿患者的尿中 IgG 浓度升高。

10 参考文献

[1] 德国西门子医疗保健诊断有限公司免疫球蛋白 A/G/M（免疫散射比浊法）测定试剂说明书.

[2] 叶应妩,王毓三,申子瑜. 全国临床检验操作规程.3 版. 南京:东南大学出版社,2006.

[3] 张秀明,李健斋,魏明竟,等. 现代临床生化检验学. 北京:人民军医出版社,2001.

编写:王伟佳　　　　　审核:温冬梅　　　　　批准:张秀明

文件编号:
版本号:
页码:第 页 共 页

第二节 血清补体 C3 含量测定

1 原理

C3 是一种补体蛋白,参与补体激活的经典和替换途径。采用免疫散射比浊法检测,检测原理为标本中补体 C3 与抗血清试剂中的 C3 抗体形成抗原抗体免疫复合物,这些免疫复合物会使穿过标本的光束发生散射。散射光的强度与标本中 C3 的浓度成正比。与已知的标准浓度对比即可得出结果。计算公式如下:

$$C3 浓度(g/L)＝A_{样品}/A_{标准}×标准液浓度$$

2 标本采集

2.1 采血方法

空腹不抗凝静脉血、肝素或 EDTA 抗凝血浆 2～3ml。

2.2 标本处理

以 2500～3000r/min 离心 6～10min,分离血清上机测定。若标本不能及时检测,将分离的血清冷藏于 2～8℃的冰箱内保存。

2.3 标本保存

室温保存,及时送检。血清于 2～8℃储存不超过 1 周。

2.4 注意事项

推荐选用新鲜血清。采集标本后尽快检测。避免置于室温时间过久,在 2～8℃储存 8d,或在－20℃以下储存 3 个月,血清或肝素化血浆或 EDTA 血浆标本的 C3 浓度增幅可能高达17%。

3 试剂

3.1 试剂

采用 SIEMENS 原装配套试剂。

3.1.1 试剂组成:N 抗血清为液体动物血清,是用高纯度人补体因子 C3 免疫兔子而制成。抗体滴度(T)由放射免疫扩散法测定并印在瓶标签上。抗体滴度表明用 1ml 的抗血清在琼脂糖凝胶中沉淀的抗原的量(以 mg 为单位)。含<0.1% 的叠氮化钠。

3.1.2 试剂准备:直接使用。

3.1.3 试剂保存:原包装试剂 2～8℃储存可保存至标签上失效期。开封后 2～8℃储存,可储存 4 周。上机稳定性:对于 5ml 瓶,至少 5d(按每天 8h 计算);对于 2ml 瓶,则 3d(按每天 8h 计算)。

3.2 控制品

SIEMENS 原装配套质控液。

3.3 校准品

SIEMENS 原装配套定标液。

4 仪器和校准

4.1 仪器 SIEMENS BNⅡ特定蛋白分析仪。

<table>
<tr><td>文件编号：</td></tr>
<tr><td>版本号：</td></tr>
<tr><td>页码：第 页 共 页</td></tr>
</table>

第二节 血清补体C3含量测定

4.2 校准

4.2.1 校准品准备和贮存：定标液从冰箱取出，达到室温后均可直接使用。

4.2.2 校准条件：在室内质控失控、更换新批号试剂、更换仪器主要配件或进行大保养后均需校准。

4.2.3 校准程序：将达到室温后的定标液置于编号10开始的专用质控/定标架上，且条码朝缺口处。在Reagent lots菜单中，选择定标液批号→点击Measure按钮，将装有定标液的架子从6～15号任一通道推入，仪器自动运行C3定标。显示校准曲线：选中Calibration-Reference Curves→点击目标试验→在Reagent lots菜单中找到相应批号→点击Show Curves按钮→Show Curves对话框打开。

5 操作步骤

5.1 检测流程

签收标本→离心→上机检测→审核报告→签发报告→标本保存。

5.2 标本签收

严格按标本接收程序签收标本。

5.3 标本检测

5.3.1 手工编排测试项目：适用于无双向条形码标本或标本复查，主菜单→点击工具栏Routine-loading或点击loading图标→打开Loading对话框→从Rack identification框中选择样本架→将样本装载到所选的样本架→在右侧Sample identifier列表框中选择放在试管架上的样本→左侧样本架区域选择要装载样本的位置→点击Take确认，或点击Autoload，系统自动依次将尚未装载的样本分配到选择好的架子上。将装好样本的样本架从6～15号任一通道推入。

5.3.2 双向条形码标本分离血清后直接运行仪器。

5.3.3 运行：确认样本置于样本架上，且条码朝样本架缺口处。将装好样本的样本架从6～15号任一通道推入。

5.4 检验后标本保存：标本检验完后保存于标本冰库内，按日期放好，保存期为7d。

6 质量控制

6.1 质控品准备和贮存

质控品为液体，可以直接使用。原包装质控品2～8℃可保存到瓶身有效期，不得冷冻。开启后2～8℃可保存14d。

6.2 质控品水平和分析批长度

每24h至少进行1批，每批1个浓度水平。

6.3 质控操作程序

将达到室温后的质控品置于编号10开始的专用质控/定标架上，且条码朝缺口处。主菜单→点击工具栏Routine-Request controls→选中相应质控项目→点击Measure按钮。将架

第二节 血清补体 C3 含量测定

文件编号：

版本号：

页码：第 页 共 页

子插入 6～15 号通道，开始测量质控。查看当天质控结果：主菜单→点击工具栏 Result-Control journal→显示当天质控结果。

7 操作性能

本法线性范围为 0.12～4.1g/L，不准确度允许范围 $\bar{x}\pm1SD$，不精密度 CV<2/3SD。对于超过测定线性范围的结果，可选择新的稀释度重新测定。

8 生物参考区间

0.9～1.8g/L。

9 临床意义

C3 是一种补体蛋白，参与补体激活的经典和替换途径。它是补体 C5 转化酶（converase）的成分之一。C3 的激化分裂的产物具有很重要的生物功能，C3b 是一种在免疫系统中起作用的调理素，C3a 是一种过敏毒素和化学毒素。C3 水平的升高常见于急性发炎症状，其水平的降低常见于并发症有免疫系统因发热病菌引起的反复感染，多种肾小球肾炎（cariousglomerulonephritides）和先天免疫缺陷（congenital deficiencies）。

10 参考文献

［1］ 德国西门子医疗保健诊断有限公司 C3（免疫散射比浊法）测定试剂说明书.

［2］ 叶应妩，王毓三，申子瑜. 全国临床检验操作规程. 3 版. 南京：东南大学出版社，2006：605-606.

［3］ 张秀明，李健斋，魏明竟，等. 现代临床生化检验学. 北京：人民军医出版社，2001.

编写：黄燕华　　　　审核：温冬梅　　　　批准：张秀明

第三节　血清补体C4含量测定	文件编号：
	版本号：
	页码:第　页　共　页

1 原理

C4是一种补体蛋白,参与补体激活的经典和替换途径,是补体C3和C5转化酶(convertase)的成分之一。采用免疫散射比浊法检测,检测原理为标本中补体C4与抗血清试剂中的C4抗体形成抗原抗体免疫复合物,这些免疫复合物会使穿过标本的光束发生散射。散射光的强度与标本中C4的浓度成正比。与已知的标准浓度对比即可得出结果。计算公式如下:

$$C4\ 浓度(g/L)＝A_{样品}/A_{标准}×标准液浓度$$

2 标本采集

2.1 采血方法

空腹不抗凝静脉血2～3ml。

2.2 标本处理

以2500～3000r/min离心6～10min,分离血清上机测定。若标本不能及时检测,将分离的血清冷藏于2～8℃的冰箱内保存。

2.3 标本保存

室温保存,及时送检。血清于2～8℃下储存不超过1周,或在－20℃可保存2个月。

2.4 注意事项

推荐选用新鲜血清。采集标本后尽快检测,避免置于室温中时间过久,样本对热敏感。C4值随标本储存时间的延长而增大。

3 试剂

3.1 试剂

采用SIEMENS原装配套试剂。

3.1.1 试剂组成:N抗血清为液体动物血清,是用高纯度人补体因子C4免疫兔子而制成。抗体滴度(T)由放射免疫扩散法测定并印在瓶身标签上。抗体滴度表明用1ml的抗血清在琼脂糖凝胶中沉淀的抗原的量(以mg为单位)。含＜0.1%的叠氮化钠。

3.1.2 试剂准备:直接使用。

3.1.3 试剂保存:原包装试剂2～8℃储存稳定性为24个月。开封后2～8℃储存,可储存4周。上机稳定性:对于5ml瓶,至少5d(按每天8h计算);对于2ml瓶,则为3d(按每天8h计算)。

3.2 控制品

SIEMENS原装配套质控液。

3.3 校准品

SIEMENS原装配套定标液。

4 仪器和校准

4.1 仪器

SIEMENS BNⅡ特定蛋白分析仪。

第三节　血清补体C4含量测定

4.2 校准

4.2.1 校准品准备和贮存：定标液从冰箱取出，达到室温后均可直接使用。

4.2.2 校准条件：在室内质控失控、更换新批号试剂、更换仪器主要配件或进行大保养后均需校准。

4.2.3 校准程序：将达到室温后的定标液置于编号10开始的专用质控/定标架上，且条码朝缺口处。在 Reagent lots 菜单中，选择定标液批号→点击 Measure 按钮，将装有定标液的架子从6~15号任一通道推入，仪器自动运行C4定标。显示校准曲线：选中 Calibration-Reference Curves→点击目标试验→在 Reagent lots 菜单中找到相应批号→点击 Show Curves 按钮→Show Curves 对话框打开。

5 操作步骤

5.1 检测流程

签收标本→离心→上机检测→审核报告→签发报告→标本保存。

5.2 标本签收

严格按标本接收程序签收标本。

5.3 标本检测

5.3.1 手工编排测试项目：适用于无双向条形码标本或标本复查，主菜单→点击工具栏 Routine-loading 或点击 loading 图标→打开 Loading 对话框→从 Rack identification 框中选择样本架→将样本装载到所选的样本架→在右侧 Sample identifier 列表框中选择放在试管架上的样本→左侧样本架区域选择要装载样本的位置→点击 Take 确认，或点击 Autoload，系统自动依次将尚未装载的样本分配到选择好的架子上。将装好样本的样本架从6~15号任一通道推入。

5.3.2 双向条形码标本分离血清后直接运行仪器。

5.3.3 运行：确认样本置于样本架上，且条码朝样本架缺口处。将装好样本的样本架从6~15号任一通道推入。

5.4 检验后标本保存：标本检验完后保存于标本冰库内，按日期放好，保存期为7d。

6 质量控制

6.1 质控品准备和贮存：质控品为液体，可以直接使用。原包装质控品2~8℃可保存到瓶身有效期，不得冷冻。开启后2~8℃可保存14d。

6.2 质控品水平和分析批长度：每24h至少进行1批，每批1个浓度水平。

6.3 质控操作程序：将达到室温后的质控品置于编号10开始的专用质控/定标架上，且条码朝缺口处。主菜单→点击工具栏 Routine-Request controls→选中相应质控项目→点击 Measure 按钮。将架子插入6~15号通道，开始测量质控。查看当天质控结果：主菜单→点击工具栏 Result-Control journal→显示当天质控结果。

7 操作性能

本法线性范围为0.06~1.9g/L，不准确度允许范围<10%，不精密度CV<6.67%。对

第三节　血清补体C4含量测定	文件编号：
	版本号：
	页码:第　页　共　页

于超过测定线性范围的结果,可选择新的稀释度重新测定。

8 生物参考区间

0.1~0.4g/L。

9 临床意义

补体 C4 是补体 C3 和 C5 转化酶(convertase)的成分之一。C4 水平降低常见于遗传性血管神经水肿(hereditary angioneurotic oedema)、免疫系统的复杂疾病(complex disease)和先天免疫缺陷(congenital deficiencies)。

10 参考文献

[1] 德国西门子医疗保健诊断有限公司 C4(免疫散射比浊法)测定试剂说明书.

[2] 叶应妩,王毓三,申子瑜. 全国临床检验操作规程.3 版. 南京:东南大学出版社,2006:605-606.

[3] 张秀明,李健斋,魏明竟,等. 现代临床生化检验学. 北京:人民军医出版社,2001.

编写:黄燕华　　　　审核:温冬梅　　　　批准:张秀明

第四节　血清抗溶血性链球菌溶血素"O"抗体测定	文件编号： 版本号： 页码：第　页 共　页

1 原理

抗链球菌溶血素 O(ASO)是链球菌溶血素 O 的特异性抗体。采用免疫散射比浊法检测,检测原理为当包被链球菌溶血素的聚苯乙烯颗粒与含有人类抗链球菌溶血素 O(ASO)的标本混合时,这些颗粒会凝集起来。这些聚集体会使穿过标本的光束发生散射。散射光的强度与标本中相关蛋白的浓度成正比。与已知的标准浓度对比即可得出结果。计算公式如下：

$$\text{ASO 浓度(IU/ml)} = A_{样品} / A_{标准} \times 标准液浓度$$

2 标本采集

2.1 采血方法

空腹不抗凝静脉血 2～3ml。

2.2 标本处理

以 2500～3000r/min 离心 6～10min,分离血清上机测定。若标本不能及时检测,将分离的血清冷藏于 2～8℃的冰箱内保存。

2.3 标本保存

使用新鲜或冰冻的血清样本。血清 2～8℃储存不超过 8d,−25℃条件下储存可保存 3 个月。

2.4 注意事项

血清标本必须彻底凝固,并在离心沉淀后绝不能含有任何颗粒或微量纤维蛋白。脂血标本或溶解后变得浑浊不清的冷冻标本,必须在测试前通过离心沉淀加以澄清(在约 15 000g 下 10min)。

3 试剂

3.1 试剂

采用 SIEMENS 原装配套试剂。

3.1.1 试剂组成：N 乳胶抗链 O 试剂由低压冻干的聚苯乙烯颗粒组成,这些颗粒包被着链球菌溶血素 O。加速剂由聚乙二醇的溶液和清洁剂组成。试剂含叠氮钠＜0.6g/L,加速剂含叠氮钠＜1g/L。

3.1.2 试剂准备：用瓶上标签所示量的蒸馏水使小瓶内的冻干物复溶。复溶 15min 后试剂方可使用。使用前请小心摇匀。

3.1.3 试剂保存：原包装试剂 2～8℃储存可保存至标签上失效期。开封后 2～8℃储存,可储存 4 周。上机稳定性因实验室条件而不同,用后应立即盖严盖子,并储存在 2～8℃条件下。

3.2 控制品

SIEMENS 原装配套质控液。

3.3 校准品

第四节 血清抗溶血性链球菌溶血素"O" 抗体测定	文件编号：
	版本号：
	页码：第 页 共 页

SIEMENS原装配套定标液。

4 仪器和校准

4.1 仪器

SIEMENS BNⅡ特定蛋白分析仪。

4.2 校准

4.2.1 校准品准备和贮存：定标液从冰箱取出，达到室温后均可直接使用。

4.2.2 校准条件：在室内质控失控、更换新批号试剂、更换仪器主要配件或进行大保养后均需校准。

4.2.3 校准程序：将达到室温后的定标液置于编号10开始的专用质控/定标架上，且条码朝缺口处。在 Reagent lots 菜单中，选择定标液批号→点击 Measure 按钮，将装有定标液的架子从 6～15 号任一通道推入，仪器自动运行 ASO 定标。显示校准曲线：选中 Calibration-Reference Curves→点击目标试验→在 Reagent lots 菜单中找到相应批号→点击 Show Curves 按钮→Show Curves 对话框打开。

5 操作步骤

5.1 检测流程

签收标本→离心→上机检测→审核报告→签发报告→标本保存。

5.2 标本签收

严格按标本接收程序签收标本。

5.3 标本检测

5.3.1 手工编排测试项目：适用于无双向条形码标本或标本复查，主菜单→点击工具栏 Routine-loading 或点击 loading 图标→打开 Loading 对话框→从 Rack identification 框中选择样本架→将样本装载到所选的样本架→在右侧 Sample identifier 列表框中选择放在试管架上的样本→左侧样本架区域选择要装载样本的位置→点击 Take 确认，或点击 Autoload，系统自动依次将尚未装载的样本分配到选择好的架子上。将装好样本的样本架从 6～15 号任一通道推入。

5.3.2 双向条形码标本分离血清后直接运行仪器。

5.3.3 运行：确认样本置于样本架上，且条码朝样本架缺口处。将装好样本的样本架从 6～15 号任一通道推入。

5.4 检验后标本保存：标本检验完后保存于标本冰库内，按日期放好，保存期为 7d。

6 质量控制

6.1 质控品准备和贮存

质控品为液体，可以直接使用。原包装质控品 2～8℃可保存到瓶身有效期，不得冷冻。开启后 2～8℃可保存 14d。

6.2 质控品水平和分析批长度

第四节　血清抗溶血性链球菌溶血素"O"抗体测定	文件编号：
	版本号：
	页码：第　页　共　页

每 24h 至少进行 1 批，每批 1 个浓度水平。

6.3 质控操作程序

将达到室温后的质控品置于编号 10 开始的专用质控/定标架上，且条码朝缺口处。主菜单→点击工具栏 Routine-Request controls→选中相应质控项目→点击 Measure 按钮。将架子插入 6～15 号通道，开始测量质控。查看当天质控结果：主菜单→点击工具栏 Result-Control journal→显示当天质控结果。

7 操作性能

本法线性范围为 50～1600U/ml，不准确度允许范围 $\bar{x} < 10\%$，不精密度 CV$<6.67\%$。对于超过测定线性范围的结果，可选择新的稀释度重新测定。

8 生物参考区间

<200U/ml。

9 临床意义

血清 ASO 的测定用于化脓性链球菌感染的诊断，鉴别诊断细菌还是病毒引起的感染以及和 CRP、RF 组成类风湿试验组鉴别诊断风湿热和风湿性关节炎。

10 参考文献

[1]　德国西门子医疗保健诊断有限公司 ASO(免疫散射比浊法)测定试剂说明书.

[2]　叶应妩,王毓三,申子瑜. 全国临床检验操作规程.3 版. 南京:东南大学出版社,2006.

[3]　张秀明,李健斋,魏明竟,等. 现代临床生化检验学. 北京:人民军医出版社,2001.

编写:黄燕华　　　　审核:温冬梅　　　　批准:张秀明

第五节　血清类风湿因子测定	文件编号：
	版本号：
	页码:第　页　共　页

1 原理

血清类风湿因子是自身抗体,可与人 IgG 的 Fc 段反应。采用免疫散射比浊法检测,检测原理为当包被由人-γ-球蛋白/绵羊抗人-γ-球蛋白组成的免疫复合物的聚苯乙烯颗粒与含有类风湿因子的标本混合时,这些颗粒会凝集起来,光线通过悬浊液发生了散射,散射光的强度与标本中 RF 的浓度成正比。与已知的标准浓度对比即可得出结果。计算公式如下:

$$RF 浓度(U/ml)＝A_{样品}/A_{标准}×标准液浓度$$

2 标本采集

2.1 采血方法

空腹不抗凝静脉血 2～3ml。

2.2 标本处理

以 2500～3000r/min 离心 6～10min,分离血清上机测定。若标本不能及时检测,将分离的血清冷藏于 2～8℃的冰箱内保存。

2.3 标本保存

使用新鲜或冰冻的血清。2～8℃储存时间不超过 8d。如果需要延长保存样品时间,将样品保存在－18℃条件下可储存 3 个月。

2.4 注意事项

血清标本必须彻底凝固,并在离心沉淀后绝不能含有任何颗粒或残存的纤维蛋白。解冻后变得浑浊的脂血标本或冷冻标本在测试前必须通过离心沉淀加以澄清(在约 15 000g 下 10min)。血红蛋白浓度不超过 2g/L 的标本,不影响检测结果。

3 试剂

3.1 试剂

采用 SIEMENS 原装配套试剂。

3.1.1 试剂组成:N 乳胶类风湿因子试剂由包被人 γ-球蛋白/绵羊抗人 γ-球蛋白组成的免疫复合物,也就是包被人和动物 γ-球蛋白的冻干聚苯乙烯颗粒组成。类风湿因子辅助试剂是由聚乙二醇的水溶液组成(约 100g/L)。含<1％的叠氮化钠。

3.1.2 试剂准备:用瓶上标签所示量的蒸馏水使小瓶内的冻干物复溶,并在使用前静置 15min。首次使用前请仔细摇匀。

3.1.3 试剂保存:原包装试剂 2～8℃储存可保存至标签上失效期。开封后 2～8℃储存,主试剂可储存 10d,辅助试剂可储存 4 周,不得冷冻。上机稳定性随实验室条件而有所不同,用后应立即盖严盖子,并储存在 2～8℃条件下。

3.2 控制品

SIEMENS 原装配套质控液。

3.3 校准品

SIEMENS 原装配套定标液。

<table>
<tr><td rowspan="3">第五节　血清类风湿因子测定</td><td>文件编号：</td></tr>
<tr><td>版本号：</td></tr>
<tr><td>页码：第　页　共　页</td></tr>
</table>

4 仪器和校准

4.1 仪器

SIEMENS BNⅡ特定蛋白分析仪。

4.2 校准

4.2.1 校准品准备和贮存：定标液从冰箱取出，达到室温后均可直接使用。

4.2.2 校准条件：在室内质控失控、更换新批号试剂、更换仪器主要配件或进行大保养后均需校准。

4.2.3 校准程序：将达到室温后的定标液置于编号 10 开始的专用质控/定标架上，且条码朝缺口处。在 Reagent lots 菜单中，选择定标液批号→点击 Measure 按钮，将装有定标液的架子从 6～15 号任一通道推入，仪器自动运行 RF 定标。显示校准曲线：选中 Calibration-Reference Curves→点击目标试验→在 Reagent lots 菜单中找到相应批号→点击 Show Curves 按钮→Show Curves 对话框打开。

5 操作步骤

5.1 检测流程

签收标本→离心→上机检测→审核报告→签发报告→标本保存。

5.2 标本签收

严格按标本接收程序签收标本。

5.3 标本检测

5.3.1 手工编排测试项目：适用于无双向条形码标本或标本复查，主菜单→点击工具栏 Routine-loading 或点击 loading 图标→打开 Loading 对话框→从 Rack identification 框中选择样本架→将样本装载到所选的样本架→在右侧 Sample identifier 列表框中选择放在试管架上的样本→左侧样本架区域选择要装载样本的位置→点击 Take 确认，或点击 Autoload，系统自动依次将尚未装载的样本分配到选择好的架子上。将装好样本的样本架从 6～15 号任一通道推入。

5.3.2 双向条形码标本分离血清后直接运行仪器。

5.3.3 运行：确认样本置于样本架上，且条码朝样本架缺口处。将装好样本的样本架从 6～15 号任一通道推入。

5.4 检验后标本保存

标本检验完后保存于标本冰库内，按日期放好，保存期为 7d。

6 质量控制

6.1 质控品准备和贮存

质控品为液体，可以直接使用。原包装质控品 2～8℃可保存到瓶身有效期，不得冷冻。开启后 2～8℃可保存 14d。

6.2 质控品水平和分析批长度

第五节　血清类风湿因子测定	文件编号：
	版本号：
	页码:第　页 共　页

每 24h 至少进行 1 批,每批 1 个浓度水平。

6.3 质控操作程序

将达到室温后的质控品置于编号 10 开始的专用质控/定标架上,且条码朝缺口处。主菜单→点击工具栏 Routine-Request controls→选中相应质控项目→点击 Measure 按钮。将架子插入 6~15 号通道,开始测量质控。查看当天质控结果:主菜单→点击工具栏 Result-Control journal→显示当天质控结果。

7 操作性能

本法线性范围为 100~600U/ml,不准确度允许范围<10%,不精密度 CV<6.67%。对于超过测定线性范围的结果,可选择新的稀释度重新测定。

8 生物参考区间

<15U/ml。

9 临床意义

类风湿性关节炎时出现类风湿因子(RF),可以作为诊断和预后的信息,也可以作为诊断炎症反应的指标:类风湿关节炎病人出现 RF(得病后半年出现);正常人 2% 阳性,老年人可达 5%;治疗有效 RF 降低或转阴;非特异性阳性升高值较低。

10 参考文献

[1] 德国西门子医疗保健诊断有限公司 RF(免疫散射比浊法)测定试剂说明书.

[2] 叶应妩,王毓三,申子瑜. 全国临床检验操作规程. 3 版. 南京:东南大学出版社,2006:651-652.

[3] 张秀明,李健斋,魏明竟,等. 现代临床生化检验学. 北京:人民军医出版社,2001.

编写:黄燕华　　　审核:温冬梅　　　批准:张秀明

	文件编号：
第六节　血清C反应蛋白测定	版本号：
	页码:第　页 共　页

1 原理

C反应蛋白是一种急性时相反应蛋白。采用免疫散射比浊法检测,检测原理为在与含有C反应蛋白的标本相混合时,包被着人C反应蛋白特异的单克隆抗体的聚苯乙烯颗粒会发生聚集。这些聚集体会使穿过标本的光束发生散射。散射光的强度与标本中CRP的浓度成正比。与已知的标准浓度对比即可得出结果。计算公式如下:

$$CRP浓度(mg/L)＝A_{样品}/A_{标准}×标准液浓度$$

2 标本采集

2.1 采血方法

空腹不抗凝静脉血、肝素或EDTA抗凝血浆2～3ml。

2.2 标本处理

以2500～3000r/min离心6～10min,分离血清上机测定。若标本不能及时检测,将分离的血清冷藏于2～8℃的冰箱内保存。

2.3 标本保存

室温保存,及时送检。血清贮于2～8℃保存不超过8d。—20℃冷冻贮存至少可稳定8个月。

2.4 注意事项

血清标本必须彻底凝固,并在离心沉淀后绝不能含有任何颗粒或残存的纤维蛋白。解冻后变得浑浊的脂血标本或冷冻标本在测试前必须通过离心沉淀加以澄清(在约15 000g下10min)。

3 试剂

3.1 试剂

采用SIEMENS原装配套试剂。

3.1.1 试剂组成:由包被着C反应蛋白的小鼠单克隆抗体的聚苯乙烯颗粒悬浊液构成。含庆大霉素6.25mg/L,两性霉素0.625mg/L。

3.1.2 试剂准备:直接使用。

3.1.3 试剂保存:原包装试剂2～8℃储存可保存至标签上失效期。开封后2～8℃储存,可储存4周。上机稳定性至少5d(按每天8h计算)。

3.2 控制品

SIEMENS原装配套质控液。

3.3 校准品

SIEMENS原装配套定标液。

4 仪器和校准

4.1 仪器

SIEMENS BNⅡ特定蛋白分析仪。

4.2 校准

	文件编号：
第六节　血清C反应蛋白测定	版本号：
	页码：第　页 共　页

4.2.1 校准品准备和贮存:定标液从冰箱取出,达到室温后均可直接使用。

4.2.2 校准条件:在室内质控失控、更换新批号试剂、更换仪器主要配件或进行大保养后均需校准。

4.2.3 校准程序:将达到室温后的定标液置于编号 10 开始的专用质控/定标架上,且条码朝缺口处。在 Reagent lots 菜单中,选择定标液批号→点击 Measure 按钮,将装有定标液的架子从 6~15 号任一通道推入,仪器自动运行 CRP 定标。显示校准曲线:选中 Calibration-Reference Curves→点击目标试验→在 Reagent lots 菜单中找到相应批号→点击 Show Curves 按钮→Show Curves 对话框打开。

5 操作步骤

5.1 检测流程

签收标本→离心→上机检测→审核报告→签发报告→标本保存。

5.2 标本签收

严格按标本接收程序签收标本。

5.3 标本检测

5.3.1 手工编排测试项目:适用于无双向条形码标本或标本复查,主菜单→点击工具栏 Routine-loading 或点击 loading 图标→打开 Loading 对话框→从 Rack identification 框中选择样本架→将样本装载到所选的样本架→在右侧 Sample identifier 列表框中选择放在试管架上的样本→左侧样本架区域选择要装载样本的位置→点击 Take 确认,或点击 Autoload,系统自动依次将尚未装载的样本分配到选择好的架子上。将装好样本的样本架从 6~15 号任一通道推入。

5.3.2 双向条形码标本分离血清后直接运行仪器。

5.3.3 运行:确认样本置于样本架上,且条码朝样本架缺口处。将装好样本的样本架从 6~15 号任一通道推入。

5.4 检验后标本保存

标本检验完保存于标本冰库内,按日期放好,保存期为 7d。

6 质量控制

6.1 质控品准备和贮存

质控品为液体,可以直接使用。原包装质控品 2~8℃可保存到瓶身有效期,不得冷冻。开启后 2~8℃可保存 14d。

6.2 质控品水平和分析批长度

每 24h 至少进行 1 批,每批 1 个浓度水平。

6.3 质控操作程序

将达到室温后的质控品置于编号 10 开始的专用质控/定标架上,且条码朝缺口处。主菜单→点击工具栏 Routine-Request controls→选中相应质控项目→点击 Measure 按钮。将架

第六节 血清C反应蛋白测定

文件编号：

版本号：

页码：第 页 共 页

子插入6～15号通道,开始测量质控。查看当天质控结果:主菜单→点击工具栏 Result-Control journal→显示当天质控结果。

7 操作性能

本法线性范围为3.1～200mg/L,不准确度允许范围<10%,不精密度CV<6.67%。对于超过测定线性范围的结果,可选择新的稀释度重新测定。

8 生物参考区间

<6mg/L。

9 临床意义

CRP<10mg/L比CRP升高更有意义。如病程>6～12h,且不是新生儿,CRP<10mg/L可基本排除细菌感染,CRP为10～99mg/L,提示为局灶性细菌感染或菌血症;CRP≥100mg/L,提示为败血症或其他侵袭性感染。动态反映病情(发病6～12h即成倍增加);鉴别细菌还是病毒感染(细菌感染明显升高);评价抗生素的疗效(治疗有效CRP急剧下降)。

10 参考文献

[1] 德国西门子医疗保健诊断有限公司 CRP(免疫散射比浊法)测定试剂说明书.

[2] 叶应妩,王毓三,申子瑜.全国临床检验操作规程.3版.南京:东南大学出版社,2006:590-591.

[3] 张秀明,李健斋,魏明竟,等.现代临床生化检验学.北京:人民军医出版社,2001.

编写:黄燕华　　　　审核:温冬梅　　　　批准:张秀明

第十章

病毒性肝炎免疫学检验操作程序

Chapter 10

第一节　ELISA 法检测 HBsAg	文件编号：
	版本号：
	页码：第　页　共　页

1 原理

采用双抗体夹心法。用纯化的抗-HBs 包被固相载体,加入待测样品,若其中含有 HB-sAg,则与载体上的抗-HBs 结合,再加入辣根过氧化物酶(HRP)标记的抗-HBs 抗体,加酶底物/色原显色。显色程度与 HBsAg 含量成正比。

2 标本采集

使用新鲜无抗凝或肝素钠抗凝动脉血或静脉血 2~3ml,离心(1500~3000r/min)分离血清。不能立即测定的标本应于 2~8℃保存,但不应超过 3d。样本中不可添加叠氮钠防腐,因为叠氮钠会影响辣根过氧化物酶的活性。

3 试剂

3.1 试剂来源

中山生物工程有限公司提供的乙型肝炎病毒表面抗原诊断试剂盒(酶联免疫法)。

3.2 试剂组成

包被板 96 孔/块,直接使用,室温平衡后,按所需人份取板条量;浓缩洗涤液 20ml/瓶,用前以新鲜蒸馏水或去离子水稀释 25 倍后备用,若有结晶,应置室温溶解后再稀释备用;阳性对照血清、阴性对照血清各 0.5ml/瓶,酶结合物 6ml/瓶,底物 A 液、底物 B 液、终止液各 6ml/瓶,均直接使用,用前必须恢复至室温并完全摇匀,用后保存于 2~8℃。

3.3 质控品

来源于卫生部临检中心或广东省临检中心,接近临界值的质控血清,浓度为 2U/ml。

4 仪器

LD5-10B 型离心机;2510 变频振荡器;恒温水浴箱;EGATE-2310 洗板机;MK3 酶标仪;Xiril Robotic Workstation 智能液体处理工作站;BEPⅢ全自动酶联免疫分析仪。

5 操作步骤

5.1 将标本按顺序编号、离心、准备好反应板。

5.2 加样

设空白对照 1 孔,仅加 100μl 洗涤液;设阴、阳性对照各 2 孔,质控 1 孔,分别加入 50μl 阴、阳性对照物和质控血清。样品孔各加入 50μl 血清(实验孔位按图 10-1-1 进行)。

5.3 加酶标记物

除空白对照孔外,其余孔各加 50μl 酶标记物。振荡混匀 1min。

5.4 孵育及洗涤

37℃水浴孵育 30min,用洗板机洗板。洗板机先吸去板孔内液体,再以洗涤液注满各孔,静置 1min 后吸干,如此反复洗涤 5 次。

5.5 显色

加底物 A、B 液各 50μl/孔,混匀;37℃闭光显色 10min,然后取出反应板加终止液 50μl/

第一节 ELISA 法检测 HBsAg	文件编号:
	版本号:
	页码:第 页 共 页

孔,混匀。

B	3	11	19	27	35	43	51	59	67	75	83
N	4	12	20	28	36	44	52	60	68	76	84
N	5	13	21	29	37	45	53	61	69	77	85
P	6	14	22	30	38	46	54	62	70	78	86
P	7	15	23	31	39	47	55	63	71	79	87
Q	8	16	24	32	40	48	56	64	72	80	88
1	9	17	25	33	41	49	57	65	73	81	89
2	10	18	26	34	42	50	58	66	74	82	90

图 10-1-1 乙肝两对半(ELISA)加样图

5.6 检测 OD 值

用 MK3 酶标仪以主波长 450nm、副波长 620nm、辅助波长 405nm 测 OD 值。

5.7 结果审核

在 LIS 系统审核结果。

6 质量控制

6.1 测定频率

每批标本均设置阴、阳性对照及临界值质控血清。S 为样品 OD 值,CO 为临界值(Cut-Off)。

6.2 接受标准

当质控血清的 S/CO 值超出 $\bar{x} \pm 2s$ 范围时,系统处于警告状态,应予注意;当质控血清的 S/CO 值超出 $\bar{x} \pm 3s$ 范围时,定为失控;阴性对照结果应为阴性,为确保结果可靠,阳性对照 OD 值应>0.8。否则参照免疫科室内质控失控处理程序检查失控原因。

6.3 质控检测完成后,在 ELISA 项目室内质控记录表上记录质控;参照 Levey-jennings 质控图控制,发现失控时填写失控报告,查出失控原因并做相应的处理。

6.4 质控品于 2~8℃保存,开封后需在 1 周内用完。使用前需置室温 20min,并充分振荡、摇匀。

7 注意事项

7.1 试剂盒应在 2~8℃保存,使用前试剂各组分应平衡至室温再开封启用;开启后应尽快用完,未用完的微孔板及时以自封袋封存。

7.2 严格按照说明书操作,不同批号试剂组分请勿混用;为确保结果可靠,阳性对照 OD 值应>0.8。

| 文件编号： |
| 版本号： |
| 页码:第 页 共 页 |

第一节 ELISA 法检测 HBsAg

7.3 使用前试剂应混匀。

7.4 洗涤时各孔需注满，防止孔口内有游离酶未能洗净。

7.5 试剂盒成分视为有传染性物质，需按传染病实验室检查规程操作。

7.6 本实验过程不能有污染，否则会影响实验结果判断。

8 方法的局限性

8.1 用于人血清或血浆标本，不适于其他的体液标本检测；单项检测指标不足以说明乙肝病毒感染过程，需结合其他四项乙肝病毒感染指标及临床症状判断。

8.2 酶联法线性范围窄，且当抗原抗体比例不适时，会产生 HOOK 效应，致高浓度标本（抗原过高）出现低值结果，甚至假阴性。

9 结果判断

9.1 临界值（Cut-off）＝阴性对照 OD 均值（N）×2.1，N＜0.05 时，按 0.05 计算。

9.2 采用 S/CO 值法判定结果，当 S/CO 值≥1 为阳性，S/CO 值＜1 为阴性（S 为样品 OD 值，CO 为 Cut-off 值）。

9.3 重复检测

9.3.1 复查样品确定：HBsAg S/CO 值处于 0.8～2.0 的临界标本应复检或与 HBsAg 胶体金法结果不一致时应复检；乙肝五项检测结果模式比较特殊或有疑问的，也应复检。

9.3.2 样品复检程序：复检标本应进行双孔检测，若对复检结果仍有疑问时，应进一步采用中和试验确认或进行 HBV-DNA 测定。

10 临床意义

乙型肝炎病毒表面抗原阳性是 HBV 感染和携带的标志，用于肝炎鉴别诊断、流行病学研究和输血安全保障。急性肝炎可以在转氨酶升高前或症状出现前 1～7 周测出，发病 3 周约 50％呈阳性，感染后 2～3 个月达高峰，多数病人半年后清除，然后表面抗体升高。HBsAg 阳性持续半年或 1 年以上为 HBV 慢性携带者，母婴传播可携带数十年，此期间虽无明显症状但可有肝细胞损害，与免疫功能紊乱或合并 HCV 或 HDV 感染有关。其中部分病人将发展为慢性肝炎、肝坏死、肝硬化，后者中少数患者发生肝细胞癌。对 HBsAg 阳性者应检查 ALT、AST、HBeAg 和 HBeAb 以判明传染性、活动性或 HBV 变异株感染。

11 参考文献

[1] 中山生物工程有限公司.乙型肝炎病毒表面抗原诊断试剂盒(酶联免疫法)说明书.

[2] 叶应妩,王毓三,申子瑜.全国临床检验操作规程.3 版.南京:东南大学出版社,2006:618-619.

编写:阚丽娟　　　　审核:熊继红　　　　批准:张秀明

第二节　ELISA 法检测抗-HBs	文件编号：
	版本号：
	页码：第　页　共　页

1 原理

采用双抗原夹心法。用纯化的 HBsAg 包被微孔反应板,同时加样品及辣根过氧化物酶标记的 HBsAg,形成 HBsAg-抗 HBs-酶标记 HBsAg 复合物,经温育,加入底物四甲基联苯胺(TMB)显色,显色程度与抗-HBs 含量成正比。

2 标本采集

使用新鲜无抗凝或肝素钠抗凝动脉血或静脉血 2~3ml,离心(1500~3000r/min)分离血清。不能立即测定的标本应于 2~8℃保存,但不应超过 3d。样本中不可添加叠氮钠防腐,因为叠氮钠会影响辣根过氧化物酶的活性。

3 试剂

3.1 试剂来源

中山生物工程有限公司提供的乙型肝炎病毒表面抗体诊断试剂盒(酶联免疫法)。

3.2 试剂组成

包被板 96 孔/块,直接使用,室温平衡后,按所需人份取板条量;浓缩洗涤液 20ml/瓶,用前以新鲜蒸馏水或去离子水稀释 25 倍后备用,若有结晶,应置室温溶解后再稀释备用;阳性对照血清、阴性对照血清各 0.5ml/瓶,酶结合物 6ml/瓶,底物 A 液、底物 B 液、终止液各 6ml/瓶,均直接使用,用前必须恢复至室温并完全摇匀,用后保存于 2~8℃。

3.3 质控品

来源于卫生部临检中心或广东省临检中心,接近临界值的质控血清,浓度为 2U/ml。

4 仪器

LD5-10B 型离心机;2510 变频振荡器;恒温水浴箱;EGATE-2310 洗板机;MK3 酶标仪;Xiril Robotic Workstation 智能液体处理工作站;BEPⅢ全自动酶联免疫分析仪。

5 操作步骤

5.1 将标本按顺序编号、离心、准备好反应板。

5.2 加样

设空白对照 1 孔,仅加 100μl 洗涤液;设阴、阳性对照各 2 孔,质控 1 孔,分别加入 50μl 阴、阳性对照物、质控血清。样品孔各加 50μl 血清(实验孔位按图 10-1-1 进行)。

5.3 加酶标记物

除空白对照孔外,其余孔各加 50μl 酶标记物。振荡混匀 1min。

5.4 孵育及洗涤

37℃水浴孵育 30min,用洗板机洗板。洗板机先吸去板孔内液体,再以洗涤液注满各孔,静置 1min 后吸干,如此反复洗涤 5 次。

5.5 显色

加底物 A、B 液各 50μl/孔,混匀;37℃闭光显色 10min,然后取出反应板加终止液 50μl/

第二节　ELISA 法检测抗-HBs	文件编号：
	版本号：
	页码:第　页　共　页

孔,混匀。

5.6 检测 OD 值

用 MK3 酶标仪以主波长 450nm、副波长 620nm、辅助波长 405nm 测 OD 值。

5.7 结果审核

在 LIS 系统审核结果。

6 质量控制

6.1 测定频率

每批标本均设置阴、阳性对照及临界值质控血清。S 为样品 OD 值,CO 为临界值(Cut-off)。

6.2 接受标准

当质控血清的 S/CO 值超出 $\bar{x}\pm2s$ 范围时,系统处于警告状态,应予注意;当质控血清的 S/CO 值超出 $\bar{x}\pm3s$ 范围时,定为失控;阴性对照结果应为阴性,为确保结果可靠,阳性对照 OD 值应>0.8。否则参照免疫科室内质控失控处理程序检查失控原因。

6.3 质控检测完成后,在 ELISA 项目室内质控记录表上记录质控;参照 Levey-jennings 质控图控制,发现失控时填写失控报告,查出失控原因并做相应的处理。

6.4 质控品于 2~8℃保存,开封后需在 1 周内用完。使用前需置室温 20min,并充分振荡、摇匀。

7 注意事项

7.1 试剂盒应在 2~8℃保存,使用前试剂各组分应平衡至室温再开封启用;开启后应尽快用完,未用完的微孔板及时以自封袋封存。

7.2 严格按照说明书操作,不同批号试剂组分请勿混用;为确保结果可靠,阳性对照 OD 值应>0.8。

7.3 使用前试剂应混匀。

7.4 洗涤时各孔需注满,防止孔口内有游离酶未能洗净。

7.5 试剂盒成分视为有传染性物质,需按传染病实验室检查规程操作。

7.6 本实验过程不能有污染,否则会影响实验结果判断。

8 方法的局限性

8.1 用于人血清或血浆标本,不适于其他的体液标本检测;单项检测指标不足以说明乙肝病毒感染过程,需结合其他四项乙肝病毒感染指标及临床症状判断。

8.2 酶联法线性范围窄,且当抗原抗体比例不适时,会产生 HOOK 效应,致高浓度标本(抗原过高)出现低值结果,甚至假阴性。

9 结果判断

9.1 临界值(Cut-off)=阴性对照 OD 均值(N)×2.1,N<0.05 时,按 0.05 计算。

9.2 采用 S/CO 值法判定结果,当 S/CO 值≥1 为阳性,S/CO 值<1 为阴性(S 为样品

第二节　ELISA 法检测抗-HBs

文件编号：

版本号：

页码：第　页　共　页

OD 值,CO 为 Cut-off 值)。

9.3 重复检测

9.3.1 复查样品确定:HBsAb S/CO 值处于 0.8～1.2 的临界标本应复检;乙肝五项检测结果模式比较特殊或有疑问的,也应复检。

9.3.2 样品复检程序:复检标本应进行双孔检测,如若结果与首次检测不一致时,应将样品再次复检,以两次相同的结果为最终报告。

10 临床意义

乙型肝炎表面抗体是中和抗体,有清除 HBV、防止再感染的作用。乙型肝炎表面抗体一般出现于乙肝患者恢复期,提示感染已恢复。接种乙肝疫苗者,乙型肝炎表面抗体也可呈阳性。HBsAb 具有保护性,若 P/N＞10.0 则视有抵抗力,检测乙肝表面抗体可了解机体对 HBV 的免疫状况及乙肝疫苗接种的效果。

11 参考文献

［1］ 中山生物工程有限公司 . 乙型肝炎病毒表面抗体诊断试剂盒(酶联免疫法)说明书.

［2］ 叶应妩,王毓三,申子瑜 . 全国临床检验操作规程 . 3 版 . 南京:东南大学出版社,2006:620.

编写:阚丽娟　　　　审核:熊继红　　　　批准:张秀明

文件编号：
版本号：
页码:第　页　共　页

第三节　ELISA 法检测 HBeAg

1 原理

采用双抗体夹心法。用纯化的乙型肝炎病毒 e 抗体(抗-HBe)包被微孔反应板,同时加样品及辣根过氧化物酶标记的抗-HBe,形成 HBeAg-抗-HBe-酶标记 HBeAg 复合物,经温育,以四甲基联苯胺(TMB)为底物显色,显色程度与 HBeAg 含量成正比。

2 标本采集

使用新鲜无抗凝或肝素钠抗凝动脉血或静脉血 2～3ml,离心(1500～3000r/min)分离血清。不能立即测定的标本应于 2～8℃保存,但不应超过 3d。样本中不可添加叠氮钠防腐,因为叠氮钠会影响辣根过氧化物酶的活性。

3 试剂

3.1 试剂来源

中山生物工程有限公司提供的乙型肝炎病毒 e 抗原诊断试剂盒(酶联免疫法)。

3.2 试剂组成

包被板 96 孔/块,直接使用,室温平衡后,按所需人份取板条量;浓缩洗涤液 20ml/瓶,用前以新鲜蒸馏水或去离子水稀释 25 倍后备用,若有结晶,应置室温溶解后再稀释备用;阳性对照血清、阴性对照血清各 0.5ml/瓶,酶结合物 6ml/瓶,底物 A 液、底物 B 液、终止液各 6ml/瓶,均直接使用,用前必须恢复至室温并完全摇匀,用后保存于 2～8℃。

3.3 质控品

来源于卫生部临检中心或广东省临检中心,接近临界值的质控血清,浓度为 2U/ml。

4 仪器

LD5-10B 型离心机;2510 变频振荡器;恒温水浴箱;EGATE-2310 洗板机;MK3 酶标仪;Xiril Robotic Workstation 智能液体处理工作站;BEPⅢ全自动酶联免疫分析仪。

5 操作步骤

5.1 将标本按顺序编号、离心、准备好反应板。

5.2 加样

设空白对照 1 孔,仅加 100μl 洗涤液;设阴、阳性对照各 2 孔,质控 1 孔,分别加入 50μl 阴、阳性对照物、质控血清。样品孔各加入 50μl 血清(实验孔位按图 10-1-1 进行)。

5.3 加酶标记物

除空白对照孔外,其余孔各加 50μl 酶标记物。振荡混匀 1min。

5.4 孵育及洗涤

37℃水浴孵育 30min,用洗板机洗板。洗板机先吸去板孔内液体,再以洗涤液注满各孔,静置 1min 后吸干,如此反复洗涤 5 次。

5.5 显色

加底物 A、B 液各 50μl/孔,混匀;37℃闭光显色 10min,然后取出反应板加终止液 50μl/

第三节　ELISA 法检测 HBeAg	文件编号：
	版本号：
	页码：第　页　共　页

孔,混匀。

5.6 检测 OD 值

用 MK3 酶标仪以主波长 450nm、副波长 620nm、辅助波长 405nm 测 OD 值。

5.7 结果审核

在 LIS 系统审核结果。

6 质量控制

6.1 测定频率

每批标本均设置阴、阳性对照及临界值质控血清。S 为样品 OD 值,CO 为临界值(Cut-off)。

6.2 接受标准

当质控血清的 S/CO 值超出($\bar{x} \pm 2s$)范围时,系统处于警告状态,应予注意;当质控血清的 S/CO 值超出($\bar{x} \pm 3s$)范围时,定为失控;阴性对照结果应为阴性,为确保结果可靠,阳性对照 OD 值应>0.8。否则参照免疫科室内质控失控处理程序检查失控原因。

6.3 质控检测完成后,在 ELISA 项目室内质控记录表上记录质控;参照 Levey-jennings 质控图控制,发现失控时填写失控报告,查出失控原因并做相应的处理。

6.4 质控品于 2~8℃保存,开封后需在 1 周内用完。使用前需置室温 20min,并充分振荡、摇匀。

7 注意事项

7.1 试剂盒应在 2~8℃保存,使用前试剂各组分应平衡至室温再开封启用;开启后应尽快用完,未用完的微孔板及时以自封袋封存。

7.2 严格按照说明书操作,不同批号试剂组分请勿混用;为确保结果可靠,阳性对照 OD 值应>0.8。

7.3 使用前试剂应混匀。

7.4 洗涤时各孔需注满,防止孔口内有游离酶未能洗净。

7.5 试剂盒成分视为有传染性物质,需按传染病实验室检查规程操作。

7.6 本实验过程不能有污染,否则会影响实验结果判断。

8 方法的局限性

8.1 用于人血清或血浆标本,不适于其他的体液标本检测;单项检测指标不足以说明乙肝病毒感染过程,需结合其他四项乙肝病毒感染指标及临床症状判断。

8.2 酶联法线性范围窄,且当抗原抗体比例不适时,会产生 HOOK 效应,致高浓度标本(抗原过高)出现低值结果,甚至假阴性。

8.3 当 HBV 的前核心区发生突变时,可使 HBeAg 无法表达,表现为血清 HBeAg 或抗-HBe 测定持续为阴性。

	文件编号：
第三节　ELISA 法检测 HBeAg	版本号：
	页码:第　页　共　页

9 结果判断

9.1 临界值(Cut-off)＝阴性对照 OD 均值(N)×2.1，N＜0.05 时，按 0.05 计算。

9.2 采用 S/CO 值法判定结果，当 S/CO 值≥1 为阳性，S/CO 值＜1 为阴性（S 为样品 OD 值，CO 为 Cut-off 值）。

9.3 重复检测

9.3.1 复查样品确定：HBeAg S/CO 值处于 0.8～1.2 的临界标本应复检；乙肝五项检测结果模式比较特殊或有疑问的，也应复检。

9.3.2 样品复检程序：复检标本应进行双孔检测，如若结果与首次检测不一致时，应将样品再次复检，以两次相同的结果为最终报告。

10 临床意义

HBeAg 为 HBV 内衣壳的一部分，即前核心蛋白(pre-C)，由基因 pre-C 编码在病毒复制时产生，与 HBV 增殖相关，是反映 HBV 复制和传染的标志。仅见于 HBsAg 阳性者，在 HBsAg 阳性之后或短期内出现，高峰在发病后 2～3 个月，通常在 4 个月后消退。阳性提示 HBV 复制旺盛，病毒数量多，有较强的传染性；阴性提示病毒数量少，传染性减弱。HBsAg 和 HBeAg 同时阳性为 HBV 活动携带者，传染性比仅 HBsAg 一项阳性强 5～9 倍。前者母婴传播的概率为 90％，后者约为 10％。当母亲两项阳性而婴儿为阴性时，应对婴儿施行保护，给予疫苗接种。

11 参考文献

[1]　中山生物工程有限公司.乙型肝炎病毒 e 抗原诊断试剂盒(酶联免疫法)说明书.

[2]　叶应妩,王毓三,申子瑜.全国临床检验操作规程.3 版.南京:东南大学出版社,2006:620.

编写:阚丽娟　　　　审核:熊继红　　　　批准:张秀明

第四节 ELISA 法检测抗-HBe	文件编号:
	版本号:
	页码:第 页 共 页

1 原理

采用竞争抑制法。用纯化的乙型肝炎病毒 e 抗体(抗-HBe)包被微孔反应板,同时加样品和中和试剂(纯化的 HBeAg),使样品中的抗-HBe 与反应板上包被的抗-HBe 竞争与中和试剂中的 HBeAg 结合,并竞争与随即加入的辣根过氧化物酶标记的抗-HBe 形成抗原抗体复合物,经温育和洗涤,以四甲基联苯胺(TMB)为底物显色,判断阴阳性。

2 标本采集

使用新鲜无抗凝或肝素钠抗凝动脉血或静脉血 2~3ml,离心(1500~3000r/min)分离血清。不能立即测定的标本应于 2~8℃保存,但不应超过 3d。样本中不可添加叠氮钠防腐,因为叠氮钠会影响辣根过氧化物酶的活性。

3 试剂

3.1 试剂来源

中山生物工程有限公司提供的乙型肝炎病毒 e 抗体诊断试剂盒(酶联免疫法)。

3.2 试剂组成

包被板 96 孔/块,直接使用,室温平衡后,按所需人份取板条量;浓缩洗涤液 20ml/瓶,用前以新鲜蒸馏水或去离子水稀释 25 倍后备用,若有结晶,应置室温溶解后再稀释备用;阳性对照血清、阴性对照血清各 0.5ml/瓶,酶结合物 6ml/瓶,中和试剂 6ml/瓶,底物 A 液、底物 B 液、终止液各 6ml/瓶,均直接使用,用前必须恢复至室温并完全摇匀,用后保存于 2~8℃。

3.3 质控品

来源于卫生部临检中心或广东省临检中心,接近临界值的质控血清,浓度为 4NCU/ml。

4 仪器

LD5-10B 型离心机;2510 变频振荡器;恒温水浴箱;EGATE-2310 洗板机;MK3 酶标仪;Xiril Robotic Workstation 智能液体处理工作站;BEPⅢ全自动酶联免疫分析仪。

5 操作步骤

5.1 将标本按顺序编号、离心、准备好反应板。

5.2 加样

设空白对照 1 孔,仅加 $100\mu l$ 洗涤液;设阴、阳性对照各 2 孔,质控 1 孔,分别加入 $50\mu l$ 阴、阳性对照物、质控血清。样品孔各加入 $50\mu l$ 血清(实验孔位按图 10-1-1 进行)。

5.3 加中和试剂及酶标记物

除空白对照孔外,余孔各加中和试剂及酶标记物各 $50\mu l$。振荡混匀 1min。

5.4 孵育及洗涤

37℃水浴孵育 30min,用洗板机洗板。洗板机先吸去板孔内液体,再以洗涤液注满各孔,静置 1min 后吸干,如此反复洗涤 5 次。

5.5 显色

	文件编号：
第四节 ELISA 法检测抗-HBe	版本号：
	页码：第 页 共 页

加底物 A、B 液各 $50\mu l$/孔，混匀；37℃闭光显色 10min，然后取出反应板加终止液 $50\mu l$/孔，混匀。

5.6 检测 OD 值

用 MK3 酶标仪以主波长 450nm、副波长 620nm、辅助波长 405nm 测 OD 值。

5.7 结果审核

在 LIS 系统审核结果。

6 质量控制

6.1 测定频率

每批标本均设置阴、阳性对照及临界值质控血清。S 为样品 OD 值，CO 为临界值（Cut-off）。

6.2 接受标准

当质控血清的 S/CO 值超出（$\bar{x} \pm 2s$）范围时，系统处于警告状态，应予注意；当质控血清的 S/CO 值超出（$\bar{x} \pm 3s$）范围时，定为失控；阴性对照结果应为阴性，为确保结果可靠，阴性对照 OD 值应＞1.0，阳性对照 OD 值应＜1.0。否则参照免疫科室内质控失控处理程序检查失控原因。

6.3 质控检测完成后，在 ELISA 项目室内质控记录表上记录质控；参照 Levey-jennings 质控图控制，发现失控时填写失控报告，查出失控原因并做相应的处理。

6.4 质控品于 2～8℃保存，开封后需在 1 周内用完。使用前需置室温 20min，并充分振荡、摇匀。

7 注意事项

7.1 试剂盒应在 2～8℃保存，使用前试剂各组分应平衡至室温再开封启用；开启后应尽快用完，未用完的微孔板及时以自封袋封存。

7.2 严格按照说明书操作，不同批号试剂组分请勿混用。

7.3 使用前试剂应混匀。

7.4 洗涤时各孔需注满，防止孔口内有游离酶未能洗净。

7.5 试剂盒成分视为有传染性物质，需按传染病实验室检查规程操作。

7.6 本实验过程不能有污染，否则会影响实验结果判断。

8 方法的局限性

8.1 用于人血清或血浆标本，不适于其他的体液标本检测；单项检测指标不足以说明乙肝病毒感染过程，需结合其他四项乙肝病毒感染指标及临床症状判断。

8.2 该项目运用酶免疫竞争抑制法，在原理上存在缺陷，故实验中会引起检测的灵敏度降低。

9 结果判断

9.1 临界值（Cut-off）＝阴性对照 OD 均值×0.5。

第四节 ELISA 法检测抗-HBe	文件编号:
	版本号:
	页码:第 页 共 页

9.2 采用 S/CO 值法判定结果,S/CO 值≤1.0 为阳性,S/CO 值>1.0 为阴性(S 为样品 OD 值,CO 为 Cut-off 值)。

10 临床意义

HBeAb 阳性是 HBV 复制减少和传染性减弱的标志,用于传染性评价,也用于 HBV 变异株感染判断。在 HBeAg 消退后约 1 个月出现,当 HBeAg 阴性而 HBeAb 阳性时,为不活动性携带者,提示传染性明显减弱或疾病在恢复过程中。HBeAb 可与 Anti-HBs 并存持续数月或数年;但是如有 ALT 和 AST 异常,应怀疑为 HBV 变异株感染,有传染性;或合并感染非乙型肝炎病毒,或其他原因如药物性、化学性或酒精性肝损害。应进一步询问病史和检查 HCV、HDV 抗体。

HBV 变异株是由于 pre-C 基因变异不能编码 pre-C 蛋白。当 HBeAg 阴性,而 HBsAg 和 HBeAb 阳性,同时有 ALT 和 AST 异常时,应怀疑 HBV 变异株感染,可测 HBV-DNA-P,阳性提示为变异株感染,仍是活动性携带者,有传染性。由于 HBV-DNA-P 常在 ALT 升高之前即可阳性,而且持续时间短,当 HBV-DNA-P 阴性时判断将发生困难,可进一步通过 HBV-DNA 检测证明。

11 参考文献

[1] 中山生物工程有限公司. 乙型肝炎病毒 e 抗体诊断试剂盒(酶联免疫法)说明书.

[2] 叶应妩,王毓三,申子瑜. 全国临床检验操作规程.3 版. 南京:东南大学出版社,2006:620.

编写:阚丽娟　　　　审核:熊继红　　　　批准:张秀明

	文件编号：
第五节　ELISA 法检测抗-HBc	版本号：
	页码：第　页　共　页

1 原理

采用竞争抑制法。用纯化的基因工程重组乙型肝炎病毒核心抗原（HBcAg）包被微孔反应板，血清标本中抗-HBc 与酶标记的抗-HBc 共同竞争包被的 HBcAg，通过温育、洗涤分离未与 HBcAg 形成免疫复合物的酶标记抗-HBc，以四甲基联苯胺（TMB）为底物显色，判断阴阳性。

2 标本采集

使用新鲜无抗凝或肝素钠抗凝动脉血或静脉血 2～3ml，离心（1500～3000r/min）分离血清。不能立即测定的标本应于 2～8℃保存，但不应超过 3d。样本中不可添加叠氮钠防腐，因为叠氮钠会影响辣根过氧化物酶的活性。

3 试剂

3.1 试剂来源

中山生物工程有限公司提供的乙型肝炎病毒核心抗体诊断试剂盒（酶联免疫法）。

3.2 试剂组成

包被板 96 孔/块，直接使用，室温平衡后，按所需人份取板条量；浓缩洗涤液 20ml/瓶，用前以新鲜蒸馏水或去离子水稀释 25 倍后备用，若有结晶，应置室温溶解后再稀释备用；阳性对照血清、阴性对照血清各 0.5ml/瓶，酶结合物 6ml/瓶，底物 A 液、底物 B 液、终止液各 6ml/瓶，均直接使用，用前必须恢复至室温并完全摇匀，用后保存于 2～8℃。

3.3 质控品

来源于卫生部临检中心或广东省临检中心，接近临界值的质控血清，浓度为 2NCU/ml。

4 仪器

LD5-10B 型离心机；2510 变频振荡器；恒温水浴箱；EGATE-2310 洗板机；MK3 酶标仪；Xiril Robotic Workstation 智能液体处理工作站；BEPⅢ全自动酶联免疫分析仪。

5 操作步骤

5.1 将标本按顺序编号、离心、准备好反应板。

5.2 加样

设空白对照 1 孔，仅加 100μl 洗涤液；设阴、阳性对照各 2 孔，质控 1 孔，分别加入 50μl 阴、阳性对照物、质控血清。样品孔各加入 50μl 血清（实验孔位按图 10-1-1 进行）。

5.3 加酶标记物

除空白对照孔外，余孔各加中和试剂及酶标记物各 50μl。振荡混匀 1min。

5.4 孵育及洗涤

37℃水浴孵育 30min，用洗板机洗板。洗板机先吸去板孔内液体，再以洗涤液注满各孔，静置 1min 后吸干，如此反复洗涤 5 次。

5.5 显色

	文件编号:
第五节 ELISA 法检测抗-HBc	版本号:
	页码:第 页 共 页

加底物 A、B 液各 50μl/孔,混匀;37℃闭光显色 10min,然后取出反应板加终止液 50μl/孔,混匀。

5.6 检测 OD 值

用 MK3 酶标仪以主波长 450nm、副波长 620nm、辅助波长 405nm 测 OD 值。

5.7 结果审核

在 LIS 系统审核结果。

6 质量控制

6.1 测定频率

每批标本均设置阴、阳性对照及临界值质控血清。S 为样品 OD 值,CO 为临界值(Cut-off)。

6.2 接受标准

当质控血清的 S/CO 值超出($\bar{x}\pm 2s$)范围时,系统处于警告状态,应予注意;当质控血清的 S/CO 值超出($\bar{x}\pm 3s$)范围时,定为失控;阴性对照结果应为阴性,为确保结果可靠,阳性对照 OD 值应<0.1,阴性对照应>1.0。否则参照免疫科室内质控失控处理程序检查失控原因。

6.3 质控检测完成后,在 ELISA 项目室内质控记录表上记录质控;参照 Levey-jennings 质控图控制,发现失控时填写失控报告,查出失控原因并做相应的处理。

6.4 质控品于 2~8℃保存,开封后需在 1 周内用完。使用前需置室温 20min,并充分振荡、摇匀。

7 注意事项

7.1 试剂盒应在 2~8℃保存,使用前试剂各组分应平衡至室温再开封启用;开启后应尽快用完,未用完的微孔板及时以自封袋封存。

7.2 严格按照说明书操作,不同批号试剂组分请勿混用。

7.3 使用前试剂应混匀。

7.4 洗涤时各孔需注满,防止孔口内有游离酶未能洗净。

7.5 试剂盒成分视为有传染性物质,需按传染病实验室检查规程操作。

7.6 本实验过程不能有污染,否则会影响实验结果判断。

8 方法的局限性

8.1 用于人血清或血浆标本,不适于其他的体液标本检测;单项检测指标不足以说明乙肝病毒感染过程,需结合其他四项乙肝病毒感染指标及临床症状判断。

8.2 该项目运用酶免疫竞争抑制法,在原理上存在缺陷,故实验中会引起检测的灵敏度降低。

9 结果判断

9.1 临界值(Cut-off)=阴性对照 OD 值×0.5。

第五节 ELISA 法检测抗-HBc	文件编号：
	版本号：
	页码：第 页 共 页

9.2 采用 S/CO 值法判定结果，当 S/CO 值≤1 为阳性，S/CO 值＞1 为阴性（S 为样品 OD 值，CO 为 Cut-off 值）。

10 临床意义

HBcAb 由 HBcAg 诱导产生，属非中和抗体，为 HBV 现正感染或既往感染的标志，用于病期判断和疾病流行病学研究。

IgM 型核心抗体为 HBV 感染早期产生的抗体，在 HBeAg 出现 1～2 周后开始升高，阳性提示乙型肝炎急性期，通常持续 3～6 个月，在恢复后期减弱或消失。

IgG 型核心抗体继 IgM 抗体之后出现，见于急性后期、慢性期、恢复期或既往感染，可持续数十年乃至终身。在急性肝炎恢复过程中，在表面抗体出现之前的数周或数月，HBsAg 消退和 Anti-HBs 升高，二者均在方法学检出水平以下，仅有核心抗体阳性时，称为隐性 HBV 感染窗口期，提示疾病向恢复期演变。临床意义可与 e 抗原阳性意义相叠加。

11 参考文献

［1］ 中山生物工程有限公司. 乙型肝炎病毒核心抗体诊断试剂盒（酶联免疫法）说明书.

［2］ 叶应妩,王毓三,申子瑜. 全国临床检验操作规程. 3 版. 南京:东南大学出版社,2006:620-621.

编写：阚丽娟   审核：熊继红   批准：张秀明

第六节 ELISA 法检测抗 HBc-IgM	文件编号：
	版本号：
	页码：第 页 共 页

1 原理

用兔抗人 μ 链抗体包被微孔反应板，用以捕捉血清中 IgM 类抗体，加入待测样品，再加入 HBcAg、辣根过氧化物酶标记的抗-HBc(抗-HBc-HPR)，如待测样品中含有抗 HBc-IgM 时，就能与包被的抗人 IgMμ 链结合，并且与 HBcAg、抗-HBc-HPR 结合成复合物，加入 TMB 底物产生显色反应，反之则无显色反应。

2 标本采集

使用新鲜无抗凝或肝素钠抗凝动脉血或静脉血 2～3ml，离心(1500～3000r/min)分离血清。不能立即测定的标本应于 2～8℃保存，但不应超过 3d。样本中不可添加叠氮钠防腐，因为叠氮钠会影响辣根过氧化物酶的活性。

3 试剂

3.1 试剂来源

上海科华生物工程股份有限公司提供的乙型肝炎病毒核心抗体-IgM 诊断试剂盒(酶联免疫法)。

3.2 试剂组成

抗人 μ 链抗体包被板(12 孔×4)直接使用，室温平衡后，按所需人份取板条量；浓缩洗涤液 30ml/瓶，用前以新鲜蒸馏水或去离子水稀释 25 倍后备用，若有结晶，应置室温溶解后再稀释备用；阳性对照血清、阴性对照血清各 1.0ml/瓶，酶结合物 3.2ml/瓶，HBcAb 3.2ml/瓶，底物 A 液、底物 B 液各 4.0ml/瓶，终止液 3.5ml/瓶，均直接使用，用前必须恢复至室温并完全摇匀，用后保存于 2～8℃。

3.3 质控品

来源于卫生部临检中心或广东省临检中心，接近临界值的质控血清，浓度为 2NCU/ml。

4 仪器

LD5-10B 型离心机；2510 变频振荡器；恒温水浴箱；EGATE-2310 洗板机；MK3 酶标仪。

5 操作步骤

5.1 样品稀释

将标本用洗涤液按 1∶1 000 稀释。

5.2 加样

设空白孔、阴、阳性对照各 1 孔，质控 1 孔。除空白孔外，分别加入 $100\mu l$ 阴、阳性对照物和临界值血清。样品孔加入 $100\mu l$ 已稀释样品。

5.3 孵育及洗涤

37℃水浴孵育 30min，用洗板机洗板。洗板机先吸去板孔内液体，再以洗涤液注满各孔，静置 1min 后吸干，如此反复洗涤 4 次。

5.4 加酶标记物及抗原

第六节　ELISA 法检测抗 HBc-IgM	文件编号：
	版本号：
	页码：第　页　共　页

除空白对照孔外,其余孔各加 $50\mu l$ 酶标记物和 $50\mu l$ 抗原,充分振荡混匀。

5.5 孵育及洗涤

37℃水浴孵育 30min,用洗板机洗板。洗板机先吸去板孔内液体,再以洗涤液注满各孔,静置 1min 后吸干,如此反复洗涤 5 次。

5.6 显色

加底物 A、B 液各 $50\mu l$/孔,37℃闭光显色 15min,加终止液 $50\mu l$/孔。

5.7 检测 OD 值

用 MK3 酶标仪以 450nm 为主波长,630nm 为参考波长测 OD 值。

5.8 结果审核

通过数值转换后,在 LIS 系统审核结果。

6 质量控制

6.1 测定频率

每批标本均设置阴、阳性对照及临界值质控血清。S 为样品 OD 值,CO 为临界值(Cut-off)。

6.2 接受标准

当质控血清的 S/CO 值超出 $\bar{x}\pm 2s$ 范围时,系统处于警告状态,应予注意;当质控血清的 S/CO 值超出 $\bar{x}\pm 3s$ 范围时,定为失控;阴性对照结果应为阴性。若阳性对照 OD 值<1.3,阴性对照 OD 值>0.1,结果视为无效,应参照免疫科室内质控失控处理程序检查失控原因。

6.3 质控检测完成后,在 ELISA 项目室内质控记录表上记录质控;参照 Levey-jennings 质控图控制,发现失控时填写失控报告,查出失控原因并做相应的处理。

6.4 质控品于 2~8℃保存,开封后需在 1 周内用完。使用前需置室温 20min,并充分振荡、摇匀。

7 注意事项

7.1 检测工作必须符合实验室管理规范和生物安全守则规定,严格防止交叉感染。

7.2 所有试剂使用前均要摇匀。

7.3 不同批号的试剂不可混用。

7.4 应严格按照反应时间孵育,以免影响实验结果。

8 方法的局限性

类风湿因子对实验干扰性较大,检测时需对标本进行 1 000 倍的稀释,否则会增高假阳性率。

9 结果判断

9.1 临界值(Cut-off)＝样品 OD 值/阴性对照 OD 均值≥4 判读为阳性,否则为阴性,阴性对照 OD 值<0.05 作 0.05 计算,>0.05 按实际 OD 值计算。

9.2 采用 S/CO 值法判定结果,当 S/CO 值≥1 为阳性,S/CO 值<1 为阴性(S 为样品

第六节　ELISA 法检测抗 HBc-IgM	文件编号：
	版本号：
	页码：第　页　共　页

OD 值,CO 为 Cut-off 值)。

10 临床意义

HBcAb 由 HBcAg 诱导产生,属非中和抗体,为 HBV 现症感染或既往感染的标志,用于病期判断和疾病流行学研究。IgM 型核心抗体为 HBV 感染早期产生的抗体,在 HBeAg 出现 1～2 周后开始升高,阳性提示乙型肝炎急性期,通常持续 3～6 个月,在恢复后期减弱或消失。

11 参考文献

[1]　上海科华生物工程股份有限公司.乙型肝炎病毒核心抗体-IgM 诊断试剂盒(酶联免疫法)说明书.

[2]　叶应妩,王毓三,申子瑜.全国临床检验操作规程.3 版.南京:东南大学出版社,2006:621.

编写:阮小倩　　　　审核:熊继红　　　　批准:张秀明

第七节　ELISA 法检测乙型肝炎病毒 前 S1 抗原	文件编号：
	版本号：
	页码：第　页　共　页

1 原理

用乙肝病毒 preS1（HBV preS1）蛋白单克隆抗体分别用作包被和酶标记抗体，再配以缓和液和其他试剂组成，采用 ELISA 双抗体夹心一步法检测人血清、血浆样品中的乙肝病毒 preS1 蛋白。用于乙肝的辅助诊断。

2 标本采集

使用新鲜无抗凝或肝素钠抗凝动脉血或静脉血 2～3ml，离心（1500～3000r/min）分离血清。不能立即测定的标本应于 2～8℃保存，但不应超过 3d。样本中不可添加叠氮钠防腐，因为叠氮钠会影响辣根过氧化物酶的活性。

3 试剂

3.1 试剂来源

上海复星长征医学科学有限公司提供的乙型肝炎病毒前 S1 抗原检测试剂盒（酶联免疫法）。

3.2 试剂组成

包被板 4 条×12 孔；酶结合物工作液 3ml（1 瓶）；前 S1 蛋白阳性对照（A）、阴性对照（B）各 200μl（1 瓶）；浓缩洗涤液（用时 20 倍稀释）10ml（1 瓶）；TMB 显色剂 A、TMB 显色剂 B 各 3ml（1 瓶）；终止液 3ml（1 瓶）。

3.3 控制品

使用试剂盒提供的阴阳对照。阳性对照 OD 值应＞0.3，阴性对照 OD 值应＜0.2，否则实验无效，应重新实验。

4 仪器

LD5-10B 型离心机；2510 变频振荡器；恒温水浴箱；EGATE-2310 洗板机；MK3 酶标仪；Xiril Robotic Workstation 智能液体处理工作站。

5 操作步骤

5.1 将标本按顺序编号、离心、准备好反应板。

5.2 加样

设阴性对照、阳性对照各 2 孔，分别加入前 S1 蛋白阴性对照、前 S1 蛋白阳性对照 50μl。空白对照 1 孔，加生理盐水 100μl。然后，依次在反应孔内加入待测样本 50μl。除空白孔外，每孔再加入酶结合工作液 50μl，置微型振荡器混匀 5s，盖好封片。

5.3 孵育及洗涤

置 37℃孵育 60min 后，弃去反应孔内液体并拍干，用工作洗涤液（浓缩洗涤液 1ml＋蒸馏水 19ml 稀释后即为工作洗涤液）注满各孔，静置 30s、再拍干，重复洗涤 5 次。

5.4 显色

加底物 A、B 液各 50μl/孔，混匀；37℃闭光显色 10min，然后取出反应板加终止液 50μl/

第七节　ELISA 法检测乙型肝炎病毒 前 S1 抗原	文件编号：
	版本号：
	页码:第　页　共　页

孔,混匀。

5.5 检测 OD 值

用 MK3 酶标仪以主波长 450nm、副波长 620nm、辅助波长 405nm 测 OD 值。

5.6 结果审核

在 LIS 系统审核结果。

6 注意事项

6.1 不同批号试剂不得混用。

6.2 包被条需密闭防潮,从 2～8℃中取出后,在室温中平衡不得少于 15min。

6.3 试剂保存于 2～8℃,有效期 6 个月。请在有效期内使用。

6.4 本试剂应视为有传染性物质,请按传染病实验室检查规程操作。

7 结果判断

临界值(Cut off value)=阴性对照 OD 值×2.5,阴性对照>0.05 时按实际 OD 值计算。阴性对照<0.05 时,按 0.05 计算。凡待检标本孔 OD 值大于临界值即为阳性。

8 临床意义

乙肝病毒前 S1 抗原出现在急性乙型肝炎病毒感染的最早期,比 HBeAg 出现更早,是早期传染性的标志,检出前 S1 抗原可表明乙肝病毒的复制。HBeAg 是乙肝病毒复制标志之一,但在急性感染时出现晚于前 S1 抗原,同时还有部分 HBeAg 阴性,病情仍在活动并有传染性,而且血清前 S1 抗原转阴比 HBsAg 早,是病毒被清除的指标。实验室诊断对于判断病毒复制程度、监测治疗效果及预后评估至关重要,显然 HBeAg 阴性并不能作为 HBV 复制终止理想的判断依据。加查前 S1 抗原后能够更加快速、全面反映乙肝病毒在体内复制情况。PreS1 抗原检测在诊断 HBV 患者、评价预后及了解病毒在机体内复制情况具有指导意义,是对乙肝两对半的重要补充。

9 参考文献

[1]　上海复星长征医学科学有限公司.乙型肝炎病毒前 S1 抗原检测试剂盒(酶联免疫法)说明书.

编写:阮小倩　　　审核:熊继红　　　批准:张秀明

第八节　ELISA 法检测抗丙型肝炎病毒 IgG 抗体	文件编号：
	版本号：
	页码：第　页　共　页

1 原理

采用 ELISA 间接法。用高纯度基因重组 HCV 结构和非结构区特异性多肽抗原包被微孔板,待检血清中 IgG 型抗-HCV 与之反应后,再用辣根过氧化物酶标记的兔抗人 IgG 检测抗体,形成 HCV 多肽抗原-抗体-酶标抗人 IgG 复合物,作用底物显色。

2 标本采集

使用新鲜无抗凝或肝素钠抗凝动脉血或静脉血 2～3ml,离心(1500～3000r/min)分离血清。不能立即测定的标本应于 2～8℃保存,但不应超过 3d。样本中不可添加叠氮钠防腐,因为叠氮钠会影响辣根过氧化物酶的活性。

3 试剂

3.1 试剂来源

北京万泰生物技术有限公司提供的丙型肝炎病毒抗体(anti-HCV)诊断试剂盒。

3.2 试剂组成

HCV 多肽包被板 96 孔,直接使用,室温平衡后,按所需人份取板条量;样品稀释液 30ml/瓶,用前以新鲜蒸馏水或去离子水稀释成 20 倍后备用,浓缩洗涤液 30ml/瓶×1 瓶,用前以新鲜蒸馏水或去离子水稀释 25 倍后备用,若有结晶,应置室温溶解后再稀释备用;酶结合物 3.2ml/瓶、底物 A 液、底物 B 液、终止液各 6ml/瓶,均直接使用,用前必须恢复至室温并完全摇匀,用后保存于 2～8℃。

3.3 质控品

来源于卫生部临检中心或广东省临检中心,接近临界值的质控血清,浓度为 2NCU/ml。

4 仪器

LD5-10B 型离心机;2510 变频振荡器;恒温水浴箱;EGATE-2310 洗板机;MK3 酶标仪;Xiril Robotic Workstation 智能液体处理工作站。

5 操作步骤

5.1 加标本稀释液

设空白对照 1 孔,阴性对照 3 孔、阳性对照 2 孔、质控 1 孔(空白对照孔不加样品及酶标试剂,其余各步相同),每孔加入 100μl 标本稀释液(实验按图 10-1-1 孔位进行)。

5.2 加样

阴、阳性对照、质控、样品孔各加入 10μl 血清。于振荡器上振荡 5～10s 以充分混匀。

5.3 孵育及洗涤

37℃水浴孵育 30min,用洗板机洗板。洗板机先吸去板孔内液体,再以洗涤液注满各孔,静置 1min 后吸干,如此反复洗涤 5 次。

5.4 加酶标记物

除空白对照孔外,余孔各加 100μl 酶标记物。

第八节　ELISA法检测抗丙型肝炎病毒 IgG抗体	文件编号： 版本号： 页码:第　页　共　页

5.5 孵育及洗涤

置37℃水浴孵育20min。用洗板机洗板。洗板机先吸去板孔内液体,再以洗涤液注满各孔,静置1min后吸干,如此反复洗涤6次。

5.6 显色

加底物A、B液各50μl/孔,混匀;37℃闭光显色10min,然后取出反应板加终止液50μl/孔,混匀。

5.7 检测OD值

用MK2酶标仪比色,以450nm为主波长、630nm为参考波长测OD值。

5.8 结果审核

在LIS系统审核结果。

6 质量控制

6.1 测定频率

每批标本均设置阴、阳性对照及临界值质控血清。S为样品OD值,CO为临界值(Cut-off)。

6.2 接受标准

当临界值血清的S/CO值超出$\bar{x}\pm2s$范围时,系统处于警告状态,应予注意;当临界值血清的S/CO值超出$\bar{x}\pm3s$范围时,定为失控,则参照免疫科室内质控失控处理程序检查失控原因。

6.3 质控检测完成后,在ELISA项目室内质控记录表上记录质控;参照Levey-jennings质控图控制,发现失控时填写失控报告,查出失控原因并做相应的处理。

6.4 质控品于2~8℃保存,开封后需在1周内用完。使用前需置室温20min,并充分振荡、摇匀。

7 注意事项

7.1 试剂盒应在2~8℃保存,使用前试剂各组分应平衡至室温再开封启用;开启后应尽快用完,未用完的微孔板及时以自封袋封存。

7.2 严格按照说明书操作,不同批号试剂组分请勿混用。

7.3 使用前试剂应混匀。

7.4 洗涤时各孔需注满,防止孔口内有游离酶未能洗净。

7.5 试剂盒成分视为有传染性物质,需按传染病实验室检查规程操作。

7.6 本实验过程不能有污染,否则会影响实验结果判断。

8 结果判断

8.1 阴阳性对照孔的正常范围

正常情况下,阴性对照孔OD值≤0.08,阳性对照孔OD值＞0.50,实验结果方为有效。若有一孔阴性对照孔OD值＞0.08应舍去,用其余2孔计算;若2孔或2孔以上阴性对照孔

第八节　ELISA 法检测抗丙型肝炎病毒IgG 抗体	文件编号：
	版本号：
	页码:第　页　共　页

OD 值＞0.08,应重新进行实验;若阴性对照＜0.02,则按 0.02 计算。

8.2 临界值(Cut-off)计算

临界值(Cut-off)＝阴性对照孔 OD 均值＋0.12。

8.3 本实验室采用 S/CO 值法判定结果

即 S/CO 值≥1 为阳性(S 为样品 OD 值,CO 为 Cut-off 值);S/CO 值＜1 为 HCV 抗体反应阴性。

8.4 重复检测

8.4.1 复查样品确定:抗-HCV 初试为阳性的标本均应进行复试。

8.4.2 样品复检程序:复检标本时,若初试 OD 值≤2 倍临界值,或 S/CO 值≤2 的弱阳性标本应进行双孔复试;S/CO 值＞2 的阳性标本可 1～2 孔复试;若结果与首次检测不一致时,应将样品二次复检,以两次相同的结果报告。

9 临床意义

抗-HCV 不是保护性抗体。诊断 HCV 感染,抗-HCV 检测是最实用的筛选实验,这种检测对减少输血后丙型肝炎极为有效。目前检测抗-HCV 是使用第三代 EIA 试剂,该代试剂增加了来自 NS5 的抗原,灵敏度与特异性较前二代有所提高。当患者抗-HCV 阳性,只有检测到 HCV RNA 阳性时,才可诊断患者为 HCV 病毒的现症感染者。

10 参考文献

[1] 北京万泰生物技术有限公司. 丙型肝炎病毒抗体(anti-HCV)诊断试剂盒说明书.

[2] 叶应妩,王毓三,申子瑜. 全国临床检验操作规程.3 版.南京:东南大学出版社,2006:578-580.

编写:杜满兴　　　　审核:熊继红　　　　批准:张秀明

第九节　ELISA 法检测抗丁型肝炎病毒 IgG 抗体	文件编号：
	版本号：
	页码：第　页　共　页

1 原理

用人工合成的丁肝病毒抗原(HDV-Ag)包被的微孔板 HDV-IgG 抗体及其他试剂制成，应用竞争抑制法原理(ELISA)检测人血清或血浆中的 HDV-IgG 抗体。

2 标本采集

使用新鲜无抗凝或肝素钠抗凝动脉血或静脉血 2～3ml，离心(1500～3000r/min)分离血清。不能立即测定的标本应于 2～8℃保存，但不应超过 3d。样本中不可添加叠氮钠防腐，因为叠氮钠会影响辣根过氧化物酶的活性。

3 试剂

3.1 试剂来源

中山生物工程有限公司提供的丁型肝炎病毒 IgG 抗体诊断试剂盒(酶联免疫法)。

3.2 试剂组成

包被板 48 孔，直接使用，室温平衡后，按所需人份取板条量；浓缩洗涤液 20ml/瓶，用前以新鲜蒸馏水或去离子水稀释 25 倍后备用，若有结晶，应置室温溶解后再稀释备用；阳性对照血清、阴性对照血清各 1.0ml/瓶，酶结合物 3ml/瓶，底物 A 液、底物 B 液、终止液各 3ml/瓶，均直接使用，用前必须恢复至室温并完全摇匀，用后保存于 2～8℃。

3.3 质控品

为试剂盒提供的阴阳对照。

4 仪器

LD5-10B 型离心机；2510 变频振荡器；恒温水浴箱；EGATE-2310 洗板机；MK3 酶标仪。

5 操作步骤

5.1 加样

设空白对照 1 孔，阴、阳性对照各 2 孔，分别加入 $50\mu l$ 阴、阳性对照物。样品孔各加入 $50\mu l$ 血清。

5.2 加酶标记物

除空白对照孔外，其余孔各加 $50\mu l$ 酶标记物。在振荡器上振荡混匀 1min。

5.3 孵育及洗涤

37℃水浴孵育 60min，用洗板机洗板。洗板机先吸去板孔内液体，再以洗涤液注满各孔，静置 1min 后吸干，如此反复洗涤 5 次。

5.4 显色

加底物 A、B 液各 $50\mu l$/孔，混匀；37℃闭光显色 10min，然后取出反应板加终止液 $50\mu l$/孔，混匀。

5.5 检测 OD 值

用 MK3 酶标仪以 450nm 为主波长、630nm 为参考波长测 OD 值。

第九节　ELISA 法检测抗丁型肝炎病毒 IgG 抗体	文件编号：
	版本号：
	页码:第　页　共　页

5.6 结果审核

在 LIS 系统审核结果。

6 质量控制

6.1 测定频率

每批标本均设置阴、阳性对照及临界值质控血清。S 为样品 OD 值,CO 为临界值(Cut-off)。

6.2 接受标准

当临界值血清的 S/CO 值超出 $\bar{x}\pm2s$ 范围时,系统处于警告状态,应予注意;当临界值血清的 S/CO 值超出 $\bar{x}\pm3s$ 范围时,定为失控。为确保结果可靠,阳性对照 OD 值应<0.15,阴性对照 OD 值应>0.8。否则参照免疫科室内质控失控处理程序检查失控原因。

6.3 质控检测完成后,在 ELISA 项目室内质控记录表上记录质控;参照 Levey-jennings 质控图控制,发现失控时填写失控报告,查出失控原因并做相应的处理。

6.4 质控品于 2~8℃保存,开封后需在 1 周内用完。使用前需置室温 20min,并充分振荡、摇匀。

7 注意事项

7.1 试剂盒应于 2~8℃保存,使用前试剂各组分应平衡至室温再开封启用;开启后应尽快用完,未用完的微孔板及时以自封袋封存。

7.2 严格按照说明书操作,不同批号试剂组分请勿混用。

7.3 使用前试剂应混匀。

7.4 试剂盒成分视为有传染性物质,需按传染病实验室检查规程操作。

7.5 本实验过程不能有污染,否则会影响实验结果判断。

8 方法的局限性

8.1 仅适用于人血清或血浆标本检测,不适用于其他的体液标本检测。

8.2 单项检测指标不足以说明丁肝病毒的感染过程,需结合其他指标及临床症状判断。

9 结果判断

9.1 抑制率

抑制率＝(阴性对照 OD 值－样品 OD 值)/(阴性对照 OD 值－阳性对照 OD 值)×100%。抑制率≥50%为阳性,抑制率<50%为阴性。

9.2 重复检测

初试为阳性标本均应进行复检。

10 临床意义

丁型肝炎病毒是一种缺陷病毒,只有在和 HBV 共存的条件下才能感染病人。抗-HDVIgG 是 HDV 的临床特异性抗体。自限性感染可伴有抗-HDV IgG 阳性。慢性感染者抗-

第九节　ELISA 法检测抗丁型肝炎病毒 IgG 抗体	文件编号:
	版本号:
	页码:第　页　共　页

HDVIgG 为阳性。抗-HDVIgG 不是保护性抗体,其阳性不一定意味着病毒复制已经静止,若血清中检出 HDV RNA,说明肝组织仍存在 HDV。抗-HDV IgG 阳性只能在 HBsAg 阳性血清中测得,是诊断慢性丁型肝炎的可靠血清学指标。重叠感染 HBV 和 HDV 时,病情较严重,常表现为抗-HBcIgM 阴性,抗-HDVIgM 和抗-HBcIgG 阳性。

11 参考文献

[1]　中山生物工程有限公司.丁型肝炎病毒 IgG 抗体诊断试剂盒(酶联免疫法)说明书.

编写:杜满兴　　　审核:熊继红　　　批准:张秀明

第十节 ELISA 法检测抗戊型肝炎病毒 IgM 抗体	文件编号：
	版本号：
	页码：第　页 共　页

1 原理

将 HEV 蛋白结构区的 3 种重组抗原成分,包被于聚苯乙烯酶标板的反应孔中,加入待测血清或血浆,经孵育若存在特异性抗体将与固相的 HEV 抗原结合。充分冲洗反应孔以祛除未结合成分,再将辣根过氧化物酶标记的鼠抗人 IgM 抗体加入反应孔中,酶结合物将结合到先前形成的抗原抗体复合物上,反复冲洗反应孔,祛除未结合的酶结合物,然后向每孔中加入底物液——四甲基联苯胺(TMB)溶液。若反应体系出现蓝色反应,表明标本中存在 HEV 特异性抗体,加入盐酸终止呈色反应,用酶标仪在 450nm 波长下测定反应体系的吸光度,吸光度与待测样本中的特异性抗体数量成正比。

2 标本采集

使用新鲜无抗凝或肝素钠抗凝动脉血或静脉血 2～3ml,离心(1500～3000r/min)分离血清。不能立即测定的标本应于 2～8℃保存,但不应超过 3d。样本中不可添加叠氮钠防腐,因为叠氮钠会影响辣根过氧化物酶的活性。

3 试剂

3.1 试剂来源

北京万泰生物技术有限公司提供的戊型肝炎病毒 IgM 抗体诊断试剂盒(酶联免疫法)。

3.2 试剂组成

包被板 12 孔×8 条,直接使用,按检测所需人份取板条量;阳性对照血清、阴性对照血清各 160μl/瓶,稀释液 100ml/瓶,TMB 底物、终止液各 30ml/瓶,均直接使用,用前必须恢复至室温和完全摇匀,用后保存于 2～8℃;酶结合物 70ml/瓶,用前根据标本量将酶原液按 1:200 以标本稀释液配制成应用酶结合物,酶原液用后保存于 2～8℃;浓缩洗涤液 120ml/瓶,用前以新鲜蒸馏水或去离子水稀释 25 倍后备用,若有结晶,应置室温溶解后再稀释备用。

3.3 质控品

为试剂盒提供的阴阳对照。

4 仪器

LD5-10B 型离心机;2510 变频振荡器;恒温水浴箱;EGATE-2310 洗板机;MK3 酶标仪。

5 操作步骤

5.1 加样品稀释液

除空白孔外,各孔分别加入 200μl 样品稀释液。

5.2 加样

设空白 1 孔,阴、阳性对照各 2 孔。除空白孔外,分别加入 10μl 阴、阳性对照物。样品孔加入 10μl 样品。

5.3 孵育及洗涤

37℃水浴孵育 30min,用洗板机洗板。洗板机先吸去板孔内液体,再以洗涤液注满各孔,

第十节　ELISA 法检测抗戊型肝炎病毒 IgM 抗体

<table>
<tr><td>文件编号：</td></tr>
<tr><td>版本号：</td></tr>
<tr><td>页码：第　页　共　页</td></tr>
</table>

静置 1min 后吸干，如此反复洗涤 4 次。

5.4 加酶标记物

除空白孔外，其余孔各加 100μl 酶标记物。

5.5 孵育及洗涤

37℃ 水浴孵育 30min，用洗板机洗板。洗板机先吸去板孔内液体，再以洗涤液注满各孔，静置 1min 后吸干，如此反复洗涤 5 次。

5.6 加底物

加 TMB 底物 100μl/孔，37℃ 闭光显色 10min，加终止液 50μl/孔。

5.7 检测 OD 值

用 MK2 酶标仪比色，以 450nm（单波长）或 450nm/630nm（双波长）测各孔 OD 值。

5.8 结果审核

在 LIS 系统审核结果。

6 质量控制

6.1 测定频率

每批标本均设置阴、阳性对照及临界值质控血清。S 为样品 OD 值，CO 为临界值（Cut-off）。

6.2 接受标准

当临界值血清的 S/CO 值超出 $\bar{x}\pm2s$ 范围时，系统处于警告状态，应予注意；当临界值血清的 S/CO 值超出 $\bar{x}\pm3s$ 范围时定为失控，则参照免疫科室内质控失控处理程序检查失控原因。

6.3 质控检测完成后，在 ELISA 项目室内质控记录表上登记质控；参照 Levey-jennings 质控图控制，发现失控时填写失控报告，查出失控原因并做相应的处理。

6.4 质控品于 2～8℃ 保存，开封后需在 1 周内用完。使用前需置室温 20min，并充分振荡、摇匀。

7 注意事项

7.1 用前试剂盒各组分应在室温中平衡后再开封启用。

7.2 空白对照孔的吸光度应≤0.100。每个阳性对照孔的吸光度与空白对照孔的吸光度的差值必须≥0.500。

7.3 阳性对照孔和阴性对照孔的平均吸光度差值（RCX-NRCX）应≥0.400，提示检测结果可靠。否则应怀疑技术问题，检测必须重新进行。

7.4 如果 RCX-NRCX 值持续偏低，应怀疑试剂变质。

7.5 严格按照说明书要求操作，防止交叉污染。

7.6 未用完的包被板应及时用自封袋封存。

7.7 试剂盒应视为有传染性物质，请按传染病实验室检查规程操作．不可用不同批号的

第十节　ELISA 法检测抗戊型肝炎病毒 IgM 抗体	文件编号：
	版本号：
	页码：第　页　共　页

试剂盒中的试剂相互代替。

7.8 阴、阳性对照物、酶结合物、酶标板必须固定匹配使用。

7.9 不可应用试剂盒外的试剂。

7.10 底物液使用前必须是无色的或微黄的；任何其他颜色提示底物液失效或被污染，不能使用。

8 方法的局限性

8.1 如经检测呈重复阳性结果，就可以认定样本中有 HEV IgM 抗体，阴性结果表示样本中没有 HEV IgM 抗体，但阴性结果并不排除曾经接触或感染 HEV 的可能。这种类型试剂盒可能出现假阳性结果，其发生率取决于试剂盒的灵敏度和特异性。对大多数诊断实验来说，普通人群中的抗体水平越高，假阳性率就越低。

8.2 经实验证明，未发现风湿因子和高滴度的 IgG 会影响 HEV IgM ELISA 试剂盒的性能，用 IgG 去除法（如 RFRR）需要稀释样品，有可能影响 HEV IgM ELISA 试剂盒的敏感性。

9 结果判断

9.1 临界值＝0.4＋NRCX。如 NRCX＝0.010，临界值＝0.4＋0.010＝0.410。

9.2 根据试剂盒的结果分析标准，若样本的吸光度小于临界值，则判定 HEV IgM 抗体阴性；若样本吸光度大于或等于临界值，则判定 HEV IgM 抗体初始阳性，此时应重复做双孔检测，再判定最终结果；初始阳性标本在重复检测后，结果仍为阳性，则判定 HEV IgM 抗体重复检测阳性；初始阳性标本在重新检测后结果为阴性，则判定 HEV IgM 抗体阴性。

10 临床意义

戊型肝炎经肠道传播，主要流行于发展中国家，发病者多曾到戊型肝炎流行地区旅游。戊型肝炎病毒感染后的病程进展为急性和自限性过程，通常不造成肝组织的慢性损伤。其在普通人群中的病死率为 1‰～2‰，是甲型肝炎的 10 倍，但在妊娠 6～9 个月的孕妇中病死率较高，可达 10％～20％。

11 参考文献

[1] 北京万泰生物技术有限公司. 戊型肝炎病毒 IgM 抗体诊断试剂盒（酶联免疫法）说明书.

[2] 叶应妩，王毓三，申子瑜. 全国临床检验操作规程. 3 版. 南京：东南大学出版社，2006：624-625.

编写：卢建强　　　　审核：熊继红　　　　批准：张秀明

第十一节　时间分辨荧光免疫分析法 测定 HBsAg	文件编号：
	版本号：
	页码：第　页　共　页

1 原理

采用双抗体夹心时间分辨免疫荧光分析法（IFMA 法）。以单克隆抗-HBs 抗体包被反应板，用铕标记试剂（DTTA-Eu）标记抗-HBs。加入待测样本后，样本中的 HBsAg 与包被于微孔板上的单克隆抗体结合，洗涤后加入铕标记的抗-HBs-DTTA-Eu，与已结合在板上的 HBsAg 反应，在微孔表面形成抗-HBs-HBsAg-抗-HBs-DTTA-Eu 复合物。洗涤去除游离的铕标记抗-HBs，加入增强液（β-NTA）将复合物上的 Eu^{3+} 解离到溶液中，并与增强液中的有效成分形成高荧光强度的螯合物，其荧光强度与样本中的 HBsAg 浓度成正比。通过测定荧光强度，可测定血清样本中的 HBsAg。

2 标本采集

2.1 样品采集

采集新鲜无抗凝静脉血 2～3ml，采用离心法分离出血清。血清样本 2～8℃可保存 6d，−20℃可长期保存。避免反复冻融。

2.2 注意事项

由于 EDTA、柠檬酸盐会与铕发生螯合反应，因此，不能使用含有这些物质抗凝的血浆，但可以使用肝素抗凝血浆。

3 试剂

3.1 试剂来源

苏州新波生物技术有限公司提供的乙型肝炎病毒表面抗原定量检测试剂盒（时间分辨免疫荧光分析法）。

3.2 试剂组成

HBsAg 校准品 A-F 各 1 瓶（1.5ml/瓶）；铕标记物 1 瓶（0.2ml），使用前按需求量做 1∶50 倍稀释；浓缩洗液 1 瓶（40ml），使用前去离子水按 1∶25 倍稀释；铕标记稀释液 1 瓶（20ml）；微孔反应板 1 块（12 孔×8 条，包被有抗-HBs 的单克隆抗体）；增强液 1 瓶（20ml）。

3.3 试剂保存

2～8℃可保存至瓶上标签所示的失效期，增强液于 2～8℃可保存至瓶上标签所示的失效期，室温（20～25℃）下可保存 6 个月，避免阳光直射；使用前试剂各组分应平衡至室温，用后立即保存于 2～8℃。

3.4 质控品

由卫生部临检中心或广东省临检中心提供。每瓶质控品干粉用 5ml 蒸馏水稀释，室温放置 15～20min，吸样前轻轻摇匀数遍保证完全混匀。未开启的质控品于 2～8℃保存至瓶上标签所示的失效期，复溶后密封置 2～8℃可保存 10d，分装后−18～−20℃保存 3 个月。

4 仪器

上海新波生物技术有限公司 ANYTEST2000 时间分辨荧光测定仪系统，包括荧光免疫分析仪、振荡器、洗板机。

第十一节　时间分辨荧光免疫分析法 测定 HBsAg	文件编号:
	版本号:
	页码:第　页　共　页

5 校准程序

根据需要定期进行必要的校准,如改换新试剂批号、室内质控失控时要进行校准。使用试剂盒提供的 6 个校准品,每个浓度做双孔进行标准曲线校准,并要重新设定标准品的浓度。

6 操作程序

6.1 试剂的准备

6.1.1 洗涤液

将 40ml 浓缩洗液和 960ml 去离子水在干净的洗液瓶中混合,作为工作洗涤液备用。

6.1.2 铕标记物

使用前 1h 内用铕标记稀释液按 1∶50 倍稀释,并一次用完(使用一次性的塑料容器来配制)。

6.2 将试剂及所需数量的微孔反应条置室温(20~25℃,下同)平衡。

6.3 吸取 100μl 阴性、阳性对照及待检样本,按顺序加入微孔中并加贴封片。

6.4 微孔反应条在室温下,用振荡仪缓慢振摇孵育 40min。

6.5 在第一次孵育结束后,小心将微孔反应条上的封片揭下并弃掉,将微孔反应条放入洗板机吸干各孔并每孔注入洗涤液 400μl,再吸干各孔,重复以上洗涤 4 次,最后一次将微孔反应条拍干。

6.6 每孔中加入 100μl 铕标记物工作液,并加贴封片。

6.7 微孔反应条在室温下,用振荡仪缓慢振摇孵育 40min。

6.8 第二次孵育结束后,小心将微孔反应条上的封片揭下并弃掉,将微孔反应条放入洗板机吸干各孔并每孔注入洗涤液 400μl,在吸干各孔,重复以上洗涤 6 次,最后一次将微孔反应条拍干。

6.9 每孔中加入增强液 100μl(加样过程中避免碰到小孔边缘或其中的试剂,尽量避免污染),并加贴封片。

6.10 微孔反应条在室温下,用振荡仪轻摇 5min(在 30min 内完成测定)。

7 质量控制

7.1 浓度>150ng/ml 的血样标本应稀释后重新计算浓度值,稀释后浓度值应在线性范围内。

7.2 质控品于 2~8℃保存,开封后需在 1 周内用完。使用前需置室温 20min,并充分振荡、摇匀。

7.3 质控检测完成后,在《ANYTEST 时间分辨荧光分析室内质控记录表》(表 10-11-1)上登记质控记录;参照 Levey-jennings 质控图控制,发现失控时填写失控报告,查出失控原因并做相应的处理。

7.4 A 值计数值应<5 000,F 点计数值<1 000 000,剂量反映曲线的线性关系系数 R 值应>0.9800,否则应重新进行实验;实验应符合典型的剂量-反应曲线(图 10-11-1),否则也应

第十一节　时间分辨荧光免疫分析法 测定 HBsAg	文件编号：
	版本号：
	页码:第　页　共　页

重新进行实验。

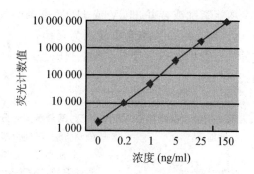

图 10-11-1　剂量-反应曲线

8 性能参数

8.1 本试剂盒测定范围为 0.2~150ng/ml。

8.2 HBsAg adr 亚型的最低检出量为 0.2ng/ml,adw 亚型的最低检出量为 1.0ng/ml,ay 亚型的最低检出量为 1.0ng/ml。

9 注意事项

9.1 不可混用不同批号试剂及过期试剂,使用前试剂需平衡至室温。

9.2 尽量建立一个干净无尘的试验环境,对试验的成功起到决定性作用(因为尘土中含很多金属离子,会影响试验结果)。

9.3 为保证实验的准确性,处理血样时应做到没有纤维蛋白、红细胞等,并要保证血样吸取量的准确性,否则容易引起测量值的差异。建议不使用高血脂、高胆红素和高血红蛋白样本。

9.4 洗板机在每天使用时应进行校正注液量和残留量,注意管道是否畅通,洗涤时确认每孔中的洗涤液都注满微孔。

9.5 吸取增强液和铕标记物时,应避免交叉污染。

9.6 如果病人样本中 HBsAg 的浓度过高,应使用小牛血清稀释液进行稀释。

9.7 试剂盒成分视为有传染性物质,需按传染病实验室检查规程操作。

10 结果判断

建议浓度值≥0.2ng/ml 判断为阳性,否则为阴性。

11 临床意义

乙型肝炎病毒表面抗原阳性是 HBV 感染和携带的标志,用于肝炎鉴别诊断、流行学研究和输血安全保证。急性肝炎可以在转氨酶升高前或症状出现前 1~7 周测出,发病 3 周约 50% 呈阳性,高峰在感染后 2~3 个月,多数病人半年后清除然后表面抗体升高。HBsAg 阳

第十一节 时间分辨荧光免疫分析法 测定 HBsAg	文件编号:
	版本号:
	页码:第 页 共 页

性持续半年或 1 年以上为 HBV 慢性携带者,母婴传播可携带数十年,此期间虽无明显症状但可有肝细胞损害,与免疫功能紊乱或合并 HCV 或 HDV 感染有关。其中部分病人将发展为慢性肝炎、肝坏死、肝硬化。后者中少数患者可发展为肝癌。

对 HBsAg 阳性者应检查 ALT、AST、HBV-DNA、HBeAg 和 HBeAb,以判明传染性、活动性或 HBV 变异株感染。

表 10-11-1 中山市人民医院检验医学中心 ANYTEST 时间分辨荧光分析室内质控登记表

科别:免疫科　　　　　检测项目:　　　　　检测方法:时间分辨法

试剂厂家:上海新波　　　　　　　　　　　质控批号:

质控物含量:　　　　　检测时间:20 年 月　　　表格编号:JYZX-MY-TAB-002

均值:		警告线:		失控线:		
日期	检测批号	阴性对照测值	阳性对照测值	质控检测值	试剂批号	操作者
1						
2						
…						
…						
30						
31						

注明:在相应位置填写测定结果及试剂批号

当月质控血清平均值:　　　SD 值:　　　CV 值:　　　%

备注:

12 参考文献

[1] 苏州新波生物技术有限公司. 乙型肝炎病毒表面抗原定量检测试剂盒(时间分辨免疫荧光分析法)说明书.

[2] 叶应妩,王毓三,申子瑜. 全国临床检验操作规程. 3 版. 南京:东南大学出版社,2006:618-619.

编写:卢建强　　　　审核:熊继红　　　　批准:张秀明

第十二节　时间分辨荧光免疫分析法测定抗-HBs	文件编号：
	版本号：
	页码：第　页　共　页

1 原理

采用双抗原夹心时间分辨免疫荧光分析法（IFMA 法）。以单克隆 HBsAg 包被反应板，用铕标记试剂（DTTA-Eu）标记 HBsAg。加入待测样本后，样本中的抗-HBs 与包被于微孔板上的单克隆 HBsAg 结合，洗涤后加入铕标记的 HBsAg-DTTA-Eu，与已结合的抗-HBs 反应，在微孔表面形成 HBsAg-抗 HBs-HBsAg-DTTA-Eu 复合物。洗涤去除游离的铕标记 HBsAg，增强液（β-NTA）将复合物上的 Eu^{3+} 解离到溶液中，并与增强液中的有效成分形成高荧光强度的螯合物，其荧光强度与样本中的抗-HBs 浓度成正比。通过测定荧光强度，可测定血清样本中的抗-HBs。

2 标本采集

2.1 样品采集

采集新鲜无抗凝静脉血 2～3ml，采用离心法分离出血清。血清样本 2～8℃可保存 6d，－20℃可长期保存。避免反复冻融。

2.2 注意事项

由于 EDTA、柠檬酸盐会与铕发生螯合反应，因此，不能使用含有这些物质抗凝的血浆，但可以使用肝素抗凝血浆。

3 试剂

3.1 试剂来源

苏州新波生物技术有限公司提供的乙型肝炎病毒表面抗体定量检测试剂盒（时间分辨免疫荧光分析法）。

3.2 试剂组成

HBsAb 校准品 A-F 各 1 瓶（1.5ml/瓶）；铕标记物 1 瓶（0.2ml），使用前按需求量进行 1：50 倍稀释；浓缩洗液 1 瓶（40ml），使用前去离子水按 1：25 倍稀释；铕标记稀释液 1 瓶（20ml）；微孔反应板 1 块（12 孔×8 条，包被有 HBsAg 的单克隆抗体）；增强液 1 瓶（20ml）。

3.3 试剂保存

2～8℃可保存至瓶上标签所示的失效期，增强液于 2～8℃可保存至瓶上标签所示的失效期，室温（20～25℃）下可保存 6 个月，避免阳光直射；使用前，试剂各组分应平衡至室温，用后立即保存于 2～8℃。

3.4 质控品

由卫生部临检中心或广东省临检中心提供。每瓶质控品干粉用 5ml 蒸馏水稀释，室温放置 15～20min，吸样前轻轻摇匀数遍保证完全混匀。未开启的质控品于 2～8℃保存至瓶上标签所示的失效期，复溶后密封置 2～8℃可保存 10d，分装后－18～－20℃保存 3 个月。

4 仪器

上海新波生物技术有限公司 ANYTEST2000 时间分辨荧光测定仪系统，包括荧光免疫分析仪、振荡器、洗板机。

第十二节　时间分辨荧光免疫分析法测定 抗-HBs	文件编号：
	版本号：
	页码：第　页　共　页

5 校准程序

根据需要定期进行必要的校准，如改换新试剂批号、室内质控失控时要进行校准。使用试剂盒提供的 6 个校准品，每个浓度做双孔进行标准曲线校准，并要重新设定标准品的浓度。

6 操作步骤

6.1 试剂的准备

6.1.1 洗涤液：将 40ml 浓缩洗液和 960ml 去离子水在干净的洗液瓶中混合，作为工作洗涤液备用。

6.1.2 铕标记物：使用前 1h 内用铕标记稀释液按 1∶50 倍稀释，并一次用完（使用一次性的塑料容器来配制）。

6.2 将试剂及所需数量的微孔反应条置室温（20～25℃范围，下同）平衡。

6.3 吸取 100μl 阴性、阳性对照及待检样本，按顺序加入微孔中并加贴封片。

6.4 微孔反应条在室温下，用振荡仪缓慢振摇孵育 40min。

6.5 在第一次孵育结束后，小心将微孔反应条上的封片揭下并弃掉，将微孔反应条放入洗板机吸干各孔，并每孔注入洗涤液 400μl，再吸干各孔，重复以上洗涤 4 次，最后一次将微孔反应条拍干。

6.6 每孔中加入 100μl 铕标记物工作液，并加贴封片。

6.7 微孔反应条在室温下，用振荡仪缓慢振摇孵育 40min。

6.8 第二次孵育结束后，小心将微孔反应条上的封片揭下并弃掉，将微孔反应条放入洗板机吸干各孔并每孔注入洗涤液 400μl，再吸干各孔，重复以上洗涤 6 次，最后一次将微孔反应条拍干。

6.9 每孔中加入增强液 100μl（加样过程中避免碰到小孔边缘或其中的试剂，尽量避免污染），并加贴封片。

6.10 微孔反应条在室温下，用振荡仪轻摇 5min（在 30min 内完成测定）。

7 质量控制

7.1 浓度＞150ng/ml 的血样标本应稀释后重新计算浓度值，稀释后浓度值应在线性范围内。

7.2 质控品于 2～8℃保存，开封后需在 1 周内用完。使用前需置室温 20min，并充分振荡、摇匀。

7.3 质控检测完成后，在《ANYTEST 时间分辨荧光分析室内质控记录表》（表 10-11-1）上登记质控；参照 Levey-jennings 质控图控制，发现失控时填写失控报告，查出失控原因并做相应的处理。

7.4 A 值计数值应＜5 000，F 点计数值应＞80 000，剂量反映曲线的线性关系系数 R 值应＞0.9800，否则应重新进行实验；实验应符合典型的剂量-反应曲线（图 10-12-1），否则也应重新进行实验。

第十二节 时间分辨荧光免疫分析法测定 抗-HBs	文件编号：
	版本号：
	页码:第 页 共 页

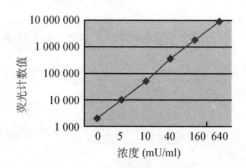

图 10-12-1 剂量-反应曲线

8 性能参数

8.1 本试剂盒测定范围为 5～640mU/ml。

8.2 最低检出量为 10mU/ml。

9 注意事项

9.1 不可混用不同批号试剂及过期试剂,使用前试剂需平衡至室温。

9.2 尽量建立一个干净无尘的实验环境,对实验的成功起到决定性作用(因为尘土中含很多金属离子,会影响实验结果)。

9.3 为保证实验的准确性,处理血样时应做到没有纤维蛋白、红细胞等,并要保证血样吸取量的准确性,否则容易引起测量值的差异。建议不使用高血脂、高胆红素和高血红蛋白样本。

9.4 洗板机在每天使用时应进行校正注液量和残留量,注意管道是否畅通,洗涤时确认每孔中的洗涤液都注满微孔。

9.5 吸取增强液和铕标记物时,应避免交叉污染。

9.6 如果病人样本中 HBsAb 的浓度过高,应使用小牛血清稀释液进行稀释。

9.7 试剂盒成分视为有传染性物质,需按传染病实验室检查规程操作。

10 结果判断

建议浓度值≥10mU/ml 的样品判断为阳性,否则为阴性。

11 临床意义

乙型肝炎表面抗体是中和抗体,有清除 HBV、防止再感染的作用。乙型肝炎表面抗体一般出现于乙肝患者恢复期,提示感染已终止。接种乙肝疫苗者,乙型肝炎表面抗体也可呈阳性。HBsAb 具有保护性,若 P/N＞10.0 则视有抵抗力,检测乙肝表面抗体可了解机体对 HBV 的免疫状况及乙肝疫苗接种的效果。

12 参考文献

[1] 苏州新波生物技术有限公司. 乙型肝炎病毒表面抗体定量检测试剂盒(时间分辨免疫荧光分析

第十二节　时间分辨荧光免疫分析法测定抗-HBs	文件编号：
	版本号：
	页码：第　页共　页

法）说明书.

　［2］　叶应妩,王毓三,申子瑜.全国临床检验操作规程.3版.南京:东南大学出版社,2006:620.

编写:卢建强　　　　审核:熊继红　　　　批准:张秀明

第十三节　时间分辨荧光免疫分析法测定 HBeAg	文件编号： 版本号： 页码：第　页　共　页

1 原理

采用双抗体夹心时间分辨免疫荧光分析法（IFMA 法）。以抗-HBe 抗体包被反应孔，用铕标记单克隆抗-HBe，加入待测样本后，样本中 HBeAg 与已包被的抗体结合成抗-HBe-HBeAg 复合物，再加入铕标记单克隆抗体与已结合的 HBeAg 联接成抗 HBe-HBeAg-抗 HBe-DTTA-Eu 复合物。增强液（β-NTA）将复合物上的 Eu^{3+} 解离到溶液中，并与增强液中的有效成分形成高荧光强度的螯合物，其荧光强度与样本中的 HBeAg 浓度成正比。通过测定荧光强度，可测定血清样本中的 HBeAg。

2 标本采集

2.1 样品采集

采集新鲜无抗凝静脉血 2～3ml，采用离心法分离出血清。血清样本 2～8℃可保存 6d，−20℃可长期保存。避免反复冻融。

2.2 注意事项

由于 EDTA、柠檬酸盐会与铕发生螯合反应，因此，不能使用含有这些物质抗凝的血浆，但可以使用肝素抗凝血浆。

3 试剂

3.1 试剂来源

苏州新波生物技术有限公司提供的乙型肝炎病毒 e 抗原定量检测试剂盒（时间分辨免疫荧光分析法）。

3.2 试剂组成

HBeAg 校准品 A-F 各 1 瓶（1.5ml/瓶）；铕标记物 1 瓶（0.2ml），使用前按需求量进行 1：50 倍稀释；浓缩洗液 1 瓶（40ml），使用前去离子水按 1：25 倍稀释；铕标记稀释液 1 瓶（20ml）；微孔反应板 1 块（12 孔×8 条）；增强液 1 瓶（20ml）。

3.3 试剂保存

2～8℃可保存至瓶上标签所示的失效期，增强液于 2～8℃可保存至瓶上标签所示的失效期，室温（20～25℃）下可保存 6 个月，避免阳光直射；使用前试剂各组分应平衡至室温，用后立即保存于 2～8℃。

3.4 质控品

由卫生部临检中心或广东省临检中心提供。每瓶质控品干粉用 5ml 蒸馏水稀释，室温放置 15～20min，吸样前轻轻摇匀数遍保证完全混匀。未开启的质控品于 2～8℃保存至瓶上标签所示的失效期，复溶后密封置 2～8℃可保存 10d，分装后−18～−20℃保存 3 个月。

4 仪器

上海新波生物技术有限公司 ANYTEST2000 时间分辨荧光测定仪系统，包括荧光免疫分析仪、振荡器、洗板机。

第十三节　时间分辨荧光免疫分析法 测定 HBeAg	文件编号：
	版本号：
	页码：第　页　共　页

5 校准程序

根据需要定期进行必要的校准,如改换新试剂批号、室内质控失控时要进行校准。使用试剂盒提供的 6 个校准品,每个浓度做双孔进行标准曲线校准,并要重新设定标准品的浓度。

6 操作程序

6.1 试剂的准备

6.1.1 洗涤液:将 40ml 浓缩洗液和 960ml 去离子水在干净的洗液瓶中混合,作为工作洗涤液备用。

6.1.2 铕标记物:使用前 1h 内用铕标记稀释液按 1:50 倍稀释并一次用完(使用一次性的塑料容器来配制)。

6.2 将试剂及所需数量的微孔反应条置室温(20～25℃,下同)平衡。

6.3 吸取 100μl 阴性、阳性对照及待检样本,按顺序加入微孔中并加贴封片。

6.4 微孔反应条在室温下,用振荡仪缓慢振摇孵育 40min。

6.5 在第一次孵育结束后,小心将微孔反应条上的封片揭下并弃掉,将微孔反应条放入洗板机吸干各孔,并每孔注入洗涤液 400μl,再吸干各孔,重复以上洗涤 4 次,最后一次将微孔反应条拍干。

6.6 每孔中加入 100μl 铕标记物工作液,并加贴封片。

6.7 微孔反应条在室温下,用振荡仪缓慢振摇孵育 40min。

6.8 第二次孵育结束后,小心将微孔反应条上的封片揭下并弃掉,将微孔反应条放入洗板机吸干各孔并每孔注入洗涤液 400μl,再吸干各孔,重复以上洗涤 6 次,最后一次将微孔反应条拍干。

6.9 每孔中加入增强液 100μl(加样过程中避免碰到小孔边缘或其中的试剂,尽量避免污染),并加贴封片。

6.10 微孔反应条在室温下,用振荡仪轻摇 5min(在 30min 内完成测定)。

7 质量控制

7.1 阴性对照(校准品 A)COUNTS 值应<8 000,阳性对照(校准品 F)COUNTS 值应>80 000。否则实验无效,需重做。

7.2 质控品于 2～8℃保存,开封后需在 1 周内用完。使用前需置室温 20min,并充分振荡、摇匀。

7.3 质控检测完成后,在《ANYTEST 时间分辨荧光分析室内质控记录表》(表 10-11-1)上登记质控;参照 Levey-jennings 质控图控制,发现失控时填写失控报告,查出失控原因并做相应的处理。

8 注意事项

8.1 不可混用不同批号试剂及过期试剂,使用前试剂需平衡至室温。

8.2 尽量建立一个干净无尘的实验环境,对实验的成功起到决定性作用(因为尘土中含

第十三节 时间分辨荧光免疫分析法 测定 HBeAg	文件编号:
	版本号:
	页码:第 页 共 页

很多金属离子,会影响实验结果)。

8.3 为保证实验的准确性,处理血样时应做到没有纤维蛋白、红细胞等,并要保证血样吸取量的准确性,否则容易引起测量值的差异。建议不使用高血脂、高胆红素和高血红蛋白样本。

8.4 洗板机在每天使用时应进行校正注液量和残留量,注意管道是否畅通,洗涤时确认每孔中的洗涤液都注满微孔。

8.5 吸取增强液和铕标记物时,应避免交叉污染。

8.6 如果病人样本中 HBeAg 的浓度过高,应使用小牛血清稀释液进行稀释。

8.7 试剂盒成分视为有传染性物质,需按传染病实验室检查规程操作。

9 性能参数

本试剂盒对 HBeAg 灵敏度国家参考品的最低检出量应不高于 $1^{\#} \geqslant 1:64$、$2^{\#} \geqslant 1:128$、$3^{\#} \geqslant 1:32$。

10 结果判断

CUT OFF＝COUNTS(阴性对照)×2.1,如果被测样品的荧光值(COUNT)与 CUT OFF 的比值≥1.0,判断为阳性;否则为阴性。

如果阴性对照的 COUNTS 值＜2250,按 2250 计算,如果阴性对照的 COUNTS 值＞2250,按实际数值计算。

11 临床意义

HBeAg 为 HBV 内衣壳的一部分,即前核心蛋白(pre-C),由基因 pre-C 编码在病毒复制时产生,与 HBV 增殖相关,是反映 HBV 复制和传染的标志。其含量的多少与 DNA 滴度具有高度的相关性,它的持续阳性提示疾病慢性化,可能会导致慢性活动性肝炎、肝硬化,因此,HBeAg 是乙型肝炎预后估计和传染性衡量的一个重要标志。

12 参考文献

[1] 苏州新波生物技术有限公司. 乙型肝炎病毒 e 抗原定量检测试剂盒(时间分辨免疫荧光分析法)说明书.

[2] 叶应妩,王毓三,申子瑜. 全国临床检验操作规程.3 版. 南京:东南大学出版社,2006:620.

编写:卢建强　　　审核:熊继红　　　批准:张秀明

第十四节　时间分辨荧光免疫分析法测定抗-HBe	文件编号：
	版本号：
	页码：第　页　共　页

1 原理

采用中和抑制时间分辨免疫荧光分析法（TRFIA 法）。以抗-HBe 包被反应板，用铕标记单克隆抗-HBe，加入待测样本同时加入定量 HBeAg 中和抗原后，经过振荡孵育，洗板后再加入铕标记的抗-HBe，若样本中抗-HBe 浓度高，HBeAg 将被大量中和，使最后形成的抗 HBe-HBeAg-铕标记抗 HBe 复合物减少。增强液（β-NTA）将标记在抗体上的 Eu^{3+} 解离到溶液中，并与增强液中的有效成分形成高荧光强度的螯合物，其荧光强度与样本中的抗-HBe 浓度成反比。通过测定荧光强度，可测定血清样本中的抗-HBe。

2 标本采集

2.1 样品采集

采集新鲜无抗凝静脉血 2～3ml，采用离心法分离出血清。血清样本 2～8℃可保存 6d，−20℃可长期保存。避免反复冻融。

2.2 注意事项

由于 EDTA、柠檬酸盐会与铕发生螯合反应，因此，不能使用含有这些物质抗凝的血浆，但可以使用肝素抗凝血浆。

3 试剂

3.1 试剂来源

苏州新波生物技术有限公司提供的乙型肝炎病毒 e 抗体定量检测试剂盒（时间分辨免疫荧光分析法）。

3.2 试剂组成

HBeAb 校准品 A-F 各 1 瓶（1.5ml/瓶）；铕标记物 1 瓶（0.2ml），使用前按需求量进行 1：50 倍稀释；浓缩洗液 1 瓶（40ml），使用前去离子水按 1：25 倍稀释；铕标记稀释液 1 瓶（20ml）；微孔反应板 1 块（12 孔×8 条）；增强液 1 瓶（20ml）。

3.3 试剂保存

2～8℃可保存至瓶上标签所示的失效期，增强液于 2～8℃可保存至瓶上标签所示的失效期，室温（20～25℃）下可保存 6 个月，避免阳光直射；使用前试剂各组分应平衡至室温，用后立即保存于 2～8℃。

3.4 质控品

由卫生部临检中心或广东省临检中心提供。每瓶质控品干粉用 5ml 蒸馏水稀释，室温放置 15～20min，吸样前轻轻摇匀数遍保证完全混匀。未开启的质控品于 2～8℃保存至瓶上标签所示的失效期，复溶后密封置 2～8℃可保存 10d，分装后−18～−20℃保存 3 个月。

4 仪器

上海新波生物技术有限公司 ANYTEST2000 时间分辨荧光测定仪系统，包括荧光免疫分析仪、振荡器、洗板机。

第十四节　时间分辨荧光免疫分析法测定 抗-HBe	文件编号： 版本号： 页码：第　页　共　页

5 校准步骤

根据需要定期进行必要的校准，如改换新试剂批号、室内质控失控时要进行校准。使用试剂盒提供的 6 个校准品，每个浓度做双孔进行标准曲线校准，并要重新设定标准品的浓度。

6 操作程序

6.1 试剂的准备

6.1.1 洗涤液：将 40ml 浓缩洗液和 960ml 去离子水在干净的洗液瓶中混合，作为工作洗涤液备用。

6.1.2 铕标记物：使用前 1h 内用铕标记稀释液按 1:50 倍稀释，并一次用完（使用一次性的塑料容器来配制）。

6.2 将试剂及所需数量的微孔反应条置室温（20～25℃，下同）平衡。

6.3 吸取 100μl 阴性、阳性对照及待检样本，按顺序加入微孔中并加贴封片。

6.4 微孔反应条在室温下，用振荡仪缓慢振摇孵育 40min。

6.5 在第一次孵育结束后，小心将微孔反应条上的封片揭下并弃掉，将微孔反应条放入洗板机吸干各孔，并每孔注入洗涤液 400μl，再吸干各孔，重复以上洗涤 4 次，最后一次将微孔反应条拍干。

6.6 每孔中加入 100μl 铕标记物工作液，并加贴封片。

6.7 微孔反应条在室温下，用振荡仪缓慢振摇孵育 40min。

6.8 第二次孵育结束后，小心将微孔反应条上的封片揭下并弃掉，将微孔反应条放入洗板机吸干各孔，并每孔注入洗涤液 400μl，再吸干各孔，重复以上洗涤 6 次，最后一次将微孔反应条拍干。

6.9 每孔中加入增强液 100μl（加样过程中避免碰到小孔边缘或其中的试剂，尽量避免污染），并加贴封片。

6.10 微孔反应条在室温下，用振荡仪轻摇 5min（在 30min 内完成测定）。

7 质量控制

7.1 阴性对照 COUNTS 值应≥70 000，阳性对照 COUNTS 值应≤20 000，否则实验无效，需重做。

7.2 质控品于 2～8℃保存，开封后需在 1 周内用完。使用前需置室温 20min，并充分振荡、摇匀。

7.3 质控检测完成后，在《ANYTEST 时间分辨荧光分析室内质控记录表》（表 10-11-1）上登记质控；参照 Levey-jennings 质控图控制，发现失控时填写失控报告，查出失控原因并做相应的处理。

8 注意事项

8.1 不可混用不同批号试剂及过期试剂，使用前试剂需平衡至室温。

8.2 尽量建立一个干净无尘的实验环境，对实验的成功起到决定性作用（因为尘土中含

第十四节　时间分辨荧光免疫分析法测定抗-HBe	文件编号：
	版本号：
	页码：第　页　共　页

很多金属离子,会影响实验结果)。

8.3 为保证实验的准确性,处理血样时应做到没有纤维蛋白、红细胞等,并要保证血样吸取量的准确性,否则容易引起测量值的差异。建议不使用高血脂、高胆红素和高血红蛋白样本。

8.4 洗板机在每天使用时应进行校正注液量和残留量,注意管道是否畅通,洗涤时确认每孔中的洗涤液都注满微孔。

8.5 吸取增强液和铕标记物时,应避免交叉污染。

8.6 如果病人样本中 HBeAb 的浓度过高,应使用小牛血清稀释液进行稀释。

8.7 试剂盒成分视为有传染性物质,需按传染病实验室检查规程操作。

9 性能参数

抗-HBe 国家参考品最低检出量应不高于 $1^{\#} \geqslant 1:64$、$2^{\#} \geqslant 1:128$、$3^{\#} \geqslant 1:128$。

10 结果判断

CUT OFF＝COUNTS(阴性对照)/2,如果被测样品的荧光值(COUNT)与 CUT OFF 的比值$\geqslant 1.0$,判断为阳性;否则为阴性。

11 临床意义

HBeAb 阳性是 HBV 复制减少和传染性减弱的标志,用于传染性评价,也用于 HBV 变异株感染判断。在 HBeAg 消退后约 1 个月出现,当 HBeAg 阴性而 HBeAb 阳性时,为不活动性携带者,提示传染性明显减弱或疾病在恢复过程中。HBeAb 可与 Anti-HBs 并存持续数月或数年;但是如有 ALT 和 AST 异常,应怀疑为 HBV 变异株感染,有传染性;或合并感染非乙型肝炎病毒,或其他原因如药物性、化学性或酒精性肝损害,应进一步询问病史和检查 HCV、HDV 抗体。

12 参考文献

[1] 苏州新波生物技术有限公司.乙型肝炎病毒e抗体定量检测试剂盒(时间分辨免疫荧光分析法)说明书.

[2] 叶应妩,王毓三,申子瑜.全国临床检验操作规程.3版.南京:东南大学出版社,2006:620.

编写:卢建强　　　　审核:熊继红　　　　批准:张秀明

第十五节 时间分辨荧光免疫分析法测定抗-HBc

文件编号：

版本号：

页码：第 页 共 页

1 原理

采用中和抑制时间分辨免疫荧光分析法（TRFIA 法）。以抗-HBc 抗体包被反应板，用铕标记单克隆抗-HBc，加入待测样本同时加入定量 HBcAg 中和抗原后，经过震荡孵育，洗板后再加入铕标记的抗-HBc，若样本中抗-HBc 浓度高，HBcAg 将被大量中和，使最后形成的抗HBc-HBcAg-铕标记抗 HBc 复合物减少。增强液（β-NTA）将标记在抗体上的 Eu^{3+} 解离到溶液中，并与增强液中的有效成分形成高荧光强度的螯合物，其荧光强度与样本中的抗-HBc浓度成反比。通过测定荧光强度，可测定血清样本中的抗-HBc。

2 标本采集

2.1 样品采集

采集新鲜无抗凝静脉血 2～3ml，采用离心法分离出血清。血清样本 2～8℃可保存 6d，−20℃可长期保存。避免反复冻融。

2.2 注意事项

由于 EDTA、柠檬酸盐会与铕发生螯合反应，因此，不能使用含有这些物质抗凝的血浆，但可以使用肝素抗凝血浆。

3 试剂

3.1 试剂来源

苏州新波生物技术有限公司提供的乙型肝炎病毒核心抗体定量检测试剂盒（时间分辨免疫荧光分析法）。

3.2 试剂组成

HBcAb 校准品 A-F 各 1 瓶（1.5ml/瓶）；铕标记物 1 瓶（0.2ml），使用前按需求量进行 1：50 倍稀释；浓缩洗液 1 瓶（40ml），使用前去离子水按 1：25 倍稀释；铕标记稀释液 1 瓶（20ml）；微孔反应板 1 块（12 孔×8 条）；增强液 1 瓶（20ml）。

3.3 试剂保存

2～8℃可保存至瓶上标签所示的失效期，增强液于 2～8℃可保存至瓶上标签所示的失效期，室温（20～25℃）下可保存 6 个月，避免阳光直射；使用前，试剂各组分应平衡至室温，用后立即保存于 2～8℃。

3.4 质控品

由卫生部临检中心或广东省临检中心提供。每瓶质控品干粉用 5ml 蒸馏水稀释，室温放置 15～20min，吸样前轻轻摇匀数遍保证完全混匀。未开启的质控品于 2～8℃保存至瓶上标签所示的失效期，复溶后密封置 2～8℃可保存 10d，分装后−18～−20℃保存 3 个月。

4 仪器

上海新波生物技术有限公司 ANYTEST2000 时间分辨荧光测定仪系统，包括荧光免疫分析仪、振荡器、洗板机。

第十五节　时间分辨荧光免疫分析法测定抗-HBc	文件编号:
	版本号:
	页码:第　页　共　页

5 校准步骤

根据需要定期进行必要的校准,如改换新试剂批号、室内质控失控时要进行校准。使用试剂盒提供的 6 个校准品,每个浓度做双孔进行标准曲线校准,并要重新设定标准品的浓度。

6 操作程序

6.1 试剂的准备

6.1.1 洗涤液:将 40ml 浓缩洗液和 960ml 去离子水在干净的洗液瓶中混合,作为工作洗涤液备用。

6.1.2 铕标记物:使用前 1h 内用铕标记稀释液按 1:50 倍稀释,并一次用完(使用一次性的塑料容器来配制)。

6.2 将试剂及所需数量的微孔反应条置室温(20～25℃,下同)平衡。

6.3 吸取 100μl 阴性、阳性对照及待检样本,按顺序加入微孔中并加贴封片。

6.4 微孔反应条在室温下,用振荡仪缓慢振摇孵育 40min。

6.5 在第一次孵育结束后,小心将微孔反应条上的封片揭下并弃掉,将微孔反应条放入洗板机吸干各孔,并每孔注入洗涤液 400μl,再吸干各孔,重复以上洗涤 4 次,最后一次将微孔反应条拍干。

6.6 每孔中加入 100μl 铕标记物工作液,并加贴封片。

6.7 微孔反应条在室温下,用振荡仪缓慢振摇孵育 40min。

6.8 第二次孵育结束后,小心将微孔反应条上的封片揭下并弃掉,将微孔反应条放入洗板机吸干各孔并每孔注入洗涤液 400μl,再吸干各孔,重复以上洗涤 6 次,最后一次将微孔反应条拍干。

6.9 每孔中加入增强液 100μl(加样过程中避免碰到小孔边缘或其中的试剂,尽量避免污染),并加贴封片。

6.10 微孔反应条在室温下,用振荡仪轻摇 5min(在 30min 内完成测定)。

7 质量控制

7.1 阴性对照 COUNTS 值应＞200 000,阳性对照 COUNTS 值应＜50 000,否则实验无效,需重做。

7.2 质控品于 2～8℃保存,开封后需在 1 周内用完。使用前需置室温 20min,并充分振荡、摇匀。

7.3 质控检测完成后,在《ANYTEST 时间分辨荧光分析室内质控记录表》(表 10-11-1)上登记质控;参照 Levey-jennings 质控图控制,发现失控时填写失控报告,查出失控原因并做相应的处理。

8 注意事项

8.1 不可混用不同批号试剂及过期试剂,使用前试剂需平衡至室温。

8.2 尽量建立一个干净无尘的实验环境,对实验的成功起到决定性作用(因为尘土中含

第十五节　时间分辨荧光免疫分析法测定抗-HBc

| 文件编号： |
| 版本号： |
| 页码：第　页　共　页 |

很多金属离子,会影响实验结果)。

8.3 为保证实验的准确性,处理血样时应做到没有纤维蛋白、红细胞等,并要保证血样吸取量的准确性,否则容易引起测量值的差异。建议不使用高血脂、高胆红素和高血红蛋白样本。

8.4 洗板机在每天使用时应进行校正注液量和残留量,注意管道是否畅通,洗涤时确认每孔中的洗涤液都注满微孔。

8.5 吸取增强液和铕标记物时,应避免交叉污染。

8.6 如果病人样本中 HBsAg 的浓度过高,应使用小牛血清稀释液进行稀释。

8.7 试剂盒成分视为有传染性物质,需按传染病实验室检查规程操作。

9 性能参数

抗-HBc 灵敏度国家参考品最低检出量应 $1^{\#} \geqslant 1:128$、$2^{\#} \geqslant 1:128$、$3^{\#} \geqslant 1:256$。

10 结果判断

CUT OFF＝COUNTS(阴性对照)/2,如果被测样品的荧光值(COUNT)与 CUT OFF 的比值$\geqslant 1.0$,判断为阳性;否则为阴性。

11 临床意义

HBcAb 由 HBcAg 诱导产生,属非中和抗体,为 HBV 现正感染或既往感染的标志,用于病期判断和疾病流行病学研究。

IgM 型核心抗体为 HBV 感染早期产生的抗体,在 HBeAg 出现 1～2 周后开始升高,阳性提示乙型肝炎急性期,通常持续 3～6 个月,在恢复后期减弱或消失。

IgG 型核心抗体继 IgM 抗体之后出现,见于急性后期、慢性期、恢复期或既往感染,可持续数十年乃至终身。在急性肝炎恢复过程中,在表面抗体出现之前的数周或数月,HBsAg 消退和 Anti-HBs 升高,二者均在方法学检出水平以下,仅有核心抗体阳性时,称为隐性 HBV 感染窗口期,提示疾病向恢复期演变。临床意义可与 e 抗原阳性意义相叠加。

12 参考文献

[1] 苏州新波生物技术有限公司. 乙型肝炎病毒核心抗体定量检测试剂盒(时间分辨免疫荧光分析法)说明书.

[2] 叶应妩,王毓三,申子瑜. 全国临床检验操作规程. 3 版. 南京:东南大学出版社,2006:620-621.

编写:卢建强　　　　审核:熊继红　　　　批准:张秀明

第十六节　电化学发光免疫法测定	文件编号：
抗 HAV-IgM	版本号：
	页码:第　页 共　页

1 原理

采用双抗体夹心法。第一步孵育:自动吸取 $10\mu l$ 经过通用稀释液作 $1:400$ 稀释的样本,用抗-Fd$_\gamma$ 试剂遮蔽用钌复合物标记的单克隆 Anti-HAV 中的 IgG 进行前处理。第二步孵育:加入生物素标记的单克隆人 IgM 特异抗体、HAV 抗原、链霉亲和素包被的磁珠后,样本中的 Anti-HAV-IgM 与 HAV 抗原和钌标记的 Anti-HAV 抗体形成双抗体夹心复合物,通过链霉亲和素与生物素的特异结合使复合物结合在固相载体上。反应混和液吸到测量池中,微粒通过磁铁吸附到电极上,未结合的物质被清洗液(CLEANCELL)洗去,电极加电压后产生化学发光,通过光电倍增管进行测定。检测结果由 Elecsys 软件自动测出,病人样本电化学检测信号与预先用抗-HAV-IgM 标定的标本 Cut-off 值的信号比较得出。

2 标本采集

采集无抗凝静脉血 $2\sim3ml$,也可使用肝素锂、EDTA-K3 或枸橼酸钠抗凝血浆。标本在 $2\sim8℃$ 可稳定 7d,$-20℃$ 可稳定 6 个月。因为可能挥发的影响,放在分析仪上的样本应在 2h 内测试完。

3 试剂

3.1 试剂来源

德国罗氏公司原装配套试剂。

3.2 试剂组成

Elecsys Anti-HAV-IgM 试剂盒。

3.2.1 M:链霉亲和素包被的微粒 $0.72mg/ml$(透明瓶盖),1 瓶为 6.5ml;生物素结合能力,470ng 生物素/mg 粒子,含防腐剂。

3.2.2 R1:$[Ru(bpy)^3]^{2+}$ 标记的 Anti-HAV-Ab(灰盖),1 瓶为 10ml;钌复合物标记的单克隆抗体(鼠)$0.15\mu g/ml$;抗-人-Fd$_\gamma$ 抗体(绵羊)$0.04mg/ml$;HEPES 缓冲液 50mmol/L,pH7.2,含防腐剂。

3.2.3 R2:生物素化的抗-人-IgM 抗体;HAV 抗原(黑盖),1 瓶为 10ml;生物素化的抗-人-IgM 单克隆抗体(鼠)$0.4\mu g/L$;HAV 抗原(细胞培养)25U/ml;HEPES 缓冲液 50mmol/L,pH7.2,含防腐剂。

3.3 校准品

Cal 1:阴性定标液 1(白盖),2 瓶,0.67ml/瓶,人血清,抗 HAV-IgM 阴性,含防腐剂。Cal 2:阳性定标液 2(黑盖),2 瓶,0.67ml/瓶,抗 HAV-IgM(人)浓度约 5U/ml 在人血清中,含防腐剂。

3.4 质控品

Elecsys 抗 HAV-IgM 质控品 1 和 2,每个 $8\times0.67ml$。

3.5 其他所需辅助试剂

Elecsys 通用稀释液,Elecsys 系统缓冲液(proCell),Elecsys 测量池清洗液(cleanCell),

<table>
<tr><td rowspan="3">第十六节　电化学发光免疫法测定
抗 HAV-IgM</td><td>文件编号：</td></tr>
<tr><td>版本号：</td></tr>
<tr><td>页码:第　页 共　页</td></tr>
</table>

Elecsys 添加剂液(sysWash)，Elecsys 系统清洗液(sysClean)。

4 仪器

德国罗氏公司 E601 电化学发光免疫分析仪。

5 校准程序

5.1 每批试剂盒必须用新鲜试剂和抗 HAV-IgM Cal 1、Cal 2 校准一次(如试剂包在仪器上登记后不超过 24h)。另外，以下情况需要再次校准：

5.1.1 同一批号试剂 1 个月后(28d)。

5.1.2 7 天后(放置仪器上的同一试剂盒)。

5.1.3 系统误差造成的质控失控。

5.1.4 根据规定进行多次校准。

5.2 在编辑各项目的参数时，已经在 Application-Calib 菜单中定义好了校准类型和几点校准。因此在对各项目进行校准时，只需在校准菜单 Calibration 中进行即可。进入 calibration-stats 菜单，用鼠标选择需校准的项目，再根据需要点单点校准(BLANK 键)或两点校准(TWO POINT 键)、跨距校准(SPAN 键)、多点校准(FULL 键)，再选择其他项目进行相应选择，最后点 SAVE，将校准物放入在 Calibration-Calibrator 中定义好的位置，点 Start，再点 Start，仪器开始校准。

在 Calibration-Status 菜单中看校准结果，点 Calibration Result 键看校准结果，点 reaction monitor 键看每个校准物的反应曲线。

6 操作步骤

6.1 单个样本输入，在主菜单下选择 Workplace-Testslection，在 Sequence No. 栏输入标本号，然后选择该标本所需做的单个项目或组合项目，点 SAVE 键，样本号自动累加。

6.2 批量常规标本的输入，在主菜单下选择 Workplace-Testslection，在 Sequence No. 栏输入起始标本号，然后选择该标本所需做的单个项目或组合项目，点 REPEAT，输入该批标本的最后一个标本号，点 OK 即可。

6.3 进样分析，将标本按在 Workplace 菜单中输入的标本号顺序在样本架上排好，放入进样盘内，按 START 键，输入该批上机标本的起始标本号，再点 START 键，仪器自动开始推架检测标本。

6.4 计算方法，仪器会自动根据 Cal 1 和 Cal 2 的测定值计算 Cut-off 值。每一个标本的结果以有反应性或无反应性及 Cut-off 指数形式(标本信号/Cut-off)报告。

7 质量控制

7.1 室内质控

Elecsys Anti-HAV IgM 质控品 1 和质控品 2 至少每 24h 或每一次校准后或每个试剂盒测定一次。质控间隔期应适用于各实验室的具体要求。检测值应落在确定的范围内，如出现质控值落在范围以外，应采取纠正措施。

第十六节 电化学发光免疫法测定 抗 HAV-IgM	文件编号：
	版本号：
	页码:第 页 共 页

7.2 具体操作

参考罗氏电化学发光操作程序。

8 结果解释

标本的 Cut-off 指数≥1.0,判断为 Anti-HAV IgM 阳性;标本的 Cut-off 指数<1.0,判断为 Anti-HAV IgM 阴性。

Cut-off 指数的选择是使得大部分甲型肝炎病毒急性感染期时的 Anti-HAV-IgM 浓度都在 Cut-off 以上。过去感染过甲肝病毒,抗 HAV-IgM 浓度的 Cut-off 指数低于 1.0。

在大部分甲型肝炎病毒急性感染过程中,在第一次症状发作后 3~4 个月下降,不能再检测到。抗 HAV-IgM 只在特例情况下持续存在,在超出这个时期仍能够被检测到。

9 分析性能

9.1 临床灵敏度

9.1.1 甲型肝炎病毒急性感染期病人的样本:211 个甲型肝炎病毒急性感染期临床特征的病人样本,使用 Elecsys Anti-HAV-IgM 检验和 Anti-HAV-IgM 比较法检测到 Anti-HAV-IgM。灵敏度为 95%,可信区间为 98.3%~100%。

9.1.2 甲肝病毒急性感染期后的病人样本:使用 Elecsys Anti-HAV-IgM 和 Anti-HAV-IgM 比较法检测 45 例甲肝病毒急性感染期后的病人的 147 份样本 Anti-HAV-IgM,122 份样本持续阳性,14 份样本持续阴性。11 份样本中 10 份样本在恢复期(在第一次症状发作后 >4 个月),有 9 份样本是用比较法检测是阳性或临界,而用 Elecsys Anti-HAV-IgM 检测为阴性。一份样本使用 Elecsys Anti-HAV-IgM 检测为弱阳性,而比较法检测为临界,一份样本使用 ElecsysAnti-HAV-IgM 检测为阳性,而比较法为阴性。用第三种检测法检测此早期血清转换期样本确认为阳性。

9.2 临床特异性

献血者未经筛选过的样本进行特异性检测。共 1032 个献血者样本使用 ElecsysAnti-HAV-IgM 检测均为阴性。280 例无甲肝病毒感染指征的住院病人、孕妇、透析病人和药物成瘾者,使用 ElecsysAnti-HAV-IgM 和 Anti-HAV-IgM 比较法检测为阴性,1 例孕妇样本用两种方法检测均为弱阳性。两种方法研究特异性为 100%。95% 可信区间为 99.7%~100%。

9.3 分析特异性

与 Anti-HAV IgG、HBV、HCV、CMV、EBV、HSV、风疹和弓形虫没有交叉反应。共计≥9 个上述抗原或抗体阳性的血清和血浆样本接受检验评估(ANA、AMA)。

9.4 检测范围

3.0~60U/L(由 master 定标曲线的最低检测限与最高检测限决定)。如果测定值低于最低检测限,报告为<3.0U/L。如果测定值高于检测范围,报告为>60U/L 或必须稀释。特殊情况下,含抗 HAV-IgM 的样本稀释后会出现非线性。

第十六节 电化学发光免疫法测定 抗 HAV-IgM	文件编号：
	版本号：
	页码：第 页 共 页

10 干扰因素

该方法不受黄疸（胆红素＜50mg/dl）、溶血（血红蛋白＜1.75g/dl）、脂血（内脂＜2 000 mg/dl）和生物素＜50ng/ml（标准：阴性或阳性样品的正确结果）等干扰。接受高剂量生物素（＞5mg/d）治疗的病人，至少要等最后一次摄入生物素 8h 后才能采血。类风湿因子的浓度低于 3 200U/ml，没有任何干扰。抗 HAV-IgM 高剂量钩状效应不会导致假阴性结果。18 种常用药物经体外试验对本测定无干扰。因为采用单克隆鼠抗体进行检测，所以接受过小鼠单抗治疗或诊断的病人可能会得出不正确的结果。罕见病例出现高浓度钌抗体和抗链霉亲和素抗体干扰。抗 HAV-IgM 测定结果应结合病人病史、临床检查和其他检查结果综合起来进行诊断。

11 临床意义

甲肝病毒是一种没有胞膜的 RNA 病毒。它属于细小的核糖核酸病毒家族。至今，仅 1 种人血清型和 7 种基因型被记述。病毒衣壳由 3 种蛋白（VP1～VP3）组成，在病毒颗粒表面形成一个免疫决定簇结构，它被高度表达在所有基因型。在注射疫苗后或正常感染后这个结构诱发免疫反应。

甲型肝炎是最普通的急性病毒性肝炎，通过消化道途径传播。这种肝炎不会发展成慢性肝炎，病毒也不会持续存在组织中。

如果检测到抗 HAV-IgM，表明有急性甲型肝炎病毒的感染。疾病发作时可检测到抗 HAV-IgM，通常在 3～4 个月后消失。然而，有些病人较长时期后也可以检测到 Anti-HAV-IgM。疫苗注射后很少出现抗 HAV-IgM。抗 HAV-IgM 检测用于急性肝炎的甲型肝炎感染的鉴别诊断。

12 参考文献

［1］ 德国罗氏公司．电化学发光甲型肝炎病毒 IgM 抗体试剂盒说明书．

［2］ 叶应妩，王毓三，申子瑜．全国临床检验操作规程．3 版．南京：东南大学出版社，2006：617-618.

编写：张汉奎　　　　　审核：熊继红　　　　　批准：张秀明

第十七节　电化学发光免疫法测定 HBsAg	文件编号：
	版本号：
	页码：第　页 共　页

1 原理

采用双抗体夹心法原理。第一步：$50\mu l$ 标本、生物素化的抗 HBsAg 单克隆抗体和钌（Ru）标记的抗 HBsAg 单克隆抗体混匀，形成夹心复合物。第二步：加入链霉亲和素包被的微粒，让上述形成的复合物通过生物素与链霉亲和素间的反应结合到微粒上。第三步：反应混和液吸到测量池中，微粒通过磁铁吸附到电极上，未结合的物质被清洗液洗去，电极加电压后产生化学发光，通过光电倍增管进行测定。Elecsys 自动将标本产生的光电信号与从 HBsAg 定标液得出的 Cut-off 值相比较。

2 标本采集

采集无抗凝静脉血 2～3ml，按标本签收程序签收。不能及时检测的标本可于 2～8℃保存。

3 试剂

3.1 试剂来源

德国罗氏公司原装配套试剂。

3.2 试剂组成

3.2.1M：链霉亲和素包被的微粒（透明瓶盖）1 瓶，6.5ml，粒子浓度 0.72mg/ml；生物素结合能力，470ng 生物素/mg 粒子，含防腐剂。

3.2.2R1：生物素化的抗 HBsAg 单克隆抗体（灰盖）1 瓶，10ml，浓度高于 0.5mg/L；磷酸缓冲液 0.1mol/L，pH7.4，含防腐剂。

3.2.3R2：$[Ru(bpy)^3]^{2+}$ 标记的抗 HBsAg 单克隆抗体（黑盖）1 瓶，10ml，浓度高于 0.8mg/L；磷酸缓冲液 0.1mol/L，pH 8.0，含防腐剂。

3.3 校准品

Cal 1：阴性定标液（白盖）2 瓶，1.3ml/瓶人血清，含防腐剂。Cal 2：阳性定标液（黑盖）2 瓶，1.3ml/瓶，HBsAg 浓度约为 0.5U/ml，人血清，含防腐剂。

3.4 质控品

Elecsys HBsAg 质控品 1 和 2（preciControl）。

3.5 其他所需辅助试剂

Elecsys 通用稀释液，Elecsys 系统缓冲液（proCell），Elecsys 测量池清洗液（cleanCell），Elecsys 添加剂液（sysWash），Elecsys 系统清洗液（sysClean）。

4 仪器

德国罗氏公司 E601 电化学发光免疫分析仪。

5 校准程序

5.1 新批号的 HBsAg 试剂盒必须用新鲜试剂和 HBsAg Cal 1、Cal 2 校准。另外，以下情况需要再次校准：

第十七节　电化学发光免疫法测定 HBsAg	文件编号：
	版本号：
	页码：第　页共　页

5.1.1 同一批号试剂使用 1 个月。

5.1.2 一盒试剂在仪器上放置时间超过 7d。

5.1.3 系统误差造成的质控失控。

5.2 在编辑各项目的参数时，已经在 Application-Calib 菜单中定义好了定标类型和几点校准。因此在对各项目进行校准时，只需在定标菜单 Calibration 中进行即可。进入 Calibration-Status 菜单，用鼠标选择需校准的项目，再根据需要点单点校准（BLANK 键）或两点校准（TWO POINT 键）、跨距校准（SPAN 键）、多点校准（FULL 键），最后点 SAVE，将定标物放入在 Calibration-Calibrator 中定义好的位置，点 Start，再点 Start，仪器开始校准。

5.3 在 Calibration-Status 菜单中看校准结果，点 Calibration Result 键查看校准结果，点 Reaction Monitor 键查看每个校准物的反应曲线。

6 操作步骤

6.1 单个样本输入，在主菜单下选择 Workplace-Testslection，在 Sequence No. 栏输入标本号，然后选择该标本所需做的单个项目或组合项目，点 SAVE 键，样本号自动累加。

6.2 批量常规标本的输入，在主菜单下选择 Workplace-Testslection，在 Sequence No. 栏输入起始标本号，然后选择该标本所需做的单个项目或组合项目，点 REPEAT，输入该批标本的最后一个标本号，点 OK 即可。

6.3 进样分析，将标本按在 Workplace 菜单中输入的标本号顺序在样本架上排好，放入进样盘内，按 START 键，输入该批上机标本的起始标本号，再点 START 键，仪器自动开始推架检测标本。

6.4 计算方法，仪器会自动根据 Cal 1 和 Cal 2 的测定值计算 Cut-off 值。每一个标本的结果以有反应性或无反应性及 Cut-off 指数形式（标本信号/Cut-off）报告。

7 质量控制

7.1 室内质控

采用 Elecsys HBsAg 质控品 1 和质控品 2（preciControl）。质控品 1 和质控品 2 至少每 24h 或每一次校准后测定一次。质控间隔期应适用于各实验室的具体要求。检测值应落在确定的范围内，如出现质控值落在范围以外，应采取纠正措施。

7.2 具体操作

参考罗氏电化学发光操作程序。

8 结果解释

标本的 Cut-off 指数 <1.0 判断为 HBsAg 无反应性，可判定该标本 HBsAg 阴性，不需进一步的试验。标本的 Cut-off 指数 ≥ 1.0 判断为 HBsAg 有反应性。所有呈现有反应性的标本必须重新测定一次，并且每份标本做二次测定。如果二次均为无反应性，标本可确认为 HBsAg 阴性。如果二次重复测定中有一次为有反应性，则该标本确认为重复有反应性。重复有反应性的标本必须用中和试验（Elecsys HBsAg 证实试验）进行测定。如中和试验阳性，

	文件编号：
第十七节　电化学发光免疫法测定 HBsAg	版本号：
	页码:第　页　共　页

标本判定为 HBsAg 阳性。

9 报告方式与参考范围

9.1 报告方式

U/ml。

9.2 参考范围

<1U/ml。

10 干扰因素

该方法不受黄疸(胆红素<30mg/dl)、溶血(血红蛋白<1.4g/dl)、脂血(脂质<2800mg/dl)和生物素<40ng/ml等干扰。接受高剂量生物素(>5mg/d)治疗的病人,至少要等最后一次摄入生物素8h后才能采血。不受类风湿因子干扰(2 000U/ml)。HBsAg浓度高达1.5百万 U/ml 也不出现钩状效应。21种常用药物经试验对本测定无干扰。

根据目前所知,所有 HBsAg 测定方法均不能检测出全部被感染的标本和病人。因此,阴性结果不能绝对排除 HBV 接触或感染的可能性。有 HBV 接触史的人,HBsAg 阴性可能是因其体内 HBsAg 含量低于检测下限或抗原对所用抗体无反应性的缘故。

接受过小鼠单抗治疗或诊断的病人可能会出现假阳性反应。偶尔会遇到抗链霉亲和素抗体和抗钌抗体的干扰。Elecsys HBsAg 测定结果应结合病人病史、临床其他检查结果综合起来进行诊断。

11 临床意义

HBsAg 是乙肝病毒颗粒(HBV)的外壳成分,为一条大小不一的多肽。HBV 感染者的血液中除存在完整的 HBV 病毒颗粒外,还含有较小的非传染性"空"壳颗粒,其数量极多并含有乙肝表面抗原。HBsAg 决定簇 a 是引起免疫反应的主要成分,普遍存在于 HBsAg 颗粒上。另外,还有 d、y、w、r 等主要决定簇。检测人血清或血浆中的 HBsAg 可以查明 HBV 感染。HBsAg 是首选的免疫学标志物。在临床症状出现前的数天或数周,HBsAg 就已存在。急、慢性乙肝患者体内均含有 HBsAg,但也有极少数 HBV 感染者体内测不到 HBsAg。HBsAg 检测用于诊断 HBV 感染和预防 HBV 通过血制品传播,也可用于急、慢性乙肝患者的病程监测,有时也可用于抗病毒疗效观察。此外,也可用作为产前检查的实验室检测项目之一,以尽早预防 HBV 的母婴传播。Elecsys HBsAg 试验采用单克隆抗-HBsAg 抗体。

12 参考文献

[1]　德国罗氏公司. 电化学发光乙型肝炎病毒表面抗原试剂盒说明书.

编写:张汉奎　　　　审核:熊继红　　　　批准:张秀明

第十八节 电化学发光免疫法测定抗-HBs	文件编号:
	版本号:
	页码:第 页 共 页

1 原理

采用双抗原夹心法原理。第一步:40μl 标本中的抗-HBs、生物素化的 HBsAg(ad/ay)和钉(Ru)标记的 HBsAg(ad/ay)混匀,形成夹心复合物。第二步:加入链霉亲和素包被的微粒,让上述形成的复合物通过生物素与链霉亲和素间的反应结合到微粒上。第三步:反应混和液吸到测量池中,微粒通过磁铁吸附到电极上,未结合的物质被清洗液洗去,电极加电压后产生化学发光,通过光电倍增管进行测定。

2 标本采集

采集无抗凝静脉血 2~3ml,按标本签收程序签收。不能及时检测的标本可于 2~8℃保存。

3 试剂

3.1 试剂来源

德国罗氏公司原装配套试剂。

3.2 试剂组成

3.2.1 M:链霉亲和素包被的微粒(透明瓶盖)1 瓶,6.5ml,粒子浓度 0.72mg/ml;生物素结合能力,470ng 生物素/mg 粒子,含防腐剂。

3.2.2 R1:生物素化的 HBsAg(灰盖)1 瓶,10ml,浓度高于 0.5mg/L;MES 缓冲液 0.085mol/L,pH6.5,含防腐剂。

3.2.3 R2:$[Ru(bpy)^3]^{2+}$ 标记的 HBsAg(黑盖)1 瓶,8ml,浓度高于 0.3mg/L,MES 缓冲液 0.085mol/L,pH 6.5 含防腐剂。

3.3 校准品

Cal 1:定标液(白盖)1,2 瓶,1.3ml/瓶,含抗-HBs,人血清,含防腐剂。Cal 2:定标液(黑盖)2,2 瓶,1.3ml/瓶,含抗-HBs,人血清,含防腐剂。

3.4 质控品

Elecsys 抗-HBs 质控品 1 和 2(preciControl 抗-HBs)。

3.5 其他所需辅助试剂:Elecsys 通用稀释液,Elecsys 系统缓冲液(proCell),Elecsys 测量池清洗液(cleanCell),Elecsys 添加剂液(sysWash),Elecsys 系统清洗液(sysClean)。

4 仪器

德国罗氏公司 E601 电化学发光免疫分析仪。

5 校准程序

5.1 新批号的 HBsAb 试剂盒必须用 HBsAbCal 1、Cal 2 校准一次。另外,以下情况需要再次校准:

5.1.1 同一批号试剂使用 1 个月。

5.1.2 一盒试剂在仪器上放置时间超过 7d。

	文件编号：
第十八节　电化学发光免疫法测定抗-HBs	版本号：
	页码:第　页　共　页

5.1.3 系统误差造成的质控失控。

5.2 在编辑各项目的参数时，已经在 Application-Calib 菜单中定义好了校准类型和几点校准。因此在对各项目进行校准时，只需在校准菜单 Calibration 中进行即可。进入 Calibration-Status 菜单，用鼠标选择需校准的项目，再根据需要点单点校准（BLANK 键）或两点校准（TWO POINT 键）、跨距校准（SPAN 键）、多点校准（FULL 键），最后点 SAVE，将定标物放入在 Calibration-Calibrator 中定义好的位置，点 Start，再点 Start，仪器开始校准。

5.3 在 Calibration-Status 菜单中看校准结果，点 Calibration Result 键查看校准结果，点 Reaction Monitor 键查看每个校准物的反应曲线。

6 操作步骤

6.1 单个样本输入，在主菜单下选择 Workplace-Testslection，在 Sequence No. 栏输入标本号，然后选择该标本所需做的单个项目或组合项目，点 SAVE 键，样本号自动累加。

6.2 批量常规标本的输入，在主菜单下选择 Workplace-Testslection，在 Sequence No. 栏输入起始标本号，然后选择该标本所需做的单个项目或组合项目，点 REPEAT，输入该批标本的最后一个标本号，点 OK 即可。

6.3 进样分析，将标本按在 Workplace 菜单中输入的标本号顺序在样本架上排好，放入进样盘内，按 START 键，输入该批上机标本的起始标本号，再点 START 键，仪器自动开始推架检测标本。

6.4 计算方法，仪器会自动根据 Cal 1 和 Cal 2 的测定值计算 Cut-off 值。每一个标本的结果以有反应性或无反应性及 Cut-off 指数形式（标本信号/Cut-off）报告。

7 质量控制

7.1 室内质控

采用 Elecsys HBsAb 质控品 1 和质控品 2(preciControl)。质控品 1 和质控品 2 至少每 24h 或每一次校准后测定一次。质控间隔期应适用于各实验室的具体要求。检测值应落在确定的范围内，如出现质控值落在范围以外，应采取纠正措施。

7.2 具体操作

参考罗氏电化学发光操作程序。

8 报告方式与参考区间

8.1 报告方式

U/ml。

8.2 参考范围

<10U/ml。

8.3 检测范围

2.0～1 000U/ml。

第十八节　电化学发光免疫法测定抗-HBs	文件编号：
	版本号：
	页码：第　页　共　页

9 干扰因素

9.1 该方法不受黄疸(胆红素<30mg/dl)、溶血(血红蛋白<1.5g/dl)、脂血(脂质<1500 mg/dl)和生物素<30ng/ml等干扰。接受高剂量生物素(>5mg/d)治疗的病人，至少要等最后一次摄入生物素8h后才能采血。不受类风湿因子干扰(2100U/ml)。抗-HBs浓度高达150 000U/ml也不出现钩状效应。

9.2 17种常用药物经试验对本测定无干扰。偶尔会遇到抗链霉亲和素抗体和抗钌抗体的干扰。

9.3 Elecsys抗-HBs测定结果应结合病人病史、临床其他检查结果综合起来进行诊断。

10 临床意义

抗-HBs(一般是IgG)出现在感染乙肝病毒或接种乙肝疫苗后，抗体针对HBsAg的a决定簇及各亚类的决定簇。对于乙肝疫苗方面，抗-HBs试验可以检查接种疫苗的必要性和效果。此外，抗-HBs试验还可用于乙肝感染急性期以后的病程监测。Elecsys抗-HBs试验采用从人血清提纯的HBsAg亚型ad和ay抗原。

11 参考文献

[1] 德国罗氏公司.电化学发光乙型肝炎病毒表面抗体试剂盒说明书.

编写：张汉奎　　　　审核：熊继红　　　　批准：张秀明

第十九节　电化学发光免疫法测定 HBeAg	文件编号:
	版本号:
	页码:第　页 共　页

1 原理

采用双抗原夹心法原理。第一步:$40\mu l$ 标本、生物素化抗-HBeAg 单克隆抗体和钌(Ru)标记的抗 HBe 抗体混匀,形成夹心复合物。第二步:加入链霉亲和素包被的微粒,让上述形成的复合物通过生物素与链霉亲和素间的反应结合到微粒上。第三步:反应混和液吸到测量池中,微粒通过磁铁吸附到电极上,未结合的物质被清洗液洗去,电极加电压后产生化学发光,通过光电倍增管进行测定。

2 标本采集

采集无抗凝静脉血 2～3ml,按标本签收程序签收。不能及时检测的标本可于 2～8℃保存。

3 试剂

3.1 试剂来源

德国罗氏公司原装配套试剂。

3.2 试剂组成

3.2.1 M:链霉亲和素包被的微粒(透明瓶盖)1 瓶,6.5ml,粒子浓度 0.72mg/ml;生物素结合能力,470ng 生物素/mg 粒子,含防腐剂。

3.2.2 R1:生物素化的 HBsAg(灰盖)1 瓶,12ml,浓度高于 0.8mg/L;Tris 缓冲液 0.05mol/L,pH7.4,含防腐剂。

3.2.3 R2:[Ru(bpy)^3]$^{2+}$ 标记的 HBsAg(黑盖)1 瓶,12ml,浓度高于 0.3mg/L;Tris 缓冲液 0.05mol/L,pH7.4,含防腐剂。

3.3 校准品

Cal 1:定标液(白盖)1,2 瓶,1ml/瓶,人血清,含防腐剂。Cal 2:定标液(黑盖)2,2 瓶,1ml/瓶,HBeAg(重组抗原)≥3.5U/ml,HEPES 缓冲液 pH7.4。

3.4 质控品

Elecsys HBeAg 质控品 1 和 2(preciControl)。

3.5 其他所需辅助试剂

Elecsys 通用稀释液,Elecsys 系统缓冲液(proCell),Elecsys 测量池清洗液(cleanCell),Elecsys 添加剂液(sysWash),Elecsys 系统清洗液(sysClean)。

4 仪器

德国罗氏公司 E601 电化学发光免疫分析仪。

5 校准程序

5.1 新批号的 HBeAg 试剂盒必须用 HBeAg Cal 1、Cal 2 校准一次。另外,以下情况需要再次校准:

5.1.1 同一批号试剂使用 1 个月。

第十九节　电化学发光免疫法测定 HBeAg	文件编号：
	版本号：
	页码:第　页 共　页

5.1.2 一盒试剂在仪器上放置时间超过 7d。

5.1.3 系统误差造成的质控失控。

5.2 在编辑各项目的参数时,已经在 Application-Calib 菜单中定义好了定标类型和几点校准。因此在对各项目进行校准时,只需在校准菜单 Calibration 中进行即可。进入 Calibration-Status 菜单,用鼠标选择需校准的项目,再根据需要点单点校准(BLANK 键)或两点校准(TWO POINT 键)、跨距校准(SPAN 键)、多点校准(FULL 键),最后点 SAVE,将校准物放入在 Calibration-Calibrator 中定义好的位置,点 Start,再点 Start,仪器开始校准。

5.3 在 Calibration-Status 菜单中看校准结果,点 Calibration Result 键查看校准结果,点 Reaction Monitor 键查看每个校准物的反应曲线。

6 操作步骤

6.1 单个样本输入,在主菜单下选择 Workplace-Testslection,在 Sequence No. 栏输入标本号,然后选择该标本所需做的单个项目或组合项目,点 SAVE 键,样本号自动累加。

6.2 批量常规标本的输入,在主菜单下选择 Workplace-Testslection,在 Sequence No. 栏输入起始标本号,然后选择该标本所需做的单个项目或组合项目,点 REPEAT,输入该批标本的最后一个标本号,点 OK 即可。

6.3 进样分析,将标本按在 Workplace 菜单中输入的标本号顺序在样本架上排好,放入进样盘内,按 START 键,输入该批上机标本的起始标本号,再点 START 键,仪器自动开始推架检测标本。

6.4 计算方法,仪器会自动根据 Cal 1 和 Cal 2 的测定值计算 Cut-off 值。每一个标本的结果以有反应性或无反应性及 Cut-off 指数形式(标本信号/Cut-off)报告。

7 质量控制

7.1 室内质控

采用 Elecsys HBeAg 质控品 1 和质控品 2(preciControl)。质控品 1 和质控品 2 至少每 24h 或每一次校准后测定一次。质控间隔期应适用于各实验室的具体要求。检测值应落在确定的范围内,如出现质控值落在范围以外,应采取纠正措施。

7.2 具体操作

参考罗氏电化学发光操作程序。

8 参考范围

参考范围　<1 COI。

9 干扰因素

9.1 该方法不受黄疸(胆红素<25mg/dl)、溶血(血红蛋白<1.6g/dl)、脂血(脂质<500 mg/dl)和生物素<40ng/ml 等干扰。

9.2 接受高剂量生物素(>5mg/d)治疗的病人,至少要等最后一次摄入生物素 8h 后才能采血。不受类风湿因子干扰(2400U/ml)。没有钩状效应。19 种常用药物经试验对本测

第十九节　电化学发光免疫法测定 HBeAg	文件编号:
	版本号:
	页码:第　页　共　页

定无干扰。接受过小鼠单抗治疗或诊断的病人会出现假阳性反应。Elecsys HBeAg 检测结果应结合病史、临床其他检查结果综合起来进行诊断。

10 临床意义

HBeAg 可出现在急性乙肝病毒感染者的血清中,但维持在可检测水平上的时间较短(几天~几周)。HBeAg 阳性提示有大量病毒存在。恢复期 HBeAg 转阴,取而代之的是相应的抗体,即抗-HBe 阳性。

11 参考文献

[1]　德国罗氏公司.电化学发光乙型肝炎病毒 e 抗原试剂盒说明书.

编写:张汉奎　　　　审核:熊继红　　　　批准:张秀明

第二十节　电化学发光免疫法测定抗-HBe	文件编号：
	版本号：
	页码：第　页　共　页

1 原理

采用双抗原夹心法原理。第一步：35μl 标本与加入的 HBe 抗原液混匀。标本中的抗-HBe 与 HBe 抗原结合。第二步：加入生物素化的和钌标记的抗-HBe 抗体以及链霉亲和素包被的微粒，HBe 抗原上仍然游离的位点被占据。形成的免疫复合物通过生物素与链霉亲和素间的反应结合到微粒上。第三步：反应混和液吸到测量池中，微粒通过磁铁吸附到电极上，未结合的物质被清洗液洗去，电极加电压后产生化学发光，通过光电倍增管进行测定。

2 标本采集

采集无抗凝静脉血 2～3ml，按标本签收程序签收。不能及时检测的标本可于 2～8℃ 保存。

3 试剂

3.1 试剂来源

德国罗氏公司原装配套试剂。

3.2 试剂组成

3.2.1 M：链霉亲和素包被的微粒（透明瓶盖）1 瓶，6.5ml，粒子浓度 0.72mg/ml；生物素结合能力，470ng 生物素/mg 粒子，含防腐剂。

3.2.2 R1：生物素化的 HBsAg（灰盖）1 瓶，12ml，HBeAg（E. coli，rDNA）浓度高于 7ng/ml；HEPES 缓冲液 0.036mol/L，pH7.4，含防腐剂。

3.2.3 R2：$[Ru(bpy)^3]^{2+}$ 标记的抗-HBeAg 抗体（黑盖）1 瓶，12ml；生物素化的抗-HBeAg 单克隆抗体浓度高于 0.8mg/L；$[Ru(bpy)^3]^{2+}$ 标记的抗-HBeAg 单克隆抗体浓度高于 0.2mg/L；HEPES 缓冲液 0.036mol/L，pH7.4，含防腐剂。

3.3 校准品

Cal 1：定标液（白盖）1，2 瓶，1ml/瓶，人血清，含防腐剂。Cal 2：定标液（黑盖）2，2 瓶，1ml/瓶，抗-HBe（人）浓度高于 3PEIU/ml，人血清，含防腐剂。

3.4 质控品

Elecsys 抗-HBe 质控品 1 和 2 （preciControl）。

3.5 其他所需辅助试剂

Elecsys 通用稀释液，Elecsys 系统缓冲液（proCell），Elecsys 测量池清洗液（cleanCell），Elecsys 添加剂液（sysWash），Elecsys 系统清洗液（sysClean）。

4 仪器

德国罗氏公司 E601 电化学发光免疫分析仪。

5 校准程序

5.1 新批号的抗-HBe 试剂盒必须用抗-HBe Cal 1、Cal 2 校准一次。另外，以下情况需要再次校准：

	文件编号：
第二十节　电化学发光免疫法测定抗-HBe	版本号：
	页码：第　页　共　页

5.1.1 同一批号试剂使用1个月。

5.1.2 一盒试剂在仪器上放置时间超过7d。

5.1.3 系统误差造成的质控失控。

5.2 在编辑各项目的参数时,已经在 Application-Calib 菜单中定义好了校准类型和几点校准。因此在对各项目进行校准时,只需在校准菜单 Calibration 中进行即可。进入 Calibration-Status 菜单,用鼠标选择需校准的项目,再根据需要点单点校准(BLANK 键)或两点校准(TWO POINT 键)、跨距校准(SPAN 键)、多点校准(FULL 键),最后点 SAVE,将校准物放入在 Calibration-Calibrator 中定义好的位置,点 Start,再点 Start,仪器开始校准。

5.3 在 Calibration-Status 菜单中看校准结果,点 Calibration Result 键看校准结果,点 Reaction Monitor 键看每个校准物的反应曲线。

6 操作步骤

6.1 单个样本输入,在主菜单下选择 Workplace-Testslection,在 Sequence No. 栏输入标本号,然后选择该标本所需做的单个项目或组合项目,点 SAVE 键,样本号自动累加。

6.2 批量常规标本的输入,在主菜单下选择 Workplace-Testslection,在 Sequence No. 栏输入起始标本号,然后选择该标本所需做的单个项目或组合项目,点 REPEAT,输入该批标本的最后一个标本号,点 OK 即可。

6.3 进样分析,将标本按在 Workplace 菜单中输入的标本号顺序在样本架上排好,放入进样盘内,按 START 键,输入该批上机标本的起始标本号,再点 START 键,仪器自动开始推架检测标本。

6.4 计算方法,仪器会自动根据 Cal 1 和 Cal 2 的测定值计算 Cut-off 值。每一个标本的结果以有反应性或无反应性及 Cut-off 指数形式(标本信号/Cut-off)报告。

7 质量控制

7.1 室内质控

采用 Elecsys 抗-HBe 质控品1和质控品2(preciControl)。质控品1和质控品2至少每24h 或每一次校准后测定一次。质控间隔期应适用于各实验室的具体要求。检测值应落在确定的范围内,如出现质控值落在范围以外,应采取纠正措施。

7.2 具体操作

参考罗氏电化学发光操作程序。

8 参考范围

参考范围 <1 COI。

9 干扰因素

9.1 该方法不受黄疸(胆红素<5mg/dl)、溶血(血红蛋白<2g/dl)、脂血(脂质<1 500 mg/dl)和生物素<100ng/ml 等干扰。

9.2 胆红素含量高于5mg/dl 时,可能会使 Cut-off 指数值降低约30%,对于 Cut-off 值

文件编号：

第二十节　电化学发光免疫法测定抗-HBe

版本号：

页码：第　页　共　页

附近的标本可能出现假阳性。

9.3 接受高剂量生物素(>5mg/d)治疗的病人，至少要等最后一次摄入生物素 8h 后才能采血。不受类风湿因子干扰(2 400U/ml)。19 种常用药物经试验对本测定无干扰。接受过小鼠单抗治疗或诊断的病人可能会出现假阳性反应。偶尔会遇到抗链霉亲和素抗体的干扰。

9.4Elecsys 抗-HBe 测定结果应结合病人病史、临床其他检查结果综合起来进行诊断。

10 临床意义

乙肝 e 抗体(anti-HBe)是乙肝病毒在肝细胞中增殖时出现的前-C/C 基因的产物。经蛋白酶水解后，HBe 蛋白质以非颗粒形式(16~20kD)分泌入血清中。在急性 HBV 感染时，血清中可出现 HBeAg，但维持可测水平的时间很短暂(数天至数周)。测出 HBeAg 一般提示有大量病毒存在。在急性乙肝的恢复期，HBeAg 转阴，取而代之的是相应的抗体(抗-HBe)。急性和迁延性乙肝患者，体内 HBeAg 也可测不出。但这些患者如 HBe 抗体阳性，则提示有前核心区终止码的突变。此时患者体内病毒含量可以很高，也可很低，甚至测不出。因此，抗HBe 试验与 HBeAg 试验联合应用对监测 HBV 感染的病程有实际意义。

11 参考文献

[1]　德国罗氏公司．电化学发光乙型肝炎病毒 e 抗体试剂盒说明书．

编写：张汉奎　　　审核：熊继红　　　批准：张秀明

第二十一节　电化学发光免疫法测定抗-HBc	文件编号：
	版本号：
	页码：第　页　共　页

1 原理

采用竞争法原理。第一步：$40\mu l$ 标本用还原试剂预处理。第二步：加入 HBc 抗原液，标本中的抗-HBc 与 HBc 抗原结合形成复合物。第三步：加入生物素化的和钌标记的抗-HBc 抗体以及链霉亲和素包被的微粒，HBc 抗原上仍然游离的位点被占据。形成的免疫复合物通过生物素与链霉亲和素间的反应结合到微粒上。第四步：反应混和液吸到测量池中，微粒通过磁铁吸附到电极上，未结合的物质被清洗液洗去，电极加电压后产生化学发光，通过光电倍增管进行测定。Elecsys 自动将标本产生的光电信号与从抗 HBc 定标液得出的 Cut-off 值相比较。

2 标本采集

采集无抗凝静脉血 $2\sim3ml$，按标本签收程序签收。不能及时检测的标本可于 $2\sim8℃$ 保存。

3 试剂

3.1 试剂来源

德国罗氏公司原装配套试剂。

3.2 试剂组成

3.2.1 M：链霉亲和素包被的微粒（透明瓶盖）1 瓶，6.5ml，粒子浓度 0.72mg/ml；生物素结合能力，470ng 生物素/mg 粒子，含防腐剂。

3.2.2 R0：DTT（白盖）1 瓶，5ml；二硫苏糖醇，浓度 110mmol/L；枸橼酸缓冲液 50mmol/L。

3.2.3 R1：HBcAg（灰盖）1 瓶，8ml；HBcAg（E. coli, rDNA）浓度高于 25ng/ml；磷酸缓冲液 0.1mol/L，pH7.4，含防腐剂。

3.2.4 R2：$Ru[(bpy)^3]^{2+}$ 标记的抗-HBcAg 抗体（黑盖）1 瓶，8ml；生物素化的抗-HBcAg 单克隆抗体浓度高于 800ng/ml；Ru(bpy)标记的抗-HBcAg 单克隆抗体浓度高于 130ng/ml；磷酸缓冲液 0.1mol/L，pH7.4，含防腐剂。

3.3 校准品

Cal 1：定标液（白盖）1，2 瓶，1ml/瓶，人血清，含防腐剂。Cal 2：定标液（黑盖）2，2 瓶，1ml/瓶，抗 HBe（人）浓度高于 8PEIU/ml，人血清，抗 HCV 和抗 HIV1/2 无反应性，含防腐剂。

3.4 质控品

Elecsys 抗 HBc 质控品 1 和 2（preciControl）。

3.5 其他所需辅助试剂

Elecsys 通用稀释液，Elecsys 系统缓冲液（proCell），Elecsys 测量池清洗液（cleanCell），Elecsys 添加剂液（sysWash），Elecsys 系统清洗液（sysClean）。

4 仪器

德国罗氏公司 E601 电化学发光免疫分析仪。

第二十一节　电化学发光免疫法测定抗-HBc	文件编号：
	版本号：
	页码:第　页　共　页

5 校准程序

5.1 新批号的抗-HBe 试剂盒必须用抗 HBc Cal 1、Cal 2 校准一次。另外,以下情况需要再次校准:

5.1.1 同一批号试剂使用 1 个月。

5.1.2 一盒试剂在仪器上放置时间超过 7d。

5.1.3 系统误差造成的质控失控。

5.2 在编辑各项目的参数时,已经在 Application-Calib 菜单中定义好了校准类型和几点校准。因此在对各项目进行校准时,只需在校准菜单 Calibration 中进行即可。进入 Calibration-Status 菜单,用鼠标选择需校准的项目,再根据需要点单点校准(BLANK 键)或两点校准(TWO POINT 键)、跨距校准(SPAN 键)、多点校准(FULL 键),最后点 SAVE,将校准物放入在 Calibration-Calibrator 中定义好的位置,点 Start,再点 Start,仪器开始校准。

5.3 在 Calibration-Status 菜单中看校准结果,点 Calibration Result 键查看校准结果,点 Reaction Monitor 键查看每个校准物的反应曲线。

6 操作步骤

6.1 单个样本输入,在主菜单下选择 Workplace-Testslection,在 Sequence No. 栏输入标本号,然后选择该标本所需做的单个项目或组合项目,点 SAVE 键,样本号自动累加。

6.2 批量常规标本的输入,在主菜单下选择 Workplace-Testslection,在 Sequence No. 栏输入起始标本号,然后选择该标本所需做的单个项目或组合项目,点 REPEAT,输入该批标本的最后一个标本号,点 OK 即可。

6.3 进样分析,将标本按在 Workplace 菜单中输入的标本号顺序在样本架上排好,放入进样盘内,按 START 键,输入该批上机标本的起始标本号,再点 START 键,仪器自动开始推架检测标本。

6.4 计算方法,仪器会自动根据 Cal 1 和 Cal 2 的测定值计算 Cut-off 值。每一个标本的结果以有反应性或无反应性及 Cut-off 指数形式(标本信号/Cut-off)报告。

7 质量控制

7.1 室内质控

采用 Elecsys 抗 HBc 质控品 1 和质控品 2(preciControl)。质控品 1 和质控品 2 至少每 24h 或每一次校准后测定一次。质控间隔期应适用于各实验室的具体要求。检测值应落在确定的范围内,如出现质控值落在范围以外,应采取纠正措施。

7.2 具体操作

参考罗氏电化学发光操作程序。

8 参考范围

参考范围 <1 COI。

第二十一节　　电化学发光免疫法测定抗-HBc	文件编号：
	版本号：
	页码：第　页　共　页

9 干扰因素

9.1 该方法不受黄疸(胆红素＜25mg/dl)、溶血(血红蛋白＜1.6g/dl)、脂血(脂质＜1 000mg/dl)和生物素＜50ng/ml等干扰。

9.2 接受高剂量生物素(＞5mg/d)治疗的病人,至少要等最后一次摄入生物素 8h 后才能采血。不受类风湿因子干扰(676U/ml)。

9.3 19 种常用药物经试验对本测定无干扰。接受过小鼠单抗治疗或诊断的病人可能会出现假阳性反应,偶尔会遇到抗链霉亲和素抗体的干扰。Elecsys 抗-HBc 测定结果应结合病人病史、临床其他检查结果综合起来进行诊断。

10 临床意义

乙肝病毒(HBV)由外壳 HBsAg 和内核 HBcAg 组成,后者含有 183～185 个氨基酸。HBV 感染期间,一般会产生抗-HBcAg 抗体,并在 HBsAg 出现后即可从血清中检测到。在HBV 感染康复者和 HBsAg 携带者中,抗-HBcAg 可持续存在,因此,抗-HBcAg 是提示过去或现在感染 HBV 的指标。偶尔也有抗-HBcAg 阴性的 HBV 感染者(多见于免疫抑制病人)。由于抗-HBcAg 可长时间存在,因此,在特殊人群中开展抗-HBcAg 筛选试验对预防乙型肝炎的传播有重要参考价值。抗-HBc 试验与其他乙型肝炎试验一同检测有助于乙型肝炎的诊断和监测。在其他乙型肝炎标志(HBsAg 阴性者)缺乏的情况下,抗-HBc 可能是提示现存 HBV 感染的唯一指标。

11 参考文献

[1] 德国罗氏公司.电化学发光乙型肝炎病毒核心抗体试剂盒说明书.

编写:张汉奎　　　　审核:熊继红　　　　批准:张秀明

第二十二节　电化学发光免疫法测定抗 HCV-IgG

1 原理

采用双抗体夹心法原理。第一步：$40\mu l$ 样本、$60\mu l$ 生物素化 HCV 抗原及 $60\mu l$ 钌复合体标记 a 的 HCV 抗原一起孵育,反应形成"三明治"样抗原-抗体复合体。第二步：加入链霉亲和素包被的微粒,让上述形成的复合物通过生物素与链霉亲和素间的反应结合到微粒上。第三步：反应混和液吸到测量池中,微粒通过磁铁吸附到电极上,未结合的物质被清洗液洗去,电极加电压后产生化学发光,通过光电倍增管进行测定。Elecsys 自动将标本产生的光电信号与从 HBsAg 定标液得出的 Cut-off 值相比较。

2 标本采集

采集无抗凝静脉血 $2\sim3ml$,也可使用肝素锂、EDTA-K3 或草酸钠抗凝血浆。按标本签收程序签收。不能及时检测的标本可于 $2\sim8℃$ 保存。

3 试剂

3.1 试剂来源

德国罗氏公司原装配套试剂。

3.2 试剂组成

3.2.1 M：包被链霉素的磁珠微粒（透明瓶盖）,每瓶 6.5ml；包被链霉素的磁珠微粒,0.72mg/ml,含防腐剂。

3.2.2 R1：缓冲液（灰色瓶盖）,每瓶 7ml,HEPESb 缓冲液,pH5.0；R2 缓冲液（黑色瓶盖）,每瓶 7ml,HEPES 缓冲液,pH5.0。

3.2.3 R1a：冻干的生物素化 HCV 抗原（白色瓶盖）,每瓶加 1.2ml 溶解液溶解；R2a 冻干的钌复合物标记 HCV 抗原（黑色瓶盖）,每瓶加 1.2ml 溶解液溶解。

3.2.4 其他：R1b 及 R1a 的溶解液（白色瓶盖）,每瓶 1.4ml 水,经过防腐处理；R2b 及 R2a 的溶解液（黑色瓶盖）每瓶 1.4ml 水,经过防腐处理。

3.3 校准品

Cal 1：阴性定标液（白盖）2 瓶,1ml/瓶人血清,含防腐剂。Cal2：阳性定标液（黑盖）,2 瓶,每瓶 1.3ml,人抗 HCV 抗体阳性血清,经过防腐处理。对于 HBsAg 和抗-HIV 1/2 无反应。

3.4 质控品

Elecsys HCV combi 质控品 1 和 2(precicontrol)。

3.5 其他所需辅助试剂

Elecsys 通用稀释液,Elecsys 系统缓冲液(proCell),Elecsys 测量池清洗液(cleanCell),Elecsys 添加剂液(sysWash),Elecsys 系统清洗液(sysClean)。

4 仪器

德国罗氏公司 E601 电化学发光免疫分析仪。

第二十二节　电化学发光免疫法测定 抗 HCV-IgG	文件编号： 版本号： 页码：第　页　共　页

5 校准程序

5.1 每批 HCV combi 试剂盒必须用新鲜试剂盒 HBsAg Cal 1、Cal 2 校准一次。另外，以下情况需要再次校准：

5.1.1 同一批号试剂使用 1 个月。

5.1.2 一盒试剂在仪器上放置时间超过 7d。

5.1.3 系统误差造成的质控失控。

5.2 在编辑各项目的参数时，已经在 Application-Calib 菜单中定义好了校准类型和几点校准。因此在对各项目进行校准时，只需在校准菜单 Calibration 中进行即可。进入 calibration-stats 菜单，用鼠标选择需校准的项目，再根据需要点单点校准（BLANK 键）或两点校准（TWO POINT 键）、跨距校准（SPAN 键）、多点校准（FULL 键），再选择其他项目进行相应选择，最后点 SAVE，将校准物放入在 Calibration-Calibrator 中定义好的位置，点 Start，再点 Start，仪器开始校准。

在 Calibration-Status 菜单中看校准结果，点 Calibration Result 键看校准结果，点 reaction monitor 键看每个校准物的反应曲线。

6 操作步骤

6.1 样本检测程序

6.1.1 单个样本输入，在主菜单下选择 Workplace-Testslection，在 Sequence No. 栏输入标本号，然后选择该标本所需做的单个项目或组合项目，点 SAVE 键，样本号自动累加。

6.1.2 批量常规标本的输入，在主菜单下选择 Workplace-Testslection，在 Sequence No. 栏输入起始标本号，然后选择该标本所需做的单个项目或组合项目，点 REPEAT，输入该批标本的最后一个标本号，点 OK 即可。

6.2 进样分析，将标本按在 Workplace 菜单中输入的标本号顺序在样本架上排好，放入进样盘内，按 START 键，输入该批上机标本的起始标本号，再点 START 键，仪器自动开始推架检测标本。

6.3 计算方法，仪器会自动根据 Cal 1 和 Cal 2 的测定值计算 Cut-off 值。每一个标本的结果以有反应性或无反应性及 Cut-off 指数形式（标本信号/Cut-off）报告。

7 质量控制

7.1 室内质控

用质控品 1 和质控品 2，至少每 24h 或每一次校准后测定一次。质控间隔期应适用于各实验室的具体要求。检测值应落在确定的范围内，如出现质控值落在范围以外，应采取纠正措施。

7.2 具体操作

参考罗氏电化学发光操作程序。

第二十二节　电化学发光免疫法测定抗 HCV-IgG	文件编号：
	版本号：
	页码：第　页　共　页

8 结果解释

样本的 COI 值<0.9 判断为无反应性。样本的 COI 值≥1.0 判断为有反应性。所有初次检测有反应性的样本必须重复双份检测。样本的 COI 值≥0.9 且<1.0 判断为临界值。所有临界样本必须重复双份检测。如果二次结果均为无反应性，样本可判断为抗-HCV 阴性。如果重复检测结果均为有反应性或一个有反应性、一个临界，则该样本判断为重复有反应性。重复有反应性的样本必须进行补充试验(如免疫印迹分析或 HCV RNA 检测)。如果重复检测结果均为临界或一个无反应性，一个临界，则建议随访。

9 分析性能

9.1 分析特异性

使用 Elecsys Anti-HCV 试剂盒检测含有可能干扰物质的 774 份样本(表 10-22-1)：含有抗-HBV、HAV、HEV、CMV、HSV、HIV、弓形虫、风疹和密螺旋体抗体；含有自身抗体及高滴度的类风湿因子、IgG、IgM 或 IgA 抗体；HBsAg 和 E 大肠埃希菌阳性；HBV 和流感疫苗接种后；非病毒性肝病。

表 10-22-1　使用 Elecsys Anti-HCV 试剂盒检测含有可能干扰物质的 774 份样本结果

	N	Elecsys 抗-HCV 有反应性	免疫阴迹分析 阳性或不确定	免疫印迹 分析阴性
含有可能干扰物质的样本	774	29	21 份阳性 3 份不确定	5

9.2 精密度

应用 Elecsys 试剂盒、人血清样本和质控品验证重复性(批内 n=21,批间 n=10)MODULAR ANALYTICS E170 分析仪上按照 CLSI 的 EP5-A 执行,每天 6 次,共 10d (n=60)。见表 10-22-2。

表 10-22-2　精密度检测结果

Elecsys 2010 and cobas e 411 analyzers						
	Within-run precision			Between-run precision		
Sample	Mean COI[c]	SD COI	CV %	Mean COI	SD COI	CV %
HS[d], negative	0.11	0.01	—	0.10	0.01	—
HS, weakly positive	4.15	0.14	3.3	4.82	0.14	3.0
HS, positive	34.7	0.38	1.1	39.7	1.37	3.5
PreciControl A-HCV1	0.14	0.01	—	0.14	0.01	—
PreciControl A-HCV2	8.67	0.11	1.2	11.1	0.47	4.2

第二十二节　电化学发光免疫法测定抗 HCV-IgG	文件编号： 版本号： 页码：第　页 共　页

（续　表）

MODULAR ANALYTICS E170 and cobas e 601 analyzers						
	Within-run precision			Total precision		
Sample	Mean COI	SD COI	CV %	Mean COI	SD COI	CV %
HS, negative	0.138	0.011	—	0.127	0.014	—
HS, weakly positive	3.14	0.143	4.6	2.30	0.103	4.5
HS, positive	72.8	2.23	3.1	260	10.5	4.0
PreciControl A-HCV1	0.084	0.020	—	0.134	0.015	—
PreciControl A-HCV2	11.7	0.241	2.1	11.3	0.415	3.7

10 干扰因素

10.1 检测结果不受黄疸（胆红素＜855μmol/L 或＜50mg/dl），溶血（血红蛋白＜1.09mmol/L 或＜1.75g/dl），脂血（脂肪乳剂＜2 100mg/dl）和生物素（＜50ng/ml）的影响。

10.2 回收率标准。阳性样本回收率在初始值的±20％之内，阴性样本的 COI 值≤0.5。

10.3 对于接受高剂量生物素治疗的患者（＞5mg/d），必须在末次生物素治疗 8h 后采集样本。

浓度达 1 000U/ml 的类风湿因子对检测无影响。

10.4 Elecsys Anti-HCV 检测未发现高浓度钩状效应导致的假阴性反应。

10.5 体外对 18 种常用药物和 2 种用于治疗 HCV 的药物进行试验未发现有影响。

10.6 由于检测试剂中含有单克隆鼠抗体，因此，某些接受单克隆鼠抗体治疗或诊断的患者样本检测结果可能有误。

10.7 少数病例中极高浓度的链霉素抗体会影响检测结果。

10.8 由于从病毒感染到血清学表现需要较长时间，因此在感染早期可能出现 Anti-HCV 阴性的检测结果。若怀疑急性丙型肝炎病毒感染，则通过反转录聚合酶链扩增（RT-PCR，如使用 Cobas Amplicor）进行 HCV RNA 检测可以确定是否感染 HCV。Anti-HCV 抗体检测能提示当前或以往感染丙型肝炎病毒，但不能区分是急性、慢性或感染恢复。必须认识到当前可靠的 Anti-HCV 检测方法的灵敏度均不足以检测出全部潜在感染 HCV 的个体。可能由于抗体浓度低于检测下限或者抗体对试剂使用的抗原不反应。另外，Elecsys Anti-HCV 检测不能完全排除非特异性的结果。

11 临床意义

丙型肝炎病毒于 1989 年被首次证实，是一种全球流行的非甲、非乙型肝炎，输血是其最主要的感染途径。HCV 感染常导致慢性肝炎和肝硬化，并可能进展为肝细胞肝癌。临床常伴有冷球蛋白血症和各种风湿性疾病的症状表现。

丙型肝炎病毒是黄病毒科的一种单链正股 RNA 病毒，有衣壳。病毒基因组长约 9.5kb，

第二十二节　电化学发光免疫法测定 抗 HCV-IgG	文件编号：
	版本号：
	页码：第　页　共　页

编码包括结构区和非结构区在内的3 000个氨基酸多肽。如同其他 RNA 病毒，HCV 在复制过程中发生变异而形成多种变异株。全世界至少报道了 11 个不同的基因型和多种亚型以及病毒变异体。不同基因型的病毒可能影响疾病的严重程度和治疗效果。丙型肝炎病毒主要通过被污染的血液和血制品传播，通过人体液传播的概率较小。

　　Anti-HCV 抗体检测可单独使用或与其他检测（如 HCV-RNA）联合使用，检测个体是否感染丙型肝炎病毒和筛选被 HCV 污染的血液和血制品。Elecsys Anti-HCV 试剂盒使用重组的核心区 NS3 和 NS4 蛋白肽抗原来检测 Anti-HCV 抗体。

12 参考文献

[1]　德国罗氏公司. 电化学发光丙型肝炎病毒抗体试剂盒说明书.

编写：王结珍　　　　审核：熊继红　　　　批准：张秀明

第二十三节　免疫胶体金法检测乙型肝炎病毒表面抗原	文件编号：
	版本号：
	页码：第　页　共　页

1 原理

采用胶体金免疫层析技术,利用双抗体夹心法,分别在硝酸纤维素膜上的检测区和包被抗-HBs,在对照区包被羊抗鼠IgG。检测时,样本血清中HBsAg可与试纸条前端的胶体金-抗体(sAb-Au)结合形成免疫复合物,由于层析作用,复合物沿膜带移动。如为阳性样本,则可分别在检测区及对照区各形成一条红色线;如为阴性样本,则只在对照区形成一条红色线,以此达到检测目的。

2 标本采集

采集静脉血2~3ml,全血、血清、血浆样本均可。血清、血浆样本不能及时检测,可于2~8℃保存不超过3d。全血样本在12h内检测,不可长期放置后检测。

3 试剂

3.1 北京万泰生物药业股份有限公司提供的乙型肝炎病毒表面抗原诊断试剂盒(胶体金)。

3.2 样本稀释液。

4 操作步骤

4.1 检测血清或血浆样本

吸取80μl血清或血浆,直接加在试纸条加样端,也可将试纸条的加样端直接插入血清或血浆中,但要注意样本液面不得超过箭头端横线。室温放置30min观察结果。

4.2 检测全血样本

在试纸条加样端箭头端横线以下滴加1滴(约40μl)全血样本,后立即滴加1~2滴(40~80μl)样本稀释液。

5 注意事项

5.1 血清样品应新鲜,血浆样品应剥离纤维蛋白,避免使用溶血或反复冻融的血清。

5.2 本检测线的显色速度及强度与样品中的HBsAg的含量成正比。强阳性样品5min内即可显色,弱阳性样品10min内也可显色,静置30min是为保证达到最高灵敏度,因此,当试纸条上显出两条色线时,即可判为阳性结果。但超过30min的显色结果无意义。

5.3 本实验检测的阳性结果必须结合病人的临床信息进行分析。由于反应原理的限制,本试剂检测结果阴性并不排除HBV感染的可能性。

5.4 本实验结果不能区别HBsAg亚型。

6 结果判断

6.1 阳性

在检测区及对照区各出现一条红色反应线。

6.2 阴性

仅在对照区出现一条红色反应线。

第二十三节　免疫胶体金法检测乙型肝炎病毒表面抗原	文件编号：
	版本号：
	页码：第　页　共　页

6.3 无效

试纸无红色反应线出现，或仅在检测区出现一条反应线，表明实验失败或测试纸失效，需重新实验。

7 临床意义

本实验以胶体金作为指示标记，快速检测人血浆或血清中的乙肝表面抗原，结果显示明确，操作简便，无需冲洗过程；可分批或单人份检测。用于无偿献血现场的初筛和临床急症手术(或检查)前的检测。

8 参考文献

[1]　北京万泰生物药业股份有限公司. 乙型肝炎病毒表面抗原诊断试剂盒(胶体金)说明书.

[2]　叶应妩,王毓三,申子瑜. 全国临床检验操作规程. 3版. 南京:东南大学出版社,2006:619.

编写:张汉奎　　　　审核:熊继红　　　　批准:张秀明

第二十四节　免疫胶体金法检测抗丙型肝炎病毒IgG抗体	文件编号：
	版本号：
	页码:第　页　共　页

1 原理

采用胶体金免疫层析技术,在玻璃纤维素膜上预包被金标鼠抗人 IgG 抗体(anti-IgG Ab),在硝酸纤维素膜上检测线和对照线处分别包被丙肝混合抗原和人 IgG 抗体。检测阳性样本时,血清样本中的 HCV 抗体与胶体金标记鼠抗人 IgG 抗体结合形成复合物,由于层析作用复合物沿纸条向前移动,经过检测线时与预包被的抗原结合形成"Au-anti-IgG Ab-HCV抗体-HCV 抗原"夹心物而凝聚显色,游离金标鼠抗人 IgG 抗体则在对照线处与人 IgG 抗体结合而富集显色。阴性样本则仅在对照线处显色,以此达到定性检测的目的。

2 标本采集

采集静脉血 2～3ml,不能及时检测的标本可于 0～4℃保存不超过 7d,＞7d 需−20℃保存。避免溶血、高度脂血及黏稠样本。

3 试剂

3.1 英科新创(厦门)科技有限公司提供的丙型肝炎病毒抗体诊断试剂盒(胶体金法)。

3.2 样本稀释液。

4 操作步骤

用塑料滴管在试纸条指示箭头下端的加样处滴加全血、血清或血浆样本 1 滴(10μl),后立即滴加样本稀释液 2 滴(约 100μl)。室温放置 15min 观察结果。

5 注意事项

5.1 血清样品应新鲜,血浆样品应剥离纤维蛋白,避免使用溶血或反复冻融的血清。

5.2 本实验检测线颜色的深浅程度与样品中抗体的滴度没有必然联系。20min 后显示的阳性结果无意义。

5.3 本实验检测的阳性结果必须结合病人的临床信息进行分析。由于反应原理的限制,本试剂检测结果阴性并不排除 HCV 感染的可能性。

5.4 本试纸在快速法的测试结果只用于快速筛查,不能用于最后确证。

6 结果判断

6.1 阳性

在检测区及对照区各出现一条红色反应线。

6.2 阴性

仅在对照区出现一条红色反应线。

6.3 无效

试纸无红色反应线出现,或仅在检测区出现一条反应线,表明实验失败或测试纸失效,须重做实验。

7 临床意义

HCV 为单链 RNA 病毒。主要通过血液及其制品传播、母婴传播等途径,潜伏期为 35～

第二十四节　免疫胶体金法检测抗丙型肝炎病毒IgG抗体	文件编号：
	版本号：
	页码:第　页　共　页

82d,临床表现类似乙型肝炎,但肝细胞坏死、慢性化和癌变倾向性较大,在重症肝炎中检出率高达50%左右。常与HBV合并感染,当乙型肝炎迁延不愈、活动、坏死或癌变时应怀疑合并丙肝感染。本品以胶体金作为指示标记,快速检测人全血、血清或血浆中的丙型肝炎病毒抗体。符号显示结果明确,操作简便,无需冲洗过程;可分批或单人份检测。用于无偿献血现场的初筛和临床急症手术(或检查)前的检测。

8 参考文献

[1] 英科新创(厦门)科技有限公司.丙型肝炎病毒抗体诊断试剂盒(胶体金法)说明书.

[2] 叶应妩,王毓三,申子瑜.全国临床检验操作规程.3版.南京:东南大学出版社,2006:620.

编写:王结珍　　　　审核:熊继红　　　　批准:张秀明

第二十五节 乙型肝炎病毒表面抗原确证试验	文件编号：
	版本号：
	页码：第 页 共 页

1 原理

标本先用证实试剂和对照试剂预处理，随后再用 HBsAg 试验检测。HBsAg 阳性质控品 2 同时平行测定以核对操作。

1.1 标本的预处理

Elecsys HBsAg 试验重复呈现有反应性的标本，用证实试剂和对照试剂平行处理、混匀、温育。证实试剂中过量的抗 HBsAg 抗体中和标本中的 HBsAg。在随后进行的 Elecsys HBsAg 试验中，标本的 Cut-off 指数（COI）将比原值降低。

1.2 HBsAg 试验

第一步：两种经预处理的标本、生物素化的抗 HBsAg 单克隆抗体和钌（Ru）标记的抗 HBsAg 单克隆抗体混匀，形成夹心复合物。第二步：加入链霉亲和素包被的微粒，让上述形成的复合物通过生物素与链霉亲和素间的反应结合到微粒上。第三步：反应混和液吸到测量池中，微粒通过磁铁吸附到电极上，未结合的物质被清洗液洗去。电极加电压后产生化学发光，通过光电倍增管进行测定。

Elecsys 自动将标本产生的光电信号与从抗 HBsAg 定标液得出的 Cut-off 值相比较。随后进行人工核查试验的有效性和结果的解释。

2 标本采集

Elecsys HBsAg 试验重复呈现有反应性的人血清或血浆标本。标本采集和准备与 Elecsys HBsAg 试验相同。

3 试剂

3.1 试剂来源

德国罗氏公司原装配套试剂。

3.2 试剂组成

瓶 1：证实试剂（黑盖）2 瓶，1.3ml；抗 HBsAg＞200U/L，人血清，含防腐剂。瓶 2：对照试剂（白盖）2 瓶，1.3ml；人血清，抗 HBsAg＜3U/L。含防腐剂。

3.3 校准品

Elecsys HBsAg，Elecsys HBsAg Ⅱ test。

3.4 质控品

Elecsys HBsAg 质控品 1 和 2 (precicontrol)。

3.5 其他所需材料

Elecsys 通用稀释液；Elecsys 系统缓冲液（procell）；Elecsys 测量池清洗液（cleancell）；Elecsys 添加剂液（syswash）；Elecsys 系统清洗液（sysclean）。

4 仪器

德国罗氏公司 E601 电化学发光免疫分析仪。

第二十五节　乙型肝炎病毒表面抗原 确证试验	文件编号：
	版本号：
	页码:第　页　共　页

5 校准程序

5.1 每批试剂必须用新鲜试剂和校准一次。另外，以下情况需要再次校准：

5.1.1 校准过期：批校准稳定 28d，盒校准 7d。

5.1.2 根据要求进行标定，如质控结果超出范围时，或更换某些试剂时，根据规定进行多次标定。

5.2 在编辑各项目的参数时，已经在 Application-Calib 菜单中定义好了定标类型和几点定标。因此，在对各项目进行定标时，只需在定标菜单 Calibration 中进行即可。进入 Calibration-Status 菜单，用鼠标选择需定标的项目，再根据需要点单点定标（BLANK 键）或两点定标（TWO POINT 键）、跨距定标（SPAN 键）、多点定标（FULL 键），最后点 SAVE，将定标物放入在 Calibration-Calibrator 中定义好的位置，点 Start，再点 Start，仪器开始定标。

5.3 在 Calibration-Status 菜单中看定标结果，点 Calibration Result 键查看定标结果，点 Reaction Monitor 键查看每个定标物的反应曲线。

6 操作步骤

6.1 标本的预处理

标本加样体积的选择取决于相应标本在 Elecsys HBsAg 试验中所得的 COI 值的高低。

6.1.1 对于 COI<7.0 的有反应性标本：180μl 标本＋20μl 证实试剂；180μl 标本＋20μl 对照试剂。

6.1.2 对于 $7.0 \leqslant COI \leqslant 30$ 的有反应性标本：100μl 标本＋100μl 证实试剂；100μl 标本＋100μl 对照试剂。

6.1.3 对于 COI>30 的有反应性标本：标本先用 Elecsys 通用稀释液作 1:20 稀释，然后 100μl 稀释的标本＋100μl 证实试剂；100μl 稀释的标本＋100μl 对照试剂。

6.2 平行测定 precicontrol HBsAg 2，以便对操作进行核对

180μl precicontrol HBsAg 2＋20μl 证实试剂；180μl precicontrol HBsAg2＋20μl 对照试剂。

6.3 标本的存放

充分混匀，将以上几种反应物 $15 \sim 25℃$ 温育 $30 \sim 60$min，或 $2 \sim 8℃$ 温育过夜。

6.4 Elecsys HBsAg 测定

将预处理标本置于仪器的标本区，记录标识数据。按 Elecsys HBsAg 试剂操作说明书进行检测。

7 质量控制

7.1 室内质控

采用 Elecsys HBsAg 质控品 1 和质控品 2（precicontrol）。质控品 1 和质控品 2 至少每 24h 或每一次定标后测定一次。质控间隔期应适用于各实验室的具体要求。检测值应落在确定的范围内，如出现质控值落在范围以外，应采取纠正措施。

第二十五节　乙型肝炎病毒表面抗原 确证试验	文件编号：
	版本号：
	页码：第　页　共　页

7.2 具体操作

参考罗氏电化学发光操作程序。

8 计算方法

对每一个标本,仪器会自动根据 HBsAg 定标液 Cal 1 和 Cal 2 的测定结果计算出 cut-off 值。报告结果,分有反应性或无反应性及 cut-off 指数(COI)=标本信号值/cut-off 等几种形式。证实试验中所加的标本体积需参考 COI。

9 干扰因素

由于钩状效应,HBsAg 浓度高于 1mg/ml 或 550 000U/ml 时,Elecsys HBsAg 实验的 cut-off 指数将<30。这是因为在给定的加样体积下,证实试剂未能充分中和掉标本中的抗原,因而造成假阴性。由于稀释的缘故,这些标本与对照试剂反应的 COI 值高于原来 Elecsys HBsAg 试验测出的 COI 值。从这一点可以鉴别有钩状效应的标本。这些标本必须在更高的稀释度(1∶100)下重新检测。干扰因素与"第 17 节 电化学发光免疫法测定 HBsAg"中"干扰因素"一节相同。Elecsys HBsAg 检测结果应结合病人病史、临床其他检查结果综合起来进行诊断。

10 结果解释

10.1 试验有效性的核对评估开始以前必须核对试验的有效性

除了满足 HBsAg 试验所要求的条件外,还必须满足以下几条标准:①precicontrol HBsAg 与证实试剂反应的 COI 同 precicontrol HBsAg 与对照试剂反应的 COI 之比必须<50%。如>50%,必须检查实验的条件,有必要的话,用新鲜的试剂重新测校准品。②评价标本测定有效性的指标是标本与对照试剂反应的 COI 必须≥1.0;COI<1.0 提示稀释度太高,需用不稀释或降低稀释度稀释的标本重做。

10.2 结果的解释

标本与证实试剂反应的 COI 是标本与对照试剂反应的 COI 之比 50% 以下,即判断为阳性;标本与证实试剂反应的 COI 是标本与对照试剂反应的 COI 值之比 50% 以上,即判断为阴性或有假反应性。

11 临床意义

HBsAg 是乙肝病毒颗粒(HBV)的外壳成分,为一条大小不一的多肽。HBV 感染者的血液中除存在完整的 HBV 病毒颗粒外,还含有较小的非传染性"空"壳颗粒,其数量极多并含有乙肝表面抗原。HBsAg 决定簇 a 是引起免疫反应的主要成分,普遍存在于 HBsAg 颗粒上。另外,还有 d、y、w、r 等主要决定簇。检测人血清或血浆中的 HBsAg 可以查明 HBV 感染,HBsAg 是首选的免疫学标志物。在临床症状出现前的数天或数周,HBsAg 就已存在。急、慢性乙肝患者体内均含有 HBsAg,但也有极少数 HBV 感染者体内测不到 HBsAg。HBsAg 检测可用于诊断 HBV 感染和预防 HBV 通过血制品传播,也可用于急、慢性乙肝患者的病程监测,有时也可用于抗病毒疗效观察。此外,也可用作产前检查的实验室检测项目之一,

第二十五节　乙型肝炎病毒表面抗原确证试验	文件编号：
	版本号：
	页码:第　页　共　页

以尽早预防 HBV 的母婴传播。乙肝表面抗原确证实验提高了乙型肝炎病毒表面抗原检出的灵敏度和特异性。

12 参考文献

[1]　德国罗氏公司.电化学发光乙肝表面抗原(HBsAg)确证实验试剂盒说明书.

编写:严海忠　　　　审核:熊继红　　　　　批准:张秀明

第二十六节　HBV血清学标志物检测 结果分析	文件编号：
	版本号：
	页码:第　页 共　　页

1 目的

规范乙型肝炎系统检测中的阴阳性结果,客观分析、综合考虑后报告客观结果。

2 适用范围

免疫科肝炎系统的实验结果分析。

3 实验结果分析程序

3.1 检测中的阳性、阴性和几项同时出现阳性,要客观分析,综合考虑,可进行如下工作。

3.1.1 检测样本的重复试验:首先检查标本是否按照规定采集,是否标本有脂血、溶血、纤维丝等影响 ELISA 法结果的因素存在,需通知临床重抽的应及时通知重抽。若检查标本无异常,再检查室内质控是否在控,如果失控,则进行全面分析后,对结果有实质性影响的标本必须重复试验。由于待检测物浓度过低、操作误差、血清内干扰因素的影响及试剂本身的欠缺等原因,可造成检测结果的假阳性、假阴性或在临界值附近。所以对于测定值在界限值±20%界限值范围内的标本其出现概率一般≤5%,否则应考虑重复检测。所有乙型肝炎病毒表面抗原(HBsAg)阳性的标本必须用 HBsAg 胶体金法重测,重测不一致时须用原来的ELISA 法重复检测。重复检测的结果需在报告单上注明,并建议该患者定期复查。临床上提出异议时,应尽量排除 ELISA 法的影响因素,如类风湿因子的干扰、高浓度效应、标本的质量因素等。然后再重复检测并主动与临床沟通。此类标本应做好登记,以便日后总结经验。

3.1.2 试剂批间差的监测:批间差是指不同批号试剂盒于每月出厂后约同一时间测同一份标本的 S/N 或(N/S)的变化情况及试剂盒本身的 S/N 或(N/S)的变化情况。批间差小的试剂盒上述指标的变化以每季度的 CV 值来计算,应<20%。为了有效地监测批间差,实验室可按如下方法进行。

a) 以制备好的阴性及阳性质控血清为固定待测标本,算出 1 个季度内每月大约同一时间测得的 S/N 及本季度的 CV 值,看其是否超过 20%。

b) 制作 1 个季度每月记录的 N/S 的质控波动图,使各指标应在一定得变化范围。①月末、月初固定标本的 S/N 或(N/S)值不下降,强阳性下降应小于 40%,中等强度标本下降应小于 20%。②月末与月初相比较,N、P、P/N 或(N/P)值下降比例。③N 值下降应<30%。④P 值下降应<50%。⑤P/N 或(N/P)值下降应<30%。

3.1.3 定量或半定量

a)对样品进行稀释法,表示半定量结果。稀释液常用 30%胎牛血清的生理盐水。HBsAg 检测常用此法分析浓度高低。

b) 标准品作高(H)、中(M)、底(L)的质控血清(QcP),表示半定量结果。QcP 的制备:HBsAg(＋)血清,用国家标准品含量 1、2、4、8、16 等。伴随试验做相对的定量,然后配制出 HBsAg 含量为 5ng/ml(QcPL)、20ng/ml(QcPM)、50ng/ml(QcPH)的质控血清。稀释液可采用含 30%胎牛血清的生理盐水,加万分之一的硫酸汞作为防腐剂。配制好后分装,冻存备用。

第二十六节　　HBV血清学标志物检测结果分析

| 文件编号： |
| 版本号： |
| 页码：第　页 共　页 |

c）定量分析。根据国家标准物复制出 HBsAg 含量为 1、2、4、8、16、32ng/ml 的标准血清（S1～S6），以试剂盒内配发的阴性对照血清为 S0，对待测物进行 HBsAg 定量分析。对 HBsAg 含量高于 32ng/ml 的标本，可用 30％胎牛血清的生理盐水进行稀释。HBsAg 1～32ng/ml；HBsAb 5～160mU/ml ；HBeAg 1～64 nNCU/ml。

3.2 试验中 HBsAg、HBsAb 同时出现阳性的标本过多（＞3％）；HBeAg、HBeAb 同时出现阳性的标本过多（＞5％）或试剂盒的 P/N(N/P) 值低于说明书要求值时，应视其为不成功的试验，应从试剂盒质量及操作误差二方面分析原因。

3.3 乙型肝炎血清学检测中异常结果的原因分析。乙型肝炎血清学检测中经常会出现一些理论上难以解释的结果及现象，其中一部分是由于试剂盒质量或操作误差而造成，而其中相当一部分结果不管在理论上能否解释，实际上确实客观存在的。

3.3.1 HBsAg 单项阳性：也可能是早期感染，也可能是健康携带者，也可能是试剂交叉反应阳性。HBsAg 其本质是蛋白质，不具有传染性，作为供给输血源阳性者不能作为供血者。但在一些单位招工、招学甚至招兵，以此单项阳性报告，不加分析，自成标准，会带来社会影响，值得注意。

3.3.2 HBeAg、HBcAg 同时阳性：此时的 HBeAg 一般为假阳性，或由于 HBsAg（或 HBsAb）含量低，测不出。

3.3.3 HBeAg 单项阳性，或 HBeAb 单项阳性：此种情况多为假阳性，应复检。

3.3.4 HBsAg、HBeAg、HBeAb、HBcAb 同时阳性：HBeAg 向 HBeAb 过渡期；核心区变异；HBeAg 或 HBeAb 为假阳性（可用中和实验进行验证）。

3.3.5 HbsAg、HBeAg、HBeAb 同时出现较强阳性：概率＜5％。

3.3.6 HBcAb 单项阳性：HBsAg 携带者，但 HBsAg 含量低，测不出；急性感染窗口期；既往感染，HBcAb 长期阳性；假阳性，但此种情况时测值都较低。HBcAb 单项阳性在流行病调查及体查中经常出现。

3.3.7 HBeAg、HBcAb 同时阳性：血清内 HBsAg、HBsAb 含量均等，形成免疫复合物。但此种情况出现的概率极少；HBeAg 假阳性（此时测值一般较低）。

3.3.8 HBsAg、HBsAb、HBeAg（或 HBeAb）、HBcAb 同时阳性：含有 HBsAg/HBsAb 复合物，且 HBsAg、HBsAb 含量处于均等；变异株或不同亚型病毒感染；HBsAg 或 HBsAb 为假阳性（可用中和实验进行验证）。

3.4 HBsAb、HBcAb 同时阳性，HBeAb（＋或－），且 HBcAb（IgM）阳性：急性感染恢复早期；偶见于慢性迁延性肝炎；HBcAb（IgM）（＋）假阳性。

4 模式

4.1 9 种常见模式（出现率为 1％～40％）分析（表 10-26-1）。

4.2 15 种少见模式（出现率＜1％）分析（表 10-26-2）。

第二十六节　HBV血清学标志物检测	文件编号：
结果分析	版本号：
	页码：第　页　共　页

表 10-26-1　9 种常见模式

模式	HBsAg	HBsAb	HBeAg	HBeAb	HBcAb	标本出现率	临床意义
1	＋	－	＋	－	＋	30％～40％	1. 急慢性乙肝 2. 提示 HBV 复制 3. 病情处于活动期,有较强的传染性
2	＋	－	－	－	＋	10％～15％	4. 急性 HBV 感染 5. HBsAg 携带者,传染性较弱 6. 慢性迁移性肝炎
3	＋	－	－	＋	＋	5％～10％	7. 急性 HBV 趋于恢复 8. 传染性弱 9. 长期持续易癌变
4	－	＋	－	－	＋	5％～15％	10. 既往感染,仍有免疫力 11. 非典型恢复型,急性感染中、后期
5	－	－	－	＋	＋	2％～10％	12. 既往感染过 HBV 13. 急性 HBV 感染恢复期 14. 基本无感染性
6	－	－	－	－	＋	5％～10％	15. 既往感染过 HBV 16. 急性 HBV 感染窗口期
7	－	＋	－	－	－	20％～40％	17. 被动或主动免疫后 18. HBV 感染后已康复,有免疫力
8	－	＋	－	＋	＋	0.5％～5％	19. 急性感染过 HBV 后康复 20. 近期感染过 HBV,有免疫力
9	－	－	－	－	－	30％～50％	21. 未经免疫的正常人 22. 被动或主动免疫后免疫耐受,不能产生抗体

表 10-26-2　15 种少见模式

模式	HBsAg	HBsAb	HBeAg	HBeAb	HBcAb	临床意义
10	＋	－	－	－	－	1. 急性 HBV 感染早期 2. 慢性 HBsAg 携带者传染性弱
11	＋	－	－	＋	－	3. 慢性 HBsAg 携带者易转阴 4. 急性 HBV 感染趋向恢复
12	＋	－	＋	－	－	5. 早期 HBV 感染或慢性携带者 6. 易转成慢性肝炎
13	＋	－	＋	＋	＋	7. 急性 HBV 感染趋向恢复 8. 慢性肝炎

第二十六节　HBV血清学标志物检测结果分析

| 文件编号： |
| 版本号： |
| 页码：第　页　共　页 |

(续　表)

模式	HBsAg	HBsAb	HBeAg	HBeAb	HBcAb	临床意义
14	+	+				9. 亚临床型 HBV 感染早期
						10. 不同亚型 HBV 两次感染
15	+	+	−	−	+	同　上
16	+	+	−	+	−	11. 亚临床型或非典型性感染
17	+	+	−	+	+	12. 非临床型或非典型性感染早期
18	−	−	+			13. 非典型性急性感染
						14. 提示非甲非乙型肝炎
19	−	−	+		+	15. 非典型性急性感染
20	−	−	+	+	+	16. 急性 HBV 感染中期,趋向康复
21	−	+	−	+	−	17. HBV 感染后已恢复,有免疫力
22	−	+	−	+	+	18. 亚临床型或非典型性 HBV 感染
23	−	+	+	−	+	同　上
24	−	+		+		19. 急、慢性 HBV 感染趋向恢复,一般无传染性

5 参考文献

[1] 叶应妩,王毓三,申子瑜. 全国临床检验操作规程. 3 版. 南京:东南大学出版社,2006:618-620.

[2] 李金明. 乙型肝炎病毒血清标志物测定及结果解释的若干问题. 中华检验医学杂志,2006,29(5):385-389.

[3] 李金明. 临床酶免疫测定技术. 北京:人民军医出版社,2005:87-105.

编写:阮小倩　　　审核:熊继红　　　批准:张秀明

文件编号：	
版本号：	
页码:第　页　共　页	

第二十七节　透明质酸测定

1 原理

应用竞争抑制法和化学发光检测技术定量测定人血清中透明质酸（HA）的含量。采用两步法反应模式:第一步是在微孔板各孔中分别加入标准品、样本后,再加入 HA 结合蛋白溶液,混匀后温育,反应中标准品、样本中的 HA 和包被的 HA 衍生物竞争结合 HA 结合蛋白,反应后洗板分离未结合在包被板上的物质。第二步加入酶结合物,与包被板上结合的 HA 结合蛋白反应,温育反应后,充分洗涤除去未结合的酶结合物,然后加入发光底物,测定每孔发光强度,建立标准曲线,根据标准曲线回算样本中 HA 的含量,样本中 HA 含量与发光强度成反比。

2 标本采集

2.1 采集新鲜无抗凝静脉血 2～3ml,采用离心法分离出血清。如不能及时检测,分离后的血清样本于 2～8℃可保存不超过 4d,－20℃保存可延长 1 个月。

2.2 推荐选用血清。样本中含有叠氮钠、微型颗粒物会影响实验结果,同时应避免使用乳糜血、高蛋白血、低胆红素血、轻微溶血或生物污染的血液标本。

3 试剂

3.1 试剂来源

郑州安图绿科生物工程有限公司提供的透明质酸定量测定试剂盒（化学发光法）。

3.2 试剂组成

HA 包被板:8×12 条(96 人份)或 8×6 条(48 人份);HA 结合蛋白溶液:6ml(96 人份)或 3ml(48 人份);HA 酶结合物:11ml(96 人份)或 6ml(48 人份);发光液 A、发光液 B 各 1 瓶。浓缩固体洗涤剂:1 包。质控品(备选):1 套,0、60、180、360、1 000ng/ml。

3.3 试剂准备

使用前,试剂盒应平衡至室温。用蒸馏水将浓缩固体洗涤剂稀释至 500ml 后使用。液体试剂使用前应充分混匀。

3.4 试剂保存

未开封试剂盒及其各组分保存于 2～8℃,防止冷冻,避免强光照射,有效期 6 个月。开封后包被板、酶结合物、发光液、洗涤液 2～8℃可保存 6 个月;校准品 2～8℃可保存 2 个月。

4 仪器

Anthos lucy2、LUMO 发光仪(包括振荡器、洗板机、水浴箱)。

5 操作步骤

5.1 实验设计

根据校准品、质控品和样本数量拆取微孔板条,在板架上放好微孔板条。

5.2 加样

前 5 孔依次加入由低到高浓度的标准品 50μl,其余各孔加入 50μl 样本。

第二十七节 透明质酸测定

5.3 振荡

每孔分别加入 HA 结合蛋白溶液 $50\mu l$，在水平振荡器上振荡 30s 使其混合均匀。

5.4 温育

盖上封板膜，置 37℃ 水浴箱中温育 30min。

5.5 洗板

机洗或手洗。吸出或倒出反应液，加入洗涤液洗 5 次（每次加入洗液后静置时间不少于 30s），洗涤液量每次每孔不少于 $300\mu l$，末次洗板后将板拍干。

5.6 加酶结合物

每孔加 $100\mu l$ 酶结合物。

5.7 温育

振荡后，重复步骤 5.4。

5.8 洗板

同步骤 5.5。

5.9 检测

用加样器向每孔中分别加入 A、B 液各 $50\mu l$（共 $100\mu l$），振荡片刻（不少于 5s），避光放置 (5 ± 0.5)min，测定相对发光强度。

5.10 设定孔位信息

在软件支持下将各孔位按实验需要定义，并按软件提示输入相关信息。

6 注意事项

6.1 环境相对湿度低于 60% 时，应关注样本及液体试剂蒸发浓缩对实验结果的影响。

6.2 试剂盒应在有效期内使用，不可混用不同批号试剂及过期试剂。使用前试剂需平衡至室温。样本和试剂不能长时间于室温放置，使用后剩余组分应迅速放回 2～8℃ 保存。

6.3 实验过程中发光液和酶标记物要避免强光直射。

6.4 试剂和样本使用前要充分混匀并避免起泡，沿孔壁加样以避免外溅或产生气泡。

6.5 孵育及振荡过程中要避免微孔内水分的蒸发，应及时盖上盖板膜。

6.6 洗板时每次加入洗液量不能太多，以免造成溢液污染。

6.7 加入发光液后避光放置 (5 ± 0.5)min，测定相对发光强度，测定时室内温度应在 20～30℃。

7 方法局限性

7.1 仅作为诊断的辅助手段之一，与临床诊断应、临床检查、病史及其他检测相结合。

7.2 测定范围为 0～1000ng/ml。测定值超过 1000ng/ml 的样本，其结果是通过标准品曲线外延得出的计算结果。如果要获得其更准确的结果，需对样本进行稀释后重新测定。

7.3 人血清中的异嗜性抗体会与组分中的免疫球蛋白发生反应，从而干扰检测结果。接受过鼠单抗的诊断或治疗的患者血清样本不适合用本方法进行检测。

第二十七节　透明质酸测定	文件编号：
	版本号：
	页码:第　页　共　页

7.4 发生严重溶血、脂血或浑浊的样本用于测定可能会造成不正确的结果。

7.5 含有肝素或 EDTA 等抗凝样本会对测定结果有影响。

7.6 与其他厂家产品、不同检测方法无直接可比性。

8 结果判定

采用线性回归拟和方式,即以标准品浓度值的对数值为横坐标(X 轴),以标准品发光强度值对数值为纵坐标(Y 轴),建立标准曲线(log-log),进行计算。如需稀释的标本用生理盐水进行稀释,所测结果乘以稀释倍数为该标本最终结果。

9 参考值范围

检测 526 例不同年龄、性别、无肝病史的正常人群,采用百分位数法以 95％可信度为限确定参考值为 120ng/ml,仅作诊断的辅助手段之一,供临床医生参考。

10 临床意义

透明质酸(Hyaluronic acid,HA)是由葡萄糖醛酸和 N-乙酰氨基葡萄糖二糖单位为单体的直链高分子多糖,在机体内通过其黏弹性及高度水合性等物理化学特性,以及与受体作用的生理功能来发挥其重要作用。HA 分子是由各组织内间质细胞合成,经淋巴通路进入血液,由肝脏内皮细胞摄取降解,主要由肾脏滤过排出。正常人 HA 的产生和排泄相对稳定,血中含量很低,发生肝脏、肾脏及一些结缔组织疾病时,HA 的合成、释放增加和(或)摄取排泄障碍时会造成血中 HA 升高。尤其是在判断肝病严重程度,鉴别有无肝硬化和预测其发展趋势,HA 是良好血清学指标。在反映慢性肝病向肝硬化转化过程中肝纤维化的指标中,HA 的诊断价值最佳。

11 参考文献

[1] 郑州安图绿科生物工程有限公司. 透明质酸定量测定试剂盒(化学发光法)说明书.

[2] 叶应妩,王毓三,申子瑜. 全国临床检验操作规程.3 版. 南京:东南大学出版社,2006.

编写:王结珍　　　　审核:熊继红　　　　批准:张秀明

第二十八节　层粘连蛋白测定

1 原理

应用夹心法和化学发光检测技术定量测定人血清中层粘连蛋白(LN)的含量。采用两步法反应模式:第一步是在微孔板各孔中分别加入标准品、样本后温育,反应中标准品、样本中的 LN 和包被的 LN 固相抗体结合,反应后洗板分离未结合在包被板上的物质。第二步加入酶结合物,与包被板上结合的抗原反应,形成固相抗体-抗原-酶标抗体复合物,反应后充分洗涤除去未结合的酶结合物,然后加入发光底物,测定每孔发光强度,建立标准曲线,根据标准曲线回算样本中 LN 的含量,样本中 LN 的含量与发光强度成正比。

2 标本采集

2.1 采集新鲜无抗凝静脉血 2～3ml,采用离心法分离出血清。如不能及时检测,分离后的血清样本于 2～8℃可保存不超过 4d,−20℃保存可延长 1 个月。

2.2 推荐选用血清。样本中含有叠氮钠、微型颗粒物会影响实验结果,同时应避免使用乳糜血、高蛋白血、低胆红素血、轻微溶血或生物污染的血液标本。

3 试剂

3.1 试剂来源

郑州安图绿科生物工程有限公司提供的层粘连蛋白定量测定试剂盒(化学发光法)。

3.2 试剂组成

HA 包被板:8×12 条(96 人份)或 8×6 条(48 人份);HA 酶结合物:11ml(96 人份)或 6ml(48 人份);发光液 A、发光液 B 各 1 瓶。浓缩固体洗涤剂:1 包。质控品(备选):1 套,0、60、180、360、1 000ng/ml。

3.3 试剂准备

使用前,试剂盒应平衡至室温。用蒸馏水将浓缩固体洗涤剂稀释至 500ml 后使用。液体试剂使用前应充分混匀。

3.4 试剂保存

未开封试剂盒及其各组分保存于 2～8℃,防止冷冻,避免强光照射,有效期 6 个月。开封后包被板、酶结合物、发光液、洗涤液 2～8℃可保存 6 个月;校准品 2～8℃可保存 2 个月。

4 仪器

Anthos lucy2、LUMO 发光仪(包括振荡器、洗板机、水浴箱)。

5 操作步骤

5.1 实验设计

根据校准品、质控品和样本数量拆取微孔板条,在板架上放好微孔板条。

5.2 加样

前 5 孔依次加入由低到高浓度的标准品 $100\mu l$,其余各孔加入 $100\mu l$ 样本。

5.3 振荡

第二十八节　层粘连蛋白测定	文件编号：
	版本号：
	页码:第　页　共　页

在水平振荡器上振荡 30s 使其混合均匀。

5.4 温育

盖上封板膜,置 37℃水浴箱中温育 30min。

5.5 洗板

机洗或手洗。吸出或倒出反应液,加入洗涤液洗 5 次(每次加入洗液后静置时间不少于 30s),洗涤液量每次每孔不少于 300μl,末次洗板后将板拍干。

5.6 加酶结合物

每孔加 100μl 酶结合物。

5.7 温育

振荡后,重复步骤 5.4。

5.8 洗板

同步骤 5.5。

5.9 检测

用加样器向每孔中分别加入 A、B 液各 50μl(共 100μl),振荡片刻(不少于 5s),避光放置 (5±0.5)min,测定相对发光强度。

5.10 设定孔位信息

在软件支持下将各孔位按实验需要定义,并按软件提示,输入相关信息。

6 注意事项

6.1 环境相对湿度低于 60%时,应关注样本及液体试剂蒸发浓缩对实验结果的影响。

6.2 试剂盒应在有效期内使用,不可混用不同批号试剂及过期试剂。使用前试剂需平衡至室温。样本和试剂不能长时间于室温放置,使用后剩余组分应迅速放回 2～8℃保存。

6.3 实验过程中发光液和酶标记物要避免强光直射。

6.4 试剂和样本使用前要充分混匀并避免起泡,沿孔壁加样以避免外溅或产生气泡。

6.5 孵育及振荡过程中要避免微孔内水分的蒸发,应及时盖上盖板膜。

6.6 洗板时每次加入洗液量不能太多,以免造成溢液污染。

6.7 加入发光液后避光放置(5±0.5)min,测定相对发光强度,测定时室内温度应在20～30℃。

7 方法局限性

7.1 仅作为诊断的辅助手段之一,与临床诊断、临床检查、病史及其他检测相结合。

7.2 测定范围为 0～1000ng/ml。测定值超过 1000ng/ml 的样本,其结果是通过标准品曲线外延得出的计算结果。如果要获得其更准确的结果,需对样本进行稀释后重新测定。

7.3 人血清中的异嗜性抗体会与组分中的免疫球蛋白发生反应,从而干扰检测结果。接受过鼠单抗的诊断或治疗的患者血清样本不适合用本方法进行检测。

7.4 发生严重溶血、脂血或浑浊的样本用于测定可能会造成不正确的结果。

第二十八节　层粘连蛋白测定

文件编号：

版本号：

页码:第　页　共　页

7.5 含有肝素或 EDTA 等抗凝样本会对测定结果有影响。

7.6 与其他厂家产品、不同检测方法无直接可比性。

8 结果判定

推荐采用线性回归拟和方式,即以标准品浓度值的对数值为横坐标(X 轴),以标准品发光强度值对数值为纵坐标(Y 轴),建立标准曲线(log-log),进行计算。如需稀释的标本用生理盐水进行稀释,所测结果乘以稀释倍数为该标本最终结果。

9 参考值范围

检测 526 例不同年龄、性别、无肝病史的正常人群,采用百分位数法以 95％可信度为限确定参考值为 130ng/ml。建议各实验室根据自己实际条件及接触人群建立正常值范围,仅作诊断的辅助手段之一,供临床医生参考。

10 临床意义

层粘连蛋白(laminin,LN)是一种大分子非胶原糖蛋白,主要存在于基底膜的透明层中,分子量约为 900kD,共有 3 条链构成。血清及组织中的 LN 的含量甚微,近年来大量研究证明,LN 与肝纤维化的形成有重要的关系,是门脉高压发生的主要基础。同时 LN 与肿瘤的浸润、转移和糖尿病等有关。血清中 LN 与Ⅳ型胶原、血清透明质酸的水平相平行,血清 LN 的检测,有利于肝纤维化及门脉高压的诊断。因此血清 LN 水平与血清 HA、Ⅳ型胶原和Ⅲ型前胶原 N 端肽等其他指标一起成为判断肝病严重程度、鉴别有无肝硬化和预测其发展趋势的良好血清学指标。

11 参考文献

[1]　郑州安图绿科生物工程有限公司.层粘连蛋白定量测定试剂盒(化学发光法)说明书.

[2]　叶应妩,王毓三,申子瑜.全国临床检验操作规程.3 版.南京:东南大学出版社,2006.

编写:徐全中　　　　审核:熊继红　　　　批准:张秀明

	文件编号：
第二十九节　Ⅲ型前胶原 N 端肽测定	版本号：
	页码:第　页　共　页

1 原理

应用竞争抑制法和化学发光检测技术定量测定人血清中Ⅲ型前胶原 N 端肽(PⅢNP)的含量。采用两步法反应模式:第一步是在微孔板各孔中分别加入标准品、样本后,再加入 PⅢNP 抗体溶液,混匀后温育,反应中标准品、样本中的 PⅢNP 和包被的 PⅢNP 竞争结合 PⅢNP 抗体,反应后洗板分离未结合在包被板上的物质。第二步加入酶结合物,与包被板上结合的抗体反应,温育反应后,充分洗涤除去未结合的酶结合物,然后加入发光底物,测定每孔发光强度。建立标准曲线,根据标准曲线回算样本中 PⅢNP 的含量,样本中 PⅢNP 含量与发光强度成反比。

2 标本采集

2.1 采集新鲜无抗凝静脉血 2～3ml,采用离心法分离出血清。如不能及时检测,分离后的血清样本于 2～8℃可保存不超过 4d,－20℃保存可延长 1 个月。

2.2 推荐选用血清。样本中含有叠氮钠、微型颗粒物会影响实验结果,同时应避免使用乳糜血、高蛋白血、低胆红素血、轻微溶血或生物污染的血液标本。

3 试剂

3.1 试剂来源

郑州安图绿科生物工程有限公司提供的Ⅲ型前胶原 N 端肽定量测定试剂盒(化学发光法)。

3.2 试剂组成

Ⅲ型前胶原 N 端肽包被板:8×12 条(96 人份)或 8×6 条(48 人份);PⅢNP 结合蛋白溶液:6ml(96 人份)或 3ml(48 人份);Ⅲ型前胶原 N 端肽酶结合物:11ml(96 人份)或 6ml(48 人份);发光液 A、发光液 B 各 1 瓶。浓缩固体洗涤剂:1 包。质控品(备选):1 套,0、60、180、360、1 000ng/ml。

3.3 试剂准备

使用前,试剂盒应平衡至室温。用蒸馏水将浓缩固体洗涤剂稀释至 500ml 后使用。液体试剂使用前应充分混匀。

3.4 试剂保存

未开封试剂盒及其各组分保存于 2～8℃,防止冷冻,避免强光照射,有效期 6 个月。开封后包被板、酶结合物、发光液、洗涤液 2～8℃可保存 6 个月;校准品 2～8℃可保存 2 个月。

4 仪器

Anthos lucy2、LUMO 发光仪(包括振荡器、洗板机、水浴箱)。

5 操作步骤

5.1 实验设计

根据校准品、质控品和样本数量拆取微孔板条,在板架上放好微孔板条。

第二十九节　Ⅲ型前胶原N端肽测定	文件编号：
	版本号：
	页码：第　页　共　页

5.2 加样

前5孔依次加入由低到高浓度的标准品50μl，其余各孔加入50μl样本。

5.3 振荡

每孔分别加入PⅢNP结合蛋白溶液50μl，在水平振荡器上振荡30s使其混合均匀。

5.4 温育

盖好盖板膜，置37℃水浴箱中温育30min。

5.5 洗板

机洗或手洗。吸出或倒出反应液，加入洗涤液洗5次（每次加入洗液后静置时间不少于30s），洗涤液量每次每孔不少于300μl，末次洗板后将板拍干。

5.6 加酶结合物

每孔加100μl酶结合物。

5.7 温育

振荡后，重复步骤5.4。

5.8 洗板

同步骤5.5。

5.9 检测

用加样器向每孔中分别加入A、B液各50μl（共100μl），振荡片刻（不少于5s），避光放置(5±0.5)min，测定相对发光强度。

5.10 设定孔位信息

在软件支持下将各孔位按实验需要定义，并按软件提示，输入相关信息。

6 注意事项

6.1 环境相对湿度低于60％时，应关注样本及液体试剂蒸发浓缩对实验结果的影响。

6.2 试剂盒应在有效期内使用，不可混用不同批号试剂及过期试剂。使用前试剂需平衡至室温。样本和试剂不能长时间于室温放置，使用后剩余组分应迅速放回2～8℃保存。

6.3 实验过程中发光液和酶标记物要避免强光直射。

6.4 试剂和样本使用前要充分混匀并避免起泡，沿孔壁加样以避免外溅或产生气泡。

6.5 孵育及振荡过程中要避免微孔内水分的蒸发，应及时盖上盖板膜。

6.6 洗板时每次加入洗液量不能太多，以免造成溢液污染。

6.7 加入发光液后避光放置(5±0.5)min，测定相对发光强度，测定时室内温度应在20～30℃。

7 方法局限性

7.1 仅作为诊断的辅助手段之一，与临床诊断应、临床检查、病史及其他检测相结合。

7.2 测定范围为0～1000ng/ml。测定值超过1000ng/ml的样本，其结果是通过标准品曲线外延得出的计算结果。如果要获得其更准确的结果，需对样本进行稀释后重新测定。

第二十九节　Ⅲ型前胶原N端肽测定	文件编号：
	版本号：
	页码：第　页　共　页

7.3 人血清中的异嗜性抗体会与组分中的免疫球蛋白发生反应,从而干扰检测结果。接受过鼠单抗的诊断或治疗的患者血清样本不适合用本方法进行检测。

7.4 发生严重溶血、脂血或浑浊的样本用于测定可能会造成不正确的结果。

7.5 含有肝素或EDTA等抗凝样本会对测定结果有影响。

7.6 与其他厂家产品、不同检测方法无直接可比性。

8 结果判定

推荐采用线性回归拟和方式,即以标准品浓度值的对数值为横坐标(X轴),以标准品发光强度值对数值为纵坐标(Y轴),建立标准曲线(log-log),进行计算。如需稀释的标本用生理盐水进行稀释,所测结果乘以稀释倍数为该标本最终结果。

9 参考值范围

检测526例不同年龄、性别、无肝病史的正常人群,采用百分位数法以95%可信度为限确定参考值为15ng/ml。建议各实验室根据自己实际条件及接触人群建立正常值范围,仅作诊断的辅助手段之一,供临床医生参考。

10 临床意义

正常人肝脏内Ⅲ型前胶原N端肽是Ⅲ型前胶原分泌到肝细胞外沉积前,经氨基端肽酶裂解产生的氨基端多肽,在此过程中PⅢNP与Ⅲ型胶原呈等分子浓度,并进入血液循环。因此,血清PⅢNP水平可作为检测Ⅲ型胶原合成情况的指标,PⅢNP经层析可分为四部分:50kD的氨基端前肽,10kD的Col1(为前者降解部分),另一部分为高分子的前肽二聚体。随着肝纤维化发展,主要是50kD的PⅢNP水平增高,且与肝硬化程度呈正相关关系,如酒精和病毒引起的肝硬化和肝纤维化。因此血清PⅢNP水平与血清透明质酸(HA)、Ⅳ型胶原(Ⅳ-Col)和层粘连蛋白(LN)等其他指标一起成为判断肝病严重程度、鉴别有无肝硬化和预测其发展趋势的良好血清学指标。PⅢNP诊断的意义不在最初的检测,而在于可持续监测发病的过程。

11 参考文献

[1] 郑州安图绿科生物工程有限公司.Ⅲ型前胶原N端肽定量测定试剂盒(化学发光法)说明书.

[2] 叶应妩,王毓三,申子瑜.全国临床检验操作规程.3版.南京:东南大学出版社,2006.

编写:徐全中　　　　审核:熊继红　　　　批准:张秀明

第三十节　Ⅳ型胶原测定

文件编号：
版本号：
页码:第　页 共　页

1 原理

应用夹心法和化学发光检测技术定量测定人血清中Ⅳ型胶原（CⅣ）的含量。采用两步法反应模式：第一步是在微孔板各孔中分别加入标准品、样本后温育，反应中标准品、样本中的CⅣ与包被的CⅣ固相抗体结合，反应后洗板分离未结合在包被板上的物质。第二步加入酶结合物，与包被板上结合的抗原反应，形成固相抗体-抗原-酶标抗体复合物，反应后充分洗涤除去未结合的酶结合物，然后加入发光底物，测定每孔发光强度，建立标准曲线，根据标准曲线回算样本中CⅣ的含量，样本中CⅣ的含量与发光强度成正比。

2 标本采集

2.1 采集新鲜无抗凝静脉血2～3ml，采用离心法分离出血清。如不能及时检测，分离后的血清样本于2～8℃可保存不超过4d，−20℃保存可延长1个月。

2.2 推荐选用血清。样本中含有叠氮钠、微型颗粒物会影响实验结果，同时应避免使用乳糜血、高蛋白血、低胆红素血、轻微溶血或生物污染的血液标本。

3 试剂

3.1 试剂来源

郑州安图绿科生物工程有限公司提供的Ⅳ型胶原定量测定试剂盒（化学发光法）。

3.2 试剂组成

Ⅳ型胶原包被板：8×12条（96人份）或8×6条（48人份）；Ⅳ型胶原酶结合物：11ml（96人份）或6ml（48人份）；发光液A、发光液B各1瓶。浓缩固体洗涤剂：1包。质控品（备选）：1套，0、60、180、360、1 000ng/ml。

3.3 试剂准备

使用前，试剂盒应平衡至室温。用蒸馏水将浓缩固体洗涤剂稀释至500ml后使用。液体试剂使用前应充分混匀。

3.4 试剂保存

未开封试剂盒及其各组分保存于2～8℃，防止冷冻，避免强光照射，有效期6个月。开封后包被板、酶结合物、发光液、洗涤液2～8℃可保存6个月；校准品2～8℃可保存2个月。

4 仪器

Anthos lucy2、LUMO发光仪（包括振荡器、洗板机、水浴箱）。

5 操作步骤

5.1 实验设计

根据校准品、质控品和样本数量拆取微孔板条，在板架上放好微孔板条。

5.2 加样

前5孔依次加入由低到高浓度的标准品100μl，其余各孔加入100μl样本。

5.3 振荡

文件编号：
版本号：
页码:第　页　共　页

第三十节　Ⅳ型胶原测定

在水平振荡器上振荡 30s 使其混合均匀。

5.4 温育

盖上封板膜,置 37℃水浴箱中温育 30min。

5.5 洗板

机洗或手洗。吸出或倒出反应液,加入洗涤液洗 5 次(每次加入洗液后静置时间不少于 30s),洗涤液量每次每孔不少于 300μl,末次洗板后将板拍干。

5.6 加酶结合物

每孔加 100μl 酶结合物。

5.7 温育

振荡后,重复步骤 5.4。

5.8 洗板

同步骤 5.5。

5.9 检测

用加样器向每孔中分别加入 A、B 液各 50μl(共 100μl),振荡片刻(不少于 5s),避光放置 (5±0.5)min,测定相对发光强度。

5.10 设定孔位信息

在软件支持下将各孔位按实验需要定义,并按软件提示输入相关信息。

6 注意事项

6.1 环境相对湿度低于 60% 时,应关注样本及液体试剂蒸发浓缩对实验结果的影响。

6.2 试剂盒应在有效期内使用,不可混用不同批号试剂及过期试剂。使用前试剂需平衡至室温。样本和试剂不能长时间于室温放置,使用后剩余组分应迅速放回 2~8℃保存。

6.3 实验过程中发光液和酶标记物要避免强光直射。

6.4 试剂和样本使用前要充分混匀并避免起泡,沿孔壁加样以避免外溅或产生气泡。

6.5 孵育及振荡过程中要避免微孔内水分的蒸发,应及时盖上盖板膜。

6.6 洗板时每次加入洗液量不能太多,以免造成溢液污染。

6.7 加入发光液后避光放置(5±0.5)min,测定相对发光强度,测定时室内温度应在 20~30℃。

7 方法局限性

7.1 仅作为诊断的辅助手段之一,与临床诊断应、临床检查、病史及其他检测相结合。

7.2 测定范围为 0~1000ng/ml。测定值超过 1000ng/ml 的样本,其结果是通过标准品曲线外延得出的计算结果。如果要获得其更准确的结果,需对样本进行稀释后重新测定。

7.3 人血清中的异嗜性抗体会与组分中的免疫球蛋白发生反应,从而干扰检测结果。接受过鼠单抗的诊断或治疗的患者血清样本不适合用本方法进行检测。

7.4 发生严重溶血、脂血或浑浊的样本用于测定可能会造成不正确的结果。

第三十节　Ⅳ型胶原测定

文件编号：
版本号：
页码：第　页　共　页

7.5 含有肝素或 EDTA 等抗凝样本会对测定结果有影响。

7.6 与其他厂家产品、不同检测方法无直接可比性。

8 结果判定

推荐采用线性回归拟和方式，即以标准品浓度值的对数值为横坐标（X 轴），以标准品发光强度值对数值为纵坐标（Y 轴），建立标准曲线（log-log），进行计算。如需稀释的标本用生理盐水进行稀释，所测结果乘以稀释倍数为该标本最终结果。

9 参考值范围

检测 546 例不同年龄、性别、无肝病史的正常人群，采用百分位数法以 95％可信度为限确定参考值为 95ng/ml。建议各实验室根据自己实际条件及接触人群建立正常值范围，仅作诊断的辅助手段之一，供临床医生参考。

10 临床意义

正常肝脏内Ⅳ型胶原主要分布在血管、胆管的底膜中，肝窦内无明显沉着。当肝纤维化发生时，Ⅳ型胶原可能是最早增生的纤维，而且转换率高，有大量沉积，最后与持续沉积的层粘连蛋白形成完整的基底膜。目前认为，Ⅳ型胶原是反映胶原蛋白的生成而非降解的一项指标，且与肝纤维化程度有关。Ⅳ型胶原与血清透明质酸（HA）、层粘连蛋白（LN）和Ⅲ型前胶原 N 端肽（PⅢNP）可以作为反映肝纤维化程度的指标之一，这几项指标水平均与慢性肝炎发展的阶段一致，在慢性重度肝炎与肝硬化阶段均处于最高水平，与肝组织炎症坏死及纤维化程度亦一致，在炎症分级 G4、纤维化分期 S4 水平最高。因此，血清Ⅳ-Col 水平与血清HA、LN 和 PⅢNP 等其他指标一起成为判断肝病严重程度、鉴别有无肝硬化和预测其发展趋势的良好血清学指标。

11 参考文献

［1］ 郑州安图绿科生物工程有限公司．Ⅳ型胶原定量测定试剂盒（化学发光法）说明书.

［2］ 叶应妩，王毓三，申子瑜．全国临床检验操作规程．3 版．南京：东南大学出版社，2006.

编写：徐全中　　　　审核：熊继红　　　　批准：张秀明

第十一章

性传播疾病免疫学检验
操作程序

Chapter **11**

<table>
<tr><td rowspan="3">第一节　电化学发光免疫法检测抗 HIV 抗体</td><td>文件编号：</td></tr>
<tr><td>版本号：</td></tr>
<tr><td>页码:第　页　共　页</td></tr>
</table>

1 原理

采用双抗体夹心法原理。第一步：30μl 标本、生物素化的抗 P24/HIV 特异性多肽单克隆抗体和钌（Ru）标记的抗 P24/HIV 重组抗原/HIV 特异性多肽单克隆抗体混匀,形成夹心复合物。第二步：加入链霉亲和素包被的微粒,让上述形成的复合物通过生物素与链霉亲和素间的反应结合到微粒上。第三步：反应混合液吸到测量池中,微粒通过磁铁吸附到电极上,未结合的物质被清洗液洗去,电极加电压后产生化学发光,通过光电倍增管进行测定。仪器自动将标本产生的光电信号与从抗 HIV 定标液得出的 Cut-off 值比较。

2 标本采集

空腹不抗凝静脉血 2～3ml,不能及时检测的标本可置于 2～8℃冰箱冷藏保存。

3 试剂

采用瑞士罗氏诊断公司生产的原装配套试剂。

3.1 试剂

3.1.1 M:链霉亲和素包被的微粒（透明瓶盖）,1 瓶为 6.5ml,粒子浓度 0.72mg/ml;生物素结合能力,470ng 生物素/mg 粒子,含防腐剂。

3.1.2 R1:生物素抗 P24 抗体、HIV-1/-2 特异联合抗原（大肠埃希菌 E.coli）和 HIV-1/-2 特异肽（灰盖）1 瓶为 8ml;生物素抗 P24 单克隆抗体（大鼠）、HIV-1/-2 特异联合抗原（E.coli）和 HIV-1/-2 特异肽＞1.3mg/L,pH 7.5,经过防腐处理。

3.1.3 R2:钌复合体标记的抗 P24 抗体、HIV-1/-2 特异性抗原（E.coli）和 HIV-1/-2 特异肽（黑色瓶盖）,1 瓶为 8ml;钌复合体标记的抗 P24 单克隆抗体（大鼠）、HIV-1/-2 特异联合抗原和 HIV-1/-2 特异肽＞1.5mg/L;TRIS 缓冲液 50mmol/L,pH 7.5、经过防腐处理。

3.2 校准品

3.2.1 Cal 1:阴性定标液（白盖）2 瓶,1ml/瓶人血清,含防腐剂。

3.2.2 Cal 2:阳性定标液（黑盖）2 瓶,1ml/瓶,抗 HIV-1/2 抗体阴性人血清中加入一定量的抗 HIV-1 抗体阳性人血清（灭活）。

3.3 质控品

Elecsys 抗 HIV 抗体 combi 质控品 1 和 2（precicontrol）。

3.4 其他所需材料

Elecsys 通用稀释液、缓冲液（procell）、测量池清洗液（cleancell）、添加剂液（syswash）和系统清洗液（sysclean）。

4 仪器

4.1 仪器

瑞士罗氏诊断公司生产 Elecsys e601 全自动电化学发光免疫自动分析仪。

4.2 校准要求

每批新批号试剂必须用抗 HIV 抗体 Cal 1、Cal 2 定标一次。另外,以下情况需要再次定

	文件编号:
第一节　电化学发光免疫法检测抗 HIV 抗体	版本号:
	页码:第　页　共　页

标:

4.2.1 同一批号试剂使用 1 个月。

4.2.2 一盒试剂在仪器上放置时间超过 7d。

4.2.3 系统误差造成的质控失控。

4.3 校准步骤

在编辑各项目的参数时,已经在 Application-Calib 菜单中定义了定标类型和几点定标。因此,在对各项目进行定标时,只需在定标菜单 Calibration 中进行即可。进入 Calibration-Stats 菜单,用鼠标选择需定标的项目,再根据需要选择单点定标(BLANK 键)或两点定标(TWO POINT 键)、跨距定标(SPAN 键)、多点定标(FULL 键),最后点击 SAVE,将定标物放入在 Calibration-Calibrator 中定义好的位置,点击 Start,再点击 Start,仪器开始定标。在 Calibration-Status 菜单中查看定标结果,点击 Calibration Result 查看定标结果,点击 Reaction Monitor 查看每个定标物的反应曲线。

4.4 校准液范围(电化学发光信号计数)

阴性(Cal 1)1 300~3 000,阳性(Cal 2)18 000~90 000。

5 操作步骤

5.1 单个样本的输入

在主菜单下选择 Workplace-Testslection,在 Sequence No 栏输入标本号,然后选择该标本所需要做的单个项目或组合项目,点击 SAVE 键,样本号自动累加。

5.2 批量样本的输入

在主菜单下选择 Workplace-Testslection,在 Sequence No 栏输入起始标本号,然后选择该标本所需做的单个项目或组合项目,点击 REPEAT,输入该批标本的最后一个标本号,点击 OK 即可。

5.3 样本分析

将标本按照在 Workplace 菜单中输入的标本号顺序在样品架上排好,放入进样盘内,点击 START 键,输入该批上机标本的起始标本号,再点击 START 键,仪器自动开始推架检测标本。

6 质量控制

使用 Elecsys 配套抗 HIV 抗体 combi 质控品 1 和 2(precicontrol)。质控品 1 和质控品 2 至少每 24h 或每一次定标后测定一次。测定值应落在确定的范围内,如出现质控值落在范围之外,则应采取纠正措施。

7 计算方法

仪器自动根据 Cal 1 和 Cal 2 的测定值计算 Cut-off 值。每一个标本的结果以有反应性或无反应性及 Cut-off 指数形式(标本信号/Cut-off)报告。

第一节　电化学发光免疫法检测抗 HIV 抗体	文件编号：
	版本号：
	页码：第　页　共　页

8 结果解释

标本的分界值指数<0.90 定义为无反应性。这些标本被认为是 HIV-1/-2 特异性抗原阴性，不必进行进一步检测。而分界值指数≥0.90 且<1.0 的标本则处于临界值。分界值指数≥1.0 则认为是有反应性。所有首次检测有反应性或临界标本需要用 Elecsys HIV 联合试剂盒重复检测。如果重复检测其平均分界值指数<0.90，则被定义为 HIV-1 抗原和抗 HIV-1/-2 特异性抗体阴性。如果首次检测有反应或临界的标本经重复测定后分界值指数仍≥0.90，则被认为是重复反应。重复反应标本必须根据推荐的确认方法进行证实。用于确认的实验包括免疫印迹法(Western Bolt)和 HIV RNA 检测法。

9 干扰因素

该方法不受黄疸(胆红素<13mg/dl)、溶血(血红蛋白<1.6g/dl)、脂血(脂质<2 000 mg/dl)、类风湿因子(<2 300U/ml)和生物素(<50ng/ml)等干扰。接受高剂量生物素(>5mg/d)治疗的病人，最后一次摄入生物素 8h 后才能采血。抗 HIV 抗体浓度高达 60mmol/L(180ng/L)也不出现钩状反应。体外对 17 种血清常用药物和 13 种尿液常用药物进行试验未发现药物对本测试结果有影响。

由于本试剂盒使用单克隆鼠抗体，所以因治疗或者诊断需要而接受单克隆鼠抗体的患者，其测定结果可能有误。极少数标本中可出现大量链亲和素与抗钌抗体而影响测定结果。

因此，在诊断中必须结合患者病史、各项实验室检查及临床资料来综合评估测定结果。检测结果阴性并不能完全排除 HIV 感染的可能。HIV 感染的早期或晚期血清或血浆样品可能会出现阴性结果。目前也有 HIV 的变异导致阴性结果的出现。HIV 的抗原或其抗体的出现并不能诊断 AIDS。

10 临床意义

人类免疫缺陷病毒(HIV)是引起获得性免疫缺陷综合征(AIDS)的病原体，属于反转录病毒家族。HIV 能通过被污染的血液和血制品传播，也可以通过性接触传播，婴儿在出生前、出生时及出生后也能经受 HIV 感染的母亲传染。迄今为止发现了两型人类免疫缺陷病毒，分别为 HIV-1 和 HIV-2。已有报道涉及多种已知的 HIV 病毒亚型，每一种亚型有不同的地理分布。HIV-1 可分成 3 种不同型：M 型(主要的)、N 型(非 M 非 0)和 0 型。根据基因方面的联系 HIV-1 M 中至少有 9 种不同的亚型(A~D，F~H，J，K)。由 2 个或多个不同亚型序号组成的重组 HIV-1 病毒广泛存在并流行。通常感染 HIV 后 6~12 周血清中可检测到抗 HIV 蛋白质抗体，抗 HIV 蛋白质抗体是 HIV 感染的标志。由于免疫优势抗原决定簇序列不同，特别是 HIV-1 M 型，HIV-1 0 型和 HIV-2 的膜蛋白不同，因此需要特殊的抗原以确保免疫分析法能够成功检测 HIV 感染。通过测定近期感染患者(高病毒量)血标本中 HIV-1 P24 抗原，能够较传统抗体分析法提早 6d 发现 HIV 感染。用第 4 代 HIV 分析仪可以同时检测抗 HIV 抗体和 HIV-1 P24 抗原，与抗 HIV 抗体分析法比较，提高了检测灵敏度并缩短了诊断窗口期。利用 Elecsys HIV 联合试剂盒，能够在一个检测中同时测定 HIV-1

第一节　　电化学发光免疫法检测抗 HIV 抗体	文件编号：
	版本号：
	页码：第　页　共　页

p24 抗原和抗 HIV-1/-2 抗体。检测采用重组抗原，重组抗原来源于聚合酶和 HIV-1（包括 0 型）和 HIV-2 膜区域（决定 HIV 特异性抗体）。检测 HIV-1 P24 抗原时使用特异性单克隆抗体。Elecsys HIV 联合试剂盒不是单一 HIV 抗原检测分析法的代替品，重复反应标本必须通过确认方法确认。确认试验包括免疫印迹法（Western Blot）和 HIV RNA 检测法。

11 参考文献

［1］ 瑞士罗氏诊断公司 . 电化学发光法抗 HIV 抗体检测试剂盒说明书.

［2］ 叶应妩,王毓三,申子瑜 . 全国临床检验操作规程 . 3 版 . 南京:东南大学出版社,2006:575,625-626.

编写:徐全中　　　　　审核:熊继红　　　　　批准:张秀明

第二节　明胶凝集法检测抗 HIV 抗体	文件编号：
	版本号：
	页码：第　页 共　页

1 原理

将重组 HIV-1 抗原（HIV-1/gp41 和 HIV-1/P24）和 HIV-2 抗原（HIV-2/gp36）包被在人工载体明胶粒子上。这些致敏粒子和血中的抗 HIV-1/-2 抗体进行反应发生肉眼可见的凝集（Particle Agglutination Test；PA 法），由此可以检测出血清和血浆中的抗 HIV-1/-2 抗体。

2 标本采集

空腹不抗凝静脉血 2～3ml，不能及时检测的标本可置于 2～8℃冰箱冷藏保存。

3 试剂

3.1 试剂来源

富士瑞必欧株式会社原装试剂。

3.2 试剂组成

3.2.1 复溶液：直接使用，用前恢复至室温并完全摇匀，用后保存于 2～8℃。

3.2.2 样品稀释液：直接使用，用前恢复至室温并完全摇匀，用后保存于 2～8℃。

3.2.3 致敏粒子：用前用复溶液 A 0.6ml 复溶，用后保存于 2～8℃，下次用前恢复至室温并完全摇匀。

3.2.4 对照粒子：用前用复溶液 A 0.6ml 复溶，用后保存于 2～8℃，下次用前恢复至室温并完全摇匀。

3.2.5 阳性对照：用前恢复至室温并完全摇匀，用后保存于 2～8℃。

4 操作程序

4.1 用微量滴管将血清稀释液滴入 U 型稀释板第 1 孔中，共计 3 滴（75μl），从第 2～4 孔各滴 1 滴（25μl）。

4.2 用微量移液管取阳性对照、样品各 25μl 分别至第 1 孔中混匀，然后从第 1 孔吸 25μl 至对应的第 2 孔中混匀，以此类推直到第 4 孔，最后第 4 孔弃掉 25μl 混合液。

4.3 用试剂盒中提供的滴管在第 3 孔中滴入 1 滴（25μl）D 对照粒子，在第 4 孔中滴入 1 滴（25μl）C 致敏粒子。

4.4 用混合器混匀 30s，密封置于室温（15～30℃）下水平静置 2h 观察记录结果。

5 结果判断

5.1 反应图像的判定标准见表 11-2-1。

5.2 结果判断

5.2.1 阳性：未致敏粒子（最终稀释倍数 1∶16）的反应图像判定为（－），致敏粒子（最终稀释倍数 1∶32 以上）的反应图像判定为（＋），最终判定为阳性。

5.2.2 阴性：无论未致敏粒子呈现何种反应图像，只要致敏粒子（最终稀释倍数 1∶32）的反应图像显示为（－），最终判定为阴性。

	文件编号:
第二节　明胶凝集法检测抗 HIV 抗体	版本号:
	页码:第　页　共　页

表 11-2-1　反应图像的判定标准

反应图像	判　定
粒子成纽扣状聚集,呈现出外周边缘均匀且平滑的圆形	(－)
粒子成小环状,呈现出外周边缘均匀且平滑的圆形	(±)
粒子环明显变大,其外周边缘不均匀且杂乱的凝集在周围	(＋)
产生均一的凝集,凝集粒子在底部整体上呈膜状延展	(＋＋)

5.2.3 弱阳性:未致敏粒子(最终稀释倍数 1:16)的反应图像判定为(－)且致敏粒子(最终稀释倍数 1:32)的反应图像判定为(±),最终判定弱阳性。

5.3 吸收试验操作程序

对于对照粒子和致敏粒子均显示(±)或阳性以上的样品,要按照下列顺序在完成吸收操作的基础上进行再试验。

5.3.1 取用复溶液调制好的对照粒子 0.35ml 至小试管中。

5.3.2 加入样品 50μl 混合,于室温(15~30℃)下放置 20min 以上。

5.3.3 离心分离(2 000r/min,5min),然后取上清液 50μl 至反应板中,注意不要混入粒子。

5.3.4 从第 1 孔以后,要预先各滴入 25μl 的样品稀释液,从第 2 孔至最后 1 孔用微量加样器或微量移液管以 2^n 的方式进行稀释。

5.3.5 用试剂盒中提供的 2 支滴管分别在第 2 孔中滴入 1 滴(25μl)对照粒子,从第 3 孔至最后 1 孔各滴入 1 滴(25μl)致敏粒子。

5.3.6 用平板混合器以不会导致微量反应板内容物溅出的强度混合 30s,密封后于室温(15~30℃)下水平静置 2h 后进行判定。

6 注意事项

6.1 本试剂用来测定样品中抗 HIV-1/-2 抗体,而不是用来直接检测 HIV 病毒或抗原。

6.2 即使本试剂的判定结果为阴性,也要经过一段时间后再进行检查并与其他的检查(抗原检查、细胞性免疫学检查等)结果和临床症状结合起来加以综合判断。

6.3 血清免疫反应中一般要考虑到前带现象,所以请充分注意。

6.4 本试剂中含有防腐剂叠氮钠。在废弃时要用大量的水冲洗以避免生成具有爆炸性的金属叠氮。

6.5 试剂盒内的试剂都是为了产生正确的反应而组合起来的,请务必注意不要将生产批号不同的试剂混合在一起使用。

6.6 本试剂盒是以富士瑞必欧生产的 FASTEC 微量反应板 U 为基准进行调制的。

6.7 使用本试剂时如果涉及仪器的使用,请按照各自的使用说明书进行操作。

7 结果报告

7.1 初筛试验

第二节　明胶凝集法检测抗 HIV 抗体	文件编号：
	版本号：
	页码：第　页 共　页

对呈阴性反应的样品，实验室出具抗 HIV 抗体阴性报告；对呈阳性反应的样品不能出具阳性报告，需要进一步做复检试验和确证试验。

7.2 复检试验

对初筛呈阳性反应的样品用原有试剂和另外一种不同原理（或厂家）的试剂进行复检试验。如两种试剂复检均呈阴性反应，则报告抗 HIV 抗体阴性；如均呈阳性反应，或一阴一阳，需送至 HIV 确认实验室进行确证实验。

7.3 初筛试验呈阳性反应样品的转送

新发现病人需送上级实验室进行复检或确认，必要时采集第 2 份血样，并填写"抗 HIV 抗体复测送检单"（表 11-2-2），经 1 名检验人员和 1 名具有中级以上技术职称的人员审核签字。由专职送检人员送达当地 HIV 筛查中心实验室，再转送至 HIV 确证实验室。

表 11-2-2　中山市人民医院检验医学中心抗 HIV 抗体复检化验单

科别：免疫科 表格编号：JYZX-MY-TAB-035

送检单位	中山市人民医院			送检日期		20 　年　月　日	
送检标本				送检人群			
姓名		性别		年龄	职业		
现住址				户籍所在地			
国籍或民族				既往病史			
初　筛　试　验				复检试验			
					第一次		第二次
检测日期		20 年 月 日		20 年 月 日		20 年 月 日	
检测方法							
试剂厂家							
批　号							
有 效 期							
实验结果	空　白						
	阴性对照均值						
	阳性对照均值						
	临　界　值						
	送检标本						
结　果							
检测者：				审核者：			
送检单位（公章）：							
电话：							
邮编：							

第二节　明胶凝集法检测抗 HIV 抗体	文件编号：
	版本号：
	页码：第　页　共　页

8 方法学局限性

适用于人血清或血浆标本,不适于其他的体液标本检测,抗 HIV 抗体明胶凝集试验不是 HIV 的确证试验,其检测有假阳性,凡阳性标本均需送至 HIV 确认实验室做确证试验。

9 临床意义

抗 HIV 抗体阳性提示如下：

9.1 感染 HIV,可作为传染源将 HIV 传播他人。

9.2 抗 HIV 抗体阳性者(除外 18 个月的婴儿),5 年内将有 10％～30％的人发展为艾滋病。

9.3 对抗 HIV 抗体阳性的母亲所生婴儿,如 18 个月内检测血清抗 HIV 抗体阳性,不能诊断为 HIV 感染,尚需用 HIV 核酸检测或 18 个月后的血清抗体检测来判断。

10 参考文献

［1］ 富士瑞必欧株式会社．抗人类免疫缺陷病毒抗体诊断试剂盒(明胶凝集法)说明书.

［2］ 叶应妩,王毓三,申子瑜．全国临床检验操作规程．3 版．南京:东南大学出版社,2006:626-627.

编写:徐全中　　　　审核:熊继红　　　　批准:张秀明

第三节　免疫胶体金法检测抗 HIV 抗体	文件编号：
	版本号：
	页码：第　页　共　页

1 原理

用基因重组的人类免疫缺陷病毒 HIV-1/-2 抗原(P24、gp120、gp41、gp36)和兔抗 HIV 多抗包被在硝酸纤维素膜上作为检测线和质控线，另用胶体金标记重组 HIV-1/-2 抗原(P24、gp120、gp41、gp36)，应用免疫层析双抗原夹心法原理检测人血清或血浆中的抗 HIV-1/-2 抗体。当待检标本中含有抗 HIV 抗体时，该抗体先与金标抗原形成"抗体-金标抗原复合物"，并在虹吸作用下向前移动，与检测线处包被的抗原形成"抗原-抗体-金标抗原复合物"，出现一条肉眼可见的紫红色沉淀线(检测线，T)。包被膜上还有一条控制反应过程的对照线(C)，根据对照线是否出现判断检测是否有效；根据检测线是否出现，判断待测标本中是否含有抗 HIV-1/-2 抗体。

2 标本采集

空腹不抗凝静脉血 2～3ml，不能及时检测的标本 2～8℃可冷藏 7d，如果＞7d 则需冷冻保存。

3 试剂

英科新创(厦门)科技有限公司提供，4～30℃密封干燥保存。

4 操作程序

4.1 撕开装有试剂卡的铝箔袋，取出试剂卡。

4.2 将 50μl 血清加入到加样孔，加样后 1～30min 观察结果。

5 结果判定

5.1 阳性

在 30min 内出现紫红色的检测线(T)和质控线(C)。

5.2 阴性

在 30min 内仅出现一条紫红色的质控线(C)。

5.3 失效结果

如质控线(C)不出现紫红线，表明实验无效，需重新实验。

6 结果报告

6.1 对阴性反应的标本，实验室可发出"抗 HIV 抗体初步报告：阴性"，并注明结果"仅供参考"。

6.2 对呈阳性反应的样品，需用其他原理试剂进行复检，并电话通知相关科室及在《胶体金法检测抗 HIV 抗体可疑记录表》上记录结果，不可发出阳性报告。

6.3 复检试验。胶体金法筛查试验无论其结果阴性或阳性，均需用电化学发光法进行抗 HIV 抗体复检。复检仍呈阴性反应，则报告抗 HIV 抗体阴性；若复查为阳性的标本则表明有可能感染 HIV，应再次重复试验(双孔平行)，并用不同原理(或厂家)试剂复检，复检结果均为阳性或一阴一阳者应通知医院防保组，由医院防保组派专人送标本志当地 HIV 确证实

第三节 免疫胶体金法检测抗 HIV 抗体	文件编号：
	版本号：
	页码：第 页 共 页

验室做进一步检测,并由当地 HIV 确证实验室发最终检测报告。

7 生物参考区间

抗 HIV 抗体初步报告:阴性。

8 注意事项

8.1 试剂的使用单位必须是经当地卫生行政部门批准的 HIV 初筛实验室。抗 HIV 抗体检测必须符合《全国艾滋病检测工作规范》,严格防止交叉感染。操作时做好个人防护工作,严格健全和执行消毒隔离制度。

8.2 试剂存放于室温,从铝箔袋取出后应立即使用,铝箔包装袋破损、试剂卡受潮后不能使用。注意不要使用过期的试剂。

8.3 检测结果为可疑时,可按 $60\mu l$ 加样复检一次,以避免个别待测标本因有沉淀而影响层析作用。

8.4 脂血标本,黄疸标本对检测结果无影响。轻微溶血标本对检测结果基本无影响,但严重溶血标本可产生本底,影响检测线(T 线)的观察,此时建议使用其他方法检测或重新采集标本。

8.5 本试剂检测阴性者,仍不能排除无 HIV 感染;本试剂检测阳性者,需送至当地 HIV 确认实验室进行确证。

8.6 检测线在规定的观察时间内,不论检测线颜色深浅,均判定为阳性。检测线颜色的深浅同样品中的抗体滴度没有一定的必然关系。

9 方法局限性

胶体金法抗 HIV 抗体检测试验仅适用于急诊快速筛查检测。经该法检测标本无论其结果阴性或阳性,均需用电化学发光法再进行抗 HIV 抗体复检。

10 临床意义

艾滋病(AIDS)即获得性免疫缺陷综合征,主要由人类免疫缺陷病毒(HIV)引起。本法检测阴性者,不能确认无 HIV 感染,需再用电化学发光法进行抗 HIV 抗体复检。标本阳性表明可疑有 HIV 感染,应改用电化学发光法复测,若仍阳性,再用不同原理或不同厂家试剂盒复检,均阳性或一阴一阳者应送当地 HIV 确认实验室做确证试验。

11 参考文献

[1] 中国疾病预防控制中心《全国艾滋病检测技术规范(2009 年修订版)》.

[2] 英科新创(厦门)科技有限公司. 抗 HIV 抗体诊断试剂盒(胶体金法)使用说明书.

[3] 叶应妩,王毓三,申子瑜. 全国临床检验操作规程.3 版. 南京:东南大学出版社,2006:625-626.

编写:罗锡华 审核:熊继红 批准:张秀明

第四节　抗 HIV 抗体初筛阳性标本处理与结果报告程序	文件编号：
	版本号：
	页码:第　页　共　页

1 目的

建立 HIV 初筛实验室阳性结果报告制度,及时将本实验室检测情况向上一级卫生行政部门报告,为疾控中心提供及时、可靠的抗 HIV 抗体初筛情况。

2 适用范围

HIV 筛查实验室。

3 筛查方法

本实验室使用免疫胶体金法、电化学发光法和乳胶颗粒凝集法 3 种筛查方法进行抗 HIV 抗体的初筛检测。

4 报告细则

4.1 初筛试验

对初筛试验呈阴性反应的样品可出具抗 HIV 抗体阴性(－)报告;呈阳性反应的样品,需进一步做复检和确证试验。

4.2 复检试验

对初筛检测中抗 HIV 抗体呈阳性反应的样品,应使用原有试剂和另外一种不同原理(或厂家)的试剂,或另外两种不同原理或不同厂家的试剂进行复检试验。如两种试剂复检均呈阴性反应,则报告抗 HIV 抗体阴性(－);如均呈阳性反应,或一阴一阳,则需送艾滋病确证实验室进行确证试验(图 11-4-1)。

4.3 需送至艾滋病确证实验室进行确证试验的样品

需要核对身份,补充个人信息(如姓名和身份证号码),同时立即通知相关科室该标本抗 HIV 抗体可疑阳性,必要时采集第二份血样,并尽快(城区一般要求在 48h 内)将血样连同实验数据(如实验方法、试剂批号、有效期)和送检化验单送当地卫生行政部门指定的 HIV 确证实验室。送检化验单必须由初筛实验室 1 名直接实验操作人员和 1 名中级技术职称以上的负责人员联合署名(表 11-2-2)。

4.4 样品的保存与运送

抗 HIV 抗体筛查呈阳性反应的样品应及时送至确证实验室,运送必须由获得相应部门批准并具有资质的人员专程护送,并使用 WHO 提出的三级包装系统进行包装,筛查实验室要与护送人员完成样品的签字转接工作。

4.5 结果的报告

抗 HIV 抗体筛查试验呈阴性反应的样品报告"抗 HIV 抗体阴性(－)";呈阳性反应的样品报告"抗 HIV 抗体待复检"。

5 传染病信息报告

艾滋病属于乙类传染病,艾滋病病原菌携带者是传染病报告病例,其传染病报告卡由首诊医生或其他执行职务的人员负责填写,于 24h 内进行网络直报。

第四节 抗 HIV 抗体初筛阳性标本处理与 结果报告程序	文件编号:
	版本号:
	页码:第 页 共 页

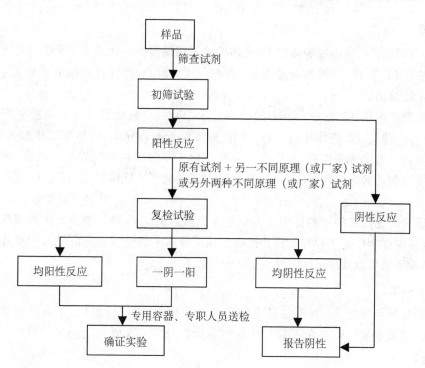

图 11-4-1 筛查步骤图

6 保密制度和安全防护

6.1 保密制度

抗 HIV 抗体筛查实验室工作人员应坚守抗 HIV 抗体筛查实验室保密制度,不得对无关人员透漏任何实验室内部信息,特别是抗 HIV 抗体初筛和复检试验阳性的病人姓名等情况,包括对病人本人的保密。

6.2 安全防护

HIV 属高致病性病原微生物,抗 HIV 抗体的检测应在符合 Ⅱ 级生物安全实验室要求的艾滋病初筛实验室中进行。艾滋病初筛实验室应建立安全制度、完善人员培训、执行安全操作、依照法规处置实验室废弃物。包括艾滋病初筛实验室安全工作制度的建立,经批准进入艾滋病初筛实验室人员的培训与管理,仪器、试剂、样品的安全操作,实验室的清洁和消毒,艾滋病初筛实验室医疗废弃物的处理等。

7 参考文献

[1] 中国疾病预防控制中心《全国艾滋病检测技术规范(2009 年修订版)》.

[2] 叶应妩,王毓三,申子瑜.全国临床检验操作规程.3 版.南京:东南大学出版社,2006:625-626.

编写:徐全中   审核:熊继红   批准:张秀明

第五节　化学发光免疫法检测抗梅毒螺旋体抗体	文件编号：
	版本号：
	页码:第　页　共　页

1 原理

ARCHITECT 抗梅毒螺旋体(TP)抗体检验采用两步免疫测定法,通过利用化学发光微粒子分析法(CMIA)技术(弹性检验方案,也称作 Chemiflex®),对人血清或血浆中的抗 TP 抗体进行定性检测。

第一步是将重组 TP 抗原(TpN15、TpN17 和 TpN47)包被的微粒子与稀释液混合。这时,样本中存在的抗 TP 抗体将结合到 TP 包被微粒子上。洗涤后,在第二步加入抗-人吖啶酯标记结合物。再次洗涤之后,在反应混合物中加入预触发液和触发液。然后,测定得到化学发光反应物的相对光单位(RLUs)。样本中存在的抗 TP 抗体量与 ARCHITEC 光系统上检测到的 RLUs 呈正比。

试验通过对比反应测定的化学发光信号与先前 ARCHITECT 抗 TP 抗体校准确定的临界信号,以确定样本中是否存在抗 TP 抗体。如果样本中的化学发光信号大于或等于临界信号,则该样本可视为抗 TP 抗体阳性。

2 标本采集

空腹不抗凝静脉血 2~3ml,如果不能进行立即检测,则应从血块、血清分离管或红细胞中分离出血清或血浆。样本在室温下可存放 24h,2~8℃可存放 7d。

3 试剂

3.1 试剂

采用雅培原装配套试剂。ARCHITECT 抗 TP 抗体试剂盒:

3.1.1 微粒子:1 瓶(6.6ml/100 试验瓶;27.0ml/500 试验瓶)微粒子为 TP(E.coli,重组体)抗原包被微粒子,在含蛋白(牛)稳定剂的 MES 缓冲液中配制。最低浓度为 0.08％固体。防腐剂为叠氮钠和其他抗菌剂。

3.1.2 结合物:1 瓶(5.9ml/100 试验瓶;26.3ml/500 试验瓶)结合物为吖啶酯标记鼠抗-IgG/抗-IgM,在含蛋白(牛)稳定剂的 MES 缓冲液中配制。最低浓度为 26.6ng/ml(抗-IgG);1.34ng/ml(抗-IgM)。防腐剂为叠氮钠和其他抗菌剂。

3.1.3 稀释液:1 瓶(10.0ml/100 试验瓶;52.5ml/500 试验瓶)为 TP 检测稀释液含 MES 缓冲液。防腐剂为叠氮钠和其他抗菌剂。

3.2 校准品

ARCHITECT 原装配套校准品。在执行 ARCHITECT 抗 TP 抗体检测校准时,对校准品 1 以 3 个复管进行检测。为评估检验校准,要求在每次校准之后都需进行质控品的检测。测定值应落在确定的范围内,如出现质控值落在范围之外,则应分析原因确定是否需要再次进行校准。一旦 ARCHITECT 抗 TP 抗体校准合格并进行了保存,则所有后续样本均可直接检测,而不需要进一步校准,除非使用新批号试剂盒或排除偶然误差后的质控失控。AR-CHITECT I 系统利用对校准品 1 进行 3 次检测的化学发光信号均值(RLU)计算出 Cut-off(CO)并储存在系统中。ARCHITECT 抗梅毒螺旋体抗体项目利用 Cut-off 计算结果,每次

第五节　化学发光免疫法检测抗梅毒螺旋体抗体	文件编号： 版本号： 页码：第　页 共　页

校准后，系统将储存 Cut-off RLU 值。Cut-off 的计算方法如下：

Cut-off(CO)＝校准品 1 的 RLU 均值×0.20　　　　S/CO＝样本 RLU/Cut-off RLU

关于如何执行检验校准的详细信息，参见雅培化学发光仪 I2000SR 操作程序检验校准部分。

3.3 质控品

ARCHITECT 配套抗 TP 抗体阳性质控品和阴性质控品。

3.4 仪器

美国雅培 I2000SR 全自动化学发光免疫分析仪。

4 操作步骤

4.1 试剂装载

在第一次将 ARCHITECT 抗 TP 抗体试剂盒装入系统之前，需混匀微粒子瓶，使在运输或贮存期间沉淀下来的微粒子重新悬浮：上下翻转该微粒瓶 30 次，确保所含微粒子已重新悬浮。如果微粒子仍粘贴在瓶子上，继续翻转该瓶子直至微粒子已完全悬浮。

一旦微粒子已处于悬浮状态，即可去除瓶盖。然后，戴上手套，取出隔膜，并将隔膜挤压至对半，以确保切口已打开。小心并快速将隔膜放入瓶子顶部。

4.2 常规及复查标本的测定

常规及复查标本的测定程序参见雅培化学发光仪 I2000SR 操作程序中标本检测程序部分。注：在 ARCHITECT 抗 TP 抗体检测中不能用稀释后的样本进行测定。

5 质量控制

校准品和质控品在使用之前应轻轻翻转混匀。

应使用 ARCHITECT 配套抗 TP 抗体阳性质控品和阴性质控品进行质量控制。阳性质控品和阴性质控品至少每 24 小时或每一次定标后测定一次。测定值应落在确定的范围内，如出现质控值落在范围之外，则应采取纠正措施。

6 计算方法

ARHCITECT 抗 TP 抗体测定将根据临界值计算样本结果，计算公式如下：

临界值 RLU(CO)＝校准品 1 平均 RLU×0.20　　　　S/CO＝样本 RLU/临界 RLU

7 干扰因素

干扰性试验使用了含以下浓度的三酰甘油、胆红素、蛋白质和血红蛋白进行测定。对这些高水平干扰物的检测结果显示，三酰甘油 3000mg/dl、胆红素 20mg/dl、蛋白质 12g/dl、血红蛋白 500mg/dl，抗 TP 抗体检验在阴性样本上出现<0.4S/CO 的差异，而在阳性样本上则为<20% 的 S/CO 差异。

8 结果解释

样本 S/CO 值<1.0 时视为抗 TP 抗体检验非阳性。

第五节　化学发光免疫法检测抗梅毒螺旋体抗体	文件编号：
	版本号：
	页码:第　页　共　页

样本 S/CO 值≥1.0 时视为抗 TP 抗体检验阳性。

9 临床意义

梅毒是由梅毒螺旋体(TP)感染引起,TP 可通过先天遗传或性交传播,也可经输血传播。该疾病在潜伏期发展,而潜伏期的梅毒感染在临床上表现不显著。除患者临床病史外,血清学试验在当前已成为梅毒辅助诊断的主要方法。

ARCHITECT 抗 TP 抗体检测是一种化学发光微粒子免疫测定法(CMIA),用于定性检测人血清或血浆中的抗苍白螺旋体(TP)抗体,以协助对梅毒患者的诊断。

10 参考文献

[1]　雅培公司.化学发光微粒子分析法检测抗梅毒螺旋体抗体试剂盒使用说明书.

[2]　叶应妩,王毓三,申子瑜.全国临床检验操作规程.3 版.南京:东南大学出版社,2006:647,648-649.

编写:傅冰洁　　　　　审核:熊继红　　　　　批准:张秀明

第六节　甲苯胺红不加热血清试验(TRUST)测定梅毒非特异性抗体

1 原理

采用性病研究所实验室玻片试验(VDRL)抗原重悬于含有特制的甲苯胺红溶液中制成。将可溶性抗原先吸附于适当大小的颗粒性载体的表面,然后与相应抗体作用,在适当的电解质存在的条件下,出现凝集现象,既可定性检测,又能半定量测定。该方法简便,敏感度较高,在临床检验中被广泛应用。

2 标本采集

空腹不抗凝静脉血 2～3ml,不能及时检测的标本可置于 2～8℃冰箱冷藏保存。

3 试剂

3.1 试剂来源

上海荣盛生物技术有限公司提供。

3.2 试剂组成

3.2.1 试验专用卡片:120 人份,直接使用,按所需人份裁剪。

3.2.2 阳性对照血清:用前恢复至室温并摇匀,保存于 2～8℃。

3.2.3 阴性对照血清:用前恢复至室温并摇匀,保存于 2～8℃。

3.2.4 TRUST 抗原悬液:用前恢复至室温并摇匀,保存于 2～8℃。

3.2.5 专用滴管及针头:直接使用。

4 操作步骤

4.1 定性检测

4.1.1 吸样:吸取 $50\mu l$ 血清放于白色卡片圈内,不可涂出圈外,以免造成交叉反应。

4.1.2 加抗原悬液:将 TRUST 抗原轻轻摇匀,用标准针头吸取抗原,每个标本中各加 1 滴抗原悬液。

4.1.3 结果观察:将卡片置旋转器旋转 8min(100±5r/min)。立即在明亮光线下观察结果。

4.2 半定量检测

4.2.1 加稀释液:在纸卡圆圈内加入 $50\mu l$ 生理盐水(一般做 6 个滴度,超过者应继续稀释)。

4.2.2 加样:吸取 $50\mu l$ 血清或血浆做系列稀释(1:2～1:64),最后所稀释的圆圈内应弃去 $50\mu l$。

4.2.3 加抗原悬液:将 TRUST 抗原轻轻摇匀,用标准针头吸取抗原,在每个孔中加 1 滴抗原。

4.2.4 观察结果:将卡片置旋转器旋转 8min(100±5r/min)。立即在明亮光线下观察结果。记录出现阳性反应的最高血清稀释倍数,即抗体效价。

5 结果判断

5.1 阳性

第六节　甲苯胺红不加热血清试验(TRUST)测定梅毒非特异性抗体	文件编号：
	版本号：
	页码:第　页　共　页

圆圈内出现小至大的红色絮状物为阳性,不分其阳性的程度。必要时可以依絮状大小和多少,用"+"号表示。

5.2 阴性

圆圈内仅见甲苯胺红染料颗粒集于中央一点或均匀分散为阴性。

6 注意事项

6.1 所有试剂应保存于 2~8℃冰箱,防止冷冻结冰。

6.2 校准针头,TRUST 抗原(用 9 号针头)为(60±1)ml/滴。

6.3 实验环境适宜温度为 23~29℃。

6.4 试验完毕,立即观察结果;为避免假阴性的产生,试验最好用纯血清。

6.5 初筛试验阳性特别是初诊患者,应做确证试验以排除生物学假阳性。

6.6 为避免出现"前带"现象,对可疑者应将血清稀释后测定。

6.7 TRUST 阳性标本均要复检,如若结果与首次检测不一致时,应将样品二次复检,以两次相同的结果报告。

7 方法学局限性

初筛试验是非特异性抗原抗体反应,存在一定的生物学假阳性,当 TRUST 阳性时,需做梅毒确证试验以确定是否梅毒螺旋体感染;检测的灵敏度比梅毒确证试验低,早期梅毒硬下疳出现 1~2 周后才可呈阳性。

8 临床意义

梅毒螺旋体感染人体后,宿主对感染早期被病原体损害的自体细胞及梅毒螺旋体细胞表面释放的脂类物质发生免疫反应,在 3~4 周后产生抗脂类抗原的抗体(反应素),通过检测这些非特异性抗体间接推测梅毒螺旋体感染。

TRUST 属于用非特异性抗体间接推测梅毒螺旋体感染初筛试验。在早期梅毒硬下疳出现 1~4 周后可呈阳性,经治疗后血清抗体滴度下降并可转阴性,故可以作为疗效观察、判愈、复发或再感染的指标。

初筛试验阳性特别是初诊患者,应做确证试验以排除生物学假阳性。

9 质量记录表

JYZX-MY-TAB-019 《中山市人民医院检验医学中心梅毒初筛室内质控记录》(表 11-6-1)。

10 参考文献

[1] 上海荣盛生物技术有限公司. 梅毒甲苯胺红不加热血清试验(TRUST)诊断试剂盒说明书.

[2] 叶应妩,王毓三,申子瑜. 全国临床检验操作规程. 3 版. 南京:东南大学出版社,2006:647-648.

第六节　甲苯胺红不加热血清试验(TRUST)测定梅毒非特异性抗体

文件编号：

版本号：

页码：第　页　共　页

表 11-6-1　中山市人民医院检验医学中心梅毒初筛室内质控记录

科别：免疫科　　　　检测时间：　　　年　　月　　　　试剂厂家：　　　　　　试剂批号：

质控品批号：　　　　质控品含量：　　　　　　表格编号：JYZX-MY-TAB-019

日期	阴性对照 （－）	阳性对照 （＋）	质控结果 （－/＋）	记录者	日期	阴性对照 （－）	阳性对照 （＋）	质控结果 （－/＋）	记录者
1					……				
2					……				
3					26				
……					27				
……					28				
……					29				
14					30				
15					31				

备注：

编写：徐全中　　　　审核：熊继红　　　　批准：张秀明

第七节　免疫胶体金法测定抗梅毒螺旋体抗体	文件编号:
	版本号:
	页码:第　页　共　页

1 原理

抗梅毒螺旋体抗体金标试纸法采用免疫层析原理,采用双抗原夹心法,分别在硝酸纤维膜上的检测区包被包括梅毒螺旋体蛋白主要区段的抗原,胶体金标记同样包含梅毒螺旋体蛋白主要区段的标记抗原。检测时,如果样品内含有 TP 抗体时,样品中的 TP 抗体可与试纸条前端的"胶体金-抗原"结合,形成免疫复合物,复合物由于层析作用沿膜带移动,并在包被了抗原的检测区形成一条红色线,判为阳性;如样品内不含有 TP 抗体时,检测区不会形成红色线,判为阴性。

2 标本采集

空腹不抗凝静脉血 2～3ml,3d 内检测的标本可置于 2～8℃冰箱冷藏保存,超过 3d 不检测的标本应低温冻存。

3 试剂

北京万泰生物药业股份有限公司提供。

4 操作步骤

4.1 血清或血浆样本的检测

用加样器取 80μl 血清或血浆样品,缓慢滴加在测试卡加样端中心。

4.2 全血样本的检测

在测试卡加样端中心滴加 1 滴(约 40μl)全血样品,立即滴加 1～2 滴(40～80μl)样品稀释液。

4.3 加样完毕

室温放置 30min 后观察结果。

5 结果判断

5.1 阳性

在检测区及对照区各出现一条红色反应线。

5.2 阴性

仅在对照区出现一条红色反应线。

5.3 检测无效

试纸无红色反应线出现或仅在检测区出现一条反应线,表明实验失败或测试纸失效,需重新实验。

6 注意事项

6.1 不要使用放置时间过长、长菌、有异味的样本,这样可避免标本污染、长菌而造成的非特异性反应。

6.2 检测线的显色速度与样品中 TP 抗体的含量相关,静置 30min 是为了保证达到最高灵敏度。因此当出现两条色线时,即可判为阳性结果,只在对照区出现一条线时为阴性结果,

第七节　免疫胶体金法测定抗梅毒螺旋体抗体	文件编号：
	版本号：
	页码：第　页　共　页

无线条出现时实验无效,应重复实验。

6.3 由于阳性标本的强度不同,检测线的紫红色条带可显现出颜色深浅的现象。但是在规定的观察时间内,不论该色带颜色深浅,即使只有非常弱的色带也应判断为阳性结果。

6.4 所有样本均应视为有传染性,需注意安全操作。

6.5 测试卡从包装中取出后请在 20min 内使用,潮湿空气中暴露时间过长将影响检测结果。

6.6 实验前,应平衡至室温后在打开铝箔袋使用。

6.7 超过 30min 的显色结果无意义。

7 临床意义

特异性针对抗梅毒螺旋体抗体存在于梅毒感染后患者体内,定性检测人血清或血浆中抗梅毒螺旋体抗体,在临床中作为梅毒感染的辅助诊断。

8 参考文献

[1] 北京万泰生物药业股份有限公司 . 抗梅毒螺旋体抗体(胶体金法)诊断试剂盒说明书.

[2] 叶应妩,王毓三,申子瑜 . 全国临床检验操作规程 . 3 版 . 南京:东南大学出版社,2006:649-650.

编写:傅冰洁　　　　审核:熊继红　　　　批准:张秀明

第八节　密螺旋体颗粒凝集试验(TPPA)测定抗梅毒螺旋体抗体	文件编号：
	版本号：
	页码：第　页　共　页

1 原理

将梅毒螺旋体 Nichols 株的精制菌体成分包被在人工载体明胶粒子上。这种致敏粒子和样品中的抗梅毒螺旋体抗体发生凝集反应,产生肉眼可见的凝集,由此检测血清或血浆中的抗梅毒螺旋体抗体及其效价。

2 标本采集

空腹不抗凝静脉血 2～3ml,不能及时检测的标本可置于 2～8℃冰箱冷藏保存。

3 试剂

3.1 试剂来源

富士株式会社提供。

3.2 试剂组成

3.2.1 测试板:洁净的 U 型稀释板直接使用。

3.2.2 非致敏颗粒 D:用溶解溶液 A 0.6ml 复溶,用前恢复至室温并摇匀,用完保存于2～8℃。

3.2.3 致敏颗粒 C:因静置时明胶颗粒会下沉,用前恢复至室温并摇匀。

3.2.4 阳性血清 E:直接使用,用前恢复至室温并摇匀,用完保存于 2～8℃。

3.2.5 样本稀释液 B:用于样本稀释,用前恢复至室温并摇匀,用完保存于 2～8℃。

3.2.6 复溶液 A:用于试剂复溶,用前恢复至室温,用完保存于 2～8℃。

4 操作程序

4.1 用微量滴管将血清稀释液滴入 U 型稀释板第 1 孔中,共计 4 滴(100μl),从第 2～4孔各滴 1 滴(25μl)。

4.2 用微量移液管取阳性对照、样品各 25μl 分别至第 1 孔中混匀,然后从第 1 孔吸 25μl混匀液体至对应第 2 孔中混匀,以此类推到第 4 孔,最后第 4 孔弃掉 25μl 混合液。

4.3 用试剂盒中提供的滴管在第 3 孔中滴入 1 滴(25μl)未致敏粒子,在第 4 孔中滴入 1滴(25μl)致敏粒子。

4.4 用混合器混匀 30s,密封置于室温(15～30℃)下水平静置 2h 观察记录结果。

5 结果判断

5.1 判定标准

见表 11-8-1。

5.2 结果判定

5.2.1 阳性:未致敏粒子(最终稀释倍数 1:40)的反应图像判定为(一),致敏粒子(最终稀释倍数 1:80 以上)的反应图像判定为(+),最终判定为阳性。

5.2.2 阴性:无论未致敏粒子呈现何种反应图像,只要致敏粒子(最终稀释倍数 1:80)的反应图像显示为(一),最终判定为阴性。

第八节 密螺旋体颗粒凝集试验(TPPA)测定抗梅毒螺旋体抗体

文件编号：

版本号：

页码：第 页 共 页

表 11-8-1 判定标准

反应图像	判 定
粒子成纽扣状聚集,呈现出外周边缘均匀且平滑的圆形	(—)
粒子成小环状,呈现出外周边缘均匀且平滑的圆形	(±)
粒子环明显变大,其外周边缘不均匀且杂乱的凝集在周围	(+)
产生均一的凝集,凝集粒子在底部整体上呈膜状延展	(++)

5.2.3 弱阳性:未致敏粒子(最终稀释倍数 1:40)的反应图像判定为(—)且致敏粒子(最终稀释倍数 1:80)的反应图像判定为(±),最终判定弱阳性。

6 注意事项

6.1 操作前请仔细阅读此项操作规程。

6.2 试剂盒存放于 2~8℃环境中;使用前将试剂盒平衡至室温。

6.3 批号不同的试剂盒不能混用。

6.4 待测标本必须符合要求,溶血标本不能进行检测。

6.5 用本试剂判定结果为保留时,请使用其他方法(如 FTA-ABS 等)复检。

6.6 反应静置过程中,一定要对微量反应板进行密封并禁止振摇。

6.7 血清免疫反应中一般要考虑到前带现象,请充分注意。

6.8 使用后所有物品,应按传染性物品进行处理。

7 临床意义

梅毒是由梅毒螺旋体引起的一种性传播疾病。由于潜伏期和晚期梅毒不出现皮肤黏膜病损,得不到直接检出的标本,而且梅毒螺旋体不能在体外迅速分离和生长,故梅毒特异性血清学试验为临床诊断提供了重要的依据。

8 参考文献

[1] 日本富士株式会社. 抗梅毒螺旋体抗体诊断试剂(凝集法)说明书.

[2] 叶应妩,王毓三,申子瑜. 全国临床检验操作规程.3 版. 南京:东南大学出版社,2006:647-649.

编写:张汉奎　　　　审核:熊继红　　　　批准:张秀明

第九节　抗梅毒螺旋体抗体阳性结果报告程序	文件编号:
	版本号:
	页码:第　页　共　页

1 目的

建立抗梅毒螺旋体(TP)抗体阳性结果报告制度,及时将本实验室检测情况向上一级卫生行政部门报告,为疾控中心提供及时、可靠的抗梅毒螺旋体抗体筛查情况。

2 适用范围

抗梅毒螺旋体抗体筛查实验室。

3 筛查方法

本实验室使用的检测方法有甲苯胺红不加热血清试验(TRUST)测定抗梅毒螺旋体非特异性抗体,免疫胶体金法、酶联免疫吸附试验(ELISA)、化学发光微粒子分析法(CMIA)和密螺旋体颗粒凝集试验(TPPA)测定抗梅毒螺旋体特异性抗体。

4 报告细则

4.1 初检试验

对用化学发光微粒子分析法(CMIA)或酶联免疫吸附试验(ELISA)检测呈阴性反应的样品可出具抗 TP 抗体阴性(一)报告;呈阳性反应的样品,需要进一步做复检。

4.2 复检试验

对初检试验呈阳性反应的样品建议先做甲苯胺红不加热血清试验(TRUST)或 RPR 抗梅毒螺旋体非特异性抗体的定量检测。抗梅毒螺旋体非特异性抗体检测阳性和初筛结果一致,则报告抗 TP 抗体阳性(十)。抗梅毒螺旋体非特异性抗体检测阴性和初筛结果不一致,则加做密螺旋体颗粒凝集试验(TPPA)法复检试验。如复检试验呈阴性反应,则报告抗 TP 抗体阴性(一);如呈阳性反应,则出具抗 TP 抗体阳性(十)报告。若结果可疑,则应随访并结合临床症状综合考虑或几周后重新进行甲苯胺红不加热血清试验(TRUST)或 RPR 抗梅毒螺旋体非特异性抗体的定量检测。

4.3 抗梅毒螺旋体抗体结果报告流程图

见图 11-9-1。

4.4 结果报告

抗 TP 抗体复检试验均呈阴性反应的样品报告"抗 TP 抗体阴性(一)";呈阳性反应的样品报告"抗 TP 抗体阳性(十)";同时对于结果阳性或可疑时,还应进行随访并结合临床综合考虑。对于甲苯胺红不加热血清试验(TRUST)呈阴性反应的报告"TRUST 阴性(一)",呈阳性反应的报告"TRUST 阳性(十)"。

4.5 结果解释

梅毒螺旋体感染机体后破坏机体组织的过程中,体内释放一种心磷脂抗原,这种抗原可刺激机体产生相应的抗体即反应素,未经治疗的梅毒患者血清中的反应素可长期存在,经适当治疗后可逐渐减少,直至消失,而且这种反应素是非特异性的,在一些免疫性疾病和一些慢性疾病中同样会有这种反应素的生成。甲苯胺红不加热血清试验(TRUST)是基于这种反应素进行测定的,因此具有非特异性。而机体针对梅毒螺旋体菌体蛋白成分和(或)菌体轴丝产

第九节　抗梅毒螺旋体抗体阳性结果报告程序

文件编号：

版本号：

页码：第　页　共　页

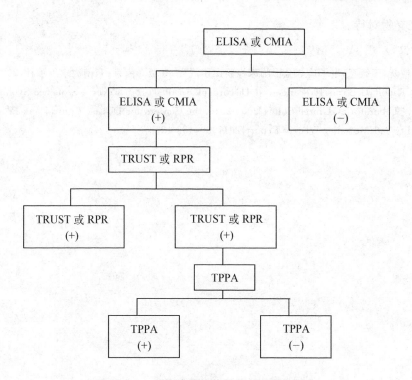

图 11-9-1　抗梅毒螺旋体抗体结果报告流程

生的抗 TP 抗体具有特异性，但此类抗体中的 IgG 成分可能会在机体长期存在。具体的检测结果解释见表 11-9-1。

表 11-9-1　抗梅毒螺旋体抗体检测结果解释

组合模式	抗 TP 抗体	TRUST 试验	临床意义
①	−	−	未感染或处于感染潜伏期
②	−	+	假阳性
③	+	−	既往感染或现症感染经治疗后或处于一期梅毒早期或三期
④	+	+	现症感染

注：有临床症状、高度怀疑的患者如出现模式①，建议几周后重新采血检测

5 传染病信息报告

　　梅毒属于乙类传染病，其传染病报告卡由首诊医生或其他执行职务的人员负责填写，于 24h 内进行网络直报。

6 安全防护

　　对于进行检测的样本（包括阴性的样品）、试剂、废弃物等均应视为有传染性物品，应以传

第九节　抗梅毒螺旋体抗体阳性结果 报告程序	文件编号：
	版本号：
	页码：第　页　共　页

染性医疗废弃物对待。

7 参考文献

[1]　叶应妩,王毓三,申子瑜. 全国临床检验操作规程. 3 版. 南京:东南大学出版社,2006:647-650.

[2]　JD Radolf,G Bolan,IU Park,et al. Discordant Results From Reverse Sequence Syphilis Screening-Five Laboratories,United States,2006-2010. the Centers for Disease Control and Prevention Morbidity and Mortality Weekly Report,2011,60:133-137.

编写:徐全中　　　　审核:熊继红　　　　批准:张秀明

	文件编号：
第十节　免疫层析法检测沙眼衣原体抗原	版本号：
	页码:第　页　共　页

1 原理

女性宫颈分泌物标本或男性尿液或尿道分泌物标本与提取试剂（1号试剂）混合后,在80℃下加热10～12min,即可提取出衣原体抗原。检测块位于标本窗的吸收垫,含有以乳胶标记、抗衣原体属特有的脂多糖抗原的单克隆抗体,提取液能使被乳胶标记的抗体溶解。如提取液中含有衣原体抗原,即与溶解的乳胶标记抗体发生反应,形成复合物,依靠毛细作用,复合物能沿与吸收垫相连的测试条移动。在测试条的另一侧（结果窗）含有固定的、抗衣原体的单克隆抗体的区域。复合物移动到结果窗内时,与固定的、抗衣原体的单克隆抗体发生反应,形成典型的"三明治"结果,在结果窗内形成一条肉眼可见的线。如提取液中没有抗原存在,则结果窗会保持空白。每个衣原体快速检测试剂条还提供统一的控制功能,在控制窗出现一条线即表明试剂条是有效的。

2 标本采集

2.1 女性宫颈分泌物标本

用无润滑剂的扩阴器使宫颈可见,拭去表面黏液后,用运送拭子在子宫颈口1～2cm处旋转一周,停留约10s后取出,放回运送拭子培养基中,立即送检。

2.2 男性尿液

翻转包皮,用肥皂水清洗尿道口,再以灭菌水洗净,留取中段尿约10ml于灭菌尿杯内,盖好塞子立即送检。

2.3 尿道分泌物标本

翻转包皮,用肥皂洗尿道口,清水冲洗,用男性专用无菌拭子插入尿道腔2～4cm旋转拭子后停留至少20s,取出拭子放入无菌管内送检。

2.4 如未及时检测,标本应保存于2～8℃。

3 试剂

3.1 仪器

立明恒温加热器。

3.2 试剂

英国立明衣原体快速检测试剂盒,于2～8℃避光保存可稳定至有效期,试剂使用前应平衡至室温。

4 操作步骤

4.1 准备工作

按标本号对提取管进行对应编号,排列于试管架上待用,将恒温加热器开启至"ON",当显示灯灭时则其加温孔的温度达(80±2)℃。

4.2 抗原提取

4.2.1 子宫颈拭子标本的抗原提取

a)在提取试管中加入提取液（1号试剂）至标线(0.6ml)处,将拭子标本浸没在提取液中

	文件编号：
第十节 免疫层析法检测沙眼衣原体抗原	版本号：
	页码：第 页 共 页

并搅动片刻,将带有拭子的提取管放入(80±2)℃恒温加热器加温孔中,加热10～12min。

b)从恒温加热器中取出提取管后,充分转动拭子,用拇指和示指夹住试管口边缘按压拭子使标本完全溶解至提取液中并挤干拭子,然后丢弃棉拭子,让标本提取液于室温下冷却至少5min。

4.2.2 男性尿液标本的抗原提取

a)充分混合尿液标本后取10ml尿液标本放入一个无菌离心试管,然后往试管中加入10ml升蒸馏水或去离子水,在3000r/min离心15min,小心倒掉上清液,并用吸水纸去除试管口的残余上清液。

b)吸取0.6ml提取液(1号试剂)加入盛尿试管沉渣中,涡旋混合至少30s。

c)将混悬液移至提取管中(并标记对应编号),然后放入(80±2)℃恒温加热器中加热10～12min。

d)取出提取管,在室温下冷却至少5min。

4.3 抗原检测

4.3.1 从箔片袋内取出一个检测板,水平放置,按提取管上的编号进行编号。

4.3.2 将提取管的过滤盖盖紧,加5滴提取液混合液入检测板的标本窗口。

4.3.3 放置15min后读取检测结果。

5 结果判断

5.1 首先判读检测板的质量,在15min内如检测板的质控窗内有一条线出现,即表示检测板质量合格,此时可读取结果。否则表示检测板为无效板,其检测结果均不可靠。

5.2 结果的判读,在检测板结果窗内有一条线出现,即表示检测结果为阳性,标本内含有沙眼衣原体抗原。如结果窗内无线条出现,则表示检测结果为阴性,标本中未检测出沙眼衣原体抗原。

6 注意事项

6.1 注意结果窗和质控窗的线条可能会深浅不同,但这种现象不影响检测结果的判读。

6.2 如质控窗内无线条出现,则应使用新检测板再次进行检测(在3h内剩余的提取混合液仍可供检测使用)。

6.3 如遇强阳性的提取液有可能未到15min即在结果窗内形成一条线,但应待确认检测板质量合格后才能报告结果。

7 质量控制

7.1 质控要求

7.1.1 按试剂盒内要求:用盒中的质控物作阴、阳性对照。

7.1.2 质控频率:新批号试剂需进行质控试验,同一批号试剂盒应每月进行一次质控试验,并于《中山市人民医院检验医学中心衣原体试剂质控记录表》形成记录。

7.2 阳性对照试验操作步骤:在提取试管中滴入5滴阳性对照(2号试剂),然后加入提取

	文件编号：
第十节　免疫层析法检测沙眼衣原体抗原	版本号：
	页码:第　页　共　页

试剂(1号试剂)至标线,晃动试管以混合试剂,随即将混合试剂放入(80±2)℃恒温加热器中加热10～12min,然后在室温下冷却5min,按4.3步骤完成检测程序,并按5步骤判读结果,在结果窗和质控窗内都出现线条即表示结果在控。

7.3 阴性对照试验操作步骤:在提取管中仅加1号试剂按上述提取和检测步骤进行,检测结果为检测条控制窗有线条而结果窗未出现线条,表示阴性对照试验结果在控。

8 试验方法的局限性

8.1 立明男女两用衣原体快速检测试剂盒仅适用于女性宫颈拭子标本和男性尿液标本。对于取自其他部位的标本,检测效果仍未明确。

8.2 此检测法不能区分病原携带者与感染者,也不能区分活性衣原体与非活性衣原体。

8.3 如提取液中抗原含量低于检测的灵敏度要求,可能得出假阴性结果。

8.4 标本采集不当可能会产生假阴性结果。

8.5 如使用试剂盒检测结果为阴性,而患者临床症状持续不退,则应采用培养法进行检测确认。

8.6 如检测板包装受损或受潮则不能用于试验。

9 临床意义

沙眼衣原体为细胞内寄生的病原体,可引起多种不同的疾病,多见沙眼、结膜炎和泌尿生殖道感染,此试剂盒仅适用于泌尿生殖道感染标本的检测。沙眼衣原体引起泌尿生殖道感染主要是经性接触途径传播,也可为非性接触方式感染,是引起非淋球菌性尿道炎的最主要病原体。

沙眼衣原体泌尿生殖道感染分为无症状与有症状两类,约有2/3女性与1/2男性感染后无明显症状,这类人将是更危险的传染源。有症状者多表现为泌尿生殖道分泌物异常、尿痛、尿灼热感、下腹痛或性交痛。男性患者通常表现为尿道炎,不经治疗则会转为慢性感染,呈周期性加重。女性患者表现为尿道炎、宫颈炎、输卵管炎和盆腔炎等,孕妇感染后可引起胎儿或新生儿感染,偶可引起胎儿死亡。

10 质量记录表

JYZX-XJ-TAB-047《中山市人民医院检验医学中心沙眼衣原体试剂质控记录表》(表11-10-1)。

11 参考文献

[1]　Unipath 有限公司. 沙眼衣原体检测试剂盒使用说明书.

第十节　免疫层析法检测沙眼衣原体抗原	文件编号：
	版本号：
	页码:第　页　共　页

表 11-10-1　中山市人民医院检验医学中心沙眼衣原体试剂质控记录表

部门：　　　年　　月　　　　　　　　　　　　　　表格编号:JYZX-XJ-TAB-047

日期	阳性质控结果	阴性质控结果	在控与否	失控原因描述	纠正措施	操作者	备注

　　结果一栏填写生长(＋)或不生长(－)，特殊情况填写在备注一栏，如为新批号试剂的质控试验及试剂批号等

　　　　编写:卢兰芬　　　　　审核:兰海丽　　　　　批准:张秀明

第十二章

其他感染性疾病免疫学
检验操作程序

Chapter **12**

文件编号：	
版本号：	
页码:第 页 共 页	

第一节 抗肺炎支原体抗体测定

1 原理

SERODIA-MYCO Ⅱ是一种体外检测肺炎支原体抗体的诊断试剂,该试剂是用肺炎支原体细胞膜成分致敏的人工明胶颗粒。反应原理是依据当人血清存在有肺炎支原体抗体时,致敏颗粒与其发生肉眼能看到的凝集反应,从而协助诊断人体有无感染肺炎支原体。

2 标本采集

2.1 采集容器

干燥无抗凝试管。

2.2 标本采集

无菌操作采集静脉血 2~3ml。

2.3 标本的要求

标本要求是血清,不能混有红细胞等有形成分,避免溶血或血清反复冻融。

2.4 标本的保存

不能及时检测的标本可置于 2~8℃冰箱短期保存。

3 试剂

3.1 试剂组成

日本富士瑞必欧株式会社生产的肺炎支原体抗体检测试剂盒(被动凝集法),其中包括血清稀释液、致敏颗粒(冻干粉)、非致敏颗粒(冻干粉)、阳性对照、25μl 滴管。

3.2 试剂的储存

所有试剂 2~8℃保存,有效期内使用,用前必须混匀。

4 仪器

37℃水浴箱、振荡器。

5 操作程序

5.1 试剂的准备包括致敏颗粒的复溶,加 1.5ml 稀释液进行稀释复溶,静置至少 30min;非致敏颗粒的复溶,加 0.5ml 稀释液进行稀释复溶,静置至少 30min。

5.2 用微量滴管取血清稀释液 4 滴(100μl)滴入 U 型稀释板第 1 孔中,从第 2~4 孔各滴 1 滴(25μl)。

5.3 用微量移液管取样品 25μl 滴入第 1 孔中混匀,然后从第 1 孔吸 25μl 至第 2 孔中混匀,以此类推直到第 4 孔。

5.4 用滴管(试剂盒提供)在第 2 孔中滴入 1 滴(25μl)未致敏粒子,在第 3、4 孔中各滴入 1 滴(25μl)致敏粒子。

5.5 在振荡器上混匀 30s,加盖水平静置于室温(15~30℃),3h 后记录读取结果。

5.6 每次试验必须同时设阴阳对照。

6 结果判断

6.1 反应图像的判定

第一节 抗肺炎支原体抗体测定

文件编号：	
版本号：	
页码：第 页 共 页	

按照表 12-1-1 进行。

表 12-1-1 反应图像的判定

反应图像	判　定
粒子成纽扣状聚集，呈现出外周边缘均匀且平滑的圆形	（一）
粒子成小环状，呈现出外周边缘均匀且平滑的圆形	（±）
粒子环明显变大，其外周边缘不均匀且杂乱的凝集在周围	（＋）
产生均一的凝集，凝集粒子在底部整体上呈膜状延展	（╫）

6.2 结果判读

6.2.1 阳性：当未致敏粒子（最终稀释倍数 1∶20）的反应图像判定为（一），致敏粒子（最终稀释倍数 1∶40 以上）的反应图像判定为（＋）时，最终结果判定为阳性。

6.2.2 阴性：无论未致敏粒子呈何种反应图像，只要致敏粒子（最终稀释倍数 1∶40）的反应图像显示为（一），最终结果判定为阴性。

6.2.3 弱阳性：未致敏粒子（最终稀释倍数 1∶20）的反应图像判定为（一）且致敏粒子（最终稀释倍数 1∶40）的反应图像判定为（±），最终结果判定为弱阳性。

7 注意事项

7.1 血清样品应新鲜，血浆样品应剥离纤维蛋白，避免使用溶血或反复冻溶的血清。

7.2 必须严格按照试剂说明书进行试验操作。

7.3 使用前应充分混匀致敏粒子和未致敏粒子。

7.4 在滴加致敏粒子和未致敏粒子后应充分混匀微量反应板各孔中的内容物。

7.5 静置期间，微量反应板要加盖并避免振荡。

7.6 不同批次试剂不可混用。

7.7 冻干试剂复溶后必须尽快使用，复溶后的试剂在 2～10℃最多可存放 5d。

7.8 避免冻结试剂盒内试剂。

8 临床意义

8.1 肺炎支原体（mycoplasma pneumonia）是引起肺炎支原体肺炎感染的病原体。此支原体经飞沫传播，肺炎支原体肺炎多发生在夏末秋初季节，呈间歇性流行。本病约占非细菌性肺炎的 1/3 以上，或各种原因引起的肺炎的 10%。病变从上呼吸道开始，有充血、单核细胞浸润，向支气管和肺蔓延，呈间质性肺炎或斑片融合性支气管肺炎。

8.2 人体感染肺炎支原体后，能产生特异性 IgM 和 IgG 类抗体。IgM 类抗体出现早，一般在感染后 1 周出现，3～4 周达高峰，以后逐渐降低。由于肺炎支原体感染的潜伏期为 2～3 周，当患者出现症状而就诊时，IgM 抗体已达到相当高的水平，因此 IgM 抗体阳性可作为急性期感染的诊断指标。如 IgM 抗体阴性，则不能否定肺炎支原体感染，需检测 IgG 抗体。IgG 较 IgM 出现晚，需动态观察，如显著升高提示近期感染，显著降低说明处于感染后期。

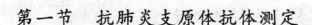

	文件编号：
第一节 抗肺炎支原体抗体测定	版本号：
	页码:第 页 共 页

由此提示 IgG 与 IgM 同时测定,可提高诊断率,达到指导用药、提高疗效之目的。

8.3 肺炎支原体肺炎一般起病缓慢,有乏力、头痛、咽痛、咳嗽、发热、纳差、胸肌痛等,可在 3~4 周自行消散,有半数病例则可无症状出现。病人中以儿童和青少年居多,婴儿有间质性肺炎时应考虑支原体肺炎的可能性。儿童肺炎支原体肺炎可并发鼓膜炎和中耳炎,当伴有血液(急性溶血、血小板减少性紫癜)或神经(周围性神经炎、胸膜炎等)等并发症或雷诺现象(受冷时四肢间歇苍白或发绀并感疼痛)时,则病程延长。早期使用适当的抗生素可以减轻症状,可缩短病程至 7~10d。

9 参考文献

[1] 日本富士瑞必欧株式会社.肺炎支原体抗体检测试剂盒(被动凝集法)说明书.

[2] 叶应妩,王毓三,申子瑜.全国临床检验操作规程.3 版.南京:东南大学出版社:2006:640.

编写:傅冰洁　　　　审核:熊继红　　　　批准:张秀明

	文件编号：
第二节　抗伤寒和副伤寒沙门菌抗体测定	版本号：
	页码：第　页　共　页

1 原理

用已知的伤寒沙门菌菌体(O)抗原和鞭毛(H)抗原，以及引起副伤寒的甲型副伤寒沙门菌、肖氏沙门菌和希氏沙门菌 H 抗原的系列稀释诊断菌液与被检血清做平板滴定凝集试验，检测患者血清中有无相应抗体及判断其效价，来协助判断机体是否受沙门菌感染而导致肠热症并判别沙门菌的种类。

2 标本采集

2.1 采集容器

干燥无抗凝试管。

2.2 采集方法与标本量

无菌操作采取静脉血 2～3ml，注入干燥无抗凝试管送检。

2.3 采集时间

发热高峰期时或发病的 1 周内，若动态观察病情时则可在病程中逐周复查。

2.4 标本处理

血标本应尽快送检，不能及时检测的标本可置于 2～8℃保存。

3 试剂

3.1 试剂组成

宁波天润生物药业有限公司生产的伤寒、副伤寒及变形菌 OX19、OX2、OXK 诊断菌液，其中肥达诊断试剂包括伤寒 O901 诊断菌液、伤寒 H901 诊断菌液、甲型副伤寒诊断菌液、乙型副伤寒诊断菌液、丙型副伤寒诊断菌液和生理盐水。

3.2 试剂的储存

未开启的试剂于 2～8℃保存，有效期内使用。

4 仪器

37℃水浴箱、振荡器。

5 操作程序

5.1 从冰箱中取出试剂盒并恢复至室温，准备滴定反应平板 1 个。

5.2 肥达诊断菌液以生理盐水 10 倍（即 1ml 诊断菌液＋9ml 生理盐水稀释）稀释成含菌 $7.0 \times 10^8/\text{ml}$ 的悬液。

5.3 在平板两侧第 1 孔（自下到上）各加生理盐水 950μl，两列后面孔各加生理盐水 500μl。

5.4 在平板两侧第 1 孔各加被检血清 50μl，混匀后吸取 500μl 至同列第 2 孔（自下到上），依此做倍比稀释，最后 1 孔弃混合液 500μl，第 1～5 行（自下到上），血清稀释倍数分别是 1:20、1:40、1:80、1:160 和 1:320。

5.5 同行第 2 孔（自左至右）至第 6 孔各加两侧孔内混合液 100μl。

<table>
<tr><td rowspan="3">第二节　抗伤寒和副伤寒沙门菌抗体测定</td><td>文件编号：</td></tr>
<tr><td>版本号：</td></tr>
<tr><td>页码:第　页　共　页</td></tr>
</table>

5.6 第 7 列各孔各加生理盐水 $100\mu l$ 做阴性对照。

5.7 第 2～7 列各加入已混匀的伤寒 O901、伤寒 H901、甲型副伤寒、乙型副伤寒、丙型副伤寒诊断菌液 $100\mu l$。

5.8 将平板放置在振荡器上充分振荡后，加盖，放置于 37℃ 水浴箱 16～20h，在光亮处判定结果。

6 结果判读

6.1 阴性孔底部为一沉淀点或呈均匀浑浊液，无凝集现象。

6.2 阴性对照应无凝集现象。

6.3 阳性以能出现"十"凝集现象的血清最高稀释度为该血清的凝集效价，根据凝集反应的强弱分别判断如下："卌"上层液体澄清，细菌凝集块全部沉于锥形孔底；"卅"上层液体轻度浑浊，凝集块沉于锥形孔底；"十十"上层液体中度浑浊，锥形孔底有明显的凝集块；"十"上层液体浑浊，锥形孔底仅有少量凝集块。

7 注意事项

7.1 菌液与相应血清凝集效价应不低于血清原效价之半。

7.2 伤寒、副伤寒与各诊断血清的交叉凝集效价应不高于 1∶100 倍稀释。

7.3 从水浴箱中取出平板后，避免振荡，在光亮处先观察孔底凝集状态，然后轻轻振动判定结果。

7.4 菌液稀释后应及时使用，用前应充分摇匀，如出现自凝者不可使用。

7.5 防止冻结，并在有效期内使用。

8 临床意义

8.1 肠热症是由伤寒沙门菌和副伤寒的甲型副伤寒沙门菌、肖氏沙门菌和希氏沙门菌感染引起的，病程长。由于目前抗生素的普遍使用，肠热症的症状常不典型，临床标本的培养阳性率低，因此肥达试验仍有其协助诊断意义，但肥达试验结果的解释必须结合临床表现、病程、病史及地区流行病学情况。

8.2 抗 O 效价＞1∶80，说明可能有沙门菌感染，在此基础上，H 抗体高于 1∶160 时可判断伤寒沙门菌感染；引起副伤寒的沙门菌 H 凝集效价＞1∶80 才有辅助诊断意义。要注意效价的地区性，也即正常人体内抗体的滴度。在日常生活中与沙门菌接触机会较多者，这样的人血清中往往都含有沙门菌抗体，而且这种抗体的凝集价也因各地的流行情况不同而异，故应对本地区居民血清中沙门菌抗体的凝集价有所了解。

8.3 动态观察:注意病程，通常抗体在患病 1 周后才产生，以后逐渐增多，故在患病的初期检查抗体，伤寒、副伤寒的抗体凝集价往往在正常范围内。伤寒病发病第 1 周肥达反应阳性率为 50％～80％，第 2 周为 80％，第 3 周后更高。所以在病程的不同时期（早期及中期或末期）相隔 5～7d，连续进行血清学的检查。如果血清滴度逐次递增，或恢复期效价较初期升高到 4 倍以上就更有诊断价值。

第二节 抗伤寒和副伤寒沙门菌抗体测定	文件编号：
	版本号：
	页码：第　页　共　页

8.4 O抗体与H抗体的诊断意义 O抗体与H抗体凝集效价均超过正常值,则肠热症的可能性大;如两者都低,则患病可能性小;若O抗体不高H抗体高,可能是预防接种或非特异性回忆反应;如O抗体高H抗体不高,有可能是感染时期或与伤寒沙门菌O抗原有交叉反应的其他沙门菌感染。

8.5 有少数病例在疾病过程中,肥达试验结果均在正常范围,原因可能是早期使用抗生素治疗或患者免疫功能低下等所致。

9 参考文献

[1] 宁波天润生物药业有限公司.伤寒、副伤寒及变形菌OX19、OX2、OXK诊断菌液说明书.

[2] 叶应妩,王毓三,申子瑜.全国临床检验操作规程.3版.南京:东南大学出版社,2006:641.

[3] 贾文祥,陈锦英,江丽芳.医学微生物.北京:人民卫生出版社,2005:217.

编写:阚丽娟　　　　审核:熊继红　　　　批准:张秀明

第三节　抗立克次体抗体测定

1 原理

由于立克次体与变形杆菌的某些菌株的耐碱多糖部分有共同抗原,且变形杆菌易于培养,故可利用变形杆菌的菌体作为抗原,与病人血清进行试管凝集反应(称外斐试验),以检查血清中有无相应的抗体,辅助诊断立克次体感染。

2 标本采集

2.1 采集容器

干燥无抗凝试管。

2.2 采集方法与要求

无菌操作采集静脉血 $2\sim3$ml,注入干燥无抗凝试管送检。标本应尽快送检,不能及时检测的标本可置于 $2\sim8$℃短期保存。

2.3 采集时间

发热高峰期时或发病的 1 周内,最好是在抗生素使用之前采集外周血液标本;若动态观察病情时则可在病程中逐周复查。

3 试剂

3.1 试剂组成

宁波天润生物药业有限公司生产的伤寒、副伤寒及变形菌 OX19、OX2、OXK 诊断菌液,其中外斐氏诊断菌液包括变形菌 OX19 诊断菌液、变形菌 OX2 诊断菌液、变形菌 OXK 诊断菌液和生理盐水。

3.2 试剂的储存

未开启的试剂于 $2\sim8$℃保存,有效期内使用。

4 仪器

37℃水浴箱、振荡器。

5 操作程序

5.1 从冰箱中取出试剂盒并恢复至室温,准备滴定反应平板 1 个。

5.2 外斐诊断菌液以生理盐水 10 倍(即 1ml 诊断菌液＋9ml 生理盐水稀释)稀释成含菌 7.0×10^8/ml 的悬液。

5.3 在平板两侧第 1 孔(自下到上)各加生理盐水 950μl,两列后面各孔各加生理盐水 500μl。

5.4 在平板两侧第 1 孔各加被检血清 50μl,混匀后吸取 500μl 至同列第 2 孔(自下到上),依此做倍比稀释,最后 1 孔弃混合液 500μl,第 $1\sim5$ 行(自下到上),血清稀释倍数分别是 1:20、1:40、1:80、1:160、1:320。

5.5 同行第 2 孔(自左至右)至第 6 孔各加两侧孔内混合液 100μl。

5.6 第 7 列各孔各加生理盐水 100μl 做阴性对照。

第三节　抗立克次体抗体测定	文件编号： 版本号： 页码：第　页　共　页

5.7 第 2～4 列各加入已混匀的变形菌 OX19、变形菌 OX2、变形菌 OXK 诊断菌液 100μl。

5.8 将平板放置在平板振荡器上充分振荡后，加盖，置于 37℃水浴箱 16～20h 后判定结果。

6 结果判读

6.1 阴性孔底部为一沉淀点或呈均匀浑浊液，无凝集现象。

6.2 阴性对照应无凝集。

6.3 阳性以能出现"＋"凝集现象的血清最高稀释度为该血清的凝集效价，根据凝集反应的强弱分别判断如下："卌"上层液体澄清，细菌凝集块全部沉于锥形孔底；"卅"上层液体轻度浑浊，凝集块沉于锥形孔底；"艹"上层液体中度浑浊，锥形孔底有明显的凝集块；"＋"上层液体浑浊，锥形孔底仅有少量凝集块。

7 注意事项

7.1 菌液与相应血清凝集效价应不低于血清原效价之半。

7.2 变形菌与各诊断血清的交叉凝集效价应不高于 1:40 倍稀释。

7.3 从水浴箱中取出平板后，避免振荡，在光亮处先观察孔底凝集状态，然后轻轻振动判定结果。

7.4 菌液稀释后应及时使用，用前应充分摇匀，如出现自凝者不可使用。

7.5 防止冻结，并在有效期内使用。

8 临床意义

8.1 外斐氏试验是协助诊断立克次体病（如流行性斑疹伤寒、地方性斑疹伤寒和恙虫病）的常用方法，但不能诊断 Q 热、壕热和立克次体。该试验的结果应结合流行病学与临床症状进行分析解释。

8.2 OX19、OX2、OXK 效价超过 1:160，有辅助诊断意义。双份血清应以效价升高 4 倍方可作为新近感染立克次体的指标。单份血清凝集效价超过 1:160 时才有诊断意义，一般斑疹伤寒病人的凝集效价上升很快，在第 2 周末即可高达数千，恢复期效价则迅速下降。

8.3 普氏立克次体引起的流行性斑疹伤寒，患者血清 OX19 效价超过 1:160；恙虫病患者血清 OXK 效价超过 1:160。

9 参考文献

［1］ 宁波天润生物药业有限公司.伤寒、副伤寒及变形菌 OX19、OX2、OXK 诊断菌液说明书.

［2］ 叶应妩,王毓三,申子瑜.全国临床检验操作规程.3 版.南京:东南大学出版社,2006;641.

［3］ 贾文祥,陈锦英,江丽芳.医学微生物.北京:人民卫生出版社,2005:301.

编写：阚丽娟　　　　审核：熊继红　　　　批准：张秀明

文件编号：	
版本号：	
页码:第　页　共　页	

第四节　抗结核分枝杆菌抗体 IgG 测定

1 原理

当测试样本从样本孔向上迁移时,固定在玻璃纤维膜上的结核抗原会与待测样本中的特异性抗结核抗体形成抗原-抗体复合物。这种复合物再与标记有相应二抗的胶体金结合,形成肉眼可见的紫红色条带,质控线上的蛋白 A 也同时与金标二抗结合作为样本正确加入的标记。

2 标本采集

2.1 采集容器

干燥无抗凝试管。

2.2 采集方法与要求

无菌操作采集静脉血 2～3ml,注入干燥无抗凝试管送检。标本应尽快送检,不能及时检测的标本可置于 2～8℃短期保存。

3 试剂

3.1 试剂组成

MP 生物医学亚太私人有限公司生产的结核分枝杆菌抗体(IgG)检测试剂盒(胶体金法),其中包括试验反应板、缓冲液、加样管。

3.2 试剂的储存

未开启的试剂于 2～28℃保存,有效期内使用。

4 操作步骤

4.1 测试前将样本与结核分枝杆菌抗体(IgG)试验反应板块放于室温,使其恢复至室温。试剂盒储存于 18～28℃,则可省略此步。

4.2 用滴管吸取样本(血清或血浆),垂直加 25μl 至试验反应板的样本孔中。若全血,则加 35μl 至样本孔中并继续追加 1 滴缓冲液。

4.3 样本开始向上迁移,直至样本前沿到达蓝色指示线,加 3 滴缓冲液于试验反应板前端的圆孔中。

4.4 拉出标有"TB"字样的标签直至感到阻力,加入 1 滴缓冲液于样本孔,开始计时,15min 时判断结果。

5 结果判读

5.1 阴性

质控线处(C)出现一条色条带,测试线处(T)无条带出现。

5.2 阳性

质控线处(C)出现一条色条带,测试线处(T)亦出现一条清晰可辨的有色条带。

5.3 判读时间

所有试验必须在 15min 内读取结果,超过 15min 后的结果无临床意义。

第四节　抗结核分枝杆菌抗体 IgG 测定	文件编号:
	版本号:
	页码:第　页　共　页

6 注意事项

6.1 应严格按照操作规程操作,操作偏差可导致错误的检测结果。

6.2 试剂盒存放于 2～28℃ 环境中,使用前将试剂盒置于室温下平衡。

6.3 不同批号的试剂盒不能混用。

6.4 溶血标本不能进行检测。

6.5 当用本试剂结果判定不清时,使用其他方法(如 FTA-ABS 等)复查。

6.6 蓝色指示线中含有一种蓝色染料,此为使用前唯一可见的条带,每次试验反应板结果 C 处应出现一条对照线。否则实验反应板的结果为无效。

6.7 注意血清免疫反应中的前带现象。

6.8 注意操作者的自身防护和生物安全,使用后所有物品,均应视为潜在生物危害的传染性废物处理。

7 临床意义

结核杆菌是一种细胞内寄生菌,进入机体后可诱导机体产生抗感染的细胞免疫,同时也能产生抗结核杆菌的抗体反应。在结核病程中,通常发生细胞与体液免疫反应的分离现象,即活动性肺结核病细胞免疫功能降低,抗结核抗体滴度升高。结核分枝杆菌抗体检测胶体金法是一种简便、快速且特异性和灵敏度较高检测结核抗体的免疫学方法,对活动性结核具有较高诊断价值。

8 参考文献

[1]　MP 生物医学亚太私人有限公司 . 结核分枝杆菌抗体(IgG)检测试剂盒(胶体金法)说明书。

[2]　叶应妩,王毓三,申子瑜 . 全国临床检验操作规程 . 3 版 . 南京:东南大学出版社,2006:646.

编写:卢建强　　　　审核:熊继红　　　　批准:张秀明

第五节　九项呼吸道感染病原体 IgM 抗体测定	文件编号：
	版本号：
	页码：第　页　共　页

1 原理

利用间接免疫荧光法(IFA)。待测样本中的特异性 IgM 抗体与吸附在载玻片上的抗原发生反应,而未与抗原结合的免疫球蛋白在洗涤步骤中除去。抗原-抗体复合物与加入的荧光素标记抗人球蛋白反应而显示荧光。用免疫荧光显微镜观察结果。

2 标本采集

通过无菌静脉穿刺采集抗凝静脉血 2～3ml。血清样本 2～8℃可稳定 7d,超过 7d 则应在－20℃保存。勿反复冻融以防止免疫球蛋白特别是 IgM 的滴度降低。实验使用离心所得的澄清血清,避免使用高血脂或被污染的血清。

3 试剂

郑州安图绿科生物工程有限公司提供的九项呼吸道感染病原体 IgM 抗体检测试剂盒(间接免疫荧光法)。

4 仪器

OLYMPUS BX51 荧光显微镜。

5 操作步骤

5.1 使用前,将所有试剂平衡至室温。载玻片平衡至室温后再打开。

5.2 样本的稀释:按 1:1 比例稀释血清样本,即 25μl 血清加入 25μl 经配制的 PBS ②中。阴阳性对照③④不需要稀释。

5.3 用抗人 IgG 吸附剂⑦处理稀释后的血清,将 30μl 稀释后的血清加入 150μl 吸附剂中,彻底混匀。阴阳性对照③和④不需吸附剂处理。处理后的血清约10 000r/min 离心 10～15min 除去沉淀,以防干扰检测。

5.4 在载玻片①的每孔中加 15μl 吸附剂处理过的血清(一份样本对应一个载玻片)。在一个载玻片的每孔中加入 15μl 不稀释的阳性对照③,在另一个载玻片的每孔中加入 15μl 不稀释的阴性对照④。

5.5 将载玻片放入湿盒中,37℃温育 60min。

5.6 用 PBS ②缓慢冲洗载玻片①(避免直接冲入孔内)后,浸泡在 PBS 中并放置在水平摇床上轻轻摇动 10min。再用蒸馏水缓慢冲洗载玻片(避免直接冲入孔内)。

5.7 载玻片①自然晾干。

5.8 每孔加入 15μl 抗人 IgM FITC 结合物溶液⑤(不需稀释)。

5.9 将载玻片放入湿盒,37℃温育 30min。

5.10 重复以上 5.6 和 5.7 的洗涤步骤。

第五节 九项呼吸道感染病原体 IgM 抗体测定

5.11 在载玻片上加几小滴封闭介质 6 ，小心盖上盖玻片，使封闭介质完全覆盖每孔。

5.12 尽快用荧光显微镜在 400 倍放大率下观察结果。如果不能立即观察，可将载玻片避光于 2~8℃保存，但不得超过 24h。

6 质量控制及样本结果判断

6.1 每一批试剂在出厂前都经过厂家严格的内部质量控制检验。质控品可溯源到经过内部确认的参考血清盘。

6.2 每次试验都应设立阳性和阴性对照，以确保试验和试剂盒的有效性。观察到的荧光模式如下：

a)阳性对照或样本阳性结果：腺病毒、流感病毒、呼吸道合胞病毒或副流感病毒对阳性质控的 1%~15%细胞出现苹果绿细胞核、胞质或胞膜荧光（在副流感病毒和呼吸道合胞病毒中能同时观察到着色的合胞）；军团菌、衣原体或立克次体中所有的细菌呈现出苹果绿荧光；支原体对阳性质控在细胞外围呈现苹果绿色荧光。

b)阴性对照或样本阴性结果：军团菌、肺炎衣原体和立克次体无荧光，支原体、腺病毒、甲型和乙型流感病毒、呼吸道合胞病毒和副流感病毒的细胞呈现红色。

7 检验结果的解释

7.1 如果所有细胞或第 10 孔（质控孔）出现荧光表明存在抗核抗体或抗细胞抗体，不能判为阳性，应使用其他方法进行检测。当质控孔中有荧光时一定要查明病因。

7.2 由于非军团菌感染的病人中经常出现交叉抗体，军团菌阳性结果需结合临床症状综合评价。建议做较高稀释度的检测来提高阳性预测值。

7.3 与说明书中所列结果不同不能判为阳性。

7.4 在初次感染和再次感染的过程中，IgG 和 IgM 抗体有不同的表现方式。初次感染时，几乎在所有的情况下 IgM 和 IgG 均出现（IgM 早于 IgG 出现）；而再次感染时可能不出现 IgM，因此 IgG 的检测是唯一有用的诊断方法。在许多疾病中病人的一生都可能存在高滴度的 IgG，而 IgM 一般情况下仅在感染后 2~3 个月存在于血清中，因此是近期感染的一个有效标志物。

8 九种病原体 IgM 抗体阴性及阳性结果的荧光染色图谱

8.1 阳性结果图谱

见图 12-5-1。

8.2 阴性结果图谱

见图 12-5-2。

第五节 九项呼吸道感染病原体 IgM 抗体测定

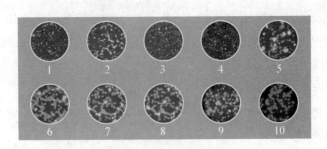

图 12-5-1 阳性结果图谱

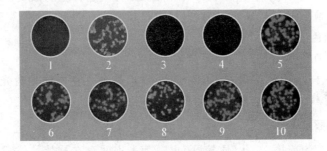

图 12-5-2 阴性结果图谱

9 检验方法的局限性

9.1 仅用于检测人血清。

9.2 样本的检测结果应与临床症状及其他诊断方法结合使用。

9.3 本检测不能指出感染部位。

9.4 抗体水平无显著上升时不能排除感染的可能性。

9.5 单一样本抗体检测结果不能帮助作出近期感染的诊断时,应采集双份样本(急性期和康复期)同时检测观察血清转化或抗体水平的明显升高。

9.6 对自身免疫性疾病的患者,用 IFA 检测时,支原体、腺病毒、流感病毒、呼吸道合胞病毒和副流感病毒,会在细胞上发生非特异性反应,因此,自身免疫性疾病患者不能用本方法作出诊断。在嗜肺军团菌和 Q 热立克次体中,有时血清会含有与卵抗原反应的抗体,所以使用卵黄囊固定抗原会出现非特异性荧光。当出现这种情况时,该血清就不能用 IFA 进行分析。

9.7 未对本检测在疗效随访方面的性能做过评估。

9.8 除了肺炎外,未对本技术在肺炎衣原体引起的其他疾病方面的性能做过评估。

10 性能指标

10.1 灵敏度和特异性

第五节　九项呼吸道感染病原体 IgM 抗体测定	文件编号：
	版本号：
	页码:第　页　共　页

10.1.1 嗜肺军团菌血清 1 型:与另一个 IFA 试剂盒对照检测 82 份血清样本,结果见表 12-5-1。

表 12-5-1　结果 1

	样本数	灵敏度	特异性
IgM	82	94.4%	98.4%

有非特异性反应的血清从最终计算中删除。

10.1.2 肺炎支原体:与一种 ELISA 试剂盒对照检测 62 份血清样本,结果见表 12-5-2。

表 12-5-2　结果 2

	样本数	灵敏度	特异性
IgM	62	96.8%	100.0%

有非特异性反应的血清从最终计算中删除。

10.1.3 Q 热立克次体:与另一个 IFA 试剂盒对照检测 74 份血清样本,结果见表 12-5-3。

表 12-5-3　结果 3

	样本数	灵敏度	特异性
IgM	74	100.0%	97.6%

有非特异性反应的血清从最终计算中删除。

10.1.4 肺炎衣原体:与另一个 IFA 试剂盒对照检测 61 份血清样本,结果见表 12-5-4。

表 12-5-4　结果 4

	样本数	灵敏度	特异性
IgM	61	100.0%	98.0%

有非特异性反应的血清从最终计算中删除。

10.1.5 腺病毒:与一种 ELISA 试剂盒对照检测 74 份血清样本,结果见表 12-5-5。

表 12-5-5　结果 5

	样本数	灵敏度	特异性
IgM	74	85.7%	97.0%

第五节　九项呼吸道感染病原体 IgM 抗体测定	文件编号：
	版本号：
	页码:第　页　共　页

有非特异性反应的血清从最终计算中删除。

10.1.6 呼吸道合胞病毒:与一种 ELISA 试剂盒对照检测 97 份血清样本,结果见表 12-5-6。

表 12-5-6　结果 6

	样本数	灵敏度	特异性
IgM	97	93.8％	100.0％

有非特异性反应的血清从最终计算中删除。

10.1.7 甲型流感病毒:与一种 ELISA 试剂盒对照检测 46 份血清样本,结果见表 12-5-7。

表 12-5-7　结果 7

	样本数	灵敏度	特异性
IgM	46	94.1％	96.4％

有非特异性反应的血清从最终计算中删除。

10.1.8 乙型流感病毒:与一种 ELISA 试剂盒对照检测 40 份血清样本,结果见表 12-5-8。

表 12-5-8　结果 8

	样本数	灵敏度	特异性
IgM	40	100.0％	96.4％

有非特异性反应的血清从最终计算中删除。

10.1.9 副流感病毒 1、2 和 3 型:与一种 ELISA 试剂盒对照检测 36 份血清样本。结果见表 12-5-9。

表 12-5-9　结果 9

	样本数	灵敏度	特异性
IgM	36	100.0％	96.3％

有非特异性反应的血清从最终计算中删除。

10.2 精密度

10.2.1 分析内精密度:在相同实验条件下由同一个操作人员在同一次试验中对 3 份血清(2 份阳性和 1 份阴性)分别进行 5 组加样检测。结果:滴度变化不超过一个稀释度。

10.2.2 分析间精密度:在 5 种不同条件下(不同操作人员或不同试验日期)对 3 份血清

第五节 九项呼吸道感染病原体 IgM 抗体测定	文件编号：
	版本号：
	页码：第 页 共 页

(2 份阳性和 1 份阴性)进行检测。结果：滴度变化不超过一个稀释度。

10.3 交叉反应和干扰

10.3.1 嗜肺军团菌血清 1 型：检测 20 份细菌综合病症组(肺炎支原体、肺炎衣原体和 Q 热立克次体)，革兰阴性细菌(布鲁菌、沙门菌)和抗核抗体阳性血清样本。

10.3.2 肺炎支原体：检测 12 份细菌综合病症组(嗜肺军团菌、肺炎衣原体和 Q 热立克次体)阳性血清样本。

10.3.3 Q 热立克次体：检测 20 份细菌综合病症组(肺炎支原体、肺炎衣原体和嗜肺军团菌)，同种属的细菌(发疹伤寒等的病原体)和抗核抗体阳性血清样本。

10.3.4 肺炎衣原体：检测 20 份细菌综合病症组(嗜肺军团菌、Q 热立克次体和肺炎支原体)，同种属的细菌(发疹伤寒等的病原体)和抗核抗体阳性血清样本。

10.3.5 腺病毒：检测 8 份病毒综合病症组(RSV、甲型和乙型流感病毒和副流感病毒)阳性血清样本。

10.3.6 呼吸道合胞病毒：检测 10 份病毒综合病症组(腺病毒、甲型和乙型流感病毒和副流感病毒)，或根据病毒分类(麻疹)阳性血清样本。

10.3.7 甲型流感病毒：检测 8 份病毒综合病症组(RSV、乙型流感病毒、腺病毒和副流感病毒)阳性的血清样本。

10.3.8 乙型流感病毒：检测 8 份病毒综合病症组(RSV、甲型流感病毒、腺病毒和副流感病毒)阳性血清样本。

10.3.9 副流感病毒血清 1、2 和 3 型：检测 8 份病毒综合病症组(RSV、甲型和乙型流感病毒和腺病毒)阳性血清样本。

结论：检测结果表明本试剂盒与上述参考品无交叉反应或干扰，从而证实了该试剂盒的特异性反应。

10.3.10 其他干扰研究：对 25 份类风湿因子阳性血清进行了 2 种病毒和 2 种细菌抗原 IgG 和 IgM 抗体的检测。对另外 2 份血清进行了每种抗原 IgG 和 IgM 抗体的检测。在 IgM 检测中，用抗 IgG 抗体对血清进行了吸附处理。结果显示，吸附剂可以有效避免类风湿因子的干扰。经验证，吸附剂也可以有效地避免 IgG 抗体过量造成的假阴性的干扰。

11 注意事项

11.1 实验中仅使用试剂盒内的组分，不要混用不同试剂盒或不同厂家的试剂组分。

11.2 每步操作必须使用干净吸头，仅使用干净的耗材，最好是一次性使用的耗材。

11.3 试剂盒中的吸附剂、结合物和质控血清含有动物源性物质，质控血清还含有人源性物质。尽管本试剂盒中的人血清质控品已经测试为 HBsAg、HCV 抗体和 HIV 抗体阴性，质控血清和病人样本仍应作为潜在感染性物质进行处理。孔内包被的经灭活的嗜肺军团菌血清 1 型、肺炎支原体、Q 热立克次体、肺炎衣原体、腺病毒、呼吸道合胞病毒、甲型流感病毒、乙型流感病毒和副流感病毒 1、2 和 3 型，也仍应视为具有潜在感染性并小心处置。目前没有方法可以确保这些或其他感染性物质不存在，因此所有的材料应视为具有潜在感染性进行处

第五节 九项呼吸道感染病原体 IgM 抗体测定	文件编号：
	版本号：
	页码：第 页 共 页

置,应遵守当地关于临床废弃物处理的法规。

11.4 结合物、吸附剂、封闭介质和质控品含有叠氮钠(浓度<0.1%),避免接触酸和重金属。

11.5 封闭介质含有甘油,请勿接触酸和暴露在高温下。

11.6 伊文斯蓝(浓度<0.1%)是一种致癌物。请勿接触皮肤和眼睛。万一接触到该溶液,用水彻底冲洗并到医院检查。

11.7 不遵守规定的温育时间和温度会导致错误的结果。

11.8 载玻片上病人样本交叉污染会导致错误结果,要小心操作防止发生。

11.9 显微镜光学系统、光源条件和类型会影响荧光质量。

11.10 不要将试剂不必要地放置在室温下过长的时间。

11.11 每个载玻片只能使用一次。不要分割,也不要再使用没有用过的孔。

11.12 试剂盒里的玻璃组分破碎时可能伤及身体,小心处理。

11.13 吸附剂加入样本后要注意观察是否有明显的沉淀出现。

12 临床意义

呼吸道感染是指病原体感染人体的鼻腔、咽喉、气管和支气管等呼吸系统。常见病因为病毒,少数由细菌引起。不仅具有较强的传染性,而且可引起严重并发症。9 项呼吸道感染病原体 IgM 抗体检测是采用间接免疫荧光法(IFA),同时检测人血清中呼吸道感染主要病原体的 IgM 抗体,可检的病原体包括嗜肺军团菌血清 1 型、肺炎支原体、Q 热立克次体、肺炎衣原体、腺病毒、呼吸道合胞病毒、甲型流感病毒、乙型流感病毒和副流感病毒 1、2 和 3 型。用于呼吸道感染疾病的辅助诊断。

13 参考文献

[1] 九项呼吸道感染病原体 IgM 抗体检测试剂盒说明书.

编写:罗锡华　　　　审核:熊继红　　　　批准:张秀明

第十三章

肿瘤免疫学检验操作程序

Chapter 13

第一节 EB病毒IgA抗体测定	文件编号：
	版本号：
	页码：第 页 共 页

1 原理

采用ELISA间接法检测人血清的EB病毒IgA抗体。包被抗原为EBNAI，以酶标抗人IgA作为第二抗体，与底物反应后测OD值，其颜色深浅与EB病毒IgA抗体含量成正比。

2 标本采集

采集无抗凝静脉血2～3ml，按《标本签收程序》签收，不合格标本按《不合格标本处理程序》给予回退并登记。不能及时检测的标本可置于2～8℃冰箱冷藏保存。

3 试剂及仪器

3.1 设备

MK3酶标仪、自动洗板机、恒温水浴箱。

3.2 试剂

采用中山生物生产的EB病毒NA1 IgA抗体诊断试剂盒。

3.2.1 EBV抗原包被板：直接使用，用前恢复至室温，2～8℃密封储存。

3.2.2 阴性、阳性对照血清：直接使用，用前恢复至室温，2～8℃密封储存。

3.2.3 酶结合物：直接使用，用前恢复至室温并摇匀，2～8℃密封储存。

3.2.4 标本稀释液：直接使用，用前恢复至室温并摇匀，2～8℃密封储存。

3.2.5 浓缩洗涤液：为25倍浓缩洗涤液。用前用蒸馏水或去离子水稀释。

3.2.6 底物A液、底物B液：直接使用，用前恢复至室温并摇匀，2～8℃密封储存。

3.2.7 终止液：直接使用。

3.3 控制品

使用试剂盒提供的阴阳对照作为比较，阳性对照为阳性，阴性对照为阴性。

4 操作步骤

4.1 开始

将标本按顺序从1号起编、离心，将所需数目的微孔板条移到板条框内。

4.2 洗液准备

缩洗涤液用蒸馏水25倍稀释混匀备用。

4.3 加标本稀释液

设空白、阴、阳性对照各1孔。仅样品孔加100μl标本稀释液。

4.4 加样

空白孔不加，阴、阳性对照孔直接加100μl；标本孔各加入5μl待测血清。充分振荡混匀。

4.5 孵育

37℃水浴孵育30min。

4.6 洗板

用自动洗板机洗板5次，每次停留10s。

4.7 加酶标记物

	文件编号：
第一节 EB 病毒 IgA 抗体测定	版本号：
	页码：第　页　共　页

空白孔不加；其余孔各加 50μl 酶标记物。

4.8 孵育

37℃水浴孵育 20min。

4.9 洗板

用自动洗板机洗板 5 次，每次停留 10s。

4.10 显色

加底物 A、B 液各 50μl/孔，37℃闭光显色 10min。

4.11 终止

加终止液 50μl/孔终止反应。

4.12 检测 OD 值

使用 MK3 酶标仪检测 OD 值。

4.13 仪器检测操作步骤

详见《雷博 Wellscan MK3 酶标分析仪操作程序》。

5 结果计算

判断本试验的临床意义，是采用预示 Cut-off 值和阳性 Cut-off 值。

5.1 预示 Cut-off 值

预示 Cut-off 值＝0.25＋阴性对照均值（该值不足 0.05 时按 0.05 计）。

5.2 阳性 Cut-off 值

阳性 Cut-off 值＝0.5＋阴性对照均值（该值不足 0.05 时按 0.05 计）。

5.3 以计算机判断结果的方式

S/CO 值≥1 为阳性，S/CO 值＜1 为阴性（S 为样品 OD 值，CO 为 Cut-off 值，本室 CO 用预示 Cut-off 值）。

6 结果报告及参考范围

6.1 结果报告

阳性/阴性。

6.2 参考范围

阴性。

7 质量控制

7.1 每批标本均做阴、阳性对照。要求阴性对照孔显示阴性；阳性对照孔显示阳性。否则为失控，检查失控原因。

7.2 阴、阳对照结果检测后登记于质控记录本中，发现失控时填写失控报告，并分析失控原因。

8 临床意义

本试验可用于早期筛查鼻咽癌患者，并对判断疗效与预后有一定帮助。对阳性患者应做

第一节　EB 病毒 IgA 抗体测定	文件编号：
	版本号：
	页码：第　页　共　页

动态测定,观察抗体效价消长情况。EB 病毒感染后,患者血清中均可出现 VCA 抗体。IgA 类抗体虽对鼻咽癌有较高的特异性,但需结合临床进行判断或做相应的追踪检查,必要时进行组织学检查。

9 参考文献

[1]　中山生物有限公司.EB 病毒 NA1 IgA 抗体诊断试剂盒说明书.

编写:卢建强　　　审核:熊继红　　　批准:张秀明

第二节 血清甲胎蛋白测定

文件编号：

版本号：

页码:第 页 共 页

1 原理

甲胎蛋白(alpha-fetoprotein,AFP)是单链糖蛋白,采用直接化学发光技术的双抗体夹心法进行检测。检测原理为用定量的抗体结合被检测抗原形成复合物。清色试剂里含有一种吖啶酯标记的近亲繁殖纯化的多克隆兔抗人 AFP 抗体,在固态相里含有一种单克隆鼠抗人 AFP 抗体,这种抗体与磁性炭粉颗粒共价结合。患者样品中存在的 AFP 和系统检测的相对光量值(RLU)之间存在直接关系。

2 标本采集

2.1 采集方法

空腹非抗凝静脉血 2～3ml。

2.2 标本处理

标本在离心机上以 2500～3000r/min 离心 6～10min,分离血清上机测定。

2.3 标本保存

室温保存,及时送检和检测,且不可使用在室温中保存 8h 以上的样本。若未能在 8h 内完成测试,应将样本密封并置 2～8℃下保存。样本置 4℃保存可稳定 24h;若 48h 内未进行测试,应离心将分离的血清置于－20℃或－70℃保存待测。血清只可冻融一次,在解冻后要充分混匀。

3 试剂

3.1 试剂

SIEMENS 原装配套试剂。

3.1.1 试剂组成:由 AFP Lite 试剂和 AFP 固相试剂组成。

a)AFPLite 试剂:吖啶酯标记的多克隆兔抗人 AFP 抗体($0.4\mu g$/管),含叠氮钠(0.13%)、防腐剂的缓冲液。

b)AFP 固相试剂:与磁性颗粒共价结合的单克隆鼠抗人 AFP 抗体($0.8\mu g$/管),含叠氮钠(0.11%)、防腐剂的缓冲液。

3.1.2 试剂准备:手工混合所有试剂包,肉眼检查试剂包底部,以确保所有磁粉微粒分散均匀并处于悬浮状态。然后将混合物载入系统直接使用。使用新批号试剂时,需在主界面选择 Calibration,选择 Master Curve Definition。在 Calibration-Master Curve 窗口,选择 Scan Data,用扫描器扫描主曲线,扫描后点击 SAVE(注意用扫描器扫描时,不能暂停或回扫,直至扫完条码为止)。

3.1.3 试剂储存:2～8℃冷藏保存,并保持吸样窗向上。

3.2 校准品

SIEMENS 原装配套校准品 Cal D。

3.3 质控品

SIEMENS 原装配套质控品 ligand plus 1、2、3。

| 文件编号： |
| 版本号： |
| 页码:第　页共　页 |

第二节　血清甲胎蛋白测定

4 仪器和校准

4.1 仪器

德国 SIEMENS ADVIA CENTAUR 全自动化学发光免疫分析仪。

4.2 校准品准备和贮存

将校准品从冰箱中取出,加 1.0ml 蒸馏水复溶,轻轻旋转摇匀,室温静置 30min,充分混匀后分装,-20℃冷冻可保存至少 20d,复融后 2~8℃可稳定 24h。

4.3 校准程序

4.3.1 校准条件:在室内质控失控、使用新批号试剂、更换仪器主要配件或进行大保养后均需进行校准。无特殊情况时校准周期为 28d。

4.3.2 校准程序:使用新批号校准液时,需在主界面点击 Calibration,选择 Calibrator Definition。在 Calibration-Calibrator Definition 窗口,选择 Scan Data,用扫描器扫描校准品曲线,扫描完毕,核对数据无误,保存数据。将复溶后的低、高水平校准品 D 置于样品架上,并确认低定标液放置在高定标液之前。在 Worklist 窗口,点击 Schedule→点击 Calibration,选择校准项目、校准品批号及试剂批号→点击 SAVE 保存。将已装载校准品的架子置于样品载入区,启动载入区运行 AFP 定标程序。

5 操作步骤

5.1 检测流程

签收标本→离心→上机检测→审核报告→标本保存。

5.2 样品签收

严格按标本接收程序签收标本。

5.3 标本处理

离心分离血清。

5.4 标本检测

5.4.1 手工编排测试项目:适用于无双向条形码标本或标本复查,在 Worklist 窗口,点击 Schedule→点击 Schedule by Rack,输入架子号,后加 A~E→点击 ENTER,输入 SID 号,选择项目组合或测试项目→点击 SAVE 保存。

5.4.2 双向条形码标本:分离血清后直接上机扫描条码进行检测。

5.4.3 运行:将已装载样品管的架子置于样品载入区,启动载入区。

5.5 检验后标本保存:标本检测完毕后加盖密封,按日期排放保存在标本冷库内,保存期为 7d。

6 质量控制

6.1 质控品准备和贮存

将质控品从冰箱中取出,加 5.0ml 蒸馏水复溶,轻轻旋转摇匀,室温静置 30min,充分混匀后分装,-20℃冷冻可保存至少 20d。复融后 2~8℃可稳定 24h。

第二节　血清甲胎蛋白测定

文件编号：
版本号：
页码:第　页　共　页

6.2 质控品水平和分析批长度

每 24 小时至少运行 1 批,每批 2 个浓度水平。

6.3 质控操作程序

将复融后的质控品装置样品管中,放置样品架上,在 Worklist 窗口,点击 Schedule→点击 Control→点击 Schedule by Rack,选择项目及质控品 ID 号,输入架子号及位置→点击 SAVE 保存。启动载入区开始运行 AFP 质控程序。

7 结果计算

仪器会自动计算标本的浓度。

8 性能参数

本方法线性为 $1.3\sim1\,000\mu g/L$,不准确度允许范围 $\bar{x}\pm12.5\%$,不精密度 CV<8.3%。对于超过测定线性范围的结果,用配套 AFP 稀释液对标本进行稀释后再检测,结果乘以稀释倍数。

9 注意事项

推荐选用血清。人血清中的嗜异性抗体可以与试剂免疫球蛋白发生反应,干扰活体外免疫检验。日常暴露于动物或动物血清产品的病人易于受到该干扰,检验中可能观察到异常值。胆红素>20mg/dl、血红蛋白>500mg/dl、脂血>1000mg/dl 有明显干扰。标本应避免乳糜、溶血、黄疸。

叠氮钠易与铜、铅形成易爆的金属叠氮化合物;处理废液时应用大量水冲洗稀释以防叠氮物的发生。试剂不能口服,如有沾至皮肤应立即用大量清水及肥皂水冲洗。所有试剂均应按照有潜在传染性物质处理。

10 生物参考区间

$0\sim20\mu g/L$。

11 临床意义

妊娠妇女的血和尿中 AFP 含量会持续增高,从妊娠 6 周开始合成,至 12~15 周达高峰;健康成年人血 AFP 浓度低于 $20\mu g/L$;AFP 是原发性肝癌最敏感、最特异的肿瘤标志物之一,血清 AFP 测定结果>$500\mu g/L$ 以上,或含量不断增高者,更应高度警惕。其他疾病如酒精性肝炎、肝硬化、急性病毒性肝炎、慢性活动性肝炎等 AFP 也可呈中、低水平和暂时性升高。AFP 是监测治疗效果或患者临床变化的一个良好指标。手术后血清 AFP 水平升高,提示肿瘤未完全切除或存在转移病灶;治疗后 AFP 水平的下降或升高,可确定治疗的成功或失败。对慢性乙型病毒性肝炎和慢性丙型病毒性肝炎患者,可定期测定 AFP 进行监测。

血清 AFP 水平升高超过 $400\mu g/L$ 持续 4 周,或 $200\sim400\mu g/L$ 持续 5 周以上,在排除其他因素后,结合影像学检查,高度提示为肝细胞性肝癌。20%~30%原发性肝细胞肝癌 AFP 不升高。胚胎细胞癌、胃癌、胆管癌、胰腺癌和肺癌 AFP 增高多数<$200\mu g/L$。

	文件编号：
第二节　血清甲胎蛋白测定	版本号：
	页码：第　页　共　页

其他疾病，如酒精性肝炎、肝硬化、急性病毒性肝炎、慢性活动性肝炎等 AFP 也可呈中、低水平和暂时性升高。羊水中 AFP 浓度与胎儿身长和孕周呈负相关，高于正常提示胎儿畸形、死胎、无脑儿和开放性神经管缺损等。

12 参考文献

[1]　德国西门子医疗保健诊断有限公司甲胎蛋白测定试剂盒说明书.

[2]　叶应妩,王毓三,申子瑜. 全国临床检验操作规程. 3 版. 南京:东南大学出版社,2006:689-690.

[3]　张秀明,李健斋,魏明竟,等. 现代临床生化检验学. 北京:人民军医出版社,2001:546-552.

编写:欧阳能良　　　　审核:温冬梅　　　　批准:张秀明

第三节　血清癌胚抗原测定

1 原理

癌胚抗原(CEA)是一种糖蛋白,通常发现在胚胎内胚层上皮细胞中,采用直接化学发光技术的双抗体夹心法进行检测。检测原理为用定量的抗体结合被检测抗原形成复合物。清色试剂里含有一种吖啶酯标记的纯化的多克隆兔抗人 CEA 抗体,在固态相里含有一种单克隆鼠抗人 CEA 抗体,这种抗体与磁性炭粉颗粒共价结合。患者样品中的 CEA 浓度和系统检测的光量值(RLUs)之间存在直接关系。

2 标本采集

2.1 采集方法

空腹非抗凝静脉血 2～3ml。

2.2 标本处理

标本在离心机上以 2500～3000r/min,离心 6～10min,分离血清上机测定。

2.3 标本保存

室温保存,及时送检和检测,且不可使用在室温中保存 8h 以上的样本。若未能在 8h 内完成测试,应将样本密封并置 2～8℃下保存。样本置 4℃保存可稳定 24h;若 48h 内未进行测试,应离心将分离的血清置于-20℃或-70℃保存待测。血清只能冻融一次,在解冻后要充分混匀。

3 试剂

3.1 试剂

SIEMENS 原装配套试剂。

3.1.1 试剂组成:由 CEA Lite 试剂和 CEA 固相试剂组成。

a)CEA Lite 试剂:CEA 抗体(1 000ng/管);含叠氮钠(0.12%)、蛋白稳定剂、防腐剂缓冲液。

b)CEA 固相试剂:与磁性颗粒共价结合的单克隆鼠抗人 CEA 抗体(1 500μg/管);含叠氮钠(0.11%)、蛋白稳定剂、防腐剂缓冲液。

3.1.2 试剂准备:手工混匀所有试剂包,肉眼检查试剂包底部以确保所有磁粉微粒分散均匀并处于悬浮状态。然后将混合物载入系统直接使用。使用新批号试剂时,需在主界面选择 Calibration,选择 Master Curve Definition。在 Calibration-Master Curve 窗口,选择 Scan Data,用扫描器扫描主曲线,扫描后点击 SAVE(注意,用扫描器扫描时,不能暂停或回扫,直至扫完条码为止)。

3.1.3 试剂储存:2～8℃冷藏保存,并保持吸样窗向上。

3.2 校准品

SIEMENS 原装配套校准品 D。

3.3 质控品

SIEMENS 原装配套质控品 ligand plus 1、2、3。

第三节　血清癌胚抗原测定

4 仪器和校准

4.1 仪器

德国 SIEMENS ADVIA CENTAUR 全自动化学发光免疫分析仪。

4.2 校准品准备和贮存

将校准品从冰箱中取出，加 1.0ml 蒸馏水复溶，轻轻旋转摇匀，室温静置 30min，充分混匀后分装，－20℃冷冻可保存至少 20d，复融后 2～8℃可稳定 24h。

4.3 校准程序

4.3.1 校准条件：在室内质控失控、使用新批号试剂、更换仪器主要配件或进行大保养后均需校准。无特殊情况时校准周期为 28d。

4.3.2 校准程序：使用新批号校准液时，需在主界面点击 Calibration，选择 Calibrator Definition。在 Calibration-Calibrator Definition 窗口，选择 Scan Data，用扫描器扫描校准曲线，扫描完毕，核对数据无误，保存数据。将复融后的低、高水平校准品 D 置于样品架上，并确认低定标液放置在高定标液之前。在 Worklist 窗口，点击 Schedule→点击 Calibration，选择校准项目、校准品批号及试剂批号→点击 SAVE 保存。将已装载校准品的架子置于样品载入区，启动载入区运行 CEA 定标程序。

5 操作步骤

5.1 检测流程

签收标本→离心→上机检测→审核报告→签发报告→标本保存。

5.2 标本签收

严格按标本接收程序签收标本。

5.3 标本处理

离心分离血清。

5.4 标本检测

5.4.1 手工编排测试项目：适用于无双向条形码标本或标本复查，在 Worklist 窗口，点击 Schedule→点击 Schedule by Rack，输入样品架子号，后加 A～E→点击 ENTER，输入 SID 号，选择项目组合或测试项目→点击 SAVE 保存。

5.4.2 双向条形码标本：分离血清后直接上机扫描条码进行检测。

5.4.3 运行：将已装载样品管的架子置于样品载入区，启动载入区。

5.5 检验后标本保存：标本检测完毕后加盖密封，按日期排放保存在标本冷库内，保存期为 7d。

6 质量控制

6.1 质控品准备和贮存

将质控品从冰箱中取出，加 5.0ml 蒸馏水复溶，轻轻旋转摇匀，室温静置 30min，充分混匀后分装，－20℃冷冻可保存至少 20d。复融后 2～8℃可稳定 24h。

第三节　血清癌胚抗原测定	文件编号：
	版本号：
	页码:第　页　共　页

6.2 控制品水平和分析批长度

每 24 小时至少运行 1 批,每批至少 1 个浓度水平。

6.3 质控操作程序

将复溶后的质控品装置样品管中,放置样品架上,在 Worklist 窗口,点击 Schedule→点击 Control→点击 Schedule by Rack,选择项目及质控 ID 号,输入架子号→点击 SAVE 保存。启动载入区开始运行 CEA 质控程序。

7 结果计算

仪器会自动计算标本的浓度。

8 性能参数

本方法线性为 $0.5\sim100\mu g/ml$,不准确度允许范围 $\bar{x}\pm12.5\%$,不精密度 $CV<8.3\%$。对于超过测定线性范围的标本,用配套稀释液对标本进行稀释后再检测,结果乘以稀释倍数。

9 注意事项

推荐选用血清。标本不能反复冻融。胸腔积液、腹水及其他体液可直接测定。人血清中的嗜异性抗体可以与试剂免疫球蛋白发生反应,干扰活体外免疫检验;日常暴露于动物或动物血清产品的病人易于受到该干扰,检验中可能观察到异常值。胆红素 $>20mg/dl$、血红蛋白 $>500mg/dl$、脂血 $>1\,000mg/dl$ 有明显干扰。标本应避免乳糜、溶血、黄疸。

叠氮钠易与铜、铅形成易爆的金属叠氮化合物;处理废液时应用大量水冲洗稀释以防叠氮物的发生。试剂不能口服,如有沾至皮肤应立即用大量清水及肥皂水冲洗。所有试剂均应按照有潜在传染性物质的标准处理。

10 生物参考区间

$<15\mu g/ml$。

11 临床意义

CEA 属于非器官特异性肿瘤相关抗原,分泌 CEA 的肿瘤大多位于空腔脏器,如胃肠道、呼吸道、泌尿道;$CEA>60\mu g/ml$ 时,可见于结肠癌、胃癌和肺癌;CEA 可用于肿瘤术后监测,术后切除 6 周,CEA 水平恢复正常,否则提示有残留。

12 参考文献

[1] 德国西门子医疗保健诊断有限公司癌胚抗原测定试剂盒说明书.

[2] 叶应妩,王毓三,申子瑜. 全国临床检验操作规程. 3 版. 南京:东南大学出版社,2006:691-692.

[3] 张秀明,李健斋,魏明竟,等. 现代临床生化检验学. 北京:人民军医出版社,2001:558-562.

编写:欧阳能良　　　　　审核:温冬梅　　　　　批准:张秀明

	文件编号：
第四节　血清糖类抗原19-9测定	版本号：
	页码:第　页　共　页

1 原理

CA19-9是一种与肿瘤相关的抗原,采用直接化学发光技术的双抗体夹心法进行检测。检测原理为固相试剂和标记试剂都采用一种单克隆抗体,即1116-NS-19-9,该抗体与固相试剂中的顺磁性粒子共价耦合,而在标记试剂中被吖啶酯标记;样本与固相试剂37℃孵育7.5min,通过冲洗程序移去过量的未结合抗体;随后,标记试剂与结合CA19-9抗原的固相试剂孵育20min。患者样品中存在的CA19-9浓度和系统检测的光量值(RLUs)之间存在直接关系。

2 标本采集

2.1 采集方法

空腹非抗凝静脉血2～3ml。

2.2 标本处理

标本在离心机上以2500～3000r/min离心6～10min,分离血清上机测定。

2.3 标本保存

室温保存,及时送检和检测,且不可使用在室温中保存8h以上的样本。若未能在8h内完成测试,应将样本密封并置2～8℃下保存。样本置4℃保存可稳定24h;若48h内未进行测试,应离心将分离的血清置于-20℃或-70℃保存待测。血清只能冻融一次,在解冻后要充分混匀。

3 试剂

3.1 试剂

SIEMENS原装配套试剂。

3.1.1 试剂组成:由CA19-9 Lite试剂和CA19-9固相试剂组成。

a)CA19-9 Lite试剂:吖啶酯标记的单克隆鼠抗CA19-9抗体(2μg/管),含(<0.1%)叠氮钠、蛋白稳定剂、防腐剂的缓冲液。

b)CA19-9固相试剂:与磁性颗粒共价结合的单克隆鼠抗CA19-9抗体(4.5mg/管),含(<0.1%)叠氮钠、蛋白稳定剂、防腐剂的缓冲液。

3.1.2 试剂准备:手工混合所有试剂包,肉眼检查试剂包底部以确保所有磁粉微粒分散均匀并处于悬浮状态。然后将混合物载入系统直接使用。使用新批号试剂时,需在主界面选择Calibration,选择Master Curve Definition。在Calibration-Master Curve窗口,选择Scan Data,用扫描器扫描主曲线,扫描后点击SAVE(注意用扫描器扫描时,不要暂停或回扫,直至扫完条码为止)。

3.1.3 试剂储存:2～8℃冷藏保存,并保持吸样窗向上。

3.2 校准品

SIEMENS原装配套校准品9。

3.3 质控品

SIEMENS原装配套质控品Tumor Marker Puls 1、2、3。

	文件编号：
第四节　血清糖类抗原 19-9 测定	版本号：
	页码:第　页　共　页

4 仪器和校准

4.1 仪器

德国 SIEMENS ADVIA CENTAUR 全自动化学发光免疫分析仪。

4.2 校准品准备和贮存

将校准品从冰箱中取出,加 1.0ml 蒸馏水复溶,轻轻旋转摇匀,室温静置 30min,充分混匀后分装,−20℃冷冻可保存至少 20d,复融后 2～8℃可稳定 24h。

4.3 校准程序

4.3.1 校准条件:在室内质控失控、使用新批号试剂、更换仪器主要配件或进行大保养后均需进行校准。无特殊情况时校准周期为 28d。

4.3.2 校准程序:使用新批号校准液时,需在主界面,点击 Calibration 选择 Calibrator Definition。在 Calibration-Calibrator Definition 窗口,选择 Scan Data,用扫描器扫描校准品曲线,扫描完毕,核对数据无误,保存数据。将复溶后的低、高水平校准品 9 置于样品架上,并确认低定标液放置在高定标液之前。在 Worklist 窗口,点击 Schedule→点击 Calibration,选择校准项目、校准品批号及试剂批号→点击 SAVE 保存。将已装载校准品的架子置于样品载入区,启动载入区运行 CA19-9 定标程序。

5 操作步骤

5.1 检测流程

签收标本→离心→上机检测→审核报告→签发报告→标本保存。

5.2 标本签收

严格按标本接收程序签收标本。

5.3 标本处理

离心分离血清。

5.4 标本检测

5.4.1 手工编排测试项目:适用于无双向条形码标本或标本复查,在 Worklist 窗口,点击 Schedule→点击 Schedule by Rack,输入样品架子号,后加 A～E→点击 ENTER,输入 SID 号,选择项目组合或测试项目→点击 SAVE 保存。

5.4.2 双向条形码标本:分离血清后直接上机检测。

5.4.3 运行:将已装载样品管的架子置于样品载入区,启动载入区。

5.5 检验后标本保存: 标本检测完毕后加盖密封,按日期排放保存在标本冷库内,保存期为 7d。

6 质量控制

6.1 质控品准备和贮存

将质控品从冰箱中取出,加 2.0ml 蒸馏水复溶,轻轻旋转摇匀,室温放置 30min,充分混匀后分装,−20℃冷冻可保存至少 20d。复融后 2～8℃可稳定 24h。

	文件编号：
第四节　血清糖类抗原 19-9 测定	版本号：
	页码：第　页 共　页

6.2 控制品水平和分析批长度

每 24 小时至少运行 1 批，每批至少 1 个浓度水平。

6.3 质控操作程序

将复融后的质控品装置样品管中，放置样品架上，在 Worklist 窗口，点击 Schedule→点击 Control→点击 Schedule by Rack，选择项目及质控 ID 号，输入架子号→点击 SAVE 保存。启动载入区开始运行 CA19-9 质控程序。

7 结果计算

仪器会自动计算标本的浓度。

8 性能参数

本方法线性为 1.2～700U/ml，不准确度允许范围 $\bar{x}\pm12.5\%$，不精密度 CV<8.3%。对于超过测定线性范围的标本，用配套 CA19-9 稀释液对标本进行稀释后再检测，结果乘以稀释倍数。

9 注意事项

推荐选用血清。人血清中的嗜异性抗体可与试剂免疫球蛋白发生反应，干扰活体外免疫检验。日常暴露于动物或动物血清产品的病人易于受到该干扰，检验中可能观察到异常值。胆红素>50mg/dl、血红蛋白>1 200mg/dl、脂血>3 000mg/dl、蛋白质>14g/dl 有明显干扰。标本应避免乳糜、溶血、黄疸。

叠氮钠易与铜、铅形成易爆的金属叠氮化合物；处理废液时应用大量水冲洗稀释以防叠氮物的发生。试剂不能口服，如有沾至皮肤应立即用大量清水及肥皂水冲洗。所有试剂均应按照有潜在传染性物质处理。

10 生物参考区间

0～37U/ml。

11 临床意义

胚胎期间胎儿的胰腺、胆囊、肝脏、肠等组织也存在这种抗原，但正常人体组织中含量很少。消化道恶性肿瘤，特别是胰腺癌、胆囊癌患者血清 CA19-9 含量明显升高。目前认为检测血清 CA19-9 可作为胰腺癌、胆囊癌等恶性肿瘤的辅助诊断指标，对监测病变和复发有很大价值。应注意的是，CA19-9 不适于在人群中进行肿瘤筛查，其血清水平也不能作为是否存有肿瘤的绝对证据，结果的判断应结合临床与其他检查。

11 参考文献

[1] 德国西门子医疗保健诊断有限公司糖类抗原 19-9 测定试剂盒说明书.

[2] 叶应妩,王毓三,申子瑜. 全国临床检验操作规程.3 版. 南京:东南大学出版社,2006:692-694.

[3] 张秀明,李健斋,魏明竟,等. 现代临床生化检验学. 北京:人民军医出版社,2001:579-582.

编写：王伟佳　　　　审核：温冬梅　　　　批准：张秀明

第五节　血清糖类抗原125测定	文件编号：
	版本号：
	页码：第　页　共　页

1 原理

CA125是一种与黏蛋白类似的糖蛋白，采用直接化学发光技术的双抗体夹心法进行检测。检测原理为：抗体是单克隆鼠抗人抗体，其中标记有吖啶酯（发光物质）的鼠抗人抗体与被测CA125的MII抗原位置结合，标记有荧光的鼠抗人抗体则与被测CA125的OC抗原位置结合；此结合物再与标记磁性微粒子的鼠抗荧光单克隆抗体结合。患者样品中存在的CA125和系统检测的光量值（RLUs）之间存在直接关系。

2 标本采集

2.1 采集方法

空腹非抗凝静脉血2～3ml。

2.2 标本处理

标本在离心机上以2500～3000r/min离心6～10min，分离血清上机测定。

2.3 标本保存

室温保存，及时送检和检测，且不可使用在室温中保存8h以上的样本。若未能在8h内完成测试，应将样本密封并置2～8℃下保存。样本置4℃保存可稳定24h；若48h内未进行测试，应离心将分离的血清置于−20℃或−70℃保存待测。血清只能冻融一次，在解冻后要充分混匀。

3 试剂

3.1 试剂

SIEMENS原装配套试剂。

3.1.1 试剂组成：由CA125 Lite试剂和CA125固相试剂组成。

a)CA125 Lite试剂：吖啶酯标记的单克隆鼠抗CA125抗体（6μg/管），含防腐剂、蛋白稳定剂、叠氮钠（<0.1％）的磷酸盐缓冲液。

b)CA125固相试剂：与磁性颗粒共价结合的CA125（0.55mg/管），含防腐剂、蛋白稳定剂、叠氮钠（<0.1％）的磷酸盐缓冲液。

3.1.2 试剂准备：手工混合所有试剂包，肉眼检查试剂包底部以确保所有颗粒分散均匀并处于悬浮状态。然后将混合物载入系统直接使用。使用新批号试剂时，需在主界面选择Calibration，选择Master Curve Definition。在Calibration-Master Curve窗口，选择Scan Data，用扫描器扫描主曲线，扫描后点击SAVE（注意用扫描器扫描时，不要暂停或回扫，直至扫完条码为止）。

3.1.3 试剂储存：2～8℃冷藏保存，并保持吸样窗向上。

3.2 校准品

SIEMENS原装配套校准品X。

3.3 质控品

SIEMENS原装配套质控品Tumor Marker Puls 1、2、3。

第五节　血清糖类抗原 125 测定

4 仪器和校准

4.1 仪器

德国 SIEMENS ADVIA CENTAUR 全自动化学发光免疫分析仪。

4.2 校准品准备和贮存

将校准品从冰箱中取出，加 1.0ml 蒸馏水复溶，轻轻旋转摇匀，室温静置 30min，充分混匀后分装，−20℃冷冻可保存至少 20d，复融后 2~8℃可稳定 24h。

4.3 校准程序

4.3.1 校准条件：在室内质控失控、使用新批号试剂、更换仪器主要配件或进行大保养后均需进行校准。无特殊情况时校准周期为 28d。

4.3.2 校准程序：使用新批号校准液时，需在主界面，点击 Calibration 选择 Calibrator Definition。在 Calibration-Calibrator Definition 窗口，选择 Scan Data，用扫描器扫描校准品曲线，扫描完毕，核对数据无误，保存数据。将复溶后的低、高水平校准品 X 置于样品架上，并确认低定标液放置在高定标液之前。在 Worklist 窗口，点击 Schedule→点击 Calibration，选择校准项目、校准品批号及试剂批号→点击 SAVE 保存。将已装载校准品的架子置于样品载入区，启动载入区运行 CA125 定标程序。

5 操作步骤

5.1 检测流程

签收标本→离心→上机检测→审核报告→签发报告→标本保存。

5.2 标本签收

严格按标本接收程序签收标本。

5.3 标本处理

离心分离血清。

5.4 标本检测

5.4.1 手工编排测试项目：适用于无双向条形码标本或标本复查，在 Worklist 窗口，点击 Schedule→点击 Schedule by Rack，输入样品架子号，后加 A~E→点击 ENTER，输入 ID 号，选择项目组合或测试项目→点击 SAVE 保存。

5.4.2 双向条形码标本：分离血清后直接上机检测。

5.4.3 运行：将已装载样品管的架子置于样品载入区，启动载入区。

5.5 检验后标本保存

标本检测完毕后加盖密封，按日期排放保存在标本冷库内，保存期为 7d。

6 质量控制

6.1 质控品准备和贮存

将质控品从冰箱中取出，加 2.0ml 蒸馏水复溶，轻轻旋转摇匀，室温放置 30min，待充分混匀后分装，−20℃冷冻可保存至少 20d。复融后 2~8℃可稳定 24h。

第五节　血清糖类抗原125测定	文件编号：
	版本号：
	页码:第　页　共　页

6.2 控制品水平和分析批长度

每24小时至少运行1批,每批至少1个浓度水平。

6.3 质控操作程序

将复溶后的质控品装置样品管中,放置样品架上,在Worklist窗口,点击Schedule→点击Control→点击Schedule by Rack,选择项目及质控ID号,输入架子号→点击SAVE保存。启动载入区开始运行CA125质控程序。

7 结果计算

仪器会自动计算标本的浓度。

8 性能参数

本方法线性为2～600U/ml,不准确度允许范围$\bar{x}\pm12.5\%$,不精密度CV＜8.3%。对于超过测定线性范围的标本,用配套稀释液对标本进行稀释后再检测,结果乘以稀释倍数。

9 注意事项

推荐选用血清。人血清中的嗜异性抗体可以与试剂免疫球蛋白发生反应,干扰活体外免疫检测。日常暴露于动物或动物血清产品的病人易于受到干扰,检验中可能观察到异常值。诊断可能需要其他信息。有证据表明,接受肾荧光素血管造影术的病人,体内会在治疗后长达36～48h保留一定量的荧光素。肾功能不全(包括众多糖尿病)的病人,荧光素的保留时间会更长。当用本检验法测试时,这些样品可能产生虚假升高或虚假下降值,因此,不要测试这些样品。除随机运行内变异极限以外,内源性干扰剂(如高浓度的血红蛋白、脂类、胆红素和总蛋白质)无任何影响。对于所测试的全部干扰剂,其干扰效应均能够控制在8%范围内。

叠氮钠易与铜、铅形成易爆的金属叠氮化合物;处理废液时应用大量水冲洗稀释以防叠氮物的发生。试剂不能口服,如有沾至皮肤应立即用大量清水及肥皂水冲洗。所有试剂均应按照有潜在传染性物质处理。

10 生物参考区间

1～68.6U/ml。

11 临床意义

CA125主要用于辅助诊断恶性浆液性卵巢癌和上皮性卵巢癌,同时也是手术切除、化疗后疗效观察的指标,有较大的临床价值。

a)卵巢癌血清CA125升高,阳性率为61.4%。治疗有效者CA125水平很快下降。若有复发时,CA125升高可先于临床症状出现之前。因此是观察疗效、判断有无复发的良好指标。

b)宫颈癌、宫体癌、子宫内膜癌等的阳性率为43%,胰腺癌为50%,肺癌为41%,胃癌为47%,结/直肠癌为34%,乳腺癌为40%。

c)某些非恶性肿瘤,如子宫内膜异位症、盆腔炎、卵巢囊肿、胰腺炎、肝炎、肝硬化等疾病

| 文件编号: |
| 版本号: |
| 页码:第 页 共 页 |

第五节　血清糖类抗原125测定

也有不同程度的升高。

　　d)许多良、恶性胸腔积液和腹水中可发现有CA125的升高,羊水中也能检出较高浓度的CA125。

12 参考文献

[1] 德国西门子医疗保健诊断有限公司糖类抗原125测定试剂盒说明书.

[2] 叶应妩,王毓三,申子瑜.全国临床检验操作规程.3版.南京:东南大学出版社,2006:694-696.

[3] 张秀明,李健斋,魏明竟,等.现代临床生化检验学.北京:人民军医出版社,2001:575-579.

　　　　编写:欧阳能良　　　　　审核:温冬梅　　　　　批准:张秀明

第六节 血清糖类抗原 15-3 测定	文件编号：
	版本号：
	页码：第 页 共 页

1 原理

CA15-3 是高浓度多态糖蛋白，属于黏蛋白类，是 MUC-1 基因产物，采用直接化学发光技术的竞争免疫测定法进行检测。检测原理为应用两步夹心免疫分析法，此方法仅使用一种单克隆抗体，分别与吖啶酯（清试剂中）、磁性微粒子（固相试剂中）结合；首先标本与固相试剂37℃反应 7.5min，然后洗涤多余的未结合的抗体，再加入清试剂反应 20min，这样就可以排除钩状效应。患者样品中存在的 CA15-3 和系统检测的光量值（RLUs）之间存在直接关系。

2 标本采集

2.1 采集方法

空腹非抗凝静脉血 2～3ml。

2.2 标本处理

标本在离心机上以 2500～3000r/min 离心 6～10min，分离血清上机测定。

2.3 标本保存

室温保存，及时送检和检测，且不可使用在室温中保存 8h 以上的样本。若未能在 8h 内完成测试，应将样本密封并置 2～8℃下保存。样本置 4℃保存可稳定 24h；若 48h 内未进行测试，应离心将分离的血清置于 -20℃ 或 -70℃ 保存待测。血清只能冻融一次，在解冻后要充分混匀。

3 试剂

3.1 试剂

SIEMENS 原装配套试剂。

3.1.1 试剂组成：由 CA15-3 Lite 试剂和 CA15-3 固相试剂组成。

a)CA15-3 Lite 试剂：吖啶酯标记的单克隆鼠抗 CA15-3 抗体（6μg/管），含防腐剂、蛋白稳定剂、叠氮钠（<0.1%）的磷酸盐缓冲液。

b)CA15-3 固相试剂：与磁性颗粒共价结合的 CA15-3（0.55mg/管），含防腐剂、蛋白稳定剂、叠氮钠（<0.1%）的磷酸盐缓冲液。

3.1.2 试剂准备：手工混合所有试剂包，肉眼检查试剂包底部以确保所有磁粉微粒分散均匀并处于悬浮状态。然后将混合物载入系统直接使用。使用新批号试剂时，需在主界面选择 Calibration，选择 Master Curve Definition。在 Calibration-Master Curve 窗口，选择 Scan Data，用扫描器扫描主曲线，扫描后点击 SAVE（注意用扫描器扫描时，不要暂停或回扫，直至扫完条码为止）。

3.1.3 试剂储存：2～8℃冷藏保存，并保持吸样窗向上。

3.2 校准品

SIEMENS 原装配套校准品 G。

3.3 控制品

SIEMENS 原装配套质控品 Tumor Marker Puls 1、2、3。

第六节　血清糖类抗原 15-3 测定

4 仪器和校准

4.1 仪器

德国 SIEMENS ADVIA CENTAUR 全自动化学发光免疫分析仪。

4.2 校准品准备和贮存

将校准品从冰箱中取出，加 1.0ml 蒸馏水复溶，轻轻旋转摇匀，室温静置 30min，充分混匀后分装，−20℃冷冻可保存至少 20d，复融后 2～8℃可稳定 24h。

4.3 校准程序

4.3.1 校准条件：在室内质控失控、使用新批号试剂、更换仪器主要配件或进行大保养后均需进行校准。无特殊情况时校准周期为 28d。

4.3.2 校准程序：使用新批号校准液时，需在主界面，点击 Calibration 选择 Calibrator Definition。在 Calibration-Calibrator Definition 窗口，选择 Scan Data，用扫描器扫描校准品曲线，扫描完毕，核对数据无误，保存数据。将复溶后的低、高水平校准品 G 置于样品架上，并确认低定标液放置在高定标液之前。在 Worklist 窗口，点击 Schedule→点击 Calibration，选择校准项目、校准品批号及试剂批号→点击 SAVE 保存。将已装载校准品的架子置于样品载入区，启动载入区运行 CA15-3 定标程序。

5 操作步骤

5.1 检测流程

签收标本→离心→上机检测→审核报告→签发报告→标本保存。

5.2 标本签收

严格按标本接收程序签收标本。

5.3 标本处理

离心分离血清。

5.4 标本检测

5.4.1 手工编排测试项目：适用于无双向条形码标本或标本复查，在 Worklist 窗口，点击 Schedule→点击 Schedule by Rack，输入样品架子号，后加 A～E→点击 ENTER，输入 SID 号，选择项目组合或测试项目→点击 SAVE 保存。

5.4.2 双向条形码标本：分离血清后直接上机检测。

5.4.3 运行：将已装载样品管的架子置于样品载入区，启动载入区。

5.5 检验后标本保存：标本检测完毕后加盖密封，按日期排放保存在标本冷库内，保存期为 7d。

6 质量控制程序

6.1 质控品准备和贮存

将质控品从冰箱中取出，加 2.0ml 蒸馏水复溶，轻轻旋转摇匀，室温放置 30min，待充分混匀后分装，−20℃冷冻可保存至少 20d。复融后 2～8℃可稳定 24h。

第六节　血清糖类抗原 15-3 测定

6.2 控制品水平和分析批长度

每 24 小时至少运行 1 批,每批至少 1 个浓度水平。

6.3 质控操作程序

将复融后的质控品装置样品管中,放置样品架上,在 Worklist 窗口,点击 Schedule→点击 Control→点击 Schedule by Rack,选择项目及质控 ID 号,输入架子号→点击 SAVE 保存。启动载入区开始运行 CA15-3 质控程序。

7 结果计算

仪器会自动计算标本的浓度。

8 性能参数

本方法线性为 0.50～200U/ml,不准确度允许范围 $\bar{x}\pm12.5\%$,不精密度 CV<8.3%。对于超过测定线性范围的标本,用配套稀释液对标本进行稀释后再检测,结果乘以稀释倍数。

9 注意事项

推荐选用血清。人血清中的嗜异性抗体可以与试剂免疫球蛋白发生反应,干扰活体外免疫检验。日常暴露于动物或动物血清产品的病人易于受到该干扰,检验中可能观察到异常值。诊断可能要求其他信息。有证据表明接受肾荧光素血管造影术的病人,体内会在治疗后长达 36～48h 保留一定量的荧光素。肾功能不全(包括众多糖尿病)的病人,荧光素的保留时间会更长。采用本方法检测这类样品,可能会出现假性升高或降低。解释孕妇 CA15-3 的水平时,务必极度小心。除随机运行内变异极限以外,内源性干扰剂(如高浓度的血红蛋白、脂类、胆红素和总蛋白质)无任何影响。对于所测试的全部干扰剂,其干扰效应均控制在 5% 范围内。

叠氮钠易与铜、铅形成易爆的金属叠氮化合物;处理废液时应用大量水冲洗稀释以防叠氮物的发生。试剂不能口服,如有沾至皮肤应立即用大量清水及肥皂水冲洗。所有试剂均应按照有潜在传染性物质处理。

10 生物参考区间

<35U/ml。

11 临床意义

(1)乳腺癌患者升高,但在乳腺癌的初期敏感性较低,约为 60%,晚期为 80%。目前对 CA15-3 的测定主要作为乳腺癌的辅助诊断指标,对疗效观察、预后判断、复发和转移的诊断均有价值。

(2)其他恶性肿瘤,如胰腺癌、肺癌、卵巢癌、结肠癌、子宫颈癌、原发性肝癌等,也有不同程度的升高。

(3)肝、胃肠道、肺、乳腺、卵巢等非恶性肿瘤性疾病,阳性率一般低于 10%。

12 参考文献

[1]　德国西门子医疗保健诊断有限公司糖类抗原 15-3 测定试剂盒说明书。

	文件编号:
第六节　血清糖类抗原 15-3 测定	版本号:
	页码:第　页　共　页

[2]　叶应妩,王毓三,申子瑜．全国临床检验操作规程．3 版．南京:东南大学出版社,2006:696-697.

[3]　张秀明,李健斋,魏明竟,等．现代临床生化检验学．北京:人民军医出版社,2001:588-591.

编写:欧阳能良　　　　审核:温冬梅　　　　批准:张秀明

	文件编号：
第七节 血清糖类抗原 72-4 测定	版本号：
	页码：第 页 共 页

1 原理

CA 72-4 系黏蛋白样肿瘤相关糖蛋白 TAG72，采用双抗体夹心法进行检测。检测原理为待测标本、生物素化的抗 CA 72-4 特异性单克隆抗体和钌(Ru)标记的抗 CA 72-4 特异性单克隆抗体形成夹心复合物，该复合物通过生物素与链霉亲和素间的反应结合到链霉亲和素包被的磁性微粒上，测量池中复合微粒被吸附到电极上，经清洗去除未结合物质，电极加压后产生化学发光，经光电倍增管进行光量测定。患者样品中存在的 CA 72-4 浓度与光量子呈一定关系，并经仪器两点定标曲线和试剂条码提供的母定标曲线计算得到 CA 72-4 浓度。

2 标本采集

2.1 采集方法

空腹非抗凝静脉血 2～3ml。

2.2 标本处理

标本在离心机上以 2500～3000r/min 离心 6～10min，分离血清上机测定。不得使用加热灭活的标本且禁用叠氮钠防腐；所有冷藏标本在测定前应预温到室温。

2.3 标本保存

室温保存，及时送检和检测，且不可使用在室温中保存 8h 以上的样本。若未能在 8h 内完成测试，应将血清分离并置 2～8℃下密封保存。血清置 2～8℃保存可稳定 30d，−20℃可稳定 3 个月。血清只可冻融一次，在解冻后要充分混匀。

3 试剂

3.1 试剂

采用 Roche 原装配套试剂及耗材。

3.1.1 试剂组成：由磁性微粒(M)和两种抗体(R1 R2)组成。

a)M：链霉亲和素包被的微粒(透明瓶盖，6.5ml/瓶，粒子浓度 0.72mg/ml)；含防腐剂。

b)R1：生物素化的抗 CA 72-4 单克隆抗体(灰盖，8ml/瓶，浓度 1mg/L)，含防腐剂、pH 6.8 的磷酸缓冲液(100mmol/L)。

c)R2：$[Ru(bpy)^3]^{2+}$ 标记的抗 CA 72-4 单克隆抗体(黑盖，8ml/瓶，浓度 6mg/L)，含防腐剂、pH 6.8 的磷酸缓冲液(100mmol/L)。

3.1.2 试剂准备：所有试剂直接使用。

3.1.3 试剂储存：2～8℃冷藏保存，并保持直立向上，以确保使用前仪器能自动充分混悬磁性微粒。

3.2 校准品

Roche 原装配套人血清基质校准品。

3.3 质控

Roche 原装配套质控品 Elecsys PreciControl Tumor Marker 1 和 2。

第七节　血清糖类抗原72-4测定	文件编号：
	版本号：
	页码：第　页　共　页

4 仪器和校准

4.1 仪器

瑞士 Roche cobas e601 全自动电化学发光免疫分析仪。

4.2 校准品准备和贮存

校准品于 2～8℃下冷藏保存,使用前从冰箱中取出,恢复室温后直接使用。

4.3 校准程序

4.3.1 校准条件:在室内质控失控、使用新批号试剂、更换仪器主要配件或进行大保养后均需进行校准。在机试剂盒校准周期为 7d,同批号新试剂校准周期为 28d。

4.3.2 校准程序:在编辑各检测项目的参数时,已经在 Application-Calib 界面中定义好了定标方式和定标类型。因此,在进行定标时,只需在 Calibration 界面下进行即可。

进入 Calibration-Status 界面,用鼠标选择 CA 72-4,视需要选择单点定标(BLANK 键)、两点定标(TWO POINT 键)或全点定标(FULL 键),点击 SAVE 键,将定标物放入在 Calibration-Calibrator 中定义的位置,点击 START,确认 START,仪器开始运行定标。

在 Calibration-Status 界面,点击 Calibration Result 键可查看定标结果,点击 Calibration Trace 键可查看该项目的定标记录。

5 操作程序

5.1 检测流程

签收标本→离心→上机检测→审核报告→标本保存。

5.2 样品签收

严格按标本接收程序签收标本。

5.3 标本处理

离心分离血清。

5.4 标本检测

5.4.1 手工编排测试项目:单个样本输入,在主菜单下选择 Workplace-Test slection,在 Sample ID 栏输入标本号,然后选择 CA 72-4 及其他项目或组合项目,点击 SAVE 键,样本号自动累加。

批量常规标本的输入,在主菜单下选择 Workplace-Test slection,在 Sample ID 栏输入起始标本号,然后选择 CA 72-4 及其他项目或组合项目,点击 REPEAT,输入该批标本的最后一个标本号,点击 OK 即可。

5.4.2 双向条形码标本:分离血清后直接上机扫描条码进行检测。

5.4.3 进样分析:将标本按在 Workplace 界面中输入的标本号顺序在样本架上排好,放入进样盘内,点击 START 键,输入该批上机标本的起始标本号,再点击 START 键,仪器自动开始推架检测标本。

5.5 检验后标本保存

第七节　血清糖类抗原72-4测定	文件编号：
	版本号：
	页码：第　页　共　页

标本检测完毕后加盖密封，按日期排放保存在标本冷库内，保存期为7d。

6 质量控制

6.1 质控品准备和贮存

使用 Roche 配套肿瘤质控品（precicontrol tumor marker），2～8℃冷藏保存可稳定至有效期。

6.2 质控品水平和分析批长度

每 24 小时至少运行 1 批，每盒新试剂至少运行 1 批，每次定标后至少运行 1 批，每批至少 2 个浓度水平。

6.3 质控操作程序

在 QC-Status 界面，选中 CA 72-4 项目，点击 Select，点击 SAVE；将质控液放在 QC-control 界面指定的架位并置于样品盘，点击 START，确认 START，仪器运行质控。

在 QC-individual 界面，选中 CA 72-4 项目，点击 Chart，即可查看质控及质控结果。检测值应落在确定的范围内，如出现质控值落在范围以外，应采取校正措施。

7 计算方法

仪器会自动计算标本的浓度（U/ml 或者 kU/L）。

8 分析性能

本方法线性为 0.2～300U/ml，不准确度允许范围 $\bar{x}\pm12.5\%$，不精密度 CV＜3.0％。对于超过测定线性范围的结果，推荐按 1:2 对标本进行稀释后再检测，结果乘以稀释倍数。

9 干扰因素

该方法不受黄疸（胆红素＜66mg/dl）、溶血（血红蛋白＜2.2g/dl）、脂血（脂质＜1 500 mg/dl）和生物素＜60ng/ml 干扰；接受高剂量生物素（＞5mg/d）治疗的病人，至少要在末次摄入生物素 8h 后才能采血；浓度高达 1 500U/ml 的类风湿因子也不干扰本实验；28 种常用药物经试验对本测定无干扰；CA 72-4 浓度高达 1 500U/ml 也不出现钩状效应；接受过小鼠单抗治疗或体内诊断的病人会出现假阳性反应。Elecsys CA 72-4 测定结果应结合病人病史、临床其他检查结果综合起来进行诊断。

10 生物参考区间

0～6.9U/ml。

11 临床意义

CA 72-4 检测方法用于血清中黏蛋白样肿瘤相关糖蛋白 TAG72 的检测。采用了两种单克隆抗体：B72.3 和 CC49（后者是 CA 72-4 特异性抗体）。它们可与以下几类组织反应：乳腺癌、结肠癌、非小细胞肺癌、上皮性卵巢癌、子宫内膜癌、胰腺癌、胃癌及其他种类的癌。可与胎儿组织如结肠、胃和食管反应，但与正常的成年人组织无反应。血清 CA 72-4 升高可见于以下几种良性疾病：胰腺炎、肝硬化、肺病、风湿病、妇科病、卵巢良性疾病、卵巢囊肿、乳腺病

第七节　血清糖类抗原 72-4 测定	文件编号：
	版本号：
	页码：第　页　共　页

和胃肠道良性功能紊乱等。与其他标志物相比,CA 72-4 最主要的优势是其对良性病变的鉴别诊断有极高特异性。胃癌:诊断敏感性为 28%～80%,通常为 40%～46%。而对良性胃肠疾病的诊断特异性达 95% 以上。CA 72-4 升高与疾病的分期有关系:外科手术后,CA 72-4 水平可迅速下降至正常值。如果肿瘤组织完全切除,CA 72-4 可持续维持在正常水平。在 70% 的复发病例中,CA 72-4 浓度首先升高,或在临床诊断为复发时也已升高。有研究结果提示,术前的 CA 72-4 水平可作为预后判断的参考值。卵巢癌:诊断敏感性为 47%～80%。对黏液样卵巢癌的诊断敏感性高于 CA 125。二者指标结合起来可使首次诊断敏感性提高到 73%(CA 125 单指标为 60%);动态监测的诊断敏感性可提高到 67%(CA 125 单指标为 60%)。结、直肠癌:诊断敏感性为 20%～41%。而对良性结肠疾病的诊断特异性是 98%。完全切除后 CA 72-4 可显著下降。当体内存留癌组织时 CA 72-4 持续升高。CA 72-4 与 CEA 结合起来可使术后监测的诊断敏感性从 78% 提高到 87%。

12 参考文献

[1] Marrelli D, Roviello F, De Stefano A, et al. Prognostic Significance of CEA, CA 19-9 and CA 72-4. Preoperative Serumlevels in Gastric Carcinoma. Oncology, 1999, 57:55-62.

[2] 德国罗氏诊断有限公司 CA 72-4 测定试剂盒说明书.

[3] 叶应妩,王毓三,申子瑜. 全国临床检验操作规程. 3 版. 南京:东南大学出版社,2006:699-670.

[4] 张秀明,李健斋,魏明竟,等. 现代临床生化检验学. 北京:人民军医出版社,2001:591-593.

编写:欧阳能良　　　　　审核:温冬梅　　　　　批准:张秀明

第八节　血清细胞角蛋白片段19测定

1 原理

细胞角蛋白是上皮细胞的结构蛋白，CYFRA 21-1 是细胞角蛋白19的一个片段，采用双抗体夹心法进行检测。检测原理为待测标本、生物素化的抗 CyK 19 特异性单克隆抗体和钌(Ru)标记的抗 CyK 19 特异性单克隆抗体形成夹心复合物，该复合物通过生物素与链霉亲和素间的反应结合到链霉亲和素包被的磁性微粒上，测量池中复合微粒被吸附到电极上，经清洗去除未结合物质，电极加压后产生化学发光，经光电倍增管进行光量测定。患者样品中存在的 CYFRA 21-1 浓度与光量子数呈一定关系，并经仪器两点定标曲线和试剂条码提供的母定标曲线计算得到 CYFRA 21-1 浓度。

2 标本采集

2.1 采集方法

空腹非抗凝静脉血 2～3ml。

2.2 标本处理

标本在离心机上以 2500～3000r/min 离心 6～10min，分离血清上机测定。不得使用加热灭活的标本且禁用叠氮钠防腐；所有冷藏标本在测定前应预温到室温。

2.3 标本保存

室温保存，及时送检和检测，且不可使用在室温中保存 8h 以上的样本。若未能在 8h 内完成测试，应将血清分离并置 2～8℃下密封保存。血清置 2～8℃保存可稳定 4 周，−20℃可稳定 6 个月。血清只可冻融一次，在解冻后要充分混匀。

3 试剂

3.1 试剂

采用 Roche 原装配套试剂及耗材。

3.1.1 试剂组成：由磁性微粒(M)和两种抗体(R1 R2)组成。

a)M：链霉亲和素包被的微粒(透明瓶盖，6.5ml/瓶，粒子浓度 0.72mg/ml)；含防腐剂。

b)R1：生物素化的抗 CyK 19 单克隆抗体(灰盖，10ml/瓶，浓度 1.5mg/L)，含防腐剂、pH 7.2 的磷酸缓冲液(100mmol/L)。

c)R2：[Ru(bpy)³]²⁺ 标记的抗 CyK 19 单克隆抗体(黑盖，10ml/瓶，浓度 2mg/L)，含防腐剂、pH 7.2 的磷酸缓冲液(100mmol/L)。

3.1.2 试剂准备：所有试剂直接使用。

3.1.3 试剂储存：2～8℃冷藏保存，并保持直立向上，以确保使用前仪器能自动充分混悬磁性微粒。

3.2 校准品

Roche 原装配套人血清基质校准品。

3.3 质控品

Roche 原装配套质控品 Elecsys PreciControl Tumor Marker 1 和 2。

	文件编号：
第八节　血清细胞角蛋白片段 19 测定	版本号：
	页码:第　页　共　页

4 仪器和校准

4.1 仪器

Roche cobas e601 全自动电化学发光免疫分析仪。

4.2 校准品准备和贮存

校准品于 2~8℃下冷藏保存,使用前从冰箱中取出,恢复室温后直接使用。

4.3 校准程序

4.3.1 校准条件:在室内质控失控、使用新批号试剂、更换仪器主要配件或进行大保养后均需进行校准。在机试剂盒校准周期为 7d,同批号新试剂校准周期为 28d。

4.3.2 校准程序:在编辑各检测项目的参数时,已经在 Application-Calib 界面中定义好了定标方式和定标类型。因此,在进行定标时,只需在 Calibration 界面下进行即可。

进入 Calibration-Status 界面,用鼠标选择 CYFRA 21-1,视需要选择单点定标(BLANK 键)、两点定标(TWO POINT 键)或全点定标(FULL 键),点击 SAVE 键,将定标物放入在 Calibration-Calibrator 中定义的位置,点击 START,确认 START,仪器开始运行定标。

在 Calibration-Status 界面,点击 Calibration Result 键可查看定标结果;点击 Calibration Trace 键可查看该项目的所有定标记录。

5 操作程序

5.1 检测流程

签收标本→离心→上机检测→审核报告→标本保存。

5.2 样品签收

严格按标本接收程序签收标本。

5.3 标本处理

离心分离血清。

5.4 标本检测

5.4.1 手工编排测试项目:单个样本输入,在主菜单下选择 Workplace-Test slection,在 Sample ID 栏输入标本号,然后选择 CYFRA 21-1 及其他项目或组合项目,点击 SAVE 键,样本号自动累加。

批量常规标本的输入,在主菜单下选择 Workplace-Test slection,在 Sample ID 栏输入起始标本号,然后选择 CYFRA 21-1 及其他项目或组合项目,点击 REPEAT,输入该批标本的最后一个标本号,点击 OK 即可。

5.4.2 双向条形码标本:分离血清后直接上机扫描条码进行检测。

5.4.3 进样分析:将标本按在 Workplace 界面中输入的标本号顺序在样本架上排好,放入进样盘内,点击 START 键,输入该批上机标本的起始标本号,再点击 START 键,仪器自动开始推架检测标本。

5.5 检验后标本保存

| 文件编号： |
| 版本号： |
| 页码:第 页 共 页 |

第八节 血清细胞角蛋白片段19测定

标本检测完毕后加盖密封,按日期排放保存在标本冷库内,保存期为7d。

6 质量控制

6.1 质控品准备和贮存

直接使用 Roche 配套肿瘤质控品(PreciControl Tumor Marker)1 和 2,2～8℃冷藏保存可稳定至有效期。

6.2 质控品水平和分析批长度

每24h至少运行1批;每盒新试剂至少运行1批;每次定标后至少运行1批,每批至少2个浓度水平。

6.3 质控操作程序

在 QC-Status 界面,选中 CYFRA 21-1 项目,点击 Select,点击 SAVE;将质控液放在QC-control 界面定义的位置并放入样品盘,点击 START,确认 START,仪器运行质控。

在 QC-individual 界面,选中 CYFRA 21-1 项目,点击 Chart,即可查看质控及质控结果。检测值应落在确定的范围内,如出现质控值落在范围以外,应采取校正措施。

7 计算方法

仪器会自动计算标本的浓度(ng/ml 或 μg/L)。

8 分析性能

本方法线性为 0.2～300n/ml,不准确度允许范围 $\bar{x}\pm12.5\%$,不精密度 CV<3.0%。对于超过测定线性范围的结果,推荐按 1:2 对标本进行稀释后再检测,结果乘以稀释倍数。

9 干扰因素

该方法不受黄疸(胆红素<65mg/dl)、溶血(血红蛋白<1.5g/dl)、脂血(脂质<1 500mg/dl)和生物素<50ng/ml 干扰;接受高剂量生物素(>5mg/d)治疗的病人,至少要在末次摄入生物素 8h 后才能采血;浓度高达 1 500U/ml 的类风湿因子也不干扰本实验;28 种常用药物经试验对本测定无干扰;CYFRA 21-1 浓度高达 2 000ng/ml 也不出现钩状效应;接受过小鼠单抗治疗或体内诊断的病人会出现假阳性反应。CYFRA 21-1 测定结果应结合病人病史、临床其他检查结果综合起来进行诊断。

10 生物参考区间

0～3.3ng/ml。

11 临床意义

细胞角蛋白是上皮细胞的结构蛋白质。目前为止已发现 20 种不同的细胞角蛋白。由于它们特殊的分布形式,细胞角蛋白现已成为肿瘤病理学研究的划分指标。借助于两种特异的单克隆抗体(KS19.1 和 BM19.21),CYFRA 21-1 可检测细胞角蛋白 19 的一个片段。

CYFRA 21-1 主要用于监测非小细胞肺癌(NSCLC)的病程。也可用于监测横纹肌浸润性膀胱癌的病程。CYFRA 21-1 用于与良性肺部疾病(肺炎、结核、慢性支气管炎、支气管哮

第八节　血清细胞角蛋白片段 19 测定

喘、肺气肿)的鉴别,特异性比较好。在良性的肝病和肾衰竭病人中偶见 CYFRA 21-1 轻微升高(约 10ng/ml)。肺部有不明的阴影,CYFRA 21-1＞30ng/ml 提示存在原发性支气管癌的可能性。血中 CYFRA 21-1 水平显著升高提示肿瘤已晚期或预后差。但 CYFRA 21-1 正常或轻微升高,不能排除肿瘤的存在。治疗效果好,CYFRA 21-1 的水平会很快下降或恢复正常水平,如果 CYFRA 21-1 值不变或轻度减低提示肿瘤没有完全去除,或有多发性肿块存在。在疾病的发展过程中,CYFRA21-1 值的变化常早于临床症状和影像检查。

12 参考文献

[1]　Bodenmueller H, Ofenloch-Hähnle B, Lane EB, et al. Lung Cancer associated Keratin 19 Fragments:Development and Biochemical Characterization of the new Serum Assay Enzymun-Test CYFRA 21-1. Int J Biol Markers,1994,9:75-81.

[2]　Bodenmueller H. The biochemistry of CYFRA 21-1 and other cytokeratin-tests. Scand J Clin Lab Invest,1995,55(Suppl 221):60-66.

[3]　Stieber P,Dienemann H,Hasholzner U,et al. Comparison of Cytokeratin Fragment 19 (CYFRA 21-1) Tissue Polypeptide Antigen (TPA) and Tissue Polypeptide Specific Antigen (TPS) as Tumor Markers in Lung Cancer. Eur J Clin Chem Clin Biochem,1993,31:689-694.

[4]　Bodenmueller H,Donie F,Kaufmann M,et al. The tumor markers TPA,TPS TPACYK and CYFRA 21-1 react differently with the keratins 8,18 and 19. Int J Biol Markers,1994,9:70-74.

[5]　德国罗氏诊断有限公司 CYFRA 21-1 测定试剂盒说明书.

[6]　叶应妩,王毓三,申子瑜. 全国临床检验操作规程.3 版. 南京:东南大学出版社,2006:702-703.

编写:王伟佳　　　　　审核:温冬梅　　　　　批准:张秀明

第九节　血清特异性烯醇化酶测定	文件编号：
	版本号：
	页码:第　页　共　页

1 原理

糖分解烯醇酶有多种二聚异构体,由 3 种亚单位 α、β 和 γ 组成,αγ 和 γγ 酶异构体称为神经元特异烯醇化酶(NSE)或 γ-酶,高浓度存在于神经细胞和神经内分泌细胞及这些细胞所引发的肿瘤细胞中,采用双抗体夹心法进行检测。检测原理为待测标本、生物素化的抗 NSE 特异性单克隆抗体和钌(Ru)标记的抗 NSE 特异性单克隆抗体形成夹心复合物,该复合物通过生物素与链霉亲和素间的反应结合到链霉亲和素包被的磁性微粒上,测量池中复合微粒被吸附到电极上,经清洗去除未结合物质,电极加压后产生化学发光,经光电倍增管进行光量测定。患者样品中存在的 NSE 浓度与光量子呈一定关系,并经仪器两点定标曲线和试剂条码提供的母定标曲线计算得到 NSE 浓度。

2 标本采集

2.1 采集方法

空腹非抗凝静脉血 2~3ml。

2.2 标本处理

标本在离心机上以 2500~3000r/min 离心 6~10min,分离血清上机测定。不得使用血浆样本;不得使用加热灭活的标本且禁用叠氮钠防腐;所有冷藏标本在测定前应预温到室温。

2.3 标本保存

室温保存,及时送检和检测,且不可使用在室温中保存 8h 以上的样本。若未能在 8h 内完成测试,应将血清分离并置 2~8℃下密封保存。血清置 15~25℃保存可稳定 6h,血清置 2~8℃保存可稳定 24h,−20℃可稳定 3 个月。血清只可冻融一次,在解冻后要充分混匀。

3 试剂

3.1 试剂

采用 Roche 原装配套试剂及耗材。

3.1.1 试剂组成:由磁性微粒(M)和两种抗体(R1 R2)组成。

a)M:链霉亲和素包被的微粒(透明瓶盖,6.5ml/瓶,粒子浓度 0.72mg/ml);含防腐剂。

b)R1:生物素化的抗 NSE 单克隆抗体(灰盖,10ml/瓶,浓度 1mg/L),含防腐剂、pH 7.2 的磷酸缓冲液(50mmol/L)。

c)R2:$[Ru(bpy)^3]^{2+}$ 标记的抗 NSE 单克隆抗体(黑盖,10ml/瓶,浓度 1mg/L),含防腐剂、pH 7.2 的磷酸缓冲液(50mmol/L)。

3.1.2 试剂准备:所有试剂直接使用。

3.1.3 试剂储存:2~8℃冷藏保存,并保持直立向上,以确保使用前仪器能自动充分混悬磁性微粒。

3.2 校准品

Roche 原装配套缓冲液/小牛血清白蛋白基质校准品。

3.3 质控品

第九节　血清特异性烯醇化酶测定	文件编号：
	版本号：
	页码:第　页　共　页

Roche 原装配套质控品 Elecsys PreciControl Tumor Marker 1 和 2。

4 仪器和校准

4.1 仪器

Roche cobas e601 全自动电化学发光免疫分析仪。

4.2 校准品准备和贮存

校准品于 2～8℃下冷藏保存,使用前从冰箱中取出,恢复室温后直接使用。

4.3 校准程序

4.3.1 校准条件:在室内质控失控、使用新批号试剂、更换仪器主要配件或进行大保养后均需进行校准。在机试剂盒校准周期为 7d,同批号新试剂校准周期为 28d。

4.3.2 校准程序:在编辑各检测项目的参数时,已经在 Application-Calib 界面中定义好了定标方式和定标类型。因此在进行定标时,只需在 Calibration 界面下进行即可。

进入 Calibration-Status 界面,用鼠标选择 NSE,视需要选择单点定标(BLANK 键)、两点定标(TWO POINT 键)或全点定标(FULL 键),点击 SAVE 键,将定标物放入在 Calibration-Calibrator 中定义的位置,点击 START,确认 Start,仪器开始运行定标。

在 Calibration-Status 界面,点击 Calibration Result 键可查看定标结果,点击 Calibration Trace 键可查看该项目的定标记录。

5 操作步骤

5.1 检测流程

签收标本→离心→上机检测→审核报告→标本保存。

5.2 样品签收

严格按标本接收程序签收标本。

5.3 标本处理

离心分离血清。

5.4 标本检测

5.4.1 手工编排测试项目:单个样本输入,在主菜单下选择 Workplace-Test slection,在 Sample ID 栏输入标本号,然后选择 NSE 及其他项目或组合项目,点击 SAVE 键,样本号自动累加。

批量常规标本的输入,在主菜单下选择 Workplace-Test slection,在 Sample ID 栏输入起始标本号,然后选择 NSE 及其他项目或组合项目,点击 REPEAT,输入该批标本的最后一个标本号,点击 OK 即可。

5.4.2 双向条形码标本:分离血清后直接上机扫描条码进行检测。

5.4.3 进样分析:将标本按在 Workplace 界面中输入的标本号顺序在样本架上排好,放入进样盘内,点击 START 键,输入该批上机标本的起始标本号,再点击 START 键,仪器自动开始推架检测标本。

第九节　血清特异性烯醇化酶测定	文件编号：
	版本号：
	页码:第　页　共　页

5.5 检验后标本保存

标本检测完毕后加盖密封,按日期排放保存在标本冷库内,保存期为 7d。

6 质量控制

6.1 质控品准备和贮存

使用 Roche 配套肿瘤质控品(precicontrol tumor marker),2～8℃冷藏保存可稳定至有效期。

6.2 质控品水平和分析批长度

每 24 小时至少运行 1 批,每盒新试剂至少运行 1 批,每次定标后至少运行 1 批,每批至少 2 个浓度水平。

6.3 质控操作程序

在 QC-Status 界面,选中 NSE 项目,点击 Select,点击 SAVE;将质控液放在 QC-control 界面指定的架位并置于样品盘内,点击 START,确认 START,仪器运行质控。

在 QC-individual 界面,选中 NSE 项目,点击 Chart,即可查看质控及质控结果。检测值应落在确定的范围内,如出现质控值落在范围以外,应采取校正措施。

7 计算方法

仪器会自动计算标本的浓度(ng/ml 或者 μg/L)。

8 分析性能

本方法线性为 0.050～370ng/ml,不准确度允许范围 $\bar{x}\pm12.5\%$,不精密度 CV<4.0%。对于超过测定线性范围的结果,推荐按 1∶2 对标本进行稀释后再检测,结果乘以稀释倍数。

9 干扰因素

测定结果不受黄疸(胆红素<72mg/dl),高脂血症(脂肪乳剂<2000mg/dl)和生物素(<100ng/ml)的影响。因红细胞中有 NSE,故溶血会影响测定结果。对于因某些疾病需要而接受高剂量生物素治疗的患者(>5mg/d),必须在末次生物素治疗 8h 后采集标本。浓度达 1500U/ml 的风湿因子对测定无影响。体外对 21 种常用药物进行试验未发现有药物影响检测结果。高达 100 000ng/ml 大剂量不产生钩状效应。由于检测试剂中含有单克隆抗体,因此某些接受单克隆鼠抗体治疗或诊断的患者标本检测结果可能有误。NSE 试剂盒附带有试剂添加剂以减少以上不良影响。少数病例中极高浓度的链霉抗生物素蛋白和钌抗体会影响测定结果。NSE 浓度升高也见于良性肺部疾病和恶性神经内分泌疾病,如良性肿瘤、髓性甲状腺癌、皮肤 Merkel 细胞肿瘤和胰腺及肾上腺癌。必须结合患者病史,各项实验室检查及其他临床资料来综合评估测定结果。

10 生物参考区间

0～6.9ng/ml。

11 临床意义

糖分解烯醇酶(2-phospho-D-glycerate hydrolase. EC 4.2.4.11,分子量约为 80kD)有多

第九节　血清特异性烯醇化酶测定	文件编号：
	版本号：
	页码：第　页　共　页

种二聚异构体，由 3 种亚单位 α、β 和 γ 组成。烯醇酶 α 亚单位见于哺乳动物多种类型组织中，而 β 亚单位则主要见于心脏和肌肉组织。αγ 和 γγ 酶异构体称为神经元特异烯醇化酶（NSE）或 γ-酶，高浓度存在于神经细胞和神经内分泌细胞及这些细胞所引发的肿瘤细胞中。

a）肺癌：NSE 可作为检测小细胞肺癌首选标志物，而 CYFRA 21-1 在非小细胞肺癌检测中优于 NSE。60%～81% 小细胞肺癌病例 NSE 浓度升高。尽管 NSE 浓度与转移部位或脑部转移没有相关性，但是与临床分期如疾病进展有很好的相关性。首个化疗周期开始后 24～72h NSE 浓度有短暂的升高，原因是肿瘤细胞溶解。这种 NSE 浓度升高可持续 1 周或首个化疗周期结束时血清浓度迅速下降（治疗前浓度增加）。相反地，对化疗无反应的患者 NSE 浓度持续升高或没有下降到参考范围。病情缓解期间，80%～96% 患者 NSE 浓度正常，而病情复发时 NSE 浓度升高。一些病例其 1～4 个月潜伏期中 NSE 浓度升高，常为指数式升高（10～94d 浓度翻倍），这与生存期有关。NSE 可用于评估小细胞肺癌患者预后情况、治疗有效性和相关病因。诊断灵敏度为 93%，阳性预测值为 92%。

b）神经母细胞瘤：62% 的患儿 NSE 血清浓度高于 30ng/ml，升高值与疾病进展有关。异常 NSE 值大小或频率与疾病严重程度有明显的相关性；与无病生存期呈负相关性。

c）Apudoma 神经内分泌肿瘤：34% 的患者血清 NSE 浓度升高（＞12.5ng/ml）。

d）精原细胞瘤：临床上 68%～73% 的患者有明显的 NSE 浓度增加，与疾病临床分期有关。

e）其他肿瘤：22% 的非肺部恶性疾病患者（任何期别肿瘤）NSE 浓度高于 25ng/ml。脑部肿瘤如神经胶质瘤、脑脊膜瘤、纤维神经瘤和神经瘤仅偶尔有血清 NSE 值升高。在原发脑瘤或脑转移性瘤和恶性黑色素瘤及肾上腺嗜铬细胞瘤（PC）患者中，可发现中枢神经系统 CNS 的 NSE 值升高。14% 的器官排斥和 46% 的转移性肾癌患者 NSE 浓度升高，与病情有关，可作为一个独立的预后因子。

f）良性疾病：良性肺部和脑部疾病 NSE 浓度略有升高（＜12ng/ml），主要见于 CSF 中，包括下列疾病，如脑脊膜炎、弥漫性脑膜炎、脊髓与小脑退化、脑梗死、脑血肿、蛛网膜下隙出血、脑外伤、脑炎、器质性癫痫、精神分裂症和 Jakob-Creutzfeld 病。

12 参考文献

[1] Lamerz R. NSE (Neuronen-spezifische Enolase), γ-Enolase. In: Thomas L (ed.). Clinical Laboratory Diagnosis, TH-Books, Frankfurt, 1st English Edition 1998；979-981，5. deutsche Auflage, 1998；1000-1003.

[2] 德国罗氏诊断有限公司 NSE 测定试剂盒说明书.

[3] 叶应妩，王毓三，申子瑜. 全国临床检验操作规程. 3 版. 南京：东南大学出版社，2006：700-701.

[4] 张秀明，李健斋，魏明竟，等. 现代临床生化检验学. 北京：人民军医出版社，2001：429-436.

编写：王伟佳　　　　　审核：温冬梅　　　　　批准：张秀明

第十节　前列腺特异性抗原测定	文件编号：
	版本号：
	页码:第　页　共　页

1 原理

前列腺特异性抗原(PSA)是单链糖蛋白,通常发现存在于覆盖前列腺腺管和腺泡的上皮细胞的细胞质中,采用直接化学发光技术的双抗体夹心法进行检测。检测原理为标记的羊抗人 PSA 抗体与待测血清标本中 PSA 同时与固相化鼠抗人 PSA 抗体(即磁粉包被抗体)结合成一种复合物,此免疫复合物被吸附于反应杯底,上清吸出后,加入碱性试剂,再被氧化激发,发射出光子,此光量值(RLUs)与标本中的 PSA 浓度成正相关,通过一定转换计算结果。

2 标本采集

2.1 采集方法

空腹非抗凝静脉血 2～3ml。

2.2 标本处理

标本在离心机上以 2500～3000r/min 离心 6～10min,分离血清上机测定。

2.3 标本保存

室温保存,及时送检和检测,且不可使用在室温中保存 8h 以上的样本。若未能在 8h 内完成测试,应将样本密封并置 2～8℃下保存。样本置 4℃保存可稳定 24h;若 48h 内未进行测试,应离心将分离的血清置于−20℃或−70℃保存待测。血清只能冻融一次,在解冻后要充分混匀。

3 试剂

3.1 试剂

SIEMENS 原装配套试剂。

3.1.1 试剂组成:由 PSA Lite 试剂和 PSA 固相试剂组成。

a)PSA Lite 试剂:含吖啶酯标记的多克隆羊抗人 PSA 抗体(1.55μg/管),含叠氮钠(0.13%)、防腐剂的缓冲液。

b)PSA 固相试剂:与磁性颗粒共价结合的单克隆鼠抗人 PSA 抗体(158μg/管),含叠氮钠(0.11%)、防腐剂的缓冲液。

3.1.2 试剂准备:手工混合所有试剂包,肉眼检查试剂包底部以确保所有颗粒分散均匀并处于悬浮状态。然后将混合物载入系统直接使用。使用新批号试剂时,需在主界面选择 Calibration,选择 Master Curve Definition。在 Calibration-Master Curve 窗口,选择 Scan Data,用扫描器扫描主曲线,扫描后点击 SAVE(注意用扫描器扫描时,不要暂停或回扫,直至扫完条码为止)。

3.1.3 试剂储存:2～8℃冷藏保存,并保持吸样窗向上。

3.2 校准品

SIEMENS 原装配套校准品 Q。

3.3 质控品

	文件编号:
第十节 前列腺特异性抗原测定	版本号:
	页码:第 页 共 页

SIEMENS 原装配套质控品 ligand plus 1、2、3。

4 仪器和校准

4.1 仪器

德国 SIEMENS ADVIA CENTAUR 全自动化学发光免疫分析仪。

4.2 校准品准备和贮存

将校准品从冰箱中取出,加 1.0ml 蒸馏水复溶,轻轻旋转摇匀,室温静置 30min,充分混匀后分装,−20℃冷冻可保存至少 20d,复融后 2～8℃可稳定 24h。

4.3 校准程序

4.3.1 校准条件:在室内质控失控、使用新批号试剂、更换仪器主要配件或进行大保养后均需进行校准。无特殊情况时校准周期为 28d。

4.3.2 校准程序:使用新批号校准液时,需在主界面点击 Calibration,选择 Calibrator Definition。在 Calibration-Calibrator Definition 窗口,选择 Scan Data,用扫描器扫描校准品曲线,扫描完毕,核对数据无误,保存数据。将复溶后的低、高水平校准品置于样品架上,并确认低定标液放置在高定标液之前。在 Worklist 窗口,点击 Schedule→点击 Calibration,选择校准项目、校准品批号及试剂批号→点击 SAVE 保存。将已装载校准品的架子置于样品载入区,启动载入区运行 PSA 定标程序。

5 操作步骤

5.1 检测流程

签收标本→离心→上机检测→审核报告→签发报告→标本保存。

5.2 标本签收

严格按标本接收程序签收标本。

5.3 标本处理

离心分离血清。

5.4 标本检测

5.4.1 手工编排测试项目:适用于无双向条形码标本或标本复查,在 Worklist 窗口,点击 Schedule→点击 Schedule by Rack,输入样品架子号,后加 A～E→点击 ENTER,输入 SID 号,选择项目组合或测试项目→点击 SAVE 保存。

5.4.2 双向条形码标本:分离血清后直接上机检测。

5.4.3 运行:将已装载样品管的架子置于样品载入区,启动载入区。

5.5 检验后标本保存:标本检测完毕后加盖密封,按日期排放保存在标本冷库内,保存期为 7d。

6 质量控制

6.1 质控品准备和贮存

将质控品从冰箱中取出,加 5.0ml 蒸馏水复溶,轻轻旋转摇匀,室温放置 30min,充分混

第十节　前列腺特异性抗原测定	文件编号：
	版本号：
	页码：第　页　共　页

匀后分装，−20℃冷冻可保存至少 20d。复融后 2~8℃可稳定 24h。

6.2 控制品水平和分析批长度

每 24 小时至少运行 1 批，每批至少 1 个浓度水平。

6.3 质控操作程序

将复融后的质控品装置样品管中，放置样品架上，在 Worklist 窗口，点击 Schedule→点击 Control→点击 Schedule by Rack，选择项目及质控 ID 号，输入架子号→点击 SAVE 保存。启动载入区开始运行 PSA 质控程序。

7 结果计算

仪器会自动计算标本的浓度。

8 性能参数

本方法线性为 0.5~100ng/ml，不准确度允许范围 $\bar{x}\pm12.5\%$，不精密度 CV<8.3%。对于超过测定线性范围的标本，用配套稀释液对标本进行稀释后再检测，结果乘以稀释倍数。

9 注意事项

推荐选用血清。血清 PSA 的半衰期为 2.2~3.5d，正常成年男性血清 PSA 浓度<4μg/L，昼夜的变化极小，尿道扩张、雄激素、尿潴留、前列腺体积、年龄及射精等因素可影响 PSA 浓度。应确保在任何有关前列腺的活动之前进行血样的抽取，人血清中的嗜异性抗体可以与试剂免疫球蛋白发生反应，干扰活体外免疫检测。日常暴露于动物或动物血清产品的病人易于受到该干扰，检测中可能观察到异常值。胆红素>40mg/dl、血红蛋白>500mg/dl、脂血>1 000mg/dl 有明显干扰。标本应避免乳糜、溶血、黄疸。

叠氮钠易与铜、铅形成易爆的金属叠氮化合物；处理废液时应用大量水冲洗稀释以防叠氮物的发生。试剂不能口服，如有沾至皮肤应立即用大量清水及肥皂水冲洗。所有试剂均应按照有潜在传染性物质处理。

10 生物参考区间

0~4ng/ml。

11 临床意义

a)前列腺癌血清 PSA 升高，阳性率在 50%~80%。

b)前列腺增生、前列腺炎、肾脏和泌尿生殖系统的疾病也可见血清 PSA 升高。

c)PSA 水平随年龄的增长而增加，一般以每年 0.04ng/ml 的速度递增。

d)PSA 水平与前列腺增生的程度有关，但两者并不具有相关性。

e)可能引起前列腺损伤的各种检查均可引起 PSA 的明显升高。

12 参考文献

[1] 德国西门子医疗保健诊断有限公司前列腺特异性抗原测定试剂盒说明书.

[2] 叶应妩，王毓三，申子瑜. 全国临床检验操作规程.3 版.南京：东南大学出版社，2006：703-708.

第十节　前列腺特异性抗原测定	文件编号：
	版本号：
	页码：第　页　共　页

[3]　张秀明,李健斋,魏明竟,等．现代临床生化检验学．北京:人民军医出版社,2001:565-575.

编写:王伟佳　　　　审核:张秀明　　　　批准:张秀明

第十一节　血清/尿人绒毛膜促性腺激素测定	文件编号：
	版本号：
	页码：第　页　共　页

1 原理

人绒毛膜促性腺激素(ThCG)是一种带有两个非共价键结合亚基的糖蛋白,采用直接化学发光技术的双抗体夹心法进行检测。检测原理为该技术使用等量的两种抗体:第一种抗体为在标记试剂中,多克隆山羊抗人绒毛膜促性腺激素抗体,经过亲和纯化后用吖啶酯进行标记;第二种抗体为在固相试剂试剂中,纯化的单克隆小鼠抗人绒毛膜促性腺激素抗体,通过共价结合到顺磁性粒子上;这两种抗体分别针对游离 β 亚基和完整的人绒毛膜促性腺激素 β 亚基的不同单抗原决定簇。病人样品中总人绒毛膜促性腺激素数量与系统所检测到的光量值(RLUs)之间存在正比。

2 标本采集

2.1 采集方法

空腹非抗凝静脉血 2～3ml 或晨尿。

2.2 标本处理

标本在离心机上以 2500～3000r/min 离心 6～10min,分离血清上机测定。

2.3 标本保存

室温保存,及时送检和检测,且不可使用在室温中保存 8h 以上的样本。若未能在 8h 内完成测试,应将样本密封并置 2～8℃下保存。样本置 4℃保存可稳定 24h。若 48h 内未进行测试,应离心将分离的血清置于−20℃或−70℃保存待测。血清只能冻融一次,在解冻后要充分混匀。

3 试剂

3.1 试剂

SIEMENS 原装配套试剂。

3.1.1 试剂组成:由 ThCG Lite 试剂和 ThCG 固相试剂组成。

a)ThCG Lite 试剂:吖啶酯标记的多克隆羊抗人 ThCG 抗体(0.5μl/管),含 0.11％叠氮钠、蛋白稳定剂、防腐剂的缓冲液。

b)ThCG 固相试剂:与磁性颗粒共价结合的单克隆鼠抗人 ThCG 抗体(0.45mg/管),含 0.11％叠氮钠、蛋白稳定剂、防腐剂的缓冲液。

3.1.2 试剂准备:手工混合所有试剂包,肉眼检查试剂包底部以确保所有磁粉微粒分散均匀并处于悬浮状态。然后将混合物载入系统直接使用。使用新批号试剂时,需在主界面选择 Calibration,选择 Master Curve Definition。在 Calibration-Master Curve 窗口,选择 Scan Data,用扫描器扫描主曲线,扫描后点击 SAVE(注意扫描器扫描时,不要暂停或回扫,直至扫完条码为止)。

3.1.3 试剂储存:2～8℃冷藏保存,并保持吸样窗向上。

3.2 校准品

SIEMENS 原装配套校准品 B。

第十一节　血清/尿人绒毛膜促性腺激素测定	文件编号：
	版本号：
	页码:第　页　共　页

3.3 控制品

SIEMENS 原装配套质控品 ligand plus 1、2、3。

4 仪器和校准

4.1 仪器

德国 SIEMENS ADVIA CENTAUR 全自动化学发光免疫分析仪。

4.2 校准品准备和贮存

将校准品从冰箱中取出,加 1.0ml 蒸馏水复溶,轻轻旋转摇匀,室温静置 30min,充分混匀后分装,－20℃冷冻可保存至少 20d,复融后 2～8℃可稳定 24h。

4.3 校准程序

4.3.1 校准条件:在室内质控失控、使用新批号试剂、更换仪器主要配件或进行大保养后均需进行校准。无特殊情况时校准周期为 28d。

4.3.2 校准程序:使用新批号校准液时,需在主界面点击 Calibration,选择 Calibrator Definition。在 Calibration-Calibrator Definition 窗口,选择 Scan Data,用扫描器扫描校准品曲线,扫描完毕,核对数据无误,保存数据。将复溶后的低、高水平校准品置于样品架上,并确认低定标液放置在高定标液之前。在 Worklist 窗口,点击 Schedule→点击 Calibration,选择校准项目、校准品批号及试剂批号→点击 SAVE 保存。将已装载校准品的架子置于样品载入区,启动载入区运行 ThCG 定标程序。

5 操作步骤

5.1 检测流程

签收标本→离心→上机检测→审核报告→签发报告→标本保存。

5.2 标本签收

严格按标本接收程序签收标本。

5.3 标本处理

离心分离血清。

5.4 标本检测

5.4.1 手工编排测试项目:适用于无双向条形码标本或标本复查,在 Worklist 窗口,点击 Schedule→点击 Schedule by Rack,输入样品架子号,后加 A～E→点击 ENTER,输入 SID 号,选择项目组合或测试项目→点击 SAVE 保存。

5.4.2 双向条形码标本:分离血清后直接上机检测。

5.4.3 运行:将已装载样品管的架子置于样品载入区,启动载入区。

5.5 检验后标本保存:标本检测完毕后加盖密封,按日期排放保存在标本冷库内,保存期为 7d。

6 质量控制

6.1 质控品准备和贮存

第十一节　　血清/尿人绒毛膜促性腺激素测定	文件编号：
	版本号：
	页码：第　页　共　页

将质控品从冰箱中取出,加 5.0ml 蒸馏水复溶,轻轻旋转摇匀,室温放置 30min,待充分混匀后分装,—20℃冷冻可保存至少 20d。复融后 2～8℃可稳定 24h。

6.2 控制品水平和分析批长度

每 24 小时至少运行 1 批,每批至少 1 个浓度水平。

6.3 质控操作程序

将复融后的质控品装置样品管中,放置样品架上,在 Worklist 窗口,点击 Schedule→点击 Control→点击 Schedule by Rack,选择项目及质控 ID 号,输入架子号→点击 SAVE 保存。启动载入区开始运行 ThCG 质控程序。

7 结果计算

仪器会自动计算标本的浓度。

8 性能参数

本方法线性为 2.0～1 000mU/ml,不准确度允许范围 $\bar{x}\pm12.5\%$,不精密度 CV＜8.3%。对于超过测定线性范围的标本,用配套稀释液对标本进行稀释后再检测,结果乘以稀释倍数。

9 注意事项

推荐选用血清。月经周期不正常的第 1 天,该测试可以用于检查是否怀孕,所有的体外检测都可能出现错误的结果,既包括临床假阳性结果(检测结果阳性但实际并不存在)也包括临床假阴性结果(检测结果阴性但实际存在的情况)。对于这些不正确的检测结果,存在着许多可能的原因。错误的结果可能是由于血清样品中还有可以识别的成分或病人特定成分对检测过程存在干扰。几个月内,血清人绒毛膜促性腺激素水平持续保持在 10～100mU/ml 范围内(更典型的是在 10～50mU/ml)表明病人血液中含有干扰物质和检测给出了错误的结果。胆红素＞5mg/dl、血红蛋白＞500mg/dl、三酰甘油＞1 000mg/dl 有明显干扰。标本应避免乳糜、溶血、黄疸。

叠氮钠易与铜、铅形成易爆的金属叠氮化合物;处理废液时应用大量水冲洗稀释以防叠氮物的发生。试剂不能口服,如有沾至皮肤应立即用大量清水及肥皂水冲洗。

10 生物参考区间

a)未妊娠:0～10mU/ml。

b)妊娠期 1～2 周:5～500mU/ml。

c)妊娠期 2～3 周:100～5000mU/ml。

d)妊娠期 3～4 周:500～10 000mU/ml。

e)妊娠期 4～5 周:1 000～50 000mU/ml。

f)妊娠期 5～6 周:10 000～100 000mU/ml。

g)妊娠期 6～8 周:15 000～200 000mU/ml。

h)妊娠期 2～3 个月:10 000～100 000mU/ml。

	文件编号:
第十一节　血清/尿人绒毛膜促性腺激素测定	版本号:
	页码:第　页　共　页

11 临床意义

血清人类绒毛膜促性腺激素,这是诊断早期妊娠的常用指标,也可用于异常妊娠性疾病的早期发现和鉴别诊断,也称人类胎盘绒毛膜促性腺激素。其临床意义如下:

11.1 血清 HCG 升高,在育龄妇女,最常见于早孕。正常人受孕后,血中 HCG 含量即迅速增加,到孕 60～80d 达到最高峰,峰值为 10 000～12 000μg/L,随后逐渐下降,到孕 160～180d 时降到最低,但仍明显高于正常,此后又稍回升继续保持到分娩;双胎妊娠时,血清 HCG 比单胎增加 1 倍以上;宫外孕时,血清 HCG 则低于同期正常妊娠值。

11.2 若早孕妇女血清 HCG 明显低值或连续监测呈下降趋势,则预示先兆流产。

11.3 实施人工流产手术后,若血清 HCG 值仍明显高于正常或呈上升趋势,则提示手术不彻底。

12 参考文献

[1] 德国西门子医疗保健诊断有限公司人绒毛膜促性腺激素测定试剂盒说明书.

[2] 叶应妩,王毓三,申子瑜. 全国临床检验操作规程.3 版. 南京:东南大学出版社,2006:708-709.

[3] 张秀明,李健斋,魏明竟,等. 现代临床生化检验学. 北京:人民军医出版社,2001:646-649.

编写:欧阳能良　　　　审核:温冬梅　　　　批准:张秀明

第十二节　鳞状细胞癌相关抗原检测	文件编号：
	版本号：
	页码：第　页　共　页

1 原理

鳞状细胞癌相关抗原(SCC)检验是一个两步骤免疫检验,使用具有灵活的检验操作的化学发光微粒免疫检验(CMIA)技术,称为 Chemiflex,对人血清或血浆中存在的 SCC-Ag 进行检测。

在第一步骤中,样本和抗 SCC-Ag 包被的顺磁性微粒相结合。存在于样本中的 SCC-Ag 结合到抗 SCC-Ag 包被的微粒上。冲洗后,将抗 SCC-Ag 吖啶酯标记物结合物添加到第二步骤中。随后将预触发和触发溶液添加到反应混合物中;得出的化学发光反应作为相对光单位(RLU)进行检测。在样本中的 SCC-Ag 的量和由 ARCHITECT i 光学系统检测到的 RLU 呈正比。

SCC 检验用于对人血清或血浆中的鳞状细胞癌相关抗原(SCC Ag)进行定量检测,以协助对患有鳞状细胞癌的患者进行的管理。

2 标本采集

采集无抗凝静脉血 2~3ml,按标本签收程序签收。不能及时检测的标本可置于 2~8℃ 冰箱保存。

血清和血浆采集中要避免溶血。不要使用过度溶血的样本。为了对结果进行优化,检查所有样品有无泡沫。分析前用敷药棒将泡沫去除。对每个样品都要使用新的敷药棒,以防交叉感染。为了优化结果,血清和血浆样品应该不含纤维,红细胞或其他颗粒。离心前,必须确保血清样品中已经彻底凝集。有些样品,尤其是那些来源于接受了抗凝血剂或溶解血栓治疗的患者的样品,会出现凝集时间较长的情况。如果在没有彻底凝集前对样品离心,则纤维的存在会导致结果错误。

如果检测时间超过 24h,则将血清或血浆从凝集物,血清分离器或红细胞中取出。检测前,样品可在 2~8℃ 下最长 7d 时间。如果检测用时超过 7d,则将样品贮存于 −20℃ 或更低温度下。样品贮存于 −10℃ 或更低温度下 12 个月没有表现出性能方面的差异。

应避免对样品的多次冻融。融解后,样品必须通过低速旋转混匀或轻轻翻转彻底混合。并在使用前离心,去除红细胞或颗粒物以确保结果的一致性。

不要使用热灭活样本。

不能使用明显受微生物污染的样本。

ARCHITECT SCC 标准品和质控品在使用前应该通过翻转彻底融解和混合。

3 试剂

采用雅培 I2000sr 全自动化学发光免疫分析仪原装配套试剂。

3.1 磁性微粒:1瓶(6.6ml),在含有蛋白质(牛)稳定剂的 MES 缓冲液中的 SCC-Ag 抗体(鼠,单克隆)包被的微粒。最低浓度:0.08% 固体物。

3.2 酶结合物:1瓶(5.9ml),在含有蛋白质(牛)稳定剂的 MES 缓冲液中的 SCC Ag 抗体(鼠,单克隆)结合物。最低浓度:$0.07\mu g/ml$。

第十二节 　鳞状细胞癌相关抗原检测	文件编号：
	版本号：
	页码：第 　页 共 　页

3.3 ARCHITECT i/前触发溶液：前触发溶液含有 1.32％(w/v)过氧化氢。

3.4 ARCHITECT i/触发溶液：触发溶液含有 0.35N(w/v)氢氧化钠。

3.5 ARCHITECT i 清洗缓冲液：清洗缓冲液含有磷酸盐缓冲盐溶液。

3.6 ARCHITECT SCC 标准品。

3.7 ARCHITECT SCC 质控品。

4 仪器和校准

4.1 仪器

雅培 I2000sr 全自动化学发光免疫分析仪。

4.2 如欲执行一次 ARCHITECT SCC 校准操作，则对标准品 A、B、C、D、E 和 F 进行复管检测。SCC 质控品所有水平的单一样品必须接受检测，以对检测校准进行评估。确保检测质控值都在质控品包装说明书中所规定的范围内。标准品应优先进样。校准品范围值：$0\sim70\mu g/ml$。

4.3 ARCHITECT SCC 校准被接受并保存后，所有随后的样品都无需进一步校准可以直接检测，除非：

a)使用新的批号的试剂盒。

b)质控品不在范围值内。

5 操作步骤

5.1 在第一次向系统上装入 ARCHITECT SCC 试剂盒之前，需要对微粒瓶进行混合，对运输过程中发生沉淀的微粒进行再悬浮：对微粒瓶翻转 30 次。对瓶子进行目测，以确定微粒是否再悬浮。如果微粒依然附着在瓶子上，则继续翻转直到微粒彻底再悬浮。微粒再悬浮后，将帽取下并丢弃。在从包中取出隔膜时要戴干净的手套。将隔膜压成两半以确定切口是否已经打开。小心地将隔膜在瓶顶上折断。如果微粒没有再悬浮，则不能使用。

5.2 将 ARCHITECT SCC 试剂盒装到 ARCHITECT i 系统上。检查所有需要的检测试剂是否都已提供。确保所有试剂瓶上都有隔膜。

5.3 样品杯最小装量是由系统计算的，并打印在订单报告中。对同一样品杯的取样不要超过 10 次。为了减少蒸发的影响，运行检测前，要检查样品杯装量是否充足。

5.4 优先权。第一个 SCC 检测使用 $150\mu l$，随后从同一样品杯中进行的 SCC 检测增加 $25\mu l$。

5.5 ≤3h 系统上时间。第一个 SCC 检测使用 $150\mu l$，随后从同一样品杯中进行的 SCC 检测增加 $100\mu l$。

5.6 >3h 系统上时间。需要额外的样品装量。参见 ARCHITECT 系统操作手册第 5 单元，了解有关样品蒸发和装量信息。

5.7 如果使用初级管或分液管，则需使用样品刻度来确保患者样品的充足。

5.8 如欲达到建议的 ARCHITECT SCC 标准品和 SCC 质控品所需要的装量，则垂直握

第十二节　鳞状细胞癌相关抗原检测	文件编号：
	版本号：
	页码:第　页　共　页

住瓶子,将每个标准品的 8 滴或每个质控品的 4 滴分别注入各自的样品杯中。

5.9 进样。按下 RUN,ARCHITECT i 系统会执行以下操作:

a)样品传送装置移至吸液点。

b)将反应器装入处理通道。

c)吸样,并将样品运送到反应器。

d)将反应器前移一个位置,并将检测稀释液和微粒运送到反应器中。

e)混合,孵育并冲洗反应混合物。

f)添加前触发和触发溶液。

g)混合,孵育并冲洗反应混合物。

h)添加前触发和触发溶液。

i)检测化学发光情况,确定样品中 SCC 的定量。

j)将反应器中的内容物吸液到废液中,并将反应器放入固体废弃物。

5.10 样品稀释操作。样品值读数超过 $70\mu g/ml$ 的样品都会标记有代码"≥70",都可以使用人工稀释步骤进行稀释。

ARCHITECT SCC 检验不能使用自动稀释操作。人工稀释按照如下方式进行:

对 SCC 的建议稀释比例为 1:10。对于 1:10 的稀释,添加 $20\mu l$ 患者样品到 $180\mu l$ 的 ARCHITECT SCC 标准品 A(8D18-01)中。为了避免对标准品 A 的污染,将数滴标准品 A 分液到干净的检测管后进行吸液。操作人员必须在患者或质控品订购屏幕中输入稀释因数。稀释前,系统会使用该稀释因数自动计算样品浓度。此为报告结果,稀释后报告结果应> $1.0\mu g/ml$。

6 质量控制

ARCHITECT SCC 检测的建议质控要求为接受检测的所有质控品水平的单一样品在使用过程中每 24 小时进行一次。如果实验室需要更加频繁的质控来验证结果,则按其执行。确保该检测质控值在包装说明书中规定的浓度范围值内。

7 计算结果

ARCHITECT SCC 检测使用了一个 4 参数逻辑曲线最适数据递减法(4PLC,Y 加权)来生成一个校准曲线。

8 性能参数

8.1 精确度

精确度是根据国家临床实验室标准委员会标准(NCCLS)规程 EP-5-A 中的说明确定的。6 个样本中,3 个为基于血清的检测盘,3 个为 SCC 质控品,进行了 2 个复管的检测,检测每天在两个间隔开的时间内进行,每个样本检测共 20d(每个样本数量=80),使用了 3 个批次的试剂和标准品。来源于该试验的数据见表 13-12-1。

	文件编号：
第十二节　鳞状细胞癌相关抗原检测	版本号：
	页码：第　页　共　页

表 13-12-1　ARCHITECT SCC 的再现性

样本	批次	SCCp 平均值（$\mu g/ml$）	批内运行		总	
			标准差	变异系数%	标准差	变异系数%
低值质控品	1	1.97	0.085	4.3	0.100	5.1
	2	1.98	0.065	3.3	0.079	4.0
	3	1.92	0.089	4.6	0.108	5.6
中值质控品	1	9.90	0.379	3.8	0.496	5.0
	2	9.91	0.456	4.6	0.453	4.6
	3	9.81	0.482	4.9	0.463	4.7
高值质控品	1	49.23	2.332	4.7	2.587	5.3
	2	49.55	2.106	4.3	2.160	4.4
	3	49.45	1.917	3.9	2.203	4.5
检测盘 1	1	1.49	0.075	5.0	0.088	5.9
	2	1.52	0.075	5.0	0.082	5.4
	3	1.42	0.072	5.1	0.080	5.6
检测盘 2	1	7.37	0.275	3.7	0.353	4.8
	2	7.65	0.308	4.0	0.398	5.2
	3	7.13	0.281	3.9	0.333	4.7
检测盘 3	1	53.55	2.031	3.8	2.338	4.4
	2	55.03	2.115	3.8	2.421	4.4
	3	52.28	1.980	3.8	2.065	4.0

8.2 回收率

向正常值人血清和血浆样本中添加已知量的 SCC。SCC 浓度是使用 ARCHITECT SCC 检验确定的，计算得出的百分比回收率。见表 13-12-2。

表 13-12-2　回收率

样本类型	内生水平（$\mu g/ml$）	添加的 SCC（$\mu g/ml$）	观察到的 SCC（$\mu g/ml$）	百分比回收率
血清				
1	0.38	10.09	10.35	98.8
	0.38	52.53	49.53	93.6
2	0.35	10.09	10.67	102.3
	0.35	52.53	52.48	99.2
3	0.37	10.09	10.90	104.4
	0.37	52.53	51.10	96.6
4	0.25	10.09	10.14	98.0
	0.25	52.53	48.29	91.5

	文件编号：
第十二节　鳞状细胞癌相关抗原检测	版本号：
	页码：第　页　共　页

(续　表)

样本类型	内生水平(μg/ml)	添加的 SCC(μg/ml)	观察到的 SCC(μg/ml)	百分比回收率
5	0.31	10.09	10.48	100.8
	0.31	52.53	51.65	97.7
血浆				
1	0.49	10.05	10.50	99.6
	0.49	50.82	50.66	98.7
2	0.44	10.05	9.88	93.9
	0.44	50.82	46.85	91.3
3	0.41	10.05	10.11	96.5
	0.41	50.82	49.17	95.9
4	0.49	10.05	10.45	99.1
	0.49	50.82	50.64	98.7
5	0.48	10.05	10.00	94.7
	0.48	50.82	49.65	96.8

$$百分比回收率 = \frac{观察值(\mu g/ml) - 内生水平(\mu g/ml)}{添加的\ SCC(\mu g/ml)} \times 100$$

8.3 分析灵敏度

ARCHITECT SCC 检验的分析灵敏度计算为优于 0.1μg/ml。灵敏度作为超过 AR-CHITECT SCC 标准品 A(0μg/ml)的平均 RLU 两个标准差的浓度进行定义的,代表了可以从 0 开始识别的 SCC 最低可检测浓度。

8.4 特异性

ARCHITECT SCC 检验的特异性是通过检测含有以下列出的混合物的血清确定的(表13-12-3)。这些混合物在 ARCHITECT SCC 检验中所指示的水平上表现出<10%的干扰性。

表 13-12-3　特异性检测

检测混合物	检测浓度
胆红素	20mg/dl
血红蛋白	50mg/dl
总蛋白	12g/dl
三酰甘油	3 000mg/dl

8.5 携带率

在对含有 150μg/ml 的 SCC 检测中,没有可以检测到的携带率(<0.05μg/ml)。

第十二节　鳞状细胞癌相关抗原检测	文件编号：
	版本号：
	页码：第　页　共　页

9 检测的局限性

9.1 出于诊断目的,结果应与其他数据联用,如患者病史、症状、其他检测结果、临床感觉等。

9.2 如果 SCC Ag 结果与临床证据不一致,则建议使用其他检测对结果进行确认。

9.3 来源于为诊断或治疗接受了鼠单克隆抗体制备液的患者可能含有人抗鼠抗体(HA-MA)。在使用含有鼠单克隆抗体的检测试剂盒时,此类样品会表现出假升高值或下降值。这些样品不能使用 ABBOTT ARCHITECT SCC 检测进行检测。在确定患者状态时,可能需要其他临床或诊断信息。

9.4 人血清中的异嗜性抗体可能与试剂免疫球蛋白发生反应,对体外免疫检测产生干扰。长期暴露于动物或动物血清产品的患者易对此类干扰有趋向性,并可能观察到异常值。进行诊断时可能需要参考其他信息。

10 参考范围

95.6% 的健康个体(数量=616)的 SCC 值在两个实验室中为 1.5μg/ml 或更低。

建议各实验室建立其自己的相关人群的预期参考范围值。

SCC Ag 血液水平,无论其值如何都不应作为是否存在恶性疾病的绝对证据。在怀疑患有或已知患有癌症的患者中,为了诊断目的和质量管理,必须同时对其他检测和步骤加以考虑。

11 临床意义

鳞状细胞癌相关抗原(SCC Ag)是 TA-4 的一个细分馏份,该肿瘤抗原首先是由 Kato 和 Torigoe 在 1977 年进行描述的。TA-4 是从子宫颈的鳞状细胞癌组织中获得的,描述为分子量为 48kD 的糖蛋白。使用抗 TA-4 兔血清进行的等电子聚焦法和免疫印迹法检验证明,TA-4 包括了至少 14 个细分馏份,pH 为 5.44～6.62。SCC Ag 是一个纯化的细分馏份,pH 为 6.62。

早期试验表明,患有子宫颈鳞状细胞癌的女性中的 TA-4 血清水平会频繁出现高于健康个体的情况。其他试验表明,血清 TA-4 水平可能反映出患有子宫颈鳞状细胞癌的女性的患病程度,因此,TA-4 水平对于预后预估,检测复发及监测疾病状态等都能起到辅助作用。在其他鳞状细胞癌类型中(咽、喉、上腭、舌头及颈部),有检测到血清 TA-4 水平的报告,但其水平较低。

Crombach 等在患有非恶性和恶性糖蛋白疾病的患者组织抽取物和血清中检测到 SCC Ag。胞液 SCC Ag 浓度在正常鳞状上皮细胞和外宫颈鳞状细胞癌中比在正常柱状上皮细胞和外宫颈,子宫内膜,卵巢以及乳腺腺癌中的要高出很多。在该试验中,原发性子宫颈癌的 SCC Ag 血清水平的临床灵敏度从 I 期的 29% 上升到 Ⅳ 期的 89%。

对 SCC Ag 在其他鳞状细胞恶性疾病中进行了试验,包括肺、食管、头颈部、肛管和皮肤。总之,与子宫颈鳞状细胞癌中观察到的相似的情况在这些癌症中也能观察到,即报告的癌症

第十二节　鳞状细胞癌相关抗原检测	文件编号：
	版本号：
	页码:第　页　共　页

期越高,SCC Ag 的水平越高。研究人员已经报告,在系列检测中,抗原检测可以指示疾病的复发,治疗后的残余疾病及对治疗的反应。

12 参考文献

[1]　雅培制药有限公司.鳞状细胞癌检测试剂盒说明书.

编写:杜满兴　　　　审核:熊继红　　　　批准:张秀明

第十三节　胸苷激酶1(TK1)检测操作程序	文件编号：
	版本号：
	页码:第　页　共　页

1 原理

本项目采用的是点印迹免疫酶化学发光法检测人细胞质胸苷激酶1(TK1),将含有 TK1 抗原的血清滴在硝酸纤维素膜固相载体上,TK1 抗原与抗人 TK1-IgY 抗体直接反应,产生抗原-抗体复合物,再与相对应的生物素化抗 IgY 二抗、SA-HRP(亲和素化辣根过氧化物酶)结合,最后形成了"TK1-抗 TK1-IgY-生物素化抗 IgY 二抗-SA-HRP"复合物,通过检测 HRP 与发光剂反应发出信号的强弱,计算出血清中 TK1 的浓度,TK1 的量即可用化学发光法测量。

2 样品采集

需由专业人员无菌静脉穿刺采集血液。使用消毒或无菌技术能保持样本的完整性。血清样本采集后如不在 8h 内检测应 2～8℃冷藏,如 7d 内不检测,则应冷冻(-20℃)保存,不要反复冻融。不要使用高血脂或污染的血清。若样本中含有微粒要离心使之澄清。

3 试剂

3.1 试剂来源

华瑞同康生物技术公司提供配套试剂。

3.2 试剂组成

a)标准品 1、标准品 2、标准品 3、对照血清各 1 瓶。

b)硝酸纤维素膜 1 张。

c)抗 TK1-IgY 抗体 1 瓶。

d)生物素化抗 IgY 二抗 1 瓶。

e)SA-HRP(亲合素化辣根过氧化物酶)1 瓶。

f)ECL1 和 ECL2 各 1 瓶。

g)稀释液、洗涤液和封闭液各 1 瓶。

均保存于 2～8℃,有效期内均可直接使用。

4 仪器

4.1 CIS-1 型化学发光数字成像分析仪。

4.2 2510 变频振荡器。

4.3 LD5-10B 型离心机。

5 操作步骤

5.1 实验准备

5.1.1 实验环境的确认

a)为了保证抗体反应的正常进行,实验区温度应保持在 24～28℃。

b)实验区湿度应<80%(最好在 50%左右)。

c)对实验室的水质状况(pH)进行监测(推荐使用蒸馏水、去离子水)。配制稀释液和洗

	文件编号：
第十三节　胸苷激酶1(TK1)检测操作程序	版本号：
	页码:第　页　共　页

涤液的温度应在22~25℃(温度低对实验结果有影响)。

d)保存试剂盒的冰箱条件应保证2~8℃。

5.1.2 实验用具的确认:实验用具主要包括烧杯、量筒、反应盒、计时器、镊子、手套、剪刀、发光容器等。

a)为了避免杂蛋白或其他杂质对反应造成污染,所用容器及其他直接与膜接触的用具必须进行清洗。

b)镊子、剪刀、发光容器使用时需干燥,因此清洗后,可使用洁净吸水纸擦干,或置于烘箱中干燥。

5.1.3 实验样本的准备:待测标本最好为新鲜的血清,不得使用反复冻融的血清(血清反复冻融后,性质宜发生改变,所以新鲜血清需及时分装,-20℃保存)。

欲使用冻存样本时,先将样本从-20℃取出后,放于4℃解冻完全并充分混匀(手指轻弹或用振荡器轻微振荡),放至室温后点样。

注意:如解冻后发现血清中有沉淀,则不能用于检测;不得使用高度脂血、溶血和被污染的血清进行检测。

5.2 实验操作

5.2.1 点样

a)将点样板从包装袋中取出,放置于干燥的吸水纸上。

b)点样过程中应保持安静不说话,防止唾液中的蛋白质污染NC膜,同时避免出错。

c)标准品1、2、3必须依次点样$3\mu l$于膜板A1、A2、A3孔处。

5.2.2 晾干:点样结束后,将NC膜从点样板中取出,并揭去底部蓝色保护纸,放置于干燥的吸水纸上晾干;晾干方式建议为灯照,灯照晾干30min。

5.2.3 封闭剂的配制:在晾干过程中配制稀释液、洗涤液和封闭液;稀释液、洗涤液以1:20进行稀释;封闭剂使用稀释液配制,每2g封闭剂需要33ml稀释液进行配制,封闭剂必须充分混匀,否则会影响最终效果。

5.2.4 封闭:将晾干的膜用去离子水或蒸馏水进行漂洗每次1min,然后倒入配好的封闭液(没过膜为最佳),将脱色摇床转速调整至35~45r/min,封闭30min。

5.2.5 抗TK1-IgY抗体反应:反应结束后,将摇匀的封闭剂倒去,然后按照1:500的比例混合稀释液和抗体,反应120min(由于一抗反应时间较长,为了避免一抗过度结合,在一抗反应液中以$400\mu l$封闭液/10ml反应液的比例添加封闭液)。见表13-13-1。

表 13-13-1　抗 TK1-IgY 抗体反应

规格	稀释液	一抗
24 人份	10ml	$20\mu l$
48 人份	15ml	$30\mu l$
96 人份	30ml	$60\mu l$

第十三节　胸苷激酶1(TK1)检测操作程序	文件编号：ㅤ
	版本号：ㅤ
	页码：第　页　共　页

备注：为防止高背景出现，在一抗反应液中需保留 200μl/10ml 反应液的封闭液。

5.2.6 洗涤：倒去反应液，倒入洗涤液洗涤 3 次，每次 5min，摇床转速 60～70r/min。

5.2.7 生物素化二抗反应：按照 1:500 比例混合，保持转速在 35～45r/min，反应 40min（反应时间需要精确）。见表 13-13-2。

表 13-13-2　生物素化二抗反应

规格	稀释液	二抗
24 人份	10ml	20μl
48 人份	15ml	30μl
96 人份	30ml	60μl

5.2.8 洗涤：同 5.2.6。

5.2.9 SA-HRP 反应：按照 1:1 500 比例混合，将按照配制好的 HRP 加入反应盒，保持转速在 35～45r/min，反应 60min（反应时间需要精确）。见表 13-13-3。

表 13-13-3　SA-HRP 反应

规格	稀释液	Hrp 酶
24 人份	10ml	6.6μl
48 人份	15ml	10μl
96 人份	30ml	20μl

5.2.10 洗涤：同 5.2.6。本次洗涤一定要洗涤充分，可适当提高洗涤液用量，以防止背景产生。

5.2.11 ECL 发光

a)准备好以下工具：反应盒(干净、干燥)、镊子、滚筒、压膜胶片、吸水纸、剪刀、计时器。

b)将浸泡于洗涤液中 NC 膜取出，待吸水纸吸去多余洗涤液后，将 NC 膜放于发光盒内。

c)先吸取 ECL1 液，再吸取 ECL2 液滴于发光盒内；将 1 液和 2 液混合，吸打混匀后，加于膜上，开始计时 1min。

d)1min 结束后同时进行 5min 倒计时，然后将 ECL 倒去，NC 膜放置于两片压膜胶片中，然后将胶片夹于两张吸水纸中，按住胶片防止滑动，同时用滚筒滚压胶片，挤出多余 ECL 反应液。

e)ECL 发光过程中，应保证动作迅速，不可使 NC 膜干透，同时由于 ECL 试剂成分易分解，所以在吸出后立即进行混合发光。

5.2.12 化学发光图像分析。

6 质量控制

6.1 标准品无需稀释直接使用，每批测试均应做标准品 1、2、3，标准品线性的好坏反映了

第十三节 胸苷激酶1(TK1)检测操作程序

标准品亮度与浓度的对应关系，R值越接近于1，对应关系越好，在实验质量控制时，要求R＞0.995，否则视为无效测试，应重新进行实验。

6.2 因所配试剂不很稳定，故每次所配试剂应当次用完。

7 注意事项

7.1 试剂盒对应不同规格分为 24T、48T、96T 3 种，其中 24T 试剂盒的反应液用量为 10ml,48T 为 20ml,96T 为 40ml。

7.2 在进行点样操作和 ECL 发光时一定要佩戴手套。

7.3 封闭剂、抗体和 HRP 都使用稀释液进行配置。

7.4 在进行抗体反应和洗涤时要记住进行转速切换。

7.5 实验温度和晾干的是否充分直接影响实验结果的好坏，请注意温度和时间。

7.6 化学发光仪的 CCD 在不使用时要关闭电源，拔掉数据线，以保证使用寿命，CCD 不能受潮。

8 方法局限性

患者存在个体差异，部分患者细胞增殖速率比较低，TK1 水平处于低增殖状态。由于试剂盒采用的抗 TK1-IgY 抗体(一抗)检测的是正常 TK1 基因，研究表明，部分患者 TK1 基因会发生突变，因此，其 TK1 水平可能降低(TK1<2.0pM)。本方法对此类患者有局限性。

9 临床意义

细胞质胸苷激酶，又称为胸苷激酶 1(TK1)是一种存在于细胞质中的激酶，它催化胸苷(TdR)为 1-磷酸胸苷酸(TMP)一种 DNA 合成必需的前体物。TK1 水平与细胞周期中的 S 期和 DNA 合成密切相关，TK1 被称为是 S 期的特殊酶。健康人的血清 TK1 水平很低或不可检测，但一旦有肿瘤生长和增殖，患者的血清 TK1 水平可升高 2～100 倍。胸苷激酶 1 (TK1)主要用于如下领域：①筛查恶性病变，定期体检筛查更早发现癌变风险。②评估手术效果，CT＋TK1 评估手术效果，避免过度治疗。③监测化疗进程，动态观察化疗效果，选择最佳治疗时机。④预测复发风险，比常规技术提前至少 9 个月以上发现肿瘤复发。⑤判断肿瘤预后，比常规技术更早，更准确地反映肿瘤预后情况。

10 参考文献

[1] 华瑞同康生物技术(深圳)有限公司.胸苷激酶 1 检测试剂盒说明书.

编写：阚丽娟　　　　审核：熊继红　　　　批准：张秀明

第十四章

自身抗体测定操作程序

Chapter *14*

第一节 抗核抗体谱IgG测定	文件编号：
	版本号：
	页码：第 页 共 页

1 原理

采用间接 ELISA 法检测人血清中的抗核抗体（ANA）。试剂盒中每个微孔板条含有 8 个可拆分的包被有混合抗原(dsDNA、组蛋白、核糖体 P 蛋白、nRNP、Sm、SS-A、SS-B、Scl-70、Jo-1 和着丝点)的微孔。第一次温育时,稀释后的样本在微孔中反应,如果样本阳性,特异性 IgG 抗体(包括 IgA 和 IgM)与抗原结合;为了检测结合的抗体,加入酶标抗人 IgG 抗体(酶结合物)进行第二次温育。然后加入酶底物,发生颜色反应。

2 标本采集

人血清或 EDTA、肝素、柠檬酸盐抗凝的血浆。待测样本在 2～8℃可以保存 14d。已稀释的样本必须当天检测。血清和血浆样本用样本缓冲液 1:200 稀释。例如,可取 5μl 血清用 1.0ml 样本缓冲液稀释并混匀(加样枪不适合于混匀)。标准品和对照品已经稀释,可直接使用,无须再稀释。

3 试剂

德国欧蒙抗核抗体谱 IgG 检测试剂盒(酶联免疫吸附法),ANA Screen ELISA(IgG)。不同批号试剂盒内的酶结合物、样本缓冲液、清洗缓冲液、色原/底物液和终止液可互换。

3.1 主要成分

3.1.1 微孔板(STRIPS):包被有抗原的微孔 12 条,每条有 8 个可拆分的微孔。

3.1.2 标准品:1×2.0ml,人 IgG;标准品(Cal,深红色)。

3.1.3 对照品:1×2.0ml,人 IgG;阳性对照(POS CONTROL,蓝色),阴性对照(NEG CONTROL,绿色)。

3.1.4 酶结合物(CONJUGATE):1×12ml,过氧化物酶标记的(兔)抗人 IgG。

3.1.5 缓冲液:样本缓冲液(SMPLEBUFFER),1×100ml,浅蓝色;清洗缓冲液(WASHBUFFER 10×),1×100ml,无色。

3.1.6 色原/底物液(SUBSTRATE):1×12ml,无色。

3.1.7 终止液(STOP SOLUTION):1×12ml,0.5mmol/L 硫酸,无色。

3.2 储存条件及有效期

2～8℃保存,不要冰冻。未开封前,除非特别说明,试剂盒中各成分自生产日期起可稳定 1 年。自第一次开封后,抗原包被的微孔板在干燥的 2～8℃的环境中保存至少 4 个月。稀释后的缓冲液于 2～8℃最多可稳定 1 个月。

3.3 试剂准备

所有试剂在使用前均应在室温(18～25℃)平衡 30min。

3.3.1 抗原包被的微孔:直接使用。在外包装密封线咬合部的上端剪开保护袋,为防止板条受潮,只有当微孔板平衡到室温后才可打开包装。剩余板孔应立即放回保护袋并封好(保留干燥剂)。

3.3.2 标准品和对照血清:直接使用,使用前应充分混匀。

第一节　抗核抗体谱 IgG 测定

文件编号：
版本号：
页码:第　页　共　页

3.3.3 酶结合物:直接使用,使用前应充分混匀。样本缓冲液直接使用。

3.3.4 清洗缓冲液:10 倍浓缩。如果浓缩清洗缓冲液中出现结晶,稀释前应加热到 37℃ 并充分混匀溶解。用干净吸管从瓶中吸取需要量的浓缩清洗缓冲液用蒸馏水 1:10 稀释(1 份浓缩清洗缓冲液加 9 份蒸馏水),如需清洗一条微孔板条,则可取 5ml 浓缩清洗缓冲液用 45ml 蒸馏水稀释。

3.3.5 色原/底物液:直接使用。因内容物对光敏感,使用后应立即盖好瓶盖。色原/底物液应为无色澄清,如果变蓝,则不要使用。

3.3.6 终止液:直接使用。

4 仪器

芬兰雷博 MK3 酶标仪。对每一组实验,标准品的吸光度和阳性对照、阴性对照的比值必须处在相应批号试剂的参考范围内,试剂盒内附有靶值参照表。如果实验结果超出额定范围,则说明实验结果不准确,应重做。所用酶的活性与温度有关,如果不使用恒温器,吸光度值会有所不同。底物温育时室温(18~25℃)越高,吸光度值越高。温育时间不同也会引起同样的差异。但因标准血清会受到同样的影响,这种差异在计算结果时会在很大程度上得到补偿。

5 操作程序

5.1 按以下程序进行操作

见图 14-1-1。

5.2 按以下加样方案进行

见表 14-1-1。

6 质量控制

阳性和阴性对照为实验可靠性的内部对照,每次实验必须实施。

7 结果报告及生物参考区间

结果报告:报告比值。

用本检测系统检测健康献血者血清(n=216)中 ANA(IgG)水平,以比值 1.0 为临界值,仅 0.5% 献血员血清中 ANA 阳性。

8 性能指标

微孔板包被的是下列抗原的混合物:①dsDNA,从鲑鱼精子中高度纯化的天然 dsDNA; ②组蛋白,从小牛胸腺纯化的组蛋白 H1、H2A、H2B、H3 和 H4 的混合物;③核糖体 P 蛋白, 从牛和兔胸腺中经亲和层析纯化的核糖体 P 蛋白;④Sm,从牛脾脏和胸腺中经亲和层析纯化的天然 Sm 抗原;⑤SS-A,从牛脾脏和胸腺中经亲和层析纯化的天然 SS-A;⑥SS-B,从小牛和兔胸腺中经亲和层析纯化的天然 SS-B;⑦Scl-70,从牛和兔胸腺中经亲和层析纯化的天然 Scl-70;⑧Jo-1,从小牛和兔胸腺中经亲和层析纯化的天然 Jo-1(组氨酰-tRNA 合成酶);⑨着

| 文件编号： |
| 版本号： |
| 页码:第 页 共 页 |

第一节 抗核抗体谱IgG测定

```
1.加样温育：按加样方案加样。每孔分别加100μl标准品、阳性对照、
阴性对照或稀释后的样本，18～25℃温育30min
```

↓

```
2.清洗：倒掉微孔板内液体，用清洗缓冲液洗3次，每次300μl，缓冲
液在微孔中至少保留30～60s，然后再倒掉。清洗后应将微孔板倒置在
吸水纸上拍干，以去除残存的清洗液
```

↓

```
3.加酶结合物温育：每孔加100μl酶结合物，18～25℃温育30min
```

↓

```
4.清洗：倒掉微孔板内液体，按步骤2清洗
```

↓

```
5.加底物温育：每孔加100μl色原/底物液，18～25℃避光温育15min
```

↓

```
6.加终止液比色：以与加色原/底物液相同的速度和顺序，每孔加100μl
终止液，30min之内比色，比色波长450nm，参考波长620～650nm。比
色前，轻轻振动微孔板以使液体扩散均匀
```

图 14-1-1 操作程序

表 14-1-1 加样方案(以 27 份患者样本 P1～P27 进行定量检测为例)

	1	2	3	4	5	6	7	8	9	10	11	12
A	C	P6	P14	P22								
B	pos	P7	P15	P23								
C	neg	P8	P16	P24								
D	P1	P9	P17	P25								
E	P2	P10	P18	P26								
F	P3	P11	P19	P27								
G	P4	P12	P20									
H	P5	P13	P21									

丝点，重组的着丝点B蛋白。本检测系统的最低检出限约为比值0.07(检出限的定义为阴性
样本检测结果的均值加上3倍标准差，也就是所能检出抗体的最小滴度)；本检测系统未发现
有交叉反应，血红蛋白浓度为10mg/ml的溶血、三酰甘油浓度为20mg/ml的脂血、胆红素浓

第一节　抗核抗体谱 IgG 测定

度为 0.4mg/ml 的黄疸对检测结果没有干扰；批内重复性为 $1.1\%\sim1.7\%$，批间重复性为 $3.2\%\sim3.7\%$（通过检测 3 份不同抗体浓度的血清计算批内和批间 CV 以确定该试剂的重复性，批内 CV 基于 20 次检测的结果，而批间检测的 CV 则基于不同 6 天、每天 4 次检测的结果）。

9 注意事项

本检测试剂仅用于体外诊断。标准品和对照品的 HBsAg、抗 HCV、HIV-1 和 HIV-2 抗体均为阴性，但试剂盒中所有组分都应被视为潜在传染源小心处理，其中部分试剂含有毒性的叠氮钠，应避免接触皮肤。样本、标准品、对照品和温育过的微孔板条必须作为潜在传染源处理，试剂盒中所有试剂的处理必须遵循官方规定。

10 结果解释与临床意义

10.1 结果解释

标准品的吸光度值作为正常范围上限（临界值）。高于此临界值为阳性，低于此临界值为阴性。此外，通过比值半定量判断结果：比值＝对照或患者样本的吸光度值/标准品的吸光度值（临界值）。按以下原则解释结果：比值＜1.0 为阴性；比值≥1.0 为阳性，复孔检测应取两孔检测结果的平均值进行计算。如果两孔间的值相差过大，应重做实验。如果检测结果为阳性时，可用单特异的 ELISA 试剂做进一步 ANA 分型。

10.2 临床意义

ANA 是指抗细胞内所有抗原成分的自身抗体的总称，ANA 检测在临床上是一个极其重要的筛选试验，阳性标志自身免疫病可能性，对风湿性疾病的诊断和鉴别诊断具有重要意义；高龄老人有时出现低滴度阳性；活动期系统性红斑狼疮（SLE）病人 ANA 阳性率可达 100%，非活动期 SLE 病人达 80%；硬皮病、皮肌炎、混合性结缔组织病（MCTD）、干燥综合征（SS）、类风湿关节炎（RA）、慢性活动性肝炎等可出现 ANA 阳性。

11 质量记录表

JYK-MY-TAB-043《中山市人民医院检验医学中心 ELISA 法自身抗体检测质控记录表》（表 14-1-2）。

第一节　抗核抗体谱 IgG 测定	文件编号：
	版本号：
	页码：第　页　共　页

表 14-1-2　中山市人民医院检验医学中心 ELISA 法自身抗体检测质控记录表

项目：　　　　　　　　　　　　　　　　　　　　　　　　　　　格编号：JYZX-MY-TAB-043

日期	项目	测定值	定性判断	在控判断	失控原因分析	操作者
	阴性对照		阴性（　） 阳性（　）	在控（　） 失控（　）		
	阳性对照		阴性（　） 阳性（　）	在控（　） 失控（　）		
	阴性对照		阴性（　） 阳性（　）	在控（　） 失控（　）		
	阳性对照		阴性（　） 阳性（　）	在控（　） 失控（　）		
	阴性对照		阴性（　） 阳性（　）	在控（　） 失控（　）		
	阳性对照		阴性（　） 阳性（　）	在控（　） 失控（　）		
	阴性对照		阴性（　） 阳性（　）	在控（　） 失控（　）		
	阳性对照		阴性（　） 阳性（　）	在控（　） 失控（　）		

12　参考文献

［1］　德国欧蒙医学实验诊断股份公司 . 抗核抗体谱 IgG 检测试剂盒（酶联免疫吸附法）使用说明书.

［2］　叶应妩,王毓三,申子瑜 . 全国临床检验操作规程 . 3 版 . 南京:东南大学出版社,2006:655-658.

编写:罗锡华　　　　　审核:陈桂山　　　　　批准:张秀明

	文件编号:
第二节 抗双链 DNA 抗体 IgG 测定	版本号:
	页码:第 页 共 页

1 原理

采用间接 ELISA 法检测人血清中的双链 DNA(dsDNA)。试剂盒中每个微孔板条含有 8 个可拆分的包被有双链 DNA 的微孔。第一次温育时,稀释后的样本在微孔中反应,如果样本阳性,特异性 IgG 抗体(包括 IgA 和 IgM)与抗原结合;为了检测结合的抗体,加入酶标抗人 IgG 抗体(酶结合物),然后加入酶底物,发生颜色反应。

2 标本采集

人血清或 EDTA、肝素、柠檬酸盐抗凝的血浆。待测样本在 2～8℃可以保存 14d。已稀释的样本必须当天检测。血清和血浆样本用样本缓冲液 1:200 稀释。例如,可取 5μl 血清用 1.0ml 样本缓冲液稀释并混匀(加样枪不适合于混匀)。标准品和对照品已经稀释,可直接使用,无须再稀释。

3 试剂

德国欧蒙抗双链 DNA 抗体 IgG 检测试剂盒(酶联免疫吸附法),Anti-dsDNA ELISA (IgG)。

3.1 主要成分

3.1.1 微孔板(STRIPS):包被有抗原的微孔 12 条,每条有 8 个可拆分的微孔。

3.1.2 标准品:1×2.0ml,人 IgG;标准品 1(Cal 1,深红色)800U/ml,标准品 2(Cal 2,红色)100U/ml;标准品 3(Cal 3,浅红色)10U/ml。

3.1.3 对照品:1×2.0ml,人 IgG;阳性对照(POS CONTROL,蓝色),阴性对照(NEG CONTROL,绿色)。

3.1.4 酶结合物(CONJUGATE):1×12ml,过氧化物酶标记的(兔)抗人 IgG。

3.1.5 缓冲液:样本缓冲液(SMPLEBUFFER),1×100ml,浅蓝色;清洗缓冲液(WASHBUFFER 10×),1×100ml,无色。

3.1.6 色原/底物液(SUBSTRATE):1×12ml,无色。

3.1.7 终止液(STOP SOLUTION):1×12ml,0.5M 硫酸,无色。

3.2 试剂说明

不同批号试剂盒内的酶结合物、样本缓冲液、清洗缓冲液、色原/底物液和终止液可互换;标准品单位为国际单位 U,采用 WHO 提供的国际参考血清 Wo/80(200U/ml)进行校准。

3.3 储存条件及有效期

2～8℃保存,不要冰冻。未开封前,除非特别说明,试剂盒中各成分自生产日期起可稳定 1 年。自第一次开封后,抗原包被的微孔板在干燥的 2～8℃的环境中保存至少 4 个月。稀释后的缓冲液于 2～8℃最多可稳定 4 周。

3.4 试剂准备

所有试剂在使用前均应在室温(18～25℃)平衡 30min。

3.4.1 抗原包被的微孔:直接使用。在外包装密封线咬合部的上端剪开保护袋,为防止

第二节　抗双链DNA抗体IgG测定	文件编号：
	版本号：
	页码:第　页　共　页

板条受潮,只有当微孔板平衡到室温后才可打开包装。剩余板孔应立即放回保护袋并封好(保留干燥剂)。

3.4.2 标准品和对照血清:直接使用,使用前应充分混匀。

3.4.3 酶结合物:直接使用,使用前应充分混匀。

3.4.4 样本缓冲液:直接使用。

3.4.5 清洗缓冲液:10倍浓缩。如果浓缩清洗缓冲液中出现结晶,稀释前应加热到37℃并充分混匀溶解。用干净吸管从瓶中吸取需要量的浓缩清洗缓冲液用蒸馏水1:10稀释(1份浓缩清洗缓冲液加9份蒸馏水),如需清洗一条微孔板条,则可取5ml浓缩清洗缓冲液用45ml蒸馏水稀释。

3.4.6 色原/底物液:直接使用。因内容物对光敏感,使用后应立即盖好瓶盖。色原/底物液应为无色澄清,如果变蓝,则不要使用。

3.4.7 终止液:直接使用。

4 仪器

芬兰雷博MK3酶标仪。标准品单位为国际单位U,采用WHO提供的国际参考血清Wo/80(200U/ml)进行校准。对每一组实验,标准品的吸光度和阳性对照、阴性对照的U值必须处在相应批号试剂的参考范围内,试剂盒内附有靶值参照表。如果实验结果超出额定范围,则说明实验结果不准确,应重做。所用酶的活性与温度有关,如果不使用恒温器,吸光度值会有所不同。底物温育时室温(18～25℃)越高,吸光度值越高。温育时间不同也会引起同样的差异。但因标准血清会受到同样的影响,这种差异在计算结果时会在很大程度上得到补偿。

5 操作程序

5.1 按以下程序进行操作

见图14-2-1。

5.2 按以下加样方案进行

见表14-2-1。

6 质量控制

阳性和阴性对照为实验可靠性的内部对照,每次实验必须实施。

7 结果报告及生物参考区间

报告定量结果:U/ml。

用本检测系统检测健康献血者血清($n=206$)中抗dsDNA抗体水平,以100U/ml为临界值,1.5%献血员血清中抗dsDNA抗体IgG阳性。

8 性能指标

微孔板包被的抗原是从鲑鱼精子中高度纯化的天然dsDNA。包被dsDNA的微孔板用

第二节　抗双链 DNA 抗体 IgG 测定	文件编号：
	版本号：
	页码：第　页　共　页

1. 加样温育：按加样方案加样。每孔分别加 100μl 标准品、阳性对照、阴性对照或稀释后的样本，18～25℃温育 30min

↓

2. 清洗：倒掉微孔板内液体，用清洗缓冲液洗 3 次，每次 300μl，缓冲液在微孔中至少停留 30～60s，然后再倒掉。清洗后应将微孔板倒置在吸水纸上拍打，以去除残存的清洗液

↓

3. 加酶结合物温育：每孔加 100μl 酶结合物，18～25℃温育 30 min

↓

4. 清洗：倒掉微孔板内液体，按步骤 2 清洗

↓

5. 加底物温育：每孔加 100μl 色原／底物液，18～25℃避光温育 15 min

↓

6. 加终止液比色：以与加色原／底物液相同的速度和顺序，每孔加 100μl 终止液，30 min 之内比色，比色波长 450nm，参考波长 620～650nm。比色前，轻轻振动微孔板以使液体扩散均匀

图 14-2-1　操作程序

表 14-2-1　加样方案（以 27 份患者样本 P1～P27 进行定量检测为例）

	1	2	3	4	5	6	7	8	9	10	11	12
A	C1	P4	P12	P20								
B	C2	P5	P13	P21								
C	C3	P6	P14	P22								
D	pos	P7	P15	P23								
E	neg	P8	P16	P24								
F	P1	P9	P17	P25								
G	P2	P10	P18	P26								
H	P3	P11	P19	P27								

核酸酶 S1 处理以除去 ssDNA。本检测系统的线性范围为 10～800U/ml；最低检出限约为 1U/ml（检出限的定义为阴性样本检测结果的均值加上 3 倍标准差，也就是所能检出抗体的最小滴度）；本检测系统未发现有交叉反应，血红蛋白浓度为 10mg/ml 的溶血、三酰甘油浓度

第二节　抗双链 DNA 抗体 IgG 测定	文件编号：
	版本号：
	页码:第　页　共　页

为 20mg/ml 的脂血、胆红素浓度为 0.4mg/ml 的黄疸对检测结果没有干扰；批内重复性为 3.1%～4.4%，批间重复性为 4.4%～7.2%（通过检测 3 份不同抗体浓度的血清计算批内和批间 CV 以确定该试剂的重复性，批内 CV 基于 20 次检测的结果，而批间检测的 CV 则基于不同 6 天、每天 4 次检测的结果）。

9 注意事项

本检测试剂仅用于体外诊断。标准品和对照品的 HBsAg、抗 HCV、HIV-1 和 HIV-2 抗体均为阴性，但试剂盒中所有组分都应被视作潜在传染源小心处理，其中部分试剂含有毒性的叠氮钠，应避免接触皮肤。样本，标准品，对照品和温育过的微孔板条必须作为潜在传染源处理，试剂盒中所有试剂的处理必须遵循官方规定。

10 结果解释与临床意义

10.1 结果解释

定量检测，分别以 3 份标准血清的浓度（相对单位数）和其吸光度为横、纵坐标以点对点的方式做标准曲线，并根据标准曲线求出患者样本中的抗体浓度。如果患者样本的吸光度超出了标准品 1 的值（800U/ml），结果为＞800U/ml，建议将样本 1:800 稀释后重新测定，从标准曲线计算出的数据再乘以 4 即为样本中抗体的浓度。正常范围的上限（Cut-off）为 100U/ml。对检测结果做如下解释：＜100U/ml 为阴性；≥100U/ml 为阳性，复孔检测应取两孔检测结果的平均值进行计算。如果两孔间的值相差过大，应重做实验。应结合病人的临床症状和血清学检查结果进行诊断。

10.2 临床意义

有两种类型抗 DNA 抗体：抗天然的双链 DNA(dsDNA)抗体和抗变性的单链 DNA(ssDNA)。抗 dsDNA 抗体识别位点是双螺旋脱氧核糖磷酸骨架，因而，可和 dsDNA 和 ssDNA 反应。抗 ssDNA 抗体识别位点是嘌呤和嘧啶碱基多聚体，因而不和 dsDNA 反应。抗 dsDNA 抗体是系统性红斑狼疮的特异性抗体，是除抗 Sm 抗体之外的 SLE 另一个血清标志物，阳性发生率为 40%～90%。抗 ssDNA 抗体不仅见于系统性红斑狼疮患者(70%～95%)，也可见于多种自身免疫性疾病患者中(药物诱导性红斑狼疮 60%，混合结缔组织疾病 20%～50%，多肌炎/皮肌炎 43%，硬皮病 14%，干燥综合征 13%，类风湿关节炎 8%)。

11 参考文献

[1]　德国欧蒙医学实验诊断股份公司.抗双链 DNA 抗体 IgG 检测试剂盒(酶联免疫吸附法)说明书.

[2]　叶应妩,王毓三,申子瑜.全国临床检验操作规程.3 版.南京:东南大学出版社,2006:658-660.

编写:罗锡华　　　　　审核:陈桂山　　　　　批准:张秀明

第三节 抗环瓜氨酸肽(CCP)抗体 IgG 测定	文件编号:
	版本号:
	页码:第 页 共 页

1 原理

采用间接 ELISA 法检测人抗环瓜氨酸肽(CCP)抗体 IgG。试剂盒中每个微孔板条含有 8 个可拆分的包被有合成的环瓜氨酸肽的微孔。第一次温育时,稀释后的样本在微孔中反应,如果样本阳性,特异性 IgG 抗体(包括 IgA 和 IgM)与抗原结合;为了检测结合的抗体,加入酶标抗人 IgG 抗体(酶结合物)进行第二次温育。然后加入酶底物,发生颜色反应。

2 标本采集

人血清或 EDTA、肝素、柠檬酸盐抗凝的血浆。不要使用经热灭活的样本,因为这样可能导致假阳性。待测样本在 2~8℃可以保存 14d,已稀释的样本必须当天检测。血清和血浆样本用样本缓冲液 1:100 稀释。例如,可取 $10\mu l$ 血清用 1.0ml 样本缓冲液稀释并混匀(加样枪不适于混匀)。标准品和对照品已经稀释,可直接使用,无须再稀释。

3 试剂

德国欧蒙抗环瓜氨酸肽(CCP)抗体 IgG 检测试剂盒,Anti-CCP ELISA(IgG)。不同批号试剂盒内的酶结合物、样本缓冲液、清洗缓冲液、色原/底物液和终止液可互换;标准品采用相对单位 RU/ml。

3.1 主要成分

微孔板(STRIPS):包被有抗原的微孔 12 条,每条有 8 个可拆分的微孔。

3.1.1 标准品:红色 5×2.0ml 分别为 1RU/ml、5RU/ml、20RU/ml、100RU/ml、200RU/ml(人 IgG),直接使用。

3.1.2 对照品:1×2.0ml,人 IgG;阳性对照(POS CONTROL,蓝色),阴性对照(NEG CONTROL,绿色)。

3.1.3 酶结合物(CONJUGATE):1×12ml,过氧化物酶标记的(兔)抗人 IgG。

3.1.4 缓冲液:样本缓冲液(SMPLEBUFFER),1×100ml,浅蓝色;清洗缓冲液(WASH-BUFFER 10×),1×100ml,无色。

3.1.5 色原/底物液(SUBSTRATE):1×12ml,无色。

3.1.6 终止液(STOP SOLUTION):1×12ml,0.5M 硫酸,无色。

3.2 储存条件及有效期

2~8℃保存,不要冰冻。未开封前,除非特别说明,试剂盒中各成分自生产日期起可稳定 1 年。自第一次开封后,抗原包被的微孔板在干燥的 2~8℃的环境中保存至少 4 个月。稀释后的缓冲液于 2~8℃最多可稳定 4 周。

3.3 试剂准备

所有试剂在使用前均应在室温(18~25℃)平衡 30min。

3.3.1 抗原包被的微孔:直接使用。在外包装密封线咬合部的上端剪开保护袋,为防止板条受潮,只有当微孔板平衡到室温后才可打开包装。剩余板孔应立即放回保护袋并封好(保留干燥剂)。

第三节　抗环瓜氨酸肽(CCP)抗体 IgG 测定	文件编号：
	版本号：
	页码：第　页　共　页

3.3.2 标准品和对照血清：直接使用，使用前应充分混匀。

3.3.3 酶结合物：直接使用，使用前应充分混匀。

3.3.4 样本缓冲液：直接使用。

3.3.5 清洗缓冲液：10 倍浓缩。如果浓缩清洗缓冲液中出现结晶，稀释前应加热到 37℃ 并充分混匀溶解。用干净吸管从瓶中吸取需要量的浓缩清洗缓冲液用蒸馏水 1∶10 稀释(1 份浓缩清洗缓冲液加 9 份蒸馏水)，如需清洗一条微孔板条，则可取 5ml 浓缩清洗缓冲液用 45ml 蒸馏水稀释。

3.3.6 色原/底物液：直接使用。因内容物对光敏感，使用后应立即盖好瓶盖。色原/底物液应为无色澄清，如果变蓝，则不要使用。

3.3.7 终止液：直接使用。

4 仪器

芬兰雷博 MK3 酶标仪。标准品采用相对单位 RU/ml。对每一组实验，阳性对照及阴性对照血清的相对单位或比值必须处在相应批号试剂的参考范围内，试剂盒内提供了有关这些靶值的资料。如果实验结果超出了靶值范围，则结果不准确，必须重做。所用酶的活性与温度有关，如果不使用恒温器，吸光度值会有所不同。底物温育时室温(18~25℃)越高，吸光度值越高。温育时间不同也会引起同样的差异。但因标准血清会受到同样的影响，这种差异在计算结果时会在很大程度上得到补偿。

5 操作步骤

5.1 按以下程序进行操作

见图 14-3-1。

5.2 按以下加样方案进行

见表 14-3-1。

6 质量控制

阳性和阴性对照为实验可靠性的内部对照，每次实验必须实施。

7 结果报告及生物参考区间

报告定量结果：RU/ml，以 5RU/ml 为临界值。

8 性能指标

微孔板包被的合成的含修饰过的精氨酸残基的环瓜氨酸肽(CCP)。本检测系统的线性范围为 3~196 RU/ml；最低检出限约为 0.3RU/ml(检出限的定义为阴性样本检测结果的均值加上 3 倍标准差，也就是所能检出抗体的最小滴度)；本检测系统未发现有交叉反应，血红蛋白浓度为 10mg/ml 的溶血、三酰甘油浓度为 20mg/ml 的脂血、胆红素浓度为 0.4mg/ml 的黄疸对检测结果没有干扰；批内重复性为 3.4%~5.9%，批间重复性为 6.3%~7.2%(通过检测 4 份不同抗体浓度的血清计算批内和批间 CV 以确定该试剂的重复性，批内 CV 基于

第三节　抗环瓜氨酸肽(CCP)抗体 IgG 测定	文件编号：
	版本号：
	页码：第　页　共　页

20 次检测的结果,而批间检测的 CV 则基于不同 6 天、每天 4 次检测的结果)。

1. 加样温育：按加样方案加样。每孔分别加 100μl 标准品、阳性对照、阴性对照或稀释后的样本，18～25℃温育 60 min

↓

2. 清洗：倒掉微孔板内液体，用清洗缓冲液洗 3 次，每次 300μl，缓冲液在微孔中至少保留 30～60s，然后再倒掉。清洗后应将微孔板倒置在吸水纸上拍打，以去除残存的清洗液

↓

3. 加酶结合物温育：每孔加 100μl 酶结合物，18～25℃温育 30 min

↓

4. 清洗：倒掉微孔板内液体，按步骤 2 清洗

↓

5. 加底物温育：每孔加 100μl 色原/底物液，18～25℃避光温育 30 min

↓

6. 加终止液比色：以与加色原/底物液相同的速度和顺序，每孔加 100μl 终止液，30min 之内比色，比色波长 450nm，参考波长 620～650nm。比色前，轻轻振动微孔板以使液体扩散均匀

图 14-3-1　操作程序

表 14-3-1　加样方案(以 27 份患者样本 P1~P27 进行定量检测为例)

	1	2	3	4	5	6	7	8	9	10	11	12
A	C1	P2	P10	P18	P26							
B	C2	P3	P11	P19	P27							
C	C3	P4	P12	P20								
D	C4	P5	P13	P21								
E	C5	P6	P14	P22								
F	pos	P7	P15	P23								
G	neg	P8	P16	P24								
H	P1	P9	P17	P25								

第三节　抗环瓜氨酸肽(CCP)抗体IgG测定	文件编号：
	版本号：
	页码:第　页　共　页

9 注意事项

本检测试剂仅用于体外诊断。标准品和对照品的 HBsAg、抗 HCV、HIV-1 和 HIV-2 抗体均为阴性,但试剂盒中所有组分都应被视作潜在传染源小心处理,其中部分试剂含有毒性的叠氮钠,应避免接触皮肤。样本,标准品,对照品和温育过的微孔板条必须作为潜在传染源处理,试剂盒中所有试剂的处理必须遵循官方规定。

10 结果解释与临床意义

10.1 结果解释

定量检测,以 5 个标准品相对应的浓度(Log 函数,X-轴)及其吸光度(线性,Y-轴)做标准曲线,并根据标准曲线求出患者样本中的抗体浓度。如果患者样本的吸光度超出了标准品 5 的值(200 RU/ml),结果为>200RU/ml,建议将样本 1:400 稀释后重新测定,从标准曲线计算出的数据再乘以 4 即为样本中抗体的浓度。正常范围的上限(Cut-off)为 5 RU/ml。对检测结果做如下解释:<5RU/ml 为阴性;≥5RU/ml 为阳性,复孔检测应取两孔检测结果的平均值进行计算。如果两孔间的值相差过大,应重做实验。应结合病人的临床症状和血清学检查结果进行诊断。

10.2 临床意义

抗环瓜氨酸肽(CCP)抗体是 RA 的一个高度特异的新指标。抗 CCP 抗体的出现独立于类风湿因子。抗 CCP 抗体的滴度通常和疾病的活动度相关。抗 CCP 抗体主要为 IgG 类抗体,对 RA 的特异性为 95%。70%～80%的患者在疾病很早期就可以在血清和滑膜液中检出抗 CCP 抗体,这甚至在出现首个症状的很多年以前,因而,抗 CCP 抗体是一个 RA 早期诊断的指标。诊断越早,合理治疗开展的也越早。此外,放射学检查结果显示抗 CCP 抗体阳性患者出现严重的关节损坏明显多于抗 CCP 抗体阴性的患者,说明抗 CCP 抗体是 RA 早期诊断以及预后的重要指标。检测抗 CCP 抗体对于青少年先天性关节炎(JIA)的疑似病例的诊断以及监测 RA 治疗作用有限。抗 CCP 抗体与 RF 具有相同的灵敏度(抗 CCP 抗体为80%,RF 为 79%),但特异性更高(抗 CCP 抗体为 96%～100%,RF 为 63%),因而具有更为重要的临床意义。抗 CCP 抗体也可以作为鉴别不同疾病的标志物,比如:鉴别肝炎相关的关节病和类风湿关节炎(如抗 CCP 阴性、RF 阳性的丙型肝炎患者)。

11 参考文献

[1]　德国欧蒙医学实验诊断股份公司.抗环瓜氨酸肽(CCP)抗体 IgG 检测试剂盒说明书.
[2]　叶应妩,王毓三,申子瑜.全国临床检验操作规程.3 版.南京:东南大学出版社,2006:653-654.

| 编写:罗锡华 | 审核:陈桂山 | 批准:张秀明 |

第四节　抗 ENA/ANA 抗体 IgG 测定	文件编号：
	版本号：
	页码:第　页　共　页

1 原理

用于体外定性检测人血清或血浆中抗 nRNP、Sm、SS-A、SS-B、Scl-70、Jo-1 等 6 种抗体。试剂盒中载片上每个反应区内固定了 2 条实验膜条。膜条上平行包被了经亲和层析纯化的上述抗原。第一次温育时,稀释后的样本在微孔中反应,如果样本阳性,特异性 IgG 抗体(包括 IgA 和 IgM)与抗原结合;为了检测结合的抗体,加入酶标抗人 IgG 抗体(酶结合物)进行第二次温育,然后加入色原底物以发生颜色反应。

2 标本采集

人血清或 EDTA、肝素、柠檬酸盐抗凝的血浆。待测样本在 2～8℃ 可以保存 14d。已稀释的样本必须当天检测。血清和血浆样本用样本缓冲液 1:100 稀释。例如,可取 $10\mu l$ 血清用 1.0ml 样本缓冲液稀释并混匀(加样枪不适合于混匀)。标准品和对照品已经稀释,可直接使用,无须再稀释。

3 试剂

德国欧蒙抗 ENA/ANA 抗体 IgG 检测试剂盒(欧蒙斑点法)。不同批号试剂盒内的酶结合物、样本缓冲液、清洗缓冲液、色原/底物液和终止液可互换。

3.1 主要成分

3.1.1 反应区中固定有实验膜的载片:膜条上包被有以下抗原,如 nRNP/Sm、Sm、SS-A、SS-B、Scl-70、Jo-1。

3.1.2 阳性对照血清:IgG,人血清,直接使用。

3.1.3 阴性对照血清:IgG,人血清,直接使用。

3.1.4 酶结合物:碱性磷酸酶标记的(兔)抗人 IgG,10 倍浓缩。

3.1.5 样本缓冲液(SMPLEBUFFER):1×100ml,浅蓝色,直接使用。

3.1.6 清洗缓冲液(WASHBUFFER 10×):1×100ml,无色,直接使用。

3.1.7 底物液(SUBSTRATE):四唑硝基苯胺兰/5-溴-4-氯啶-磷酸盐(NBT/BCIP),直接使用。

3.2 储存条件及有效期

2～8℃ 保存,不要冰冻。未开封前,除非特别说明,试剂盒中各成分自生产日期起可稳定 1 年。自第一次开封后,抗原包被的微孔板在干燥的 2～8℃ 的环境中保存至少 4 个月。稀释后的缓冲液于 2～8℃ 最多可稳定 1 个月。

3.3 试剂准备

所有试剂在使用前均应在室温(18～25℃)平衡 30min。

3.3.1 抗原包被的微孔:直接使用。在外包装密封线咬合部的上端剪开保护袋,为防止板条受潮,只有当微孔板平衡到室温后才可打开包装。剩余板孔应立即放回保护袋并封好(保留干燥剂)。

3.3.2 标准品和对照血清:直接使用,使用前应充分混匀。

第四节　抗 ENA/ANA 抗体 IgG 测定	文件编号：
	版本号：
	页码：第　页　共　页

3.3.3 酶结合物：10 倍浓缩。用干净的吸管吸取需要量用样本缓冲液 1：10 稀释,已稀释的酶结合物应在同一个工作日用完。

3.3.4 样本缓冲液：直接使用。

3.3.5 清洗缓冲液：10 倍浓缩。如果浓缩清洗缓冲液中出现结晶,稀释前应加热到 37℃ 并充分混匀溶解。用干净吸管从瓶中吸取需要量的浓缩清洗缓冲液用蒸馏水 1：10 稀释(1 份浓缩清洗缓冲液加 9 份蒸馏水),如需清洗一条微孔板条,则可取 5ml 浓缩清洗缓冲液用 45ml 蒸馏水稀释。

3.3.6 色原/底物液：直接使用。因内容物对光敏感,使用后应立即盖好瓶盖。色原/底物液应为无色澄清,如果变蓝,则不要使用。

4 仪器

恒温水浴箱、摇床。抗原的反应性用疾病控制中心(CDC,美国亚特兰大)的人参考血清 CDC-ANA♯1-10 进行了标准化。这些血清的特异性已用间接免疫荧光模型(基质：Hep-2 细胞和灵长类肝脏)和双向免疫扩散或对流免疫电泳的结果进行论证(这些血清都不是单一特异性的)。

5 操作步骤

5.1 加样

滴加 $50\mu l$ 已稀释血清至加样板反应区,避免产生气泡,在开始温育前加完所有样本。

5.2 温育

将载片盖在加样板的凹槽里,反应即开始。确保每个样本均与载片上的膜条接触,而且样本间没有相互接触。在 3000r/min 旋转摇床上温育 30min。

5.3 清洗

将清洗缓冲液盛于烧杯中,流水冲洗载片后放入小杯中浸洗 15min。

5.4 加样

滴加 $50\mu l$ 已稀释的酶结合物(碱性磷酸酶标记的抗人 IgG)于加样板的每个反应区。在开始温育前加完所有反应区。

5.5 温育

将载片从清洗液缓冲液中取出,只需擦干背部及四周后置于加样板的凹槽里,确保每个样本均与载片上的膜条接触。在 3000r/min 旋转摇床上室温温育 30min。

5.6 清洗

将清洗缓冲液盛于烧杯中,流水冲洗载片后立即放入小杯中浸洗 15min。

5.7 加样

滴加 $50\mu l$ 底物液于加样板的每个反应区。在开始温育前加完所有反应区。

5.8 温育

将载片从清洗缓冲液中取出,只需擦干背部及四周后置于加样板的凹槽里,确保每个样

<table>
<tr><td rowspan="3"><h1>第四节　抗 ENA/ANA 抗体 IgG 测定</h1></td><td>文件编号：</td></tr>
<tr><td>版本号：</td></tr>
<tr><td>页码:第　页　共　页</td></tr>
</table>

本均与载片上的膜条接触。在3000r/min 旋转摇床上室温温育10min。

5.9 清洗

用去离子水或蒸馏水冲洗载片，风干15min。

5.10 结果判断

观察反应区内各抗原带着色的深浅。

6 质量控制

阳性和阴性对照为实验可靠性的内部对照，每次实验都必须做。人 IgG 带出现明显的阳性反应说明实验结果可靠。

7 结果报告

结果报告：阳性/阴性。

8 性能指标

8.1 检测范围

欧蒙斑点法是一种定性检测方法，一般不受检测范围限制。

8.2 交叉反应

所用抗原的质量（抗原和抗原的来源）保证了该检测试剂的高特异性。该欧蒙斑点法检测试剂可特异检测 IgG 类抗 nRNP/Sm、Sm、SS-A、SS-B、Scl-70 和 Jo-1 抗体，未发现与其他自身抗体之间的交叉反应。

8.3 干扰因素

检测结果不受溶血、脂血和黄疸的干扰。

8.4 批内和批间差异

通过在几天内多次检测典型的样本来研究该试剂的批间差异，在同一天内多次分析典型的样本来研究该试剂的批内差异，每次实验抗原带着色的深浅都在规定的范围内，表明该试剂具有很好的批内和批间重复性。

9 注意事项

本检测试剂仅用于体外诊断。对照品的 HBsAg、抗 HCV、HIV-1 和 HIV-2 抗体均为阴性，但试剂盒中所有组分都应被视作潜在传染源小心处理，其中部分试剂含有毒性的叠氮钠，应避免接触皮肤。样本、标准品、对照品和温育过的微孔板条必须作为潜在传染源处理，试剂盒中所有试剂的处理必须遵循官方规定。

10 结果解释与临床意义

抗 dsDNA 抗体是系统性红斑狼疮的特异性抗体，除了抗 Sm 抗体外，抗 dsDNA 抗体是该病的另外一种血清学标志，阳性发生率为 40%～90%；抗组蛋白抗体常见于药物诱导性（普鲁卡因，肼屈嗪等）红斑狼疮（阳性发生率为 95%）。此外，在约 50% 的系统性红斑狼疮患者和极少数的类风湿关节炎患者中也可检出抗组蛋白抗体；抗核糖体 P 蛋白抗体是系统性

第四节 抗 ENA/ANA 抗体 IgG 测定	文件编号：
	版本号：
	页码：第 页 共 页

红斑狼疮的特异性抗体，阳性发生率为 10％；高滴度的抗 U1-nRNP 抗体是混合性结缔组织病（夏普综合征）的特征，阳性发生率为 95％～100％，抗体滴度与疾病的活动性相关。在 30％～40％的系统性红斑狼疮患者中也可检出抗 U1-nRNP 抗体；抗 Sm 抗体是系统性红斑狼疮的特异性抗体，与抗 dsDNA 抗体一起，是系统性红斑狼疮的诊断指标，但阳性发生率仅为 20％～40％；抗 SS-A 抗体与各种自身免疫性疾病相关，常见于干燥综合征（40％～80％）、系统性红斑狼疮（30％～40％）、原发性胆汁性肝硬化（20％）和少数的慢性活动性肝炎患者。此外，在 100％的新生儿红斑狼疮中也可检出抗 SS-A 抗体，抗 SS-A 抗体可经胎盘传给胎儿，引起炎症反应，还可导致新生儿先天性心脏传导阻滞；抗 SS-B 抗体几乎仅见于干燥综合征（40％～80％）和系统性红斑狼疮（10％～20％）的女性患者中。男女比例为 1∶29。在干燥综合征中常同时出现抗 SS-A 抗体和抗 SS-B 抗体，抗 Scl-70 抗体见于 25％～75％的进行性系统性硬化症（弥漫性）患者中，依实验方法和疾病的活动性而异。但在局限性硬皮病中为阴性；抗 Jo-1 抗体见于多肌炎，阳性发生率为 25％～35％。常与合并肺间质纤维化有关；抗着丝点抗体与局限型的进行性系统性硬化症（CREST 综合征指钙质沉着、Raynaud's 病、食管功能障碍、指硬化症和末端血管扩张）相关。阳性发生率为 70％～90％。

11 质量记录表

JYZX-MY-TAB-042《中山市人民医院检验医学中心 ENA 检测质控记录表》（表 14-4-1）。

12 参考文献

[1] 德国欧蒙医学实验诊断股份公司 . 抗 ENA/ANA 抗体 IgG 检测试剂盒（欧蒙斑点法）说明书.

[2] 叶应妩，王毓三，申子瑜 . 全国临床检验操作规程 . 3 版 . 南京：东南大学出版社，2006：660-663

| 文件编号: |
| 版本号: |
| 页码:第　页　共　页 |

第四节　抗 ENA/ANA 抗体 IgG 测定

表 14-4-1　中山市人民医院检验医学中心 ENA 检测质控记录表

科别:免疫科　　　　20　年　月　　　　　　　　　　表格编号:JYZX-MY-TAB-042

质控物资料:

日期	定性	抗 Sm	抗 nRNP	抗 SSA	抗 SSB	抗 Scl-70	抗 Jo-1	操作者
	阴性							
	阳性							
	阴性							
	阳性							
	阴性							
	阳性							
	阴性							
	阳性							
	阴性							
	阳性							
	阴性							

编写:罗锡华　　　　审核:陈桂山　　　　批准:张秀明

第五节 抗髓过氧化物酶抗体 IgG 测定	文件编号：
	版本号：
	页码:第 页 共 页

1 检测原理

试剂盒中每个微孔板条含有 8 个可拆分的包被有 MPO 的微孔。第一次温育时,稀释后的样本在微孔中反应,如果样本阳性,特异性 IgG 抗体(包括 IgA 和 IgM)与抗原结合;为了检测结合的抗体,加入酶标抗人 IgG 抗体(酶结合物)进行第二次温育。然后加入酶底物,发生颜色反应。

2 标本采集

人血清或 EDTA、肝素、柠檬酸盐抗凝的血浆。待测样本在 2～8℃可以保存 14d。已稀释的样本必须当天检测。血清和血浆样本用样本缓冲液 1:100 稀释。例如,可取 $10\mu l$ 血清用 1.0ml 样本缓冲液稀释并混匀(加样枪不适合于混匀)。标准品和对照品已经稀释,可直接使用,无须再稀释。

3 试剂

欧蒙抗髓过氧化物酶抗体 IgG 检测试剂盒(酶联免疫吸附法),Anti-Myeloperoxidease ELISA(IgG)。不同批号试剂盒内的酶结合物、样本缓冲液、清洗缓冲液、色原/底物液和终止液不可互换。因尚无抗 MPO 抗体的国际参考血清,采用相对单位(RU)进行校准。

3.1 主要成分

微孔板包被有抗原的微孔 12 条,每条有 8 个可分离微孔,直接使用。

3.1.1 标准品 1、2、3:IgG,直接使用。

3.1.2 阳性、阴性对照:IgG,直接使用。

3.1.3 酶结合物:过氧化物酶标记的(兔)抗人 IgG,直接使用。

3.1.4 标本缓冲液:直接使用。

3.1.5 清洗缓冲液:10 倍浓缩,用前用蒸馏水或去离子水稀释。

3.1.6 色原/底物液:TMB/H_2O_2,直接使用。

3.1.7 终止液:0.5mmol/L 硫酸,直接使用。

3.2 储存条件及有效期

2～8℃保存,不要冰冻。未开封前,除非特别说明,试剂盒中各成分自生产日期起可稳定 1 年。自第一次开封后,抗原包被的微孔板在干燥的 2～8℃的环境中保存至少 4 个月。稀释后的缓冲液于 2～8℃最多可稳定 1 个月。

3.3 试剂准备

所有试剂在使用前均应在室温(18～25℃)平衡 30min。

3.3.1 抗原包被的微孔:直接使用。在外包装密封线咬合部的上端剪开保护袋,为防止板条受潮,只有当微孔板平衡到室温后才可打开包装。剩余板孔应立即放回保护袋并封好(保留干燥剂)。

3.3.2 标准品和对照血清:直接使用,使用前应充分混匀。

3.3.3 酶结合物:直接使用,使用前应充分混匀。

第五节　抗髓过氧化物酶抗体 IgG 测定

文件编号：	
版本号：	
页码：第　页　共　页	

3.3.4 样本缓冲液：直接使用。

3.3.5 清洗缓冲液：10 倍浓缩。如果浓缩清洗缓冲液中出现结晶,稀释前应加热到 37℃ 并充分混匀溶解。用干净吸管从瓶中吸取需要量的浓缩清洗缓冲液用蒸馏水 1∶10 稀释(1 份浓缩清洗缓冲液加 9 份蒸馏水),如需清洗一条微孔板条,则可取 5ml 浓缩清洗缓冲液用 45ml 蒸馏水稀释。

3.3.6 色原/底物液：直接使用。因内容物对光敏感,使用后应立即盖好瓶盖。色原/底物液应为无色澄清,如果变蓝,则不要使用。

3.3.7 终止液：直接使用。

4 设备

MK3 酶标仪、自动洗板机。

5 操作步骤

5.1 按以下程序进行操作

5.1.1 编号：标本按顺序从 1 号起编、离心,将所需数目的微孔板条移到板条框内。

5.1.2 洗液准备：浓缩洗涤液用蒸馏水 10 倍稀释混匀备用。

5.1.3 标本稀释：标本血清与标本稀释液按 1∶100 稀释(即 10μl 血清＋1000μl Sample Buffer)。

5.1.4 加样：参考下示加样方案表,设阴性、阳性对照、标准品孔。向相应微孔分别加入 100μl 稀释后样本、阴性对照、阳性对照、标准品。

5.1.5 孵育：用封板膜封板室温放置 30min。

5.1.6 洗板：用自动洗板机洗板 4 次,每次停留 30s。

5.1.7 加酶标记物：滴加 100μl 酶结合物至每一微孔。

5.1.8 孵育：用封板膜封板室温放置 30min。

5.1.9 洗板：用自动洗板机洗板 4 次,每次停留 30s。

5.1.10 显色：滴加 100μl 色原/底物液至每一微孔,室温避光放置 15min。

5.1.11 终止：以与加色原/底物液相同的速度和顺序滴加 100μl 中止液至每一微孔。

5.1.12 比色：30min 内,使用 MK3 酶标仪检测 OD 值,以 450nm、参考波长 620～650nm 比色。比色前,轻微振动微孔板以使液体扩散均匀。

5.2 按以下加样方案进行

见表 14-5-1。

6 质量控制

6.1 每批标本均需做阴、阳性对照。要求阴性对照结果显示阴性;阳性对照孔显示阳性。否则为失控,检查失控原因。

6.2 阴、阳对照结果检测后登记于质控记录本中,发现失控时填写失控报告,并分析失控原因。

第五节　抗髓过氧化物酶抗体 IgG 测定	文件编号：
	版本号：
	页码：第　页　共　页

表 14-5-1　加样方案(以 27 份患者样本 P1～P27 进行定量检测为例)

	1	2	3	4	5	6	7	8	9	10	11	12
A	C2	P6	P14	P22								
B	Pos	P7	P15	P23								
C	Neg	P8	P16	P24								
D	P1	P8	P17	P25								
E	P2	P10	P18	P26								
F	P3	P11	P19	P27								
G	P4	P12	P20									
H	P5	P13	P21									

7 结果解释

7.1 按照试剂厂家建议,使用半定量结果解释。按以下公式计算对照血清或患者样本和标准品 2 吸光度的比值,通过比值半定量判断结果:比值＝对照或患者样本的吸光度/标准品 2 的吸光度。

7.2 按以下原则解释结果:①比值<1.0,阴性;②比值≥1.0,阳性。

8 结果报告及参考范围

8.1 结果报告

阳性/阴性。

8.2 参考范围

阴性。

9 注意事项

9.1 首先阅读试剂说明书,不同批号的试剂不能混用。

9.2 试剂盒与待检样本使用前必须恢复至室温。

9.3 洗板机在每天使用时应进行校正注液量和残留量,注意管道是否畅通。洗涤时,确认每孔中的洗涤液都注满微孔,洗完板后可在吸水纸上将板拍干。

9.4 使用蒸馏水或去离子水配制洗液。

9.5 所有的样品和本试剂盒应作为潜在的传染源看待,请按传染病实验室检查规程操作。

9.6 胆红素 0.4mg/ml、三酰甘油 20mg/ml、血红蛋白 10mg/ml 对本试剂盒无干扰作用。

10 临床意义

抗髓过氧化物酶(MPO)抗体主要出现坏死性新月体性肾小球肾炎(NCGN),显微型多动脉炎(MPA)。肉芽肿(WG)病人中少见抗髓过氧化物酶(MPO)抗体,但抗髓过氧化

第五节　抗髓过氧化物酶抗体 IgG 测定	文件编号：
	版本号：
	页码:第　页　共　页

(MPO)抗体与抗 PR3 抗体在 MPA 与 NCGN 中发生的阳性率几乎相同,就这两种抗体而言,抗髓过氧化物酶(MPO)抗体阳性病人的血管炎病变程度较重,常有多系统受累。

11 参考文献

[1]　德国欧蒙医学实验诊断股份公司.抗髓过氧化物酶抗体 IgG 检测试剂盒(酶联免疫吸附发)说明书.

[2]　叶应妩,王毓三,申子瑜.全国临床检验操作规程.3 版.南京:东南大学出版社,2006:674-675.

编写:熊继红　　　　审核:陈桂山　　　　批准:张秀明

第六节　抗蛋白酶 3 抗体 IgG 测定	文件编号：
	版本号：
	页码：第　页　共　页

1 原理

试剂盒中每个微孔板条含有 8 个可拆分的包被有被重组和天然的 PR3 的微孔。第一次温育时，稀释后的样本在微孔中反应，如果样本阳性，特异性 IgG 抗体（包括 IgA 和 IgM）与抗原结合；为了检测结合的抗体，加入酶标抗人 IgG 抗体（酶结合物）进行第二次温育。然后加入酶底物，发生颜色反应。

2 标本采集

人血清或 EDTA、肝素、柠檬酸盐抗凝的血浆。待测样本在 2～8℃可以保存 14d。已稀释的样本必须当天检测。血清和血浆样本用样本缓冲液 1：100 稀释。例如，可取 $10\mu l$ 血清用 1.0ml 样本缓冲液稀释并混匀（加样枪不适合于混匀）。标准品和对照品已经稀释，可直接使用，无须再稀释。

3 试剂

欧蒙抗蛋白酶 3（PR3-hn-hr）抗体 IgG 检测试剂盒（酶联免疫吸附法），Anti-PR3-hn-hr ELISA（IgG）。不同批号试剂盒内的酶结合物、样本缓冲液、清洗缓冲液、色原/底物液和终止液可互换。因尚无抗 PR3 抗体的国际参考血清，采用相对单位（RU）进行校准。

3.1 主要成分

3.1.1 微孔板：包被有抗原的微孔 12 条，每条有 8 个可分离微孔，直接使用。

3.1.2 标准品 1、2、3：IgG，直接使用。

3.1.3 阳性、阴性对照：IgG，直接使用。

3.1.4 酶结合物：过氧化物酶标记的（兔）抗人 IgG，直接使用。

3.1.5 标本缓冲液：直接使用。

3.1.6 清洗缓冲液：10 倍浓缩，用前用蒸馏水或去离子水稀释。

3.1.7 色原/底物液：TMB/H_2O_2，直接使用。

3.1.8 终止液：0.5mmol/L 硫酸，直接使用。

3.2 储存条件及有效期

2～8℃保存，不要冰冻。未开封前，除非特别说明，试剂盒中各成分自生产日期起可稳定 1 年。自第一次开封后，抗原包被的微孔板在干燥的 2～8℃的环境中保存至少 4 个月。稀释后的缓冲液于 2～8℃最多可稳定 1 个月。

3.3 试剂准备

所有试剂在使用前均应在室温（18～25℃）平衡 30min。

3.3.1 抗原包被的微孔：直接使用。在外包装密封线咬合部的上端剪开保护袋，为防止板条受潮，只有当微孔板平衡到室温后才可打开包装。剩余板孔应立即放回保护袋并封好（保留干燥剂）。

3.3.2 标准品和对照血清：直接使用，使用前应充分混匀。

3.3.3 酶结合物：直接使用，使用前应充分混匀。

文件编号:
版本号:
页码:第　页　共　页

第六节　抗蛋白酶3抗体IgG测定

3.3.4 样本缓冲液:直接使用。

3.3.5 清洗缓冲液:10倍浓缩。如果浓缩清洗缓冲液中出现结晶,稀释前应加热到37℃并充分混匀溶解。用干净吸管从瓶中吸取需要量的浓缩清洗缓冲液用蒸馏水1:10稀释(1份浓缩清洗缓冲液加9份蒸馏水),如需清洗一条微孔板条,则可取5ml浓缩清洗缓冲液用45ml蒸馏水稀释。

3.3.6 色原/底物液:直接使用。因内容物对光敏感,使用后应立即盖好瓶盖。色原/底物液应为无色澄清,如果变蓝,则不要使用。

3.3.7 终止液:直接使用。

4 设备

MK3酶标仪、自动洗板机。

5 操作程序

5.1 按以下程序进行操作

5.1.1 编号:标本按顺序从1号起编、离心,将所需数目的微孔板条移到板条框内。

5.1.2 洗液准备:浓缩洗涤液用蒸馏水10倍稀释混匀备用。

5.1.3 标本稀释:标本血清与标本稀释液按1:100稀释(即$10\mu l$血清$+1\,000\mu l$ Sample Buffer)。

5.1.4 加样:参考下示加样方案表,设阴性、阳性对照、标准品孔。向相应微孔分别加入$100\mu l$稀释后样本、阴性对照、阳性对照、标准品。

5.1.5 孵育:用封板膜封板室温放置30min。

5.1.6 洗板:用自动洗板机洗板4次,每次停留30s。

5.1.7 加酶标记物:滴加$100\mu l$酶结合物至每一微孔。

5.1.8 孵育:用封板膜封板室温放置30min。

5.1.9 洗板:用自动洗板机洗板4次,每次停留30s。

5.1.10 显色:滴加$100\mu l$色原/底物液至每一微孔,室温避光放置15min。

5.1.11 终止:以与加色原/底物液相同的速度和顺序滴加$100\mu l$中止液至每一微孔。

5.1.12 比色:30min内,使用MK3酶标仪检测OD值,以450nm、参考波长620~650nm比色。比色前,轻微振动微孔板以使液体扩散均匀。

5.2 按以下加样方案进行

见表14-6-1。

6 质量控制

6.1 每批标本均需做阴性、阳性对照。要求阴性对照结果显示阴性;阳性对照孔显示阳性。否则为失控,检查失控原因。

6.2 阴性、阳性对照结果检测后登记于质控记录本中,发现失控时填写失控报告,并分析失控原因。

		文件编号：
第六节　抗蛋白酶 3 抗体 IgG 测定		版本号：
		页码：第　页　共　页

表 14-6-1　加样方案（以 27 份患者样本 P1～P27 进行定量检测为例）

	1	2	3	4	5	6	7	8	9	10	11
A	C2	P6	P14	P22							
B	Pos	P7	P15	P23							
C	Neg	P8	P16	P24							
D	P1	P8	P17	P25							
E	P2	P10	P18	P26							
F	P3	P11	P19	P27							
G	P4	P12	P20								
H	P5	P13	P21								

7 结果解释

7.1 按照试剂厂家建议，使用半定量结果解释。按以下公式计算对照血清或患者样本和标准品 2 吸光度的比值，通过比值半定量判断结果：比值＝对照或患者样本的吸光度/标准品 2 的吸光度。

7.2 按以下原则解释结果：①比值＜1.0，阴性；②比值≥1.0，阳性。

8 结果报告及参考范围

8.1 结果报告

阳性/阴性。

8.2 参考范围

阴性。

9 注意事项

9.1 首先阅读试剂说明书，不同批号的试剂不能混用。

9.2 试剂盒与待检样本使用前必须恢复至室温。

9.3 洗板机在每天使用时应进行校正注液量和残留量，注意管道是否畅通。洗涤时，确认每孔中的洗涤液都注满微孔，洗完板后可在吸水纸上将板拍干。

9.4 使用蒸馏水或去离子水配制洗液。

9.5 所有的样品和本试剂盒应作为潜在的传染源看待，请按传染病实验室检查规程操作。

9.6 胆红素 0.4mg/ml、三酰甘油 20mg/ml、血红蛋白 10mg/ml 对本试剂盒无干扰作用。

10 临床意义

抗蛋白酶 3 抗体对韦格纳肉芽肿（Wegener's granμlomatosis，WG）具有高度特异性，阳性率为 85％，特异性 100％，抗蛋白酶 3 抗体的存在与滴度和韦格纳肉芽肿的严重程度与活

第六节 抗蛋白酶 3 抗体 IgG 测定	文件编号:
	版本号:
	页码:第 页 共 页

动性高度相关,故高滴度抗蛋白酶 3 抗体可作为 WG 处于活动期的标志之一,连续测定抗蛋白酶 3 抗体有助于监测 WG 患者病情的变化与疗效,有助于 WG 早期诊断。

11 参考文献

[1] 德国欧蒙医学实验诊断股份公司. 抗蛋白酶 3(PR3-hn-hr)抗体 IgG 检测试剂盒(酶联免疫吸附法)说明书.

[2] 叶应妩,王毓三,申子瑜. 全国临床检验操作规程.3 版. 南京:东南大学出版社,2006:674-675.

编写:熊继红　　　　　审核:陈桂山　　　　　批准:张秀明

第七节　抗肾小球基底膜抗体 IgG 测定	文件编号：
	版本号：
	页码:第　页　共　页

1 原理

试剂盒中每个微孔板条含有 8 个可拆分的包被有 GBM 的微孔。第一次温育时,稀释后的样本在微孔中反应,如果样本阳性,特异性 IgG 抗体(包括 IgA 和 IgM)与抗原结合;为了检测结合的抗体,加入酶标抗人 IgG 抗体(酶结合物)进行第二次温育。然后加入酶底物,发生颜色反应。

2 标本采集

人血清或 EDTA、肝素、柠檬酸盐抗凝的血浆。待测样本在 2～8℃可以保存 14d。已稀释的样本必须当天检测。血清和血浆样本用样本缓冲液 1:100 稀释。例如,可取 $10\mu l$ 血清用 1.0ml 样本缓冲液稀释并混匀(加样枪不适合于混匀)。标准品和对照品已经稀释,可直接使用,无须再稀释。

3 试剂

欧蒙抗肾小球基底膜(GBM)抗体 IgG 检测试剂盒(酶联免疫吸附法),Anti-GBM ELISA(IgG)。不同批号试剂盒内的酶结合物、样本缓冲液、清洗缓冲液、色原/底物液和终止液不可互换。因尚无抗 GBM 抗体的国际参考血清,采用相对单位(RU)进行校准。

3.1 主要成分

3.1.1 微孔板:包被有抗原的微孔 12 条,每条有 8 个可分离微孔,直接使用。

3.1.2 标准品 1、2、3:IgG,直接使用。

3.1.3 阳性、阴性对照:IgG,直接使用。

3.1.4 酶结合物:过氧化物酶标记的(兔)抗人 IgG,直接使用。

3.1.5 标本缓冲液:直接使用。

3.1.6 清洗缓冲液:10 倍浓缩,用前用蒸馏水或去离子水稀释。

3.1.7 色原/底物液:TMB/H_2O_2,直接使用。

3.1.8 终止液:0.5mmol/L 硫酸,直接使用。

3.2 储存条件及有效期

2～8℃保存,不要冰冻。未开封前,除非特别说明,试剂盒中各成分自生产日期起可稳定 1 年。自第一次开封后,抗原包被的微孔板在干燥的 2～8℃的环境中保存至少 4 个月。稀释后的缓冲液于 2～8℃最多可稳定 1 个月。

3.3 试剂准备

所有试剂在使用前均应在室温(18～25℃)平衡 30min。

3.3.1 抗原包被的微孔:直接使用。在外包装密封线咬合部的上端剪开保护袋,为防止板条受潮,只有当微孔板平衡到室温后才可打开包装。剩余板孔应立即放回保护袋并封好(保留干燥剂)。

3.3.2 标准品和对照血清:直接使用,使用前应充分混匀。

3.3.3 酶结合物:直接使用,使用前应充分混匀。

第七节　抗肾小球基底膜抗体 IgG 测定	文件编号：
	版本号：
	页码:第　页 共　页

3.3.4 样本缓冲液:直接使用。

3.3.5 清洗缓冲液:10 倍浓缩。如果浓缩清洗缓冲液中出现结晶,稀释前应加热到 37℃ 并充分混匀溶解。用干净吸管从瓶中吸取需要量的浓缩清洗缓冲液用蒸馏水 1:10 稀释(1 份浓缩清洗缓冲液加 9 份蒸馏水),如需清洗一条微孔板条,则可取 5ml 浓缩清洗缓冲液用 45ml 蒸馏水稀释。

3.3.6 色原/底物液:直接使用。因内容物对光敏感,使用后应立即盖好瓶盖。色原/底物液应为无色澄清,如果变蓝,则不要使用。

3.3.7 终止液:直接使用。

4 仪器

MK3 酶标仪、自动洗板机。

5 操作步骤

5.1 按以下程序进行操作

5.1.1 编号:标本按顺序从 1 号起编、离心,将所需数目的微孔板条移到板条框内。

5.1.2 洗液准备:浓缩洗涤液用蒸馏水 10 倍稀释混匀备用。

5.1.3 标本稀释:标本血清与标本稀释液按 1:100 稀释(即 $10\mu l$ 血清＋$1\,000\mu l$ Sample Buffer)。

5.1.4 加样:参考下示加样方案表,设阴性、阳性对照、标准品孔。向相应微孔分别加入 $100\mu l$ 稀释后样本、阴性对照、阳性对照、标准品。

5.1.5 孵育:用封板膜封板室温放置 30min。

5.1.6 洗板:用自动洗板机洗板 4 次,每次停留 30s。

5.1.7 加酶标记物:滴加 $100\mu l$ 酶结合物至每一微孔。

5.1.8 孵育:用封板膜封板室温放置 30min。

5.1.9 洗板:用自动洗板机洗板 4 次,每次停留 30s。

5.1.10 显色:滴加 $100\mu l$ 色原/底物液至每一微孔,室温避光放置 15min。

5.1.11 终止:以与加色原/底物液相同的速度和顺序滴加 $100\mu l$ 中止液至每一微孔。

5.1.12 比色:30min 内,使用 MK3 酶标仪检测 OD 值,以 450nm、参考波长 620~650nm 比色。比色前,轻微振动微孔板以使液体扩散均匀。

5.2 按以下加样方案进行

见表 14-7-1。

6 质量控制

6.1 每批标本均需要做阴性、阳性对照。要求阴性对照结果显示阴性;阳性对照孔显示阳性。否则为失控,检查失控原因。

6.2 阴性、阳性对照结果检测后登记于质控记录本中,发现失控时填写失控报告,并分析失控原因。

	文件编号:
第七节　抗肾小球基底膜抗体IgG测定	版本号:
	页码:第　页　共　页

表 14-7-1　加样方案(以 27 份患者样本 P1～P27 进行定量检测为例)

	1	2	3	4	5	6	7	8	9	10	11	12
A	C2	P6	P14	P22								
B	Pos	P7	P15	P23								
C	Neg	P8	P16	P24								
D	P1	P8	P17	P25								
E	P2	P10	P18	P26								
F	P3	P11	P19	P27								
G	P4	P12	P20									
H	P5	P13	P21									

7 结果解释

7.1 按照试剂厂家建议,使用半定量结果解释。按以下公式计算对照血清或患者样本和标准品 2 吸光度的比值,通过比值半定量判断结果:比值＝对照或患者样本的吸光度/标准品 2 的吸光度。

7.2 按以下原则解释结果:①比值<1.0,阴性;②比值≥1.0,阳性。

8 结果报告及参考范围

8.1 结果报告

阳性/阴性。

8.2 参考范围

阴性。

9 注意事项

9.1 首先阅读试剂说明书,不同批号的试剂不能混用。

9.2 试剂盒与待检样本使用前必须恢复至室温。

9.3 洗板机在每天使用时应进行校正注液量和残留量,注意管道是否畅通。洗涤时,确认每孔中的洗涤液都注满微孔,洗完板后可在吸水纸上将板拍干。

9.4 使用蒸馏水或去离子水配制洗液。

9.5 所有的样品和本试剂盒应作为潜在的传染源看待,请按传染病实验室检查规程操作。

9.6 胆红素 0.4mg/ml、三酰甘油 20mg/ml、血红蛋白 10mg/ml 对本试剂盒无干扰作用。

10 临床意义

抗 GBM 抗体是抗基底膜抗体型的肾小球肾炎特异性抗体,包括 Good-pasture 综合征、急进型肾小球肾炎及免疫复合物型肾小球肾炎。

第七节　抗肾小球基底膜抗体 IgG 测定	文件编号:
	版本号:
	页码:第　页　共　页

11 参考文献

[1] 德国欧蒙医学实验诊断股份公司.抗肾小球基底膜(GBM)抗体 IgG 检测试剂盒(酶联免疫吸附法)说明书.

[2] 叶应妩,王毓三,申子瑜.全国临床检验操作规程.3 版.南京:东南大学出版社,2006:674-675.

编写:熊继红　　　　审核:陈桂山　　　　批准:张秀明

第十五章

器官移植免疫抑制药测定
操作程序

Chapter **15**

	文件编号：
第一节　环孢霉素测定	版本号：
	页码：第　页　共　页

1 原理

ARCHITECT 环孢霉素(cyclosporine)检测是一种两步免疫检测法，运用化学发光微粒子免疫检测(CMIA)技术，通过灵活的 Chemiflex 检验程序，定量测定人全血中的环孢霉素。

在启动自动 ARCHITECT 处理步骤前，先进行手工预处理，即向全血样本中加入溶解剂和沉淀剂，然后离心分离样本。将上清液倒入移植预处理管内，再把预处理管装载到 AR-CHITECT I 系统上。

第一步，混合样本、测试稀释液和抗-环孢霉素包被顺磁微粒。样品中的环孢霉素与抗-环孢霉素包被微粒相结合。冲洗后进入第二步，添加吖啶酯标记的环孢霉素结合物，形成反应混合液。再次冲洗后，向反应混合液中添加预激发液和激发液。通过相对发光单位(RLUs)对产生的化学发光反应进行测量。样品中的环孢霉素量和 ARCHITECT I 光学系统检测到的 RLUs 有间接关系。

2 标本采集

2.1 样本类型

ARCHITECT 环孢霉素检测中仅可使用采自 EDTA 管中的人全血样本。建议在样本上标示采集时间和最后一次给药时间。液体抗凝血药可能会起到稀释作用，从而降低单个患者样本的浓度。

2.2 样本状况

样本明显微生物污染、热灭活样本请勿使用。

2.3 分析制备

通过低速涡旋或颠倒试剂瓶 10 次使已经融化的样本充分混匀。观察样本，如果发现分层或成层现象，那么需要继续混合样本直至样本均匀。

2.4 储存

EDTA 抗凝管的样本检测前可在 2~8℃最多冷藏储存 7d。如果检测被推迟 7d 以上，需要把样本冷冻储存在-10℃或更低温度中。样本在融化后必须彻底混匀，以确保结果前后一致。

避免经历多次冻/融循环。

检测结束后，所有剩余的预处理样本均丢弃不用。如需复检要求重复执行检验方法一节的手工预处理程序。

2.5 运输

样本可以在湿冰或干冰上运输。不要超出上述对储存时间的限制。

3 试剂

采用美国雅培 I2000SR 全自动化学发光免疫分析仪原装配套试剂。

3.1 ARCHITECT 环孢霉素试剂盒，其中包括抗环孢霉素(小鼠，单克隆)包被微粒、环孢霉素吖啶酯标记结合物、测试稀释液、环孢霉素校准品、雅培免疫抑制药-MCC(质控品)。

	文件编号：
第一节 环孢霉素测定	版本号：
	页码:第　页　共　页

3.2 ARCHITECT 环孢霉素全血沉淀剂试剂盒。

3.3 I 系统通用预激发液(PRE-TRIGGER SOLUTION)、I 系统通用激发液(TRIGGER SOLUTION)、I 系统通用清洗缓冲液(WASH BUFFER)、I 系统通用探针清洗液(PROBE CONDITIONING SOLUTION)。

4 仪器

美国雅培 I2000SR 全自动化学发光免疫分析仪及配套耗材、微量移液器、振荡器、离心机。

5 质量控制

5.1 质控物应存放在 2～8℃,预处理前室温平衡后充分混匀。

5.2 环孢霉素检测质控要求为每个工作日,每 24h 对每个水平的质控品进行一次检测。

5.3 质控品的手工预处理程序与校准品相同,见 5.1 校准品的手工预处理程序。在 AR-CHITECT I 系统的质控菜单上指定质控位置、质控项目及选择质控批号。按下 RUN。AR-CHITECT I 系统会自动执行检质控验操作。

5.4 使用商用质控品如雅培免疫抑制药-MCC。观察检测值是否落在确定的范围内,以监测检验过程是否为可接受。如出现质控值落在范围以外,那么相关测试结果无效,必须重新检测。必要时需重新校准,并采取校正措施。

6 操作步骤

6.1 校准操作步骤

校准 ARCHITECT 环孢霉素检验时要检测校准品 A、B、C、D、E 和 F 重复检测 2 次。在 ARCHITECT I 系统上执行校准时,仅要求对每个 ARCHITECT 环孢霉素校准品取一个预处理样本,便能够提供足够量以重复运行各校准品。必须通过检测每个水平的环孢霉素质控品对校准的准确性进行验证。确保质控值在规定浓度范围内。

校准范围:0～1500ng/ml。

系统接受并保存 ARCHITECT 环孢霉素检测校准后,无需进一步校准,随后的样品可以直接检测,除非出现以下情况。

6.1.1 使用新批号的试剂盒。

6.1.2 系统误差造成的质控失控。

6.2 样本检测程序

6.2.1 手工预处理程序:开始 ARCHITECT 环孢霉素测试前要求对所有全血样本、AR-CHITECT 环孢霉素校准品和雅培免疫抑制药-MCC 或其他质控品进行手工预处理。

只能使用 ARCHITECT 环孢霉素全血沉淀剂盒。启动手工预处理程序后,所有步骤均必须相继完成。如果需要稀释样本,那么必须在执行手工预处理步骤前完成。只有用移植预处理管预处理环孢霉素样本后,样本才可以在 ARCHITECT I 系统上使用。ARCHITECT 环孢霉素检测中如未使用移植预处理管,则可能影响其他 ARCHITECT 检验结果的可靠

第一节　环孢霉素测定

性。

　　a)慢慢翻转容器5～10次，以彻底混匀各样本（样本、校准品或质控品）。放置时间较长的全血样本可能需要较长的混合时间。

　　b)混合后立即准确移取各样本200μl至一个XSYSTEMS离心管中。每个样本使用单独离心管。

　　c)将精密分液器（重复移液管）设置为分液100μl。从橙色标记的小瓶中吸取足量的ARCHITECT环孢霉素全血溶解剂。将分液器的吸头靠在离心管内壁上，向离心管内添加100μl的ARCHITECT环孢霉素全血溶解剂。

　　d)将精密分液器（重复移液管）设置为分液400μl。从橙色标记大瓶中吸取足量的AR-CHITECT环孢霉素全血溶解剂。ARCHITECT环孢霉素沉淀剂极易挥发。不使用时应拧紧瓶盖防止挥发。将分液注射器顶部末端靠在离心管壁上，以对各离心管内成分添加400μl的ARCHITECT环孢霉素全血溶解剂。所有离心管内加入ARCHITECT环孢霉素全血沉淀剂后，盖上所有离心管盖子并涡旋。在最高的涡旋档位上振荡5～10s。目视检查，确保样本与溶解剂和沉淀剂的混合物均一、光滑且均匀。试管底部不应存在未混匀的混合物。如果样本混合不均匀，那么应倒置试管、轻敲底部将其排出，然后再涡旋样本。混合不均匀是由首次涡旋不充分造成的。并非所有旋涡振荡器都能充分混合样本。

　　e)将试管装载到XSYSTEMS离心机内，注意保证转子平衡。必要时可添加平衡管。放入离心机的灌输必须为偶数。试管离心分离4min。

　　f)从离心机内取出各试管并检查沉淀物的形状是否良好，上清液是否为透明。

　　g)ARCHITECT I系统准备好接受样本时，取下各个管盖子并将上清液倒入移植预处理管内。不要扰动沉淀物。不要移取上清液，这将有助于保证沉淀物不受扰动。每个样本使用单独的移植预处理管。

　　h)涡旋移植预处理管5～10s。

　　i)将移植预处理管转移到ARCHITECT载样器内。将移植预处理管置于载样器内并使其接触载样器底部。测试结束后所有剩余预处理样本均丢弃不用。ARCHITECT环孢霉素测试不能再申请。复检要求重复执行检验方法一节的手工预处理程序。

　　6.2.2测试程序

　　a)第一次将ARCHITECT环孢霉素试剂盒装机前，需要翻转试剂瓶，重新悬浮运输过程中沉淀的微粒。首次上载微粒子后，无需对其进行再次混合。翻转微粒瓶30次。观察试剂瓶，确定微粒是否重新悬浮。如果微粒仍附着在瓶子上，则继续翻转瓶子直到微粒完全悬浮为止。如果微粒没有再次悬浮，则不能使用。

　　b)申请测试。有关设定患者样品，质控品以及常规操作说明，参见本书第六章第二节。每个移植预处理管重复取样次数不得超过4次。所有预处理样本（样本、校准品或质控品）均必须在倒入移植预处理管并置于ARCHITECT I系统后的3h内检测。

　　c)样本稀释程序。样本环孢霉素浓度＞1500ng/ml时将被添加标记"＞1500ng/ml"，可

	文件编号：
第一节 环孢霉素测定	版本号：
	页码:第 页 共 页

通过人工稀释程序进行稀释。手工稀释按照如下方式进行：①ARCHITECT 环孢霉素检测的建议稀释浓度为1:2。②样本必须在预处理前稀释。③操作人员必须在病人样本或质控品申请屏幕中输入稀释因子。稀释前，系统会根据该稀释因子自动计算出样本浓度并报告结果。执行的稀释应使结果(使用稀释因子前)高于200ng/ml。

7 计算方法

ARCHITECT 环孢霉素检测通过 4 参数 Logistic 曲线拟合数据约减法(4PLC,Y-加权)生成一条校准曲线。

8 分析性能概要

8.1 精密度试验

ARCHITECT 环孢霉素测试精密度设置为≤15％(总 CV)。该试验依照美国国家临床实验室标准化委员会(CLSI,原名 NCCLS)的 EP5-A2 方案进行。该方案使用了雅培免疫抑制药-MCC(水平 1、2 和 3)和 5 个全血盘,分别在两台仪器上使用两个试剂批次进行检测,每天重复检测 2 次(不同时段),每次检验复孔,检测 20d。整个试验中,每个实际批次使用单一校准曲线,试验数据总结见表 15-1-1。

表 15-1-1 试验数据总结

样本	试验仪器	试剂批号	n	平均值 (ng/ml)	运行 SD	%CV	SD	总%CV
水平 1	1	1	80	3.0	0.1	3.7	0.1	4.9
	2	2	80	2.9	0.2	5.8	0.2	6.7
水平 2	1	1	80	7.8	0.2	2.4	0.3	3.6
	2	2	80	8.5	0.2	2.7	0.4	4.2
水平 3	1	1	80	14.5	0.4	2.5	0.5	3.5
	2	2	80	15.7	0.5	2.9	0.6	4.0
测试盘 1	1	1	80	5.5	0.2	3.6	0.2	4.4
	2	2	80	5.9	0.2	4.0	0.3	5.2
测试盘 2	1	1	80	14.0	0.5	3.5	0.6	4.2
	2	2	80	15.3	0.6	4.1	0.7	4.7
测试盘 3	1	1	80	4.8	0.2	4.4	0.2	5.2
	2	2	80	4.9	0.2	5.0	0.3	6.3
测试盘 4	1	1	80	10.1	0.2	2.4	0.4	4.4
	2	2	80	11.2	0.5	4.1	0.6	5.3
测试盘 5	1	1	80	21.2	0.7	3.3	0.9	4.4
	2	2	80	22.4	0.8	3.6	1.3	5.7

各个实验室得出的数据可能存在差异重复测量样本可提高结果精确性。

<table>
<tr><td></td><td>文件编号:</td></tr>
</table>

第一节 环孢霉素测定

文件编号:

版本号:

页码:第 页 共 页

本试验总 CV≤15%,符合 ARCHITECT 环孢霉素测试的精密度设置为≤15%(总 CV)。

8.2 回收率试验

ARCHITECT 环孢霉素项目的平均回收率设为参考值的 100%±10%。本试验向等份的全血样本中加入已知浓度的环孢霉素。ARCHITECH 环孢霉素项目测定环孢霉素浓度并计算出结果百分比回收率(a)。试验数据总结如表 15-1-2。

表 15-1-2 试验数据总结

样本	基质液浓度(ng/ml)	添加的环孢霉素(ng/ml)	检测的浓度(ng/ml)	回收率 a(%)
1	0.1	6.9	6.9	99
		9.3	9.3	99
		15.2	16.4	107
		18.8	18.8	99
2	0.2	6.9	7.1	100
		9.3	9.5	100
		15.2	16.2	105
		18.8	19.1	101
3	0.1	6.9	6.9	99
		9.3	9.7	103
		15.2	16.1	105
		18.8	19.3	102
				平均回收率=102%

本试验回收率在 100%±10%之内,符合 ARCHITECT 环孢霉素测试的回收率的设置要求。

各个试验实得出的数据可能存在差异。

$$b\% 回收率 = \frac{检测的浓度}{添加环孢霉素} \times 100$$

8.3 稀释试验

ARCHITECT 环孢霉素项目稀释样品的平均回收率为参考值的 100%±10%。本试验依照国家临床实验室标准化委员会(CLSI)方案 EP6-A 指南方案进行。使用 ARCHITECT 环孢霉素校准品 A 稀释高浓度环孢霉素全血样本。然后测定每份稀释样本的环孢霉素浓度并计算平均百分比回收率(%)。试验数据总结如表 15-1-3。

a 计算浓度=测量浓度×稀释因子

$$b\% 回收率 = \frac{计算浓度}{未稀释样品的观测浓度} \times 100$$

	文件编号：
第一节 环孢霉素测定	版本号：
	页码:第 页 共 页

表 15-1-3 试验数据总结

标本	稀释因子	测定浓度(ng/ml)	计算浓度(ng/ml)	回收率 b(%)
1	未稀释	29.4	—	—
	1:1.11	26.7	29.6	101
	1:1.25	23.0	23.0	98
	1:1.43	20.7	29.6	101
	1:1.67	17.3	28.9	98
	1:2.5	11.7	29.3	99
	1:5	6.0	30.0	102
	1:10	2.8	28.0	95
2	未稀释	27.8	—	—
	1:1.11	25.6	28.4	102
	1:1.25	23.3	29.1	105
	1:1.43	20.1	28.7	103
	1:1.67	17.9	29.9	108
	1:2.5	11.9	29.8	107
	1:5	5.8	29.0	104
	1:10	2.9	29.0	104
3	未稀释	28.1	—	—
	1:1.11	25.3	28.1	100
	1:1.25	22.8	28.5	101
	1:1.43	20.1	28.7	102
	1:1.67	17.2	28.7	102
	1:2.5	11.7	29.3	104
	1:5	5.9	29.5	105
	1:10	2.8	28.0	100

各个实验室得出的数据可能存在差异。

本试验回收率在 100%±10% 之内,符合 ARCHITECT 环孢霉素测试的稀释试验的设置要求。

8.4 灵敏度及功能灵敏度

8.4.1 灵敏度:ARCHITECT 环孢霉素测试灵敏度≤25.0ng/ml,低于可报告范围。ARCHITECT 环孢霉素测试灵敏度定义为 ARCHITECT 环孢霉素校准品 A(0ng/ml)以上的两个标准偏倚(2SD)处的浓度,经计算,在 95% 置信区间为 4.7ng/ml。各个实验室得出的数据可能存在差异。

8.4.2 功能灵敏度:ARCHITECT 环孢霉素检测功能灵敏度≤30.0ng/ml。试验在全血样本中添加环孢霉素,以配制 5.0~50.0ng/ml 的浓度。然后使用一个批次的试剂和校准品,重复检测这些样本 10 次,每天 2 次,持续 5d,每个测试盘上共执行 100 次重复检测。计算总％CV 并对照平均浓度作图。在数据上拟合互反曲线,计算与拟合曲线上 20％CV 水平,在 95％置信区间上,ARCHITECT 环孢霉素检测最低值对应 20％CV 值为 20.7ng/ml,低于 ARCHITECT 环孢霉素可报告范围。

8.5 特异性及干扰试验评价

8.5.1 特异性试验评价:ARCHITECT 环孢霉素测试法干扰试验评价基于美国国家临床实验室标准化委员会(CLSI)方案 EP7-A2 指南执行。等份全血样本试样中添加环孢霉素,使靶值范围为 30～1500ng/ml。再在这些样本中添加所列浓度的交叉反应物溶液并检测环孢霉素。试验数据见表 15-1-4。运用 ARCHITECT 环孢霉素测试法测定已在人血液中检测到的环孢霉素代谢物。全血中环孢霉素的生理浓度和临床意义尚不清楚。不可购买到商用纯化环孢霉素代谢物用于交叉反应检测。市面尚无用于交叉反应检测的提纯环孢霉素代谢物。环孢霉素代谢物的制备方法分为两种:①体外制备方法排序,在有氧状态,NADPH 生成系统存在的情况下,苯巴比妥处理实验鼠类,使用其体内肝细胞微粒体孵育环孢霉素;②生物转化方法,孵育可被环孢霉素生物转化的放线菌。分离、鉴定形成于反应中介的氧化代谢物。纯样本由 HPLC、MS、NMR 光谱进行分析。

表 15-1-4　试验数据总结

代谢物	添加量 （ng/ml）	超出浓度的平均值 （ng/ml,$n=5$）	交叉反应性 a （％）
M-Ⅰ(13-O-demethyltacrolimus)	10	0.8	8
M-Ⅱ(31-O-demethyltacrolimus)	10	9.4	94
M-Ⅲ(15-O-demethyltacrolimus)	10	4.5	45
M-Ⅳ(12Hydroxytracrolimus)	10	0.8	9

注:交叉反应 a 为全血样本中环孢霉素的干扰率,各个实验室得出的数据可能存在差异

9 干扰因素

检验结果应当同其他数据,如症状、其他检测结果、临床表现等同时使用。

ARCHITECT 环孢霉素检测结果与临床迹象不符时,需要通过附加测试验证检测结果。

使用不同产商提供的检测法测定的既定样本中的环孢霉素浓度会由于检验方法和试剂特异性的差异而有所变化。

免疫检验法无特异性且可与代谢物交叉反应。环孢霉素消除受损(如胆汁淤积期间)时,环孢霉素代谢物可能积聚,从而影响环孢霉素报告浓度。在这种情况下,可以考虑使用特异性检验法[如液相色谱串联质谱法(LC/MS/MS)]。ARCHITECT 环孢霉素与某些环孢霉素代谢物交叉反应的评估参见特异性一节。

接受过小鼠单克隆制剂诊断或治疗的患者样本中可能含有人抗小鼠抗体(HAMA)。

第一节　环孢霉素测定

20，21使用通过鼠单克隆抗体制备的试剂盒（如 ARCHITECT 环孢霉素）检测含有 HAMA 的样本时，可能产生异常数值。20 人血清中的异嗜性抗体与试剂免疫球蛋白反应，干扰体外免疫测定 22。经常接触动物或动物血清产品的患者容易受到干扰，检测会出现异常值。需要其他信息才能明确诊断。

ARCHITECT 环孢霉素测试设计为存在下列水平的药物、潜在干扰内源性物质和潜在干扰临床状况时平均回收率为 100％±10％。试验采用 ARCHITECT 环孢霉素测试法执行，依照美国国家临床实验室标准化委员会（CLSI）方案 EP7-A2 指南。

9.1 潜在干扰药品化合物

向添加了目标浓度为 80ng/ml 和 800ng/ml 环孢霉素的全血样本中加入下列潜在干扰药品化合物。下列药品的平均回收率范围为 90％～109％。见表 15-1-5。

表 15-1-5　检测化合物和浓度

检测化合物	检测浓度	检测化合物	检测浓度
对乙酰氨基酚	20mg/dl	氢化可的松	1.2μg/ml
阿昔洛韦	3.2μg/ml	伊曲康唑	20μg/ml
别嘌醇	5mg/dl	硫酸卡那霉素 A	6mg/dl
阿米卡星*	15mg/dl	酮康唑	50μg/ml
两性霉素 B	5.8μg/ml	拉贝洛尔	17.1μg/ml
肼曲嗪	100μg/ml	洛伐他丁	20μg/ml
硫唑嘌呤	1mg/dl	米诺地尔	60μg/ml
溴隐亭	8μg/ml	N-乙酰普鲁卡因胺	12mg/dl
卡马西平	12mg/dl	纳多洛尔	1.2μg/ml
头孢菌素	100μg/ml	尼卡地平	0.5μg/ml
氯霉素	25mg/dl	苄基青霉素钠	100μg/ml
氯喹	1.5μg/ml	苯妥英	10μg/ml
西咪替丁	10mg/dl	哌唑嗪	25μg/ml
环丙沙星	7.4μg/ml	泼尼松龙	100μg/ml
可乐定	0.01μg/ml	泼尼松	100μg/ml
秋水仙碱	0.09μg/ml	扑米酮	10mg/dl
可的松	1.2μg/ml	普鲁布卡	600μg/ml
洋地黄毒苷	80ng/ml	普鲁卡因胺	10mg/dl
地高辛	4.8ng/ml	普萘洛尔	0.5mg/dl
地尔硫䓬	60μg/ml	奎纳定	5mg/dl
丙吡胺	3mg/ml	雷尼替丁	20mg/dl
红霉素	20mg/dl	利福平	5mg/dl
氟康唑	30μg/ml	雷帕霉素	60ng/ml
氟胞嘧啶	40μg/ml	环孢霉素	0.06μg/ml

	文件编号：
第一节　环孢霉素测定	版本号：
	页码:第　页　共　页

（续　表）

检测化合物	检测浓度	检测化合物	检测浓度
呋塞米	2mg/dl	噻氯匹定	150μg/ml
更昔洛韦	1000μg/ml	托普霉素	2mg/dl
吉非罗齐	100μg/ml	甲氧苄啶	40μg/ml
庆大霉素	12mg/dl	丙戊酸	50mg/dl
肝磷脂①（低分子量）	3000units/L	维拉帕米	10μg/ml

注：＊．阿米卡星・2H$_2$O
①低分子量（MW）范围为（4～6）×10³D

试验中下列药品的观测平均回收率范围为84％～118％。见表15-1-6。

表 15-1-6　检测化合物和浓度

检测化合物	检测浓度	检测化合物	检测浓度
肝磷脂①（高分子量）	3000units/L	麦考酚酸葡糖苷酸	1800μg/ml
硫酸卡那霉素 B	6mg/dl	苯巴比妥	15mg/dl
利多卡因	6mg/dl	盐酸壮观霉素	100μg/ml
麦考酚酸	500μg/ml	万古霉素	6mg/dl

注：①高分子量范围为（17～19）×10³D；代表性数据；各个实验室得出的数据可能存在差异

9.2 潜在干扰内源性物质

向添加了目标浓度为70ng/ml和900ng/ml环孢霉素的全血样本中加入下列潜在干扰内源性物质。下列物质的平均回收率范围为92％～110％。见表15-1-7。

试验中下列物质的观测平均回收率范围为101％～117％。见表15-1-8。

表 15-1-7　潜在干扰物质和浓度

潜在干扰物质	浓度
血细胞比容	25％,55％
胆红素	40mg/dl
总蛋白	12g/dl
尿酸	20mg/dl

表 15-1-8　潜在干扰物质和浓度

潜在干扰物质	浓度
三酰甘油	1 500mg/dl
总蛋白	3g/dl
胆固醇	500mg/dl

注：代表性数据；各个实验室得出的数据可能存在差异

9.3 潜在干扰临床状况

ARCHITECT 环孢霉素测试中使用含 HAMA 和类风湿因子（RF）的样本，以进一步评估临床特异性。试验使用 5 份 HAMA 阳性样本和 5 份 RF 阳性样本，每个样本中添加目标值为 70～900ng/ml 的环孢霉素以评估百分比回收率（％）。试验数据如表15-1-9。

第一节 环孢霉素测定

文件编号：	
版本号：	
页码：第 页 共 页	

表 15-1-9 试验数据总结

临床状况	样本数量	平均回收率%
人抗小鼠抗体	5	98
类风湿因子	5	97

注：代表性数据；各个实验室得出的数据可能存在差异

10 参考区间

全血环孢霉素没有固定治疗范围。由于临床状态的复杂性，在调整治疗方案前，应从临床上对每个患者做彻底评估。ARCHITECT 环孢霉素测试的测量范围为 30ng/ml（最低可报告值，建立在功能灵敏度基础上）至 1500ng/ml。

11 结果解释

全血环孢霉素没有固定治疗范围。由于临床状态的复杂性、个体对环孢霉素免疫抑制作用的不同敏感程度、环孢霉素对肾功能的影响、其他免疫抑制药的结合应用、移植类型、移植后时间以及其他多种因素的存在，导致对最佳环孢霉素血液水平的要求也不一样。在调整治疗方案前，应从临床上对每个患者做彻底评估。医生应根据这些临床评估确立单个患者治疗范围。全血环孢霉素值不能单独作为改变治疗方案的唯一依据。

治疗范围依所使用的检验方法不同而有所不同。使用不同检验方法得到的值不能互换使用，因为检验方法存在差异且与代谢物存在交叉反应，也不应用校正因子。因此，建议单个患者上连续使用一种检验法。

12 临床意义

环孢霉素是一种真菌源性的环状十一氨基酸多肽，同时也是一种强有力的免疫抑制药。环孢霉素是器官移植后起免疫抑制作用的主要药物成分。通常认为免疫抑制是由 T 细胞受体转录 IL-2 基因受损引起的。用环孢霉素治疗可以大大提高皮肤、心、肾、肝、胰腺、骨髓、肺、小肠移植的存活率。

环孢霉素可通过静脉或口服给药。胃肠道吸收不完全，具有多样性和不可预知性。在治疗过程中，它的生物利用度增加。为了保持稳定血药浓度，口服给药时应逐渐减量。环孢霉素的血药浓度监测有助于调整剂量，以避免剂量不足而治疗无效或过量而中毒。环孢霉素通过肝代谢几乎能完全消除，细胞色素 P450 酶系在环孢霉素及其代谢物的生物转化中起作用。目前已知的环孢霉素代谢物有 30 多种。早期资料显示，环孢霉素代谢物的免疫抑制性和毒性均小于环孢霉素。

环孢霉素的血药浓度受很多药物影响，这些药物通过诱导，干扰其代谢或影响其吸收而改变其血药浓度，已经证明环孢霉素能与达那唑、地尔硫草、红霉素、氟康唑、伊曲康唑、酮康唑、甲氧氯普胺、尼卡地平、维拉帕米、卡马西平、苯巴比妥、苯妥英、利复平和复方新诺明等药物相互作用，影响其血药浓度。

	文件编号:
第一节　环孢霉素测定	版本号:
	页码:第　页　共　页

　　过量使用环孢霉素会引起严重的毒副作用,主要是肾毒性和肝毒性。其他的可逆性反应包括腹泻、牙龈增生、恶心、呕吐、多毛症、震颤和高血压等。多项研究表明,环孢霉素浓度监测有良好效果,包括活检确诊的急性排斥反应发生率降低。

13 参考文献

[1]　美国雅培公司.ARCHITECT 环孢霉素测定试剂说明书.

编写:张汉奎　　　　　审核:熊继红　　　　　批准:张秀明

第二节　普乐可复测定

1 原理

普乐可复(tacrolimus)是一种延迟一步免疫检测方法，使用 CMIA 技术和灵活的检测程序 Chemiflex，定量测定人全血中的普乐可复含量。

第一步：在 ARCHITECT 自动检测的第一个程序开始之前，需进行一次手工预处理，使用沉淀剂处理全血标本并进行离心。将上清液移入移植预处理试管里，该试管置于 ARCHITECT I 系统上。

第二步：样本、项目稀释液和普乐可复包被微粒子混合，形成一个反应混合物。样本中的普乐可复与抗普乐可复包被微粒子相结合。延迟期过后，添加吖啶酯标记的普乐可复连接物至反应混合物中。吖啶酯标记的连接物上的普乐可复竞争微粒子上的可用结合点。孵育后，冲洗微粒子，添加预激发液和激发液到反应混合物内。之后检测化学发光反应的光强度，以相对光强度(RLUs)记录。样本中的普乐可复浓度与 RLUs 成正比。

2 标本采集

2.1 采集容器

EDTA 抗凝试管。液体抗凝血药可能会起到稀释作用，从而降低单个患者样本的浓度。

2.2 采集方法与要求

无菌操作采集静脉血 2～3ml，注入 EDTA 抗凝试管送检。建议在样本上标示采集时间和最后一次给药时间。标本应尽快送检，不能及时检测的标本可置于 2～8℃ 短期保存。如果检测被推迟 7d 以上，需要把样本冷冻储存在 −10℃ 或更低温度中。样本在融化后必须彻底混匀，以确保结果前后一致。避免经历多次冻/融循环。

2.3 采集时间

发热高峰期时或发病的 1 周内，若动态观察病情时则可在病程中逐周复查。

3 试剂

采用雅培普乐可复原装配套试剂。

3.1 普乐可复试剂盒

包括抗普乐可复(鼠，单克隆)包被微粒子、普乐可复吖啶酯标记的连接物、ASSAY DILUENT。上述试剂存放在 2～8℃，切莫倒置；第一次将试剂盒装机前，翻转微粒子瓶 30 次，使微粒子完全悬浮，检查所有试剂是否齐全，确保所有试剂瓶都有隔膜盖。

3.2 校准品

包括校准品 A、B、C、D、E 和 F。校准品 A-F 由与 HBsAg，HIV-1 RNA 或 HIV Ag，anti-HIV-1/HIV-2 和 anti-HCV 无反应的人全血制备，其中 B-F 含有普乐可复。

3.3 质控品

免疫抑制复合质控品-MCC。由添加化学物及稳定剂的人全血制备。

3.4 普乐可复全血沉淀剂、普乐可复全血沉淀剂试剂盒。

3.5 I 系统通用预激发液(PRE-TRIGGER SOLUTION)、I 系统通用激发液(TRIGGER

第二节 普乐可复测定	文件编号：
	版本号：
	页码：第 页 共 页

SOLUTION)、I系统通用清洗缓冲液（WASH BUFFER）、I系统通用探针清洗液（PROBE CONDITIONING SOLUTION）。

4 仪器

美国雅培I2000SR全自动化学发光免疫分析仪及配套耗材、微量移液器、振荡器、离心机。

5 质量控制

5.1 质控物应存放在2~8℃，预处理前室温平衡后充分混匀。

5.2 普乐可复检测质控要求为每个工作日，每24h对每个水平的质控品进行一次检测。

5.3 质控品的手工预处理程序与校准品相同，见5.1校准品的手工预处理程序。在AR-CHITECT I 系统的质控菜单上指定质控位置、质控项目及选择质控批号。按下RUN，AR-CHITECT I系统会自动执行检验操作。

5.4 使用商用质控品如雅培免疫抑制药-MCC。观察检测值是否落在确定的范围内，以监测检验过程是否为可接受。如出现质控值落在范围以外，那么相关测试结果无效，必须重新检测。必要时需重新校准，并采取校正措施。

6 操作步骤

6.1 校准操作程序

普乐可复校准时要检测校准品A、B、C、D、E和F并重复检测2次。检测之前先将校准品进行手工预处理（处理程序与待测标本、质控品相同）。注意：只能使用普乐可复全血沉淀剂盒。启动手工预处理程序后，所有步骤均必须相继完成。如果需要稀释样本，那么必须在执行手工预处理步骤前完成。

6.1.1 慢慢翻转容器5~10次，以彻底混匀各校准品（样本、校准品或质控品）。放置时间较长的全血样本可能需要较长的混合时间。

6.1.2 混合后立即准确移取各校准品150μl至相应离心管中。每个校准品使用单独离心管。

6.1.3 将精密分液器（重复移液管）设置为分液150μl。从普乐可复全血沉淀剂瓶中吸取足量的沉淀剂后，将分液器的吸头靠在离心管内壁上，向离心管内添加150μl的沉淀剂。普乐可复全血沉淀剂极易挥发，添加完后应拧紧瓶盖防止挥发。同时盖紧所有离心管盖子并涡旋。

6.1.4 在最高的涡旋档位上振荡60s。

6.1.5 将试管装载到XSYSTEMS离心机内，注意保持转子平衡，必要时可添加平衡管。放入离心机的管数必须为偶数，试管离心分离4min。

6.1.6 从离心机内取出各试管并检查沉淀物的形状是否良好，上清液是否为透明。

6.1.7 ARCHITECT I系统准备好接受校准品时，取下各个管盖子并将上清液倒入相应的预处理管内。

	文件编号：
第二节　普乐可复测定	版本号：
	页码：第　页　共　页

6.1.8 涡旋移植预处理管 5～10s 后，将移植预处理管转移到 ARCHITECT 载样器内。

在 ARCHITECT I 系统上执行校准时，仅要求对每个普乐可复校准品取一个预处理校准品，便能够提供足够量以重复运行各校准品。在 ARCHITECT I 系统的校准菜单上指定校准品位置、校准品项目及选择校准品批号。按下 RUN，ARCHITECT I 系统会自动执行检验操作。必须通过检测每个水平的普乐可复质控品对校准的准确性进行验证。确保质控值在规定浓度范围内。

校准范围：0～30ng/ml。

系统接受并保存普乐可复有效校准后，随后的样品可以直接检测。除非使用新批号的试剂盒，或系统误差造成的质控失控。

6.2 标本检测程序

6.2.1 手工预处理程序：标本的手工预处理程序与校准品相同，见 6.1 校准品的手工预处理程序。

6.2.2 测试程序

a)第一次将 ARCHITECT 普乐可复试剂盒装机前，需要翻转试剂瓶，重新悬浮运输过程中沉淀的微粒。首次上载微粒子后，无需对其进行再次混合。翻转微粒瓶 30 次。观察试剂瓶，确定微粒是否重新悬浮。如果微粒仍附着在瓶子上，则继续翻转瓶子直到微粒完全悬浮为止。如果微粒没有再次悬浮，则不能使用。并联系供应商。确保所有试剂瓶上都有隔膜。

b)申请测试。首先在系统的标本编辑子系统上指定标本所放位置、SID 号码及其项目后，再将装有标本的标本架放入进样处。

c)按下 RUN，ARCHITECT I 系统会执行以下操作：将标本传送装置移至吸液点→将反应器装入处理通道后吸样，并将标本运送到反应器→将反应器前移一个位置，并将检测稀释液和微粒运送到反应器中→推迟一步之后，添加吖啶脂标记的普乐可复连接物至反应混合物中→混合，孵育并冲洗反应混合物→添加前触发和触发溶液之后检测化学发光反应的光强度，以相对光强度记录(RLUs)。样本中的普乐可复浓度与 RLUs 成正比以确定标本中普乐可复的含量→将反应器中的内容物吸液到废液中，并将反应器放入固体废弃物。

每个移植预处理管重复取样次数不得超过 4 次。所有预处理样本(样本、校准品或质控品)均必须在倒入移植预处理管并置于 ARCHITECT I 系统后的 3h 内检测。

6.3 样本稀释程序

样本普乐可复浓度为>30ng/ml 时将被添加标记">30ng/ml"，可通过人工稀释程序进行稀释。手工稀释按照如下方式进行。

a)ARCHITECT 普乐可复检测的建议稀释浓度为 1:2，即将 $150\mu l$ 的标本倒入 $150\mu l$ 的校准品 A 中。

b)标本本浓度必须在预处理前稀释。

c)操作人员必须在病人标本或质控品申请屏幕中输入稀释因子，系统会根据该稀释因子自动计算出标本浓度并报告结果，执行稀释后的结果应高于 3.0ng/ml。

文件编号:		
版本号:		
页码:第　页　共　页		

第二节　普乐可复测定

7 计算方法

ARCHITECT 普乐可复检测通过 4 参数 Logistic 曲线拟合数据约减法(4PLC,Y-加权)生成一条校准曲线。

8 分析性能概要

8.1 精密度试验

ARCHITECT 普乐可复测试精密度设置为≤10％(总 CV)。该试验依照国家临床实验室标准化委员会(CLSI,原名 NCCLS)的 EP5-A2 方案进行。该方案使用了雅培免疫抑制药-MCC(水平 1,2 和 3)和 5 个全血盘,分别在两台仪器上使用两个试剂批次进行检测,每天重复检测 2 次(不同时段),检测 20d。整个试验中,每个实际批次使用单一校准曲线,试验数据总结见表 15-2-1。

表 15-2-1　试验数据总数

样本	试验仪器	试剂批号	n	平均值 (ng/ml)	运行 SD	％CV	SD	总％CV
水平 1	1	1	80	3.0	0.1	3.7	0.1	4.9
	2	2	80	2.9	0.2	5.8	0.2	6.7
水平 2	1	1	80	7.8	0.2	2.4	0.3	3.6
	2	2	80	8.5	0.2	2.7	0.4	4.2
水平 3	1	1	80	14.5	0.4	2.5	0.5	3.5
	2	2	80	15.7	0.5	2.9	0.6	4.0
测试盘 1	1	1	80	5.5	0.2	3.6	0.2	4.4
	2	2	80	5.9	0.2	4.0	0.3	5.2
测试盘 2	1	1	80	14.0	0.5	3.5	0.6	4.2
	2	2	80	15.3	0.6	4.1	0.7	4.7
测试盘 3	1	1	80	4.8	0.2	4.4	0.2	5.2
	2	2	80	4.9	0.2	5.0	0.3	6.3
测试盘 4	1	1	80	10.1	0.2	2.4	0.4	4.4
	2	2	80	11.2	0.5	4.1	0.6	5.3
测试盘 5	1	1	80	21.2	0.7	3.3	0.9	4.4
	2	2	80	22.4	0.8	3.6	1.3	5.7

各个实验室得出的数据可能存在差异重复测量样本可提高结果精确性。

本试验总 CV≤10％,符合 ARCHITECT 普乐可复测试的精密度设置为≤10％(总 CV)。

8.2 回收率试验

ARCHITECT 普乐可复项目的平均回收率设为参考值的 100％±1.0％。本试验向等

	文件编号:
第二节 普乐可复测定	版本号:
	页码:第 页 共 页

份的全血样本中加入已知浓度的普乐可复。ARCHITECH 普乐可复项目测定普乐可复浓度并计算出结果百分比回收率(a)。试验数据总结见表 15-2-2。

表 15-2-2 试验数据总结

样本	基质液浓度(ng/ml)	添加的环孢霉素(ng/ml)	检测的浓度(ng/ml)	回收率 a(%)
1	0.1	6.9	6.9	99
		9.3	9.3	99
		15.2	16.4	107
		18.8	18.8	99
2	0.2	6.9	7.1	100
		9.3	9.5	100
		15.2	16.2	105
		18.8	19.1	101
3	0.1	6.9	6.9	99
		9.3	9.7	103
		15.2	16.1	105
		18.8	19.3	102
			平均回收率=102%	

本试验回收率在 100%±10% 之内,符合 ARCHITECT 普乐可复测试的回收率的设置要求。

各个试验实得出的数据可能存在差异。

$$b\% 回收率 = \frac{检测的浓度}{内源性浓度 + 添加普乐可复} \times 100$$

8.3 稀释试验

ARCHITECT 普乐可复项目稀释样品的平均回收率为参考值的 100%±10%。本试验依照国家临床实验室标准化委员会(CLSI)方案 EP6-A 指南方案进行。使用 ARCHITECT 普乐可复校准品 A 稀释高浓度普乐可复全血样本。然后测定每份稀释样本的普乐可复浓度并计算平均百分比回收率(%)。试验数据总结见表 15-2-3。

a 计算浓度=测量浓度×稀释因子

$$b\% 回收率 = \frac{计算浓度}{未稀释样品的观测浓度} \times 100$$

各个实验室得出的数据可能存在差异。

本试验回收率在 100%±10% 之内,符合 ARCHITECT 普乐可复测试的稀释试验的设置要求。

8.4 灵敏度及功能灵敏度

	文件编号:
第二节 普乐可复测定	版本号:
	页码:第 页 共 页

表 15-2-3 试验数据总结

标本	稀释因子	测定浓度(ng/ml)	计算浓度(ng/ml)	回收率 b(%)
1	未稀释	29.4	—	—
	1:1.11	26.7	29.6	101
	1:1.25	23.0	23.0	98
	1:1.43	20.7	29.6	101
	1:1.67	17.3	28.9	98
	1:2.5	11.7	29.3	99
	1:5	6.0	30.0	102
	1:10	2.8	28.0	95
2	未稀释	27.8	—	—
	1:1.11	25.6	28.4	102
	1:1.25	23.3	29.1	105
	1:1.43	20.1	28.7	103
	1:1.67	17.9	29.9	108
	1:2.5	11.9	29.8	107
	1:5	5.8	29.0	104
	1:10	2.9	29.0	104
3	未稀释	28.1	—	—
	1:1.11	25.3	28.1	100
	1:1.25	22.8	28.5	101
	1:1.43	20.1	28.7	102
	1:1.67	17.2	28.7	102
	1:2.5	11.7	29.3	104
	1:5	5.9	29.5	105
	1:10	2.8	28.0	100

8.4.1 灵敏度:ARCHITECT 普乐可复测试灵敏度≤1.5ng/ml,低于可报告范围。AR-CHITECT 普乐可复测试灵敏度定义为 ARCHITECT 普乐可复校准品 A(0ng/ml)以上的两个标准偏倚(2SD)处的浓度,经计算,在 95% 置信区间为 0.3ng/ml。各个实验室得出的数据可能存在差异。

8.4.2 功能灵敏度:ARCHITECT 普乐可复检测功能灵敏度≤2.0ng/ml。试验在全血样本中添加普乐可复,以配制 0.2~4.4ng/ml 的浓度。然后使用一个批次的试剂和校准品,重复检测这些样本 10 次,每天 2 次,持续 5d,每个测试盘上共执行 100 次重复检测。计算总%CV 并对照平均浓度作图。在数据上拟合互反曲线,计算与拟合曲线上 20%CV 水平,在 95% 置信区间上,ARCHITECT 普乐可复检测最低值对应 20%CV 值为 0.8ng/ml,低于 ARCHITECT 普乐可复可报告范围。

	文件编号：
第二节　普乐可复测定	版本号：
	页码：第　页　共　页

8.5 特异性及干扰试验评价

8.5.1 特异性试验评价：ARCHITECT 普乐可复测试法干扰试验评价基于国家临床实验室标准化委员会(CLSI)方案 EP7-A2 指南执行。等份全血样本试样中添加普乐可复，使靶值范围为 5～22ng/ml。再在这些样本中添加所列浓度的交叉反应物溶液并检测普乐可复。试验数据见表 15-2-4。运用 ARCHITECT 普乐可复测试法测定已在人血液中检测到的普乐可复代谢物。全血中普乐可复的生理浓度和临床意义尚不清楚。不可购买到商用纯化普乐可复代谢物用于交叉反应检测。市面尚无用于交叉反应检测的提纯普乐可复代谢物。普乐可复代谢物的制备方法分为两种：①体外制备方法排序，在有氧状态，NADPH 生成系统存在的情况下，苯巴比妥处理实验鼠类，使用其体内肝细胞微粒体孵育普乐可复；②生物转化方法，孵育可被普乐可复生物转化的放线菌。分离、鉴定形成于反应中介的氧化代谢物。纯样本由 HPLC、MS、NMR 光谱进行分析。

表 15-2-4　试验数据总结

代谢物	添加量（ng/ml）	超出浓度的平均值（ng/ml，$n=5$）	交叉反应性 a（%）
M-Ⅰ(13-O-demethyltacrolimus)	10	0.8	8
M-Ⅱ(31-O-demethyltacrolimus)	10	9.4	94
M-Ⅲ(15-O-demethyltacrolimus)	10	4.5	45
M-Ⅳ(12Hydroxytracrolimus)	10	0.8	9

注：交叉反应 a 为全血样本中普乐可复的干扰率；各个实验室得出的数据可能存在差异

8.5.2 干扰性评价：存在以下水平的药物，潜在干扰性内源物和潜在干扰性临床状况时，ARCHITECT 普乐可复测试的平均回收率为 100%±10%。ARCHITECT 普乐可复项目的研究依照美国国家临床实验室标准化委员会(CLSI)制定的 EP7-A231 方案进行。

a)潜在干扰性药物：普乐可复浓度在 4.9～19.8ng/ml 的全血样本添加以下潜在干扰性药物。见表 15-2-5。在试验期间观察到的平均干扰率范围为 95%～104%。

表 15-2-5　潜在干扰物和浓度

潜在干扰物	浓度	潜在干扰物	浓度
对乙酰氨基酚	20mg/dl	米诺地尔	60μg/ml
阿昔洛韦	8.2g/ml	麦可酚酯	500μg/ml
更昔洛韦	8μg/ml	纳多洛尔	1.2μg/ml
卡马西平	12mg/dl	青霉素 G 钠	100μg/ml
头孢菌素	100μg/ml	哌唑嗪	25μg/ml
洋地黄毒苷	80ng/ml	丙丁酚	600μg/ml
地高辛	4.8ng/ml	奎尼丁	5mg/dl

		文件编号:
第二节　普乐可复测定		版本号:
		页码:第　页　共　页

(续　表)

潜在干扰物	浓度	潜在干扰物	浓度
红霉素	20mg/dl	雷尼替丁	5mg/dl
氟康唑	30μg/ml	西罗莫司	60ng/ml
呋塞米	2mg/dl	奇霉素	100μg/ml
溴隐亭	1000μg/ml	噻氯匹定	150μg/ml
吉非贝齐	100μg/ml	托普霉素	2mg/dl
氢化可的松	1.2μg/ml	甲氧苄氨嘧啶	40μg/ml
伊曲康唑	50μg/ml	丙戊酸	50mg/dl
硫酸卡那霉素	6mg/dl	万古霉素	6mg/dl
拉贝洛尔	17.1μg/ml	戊酸丙胺	10μg/ml

b)潜在干扰性内源物:普乐可复浓度在5.5~18.0ng/ml的全血样本添加以下潜在干扰性内源物。见表15-2-6。在试验期间观察到的平均干扰率范围在96%~105%。

8.5.3 普乐可复潜在的临床状况干扰性试验在不同检测系统的评价:对 ARCHITECT 普乐可复检验的评估,使用了含 HAMA 和 RF 样本,以对其临床特异性进行进一步评估。评估5份对 HAMA 呈阳性的样本(7.1U/ml)和5份对RF呈阳性的样本(20U/ml)百分比回收率需要使用到普乐可复标记抗原。回收率百分比均值结果归纳见表15-2-7。

表 15-2-6　潜在干扰物质和浓度

潜在干扰物	浓度
甘油三酯	800mg/dl
血细胞比容	≤25%,≥55%
胆红素	40mg/dl
总蛋白	12g/dl
胆固醇	500mg/dl
尿酸	20mg/dl

注:各个试验实得出的数据可能存在差异

表 15-2-7　实验数据总结

ARCHITECT 普乐可复与 IMx 普乐可复Ⅱ			
样本数	截断值 (95%置信区间)	范围 (95%置信区间)	相关系数
124	0.37 (0.00~0.68)	0.81 (0.75~0.88)	0.90

样本范围(ARCHITECT):2.2~14.8ng/ml。

样本范围(IMx):2.1~15.9ng/ml。

样本型号和样本数量变化能影响相关检测,因此,各个实验室得出的相关数据可能会出现差异。与 IMx 普乐可复Ⅱ项目相比较,ARCHITECT 普乐可复项目检测浓度在2~30ng/

	文件编号:
第二节 普乐可复测定	版本号:
	页码:第 页 共 页

ml 的样本时,相关系数≥0.90。

以上样品通过 LC/MS/MR 进行额外测试。测试中通过 Passing-Bablok32 法进行回归线分析。试验数据总结见表 15-2-8。

表 15-2-8 试验数据总结

ARCHITECT 普乐可复与 IMx 普乐可复 II			
样本数	截断值 (95%置信区间)	范围 (95%置信区间)	相关系数
125	0.22 (0.02~0.48)	1.07 (1.01~1.12)	0.92

样本范围(ARCHITECT):2.1~14.8ng/ml;样本范围(LC/MS/MS):1.78~19.20ng/ml。

样本型号和样本数量变化能影响相关检测,因此,各个实验室得出的相关数据可能会出现差异。

使用 ARCHITECT 普乐可复和 IMx 普乐可复 II 进行偏倚分析。测试 124 个人体全血 EDTA 样品,范围为 2~30ng/ml。ARCHITECT 普乐可复和 IMx 普乐可复 II 测试的平均 ng/ml 差别偏倚在此研究中为 -0.94ng/ml。ng/ml 差别偏差的 95%置信区间为 -1.16~ -0.71ng/ml。

使用 ARCHITECT 普乐可复和 LC/MS/MR 进行偏倚分析。测试 125 个人体全血 ED-TA 样品,范围为 2~30ng/ml。ARCHITECT 普乐可复和 LC/MS/MS 测试的平均 ng/ml 差别偏倚在此研究中为 0.51ng/ml。95%置信区间为 0.31~0.71ng/ml。

9 参考区间

ARCHITECT 普乐可复测试的测量范围是 2ng/ml(基于功能灵敏度的最小可报告值)到 30ng/ml。

不存在治疗全血中普乐可复的固定范围,临床的复杂性导致对普乐可复最佳血液浓度的要求不同。普乐可复的治疗范围比较模糊,但是在移植初期,12h 全血的目标浓度是 5~20ng/ml。浓度升高说明不良反应增大,24h 谷浓度比相应的 12h 谷浓度低 33%~50%。

10 结果解释

检测结果用于诊断时,应与其他数据结合使用,如症状、其他检查结果、临床表现等。普乐可复检测结果与临床迹象不符时,需通过附件测试验证检测结果。

给定样本中普乐可复浓度,因不同试剂的生产商而异,会由于不同的测试方法和试剂的特异性而发生变化。

免疫检测法不具有完全的特异性,可与交叉物发生交叉反应。当清除普乐可复受阻时(如胆汁淤积过程中),普乐可复代谢物可能会聚集。免疫测定可能会过高估计普乐可复的浓

	文件编号：
第二节　普乐可复测定	版本号：
	页码：第　页　共　页

度。在这种情况下，可以考虑用特定项目（如 LC/MS/MS 方法）。

人血清中异嗜性抗体与试剂免疫球蛋白反应，干扰体外免疫测定。经常接触动物或动物血清产品的患者容易受到干扰，检测会出现异常值。需要其他信息才能明确诊断。

取自接受了用于诊断或治疗的鼠单克隆抗体后的患者的样本可能含有人抗鼠抗体（HAMA）。当检验试剂盒使用鼠单克隆抗体对这类样本进行检测时，检测值可能假性升高或降低。

不存在治疗全血中普乐可复的固定范围。临床的复杂性，个体对免疫抑制力度灵敏度和因普乐可复导致肾功能损伤存在差异，与其他免疫抑制共同使用，移植的类型，移植后的时间长短等因素导致对普乐可复最佳血液浓度的要求不同。因此，普乐可复数值自身并不能作为改变治疗方案的唯一指标。

改变治疗方案前，应当为每位患者进行全面的临床检测。每个使用者必须根据自身的临床经验设置范围。普乐可复治疗范围随着商用检测方法而变化，因此，必须为每种商用检测方法确立最适值。不能交叉使用不同检测项目测得的数值，这是因为每个项目的方法和代谢物交叉反应间存在差异。也不要应用校正因子。因此，建议对同一患者持续使用一种检测方法。

据报道，普乐可复的治疗范围比较模糊，但是在移植初期，12h 全血的目标浓度是 5～20ng/ml。浓度升高说明副作用增大。24h 谷浓度比相应的 12h 谷浓度低 33%～50%。

11 临床意义

普乐可复（FK506，又称他克莫司、普乐可复）属大环内酯类抗生素，是一种免疫抑制药物，是从 streptornyces tsukubaensis 属中分离出来的。其作用机制是抑制多种细胞因子如白细胞介素-2、γ-干扰素的产生，阻断 T 细胞活化，且抑制细胞毒性 T 细胞的增殖和白细胞介素-2 受体的表达。临床在肝移植的应用较多，肾移植及其他器官移植的应用只有零星报道。普乐可复对于治疗器官移植后产生的排斥现象具有明显疗效，定量测定人体全血中普乐可复的药物浓度可辅助监控接受了普乐可复治疗的肝肾移植患者的病程进展。

12 参考文献

[1]　美国雅培公司 . ARCHITECT 普乐可复测定试剂说明书.

编写：张汉奎　　　　　审核：熊继红　　　　　批准：张秀明

第十六章

优生优育检验项目操作程序

Chapter *16*

第一节　抗单纯疱疹病毒IgM抗体测定	文件编号：
	版本号：
	页码:第 页 共 页

1 原理

采用鼠抗人IgM(抗μ链)单克隆抗体包被微孔条,辣根过氧化物酶(HRP)标记基因工程重组表达的单纯疱疹病毒特异性抗原为示踪物,TMB显色系统,应用捕获法原理检测人血清或血浆中抗单纯疱疹病毒1&2IgM抗体(抗HSV-IgM)。适用于单纯疱疹病毒感染的辅助诊断。

2 样品采集

采集无抗凝静脉血2~3ml,也可采集常规肝素或枸橼酸钠抗凝血;若不能立即检测,标本可于4℃保存不超过5d;-20℃可保存3个月。避免溶血或反复冻溶。浑浊或有沉淀的标本应离心或过滤澄清后再检测。

3 试剂

3.1 试剂来源

DIA.PRO Diagnostic Sri公司提供配套试剂。

3.2 试剂组成

阴性质控(1×2.0ml/瓶),阳性质控(1×2.0ml/瓶),定标液,干粉抗原(6瓶),浓缩酶液(1×0.8ml/瓶),抗原稀释液(1×16ml/瓶),血清稀释液(2×60ml/瓶),SUBS TMB(1×16ml/瓶),终止液(1×15ml/瓶),浓缩洗液(1×60ml/瓶)。试剂保存于2~8℃,有效期内均可直接使用。

4 仪器

MK3酶标仪、EGATE-2310洗板机、2510变频振荡器、LD5-10B型离心机、BHW-Ⅳ型恒温水浴箱。

5 操作步骤

5.1 试验前准备

将试剂盒从冷藏环境中取出,置室温平衡30min后使用。

5.1.1 样品血清的稀释:把血清做1:100倍稀释(如取500μl血清稀释液加入5μl血清)。

5.1.2 酶标抗原的配制:1瓶干粉抗原加入1.9ml抗原稀释液再加入浓缩酶液0.1ml,充分混合。

5.2 操作

5.2.1 设空白对照1孔、阴性对照3孔、阳性对照2孔、校准孔对照1孔,空白孔加血清稀释液100μl,阴性孔、校准孔、阳性孔各加对应试剂100μl,检测孔加稀释后血清100μl。

5.2.2 充分振荡后(37±0.5)℃水浴孵育(60±3)min。

5.2.3 洗板机吸去板孔内液体,以洗涤液注满各孔,静置20~30s后吸干,重复洗涤4~5次。

5.2.4 除空白孔外其余各孔加酶标抗原100μl。

第一节 抗单纯疱疹病毒IgM抗体测定

5.2.5 重复 5.2.2 和 5.2.3。

5.2.6 每孔各加 SUBS TMB 100μl，18～24℃水浴 20min。

5.2.7 加终止液 100μl 后混匀，用酶标仪比色（450nm 单波长或 450nm/630nm 双波长）。

6 结果判断

临界值（Cut-off 值）计算：临界值＝0.250＋阴性对照 OD 平均值。

a）s/co＜1.0：为抗 HSV-IgM 阴性。

b）s/co＝1.0～1.2：为抗 HSV-IgM 可疑阳性。

c）s/co＞1.2：为抗 HSV-IgM 阳性。

7 质量控制

7.1 阴阳质控无需稀释，直接使用，每批测试均应做阴性、阳性质控，并且阴性质控 OD＜0.2，阳性质控 OD＞0.75，否则实验无效，需重新进行。

7.2 因所配酶标抗原不稳定，故每次只配所需酶标抗原，否则剩余量需－20℃保存。

8 注意事项

8.1 反应微孔板在冰箱拿出需平衡至室温方可使用。

8.2 孵育箱的温度一定要控制在（37±0.5）℃（建议在孵育箱内放入温度计）。

8.3 本试剂盒应视有传染性物质，请按传染病实验室检查规程操作。

8.4 加入终止液后最好在 20min 内进行比色，否则试剂自身的氧化可能会加深背景，给比色造成干扰。

8.5 检测标本中，内源性干扰物对本试剂盒造成假阳性的概率极小，但应尽量避免反复冻溶、溶血或污染细菌。

8.6 不同批号、不同品种试剂不能混用。

8.7 各种试剂使用前要混匀，部分溶液（如洗液等）如有结晶析出，轻微加样或摇匀溶解后不影响使用。

8.8 请严格按说明书操作，严格控制反应温度，各种反应液均需用加热器加注，并经常校对其准确性。

8.9 反应板开封后不能一次用完时，将剩余板条和干燥剂同时放入塑料袋内封好，置 2～8℃可短期保存。

9 方法局限性

该试验方法仅适用于定性检测和辅助诊断，确认感染单纯疱疹病毒需同时结合患者的临床体征或进一步结合其他方法进行。

10 临床意义

适用于单纯疱疹Ⅰ/Ⅱ病毒感染的辅助诊断。人群中 HSV 感染十分普遍，抗 HSVⅠ/Ⅱ-IgM 抗体阳性提示有近期感染，但应结合临床综合分析，怀孕妇女不能仅以抗 HSV-IgM

第一节　抗单纯疱疹病毒IgM抗体测定	文件编号：
	版本号：
	页码:第　页　共　页

抗体阳性作为终止妊娠的依据。

11 参考文献

[1]　DIA. PRO 单纯疱疹病毒 1&2IgM 抗体检测试剂盒说明书.

[2]　叶应妩,王毓三,申子瑜. 全国临床检验操作规程.3 版. 南京:东南大学出版社,2006:628-631.

编写:阚丽娟　　　　　审核:熊继红　　　　　批准:张秀明

第二节　抗风疹病毒IgM抗体测定	文件编号：
	版本号：
	页码:第　页 共　页

1 原理

采用鼠抗人 IgM(抗 μ 链)单克隆抗体包被微孔条,辣根过氧化物酶(HRP)标记基因工程重组表达的风疹病毒特异性抗原为示踪物,TMB 显色系统,应用捕获法原理检测人血清或血浆中抗风疹病毒 IgM 抗体(抗 RUB-IgM)。

2 样品采集

采集无抗凝静脉血 2~3ml,也可采集常规肝素或枸橼酸钠抗凝血;若不能立即检测,标本可于 4℃保存不超过 5d;-20℃可保存 3 个月。避免溶血或反复冻溶。浑浊或有沉淀的标本应离心或过滤澄清后再检测。

3 试剂

3.1 试剂来源

DIA. PRO Diagnostic Sri 公司提供配套试剂。

3.2 试剂组成

阴性质控(1×2.0ml/瓶),阳性质控(1×2.0ml/瓶),定标液,干粉抗原(6 瓶),浓缩酶液(1×0.8ml/瓶),抗原稀释液(1×16ml/瓶),血清稀释液(2×60ml/瓶),SUBS TMB(1×16ml/瓶),终止液(1×15ml/瓶),浓缩洗液(1×60ml/瓶)。试剂保存于 2~8℃,有效期内均可直接使用。

4 仪器

MK3 酶标仪、EGATE-2310 洗板机、2510 变频振荡器、LD5-10B 型离心机、BHW-Ⅳ型恒温水浴箱。

5 操作步骤

5.1 试验前准备

将试剂盒从冷藏环境中取出,置室温平衡 30min 后使用。

5.1.1 样品血清的稀释:把血清做 1:100 倍稀释(如取 500μl 血清稀释液加入 5μl 血清)。

5.1.2 酶标抗原的配制:1 瓶干粉抗原加入 1.9ml 抗原稀释液再加入浓缩酶液 0.1ml,充分混合。

5.2 操作

5.2.1 设空白对照 1 孔、阴性对照 3 孔、阳性对照 2 孔、校准孔对照 1 孔,空白孔加血清稀释液 100μl,阴性孔、校准孔、阳性孔各加对应试剂 100μl,检测孔加稀释后血清 100μl。

5.2.2 充分振荡后(37±0.5)℃水浴孵育(60±3)min。

5.2.3 洗板机吸去板孔内液体,以洗涤液注满各孔,静置 20~30s 后吸干,重复洗涤 4~5 次。

5.2.4 除空白孔外其余各孔加酶标抗原 100μl。

5.2.5 重复 5.2.2 和 5.2.3。

第二节　抗风疹病毒 IgM 抗体测定

5.2.6 每孔各加 SUBS TMB 100μl，18～24℃水浴 20min。

5.2.7 加终止液 100μl 后混匀，用酶标仪比色（450nm 单波长或 450nm/630nm 双波长）。

6 结果判断

临界值（Cut-off 值）计算：临界值＝0.250＋阴性对照 OD 平均值。

a）s/co＜1.0：为抗 RUB-IgM 阴性。

b）s/co＝1.0～1.2：为抗 RUB-IgM 可疑阳性。

c）s/co＞1.2：为抗 RUB-IgM 阳性。

7 质量控制

7.1 阴阳质控无需稀释，直接使用，每批测试均应做阴性、阳性质控，并且阴性质控 OD＜0.2，阳性质控 OD＞0.75，否则实验无效，需重新进行。

7.2 因所配酶标抗原不稳定，故每次只配所需酶标抗原，否则剩余量需－20℃保存。

8 注意事项

8.1 反应微孔板在冰箱拿出需平衡至室温方可使用。

8.2 孵育箱的温度一定要控制在（37±0.5）℃（建议在孵育箱内放入温度计）。

8.3 本试剂盒应视有传染性物质，请按传染病实验室检查规程操作。

8.4 加入终止液后最好在 20min 内进行比色，否则试剂自身的氧化可能会加深背景，给比色造成干扰。

8.5 检测标本中，内源性干扰物对本试剂盒造成假阳性的概率极小，但应尽量避免反复冻溶、溶血或污染细菌。

8.6 不同批号、不同品种试剂不能混用。

8.7 各种试剂使用前要混匀，部分溶液（如洗液等）如有结晶析出，轻微加样或摇匀溶解后不影响使用。

8.8 请严格按说明书操作，严格控制反应温度，各种反应液均需用加热器加注，并经常校对其准确性。

8.9 反应板开封后不能一次用完时，将剩余板条和干燥剂同时放入塑料袋内封好，置 2～8℃可短期保存。

9 方法局限性

该试验方法仅适用于定性检测和辅助诊断，确认感染风疹病毒需同时结合患者的临床体征或进一步结合其他方法进行。

10 临床意义

用于风疹病毒感染的早期诊断。风疹病毒属披膜病毒科，具单股正链 RNA，直径为60nm，仅有一个血清型。风疹是由风疹病毒引起的，风疹病毒易感人群为 1～5 岁儿童和孕妇。对儿童来说，是一种症状较轻的出疹性疾病。据统计，孕妇感染风疹病毒者多在怀孕 1～

第二节　抗风疹病毒 IgM 抗体测定	文件编号：
	版本号：
	页码：第　页　共　页

6 周时（＞50％），除可致流产、死胎、死产、早产外，若胎儿存活出生，所生婴儿则可能发生先天性风疹综合征，表现为先天性白内障、先天性心脏病、神经性聋、失明、小头畸形和智力障碍等。风疹病毒能通过胎盘感染胎儿，引起宫内胎儿生长迟缓、小头畸形、脑炎、视网膜脉络膜炎、黄疸、肝脾大、溶血性贫血等，新生儿病死率甚高。风疹病毒 IgM 抗体阳性，提示有近期感染，必要时应终止妊娠。因此，对妊娠妇女早期进行风疹病毒特异性 IgM 监测有重要意义。

11 参考文献

[1]　DIA. PRO 抗风疹病毒 IgM 抗体检测试剂盒说明书.

[2]　叶应妩,王毓三,申子瑜. 全国临床检验操作规程. 3 版. 南京:东南大学出版社,2006:628-631.

编写：阚丽娟	审核：熊继红	批准：张秀明

	文件编号:
第三节 抗巨细胞病毒IgM抗体测定	版本号:
	页码:第 页 共 页

1 原理

采用鼠抗人IgM(抗μ链)单克隆抗体包被微孔条,辣根过氧化物酶(HRP)标记基因工程重组表达的巨细胞病毒特异性抗原为示踪物,TMB显色系统,应用捕获法原理检测人血清或血浆中抗巨细胞病毒IgM抗体(抗CMV-IgM)。

2 样品采集

采集无抗凝静脉血2～3ml,也可采集常规肝素或枸橼酸钠抗凝血;若不能立即检测,标本可于4℃保存不超过5d;-20℃可保存3个月。避免溶血或反复冻溶。浑浊或有沉淀的标本应离心或过滤澄清后再检测。

3 试剂

3.1 试剂来源

DIA. PRO Diagnostic Sri公司提供配套试剂。

3.2 试剂组成

阴性质控(1×2.0ml/瓶),阳性质控(1×2.0ml/瓶),定标液,干粉抗原(6瓶),浓缩酶液(1×0.8ml/瓶),抗原稀释液(1×16ml/瓶),血清稀释液(2×60ml/瓶),SUBS TMB(1×16ml/瓶),终止液(1×15ml/瓶),浓缩洗液(1×60ml/瓶)。试剂保存于2～8℃,有效期内均可直接使用。

4 仪器

MK3酶标仪、EGATE-2310洗板机、2510变频振荡器、LD5-10B型离心机、BHW-Ⅳ型恒温水浴箱。

5 操作步骤

5.1 试验前准备

将试剂盒从冷藏环境中取出,置室温平衡30min后使用。

5.1.1 样品血清的稀释:把血清做1:100倍稀释(如取500μl血清稀释液加入5μl血清)。

5.1.2 酶标抗原的配制:1瓶干粉抗原加入1.9ml抗原稀释液再加入浓缩酶液0.1ml,充分混合。

5.2 操作

5.2.1 设空白对照1孔、阴性对照3孔、阳性对照2孔、校准孔对照1孔,空白孔加血清稀释液100μl,阴性孔、校准孔、阳性孔各加对应试剂100μl,检测孔加稀释后血清100μl。

5.2.2 充分振荡后(37±0.5)℃水浴孵育(60±3)min。

5.2.3 洗板机吸去板孔内液体,以洗涤液注满各孔,静置20～30s后吸干,重复洗涤4～5次。

5.2.4 除空白孔外其余各孔加酶标抗原100μl。

5.2.5 重复5.2.2和5.2.3。

第三节　抗巨细胞病毒 IgM 抗体测定

5.2.6 每孔各加 SUBS TMB 100μl,18～24℃水浴 20min。

5.2.7 加终止液 100μl 后混匀,用酶标仪比色(450nm 单波长或 450nm/630nm 双波长)。

6 结果判断

临界值(Cut-off 值)计算:临界值＝0.250＋阴性对照 OD 平均值。

a)s/co＜1.0:为抗 CMV-IgM 阴性。

b)s/co＝1.0～1.2:为抗 CMV-IgM 可疑阳性。

c)s/co＞1.2:为抗 CMV-IgM 阳性。

7 质量控制

7.1 阴阳质控无需稀释,直接使用,每批测试均应做阴性、阳性质控,并且阴性质控 OD＜0.2,阳性质控 OD＞0.75,否则实验无效,需重新进行。

7.2 因所配酶标抗原不稳定,故每次只配所需酶标抗原,否则剩余量需－20℃保存。

8 注意事项

8.1 反应微孔板在冰箱拿出需平衡至室温方可使用。

8.2 孵育箱的温度一定要控制在(37±0.5)℃(建议在孵育箱内放入温度计)。

8.3 本试剂盒应视有传染性物质,请按传染病实验室检查规程操作。

8.4 加入终止液后最好在 20min 内进行比色,否则试剂自身的氧化可能会加深背景,给比色造成干扰。

8.5 检测标本中,内源性干扰物对本试剂盒造成假阳性的概率极小,但应尽量避免反复冻融、溶血或污染细菌。

8.6 不同批号、不同品种试剂不能混用。

8.7 各种试剂使用前要混匀,部分溶液(如洗液等)如有结晶析出,轻微加热或摇匀溶解后不影响使用。

8.8 请严格按说明书操作,严格控制反应温度,各种反应液均需用加样器加注,并经常校对其准确性。

8.9 反应板开封后不能一次用完时,将剩余板条和干燥剂同时放入塑料袋内封好,置 2～8℃可短期保存。

9 方法局限性

该试验方法仅适用于定性检测和辅助诊断,确认感染巨细胞病毒需同时结合患者的临床体征或进一步结合其他方法进行。

10 临床意义

适用于巨细胞病毒感染者的初筛检查。巨细胞病毒(CMV)属人类疱疹病毒科,直径为 180～250nm,具有双链 DNA。CMV 感染在人类非常普遍,多呈亚临床不显性感染和潜伏感染,多数人在儿童或少年期受 CMV 感染而获免疫。CMV 围生期感染是引起胎儿畸形的主

	文件编号：
第三节　抗巨细胞病毒IgM抗体测定	版本号：
	页码：第　页　共　页

要原因之一,还可引起早产、胎儿宫内发育迟缓等。成年人CMV感染多见于免疫功能受损者,由于临床表现缺乏特异性,故CMV感染的实验室检查对于该病的早期诊断与治疗至关重要。抗-CMV测定,双份血清抗体水平呈4倍或4倍以上增长时,有诊断意义。特异性抗-CMV IgM阳性提示患者近期有CMV感染,但应结合临床情况具体分析。由于CMV可存在于唾液、尿、乳汁、泪液、粪便、阴道、宫颈分泌物、血液、精液中,因此CMV可通过多种途径传播。CMV可通过胎盘感染胎儿,引起早产、胎儿发育迟缓、新生儿畸形、黄疸、肝脾大、溶血性贫血、视网膜脉络膜炎等,新生儿病死率高;免疫功能受损者,如艾滋病、癌症、器官移植等病人CMV感染很常见,感染CMV后,可发生进行性间质肺炎、肝炎、脑炎、心包炎及播散性CMV感染等,常威胁病人的生命,影响器官移植的存活。

11　参考文献

[1]　DIA. PRO巨细胞病毒IgM抗体检测试剂盒说明书.

[2]　叶应妩,王毓三,申子瑜. 全国临床检验操作规程. 3版. 南京:东南大学出版社,2006:628-629.

编写:阚丽娟　　　　审核:熊继红　　　　批准:张秀明

第四节 抗弓形虫 IgM 抗体测定	文件编号：
	版本号：
	页码：第 页 共 页

1 原理

采用鼠抗人 IgM（抗 μ 链）单克隆抗体包被微孔条，辣根过氧化物酶（HRP）标记基因工程重组表达的弓形虫特异性表面抗原 P22 为示踪物，TMB 显色系统，应用捕获法原理检测人血清或血浆中抗弓形虫 IgM 抗体（抗 TOXO-IgM）。适用于弓形虫感染的辅助诊断。

2 样品采集

采集无抗凝静脉血 2～3ml，也可采集常规肝素或枸橼酸钠抗凝血；若不能立即检测，标本可于 4℃ 保存不超过 5d；—20℃ 可保存 3 个月。避免溶血或反复冻溶。浑浊或有沉淀的标本应离心或过滤澄清后再检测。

3 试剂

3.1 试剂来源

DIA. PRO Diagnostic Sri 公司提供配套试剂。

3.2 试剂组成

阴性质控（1×2.0ml/瓶），阳性质控（1×2.0ml/瓶），定标液，干粉抗原（6 瓶），浓缩酶液（1×0.8ml/瓶），抗原稀释液（1×16ml/瓶），血清稀释液（2×60ml/瓶），SUBS TMB（1×16ml/瓶），终止液（1×15ml/瓶），浓缩洗液（1×60ml/瓶）。试剂保存于 2～8℃，有效期内均可直接使用。

4 仪器

MK3 酶标仪、EGATE-2310 洗板机、2510 变频振荡器、LD5-10B 型离心机、BHW-Ⅳ 型恒温水浴箱。

5 操作步骤

5.1 试验前准备

将试剂盒从冷藏环境中取出，置室温平衡 30min 后使用。

5.1.1 样品血清的稀释：把血清做 1:100 倍稀释（如取 500μl 血清稀释液加入 5μl 血清）。

5.1.2 酶标抗原的配制：1 瓶干粉抗原加入 1.9ml 抗原稀释液再加入浓缩酶液 0.1ml，充分混合。

5.2 操作

5.2.1 设空白对照 1 孔、阴性对照 3 孔、阳性对照 2 孔、校准孔对照 1 孔，空白孔加血清稀释液 100μl，阴性孔、校准孔、阳性孔各加对应试剂 100μl，检测孔加稀释后血清 100μl。

5.2.2 充分振荡后（37±0.5）℃ 水浴孵育（60±3）min。

5.2.3 洗板机吸去板孔内液体，以洗涤液注满各孔，静置 20～30s 后吸干，重复洗涤 4～5 次。

5.2.4 除空白孔外其余各孔加酶标抗原 100μl。

5.2.5 重复 5.2.2 和 5.2.3。

文件编号：
版本号：
页码：第 页 共 页

第四节 抗弓形虫 IgM 抗体测定

5.2.6 每孔各加 SUBS TMB 100μl，18～24℃水浴 20min。

5.2.7 加终止液 100μl 后混匀，用酶标仪比色（450nm 单波长或 450nm/630nm 双波长）。

6 结果判断

临界值（Cut-off 值）计算：临界值＝0.250＋阴性对照 OD 平均值。

a）s/co＜1.0：为抗 TOXO-IgM 阴性。

b）s/co＝1.0～1.2：为抗 TOXO-IgM 可疑阳性。

c）s/co＞1.2：为抗 TOXO-IgM 阳性。

7 质量控制

7.1 阴阳质控无需稀释，直接使用，每批测试均应做阴性、阳性质控，并且阴性质控 OD＜0.2，阳性质控 OD＞0.75，否则实验无效，需重新进行。

7.2 因所配酶标抗原不稳定，故每次只配所需酶标抗原，否则剩余量需－20℃保存。

8 注意事项

8.1 反应微孔板在冰箱拿出需平衡至室温方可使用。

8.2 孵育箱的温度一定要控制在（37±0.5）℃（建议在孵育箱内放入温度计）。

8.3 本试剂盒应视有传染性物质，请按传染病实验室检查规程操作。

8.4 加入终止液后最好在 20min 内进行比色，否则试剂自身的氧化可能会加深背景，给比色造成干扰。

8.5 检测标本中，内源性干扰物对本试剂盒造成假阳性的概率极小，但应尽量避免反复冻溶、溶血或污染细菌。

8.6 不同批号、不同品种试剂不能混用。

8.7 各种试剂使用前要混匀，部分溶液（如洗液等）如有结晶析出，轻微加热或摇匀溶解后不影响使用。

8.8 请严格按说明书操作，严格控制反应温度，各种反应液均需用加热器加注，并经常校对其准确性。

8.9 反应板开封后不能一次用完时，将剩余板条和干燥剂同时放入塑料袋内封好，置 2～8℃可短期保存。

9 方法局限性

该试验方法仅适用于定性检测和辅助诊断，确认感染弓形虫需同时结合患者的临床体征或进一步结合其他方法进行。

10 临床意义

适用于弓形虫感染的辅助诊断。弓形虫感染是一种人畜共患疾病，广泛分布于世界各地。由猫与其他宠物传染人的可能性较大。人体后天感染后轻型者常无症状，但血清中可查到抗体；当机体免疫功能低下时，重型者可引起各种症状，如高热、肌肉、关节疼痛、淋巴结肿

	文件编号:
第四节　抗弓形虫 IgM 抗体测定	版本号:
	页码:第　页　共　页

大等。孕妇急性弓形虫感染时,弓形虫可通过胎盘感染胎儿,直接威胁胎儿健康。弓形虫通过胎盘宫内感染者,可引起死胎、早产,出生后可表现一系列中枢神经系统症状及眼及内脏的先天性损害。妊娠期出现感染者,弓形虫可通过胎盘感染胎儿;孕妇早期感染者可发生流产或畸形胎儿;妊娠中晚期感染者,可发生宫内胎儿生长迟缓,神经系统损害等。临床上检测弓形虫特异性 IgM 抗体来进行早期诊断。

11 参考文献

[1]　DIA. PRO 抗弓形虫 IgM 抗体检测试剂盒说明书.

[2]　叶应妩,王毓三,申子瑜. 全国临床检验操作规程. 3 版. 南京:东南大学出版社,2006:628-630.

编写:阚丽娟　　　　审核:熊继红　　　　批准:张秀明

	文件编号：
第五节 抗单纯疱疹病毒IgG抗体测定	版本号：
	页码：第 页 共 页

1 原理

采用蔗糖梯度离心法纯化并灭活的单纯疱疹病毒抗原包被微孔条，辣根过氧化物酶(HRP)标记抗人IgG多克隆抗体为示踪物，TMB显色系统，应用间接酶联免疫吸附法原理检测人血清或血浆中抗单纯疱疹病毒IgG抗体(抗 HSV-IgG)。适用于单纯疱疹病毒1&2IgG感染的辅助诊断。

2 样品采集

采集无抗凝静脉血2～3ml，也可采集常规肝素或枸橼酸钠抗凝血；若不能立即检测，标本可于4℃保存不超过5d；-20℃可保存3个月。避免溶血或反复冻溶。浑浊或有沉淀的标本应离心或过滤澄清后再检测。

3 试剂

3.1 试剂来源

DIA. PRO Diagnostic Sri 公司提供配套试剂。

3.2 试剂组成

标准品1(0U/ml，1×2.0ml/瓶)，标准品2(50U/ml，1×2.0ml/瓶)，标准品6(1 000U/ml，1×2.0ml/瓶)，对照血清，血清稀释液(2×60ml/瓶)，酶结合物(1×16ml/瓶)，SUBS TMB(1×16ml/瓶)，终止液(1×15ml/瓶)，浓缩洗液(1×60ml/瓶)。试剂保存于2～8℃，有效期内均可直接使用。

4 仪器

MK3酶标仪、EGATE-2310洗板机、2510变频振荡器、LD5-10B型离心机、BHW-Ⅳ型恒温水浴箱。

5 操作步骤

5.1 试验前准备

将试剂盒从冷藏环境中取出，置室温平衡30min后使用。

样品血清的稀释：把血清做1∶100倍稀释(如取1 000μl血清稀释液加入10μl血清)。

5.2 操作

5.2.1 设空白对照1孔、标准品1 2孔、标准品2 2孔、标准品6 1孔，每孔各100μl，检测孔加稀释后血清100μl，空白孔除外。

5.2.2 充分振荡后(37±0.5)℃水浴孵育(60±3)min。

5.2.3 洗板机吸去板孔内液体，以洗涤液注满各孔，静置20～30s后吸干，重复洗涤4～5次。

5.2.4 除空白孔外其余各孔加酶结合物100μl。

5.2.5 重复5.2.2和5.2.3。

5.2.6 每孔各加SUBS TMB 100μl，室温(18～24℃)20min。

第五节 抗单纯疱疹病毒IgG抗体测定	文件编号:
	版本号:
	页码:第 页 共 页

5.2.7 加终止液 $100\mu l$ 后混匀,用酶标仪比色(450nm 单波长或 450nm/630nm 双波长)。

6 结果判断

临界值(Cut-off 值)计算:临界值＝CAL2 OD 平均值。

a)s/co＜1.0:为抗 HSV-IgG 阴性。

b)s/co＞1.0:为抗 HSV-IgG 阳性。

7 质量控制

标准品无需稀释直接使用,每批测试均应做标准品 1、2、6,并且标准品 1 OD＜0.15,标准品 2 OD＞标准品 1 OD＋0.10,标准品 6 OD＞1.00,否则实验无效,需重新进行。

8 注意事项

8.1 反应微孔板在冰箱拿出需平衡至室温方可使用。

8.2 孵育箱的温度一定要控制在(37±0.5)℃(建议在孵育箱内放入温度计)。

8.3 本试剂盒应视有传染性物质,请按传染病实验室检查规程操作。

8.4 加入终止液后最好在 20min 内进行比色,否则试剂自身的氧化可能会加深背景,给比色造成干扰。

8.5 检测标本中,内源性干扰物对本试剂盒造成假阳性的概率极小,但应尽量避免反复冻溶、溶血或污染细菌。

8.6 不同批号、不同品种试剂不能混用。

8.7 各种试剂使用前要混匀,部分溶液(如洗液等)如有结晶析出,轻微加热或摇匀溶解后不影响使用。

8.8 请严格按说明书操作,严格控制反应温度,各种反应液均需用加样器加注,并经常校对其准确性。

8.9 反应板开封后不能一次用完时,将剩余板条和干燥剂同时放入塑料袋内封好,置 2～8℃可短期保存。

9 方法局限性

该试验方法仅适用于定性检测和辅助诊断,确认感染单纯疱疹病毒需同时结合患者的临床体征或进一步结合其他方法进行。

10 临床意义

适用于单纯疱疹病毒Ⅰ/Ⅱ感染的辅助诊断。单纯疱疹病毒主要引起疱疹性口腔炎、湿疹性疱疹、疱疹性角膜结膜炎、新生儿疱疹、疱疹性外阴阴道炎等,生殖器官以外的感染多由单纯疱疹病毒-Ⅰ型引起,而生殖器官的感染多由单纯疱疹病毒-Ⅱ型引起,本试验不能区分单纯疱疹病毒-Ⅰ型或单纯疱疹病毒-Ⅱ型。人群中 HSV 感染十分普遍,抗 HSV Ⅰ/Ⅱ-IgG 抗体阳性提示有既往感染。

11 参考文献

[1]　DIA.PRO 单纯疱疹病毒 1&2IgG 抗体检测试剂盒说明书.

	文件编号：
第五节　抗单纯疱疹病毒 IgG 抗体测定	版本号：
	页码：第　页　共　页

[2]　叶应妩,王毓三,申子瑜. 全国临床检验操作规程.3 版. 南京:东南大学出版社,2006:628-630.

编写:卢建强　　　　审核:熊继红　　　　批准:张秀明

第六节　抗风疹病毒IgG抗体测定	文件编号：
	版本号：
	页码:第　页　共　页

1 原理

采用蔗糖梯度离心法纯化并灭活的风疹病毒抗原包被微孔条,辣根过氧化物酶(HRP)标记抗人IgG多克隆抗体为示踪物,TMB显色系统,应用间接酶联免疫吸附法原理检测人血清或血浆中抗风疹病毒IgG抗体(抗RUB-IgG)。适用于风疹病毒感染的辅助诊断。

2 样品采集

采集无抗凝静脉血2~3ml,也可采集常规肝素或枸橼酸钠抗凝血;若不能立即检测,标本可于4℃保存不超过5d;-20℃可保存3个月。避免溶血或反复冻溶。浑浊或有沉淀的标本应离心或过滤澄清后再检测。

3 试剂

3.1 试剂来源

DIA. PRO Diagnostic Sri 公司提供配套试剂。

3.2 试剂组成

标准品1(0U/ml,1×2.0ml/瓶),标准品2(50U/ml,1×2.0ml/瓶),标准品6 (1 000U/ml,1×2.0ml/瓶),对照血清,血清稀释液(2×60ml/瓶),酶结合物(1×16ml/瓶),SUBS TMB(1×16ml/瓶),终止液(1×15ml/瓶),浓缩洗液(1×60ml/瓶)。试剂保存于2~8℃,有效期内均可直接使用。

4 仪器

MK3酶标仪、EGATE-2310洗板机、2510变频振荡器、LD5-10B型离心机、BHW-Ⅳ型恒温水浴箱。

5 操作步骤

5.1 试验前准备

将试剂盒从冷藏环境中取出,置室温平衡30min后使用。

样品血清的稀释:把血清做1:100倍稀释(如取1 000μl血清稀释液加入10μl血清)。

5.2 操作

5.2.1 设空白对照1孔、标准品1 2孔、标准品2 2孔、标准品6 1孔,每孔各100μl,检测孔加稀释后血清100μl,空白孔除外。

5.2.2 充分振荡后(37±0.5)℃水浴孵育(60±3)min。

5.2.3 洗板机吸去板孔内液体,以洗涤液注满各孔,静置20~30s后吸干,重复洗涤4~5次。

5.2.4 除空白孔外其余各孔加酶结合物100μl。

5.2.5 重复5.2.2和5.2.3。

5.2.6 每孔各加SUBS TMB 100μl,室温(18~24℃)20min。

5.2.7 加终止液100μl后混匀,用酶标仪比色(450nm单波长或450nm/630nm双波长)。

	文件编号：
第六节 抗风疹病毒IgG抗体测定	版本号：
	页码：第 页 共 页

6 结果判断

临界值（Cut-off值）计算：临界值＝CAL2 OD平均值。

a) s/co＜1.0：为抗RUB-IgG阴性。

b) s/co＞1.0：为抗RUB-IgG阳性。

7 质量控制

标准品无需稀释直接使用，每批测试均应做标准品1、2、6，并且标准品1 OD＜0.15，标准品2 OD＞标准品1 OD＋0.10，标准品6 OD＞1.00，否则实验无效，需重新进行。

8 注意事项

8.1 反应微孔板在冰箱拿出需平衡至室温方可使用。

8.2 孵育箱的温度一定要控制在（37±0.5）℃（建议在孵育箱内放入温度计）。

8.3 本试剂盒应视有传染性物质，请按实染病实验室检查规程操作。

8.4 加入终止液后最好在20min内进行比色，否则试剂自身的氧化可能会加深背景，给比色造成干扰。

8.5 检测标本中，内源性干扰物对本试剂盒造成假阳性的概率极小，但应尽量避免反复冻溶、溶血或污染细菌。

8.6 不同批号、不同品种试剂不能混用。

8.7 各种试剂使用前要混匀，部分溶液（如洗液等）如有结晶析出，轻微加热或摇匀溶解后不影响使用。

8.8 请严格按说明书操作，严格控制反应温度，各种反应液均需用加样器加注，并经常校对其准确性。

8.9 反应板开封后不能一次用完时，将剩余板条和干燥剂同时放入塑料袋内封好，置2~8℃可短期保存。

9 方法局限性

该试验方法仅适用于定性检测和辅助诊断，确认感染风疹病毒需同时结合患者的临床体征或进一步结合其他方法进行。

10 临床意义

用于风疹病毒感染的早期诊断。风疹病毒为呼吸道传播，人类普遍易感，属披膜病毒科，具单股正链RNA，直径为60nm，仅有一个血清型。风疹是由风疹病毒引起的，风疹病毒易感人群为1~5岁儿童和孕妇。对儿童来说，是一种症状较轻的出疹性疾病。据统计，孕妇感染风疹者多在怀孕1~6周时（＞50％），除可致流产、死胎、死产、早产外，若胎儿存活出生，所生婴儿则可能发生先天性风疹综合征，表现为先天性白内障、先天性心脏病、神经性聋、失明、小头畸形和智力障碍等。风疹病毒能通过胎盘感染胎儿，引起宫内胎儿生长迟缓、小头畸形、脑炎、视网膜脉络膜炎、黄疸、肝脾大、溶血性贫血等，新生儿病死率甚高。精确的血清学方法

第六节　抗风疹病毒 IgG 抗体测定	文件编号：
	版本号：
	页码：第　页　共　页

检测育龄妇女血清状态对于减少此类并发症具有重要意义。若血液中存在风疹病毒抗体，可抵抗此种病毒感染；缺乏此类抗体，可通过接种疫苗而获得。抗体效价升高，说明是急性风疹病毒感染，并有助于与其他疱疹病毒区别。风疹病毒感染的孕妇应留意可导致胎儿先天性感染的危险。测定风疹病毒 IgG 抗体，可以了解人群风疹病毒隐性感染水平和考核疫苗的免疫效果。

11 参考文献

[1] DIA. PRO 抗风疹病毒 IgG 抗体检测试剂盒说明书.

[2] 叶应妩,王毓三,申子瑜. 全国临床检验操作规程.3 版. 南京:东南大学出版社,2006:628-630.

编写:卢建强　　　　审核:熊继红　　　　批准:张秀明

	文件编号：
第七节 抗巨细胞病毒 IgG 抗体测定	版本号：
	页码：第 页 共 页

1 原理

采用蔗糖梯度离心法纯化并灭活的巨细胞病毒抗原包被微孔条,辣根过氧化物酶(HRP)标记抗人 IgG 多克隆抗体为示踪物,TMB 显色系统,应用间接酶联免疫吸附法原理检测人血清或血浆中抗巨细胞病毒 IgG 抗体(抗 CMV-IgG)。适用于巨细胞病毒感染的辅助诊断。

2 样品采集

采集无抗凝静脉血 2～3ml,也可采集常规肝素或枸橼酸钠抗凝血;若不能立即检测,标本可于 4℃保存不超过 5d;—20℃可保存 3 个月。避免溶血或反复冻溶。浑浊或有沉淀的标本应离心或过滤澄清后再检测。

3 试剂

3.1 试剂来源

DIA. PRO Diagnostic Sri 公司提供配套试剂。

3.2 试剂组成

标准品 1(0U/ml,1×2.0ml/瓶),标准品 2(50U/ml,1×2.0ml/瓶),标准品 6 (1 000U/ml,1×2.0ml/瓶),对照血清,血清稀释液(2×60ml/瓶),酶结合物(1×16ml/瓶),SUBS TMB(1×16ml/瓶),终止液(1×15ml/瓶),浓缩洗液(1×60ml/瓶)。试剂保存于 2～8℃,有效期内均可直接使用。

4 仪器

MK3 酶标仪、EGATE-2310 洗板机、2510 变频振荡器、LD5-10B 型离心机、BHW-Ⅳ型恒温水浴箱。

5 操作程序

5.1 试验前准备

将试剂盒从冷藏环境中取出,置室温平衡 30min 后使用。

样品血清的稀释:把血清做 1∶100 倍稀释(如取 1 000μl 血清稀释液加入 10μl 血清)。

5.2 操作步骤

5.2.1 设空白对照 1 孔、标准品 1 2 孔、标准品 2 2 孔、标准品 6 1 孔,每孔各 100μl,检测孔加稀释后血清 100μl,空白孔除外。

5.2.2 充分振荡后(37±0.5)℃水浴孵育(60±3)min。

5.2.3 洗板机吸去板孔内液体,以洗涤液注满各孔,静置 20～30s 后吸干,重复洗涤 4～5次。

5.2.4 除空白孔外其余各孔加酶结合物 100μl。

5.2.5 重复 5.2.2 和 5.2.3。

5.2.6 每孔各加 SUBS TMB 100μl,室温(18～24℃)20min。

第七节　抗巨细胞病毒 IgG 抗体测定	文件编号：
	版本号：
	页码：第　页 共　页

5.2.7 加终止液 $100\mu l$ 后混匀,用酶标仪比色(450nm 单波长或 450nm/630nm 双波长)。

6 结果判断

临界值(Cut-off 值)计算:临界值＝CAL2 OD 平均值。

a)s/co＜1.0:为抗 CMV-IgG 阴性。

b)s/co＞1.0:为抗 CMV-IgG 阳性。

7 质量控制

标准品无需稀释直接使用,每批测试均应做标准品 1、2、6,并且标准品 1 OD＜0.15,标准品 2 OD＞标准品 1 OD＋0.10,标准品 6 OD＞1.00,否则实验无效,需重新进行。

8 注意事项

8.1 反应微孔板在冰箱拿出需平衡至室温方可使用。

8.2 孵育箱的温度一定要控制在(37±0.5)℃(建议在孵育箱内放入温度计)。

8.3 本试剂盒应视有传染性物质,请按传染病实验室检查规程操作。

8.4 加入终止液后最好在 20min 内进行比色,否则试剂自身的氧化可能会加深背景,给比色造成干扰。

8.5 检测标本中,内源性干扰物对本试剂盒造成假阳性的概率极小,但应尽量避免反复冻溶、溶血或污染细菌。

8.6 不同批号、不同品种试剂不能混用。

8.7 各种试剂使用前要混匀,部分溶液(如洗液等)如有结晶析出,轻微加热或摇匀溶解后不影响使用。

8.8 请严格按说明书操作,严格控制反应温度,各种反应液均需用加样器加注,并经常校对其准确性。

8.9 反应板开封后不能一次用完时,将剩余板条和干燥剂同时放入塑料袋内封好,置2～8℃可短期保存。

9 方法局限性

该试验方法仅适用于定性检测和辅助诊断,确认感染巨细胞病毒需同时结合患者的临床体征或进一步结合其他方法进行。

10 临床意义

适用于巨细胞病毒感染者的初筛检查。巨细胞病毒(CMV)属人类疱疹病毒科,直径为180～250nm,具有双链 DNA。由于 CMV 可存在于唾液、尿、乳汁、泪液、粪便、阴道、宫颈分泌物、血液、精液中,因此 CMV 可通过多种途径传播。CMV 感染在人类非常普遍,多呈亚临床不显性感染和潜伏感染,多数人在儿童或少年期受 CMV 感染而获免疫。CMV 围生期感染是引起胎儿畸形的主要原因之一,还可引起早产、胎儿宫内发育迟缓等。成年人 CMV 感染多见于免疫功能受损者,由于临床表现缺乏特异性,故 CMV 感染的实验室检查对于该病

	文件编号：
第七节　抗巨细胞病毒 IgG 抗体测定	版本号：
	页码：第　页　共　页

的早期诊断与治疗至关重要。抗-CMV 测定，双份血清抗体水平呈 4 倍或 4 倍以上增长时，有诊断意义。特异性抗-CMV IgG 阳性提示患者既往有 CMV 感染，但应结合临床情况具体分析。

11 参考文献

［1］　DIA. PRO 巨细胞病毒 IgG 抗体检测试剂盒说明书.

［2］　叶应妩,王毓三,申子瑜. 全国临床检验操作规程.3 版. 南京:东南大学出版社,2006:628-630.

编写:卢建强　　　　　审核:熊继红　　　　　批准:张秀明

文件编号：
版本号：
页码:第 页 共 页

第八节　抗弓形虫 IgG 抗体测定

1 原理

采用蔗糖梯度离心法纯化并灭活的弓形虫抗原包被微孔条,辣根过氧化物酶(HRP)标记抗人 IgG 多克隆抗体为示踪物,TMB 显色系统,应用间接酶联免疫吸附法原理检测人血清或血浆中抗弓形虫 IgG 抗体(抗 TOXO-IgG)。适用于弓形虫感染的辅助诊断。

2 样品采集

采集无抗凝静脉血 2～3ml,也可采集常规肝素或枸橼酸钠抗凝血;若不能立即检测,标本可于 4℃保存不超过 5d;-20℃可保存 3 个月。避免溶血或反复冻融。浑浊或有沉淀的标本应离心或过滤澄清后再检测。

3 试剂

3.1 试剂来源

DIA. PRO Diagnostic Sri 公司提供配套试剂。

3.2 试剂组成

标准品 1(0U/ml,1×2.0ml/瓶),标准品 2(50U/ml,1×2.0ml/瓶),标准品 6 (1 000U/ml,1×2.0ml/瓶),对照血清,血清稀释液(2×60ml/瓶),酶结合物(1×16ml/瓶),SUBS TMB(1×16ml/瓶),终止液(1×15ml/瓶),浓缩洗液(1×60ml/瓶)。试剂保存于 2～8℃,有效期内均可直接使用。

4 仪器

MK3 酶标仪、EGATE-2310 洗板机、2510 变频振荡器、LD5-10B 型离心机、BHW-Ⅳ型恒温水浴箱。

5 操作步骤

5.1 试验前准备

将试剂盒从冷藏环境中取出,置室温平衡 30min 后使用。

样品血清的稀释:把血清做 1:100 倍稀释(如取 1000μl 血清稀释液加入 10μl 血清)。

5.2 操作

5.2.1 设空白对照 1 孔、标准品 1 2 孔、标准品 2 2 孔、标准品 6 1 孔,每孔各 100μl,检测孔加稀释后血清 100μl,空白孔除外。

5.2.2 充分振荡后(37±0.5)℃水浴孵育(60±3)min。

5.2.3 洗板机吸去板孔内液体,以洗涤液注满各孔,静置 20～30s 后吸干,重复洗涤 4～5 次。

5.2.4 除空白孔外其余各孔加酶结合物 100μl。

5.2.5 重复 5.2.2 和 5.2.3。

5.2.6 每孔各加 SUBS TMB 100μl,室温(18～24℃)20min。

5.2.7 加终止液 100μl 后混匀,用酶标仪比色(450nm 单波长或 450nm/630nm 双波长)。

第八节 抗弓形虫 IgG 抗体测定

6 结果判断

临界值(Cut-off 值)计算：临界值＝CAL2 OD 平均值。

a)s/co＜1.0：为抗 TOXO-IgG 阴性。

b)s/co＞1.0：为抗 TOXO-IgG 阳性。

7 质量控制

标准品无需稀释直接使用，每批测试均应做标准品 1、2、6，并且标准品 1 OD＜0.15，标准品 2 OD＞标准品 1 OD＋0.10，标准品 6 OD＞1.00，否则实验无效，需重新进行。

8 注意事项

8.1 反应微孔板在冰箱拿出需平衡至室温方可使用。

8.2 孵育箱的温度一定要控制在(37±0.5)℃(建议在孵育箱内放入温度计)。

8.3 本试剂盒应视有传染性物质，请按传染病实验室检查规程操作。

8.4 加入终止液后最好在 20min 内进行比色，否则试剂自身的氧化可能会加深背景，给比色造成干扰。

8.5 检测标本中，内源性干扰物对本试剂盒造成假阳性的概率极小，但应尽量避免反复冻溶、溶血或污染细菌。

8.6 不同批号、不同品种试剂不能混用。

8.7 各种试剂使用前要混匀，部分溶液(如洗液等)如有结晶析出，轻微加热或摇匀溶解后不影响使用。

8.8 请严格按说明书操作，严格控制反应温度，各种反应液均需用加样器加注，并经常校对其准确性。

8.9 反应板开封后不能一次用完时，将剩余板条和干燥剂同时放入塑料袋内封好，置 2～8℃可短期保存。

9 方法局限性

该试验方法仅适用于定性检测和辅助诊断，确认感染弓形虫需同时结合患者的临床体征或进一步结合其他方法进行。

10 临床意义

适用于弓形虫感染的辅助诊断。弓形虫感染是一种人畜共患疾病，广泛分布于世界各地。由猫与其他宠物传染人的可能性较大。人体后天感染后轻型者常无症状，但血清中可查到抗体；当机体免疫功能低下时，重型者可引起各种症状，如高热、肌肉、关节疼痛，淋巴结肿大等。孕妇急性弓形虫感染时，弓形虫可通过胎盘感染胎儿，直接威胁胎儿健康。弓形虫通过胎盘宫内感染者，可引起死胎、早产，出生后可表现一系列中枢神经系统症状以及眼和内脏的先天性损害。妊娠期出现感染者，弓形虫可通过胎盘感染胎儿；孕妇早期感染者可发生流产或畸形胎儿；妊娠中晚期感染者，可发生宫内胎儿生长迟缓，神经系统损害等。临床上检测

第八节　抗弓形虫 IgG 抗体测定	文件编号：
	版本号：
	页码:第　页 共　页

弓形虫特异性 IgG 抗体来进行既往感染的诊断,但应结合临床综合分析,妊娠妇女不能仅以抗 TOXO-IgG 抗体阳性作为终止妊娠的依据。

11 参考文献

[1]　DIA.PRO 抗弓形虫 IgG 抗体检测试剂盒说明书.

[2]　叶应妩,王毓三,申子瑜.全国临床检验操作规程.3 版.南京:东南大学出版社,2006:628-630.

编写:卢建强　　　审核:熊继红　　　批准:张秀明

| 文件编号： |
| 版本号： |
| 页码：第　页　共　页 |

第九节　抗精子抗体测定

1 原理

抗精子抗体（ASA）采用间接法原理的酶促化学发光免疫分析方法。纯化的相应抗原物质预先结合在微孔板的表面，加入待测样本后，样本中相应的抗体与微孔板表面的抗原特异性结合，洗涤后，形成的免疫复合物与随后加入的辣根过氧化物酶（HRP）标记的抗人单克隆抗体相结合，这样在微孔板表面形成了抗原-特异性抗体-酶标记二抗的免疫复合物，洗涤后加入发光底物，测定相对发光强度，与同时测定的阴性对照品相比较，确定样本中是否存在相应抗体。

2 标本采集

2.1 采血方法

采集无抗凝静脉血 2～3ml，也可采集 EDTA（1.5g/L 全血）、枸橼酸钠（10.9mmol/L 全血）或肝素（20～30U/ml 全血）作抗凝剂的血浆。

2.2 标本保存

室温保存，及时检测。样本在 15～25℃放置不超过 4h；2～8℃保存不超过 12h；−20℃或低于−20℃保存不超过 2 个月，避免反复冻融；复融的冻存样本应充分平衡至室内温度后方可用于测定。

2.3 注意事项

推荐选用血清，测定前应平衡至室内温度。样本中含有叠氮钠、微型颗粒物会影响实验结果，同时应避免使用乳糜血、高蛋白血、低胆红素血、轻微溶血或生物污染的血液标本。

3 试剂

3.1 试剂来源

采用北京源德生物医学工程有限公司提供配套试剂。

3.2 试剂组成

包被板：8×12 条（96 人份）或 8×6 条（48 人份）；酶结合物 2 瓶（96 人份）或 1 瓶（48 人份）；阳性对照 1 瓶；阴性对照 1 瓶；样本稀释液 1 瓶；发光液 A 1 瓶；发光液 B 1 瓶；浓缩洗涤剂 1 瓶。

3.3 试剂准备

试剂应置室温平衡 30min。用蒸馏水将浓缩洗涤液稀释 20 倍后使用。液体试剂使用前应充分混匀。

3.4 试剂保存

未开封试剂盒及其各组分在 2～8℃可保存至有效期。开封使用后酶结合物、阴性对照、阳性对照、样本稀释液、洗涤液可于 2～8℃稳定 4 周；包被板、发光液稳定 8 周。

4 仪器

采用 JETLIA-962 型微孔板单光子计数仪或其他发光免疫分析仪，包括振荡器、洗板机、水浴箱。

第九节　抗精子抗体测定	文件编号：
	版本号：
	页码:第　页　共　页

5 操作步骤

5.1 实验设计

根据阴性、阳性对照、质控品及样本数量截取微孔板条,在板架上放好微孔板条(阴性对照品至少设 3 孔,阳性对照品至少设 1 孔)。

5.2 加样

在阴性、阳性对照品孔位中分别加入 $100\mu l$ 的阴性、阳性对照。在相应的待测样本孔位中分别加入 $100\mu l$ 的样本稀释液和 $10\mu l$ 样本或质控品(建议先加入样本稀释液),加入样本时应吸打混匀(样本孔会变蓝,提示已加样)。

5.3 温育

盖上封板膜,在振荡器上振荡片刻(不少于 5s),置 37℃ 水浴箱中温育 30min。

5.4 洗板

机洗或手洗。吸出或倒出反应液,加入洗涤液洗 5 次(每次加入洗液后静置时间不少于30s),洗涤液量每次每孔不少于 $300\mu l$,末次洗板后将板拍干。

5.5 加酶结合物

每孔依次加入 $100\mu l$ 酶结合物。

5.6 温育

同步骤 5.3。

5.7 洗板

同步骤 5.4。

5.8 检测

用加样器向每孔中分别加入发光液 A、B 液各 $50\mu l$(共 $100\mu l$),振荡片刻(不少于 5s),避光放置(5 ± 0.5)min,测定相对发光强度。

5.9 设定孔位信息

在软件支持下将各孔位按实验需要进行定义,并按软件提示输入相关信息。

6 注意事项

6.1 环境相对湿度低于 60％ 时,应关注样本及液体试剂蒸发浓缩对实验结果的影响。

6.2 试剂盒应在有效期内使用,不可混用不同批号试剂及过期试剂。使用前试剂需平衡至室温。样本和试剂不能长时间于室温放置,使用后剩余组分应迅速放回 2～8℃ 保存。

6.3 实验过程中发光液和酶标记物要避免强光直射。

6.4 试剂和样本使用前要充分混匀并避免起泡,沿孔壁加样以避免外溅或产生气泡。

6.5 孵育及振荡过程中要避免微孔内水分的蒸发,应及时盖上盖板膜。

6.6 洗板时每次加入洗液量不能太多,以免造成溢液污染。

6.7 加入发光液后避光放置(5 ± 0.5)min,测定相对发光强度,测定时的室内温度应在20～30℃。

	文件编号:
第九节　抗精子抗体测定	版本号:
	页码:第　页　共　页

7 方法局限性

本方法仅用于血清及血浆样本的测定,用于其他体液样本中该物质浓度测定的可靠性尚未得到充分确认。密切接触啮齿类动物或使用过鼠单克隆抗体作为诊断或治疗的患者,其样本中均可能含有抗鼠抗体(HAMAs),这些样本用含鼠单克隆抗体的试剂盒检验时,所得结果理论上有出现异常的可能性;同时样本中含有的其他各种异嗜性抗体(ID)如类风湿因子等也存在导致实验结果异常的可能性。

8 结果判定

阴性对照品的平均 RLU 的 2.1 倍为 Cut-Off 值。用每个样本的 RLU 与 Cut-Off 值的比值(S/CO)来判断该样本为阴性或阳性。S/CO≤1.0 的为阴性,>1.0 为阳性,配套仪器中的操作软件可自动完成上述判断,也可以选择人工计算。测定正常参考值所用样本均为−20℃冷冻后复融的血清样本。各实验室应建立自己的 Cut-Off 值,上述 Cut-Off 值仅供参考。

9 临床意义

抗精子抗体是由于男性的血睾屏障破坏,或女性的生殖器官的炎症、损伤造成精子进入血液或淋巴循环,与免疫系统接触,引发免疫应答,产生抗体,无论精液还是宫颈黏液中存在的 ASA 抗体,接触精子后都会使其产生运动特征的改变,并影响精子质膜颗粒的流动性而阻碍获能,阻止精子穿过透明带与卵子的结合,引起受精的失败,引起不育不孕。

10 参考文献

［1］　北京源德生物医学工程有限公司抗精子抗体试剂盒说明书.

［2］　叶应妩,王毓三,申子瑜.全国临床检验操作规程.3 版.南京:东南大学出版社,2006:679-680.

编写:黄燕华　　　　　审核:熊继红　　　　　批准:张秀明

	文件编号:
第十节　抗子宫内膜抗体测定	版本号:
	页码:第　页　共　页

1 原理

抗子宫内膜抗体(AEA)采用间接法原理的酶促化学发光免疫分析方法。纯化的相应抗原物质预先结合在微孔板的表面,加入待测样本后,样本中相应的抗体与微孔板表面的抗原特异性结合,洗涤后,形成的免疫复合物与随后加入的辣根过氧化物酶(HRP)标记的抗人单克隆抗体相结合,这样在微孔板表面形成了抗原-特异性抗体-酶标记二抗的免疫复合物,洗涤后加入发光底物,测定相对发光强度,与同时测定的阴性对照品相比较,确定样本中是否存在相应抗体。

2 标本采集

2.1 采血方法

采集无抗凝静脉血 2～3ml,也可采集 EDTA(1.5g/L 全血)、枸橼酸钠(10.9mmol/L 全血)或肝素(20～30U/ml 全血)作抗凝剂的血浆。

2.2 标本保存

室温保存,及时检测。样本在 15～25℃放置不超过 4h;2～8℃保存不超过 12h;−20℃或低于−20℃保存不超过 2 个月,避免反复冻融;复融的冻存样本应充分平衡至室内温度后方可用于测定。

2.3 注意事项

推荐选用血清,测定前应平衡至室内温度。样本中含有叠氮钠、微型颗粒物会影响实验结果,同时应避免使用乳糜血、高蛋白血、低胆红素血、轻微溶血或生物污染的血液标本。

3 试剂

3.1 试剂来源

采用北京源德生物医学工程有限公司提供配套试剂。

3.2 试剂组成

包被板:8×12 条(96 人份)或 8×6 条(48 人份);酶结合物 2 瓶(96 人份)或 1 瓶(48 人份);阳性对照 1 瓶;阴性对照 1 瓶;样本稀释液 1 瓶;发光液 A 1 瓶;发光液 B 1 瓶;浓缩洗涤剂 1 瓶。

3.3 试剂准备

试剂应置室温平衡 30min。用蒸馏水将浓缩洗涤液稀释 20 倍后使用。液体试剂使用前应充分混匀。

3.4 试剂保存

未开封试剂盒及其各组分在 2～8℃可保存至有效期。开封使用后酶结合物、阴性对照、阳性对照、样本稀释液、洗涤液可于 2～8℃稳定 4 周;包被板、发光液稳定 8 周。

4 仪器

采用 JETLIA-962 型微孔板单光子计数仪或其他发光免疫分析仪,包括振荡器、洗板机、水浴箱。

<table>
<tr><td rowspan="3">第十节　抗子宫内膜抗体测定</td><td>文件编号：</td></tr>
<tr><td>版本号：</td></tr>
<tr><td>页码：第　页　共　页</td></tr>
</table>

5 操作步骤

5.1 实验设计

根据阴性、阳性对照、质控品及样本数量截取微孔板条，在板架上放好微孔板条（阴性对照品至少设 3 孔，阳性对照品至少设 1 孔）。

5.2 加样

在阴性、阳性对照品孔位中分别加入 $100\mu l$ 的阴、阳性对照。在相应的待测样本孔位中分别加入 $100\mu l$ 的样本稀释液和 $10\mu l$ 样本或质控品（建议先加入样本稀释液），加入样本时应吸打混匀（样本孔会变蓝，提示已加样）。

5.3 温育

盖上封板膜，在振荡器上振荡片刻（不少于 5s），置 37℃水浴箱中温育 30min。

5.4 洗板

机洗或手洗。吸出或倒出反应液，加入洗涤液洗 5 次（每次加入洗液后静置时间不少于 30s），洗涤液量每次每孔不少于 $300\mu l$，末次洗板后将板拍干。

5.5 加酶结合物

每孔依次加入 $100\mu l$ 酶结合物。

5.6 温育

同步骤 5.3。

5.7 洗板

同步骤 5.4。

5.8 检测

用加样器向每孔中分别加入发光液 A、B 液各 $50\mu l$（共 $100\mu l$），振荡片刻（不少于 5s），避光放置（5 ± 0.5）min，测定相对发光强度。

5.9 设定孔位信息

在软件支持下将各孔位按实验需要进行定义，并按软件提示输入相关信息。

6 注意事项

6.1 环境相对湿度低于 60％时，应关注样本及液体试剂蒸发浓缩对实验结果的影响。

6.2 试剂盒应在有效期内使用，不可混用不同批号试剂及过期试剂。使用前试剂须平衡至室温。样本和试剂不能长时间于室温放置，使用后剩余组分应迅速放回 2～8℃保存。

6.3 实验过程中发光液和酶标记物要避免强光直射。

6.4 试剂和样本使用前要充分混匀并避免起泡，沿孔壁加样以避免外溅或产生气泡。

6.5 孵育及振荡过程中要避免微孔内水分的蒸发，应及时盖上盖板膜。

6.6 洗板时每次加入洗液量不能太多，以免造成溢液污染。

6.7 加入发光液后避光放置（5 ± 0.5）min，测定相对发光强度，测定时的室内温度应在 20～30℃。

第十节　抗子宫内膜抗体测定	文件编号：
	版本号：
	页码：第　页　共　页

7 方法局限性

本方法用于血清及血浆样本的测定，用于其他体液样本中该物质浓度测定的可靠性尚未得到充分确认。密切接触啮齿类动物或使用过鼠单克隆抗体作为诊断或治疗的患者，其样本中均可能含有抗鼠抗体（HAMAs），这些样本用含鼠单克隆抗体的试剂盒检验时，所得结果理论上有出现异常的可能性；同时样本中含有的其他各种异嗜性抗体（ID）如类风湿因子等也存在导致实验结果异常的可能性。

8 结果判定

阴性对照品的平均 RLU 的 2.1 倍为 Cut-Off 值。用每个样本的 RLU 与 Cut-Off 值的比值（S/CO）来判断该样本为阴性或阳性。S/CO≤1.0 的为阴性，>1.0 为阳性，配套仪器中的操作软件可自动完成上述判断，也可以选择人工计算。测定正常参考值所用样本均为 −20℃冷冻后复融的血清样本。各实验室应建立自己的 Cut-Off 值，上述 Cut-Off 值仅供参考。

9 临床意义

子宫内膜（endometrial）是胚胎着床和生长发育之地，育龄妇女子宫内膜在卵巢激素的调节下，产生周期性的剥脱，随月经流出体外，一般不诱发机体产生自身免疫反应。正常机体具有自身免疫调节功能，产生极弱的自身抗体，帮助清除体内衰老变性的自身成分。

抗子宫内膜抗体（anti-endometrial antibodies，AEA）就属于自身抗体，在正常育龄妇女中也可以检测到，但在某些病理状态下如子宫内膜异位症患者受到异位内膜的刺激，或经血逆流等因素导致免疫应答紊乱即可产生抗子宫内膜的自身抗体。抗子宫内膜抗体可与子宫内膜中的靶抗原结合，在补体参与下，引起子宫内膜的免疫病理损伤，造成子宫内膜组织细胞生化代谢及生理功能的损害，干扰和妨碍精卵结合，受精卵的着床和胚囊的发育而导致不孕或流产。

10 参考文献

[1] 北京源德生物医学工程有限公司抗子宫内膜抗体试剂盒说明书.
[2] 叶应妩,王毓三,申子瑜.全国临床检验操作规程.3版.南京:东南大学出版社,2006:682.

编写:黄燕华　　　　审核:熊继红　　　　批准:张秀明

	文件编号：
第十一节　抗心磷脂抗体测定	版本号：
	页码:第　页　共　页

1 原理

抗心磷脂抗体(ACA)采用的是基于间接法原理的酶促化学发光免疫分析方法。纯化的相应抗原物质预先结合在微孔板的表面,加入待测样本后,样本中相应的抗体与微孔板表面的抗原特异性结合,洗涤后,形成的免疫复合物与随后加入的辣根过氧化物酶(HRP)标记的抗人单克隆抗体相结合,这样在微孔板表面形成了抗原-特异性抗体-酶标记二抗的免疫复合物,洗涤后加入发光底物,测定相对发光强度,与同时测定的阴性对照品相比较,确定样本中是否存在相应抗体。

2 标本采集

2.1 采血方法

采集无抗凝静脉血 2~3ml,也可采集 EDTA(1.5g/L 全血)、枸橼酸钠(10.9mmol/L 全血)或肝素(20~30U/ml 全血)作抗凝剂的血浆。

2.2 标本保存

室温保存,及时检测。样本在 15~25℃放置不超过 4h;2~8℃保存不超过 12h;−20℃或低于−20℃保存不超过 2 个月,避免反复冻融;复融的冻存样本应充分平衡至室内温度后方可用于测定。

2.3 注意事项

推荐选用血清,测定前应平衡至室内温度。样本中含有叠氮钠、微型颗粒物会影响实验结果,同时应避免使用乳糜血、高蛋白血、低胆红素血、轻微溶血或生物污染的血液标本。

3 试剂

3.1 试剂来源

采用北京源德生物医学工程有限公司提供配套试剂。

3.2 试剂组成

包被板:8×12 条(96 人份)或 8×6 条(48 人份);酶结合物 2 瓶(96 人份)或 1 瓶(48 人份);阳性对照 1 瓶;阴性对照 1 瓶;样本稀释液 1 瓶;发光液 A 1 瓶;发光液 B 1 瓶;浓缩洗涤剂 1 瓶。

3.3 试剂准备

试剂应置室温平衡 30min。用蒸馏水将浓缩洗涤液稀释 20 倍后使用。液体试剂使用前应充分混匀。

3.4 试剂保存

未开封试剂盒及其各组分在 2~8℃可保存至有效期。开封使用后酶结合物、阴性对照、阳性对照、样本稀释液、洗涤液可于 2~8℃稳定 4 周;包被板、发光液稳定 8 周。

4 仪器

采用 JETLIA-962 型微孔板单光子计数仪或其他发光免疫分析仪,包括振荡器、洗板机、水浴箱。

第十一节　抗心磷脂抗体测定	文件编号：
	版本号：
	页码：第　页　共　页

5 操作步骤

5.1 实验设计根据阴性、阳性对照、质控品及样本数量拆取微孔板条，在板架上放好微孔板条（阴性对照品至少设 3 孔，阳性对照品至少设 1 孔）。

5.2 加样

在阴性、阳性对照品孔位中分别加入 $100\mu l$ 的阴性、阳性对照。在相应的待测样本孔位中分别加入 $100\mu l$ 的样本稀释液和 $10\mu l$ 样本或质控品，加入样本时应吸打 2 次以充分混匀。

5.3 温育

盖上封板膜，在振荡器上振荡片刻（不少于 5s），置 37℃水浴箱中温育 30min。

5.4 洗板

机洗或手洗。吸出或倒出反应液，加入洗涤液洗 5 次（每次加入洗液后静置时间不少于 30s），洗涤液量每次每孔不少于 $300\mu l$，末次洗板后将板拍干。

5.5 加酶结合物

每孔依次加入 $100\mu l$ 酶结合物。

5.6 温育

同步骤 5.3。

5.7 洗板

同步骤 5.4。

5.8 检测

用加样器向每孔中分别加入发光液 A、B 液各 $50\mu l$（共 $100\mu l$），振荡片刻（不少于 5s），避光放置（5±0.5）min，测定相对发光强度。

5.9 设定孔位信息

在软件支持下将各孔位按实验需要进行定义，并按软件提示输入相关信息。

6 注意事项

6.1 环境相对湿度低于 60％时，应关注样本及液体试剂蒸发浓缩对实验结果的影响。

6.2 试剂盒应在有效期内使用，不可混用不同批号试剂及过期试剂。使用前试剂需平衡至室温。样本和试剂不能长时间于室温放置，使用后剩余组分应迅速放回 2~8℃保存。

6.3 实验过程中发光液和酶标记物要避免强光直射。

6.4 试剂和样本使用前要充分混匀并避免起泡，沿孔壁加样以避免外溅或产生气泡。

6.5 孵育及振荡过程中要避免微孔内水分的蒸发，应及时盖上盖板膜。

6.6 洗板时每次加入洗液量不能太多，以免造成溢液污染。

6.7 加入发光液后避光放置（5±0.5）min，测定相对发光强度，测定时的室内温度应在 20~30℃。

7 方法局限性

本方法仅用于血清及血浆样本的测定，用于其他体液样本中该物质浓度测定的可靠性尚

第十一节　抗心磷脂抗体测定	文件编号：
	版本号：
	页码:第　页　共　页

未得到充分确认。密切接触啮齿类动物或使用过鼠单克隆抗体作为诊断或治疗的患者,其样本中均可能含有抗鼠抗体(HAMAs),这些样本用含鼠单克隆抗体的试剂盒检验时,所得结果理论上有出现异常的可能性;同时样本中含有的其他各种异嗜性抗体(ID)如类风湿因子等也存在导致实验结果异常的可能性。

8 结果判定

阴性对照品的平均 RLU 的 2.1 倍为 Cut-Off 值。用样本的 RLU 与 Cut-Off 值的比值 (S/CO)来判断该样本为阴性或阳性。S/CO≤1.0 的为阴性,>1.0 为阳性,配套仪器中的操作软件可自动完成上述判断,也可以选择人工计算。测定正常参考值所用样本均为-20℃冷冻后复融的血清样本。各实验室应建立自己的 Cut-Off 值,上述 Cut-Off 值仅供参考。

9 临床意义

抗心磷脂抗体(anti-cardiolipin antibodies,ACA)是一种以血小板和内皮细胞膜上带负电荷的心磷脂作为靶抗原的自身抗体。常见于系统性红斑狼疮(SLE)及其他自身免疫性疾病。该抗体与血栓形成、自然流产或宫内死胎关系密切。

ACA 的免疫学分型有 IgG、IgA 和 IgM 3 类,ACA 的发生率男女无明显差异。研究证实,许多因素与 ACA 产生密切相关,常见的原因有系统性红斑狼疮(SLE)、类风湿关节炎(RA)等自身免疫性疾病,腺病毒、风疹病毒、水痘病毒、腮腺炎病毒等病毒感染,支原体系统疾病等或口服某些药物(如氯丙嗪、吩噻嗪),少数无明显器质性疾病的正常人,特别是老年人。ACA 阳性常常与妊娠高血压综合征(PIH)、不明原因反复流产、死胎、早产等关系密切。曾经有上述病史者,应在转阴之后可考虑妊娠。

10 参考文献

[1]　北京源德生物医学工程有限公司抗心磷脂抗体试剂盒说明书.

[2]　叶应妩,王毓三,申子瑜.全国临床检验操作规程.3 版.南京:东南大学出版社,2006;678-679.

编写:黄燕华　　　　　　审核:熊继红　　　　　　批准:张秀明

第十二节　抗卵巢抗体测定	文件编号：
	版本号：
	页码:第　页　共　页

1 检验原理

抗卵巢抗体(AOA)采用间接法原理的酶促化学发光免疫分析方法。纯化的相应抗原物质预先结合在微孔板的表面,加入待测样本后,样本中相应的抗体与微孔板表面的抗原特异性结合,洗涤后,形成的免疫复合物与随后加入的辣根过氧化物酶(HRP)标记的抗人单克隆抗体相结合,这样在微孔板表面形成了抗原-特异性抗体-酶标记二抗的免疫复合物,洗涤后加入发光底物,测定相对发光强度,与同时测定的阴性对照品相比较,确定样本中是否存在相应抗体。

2 标本采集

2.1 采血方法

采集无抗凝静脉血 2～3ml,也可采集 EDTA(1.5g/L 全血)、枸橼酸钠(10.9mmol/L 全血)或肝素(20～30U/ml 全血)作抗凝剂的血浆。

2.2 标本保存

室温保存,及时检测。样本在 15～25℃放置不超过 4h;2～8℃保存不超过 12h;−20℃或低于−20℃保存不超过 2 个月,避免反复冻融;复融的冻存样本应充分平衡至室内温度后方可用于测定。

2.3 注意事项

推荐选用血清,测定前应平衡至室内温度。样本中含有叠氮钠、微型颗粒物会影响实验结果,同时应避免使用乳糜血、高蛋白血、低胆红素血、轻微溶血或生物污染的血液标本。

3 试剂

3.1 试剂来源

采用北京源德生物医学工程有限公司提供配套试剂。

3.2 试剂组成

包被板:8×12 条(96 人份)或 8×6 条(48 人份);酶结合物 2 瓶(96 人份)或 1 瓶(48 人份);阳性对照 1 瓶;阴性对照 1 瓶;样本稀释液 1 瓶;发光液 A 1 瓶;发光液 B 1 瓶;浓缩洗涤剂 1 瓶。

3.3 试剂准备

试剂应置室温平衡 30min。用蒸馏水将浓缩洗涤液稀释 20 倍后使用。液体试剂使用前应充分混匀。

3.4 试剂保存

未开封试剂盒及其各组分在 2～8℃可保存至有效期。开封使用后酶结合物、阴性对照、阳性对照、样本稀释液、洗涤液可于 2～8℃稳定 4 周;包被板、发光液稳定 8 周。

4 仪器

采用 JETLIA-962 型微孔板单光子计数仪或其他发光免疫分析仪,包括振荡器、洗板机、水浴箱。

	文件编号：
第十二节　抗卵巢抗体测定	版本号：
	页码：第　页　共　页

5 操作步骤

5.1 实验设计

根据阴性、阳性对照、质控品及样本数量拆取微孔板条,在板架上放好微孔板条(阴性对照品至少设 3 孔,阳性对照品至少设 1 孔)。

5.2 加样

在阴性、阳性对照品孔位中分别加入 $100\mu l$ 的阴性、阳性对照。在相应的待测样本孔位中分别加入 $100\mu l$ 的样本稀释液和 $10\mu l$ 样本或质控品,加入样本时应吸打 2 次以充分混匀。

5.3 温育

盖上封板膜,在振荡器上振荡片刻(不少于 5s),置 37℃水浴箱中温育 30min。

5.4 洗板

机洗或手洗。吸出或倒出反应液,加入洗涤液洗 5 次(每次加入洗液后静置时间不少于 30s),洗涤液量每次每孔不少于 $300\mu l$,末次洗板后将板拍干。

5.5 加酶结合物

每孔依次加入 $100\mu l$ 酶结合物。

5.6 温育

同步骤 5.3。

5.7 洗板

同步骤 5.4。

5.8 检测

用加样器向每孔中分别加入发光液 A、B 液各 $50\mu l$(共 $100\mu l$),振荡片刻(不少于 5s),避光放置(5 ± 0.5)min,测定相对发光强度。

5.9 设定孔位信息

在软件支持下将各孔位按实验需要进行定义,并按软件提示输入相关信息。

6 注意事项

6.1 环境相对湿度低于 60％时,应关注样本及液体试剂蒸发浓缩对实验结果的影响。

6.2 试剂盒应在有效期内使用,不可混用不同批号试剂及过期试剂。使用前试剂需平衡至室温。样本和试剂不能长时间于室温放置,使用后剩余组分应迅速放回 2～8℃保存。

6.3 实验过程中发光液和酶标记物要避免强光直射。

6.4 试剂和样本使用前要充分混匀并避免起泡,沿孔壁加样以避免外溅或产生气泡。

6.5 孵育及振荡过程中要避免微孔内水分的蒸发,应及时盖上盖板膜。

6.6 洗板时每次加入洗液量不能太多,以免造成溢液污染。

6.7 加入发光液后避光放置(5 ± 0.5)min,测定相对发光强度,测定时的室内温度应在 20～30℃。

第十二节　抗卵巢抗体测定

| 文件编号: |
| 版本号: |
| 页码:第　页　共　页 |

7 方法局限性

本方法仅用于血清及血浆样本的测定,用于其他体液样本中该物质浓度测定的可靠性尚未得到充分确认。密切接触啮齿类动物或使用过鼠单克隆抗体作为诊断或治疗的患者,其样本中均可能含有抗鼠抗体(HAMAs),这些样本用含鼠单克隆抗体的试剂盒检验时,所得结果理论上有出现异常的可能性;同时样本中含有的其他各种异嗜性抗体(ID)如类风湿因子等也存在导致实验结果异常的可能性。

8 结果判定

阴性对照品的平均 RLU 的 2.1 倍为 Cut-Off 值。用样本的 RLU 与 Cut-Off 值的比值(S/CO)来判断该样本为阴性或阳性。S/CO≤1.0 的为阴性,>1.0 为阳性,配套仪器中的操作软件可自动完成上述判断,也可以选择人工计算。测定正常参考值所用样本均为-20℃冷冻后复融的血清样本。各实验室应建立自己的 Cut-Off 值,上述 Cut-Off 值仅供参考。

9 临床意义

卵巢有产生卵细胞及分泌各种激素、调节内分泌的功能,同时神经内分泌系统对之有调节作用。正常女性免疫系统功能正常的情况下,卵巢组织的抗原成分包括蛋白和多糖,对于免疫系统属于自身抗原,这时机体仅产生极少量的抗体,帮助清除体内衰老变性的自身成分,不会引起强的免疫应答,造成免疫损伤。由于不同的病因,如卵巢损伤、手术、神经内分泌系统失调等,使卵巢中的隐蔽抗原的释放或自身抗原性质的改变及免疫系统平衡紊乱,卵巢抗原会被免疫系统识别为异种蛋白,引发免疫应答,通过体液免疫和细胞免疫造成卵巢的损伤,可能通过细胞因子和激素代谢两条途径导致卵巢功能障碍,影响卵泡生长、发育和成熟,使卵巢性激素分泌异常,临床上可有月经紊乱、闭经等。

10 参考文献

[1] 北京源德生物医学工程有限公司抗卵巢抗体试剂盒说明书.

[2] 叶应妩,王毓三,申子瑜. 全国临床检验操作规程. 3 版. 南京:东南大学出版社,2006:684.

编写:黄燕华　　　　　审核:熊继红　　　　　批准:张秀明

第十七章

产前筛查血清学检验操作程序

Chapter *17*

第一节　甲胎蛋白 AFP/游离 HCGβ 亚基双标试剂检测程序	文件编号：
	版本号：
	页码：第　页　共　页

1 原理

甲胎蛋白 AFP/游离 HCG β 亚基测试是一种固相、双位点荧光免疫测定法。它采用定向"三明治"夹心技术,通过两个单克隆抗体(鼠抗体)对 AFP 分子的两个独立抗原决定簇进行检测,通过相同的方法,使用两个单克隆抗体(鼠抗体)可检测游离 HCGβ 亚基。标准品、质控品和孕妇血清样本所含有的 AFP 和 HCG β 亚基与固定的 AFP 及 HCGβ 特异性单克隆抗体反应。同时,AFP 与铕(Eu)标记的单克隆抗体反应,HCG β 与钐(Sm)标记的单克隆抗体反应。标记的抗体直接针对于不同的特定抗原位点,而不是固定的抗体,因仅需要一次孵育。加入增强液后,增强液将 Eu 和 Sm 从标记抗体分离至溶液中,从而与增强液中的成分生成高荧光强度螯合物。测定它们的荧光强度,每个样本中 Eu 和 Sm 的荧光强度分别与样本中的 AFP 和游离 HCG β 含量呈比例关系。

2 标本采集

2.1 采集样品为血清。

2.2 由于 EDTA、柠檬酸盐会与铕发生螯合反应,因此不能使用含有这些物质的血浆。但可以使用含有肝素的血浆。

2.3 使用静脉穿刺术采集血样,并采用离心法尽快分离出血清。

2.4 样本在 2～8℃可保存 6d。如果需要长期保存,请在－20℃保存。避免反复冻融。

2.5 如果病人样本中 AFP 的浓度超过(或预计超过)500U/ml,应使用零标准品或 Delfia Diluent 2 号稀释液进行稀释。

2.6 如果病人样本中游离 HCGβ 的浓度超过(或预计超过)200ng/ml,应使用 Delfia Diluent 2 号稀释液进行稀释。

3 试剂

3.1 试剂

3.1.1 试剂来源为 PerkinElmer 提供配套试剂。

3.1.2 试剂组成

a)标准品:6 瓶。

成分:AFP 游离 HCGβ、小牛血清白蛋白、Tris-HCl 缓冲液。

实验浓度：	AFP	HCG β
A：	0U/ml	0ng/ml
B：	1U/ml	2ng/ml
C：	5U/ml	5ng/ml
D：	25U/ml	20ng/ml
E：	125U/ml	100ng/ml
F：	500U/ml	200ng/ml

试剂准备:在每个标准品小瓶中精确地加入 1.1ml 蒸馏水,轻轻摇匀防止产生气泡,使

第一节　甲胎蛋白 AFP/游离 HCGβ 亚基双标试剂检测程序	文件编号：
	版本号：
	页码：第　页　共　页

用前应至少静置 30min。

b)抗 hAFP-Eu 示踪剂储存液：1 瓶。

成分：抗 hAFP-Eu 示踪剂、小牛血清白蛋白、Tris-HCl 缓冲液、<0.1% 叠氮化钠。

准备：按照每条板条取铕示踪剂储存液各 30μl 和 3ml 的 DELFIA-2 缓冲液稀释成所需的示踪剂溶液容量。使用前 1h 配制。DELFIA-2 缓冲液和示踪剂母液要现用现配，之前应避免混合。

c)抗 HCG β-Sm 示踪剂储存液：1 瓶。

成分：抗 HCG β-Sm 示踪剂、小牛血清白蛋白、Tris-HCl 缓冲液、<0.1% 叠氮化钠。

准备：按照每条板条取铽示踪剂储存液各 30μl 和 3ml 的 DELFIA-2 缓冲液稀释成所需的示踪剂溶液容量。使用前 1h 配制。DELFIA-2 缓冲液和示踪剂母液要现用现配，之前应避免混合。

d)浓缩洗液：1 瓶。

成分：Tris-HCl 缓冲液、吐温-20、Germall Ⅱ。

准备：将 40ml 浓缩洗液倒入清洁容器中，用 960ml 蒸馏水稀释(1:25)，配制成缓冲洗液(pH7.8)。配好的洗液在 2～25℃于密闭容器中可保存 2 周。

e)DELFIA-2 缓冲液：1 瓶。

成分：Tris-HCl 缓冲液、牛血清白蛋白、牛球蛋白鼠 IgG、DPTA、吐温-20、阻断剂、惰性红色染料

f)增强液：1 瓶。

成分：TritonX-100 乙酸螯合剂。

g)抗-hAFP 和抗-HCG β 微孔板条 1 块。

成分：8×12 孔，包被有抗 hAFP 和 HCG β(鼠单克隆)抗体。

3.1.3 试剂保存 2～8℃条件下可保存至瓶上标签所示的失效期；增强液：2～8℃条件下可保存至瓶上标签所示的失效期；室温(20～25℃)下可保存 6 个月，避免阳光直射。

若微孔板条有剩余，立即放回密封袋里，保存于 2～8℃。

所有试剂在使用前从冰箱取出放室温平衡 30min，由于该实验流程长，校准品、质控品和示踪剂储存液等用完后立即放回冰箱，不应等所有程序完成后统一放冰箱。

3.2 控制品

3.2.1 来源：室内质控品由 BIO-RAD 公司提供。

3.2.2 准备：每瓶质控品干粉用 5ml 蒸馏水复溶，放置 15～20min，偶尔旋转，吸样前轻轻摇匀数遍保证完全混匀。

3.2.3 保存：未开启的质控品放于 2～8℃保存至瓶上标签所示的失效期，复溶后密封置 2～8℃可保存 10d。质控品复溶后分装于带盖小离心管中，每管 40μl，于 -18～-20℃保存 3 个月。

第一节　甲胎蛋白 AFP/游离 HCGβ 亚基 双标试剂检测程序	文件编号：
	版本号：
	页码：第　页 共　页

4 仪器

Wallac VictorD 1420 半自动时间分辨荧光免疫分析系统，包括荧光免疫分析仪、振荡器、洗板机。每次测试都重复做标准曲线，更换试剂批号要重新设定标准品的浓度。设定方法参照《1420-020 半自动 Victor D 时间分辨荧光免疫分析系统操作程序》。

5 操作步骤

5.1 将标本按顺序编号、离心，将所需数目的微孔板条移到板条框内。

5.2 按照每条微孔板 $30\mu l$ 铕标液＋$30\mu l$ 钐标液＋3ml 稀释液的用量和比例配制示踪剂。

5.3 每微孔加入 $200\mu l$ 的铕、钐混合标记物。

5.4 每微孔加入 $25\mu l$ 的标准品或待检样本。

5.5 用封板纸密封好，置于 Delfia 振荡器上振荡孵育 2.5h。

5.6 甩干微孔中的液体，使用 Delfia 洗板机的"67"程序清洗微孔，在吸水纸上拍干。

5.7 每孔加入 $200\mu l$ 增强液，用封板纸密封好，置于 Delfia 振荡器上振荡孵育 5min。

5.8 置于 Victor D 1420 上，选用仪器工作站中双标检测程序进行读数。

5.9 使用 Multicalc 软件计算实验结果和查看标准曲线。有关 Multicalc 软件的操作流程，请参阅相关的 Multicalc 软件 SOP 文档。

5.10 实验结果传输检验科 LIS 系统，在电脑桌面打开 Wallac 1420 传输图标，点击 Two items browse 选择批次，输入传输样品号后点击 Two items save，结果会自动传送到 LIS 系统。

6 质量控制

6.1 室内质控采用即刻性质控方法（表 17-1-1）。

6.2 从冰箱取出已分装的质控品，高、中、低值各 1 支，放室温解冻。

6.3 质控品检测与病人样品同时进行，孔位定于紧接最后一位病人样品孔位后，顺序从低值→中值→高值，新批号质控品每个值测 3 个孔，直到累积了 20 个测定值。累积满 20 个数据后每天每个值测 1 个孔位。

6.4 记录检测结果，计算出至少 3 次测定结果的平均值和标准差。

a)计算出 SI 上限值和 SI 下限值

SI 上限＝(X 最大值－X)/S

SI 下限＝(X－X 最小值)/S

b)查 SI 值表，将 SI 上限和 SI 下限与 SI 值表中的数值进行比较。

c)当检测的数据超过 20 个后，可转入使用常规的质控方法进行质控。

6.5 室间比对参加卫生部临检中心举办的室间质评活动，具体方法参照《临床免疫科室间质评管理程序》。

第一节 甲胎蛋白 AFP/游离 HCGβ 亚基双标试剂检测程序	文件编号： 版本号： 页码：第 页 共 页

表 17-1-1 即刻性质控法 SI 值

n	n_{3s}	n_{2s}	n	n_{3s}	n_{2s}
3	1.16	1.15	12	2.55	2.29
4	1.49	1.46	13	2.61	2.33
5	1.75	1.67	14	2.66	2.37
6	1.94	1.82	15	2.70	2.41
7	2.10	1.94	16	2.75	2.44
8	2.22	2.03	17	2.79	2.47
9	2.32	2.11	18	2.82	2.50
10	2.41	2.18	19	2.85	2.53
11	2.48	2.23	20	2.88	2.56

7 生物参考区间

结果报告单位：hAFP，U/ml；游离 HCG β，ng/ml。见表 17-1-2。

表 17-1-2 生物参考区间

孕周	样本数	hAFP(U/ml)			Free HCGβ(ng/ml)		
		第 5 百分位数	中位数	第 95 百分位数	第 5 百分位数	中位数	第 95 百分位数
14	1411	13.6	24.5	44.1	8.9	23.1	69.9
15	8113	15.7	27.6	49.5	7.2	19.0	54.8
16	12457	17.6	30.6	56.0	5.9	15.4	44.9
17	7688	20.2	34.2	61.0	4.9	13.0	37.8
18	2182	22.1	39.3	70.5	4.1	10.8	29.8
19	936	26.4	45.8	81.2	3.4	8.9	25.8
20	533	28.9	50.8	89.9	3.2	8.0	22.0
21	229	33.4	59.4	107	2.6	7.5	18.3

不同人群和地区可能有不同的中位数，检出率会随人群数据的不同发生变化，实验室应根据本地区的情况制定具体的切割值，准确的孕龄计算可以获得更可靠的筛查结果。

8 性能参数

8.1 精确度

AtoDELFIA hAFP/游离 HCG β 双标测试的偏差是通过 20 次试验得到的，每次试验采用 8 复孔和 3 个 AtoDELFIA 系统，并用方差分析法计算以下偏差。见表 17-1-3，表 17-1-4，表 17-1-5，表 17-1-6。

第一节 甲胎蛋白 AFP/游离 HCGβ 亚基 双标试剂检测程序

文件编号：

版本号：

页码：第 页 共 页

表 17-1-3 每个微孔板上使用完整标准曲线得到的结果 1

hAFP	总体平均值 (U/ml)	同次测试内偏差 (%CV)	不同测试间偏差 (%CV)	总偏差(%CV)
质控品 1	2.19	2.0	1.9	2.8
样本 1	47.4	1.8	1.3	2.2
质控品 2	328	1.7	1.7	2.4

表 17-1-4 结果 2

游离 HCG β	总体平均值 (U/ml)	同次测试内偏差 (%CV)	不同测试间偏差 (%CV)	总偏差(%CV)
质控品 1	3.83	3.3	1.3	3.6
样本 1	24.0	2.6	3.4	4.3
质控品 2	157	3.4	2.8	4.4

表 17-1-5 使用参考曲线与定标品获得的结果 1

hAFP	总体平均值 (U/ml)	同次测试内偏差 (%CV)	不同测试间偏差 (%CV)	总偏差(%CV)
质控品 1	2.17	1.8	2.0	2.7
样本 1	47.1	1.7	1.0	2.0
质控品 2	327	1.7	1.7	2.4

表 17-1-6 结果 2

游离 HCG β	总体平均值 (U/ml)	同次测试内偏差 (%CV)	不同测试间偏差 (%CV)	总偏差(%CV)
质控品 1	3.87	3.3	1.5	3.7
样本 1	24.0	2.6	2.7	3.8
质控品 2	155	3.5	2.5	4.2

8.2 检测灵敏度

如果将检测灵敏度定义为高于零标准品测定平均值 2 个标准偏差 $(\bar{x}+2SD)(n=20)$，hAFP 和 HCG β 的检测灵敏度则分别优于 0.1U/ml 及 0.2ng/ml。

9 方法局限性

同所有的诊断实验一样，临床诊断不应以单纯的实验结果来判断，而是应通过医生对所有临床和实验结果进行综合评价后才作出正确判断。Wallac LifeCycle 软件和 Elipse Screening Engine 筛查引擎软件提供的风险因素可用于帮助医生评估异常妊娠的风险。

不同的人群可能有不同的中位数。异常妊娠的检出率可能因人口数据不同而不同。只

第一节 甲胎蛋白 AFP/游离 HCGβ 亚基双标试剂检测程序

文件编号：

版本号：

页码：第 页 共 页

有精确的孕周数据才能得出更为准确的筛查结果。

重要的是，试剂和样品在使用前应恢复到室温，并且孵化温度不要超过 30℃。

如果病人样本中 AFP 的浓度超过（或预计超过）500U/ml，应使用零标准品或 Delfia Diluent 2 号稀释液进行稀释。如果病人样本中游离 HCG β 的浓度超过（或预计超过）200ng/ml，应使用 Delfia Diluent 2 号稀释液进行稀释。

10 临床意义

甲胎蛋白（AFP）是胎儿起源的糖蛋白。它先由胚胎卵黄囊细胞合成，随后在胎儿肝中合成，它经由羊膜扩散到母亲血液中并通过胎儿的尿到达羊水。羊水和母体血清中的 AFP 水平的升高与胎儿畸形发育，尤其是神经管畸形有关。另外还发现在怀有唐氏综合征患儿的母亲血清中，AFP 在孕中期含量平均减少了 30%。

人绒毛膜促性腺激素（HCG）是由 α 和 β 两个亚基组成的糖蛋白。两个亚基既可以非共价键结合形成一个完整的 HCG，也可以游离形式存在于血清中。HCG 在妊娠后 6～8d 出现在血清中，并在末次月经之后 50～80d 达到最大值。β 亚基由成簇的 6 个基因编码，但其中仅有两个在胎盘中得到转录和表达。另外发现，如果胎儿患有唐氏综合征，则孕中期母体血清中 HCG 的游离 β 亚基水平会在孕中期升高超过 100%。

对母体血清中 AFP 和游离 HCG β 的测定有助于诊断胎儿畸形，比如神经管缺陷和唐氏综合征。研究表明，将孕妇年龄以及妊娠年龄正常化的孕中期 AFP 和游离 HCG β 含量这两项指标，是产前筛查唐氏综合征的有效方法。最近数据报道，在临界值定义为 1：250 的情形下，用此方法可检测出约 60% 的异常妊娠。

11 参考文献

[1] 珀金埃尔默仪器有限公司．DELFIA® 时间分辨荧光法甲胎蛋白/游离 HCG β 亚基双标试剂盒说明书.

[2] 叶应妩，王毓三，申子瑜．全国临床检验操作规程．3 版．南京：东南大学出版社，2006：689-692.

第一节　甲胎蛋白 AFP/游离 HCGβ 亚基双标试剂检测程序	文件编号：
	版本号：
	页码：第　页　共　页

12 附图：甲胎蛋白 hAFP/游离 HCG β 试剂盒操作步骤概述(图 17-1-1)

标准品重建		加入 1.1ml 蒸馏水,静置至少 30min

稀释
铕标示踪物
（见表格）

1:100

条	示踪物溶液(μl)		缓冲液(ml)
	hAFP	HCG β	
1	30	30	3
2	60	60	6
3	90	90	9
4	120	120	12
5	150	150	15
6	180	180	18
7	210	210	21
8	240	240	24

加入稀释过的铕标示踪物,标准品和样品		$200\mu l$(抗体) $+25\mu l$(样品)
孵育		室温慢速振荡 2.5h
洗板		洗板 6 次(程序 67)
加入增强液		$200\mu l$ 慢速振动 5min
检测		时间分辨荧光法检测 KIT 67

图 17-1-1　DELFIA® hAFP/Free HCG β 试剂盒操作流程

编写：卢建强　　　　审核：温冬梅　　　　批准：张秀明

第二节　游离 uE3 试剂检测程序	文件编号：
	版本号：
	页码：第　页　共　页

1 检验程序的原理

采用竞争抑制法。固相载体上包被有抗兔多克隆抗体,标本中的游离雌三醇分子和铕标记的雌三醇竞争性结合固相载体上包被的雌三醇多克隆抗体上有限的结合位点。洗去未结合的物质,加入增强液后,增强液将复合物上面铕离子分离出来,与增强液中的成分重新形成高荧光的螯合物,使用仪器对每个板孔的荧光强度进行测量,每个样本中铕的荧光强度与样本中人游离雌三醇的含量成反比。

2 标本采集

2.1 样品采集

使用静脉穿刺术采集血样,采用离心法尽快分离出血清。

2.2 样品保存

在室温下放置不能超过 24h,2～8℃可以保存 6d,−20℃可保存更长时间。

2.3 浓度超过 50nmol/L 者,应使用 Defia Diluent 1 号稀释液进行稀释后再检测,结果乘以稀释倍数。

2.4 干扰

由于 EDTA、柠檬酸盐会与铕发生螯合反应,因此,不能使用含有这些物质的血浆,可以使用肝素抗凝的血浆。

3 试剂

3.1 试剂

3.1.1 试剂来源:芬兰 PerkinElmer Life and Analytical Sciences,WallacOy 提供配套试剂。

3.1.2 试剂组成

a)标准品:6 瓶,冻干粉。

b)铕标记的游离雌三醇示踪剂:1 瓶,冻干粉。

c)游离雌三醇抗血清储存液:1 瓶,0.95ml。

d)游离雌三醇缓冲液:50ml。

e)预包被抗兔 IgG 多克隆抗体的微孔板:1 块,12×8＝96 孔。

f)解离增强液:1 瓶,100ml。

g)浓缩洗液:1 瓶,50ml。

3.1.3 试剂准备:使用前将所有试剂组分平衡至室温。第一次使用时,需将冻干的标准品用 1.1ml 双蒸水精确稀释,轻轻混匀,放置至少 30min。建议使用前一天将标准品稀释好。铕标记的游离雌三醇冻干粉需用 0.75ml 双蒸水精确稀释,轻轻混匀,放置至少 30min。建议使用前一天将标准品稀释好。浓缩洗液按照 1:100 比例稀释。

3.1.4 试剂保存:2～8℃冰箱保存,室温(20～25℃)下最多可保存 6 个月。避免阳光直射。实验过程中,若微孔板条有剩余,立即放回密闭袋里,保存于 2～8℃。所有试剂在使用

<table>
<tr><td>文件编号：</td></tr>
<tr><td>版本号：</td></tr>
<tr><td>页码：第　页　共　页</td></tr>
</table>

第二节　游离 uE3 试剂检测程序

前从冰箱取出放室温平衡 30min，由于该实验流程长，校准品，质控品和示踪剂储存液等用完立即放回冰箱。

3.2 控制品

3.2.1 来源：室内质控品由 BIO-RAD 公司提供。

3.2.2 准备：每瓶质控品干粉用 5ml 蒸馏水溶解，放置 15～20min，期间可轻轻旋转数次，不能大力摇晃。吸样前轻轻摇匀数遍保证完全混匀。

3.2.3 保存：未开启的质控品放于 2～8℃冰箱，复溶后 2～8℃条件下可密封保存 10d。质控品复溶后分装于带盖小离心管中，每管 40μl，于－18～－20℃保存 3 个月。

4 仪器

1420-020 半自动 Victor D 时间分辨荧光免疫分析系统，包括荧光免疫分析仪、振荡器、洗板机。每次测试都重复做标准曲线，更换批号试剂要重新设定标准品的浓度。设定方法参照《1420-020 半自动 Victor D 时间分辨荧光免疫分析系统操作程序》。

5 操作步骤

5.1 配制抗血清，按每条微孔板 45μl 抗血清＋1.5ml 稀释液的用量和比例配制。配制示踪剂，按每条微孔板 15μl 铕标记物＋1.5ml 稀释液的用量和比例配制。

5.2 每微孔加入稀释后的抗血清 100μl，低速孵育振荡 15min。

5.3 每微孔加入稀释后的示踪剂 100μl 和标准品或待检样本 50μl。

5.4 用封板纸封好，置于 Delfia 振荡器上振荡孵育 1h。

5.5 甩干微孔中的液体，使用 Delfia 洗板机"83"程序清洗微孔，在吸水纸上拍干。

5.6 每孔加入 200μl 增强液，用封板纸密封好，置于 Delfia 振荡器上振荡孵育 5min。

5.7 置于半自动 Victor D 时间分辨荧光免疫分析仪上，选用仪器工作站中双标检测程序进行读数。

5.8 使用 Multicalc 软件计算实验结果和查看标准曲线。有关 Multicalc 软件的操作流程，请参阅相关的 Mμlticalc 软件 SOP 文档。

5.9 结果传输。在电脑桌面打开 Wallac1420 传输图标，点击 Two items browse 选择批次，输入传输样品号后点击 Two items save ，结果自动传送到 LIS 系统。

6 质量控制程序

6.1 室内质控采用即刻法质控方法

6.1.1 从冰箱取出已分装的质控品，高、中、低值各 1 支，室温下恒温 30min。

6.1.2 质控品检测与病人样品同时进行，孔位定于紧接最后一位病人样品孔位后，质控品顺序从低值→中值→高值。新批号质控品每个水平测 3 个孔，直到各水平累积满 20 个数据，然后每天每个水平测 1 个孔位。

6.1.3 记录检测结果，计算出至少 3 次测定结果的平均值和标准差。

	文件编号：
第二节　游离 uE3 试剂检测程序	版本号：
	页码:第　页　共　页

a)计算出 SI 上限值和 SI 下限值：

$$SI 上限＝(X 最大值－X)/S$$

$$SI 下限＝(X－X 最小值)/S$$

b)查 SI 值表，将 SI 上限和 SI 下限与 SI 值表中的数值进行比较(表 17-2-1)。

c)当检测的数据超过 20 个以后，可转入使用常规的质控方法进行质控。

表 17-2-1　即刻性质控法 SI 值

n	n_{3s}	n_{2s}	n	n_{3s}	n_{2s}
3	1.16	1.15	12	2.55	2.29
4	1.49	1.46	13	2.61	2.33
5	1.75	1.67	14	2.66	2.37
6	1.94	1.82	15	2.70	2.41
7	2.10	1.94	16	2.75	2.44
8	2.22	2.03	17	2.79	2.47
9	2.32	2.11	18	2.82	2.50
10	2.41	2.18	19	2.85	2.53
11	2.48	2.23	20	2.88	2.56

6.2 室间比对参加卫生部临检中心举办的室间质评活动，具体方法参照《临床免疫科室间质评管理程序》。

7 生物参考区间

结果报告单位：uE3,nmol/L。见表 17-2-2。

表 17-2-2　生物参考区间

孕周	样本数	uE3(nmol/L)		
		中位数	平均数	标准差
14	562	13.6	1.87	0.53
15	5563	15.7	2.67	0.79
16	3708	17.6	3.44	0.98
17	797	20.2	4.57	1.36
18	300	22.1	5.92	1.59

8 性能参数

8.1 精确度 AutoDELFIA uE3 测试的变异性是通过 18 次运行，每次试验采用 8 复孔(每板 4 复孔)、3 个不同批次的试剂盒及 3 个 AutoDELFIA 系统得出的，并用方差分析法计算以下偏差。

	文件编号:
第二节　游离 uE3 试剂检测程序	版本号:
	页码:第　页　共　页

表 17-2-3　每个微孔板上使用完整标准曲线得到以下的结果

血清样本	总体平均值 (nmol/ml)	同次测试内偏差 (%CV)	不同测试间偏差 (%CV)	总偏差(%CV)
1	2.0	4.4	5.8	7.3
2	5.8	3.6	4.2	5.5
3	11.5	3.0	3.8	4.9

表 17-2-4　使用参考曲线与定标品获得的结果

血清样本	总体平均值 (nmol/ml)	同次测试内偏差 (%CV)	不同测试间偏差 (%CV)	总偏差(%CV)
1	2.0	4.3	5.8	7.2
2	5.7	3.6	4.5	5.8
3	11.4	3.0	3.7	4.8

8.2 检测灵敏度

如果将检测灵敏度定义为低于零标准品测定平均值 2 个标准差 $(\bar{x}-2SD)(n=24)$，AutoDELFIA uE3 的检测灵敏度优于 0.2nmol/L。

8.3 回收率

向已知雌三醇含量的血清样本中加入不同浓度的雌三醇溶液以制备加样血清样本。回收率范围为 89%～110%，总体平均值为 107%。

9 方法局限性

与所有的诊断实验一样，临床诊断不应该以单纯的实验结果来判断，而是应该通过医生对所有临床和实验结果进行综合评价后才作出正确判断。Wallac LifeCycle 软件和 Elipse Screening Engine 筛查与产前诊断引擎软件提供的风险因素可用于帮助医生评估异常妊娠的风险。

不同的人群可能有不同的中位数。异常妊娠的检出率可能因人口数据不同而不同。只有精确的孕周数据才能得出更为准确的筛查与产前诊断结果。

如果病人样本中雌三醇的浓度过高时，应使用零标准品或 Delfia Diluent 1 稀释液进行稀释，结果乘以稀释倍数。

10 临床意义

游离雌三醇是胎儿-胎盘来源的类固醇。雌三醇在胎盘内由 16α-羟 DHEA（脱羟异雄酮）生成，后者来源于胎儿的 16α-羟 DHEA-S（硫酸脱羟异雄酮）。在母体血清中的雌三醇可以通过其游离雌三醇的形式测定。雌三醇可以与雌三醇硫酸盐和母体肝脏中的葡萄糖醛酸结合。因此在母体血清中，可以存在游离雌三醇以及一定数量的结合雌三醇。母体血清中雌三醇循环的半衰期为 20～30min。胎儿-胎盘雌三醇生成的变化可以很快地从母体血清雌三

	文件编号:
第二节　游离 uE3 试剂检测程序	版本号:
	页码:第　页　共　页

醇浓度变化反应出来。

未伴有并发症的妊娠时,在整个孕期母体血清中游离雌三醇及雌三醇总体水平不断增高,直至妊娠结束。uE3 占母体血清在雌三醇总量大约为 9%。uE3 能够较好地反映胎儿-胎盘的雌三醇分泌量,而血清中雌三醇总体浓度会受肝肠循环影响。

胎儿患有唐氏综合征时,母体血清中游离雌三醇的含量减少 1/4,因此可以与游离 hH-CG 或完整 HCG 以及带有或不带有抑制素 A 的 HCG 共同作为中期筛查与产前诊断计划的部分标记物。胎儿患有爱德华综合征及 Smith-Lemli-Opitz 综合征时,其平均水平也会降低。

母体雌三醇的水平同样也可以用于检测妊娠期间胎儿的状态。据报道,较低体重的不成熟新生儿在孕晚期时反映为母体 uE3 水平较低。妊娠期间游离雌三醇或雌三醇总量减少表明胎儿存在发育问题。

11 参考文献

[1]　珀金埃尔默仪器有限公司 DELFIA. 时间分辨荧光法游离雌三醇双标试剂盒说明书.

编写:吴剑杨　　　　审核:温冬梅　　　　批准:张秀明

第三节　妊娠相关血浆蛋白 A(PAPP-A) 检测程序	文件编号：
	版本号：
	页码:第　页　共　页

1 原理

本测试是一种固相、两位点荧光免疫测试法,采用直接双抗体夹心法。两个单克隆抗体(鼠抗体)直接作用于 PAPP-A/proMBP 复合物上的两个单独的抗原决定簇。使用两个孵育过程:在第一孵育过程中,生物素标记的捕获抗体与包被有抗生物素蛋白链菌素的微孔条起反应,洗板去除未结合物质。在第二孵育过程中,标准品,质控品及血清样本与标记有铕螯合物的示踪剂起反应,经洗板后添加增强液。增强液将标记抗体上的铕离子解离出来,形成新的高荧光强度螯合物,每一样品的荧光强度与 PAPP-A 的浓度呈比例关系。

2 标本采集

2.1 样品采集

使用静脉穿刺法采集血样,采用离心法尽快分离出血清。

2.2 样品保存

在室温下不能超过 24h,2～8℃可保存 6d。—20℃可保存更长时间。

2.3 若 PAPP-A 浓度超过 10 000mU/L,应使用 Delfia Diluent 3 号稀释液进行进一步的稀释,结果乘以相应的稀释倍数。

2.4 干扰

2.4.1 由于 EDTA、柠檬酸盐会与铕发生螯合反应,因此,不能使用含有这些物质的血浆,可以使用肝素抗凝的血浆。

2.4.2 溶血(Hb≤5g/L)和黄疸(胆红素≤500μmol/L)的血清样品不会产生干扰。高脂样品会对测试产生干扰。含有异嗜性抗体的样品可能导致结果升高。

3 试剂

3.1 试剂

试剂来源 Perkin Elmer 提供配套试剂。

a)标准品 6 瓶,冻干粉。

b)铕标记的妊娠相关蛋白 A 示踪剂 1 瓶,1.6ml。

c)抗 PAPP-A 生物素抗体储存液 1 瓶,1.6ml。

d)通用缓冲液 55ml。

e)预包被抗生物素蛋白链菌素的微孔板 1 块,12×8=96 孔。

f)解离增强液 1 瓶,100ml。

g)浓缩洗液 1 瓶,50ml。

h)Delfia Diluent 3 号稀释液,另外包装。

3.2 控制品

3.3 质控品

临界值血清,浓度为 1ng/ml。

3.3.1 来源:卫生部临检中心或广东省临检中心。

第三节　妊娠相关血浆蛋白 A(PAPP-A) 检测程序	文件编号： 版本号： 页码：第　页　共　页

3.3.2 保存：于 2～8℃冰箱保存，开封的质控品必须在 1 周内用完。

4 仪器

Wallac Victor D 1420 半自动时间分辨荧光免疫分析系统，包括荧光免疫分析仪、振荡器、洗板机。每次测试都做标准曲线，更换批号试剂要重新设定标准品的浓度。设定方法参照《1420-020 半自动 Victor D 时间分辨荧光免疫分析系统操作程序》。

5 操作程序

5.1 准备

5.1.1 使用前将所有试剂组分室温下放置 30min。

5.1.2 标准品 用 1.1ml 双蒸水精确溶解，轻轻混匀，放置至少 30min。建议使用前一天将标准品提前溶解。

5.1.3 抗 PAPP-A 生物素抗体溶液，需在使用前 1h 内制备。按照每条微孔 120μl 抗体储存液＋1.5ml 通用缓冲液混合。

5.1.4 抗 PAPP-A 示踪液，需在使用前 1h 内制备。按照每条微孔 120μl 示踪液＋1.5ml 通用缓冲液混合。

5.1.5 浓缩洗液，用去离子水按 1:100 比例稀释。

5.1.6 样本和质控品，使用 DELFIA Diluent 3 号稀释液按照 1:5 的比例（50μl 样本＋200μl 稀释液）对样本和质控品进行稀释。

5.2 操作步骤

5.2.1 每微孔加入 100μl 稀释的抗 PAPP-A 生物素抗体溶液，低速孵育振荡 30min。

5.2.2 使用 Delfia 洗板机上的"98W1"号程序洗板。

5.2.3 每孔加入 100μl 配置后的铕标记物。

5.2.4 用封板纸密封好，置于 Delfia 振荡器上振荡孵育 2h。

5.2.5 甩干微孔中的液体，使用 Delfia 洗板机的"98W2"程序清洗微孔，在吸水纸上拍干。

5.2.6 每孔加入 200μl 增强液，用封板纸密封好，置于 Delfia 振荡器上振荡孵育 5min。

5.2.7 置于 Wallac Victor D 1420 半自动时间分辨荧光免疫分析仪上，选用仪器工作站中"双标检测程序"进行读数。

6 质量控制

室内质控采用即刻质控方法如下。

6.1 采用试剂盒自带的质控血片。

6.2 检测。质控品从冰箱取出需在室温放置 20min 后充分震荡摇匀后再使用，插入日常标本中同时检测。孔位定于紧接最后一位病人样品孔位后，顺序从低值→高值，新批号质控品每个水平测 3 个孔，直到累积了 20 个测定值。累积满 20 个数据后每天每个水平测 1 个孔位。

第三节　妊娠相关血浆蛋白 A(PAPP-A) 检测程序	文件编号：
	版本号：
	页码：第　页　共　页

6.3 记录检测结果,计算出至少 3 次测定结果的平均值和标准差;检测完成后填写质控记录。若发现失控,查出失控原因并做相应的处理,填写失控报告,并报告质量监督员,同批标本需全部重新检测。

7 计算及传输

使用 Multicalc 软件计算实验结果和查看标准曲线。选择批次,输入传输样品号后点击 one items save ,结果会自动传送到 LIS 系统(有关 Multicalc 软件的操作流程,请参阅相关的 Multicalc 软件 SOP 文档)。

8 生物参考区间

见表 17-3-1。

表 17-3-1　生物参考区间

孕周	样本数	PAPP-A(nU/L)		
		第 5 百分位数	中位数	第 95 百分位数
9	69	150	471	2 730
10	296	136	812	2 336
11	557	331	1 233	3 538
12	1270	707	2 123	5 223
13	1916	1122	3 152	7 235

9 方法局限性

与所有其他的体外筛查测试一样,唐氏筛查 PAPP-A 试剂盒获得的数据应用于辅助其他医学诊断程序。医生应该把所有临床和检验结果综合评价以作出正确判断。

10 临床意义

该试剂盒使用 1235 AutoDelfia 全自动时间分辨仪/1420 Victor D 半自动时间分辨仪同步测量孕妇血清中妊娠相关血浆蛋 A 的含量。唐氏综合征又称 21-三体综合征、先天愚型,是一种最常见的染色体病,发病机制是形成配子时 21 号染色体不分离,使发育的个体带有三条 21 号染色体。唐氏综合征的发病率占新生儿的 1/600~1/800,其表现为严重的智力障碍,常伴有其他畸形,至今无有效的治疗方法,给家庭和社会造成严重的经济负担。因此对该病采取积极的预防措施:在妊娠中期进行唐氏筛查,对高危孕妇在知情同意的条件下行羊膜腔穿刺羊水细胞培养,染色体核形分析明确诊断,对预防 21 三体患儿的出生有重要意义。

11 参考文献

[1]　珀金埃尔默仪器有限公司.DELFIA® 时间分辨荧光法妊娠相关血浆蛋白 A(PAPP-A)试剂盒说明书.

第三节　妊娠相关血浆蛋白 A(PAPP-A)
　　　　检测程序

| 文件编号： |
| 版本号： |
| 页码：第　页　共　页 |

12 附图:唐筛 PAPP-A 试剂盒操作步骤概述(图 17-3-1)

标准品重建		加入 1.1ml 蒸馏水,静置至少 30min
样品稀释	1:5	50＋200μl
稀释 抗体和铕标示踪液 (见表格)	1:12.5	见下表
加入 稀释过的抗体溶液		100μl
孵育		室温慢速振荡 30min
洗板		洗板 2 次
加入 稀释过的铕标示踪液		100μl
加入 标准品和样品		100μl
孵育		室温慢速振荡 2h
洗板		洗板 6 次
加入 增强液		200μl 慢速振荡 5min
检测		时间分辨荧光法检测 Kit 98

条	抗液/示踪液(μl)	通用缓冲液(ml)
1	120	1.5
2	240	3.0
3	360	4.5
4	480	6.0
5	600	7.5
6	720	9.0
7	840	10.5
8	960	12.0

图 17-3-1　DELFIA® PAPP-A 试剂盒操作流程

编写:吴剑杨　　　　审核:温冬梅　　　　批准:张秀明

新生儿遗传代谢病筛查血清学检验操作程序

Chapter *18*

第一节　新生儿筛查促甲状腺激素 (hTSH)测定	文件编号：
	版本号：
	页码：第　页 共　页

1 原理

采用固相双位点荧光测试技术,固相载体上包被有抗 TSH IgG 抗体,标本中的 hTSH 分子与固相载体上包被的抗 TSH IgG 抗体和铕标记的 TSH IgG 抗体结合形成双抗体夹心复合物,洗去未结合的物质,加入增强液后,增强液将复合物上面铕离子分离出来,与增强液中的成分重新形成高荧光的螯合物,使用仪器对每个板孔的荧光强度进行测量,每个样本中铕的荧光强度与样本中 TSH 含量成正比。

2 标本采集

2.1 推荐在婴儿出生 72h 至 7d 从足跟部采血,最迟不应该超过出生后 20d,直接将血标本滴到滤纸上。

2.2 乙醇棉签清洗局部皮肤后,风干。用一次性采血针刺入足跟皮肤内 1～2mm。擦去第一滴血,轻轻将滤纸贴附于随后流出的大滴血上,使得足量的血浸透滤纸圈。此步骤应一次完成,并避免过度挤压,以免造成溶血。

2.3 将标本水平放置于室温(15～22℃)下至少 3h,使之风干,风干过程中不可加热,不可将标本堆积在一起;同时避免阳光直射。

2.4 标本采集后应当于 24h 内运送到实验室。

2.5 标本在室温下可以保存 7d。

3 试剂

3.1 试剂来源

美国 PerkinElmer 股份有限公司提供配套试剂。

3.2 试剂组成

a)标准品滤纸卡(A-F 6 个浓度值),5 套。

b)质控品滤纸卡(高、中、低值 3 个水平),5 套。

c)铕标记的示踪剂 1 瓶,1.5ml。

d)冲洗液 1 瓶,100ml,需 25 倍稀释。

e)新生儿 TSH 测试缓冲液 1 瓶,250ml。

f)解离增强液 1 瓶,250ml。

g)抗 TSH IgG 抗体包被的微孔板 10 块(12×8＝96 孔)。

3.3 试剂保存

试剂在 2～8℃条件下可保存至瓶上标签所示的失效期。若微孔板条有剩余,立即放回密封袋里,保存于 2～8℃。所有试剂在使用前应从冰箱取出放室温平衡 30min 后使用,由于该实验流程长,校准品、质控品和示踪剂储存液等用完后应立即放回冰箱,不应等所有程序完成后统一放冰箱。

3.4 标准品

每次测试都需重做标准曲线,更换批号试剂要重新设定标准品的浓度。设定方法参照

	文件编号：
第一节　新生儿筛查促甲状腺激素（hTSH）测定	版本号：
	页码：第　页　共　页

《Wallac Victor D 1420 时间分辨荧光免疫分析仪操作程序》。

3.5 控制品

室内质控品为试剂盒自带的质控血片。每批测试都必须做低值和高值两个质控，操作同日常标本的操作方法相同。

4 仪器

Wallac VictorD 1420 半自动时间分辨荧光免疫分析系统，包括荧光免疫分析仪、振荡器、洗板机。

5 操作步骤

5.1 使用自动或手动打孔器，将滤纸片打入 V 形板孔中。打出的滤纸片的直径约为 3.2mm。

5.2 每孔加入 $200\mu l$ 已经稀释过的铕标记示踪剂。

5.3 用封板纸密封好，在 DELFIA 振荡器上快速振荡 10min 后，再在室温下慢速振荡孵育 4h，或快速振荡 10min 后，放冰箱冷藏柜内过夜，取出后慢速振荡 1h。

5.4 倒掉孔内的纸片和液体，使用 DELFIA 专用洗板机洗板。

5.5 每孔加入 $200\mu l$ 增强液，低速振荡 5min。

5.6 置于 Victor D 1420 上，选用仪器工作站中 TSH 程序进行检测。

5.7 使用 Multicalc 软件计算实验结果和查看标准曲线。有关 Multicalc 软件的操作流程，请参阅相关的 Multicalc 软件标准化操作程序。

5.8 实验结果的传输。在电脑桌面打开 Wallac 1420 传输图标，点击 one items browse，选择批次，输入传输样品号后点击 one items save，结果会自动传送到实验室信息系统。

6 质量控制

6.1 室内质控采用即刻法质控方法（表 18-1-1）

表 18-1-1　即刻法质控 SI 值表

n	n_{3s}	n_{2s}	n	n_{3s}	n_{2s}
3	1.16	1.15	12	2.55	2.29
4	1.49	1.46	13	2.61	2.33
5	1.75	1.67	14	2.66	2.37
6	1.94	1.82	15	2.70	2.41
7	2.10	1.94	16	2.75	2.44
8	2.22	2.03	17	2.79	2.47
9	2.32	2.11	18	2.82	2.50
10	2.41	2.18	19	2.85	2.53
11	2.48	2.23	20	2.88	2.56

第一节　新生儿筛查促甲状腺激素（hTSH）测定

| 文件编号： |
| 版本号： |
| 页码:第　页　共　页 |

6.1.1 质控品采用试剂盒自带的质控血片，质控品检测与病人样品同时进行，孔位定于紧接最后一位病人样品孔位后，顺序从低值到高值，新批号质控品每个值至少重复测 3 个孔，直到累积了 20 个测定值。累积满 20 个数据后每天每个值测 1 个孔位。

6.1.2 质控值的计算，计算出至少 3 次测定结果的平均值和标准差。

计算出 n 次测定的 SI 上限值和 SI 下限值

$$SI 上限 = (X 最大值 - X)/S$$
$$SI 下限 = (X - X 最小值)/S$$

查 SI 值表，将 SI 上限和 SI 下限与 SI 值表中的数值进行比较。

当 n>20 后，可转入使用常规的质控方法进行质控。

6.2 室间比对参加卫生部临检中心举办的室间质评活动，具体方法参照《临床免疫科室间质评管理程序》。

7 方法局限性

如所有其他的体外筛查测试一样，新生儿 hTSH 试剂盒获得的数据应用于辅助其他医学诊断程序。医生应该把所有临床和检验结果综合评价以作出正确判断。已知的可能导致测试结果异常的条件包括：血液样本并未均匀浸透、样品点打孔打得太靠近血点的边缘、样品收集或样品晾干有问题、采集滤纸片受排泄物污染。

8 生物参考区间

见表 18-1-2。

表 18-1-2　生物参考区间

项　　目	血液中的 hTSH	
	$\mu U/ml$（全血）	$\mu U/ml$（血清）
推断阴性	<9	<20
疑似区间	9～18	20～40
推断阳性	>18	>40

9 临床意义

本试剂盒用于定量测定滤纸片上干血标本中人促甲状腺素的含量，以帮助检测新生儿的先天性甲状腺功能低下症。新生儿先天性甲状腺功能低下（CH）是由于先天因素使甲状腺激素分泌减少，而导致患儿生长发育障碍，智力落后，是一种最常见的、可预防的引起智能发育落后的疾病之一。但 CH 在新生儿期常缺乏特异症状，仅靠临床观察来达到对该病的早期诊断还较为困难，很容易被忽视而延误治疗，造成不可逆的智能发育障碍。进行 CH 的筛查可有效降低 CH 患儿的发生率。

10 参考文献

[1]　美国 PerkinElmer 股份有限公司 . DELFIA 时间分辨荧光法 hTSH 剂盒说明书.

第一节　新生儿筛查促甲状腺激素 （hTSH）测定	文件编号：
	版本号：
	页码：第　页　共　页

［2］　叶应妩,王毓三,申子瑜.全国临床检验操作规程.3版.南京:东南大学出版社,2006:517-518.

11 附图:新生儿促甲状腺激素(hTSH)试剂盒操作步骤概述(图 18-1-1)

		条	示踪物溶液(μl)	缓冲液 （ml）
稀释 铕标示踪物 （见表格）		4	70	11.5
		8	140	23
		12	210	34
		16	270	43
		20	330	53
		24	400	64
		28	460	74
		32	520	84
加入 标准品和待测样品		干血片手动 或 半自动打孔器打孔		
加入 稀释过的铕标示踪物		200μl		
孵育		快速振动 10min 然后室温慢速振荡 4h 或者 快速振动 10min +2~+8℃过液, 然后室温慢速振荡 1h		
去血片,洗板		选择程序 12,洗板 6 次		
加入 增强液		200μl 室温慢速振动 5min		
检测		时间分辨荧光法检测 KIT 12		

图 18-1-1　DELFIA® 新生儿 hTSH 试剂盒操作流程

编写:卢建强　　　　　审核:熊继红　　　　　批准:张秀明

文件编号：
版本号：
页码:第 页 共 页

第二节 新生儿筛查苯丙氨酸检测程序

1 原理

采用茚三酮荧光法,它是在 McCaman 和 Robins 1962 年发表的荧光测定法基础上改进的一种方法。该方法使用二肽、L-亮氨酸-L-丙氨酸突出苯丙氨酸-茚三酮反应物的荧光性。使用琥珀酸盐缓冲液突出荧光性并提高其反应特异性。使用铜试剂进一步增强反应并降低背景。使用该方法对苯丙氨酸测量时不受其他氨基酸影响。荧光值读取时使用的激发波长为 390nm,发射波长为 486nm。

2 标本采集

2.1 乙醇棉签清洗局部皮肤后,风干。用消毒后的采血针刺入足跟皮肤内 1~2mm。擦去第一滴血,轻轻将滤纸贴附于随后流出的大滴血上,使得足量的血浸透滤纸圈。此步骤应一次完成,并避免过度挤压,以免造成溶血。

2.2 将标本水平放置于室温(15~22℃)下至少 3h,使之风干,风干过程中不可加热,不可将标本堆积在一起;同时避免阳光直射。

2.3 标本采集后应当于 24h 内运送到实验室。

2.4 标本在室温下可以保存 7d。

2.5 在将标本装入容器运输之前,应该用物理屏障将采集卡上的干全血点与其上下层采血卡上的血点分开或旋转 180°。也可以用一块可折叠封盖玻璃纸隔开样品来保护干血点。

3 试剂

3.1 试剂来源

美国 PerkinElmer 股份有限公司提供配套试剂。

3.2 试剂组成

a)标准品滤纸卡(A-F 六个浓度值),苯丙氨酸洗涤人血 ProClin 300,5 套。

b)质控品滤纸卡,苯丙氨酸洗涤人血 ProClin 300,5 套。

c)硫酸锌试剂 1 瓶,硫酸锌含量<25%,30ml。

d)茚三酮试剂 10 瓶,粉剂。

e)铜试剂 1 瓶,碳酸钠酒石酸钠<0.05%,硫酸铜,240ml。

f)苯丙氨酸复溶缓冲液 1 瓶,琥珀酸钠缓冲液,L-亮氨酸-L-丙氨酸,ProClin 300 118ml。

g)空白微孔板 10 块(12×8=96 孔),未包被。

3.3 试剂的准备

3.3.1 苯丙氨酸试剂:对于 10 块板装试剂盒,每个粉状苯丙氨酸小瓶内加入 6.5ml 的苯丙氨酸复溶缓冲液,适用于 1 块微孔板的用量。配制后的苯丙氨酸试剂,在室温下可放置 3 天,在 2~8℃可以放置 7d。

3.3.2 萃取液:硫酸锌和无水乙醇按 3:2 比例混合而成。

3.4 试剂保存

试剂在 2~8℃条件下可保存至瓶上标签所示的失效期。若微孔板条有剩余,立即放回

	文件编号：
第二节　新生儿筛查苯丙氨酸检测程序	版本号：
	页码:第　页　共　页

密封袋里,保存于 2~8℃。所有试剂在使用前应从冰箱取出放室温平衡 30min 后使用,由于该实验流程长,校准品、质控品和示踪剂储存液等用完后应立即放回冰箱,不应等所有程序完成后统一放冰箱。

3.5 标准品

每次测试都需重做标准曲线,更换批号试剂要重新设定标准品的浓度。设定方法参照《Wallac Victor D 1420 时间分辨荧光免疫分析仪操作程序》。

3.6 控制品

室内质控品为试剂盒自带的质控血片。每批测试都必须做低值和高值两个质控,操作同日常标本的操作方法相同。

4 仪器

Wallac Victor D 1420 半自动时间分辨荧光免疫分析系统,包括荧光免疫分析仪、振荡器、洗板机。

5 操作步骤

5.1 使用自动或手动打孔器,将滤纸片打入 V 形板孔中。打出的滤纸片的直径约为 3.2mm。

5.2 向每个装有滤纸片的板孔中加入 15μl 的萃取液,轻轻敲拍 V 形板,使所有的纸片都被萃取液浸润。

5.3 用封板纸密封好,在室温下孵育 30~60min。

5.4 在每个板孔中加入 40μl 去离子水。轻轻敲打 V 形板,使微孔板内液体混匀。

5.5 从每个 V 形板孔中抽吸 25μl 的液体至白色微孔板的对应孔中。此操作步骤应该在样品内加水后的 1h 之内完成。

5.6 在每个白色微孔板内加入 50μl 配制好的苯丙氨酸试剂,振荡混匀。

5.7 在预热的 +60℃ 孵育箱内无振荡孵育 30~40min。

5.8 每个板孔中加入 200μl 铜试剂,振荡混匀。

5.9 盖好封板纸后,室温下无振荡孵育 30~90min。

5.10 置于 Wallac Victor D 1420 半自动时间分辨荧光免疫分析仪上,选用仪器工作站中苯丙氨酸程序进行检测。

5.11 实验结果的传输。在电脑桌面打开 Wallac 1420 传输图标,点击 one items browse,选择批次,输入传输样品号后点击 one items save,结果会自动传送到实验室信息系统。

6 质量控制

6.1 室内质控采用即刻法质控方法

6.1.1 质控品采用试剂盒自带的质控血片,质控品检测与病人样品同时进行,孔位定于紧接最后一位病人样品孔位后,顺序从低值到高值,新批号质控品每个值至少重复测 3 个孔,直到累积了 20 个测定值。累积满 20 个数据后每天每个值测 1 个孔位。

	文件编号：
第二节　新生儿筛查苯丙氨酸检测程序	版本号：
	页码:第　页　共　页

6.1.2 质控值的计算。计算出至少 3 次测定结果的平均值和标准差。

计算出 n 次测定的 SI 上限值和 SI 下限值

SI 上限＝（X 最大值－X）/S

SI 下限＝（X－X 最小值）/S

查 SI 值表，将 SI 上限和 SI 下限与 SI 值表中的数值进行比较。

当 n＞20 后，可转入使用常规的质控方法进行质控。

表 18-2-1　即刻质控法 SI 值

n	n_{3s}	n_{2s}	n	n_{3s}	n_{2s}
3	1.16	1.15	12	2.55	2.29
4	1.49	1.46	13	2.61	2.33
5	1.75	1.67	14	2.66	2.37
6	1.94	1.82	15	2.70	2.41
7	2.10	1.94	16	2.75	2.44
8	2.22	2.03	17	2.79	2.47
9	2.32	2.11	18	2.82	2.50
10	2.41	2.18	19	2.85	2.53
11	2.48	2.23	20	2.88	2.56

6.2 室间比对参加卫生部临检中心举办的室间质评活动，具体方法参照《临床免疫室室间质评管理程序》。

7 方法局限性

与所有其他的体外筛查测试一样，新生儿 PKU 试剂盒获得的数据应用于辅助其他医学诊断程序。医生应该把所有临床和检验结果综合评价以作出正确判断。已知的可能导致测试结果异常的条件包括：血液样本并未均匀浸透、样品点打孔打得太靠近血点的边缘、样品收集或样品晾干有问题、采集滤纸片受排泄物污染。

以下营养状况可能影响测试结果：蛋白量摄取不足的婴儿，其血液样品结果可能会显示假阴性；完全依赖输液供给营养的婴儿，其血液样品结果可能会显示假阳性；具有短期或遗传性酪氨酸血症的病人，其血液样品中的苯丙氨酸值可能偏高。血细胞比容、早产和婴儿年龄等因素也会影响对测得的苯丙氨酸值的解释。

8 生物参考区间

见表 18-2-2。

9 临床意义

苯丙酮尿症（PKU）是一种由于肝脏苯丙氨酸羟化酶（PAH）活性不足引起的常染色体隐性基因疾病。在白种人群中，携带者比例约为 1/50，患病率为 1/10 000。

<table>
<tr><td rowspan="2">第二节　新生儿筛查苯丙氨酸检测程序</td><td>文件编号：</td></tr>
<tr><td>版本号：</td></tr>
</table>

文件编号：
版本号：
页码：第　页　共　页

第二节　新生儿筛查苯丙氨酸检测程序

表 18-2-2　生物参考区间

项　目	血液中的苯丙氨酸	
	mg/dl	μmol/L
推断阴性	<2.1	<127
疑似区间	2.1～3.0	127～182
推断阳性	>3.0	>182

　　由于 PAH 的缺乏，致使苯丙氨酸不能转化为酪氨酸，因此导致身体各组织包括脑、血液和尿中过量的苯丙氨酸和毒性代谢物的累积。这些过量物质造成化学失衡，导致不同程度的智力缺陷。

　　一些患有苯丙酮尿症的病人，尤其是饮食中缺乏酪氨酸时，体内的酪氨酸含量会低于正常值。结果会导致酪氨酸衍生物缺乏，如决定皮肤、毛发和眼睛颜色的黑色素、神经递质多巴胺、去甲肾上腺素和肾上腺素。通过严格控制此类病人饮食中的苯丙氨酸摄入量，可以不同程度地降低智力缺陷。

10　参考文献

［1］　美国 PerkinElmer 股份有限公司 . DELFIA 时间分辨荧光法新生儿苯丙氨酸剂盒说明书.

［2］　叶应妩，王毓三，申子瑜 . 全国临床检验操作规程 . 3 版 . 南京：东南大学出版社，2006.

第二节　新生儿筛查苯丙氨酸检测程序

文件编号：

版本号：

页码：第　页　共　　页

11 附图：新生儿苯丙氨酸试剂盒操作步骤概述（图 18-2-1）

试剂准备

PKU 试剂配制		6.5ml PKU 配制缓冲液（50 板装量试剂盒为 20ml），加入 PKU 试剂后混合至 PKU 试剂完全溶解	
萃取液	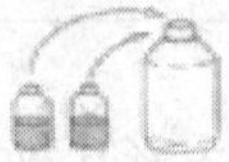	3 份硫锌酸	2 份无水乙醇

实验步骤

加入标准、质控和待测品打入微孔内		干血片手动或自动打孔器打孔 使用 V 形微孔板
加萃取液		$15\mu l$ 轻轻振荡微孔板使混匀
孵育		RT 30～60min 或 +2～8℃ 18h
加去离子水	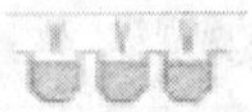	$40\mu l$ 轻轻振荡微孔板使混匀
转移到白色微孔板相应微孔内		转移量为 $25\mu l$
加 PKU 试剂	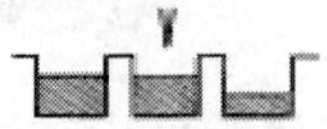	$50\mu l$ 轻轻振荡微孔板使混匀
孵育		预热恒温孵育箱 +60℃ 30～40min 或 +37℃ 120～140min
加铜试剂	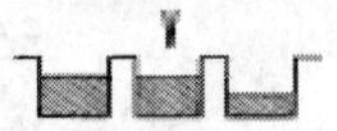	$200\mu l$ 轻轻振荡微孔板使混匀
孵育		室温静置 30～90min
测定		荧光法测定 KIT 85

图 18-2-1　DELFIA® 新生儿苯丙氨酸试剂盒操作流程

编写：吴剑杨　　　　审核：温冬梅　　　　批准：张秀明

第三节　新生儿筛查 17α 羟基孕酮测定操作程序	文件编号：
	版本号：
	页码：第　页　共　页

1 原理

采用固相二抗抗原竞争法荧光测定技术。此反应模式是固相上带有第二抗体(抗兔 IgG 抗体)，血片中 17α 羟基孕酮(17α-OHP)与示踪物铕标记的 17α 羟基孕酮共同竞争与第一抗体(兔抗 17α 羟基孕酮 IgG 抗体)结合，形成的抗原-抗体复合物，同时被固相第二抗体结合，在微孔表面形成铕标记 17α-OHP-二抗-一抗和样本中的 17α-OHP-二抗-一抗复合物。经洗涤除去剩余铕标记 17α-OHP，加入增强剂，分离结合到固相上的铕，并与其形成强荧光螯合物，进行测定，标本中 17α-OHP 浓度与荧光强度成反比。

2 标本采集

2.1 乙醇棉签清洗局部皮肤后，风干。用消毒后的采血针刺入足跟皮肤内 1～2mm。擦去第一滴血，轻轻将滤纸贴附于随后流出的大滴血上，使得足量的血浸透滤纸圈。此步骤应一次完成，并避免过度挤压，以免造成溶血。

2.2 将标本水平放置于室温(15～22℃)下至少 3h，使之风干，风干过程中不可加热，不可将标本堆积在一起；同时避免阳光直射。

2.3 标本采集后应当于 24h 内运送到实验室。

2.4 标本在室温下可以保存 7d。

2.5 在将标本装入容器运输之前，应该用物理屏障将采集卡上的干全血点与其上下层采血卡上的血点分开或旋转 180°。也可以用一块可折叠封盖玻璃纸隔开样品来保护干血点。

2.6 17α-OHP 在干血片标本中非常稳定，室温下可稳定甚至 1 年。

3 试剂

3.1 试剂来源

美国 PerkinElmer 股份有限公司提供配套试剂。

3.2 试剂组成

a)标准品滤纸卡(A-F 6 个浓度值)，5 套。

b)质控品滤纸卡(高中低值 3 个水平)，5 套。

c)铕标记的示踪剂 1 瓶，1.5ml。

d)冲洗液 1 瓶，100ml，需 25 倍稀释。

e)新生儿 17α-OHP 测试缓冲液 1 瓶，250ml。

f)17α-OHP 抗血清储存液 1 瓶，1ml。

g)抗兔 IgG 抗体包被的微孔板 10 块(12×8=96 孔)解离增强液 1 瓶，250ml。

3.3 试剂的准备

使用前所有试剂均应平衡至室温。铕标记的示踪剂：每瓶加入 1.5ml 蒸馏水后静置至少 30min；17α-OHP 抗血清储存液：62.5μl 抗血清储存液加入 1.5ml 测试缓冲液可用于 1 个板条的使用，使用前 1h 配置。

3.4 试剂保存

<table>
<tr><td rowspan="3">第三节 新生儿筛查 17α 羟基孕酮测定
操作程序</td><td>文件编号：</td></tr>
<tr><td>版本号：</td></tr>
<tr><td>页码：第 页 共 页</td></tr>
</table>

试剂在 2～8℃ 条件下可保存至瓶上标签所示的失效期。若微孔板条有剩余，立即放回密封袋里，保存于 2～8℃。所有试剂在使用前应从冰箱取出放室温平衡 30min 后使用，由于该实验流程长，校准品、质控品和示踪剂储存液等用完后应立即放回冰箱，不应等所有程序完成后统一放冰箱。

3.5 标准品

每次测试都需重做标准曲线，更换批号试剂要重新设定标准品的浓度。设定方法参照《Wallac Victor D 1420 时间分辨荧光免疫分析仪操作程序》。

3.6 控制品

室内质控品为试剂盒自带的质控血片。每批测试都必须做低值和高值两个质控，操作同日常标本的操作方法相同。

4 仪器

Wallac Victor D 1420 半自动时间分辨荧光免疫分析系统，包括荧光免疫分析仪、振荡器、洗板机。

5 操作步骤

5.1 使用自动或手动打孔器，将滤纸片打入 V 形板孔中。打出的滤纸片的直径约为3.2mm。

5.2 每孔加入 17α-OHP 抗血清溶液 100μl，慢速振荡 5min（最多不超过 10min）。

5.3 每孔加入 17α-OHP 示踪剂储存液 100μl，慢速振荡 1min 后贴透明胶纸封板。

5.4 放置 2～8℃ 冰箱过夜孵育 18～22h 或在室温下振荡孵育 3h±15min。

5.5 倒掉孔内的纸片和液体，使用 DELFIA 专用洗板机洗板。

5.6 每孔加入 200μl 增强液，低速振荡 5min。

5.7 置于 Victor D 1420 上，选用仪器工作站中 17α-OHP 程序进行检测。

5.8 使用 Multicalc 软件计算实验结果和查看标准曲线。有关 Multicalc 软件的操作流程，请参阅相关的 Multicalc 软件标准化操作程序。

5.9 实验结果的传输。在电脑桌面打开 Wallac 1420 传输图标，点击 one items browse，选择批次，输入传输样品号后点击 one items save，结果会自动传送到实验室信息系统。

6 质量控制

室内质控采用即刻法质控方法如下：

6.1 质控品采用试剂盒自带的质控血片，质控品检测与病人样品同时进行，孔位定于紧接最后一位病人样品孔位后，顺序从低值到高值，新批号质控品每个值至少重复测 3 个孔，直到累积了 20 个测定值。累积满 20 个数据后每天每个值测 1 个孔位。

6.2 质控值的计算。计算出至少 3 次测定结果的平均值和标准差。

计算出 n 次测定的 SI 上限值和 SI 下限值

SI 上限＝（X 最大值－X）/S

<table>
<tr><td colspan="2">

第三节　新生儿筛查17α羟基孕酮测定操作程序

</td><td>

文件编号：

版本号：

页码：第　页　共　页

</td></tr>
</table>

SI 下限＝(X−X 最小值)/S

查 SI 值表，将 SI 上限和 SI 下限与 SI 值表中的数值进行比较。

当 n＞20 后，可转入使用常规的质控方法进行质控。

表 18-3-1　即刻质控法 SI 值

n	n3s	n2s	n	n3s	n2s
3	1.16	1.15	12	2.55	2.29
4	1.49	1.46	13	2.61	2.33
5	1.75	1.67	14	2.66	2.37
6	1.94	1.82	15	2.70	2.41
7	2.10	1.94	16	2.75	2.44
8	2.22	2.03	17	2.79	2.47
9	2.32	2.11	18	2.82	2.50
10	2.41	2.18	19	2.85	2.53
11	2.48	2.23	20	2.88	2.56

7 方法的局限性

同所有其他的体外筛查测试一样，用新生儿 17α-OHP 试剂盒获得的数据应用于辅助其他医学诊断程序。医生应就所有临床和实验结果综合评价以作出正确判断。已知的可能导致测试结果异常的条件包括：血液样本并未均匀浸透、样品点打孔打得太靠近血点的边缘、样品收集或样品晾干有问题、采集滤纸片受排泄物污染。

8 生物参考区间

由于正常新生儿与先天性肾上腺增生症(CAH)患儿的血 17α-OHP 浓度有明显差异，所以采用临界值筛查 CAH 患儿是常用方法。在以出生 3～5d 的新生儿为对象的研究中，足月出生新生儿的临床界值取 30nmol/L，介于 30～90nmol/L 的值需跟踪调查，＞90nmol/L 的为高度可疑 CAH。对于早产儿(27～36 周出生的)临床界值取 60nmol/L。

9 临床意义

17α 羟基孕酮(17α-OHP)是由肾上腺和性腺产生的一种类固醇激素。与其他固醇激素一样，17α-OHP 由胆固醇通过一系列酶促反应合成。合成的第一步，在促肾上腺皮质激素(ACTH)的作用下，胆固醇转化为孕烯醇酮。孕烯醇酮随之转化为孕酮或 17-OH 孕烯醇酮，两者都是 17α-OHP 的前体物质。在肾上腺，17α-OHP 可能在 21-羟化酶(P450c21)和 11-羟化酶(P450c11)的连续作用下转化为皮质醇。在肾上腺和卵巢，17α-OHP 也可能在 17,20-裂解酶(P450c17)的作用下转化为△-雄烯二酮(一种睾酮和雌二醇的前体物质)。17α-OHP 孕酮除了作为一种前体物质或分子之外，其他生理作用尚不清楚。

17α-OHP 的水平随年龄的变化而变化，其高峰出现在胎儿时期及紧跟着出生后的一段

第三节　新生儿筛查17α羟基孕酮测定操作程序	文件编号：
	版本号：
	页码：第　页　共　页

时间，出生后其水平即下降。在孩童时期，17α-OHP维持在一恒定的低水平，在青春期逐渐升高，于成人期达到100ng/dl(约3.03nmol/L)。17α-OHP随促肾上腺皮质激素的昼夜节律的变化而变化，早晨其水平达到最高峰，夜晚则降到最低水平。

检测17α-OHP的水平是临床上评估21-羟化酶缺乏症(先天性肾上腺增生、女性多毛症及不孕症常见的原因之一)的标准方法。21-羟化酶缺乏症是一种常染色体隐性遗传病，在幸存的新生儿中的发病率为1:(5 000～15 000)。由于21-羟化酶活性降低，17α-OHP不能有效地转化为皮质醇，而大量积聚，合成雄激素。因此雄激素水平升高，结果导致胎儿时期和幼儿时期开始出现严重的女性男性化。

17α-OHP水平的升高可见于21-羟化酶缺乏症、11-羟化酶缺乏症、17,20-裂解酶缺乏症、3β-羟基类固醇脱氢酶(3β-HSD)缺乏症。检测17α-OHP的水平也可用于激素替代治疗的监测。

10 参考文献

[1] 美国PerkinElmer股份有限公司.DELFIA时间分辨荧光法新生儿苯丙氨酸(PKU)剂盒说明书.

[2] 叶应妩,王毓三,申子瑜.全国临床检验操作规程.3版.南京:东南大学出版社,2006:540-542.

编写：吴剑杨　　　　　　审核：温冬梅　　　　　　批准：张秀明

附录 A   CNAS－CL02

医学实验室质量和能力认可准则

(ISO 15189:2007)

Accreditation Criteria for the Quality and

Competence of Medical Laboratories

中国合格评定国家认可委员会

2008 年 6 月 16 日发布,2008 年 12 月 1 日实施

1 范围

本准则规定了医学实验室质量和能力的专用要求。

2 规范性引用文件

下列参考文件对于本文件的应用不可缺少。对注明日期的参考文件,只采用所引用的版本;对没有注明日期的参考文件,采用最新的版本(包括任何的修订)。

ISO31(所有部分)量和单位。

ISO 9000:2005 质量管理体系基础和术语。

GB/T 19001-2000(ISO9001:2000)质量管理体系要求。

GB/T 15483.1-1999(ISO/IEC 指南 43-1)利用实验室间比对的能力验证-第 1 部分:能力验证计划的建立和运作。

GB/T 15481-2000(ISO/IEC 17025:2005)检测和校准实验室能力的通用要求。

3 术语和定义

下述的术语和定义适用于本准则。

3.1 认可(accreditation)

权威机构正式承认一个机构或者个人从事某特定任务能力的程序。

3.2 测量准确度(accuracy of measurement)

测量结果与被测量值真值之间的一致性程度(VIM:1993,定义 3.5)。

3.3 生物参考区间(biological reference interval)

参考区间(reference interval):参考值分布的 95% 中心区间。

注 1:该名词取代不正确的用词,如"正常范围"。

注 2:将参考区间定义为 95% 中心区间是约定俗成的。某些特定情况下,对参考区间另外取值或不对称取值可能更为适当。

3.4 检验(examination)

旨在确定某一属性的值或特性的一组操作。

注:在某些学科(如微生物学)中,一项检验是多个试验、观察或测量的总体活动。

3.5 实验室能力(laboratory capability)

进行相应检验所需的物质、环境和信息资源,以及人员、技术和专业知识。

注:对实验室能力的评审可包括先前参加的实验室间比对、外部质量评价计划或检验程序验证试验的结果,或上述全部结果,以证实测量不确定度、检出限等。

3.6 实验室负责人(laboratory director)

有能力对实验室负责并掌权管理实验室的一人或多人。

注 1:在本准则中所指的一人或多人统称为实验室负责人。

注 2:相关的资格和培训要求,国家、区域和地方的法规可适用。

3.7 实验室管理层(laboratory management)

在实验室负责人领导下管理实验室活动的人员。

3.8 测量(measurement)

以确定量值为目的的一组操作(VIM:1993,定义 2.1)。

3.9 医学实验室(medical laboratory)

临床实验室(clinical laboratory)：以为诊断、预防、治疗人体疾病或评估人体健康提供信息为目的，对来自人体的材料进行生物学、微生物学、免疫学、化学、血液免疫学、血液学、生物物理学、细胞学、病理学或其他检验的实验室。实验室可以提供其检查范围内的咨询服务，包括解释结果和为进一步的适当检查提供建议。

注：检验亦包括用于确定、测量或描述各种物质或微生物存在与否的操作。仅采集或准备样品的机构，或仅作为邮寄或分发中心的机构，即使是大型实验室网络或系统的一部分，也不能视为医学或临床实验室。

3.10 检验后程序(post-examination procedures)

分析后期(postanalytical phase)：检验后过程包括系统性评审，规范格式和解释，授权发布、报告和传送结果，以及保存检验样品。

3.11 检验前程序(pre-examination procedures)

分析前期(preanalytical phase)：按时间顺序，始于临床医师提出检验申请，止于分析检验程序启动，其步骤包括检验申请，患者准备，原始样品采集、运送到实验室并在实验室内传递。

3.12 原始样品(primary sample)

标本(specimen)：从某系统中最初取出的一部分或多部分。

注：在某些国家，以"specimen"一词代替"primary sample"(或其子样)，是指准备送检或实验室收到并准备进行检验的样品。

3.13 量(quantity)

现象、物体或物质可定性区别和定量确定的属性(VIM：1993，定义 1.1)。

3.14 质量管理体系(quality management system)

在质量方面指挥和控制组织的管理体系(ISO 9000：2005，定义 3.2.3)。

注：为了适用本准则，此定义中的"质量"，包括管理和技术能力两方面的内容。

3.15 委托实验室(referral laboratory)

对送交样品进行补充检验或确认检验程序和报告的外部实验室。

3.16 样品(sample)

取自某个系统的一部分或多部分，旨在提供该系统信息，通常作为判断该系统及其产物的基础。例如：从较大量的血清中取出的部分血清。

3.17 溯源性(traceability)

通过一条具有规定不确定度的不间断的比较链，使测量结果或测量标准的值能够与规定的参考标准，通常是与国家标准或国际标准联系起来的特性(VIM：1993，定义 6.10)。

3.18 测量正确度(trueness of measurement)

由一系列大量的检测结果得到的平均值与真值之间的一致程度(ISO 3534-1：1993，定义 3.12)。

3.19 测量不确定度(uncertainty of measurement)

表征合理地赋予被测量之值的分散性，与测量结果相联系的参数(VIM：1993，定义 3.9)。

4 管理要求

4.1 组织和管理

4.1.1 医学实验室或其所在组织应有明确的法律地位。

4.1.2 医学实验室服务,包括适当的解释和咨询服务,应能满足患者及所有负责患者医护的临床人员的需要。

4.1.3 医学实验室(以下简称实验室)在其固定机构内,或在其固定机构之外由其负责的场所开展工作时,均应遵守本准则的相关要求。

4.1.4 为识别利益冲突,应明确实验室中参与或影响原始样品检验人员的责任,不宜因经济或政治因素(例如诱惑)影响检验。

4.1.5 实验室管理层应负责质量管理体系的设计、实施、维持及改进,包括以下几种。

a)管理层为实验室所有人员提供履行其职责所需的适当权力和资源。

b)有措施保证管理层和员工不受任何可能对其工作质量不利的、不正当的来自内外部的、商业的、财务的或其他方面的压力和影响。

c)有政策和程序,确保机密信息受到保护。

d)有政策和程序,以避免卷入任何可能降低其在能力、公正性、判断力或运作诚实性方面可信度的活动。

e)明确实验室的组织和管理结构,以及实验室与其他相关机构的关系。

f)规定所有人员的职责、权力和相互关系。

g)由熟悉相关检验目的、程序和结果评价的有能力人员,依据实验室所有人员的经验和职责对其进行适当培训和相应监督。

h)技术管理层全面负责技术运作,并提供资源以确保满足实验室程序规定的质量要求。

i)指定一名质量主管(或其他称谓),赋予其职责和权力以监督所有活动遵守质量管理体系的要求。质量主管应直接向对实验室政策和资源决策的实验室管理层报告。

j)指定所有关键职能的代理人,但需认识到,在小型实验室一人可能会同时承担多项职责,对每项职责指定一位代理人不切实际。

4.1.6 实验室管理层应确保在实验室内建立适宜的沟通程序,并就质量管理体系的有效性进行沟通。

4.2 质量管理体系

4.2.1 政策、过程、计划、程序和指导书应文件化并传达至所有相关人员。实验室管理层应保证这些文件易于理解并付予实施。

4.2.2 质量管理体系应包括(但不限于)内部质量控制以及参加有组织的实验室间比对活动,如外部质量评价计划。

4.2.3 质量管理体系的方针和目标,应在实验室负责人的授权下,在质量方针声明中予以明确,文件化并写入质量手册。该方针应随时可供有关人员利用,简明扼要,包括以下内容。

a)实验室拟提供的服务范围。

b)实验室管理层对实验室服务标准的声明。

c)质量管理体系的目标。

d)要求所有与检验活动有关的人员熟悉质量文件,并始终贯彻执行这些政策和程序。

e)实验室对良好职业行为、检验工作质量和遵守质量管理体系的承诺。

f)实验室管理层对遵守本准则的承诺。

4.2.4 质量手册应对质量管理体系及其所用文件的架构进行描述。质量手册应包括或指明含技术程序在内的支持性程序;应概述质量管理体系文件的架构。质量手册中还应规定技术管理层及质量主管的角色和责任,包括确保遵循本准则的责任。应指导所有人员使用和应用质量手册和所有涉及的文件及其实施要求。由实验室管理层指定的负责质量管理者应在其权力和职责(见 4.1.5i)内维持质量手册的现行有效。

医学实验室质量手册的目录可包括以下几种。

a)引言。

b)医学实验室简介,其法律地位、资源以及主要任务。

c)质量方针。

d)人员的教育与培训。

e)质量保证。

f)文件控制。

g)记录、维护与档案。

h)设施与环境。

i)仪器、试剂和(或)相关消耗品的管理。

j)检验程序的确认。

k)安全。

l)环境方面(如运输、消耗品、废弃物处置,它们是 h 和 i 项的补充,但不尽相同)。

m)研究与发展(如适用)。

n)检验程序清单。

o)申请单,原始样品,实验室样品的采集和处理。

p)结果确认。

q)质量控制(包括实验室间比对)。

r)实验室信息系统(见附录 B)。

s)结果报告。

t)补救措施与投诉处理。

u)与患者、卫生专业人员、委托实验室和供应商的交流及互动。

v)内部审核。

w)伦理学。

4.2.5 实验室管理层应建立并实施计划,以定期监控和证实仪器、试剂及分析系统经过了适当校准并处于正常功能状态;还应有书面和有案可查的预防性维护及校准(见 5.3.2)计划,其内容至少应遵循制造商的建议。

4.3 文件控制

4.3.1 实验室应制定、文件化并维护程序,以对构成质量文件的所有文件和信息(来自内部或外部的)进行控制。应将每一受控文件的复件存档以备日后参考,并由实验室负责人规定其保存期限。受控文件可以任何适当的媒介保存,不限定为纸张。国家、区域和地方有关文件保留的法规适用。

注:本文中,"文件"是指所有信息或指令,包括政策声明、教科书、程序、说明、校准表、生物参考区间及其来源、图表、海报、公告、备忘录、软件、图片、计划书和外源性文件如法规、标准或检验程序等。

4.3.2 应采取相应程序以保证。

a)向实验室人员发布的组成质量管理体系的所有文件,在发布前经授权人员审核并批准。

b)维持一份清单或称文件控制记录,以识别文件版本的现行有效性及其发放情况。

c)只应有经授权的现行文件版本在相关场所可供相应的活动使用。

d)定期评审文件,需要时修订,经授权人员批准。

e)无效或已废止的文件应立即自所有使用地点撤掉或确保不被误用。

f)存留或归档的已废止文件,应适当标注以防误用。

g)如果实验室的文件控制制度允许在文件再版前对其手写修改,则应确定修改程序和权限。修改之处应有清晰的标注、签署并注明日期。修订的文件应尽快正式重新发布。

h)应制定程序描述如何更改和控制保存在计算机系统中的文件。

4.3.3 所有与质量管理体系有关的文件均应能唯一识别,包括以下几种。

a)标题。

b)版本或当前版本的修订日期或修订号,或以上全部内容。

c)页数(如适用)。

d)授权发行。

e)来源识别。

4.4 合同的评审

4.4.1 如果实验室以合同方式提供医学实验室服务,应建立和维持合同评审程序。可导致检验或合同安排发生改变的评审政策和程序应确保以下几点。

a)充分明确包括所用方法在内的各项要求,形成文件,并易于理解(见 5.5)。

b)实验室能力及资源可满足要求。

c)所选的适当检验程序满足合同要求和临床需要(见 5.5)。

针对 b)条,对能力的评审应可确定实验室具备满足所从事检验要求的必要物力、人力和信息资源,且实验室人员应具有操作相关检验所必备的技能与专业知识。该评审也可包括以前参加外部质量保证计划的结果,如检验定值样品以确定测量不确定度、检出限、置信限等。

4.4.2 应保存评审记录,包括任何重大的改动和相关讨论(见 4.13.3)。

4.4.3 应评审实验室所有委托出去的工作(见 4.5)。

4.4.4 对合同的任何偏离均应通知客户(例如,临床医师、卫生保健机构、健康保险公司、制药公司)。

4.4.5 工作开始后如需修改合同,应再次进行同样的合同评审过程,并将所有修改内容通知所有受影响方。

4.5 委托实验室的检验

4.5.1 实验室应有有效的文件化程序,以评估与选择委托实验室和对组织病理学、细胞学及相关学科提供二次意见的会诊者。在征求实验室服务用户的意见后(适用时),实验室管理层应负责选择、监控委托实验室及会诊者的质量,并确保委托实验室或委托会诊者有能力进行所要求的检验。

4.5.2 应定期评审与委托实验室的协议,以确保以下几点。

a)充分明确包括检验前及检验后程序在内的各项要求,形成文件并易于理解。

b)委托实验室能符合各项要求且没有利益冲突。

c)选择的检验程序适用于其预期用途。

d)明确规定各自对解释检验结果的责任。

评审记录的保存应符合国家、区域或地方要求。

4.5.3 实验室应登记所有其委托的实验室及所有委托给其他实验室的样品。应将对检验结果负责的实验室名称和地址提供给实验室服务用户。在病历和实验室永久文档中应保留实验室报告的复件。

4.5.4 应由本实验室,而非受委托实验室,负责确保将委托实验室的检验结果和发现提供给申请者。若由本实验室出具报告,则报告中应包括委托实验室所报告结果的所有必需要素,不应做任何可能影响临床解释的改动。国家、区域和地方法规可适用。然而,并不要求实验室按委托实验室的报告原字原样报告,除非国家、地方法律法规有规定。如必要,实验室负责人可根据患者具体情况及地方的医学环境,选择性地对委托实验室的检验结果做附加解释性评语,宜明确标识添加评语者。

4.6 外部服务和供应

4.6.1 实验室管理层应建立并文件化其政策和程序,以选择和使用所购买的可能影响其服务质量的外部服务、设备以及消耗品。所购买的各项物品应始终符合实验室的质量要求。国家、区域或地方法规可要求保存采购物品的记录。应有对消耗品进行检查、接受、拒收和保存的程序及标准。

4.6.2 当采购的设备和消耗品可能会影响服务质量时,在验证这些物品达到规格标准或有关程序中规定的要求之前不应使用。此可通过检验质控样品并验证结果的可接受性而实现,还可利用供应商对与其质量管理体系的符合性声明验证。

4.6.3 对供应品应有库存控制系统。应按质量管理体系的规定,对外部服务、供应物品及所购买的产品建立适当的质量记录并保持一定时间。库存控制系统应当包括所有相关试剂、控制物质和校准品的批号记录,实验室接收日期及这些材料投入使用日期记录。所有这些质量记录应可供实验室管理层评审时利用。

4.6.4 实验室应对影响检验质量的关键试剂、供应品及服务的供应商进行评价;保存评价记录并列出核准使用的名录。

4.7 咨询服务

实验室中适当的专业人员应对选择何种检验和服务提供建议,包括重复检验的频率及所需样品类型。适用时,应提供对检验结果的解释。专业人员宜按计划与临床医师就利用实验室服务和咨询科学问题进行定期交流。专业人员宜参与临床病例分析以便能对通案和个案提供有效的建议。

4.8 投诉的解决

实验室应有政策和程序以解决来自临床医师、患者或其他方的投诉或其他反馈意见。应按要求(见 4.13.3i)保存投诉、调查以及实验室所采取纠正措施的记录。

注:鼓励实验室从其服务用户获取正面和负面的反馈信息,最好采用系统化的方式,如调查。

4.9 不符合的识别和控制

4.9.1 当发现检验过程任何之处有不符合其程序或所制定质量管理体系的要求,或不符合临床医师的要求时,实验室管理层应有政策并实施程序以确保。

a)解决问题之责任落实到个人。

b)明确规定应采取的措施。

c)考虑不符合检验的临床意义,适用时,通知申请检验的临床医师。

d)如必要,终止检验,停发报告。

e)立即采取纠正措施。

f)必要时收回或适当标识已发出的不符合检验结果。

g)明确规定授权恢复检验的责任。

h)记录每一不符合项并形成文件,实验室管理层应按规定的周期对其评审,以发现趋势并采取预防措施。

注:不符合检验或活动可出现在不同方面,可用不同方式识别,包括医师的投诉、质量控制指标、设备校准、消耗品检查、员工的意见、报告和证书的检查、实验室管理层的评审以及内部和外部审核。

4.9.2 如果确定不符合检验可能会再次出现,或对实验室与其政策或质量手册中程序的符合性有疑问时,应立即实施相关程序以识别、文件化和消除根本原因(见 4.10)。

4.9.3 实验室应制定并实施存在不符合项时发布结果的程序,包括对结果的评审。应记录这些事件。

4.10 纠正措施

4.10.1 纠正措施程序应包括调查过程以确定问题产生的根本原因。适用时,应制定预防措施。纠正措施应与问题的严重性及所遇风险的程度相适应。

4.10.2 实验室管理层应将因纠正措施所致操作程序的任何改变文件化并执行。

4.10.3 实验室管理层应负责监控所采取纠正措施的结果,以确保这些措施对解决已识别出的问题有效。

4.10.4 当不符合项的识别或纠正措施对政策、程序或质量管理体系的符合性产生疑问时,实验室管理层应确保按 4.14 的要求对适当的活动范围进行审核。纠正措施的结果应提交实验室管理层评审。

4.11 预防措施

4.11.1 应识别无论是技术还是质量管理体系方面的不符合项来源和所需改进。如需采取预防措施,应制定行动计划并执行和监控,以减少类似不符合发生的可能性并借机改进。

4.11.2 预防措施程序应包括措施的启动和控制的应用,以确保其有效性。

注1:除对操作程序进行评审之外,预防措施还可能涉及数据分析,包括趋势和风险分析

以及外部质量保证。

注2:预防措施是事先主动识别改进可能性的过程,而不是对已发现的问题或投诉的反应。

4.12 持续改进

4.12.1 实验室管理层应根据质量管理体系的规定对所有的操作程序定期系统地评审,以识别所有潜在的不符合项来源、对质量管理体系或技术操作的改进机会。适用时,应制定改进措施的方案,文件化并实施。

4.12.2 依据评审结果而采取措施后,实验室管理层应通过重点评审或审核相关范围的方式评价所采取措施的成效。

4.12.3 应将按照评审意见采取措施所得的结果提交实验室管理层评审,并落实对质量管理体系所有必要的改变。

4.12.4 实验室管理层应施行质量指标以系统地监测、评价实验室对患者医护的贡献。如该程序识别出改进机会,则无论为何处,实验室管理层均应着手解决。实验室管理层应确保医学实验室参加与患者医护范围和结果有关的质量改进活动。

4.12.5 实验室管理层应为实验室所有员工和实验室服务的相关用户提供适当的教育和培训机会。

4.13 质量和技术记录

4.13.1 实验室应建立并实施对质量及技术记录进行识别、收集、索引、访问、存放、维护及安全处置的程序。

4.13.2 所有记录应易于阅读,便于检索。记录可存储于任何适当的媒介,但应符合国家、区域或地方法规的要求(见4.3.1)。应提供适宜的存放环境,以防损坏、变质、丢失或未经授权之访问。

4.13.3 实验室应制定政策,规定与质量管理体系和检验结果相关的各种记录的保留时间。保存期限应根据检验的性质或每个记录的特点而定。

国家、区域和地方法规可适用。

记录包括但不限于以下几种。

a)检验申请表(包括用作检验申请表的患者表格或病历)。

b)检验结果和报告。

c)仪器打印结果。

d)检验程序。

e)实验室工作记录簿/记录表。

f)接收记录。

g)校准函数和换算因子。

h)质量控制记录。

i)投诉及所采取措施。

j)内部及外部审核记录。

k)外部质量评价/实验室间比对记录。

l)质量改进记录。

m)仪器维护记录,包括内部及外部校准记录。

n)供应品的批次文件、证书、包装插页。

o)偶发事件/意外事故记录及所采取措施。

p)人员培训及能力记录。

4.14 内部审核

4.14.1 应根据质量管理体系的规定对体系的所有管理及技术要素定期进行内部审核,以证实体系运作持续符合质量管理体系的要求。内部审核应渐进式审核体系的所有要素和重点审核对医疗护理有关键意义的领域。

4.14.2 应由质量主管或指定的有资格人员负责正式策划、组织并实施审核。员工不应审核自己的工作。应明确内部审核程序并文件化,其中包括审核类型、频次、方法及所需的文件。如果发现不足或改进机会,实验室应采取适当的纠正或预防措施并文件化,在约定的时间内完成。正常情况下,宜每 12 个月对质量管理体系的主要要素进行一次内部审核。

4.14.3 内部审核的结果应提交实验室管理层进行评审。

4.15 管理评审

4.15.1 为确保为患者的医护提供持续适合及有效的支持并进行必要的变动或改进,实验室管理层应对实验室质量管理体系及其全部的医学服务进行评审,包括检验及咨询工作。评审结果应列入含目标、目的和措施的计划中。管理评审的典型周期为每 12 个月 1 次。

4.15.2 管理评审应包括但不限于以下内容。

a)以前管理评审的后续措施。

b)所采取纠正措施的状态和所需的预防措施。

c)管理或监督人员的报告。

d)近期内部审核的结果。

e)外部机构的评价。

f)外部质量评价和其他形式实验室间比对的结果。

g)承担的工作量及类型的任何变化。

h)反馈信息,包括来自临床医师、患者及其他方的投诉和相关信息。

i)用于监测实验室对患者医护贡献的质量指标。

j)不符合项。

k)周转时间监控。

l)持续改进过程的结果。

m)对供应商的评价。

在质量体系正在建立期间,评审间隔宜缩短。这样可保证当识别出质量管理体系或其他活动有需要修正之处时,能够及早采取应对措施。

4.15.3 应尽可能以客观方式监测与评价实验室对患者医护所提供服务的质量和适用性。

注:可利用之资料依实验室类型和位置不同(例如,医院实验室、诊所实验室或委托实验室)而不同。

4.15.4 应记录管理评审的发现及提出的措施,应将评审发现和作为评审输出的决定告知实验室人员。实验室管理层应确保所提出的措施在适当的约定时间内完成。

5 技术要求

5.1 人员

5.1.1 实验室管理层应有组织规划、人事政策和规定了所有人员资格及职责的职务说明。

5.1.2 实验室管理层应维持全部人员相关的教育背景、专业资格、培训、经验及能力记录,相关人员应随时可利用有关信息,包括以下几种。

a)证书或执照(需要时)。

b)以前的工作资料。

c)职务说明。

d)继续教育及业绩记录。

e)能力评估。

f)对不良事件或事故报告的特别规定。

其他与被授权者个人健康有关的记录可包括职业危害暴露记录和免疫状态记录。

5.1.3 实验室应由负管理责任且有能力对实验室所提供服务负责的一人或多人领导。

注:此处的能力应理解为有基础教育,研究生教育,继续教育,以及若干年的医学实验室培训或工作经验的背景。

5.1.4 实验室负责人或指定人员的职责应包括专业、学术、顾问或咨询、组织、管理及教育事务。这些事务应与该实验室所提供的服务相关。

实验室负责人或某项工作的指定负责人宜有适当的培训及背景,以能履行以下责任。

a)对问询者提供试验选择、实验室服务应用及实验数据解释的咨询服务。

b)为所服务机构的现职医务人员,适用且适当时。

c)与下述各方有效联系并开展工作(包括在需要时建立协议):①相应的认可和管理部门;②相关的行政管理人员;③卫生保健团体;④接受服务的患者人群。

d)制定、实施并监控医学实验室服务表现和质量改进标准。

e)实施质量管理体系(如可行,实验室负责人和实验室的专业人员宜参加本机构的各种质量改进委员会)。

f)监控实验室内进行的全部工作以确定所得数据是可靠的。

g)确保有足够的、有充分培训记录和经验记录的、及有资格的人员,以满足实验室的需求。

h)制定计划,设定目标,并根据医学环境的需求开发和配置资源。

i)对实验室的医学服务实行有效果和高效率的管理,依据所在机构赋予的职能范围,负责财务管理中的预算安排及控制。

j)为医务人员及实验室员工提供教育计划,并参与所在机构的教育计划。

k)规划并指导适合本机构的研究与发展工作。

l)选择委托实验室并对所有委托实验室的服务质量进行监控。

m)建立符合良好行为规范和相关法规的安全实验室环境。

n)处理实验室服务用户的投诉、要求或意见。

o)确保员工保持良好的职业道德。

实验室负责人无需亲自行使上述全部职能,但是,实验室负责人对实验室的全面运行及管理负责,对确保为患者提供服务的质量负责。

5.1.5 应有足够的人力资源以满足工作的需求及履行质量管理体系相关的职责。

5.1.6 工作人员应接受与其提供服务相关的质量保证和质量管理方面的专门培训。

5.1.7 实验室管理层应授权专人从事特定工作,如采样、检验、操作特定类型的仪器设备和使用实验室信息系统的计算机。

5.1.8 应制定政策,对使用计算机系统、访问患者资料、经授权输入或更改患者的结果、更改账单或修改计算机程序者的权限做出规定。

5.1.9 应有针对所有级别员工的继续教育计划。

5.1.10 应训练员工防止事故发生及控制事故后果恶化。

5.1.11 应在培训后评审每个员工执行指定工作的能力,之后定期评审。如需要,应再次培训并重新评审。

5.1.12 负责对检验结果做专业判断者应具备适当的理论及实践背景,并有近期工作经验。专业判断的形式可为意见、解释、预测、模拟、模型及数值,应符合国家、区域和地方法规的要求。员工应参加常规的职业发展活动或其他的学术交流。

5.1.13 所有人员应对患者相关的资料保密。

5.2 设施和环境条件

5.2.1 实验室应有保证开展工作的空间,且不影响工作质量、质量控制程序、人员安全和对患者的医护服务,应由实验室负责人确定工作空间是否充分。资源应足以支持实验室工作的需要,应维持实验室资源有效及可靠。对实验室固定设施之外进行原始样品采集和检验的地点应制定类似规定。

5.2.2 实验室应按有效运行的宗旨设计,尽量使使用者舒适和将发生伤害及职业性疾病的风险降至最低。应保护患者、员工和来访者,免受已知危险的伤害。

5.2.3 如果提供了原始样品采集设施,应在尽量优化样品采集条件的同时,考虑患者的行动能力、舒适度及隐私。

5.2.4 实验室的设计与环境应适合所从事的工作。采集和(或)检验原始样品的环境不应使结果失效或对任何测量的质量有不利影响。实验室设施宜提供保障以正确进行检验操作。设施包括但不限于能源、光照、通风、供水、废弃物处置及环境条件。实验室宜制定相应程序,用于检查其环境对样品采集、设备运行有无不利影响。

5.2.5 当有相关规定要求或环境因素可能影响结果的质量时,实验室应监测、控制并记录环境条件。宜注意无菌、灰尘、电磁干扰、辐射、湿度、电力供应、温度、声音和振动水平,以适应相关的技术活动。

5.2.6 相邻实验室部门之间如有不相容的业务活动,应有效分隔。应采取措施防止交叉污染。示例:检验过程存在危险物质,如分枝杆菌、放射性核素;未隔离将会影响工作,如扩增核酸;需要安静且不受干扰的工作环境,如细胞病理学筛检过程;需要控制工作环境条件,如大型计算机系统。

5.2.7 应控制人员进入或使用会影响检验质量的区域。应采取适当的措施保护样品及资源,防止未授权者访问。

5.2.8 实验室内的通信系统应与机构的规模、复杂性及信息的有效传输相适应。

5.2.9 应提供相应的存储空间和条件以确保样品、切片、组织块、保存的微生物、文件、档案、手册、设备、试剂、实验室供应品、记录与结果的持续完整性。

5.2.10 工作区应保持清洁。危险物品的存放及处置应遵守相关法规。应采取措施确保实验室良好内务管理。为此,有必要制定专门的程序并对人员培训。

5.3 实验室设备

注:适用时,在本准则中实验室设备指仪器设备、参考物质、消耗品、试剂和分析系统。

5.3.1 实验室应配置服务(包括原始样品采集、制备、处理、检验和存放)所需的全部设备。若实验室需要使用非永久控制的设备,实验室管理层也应确保符合本准则的要求。选择设备时宜考虑能源和将来的处置(保护环境)。

5.3.2 设备(在安装时及常规使用中)应显示出能够达到规定的性能标准,并且符合相关检验所要求的规格。实验室管理层应制定计划,用于定期监测并证实设备、试剂及分析系统已适当校准并处于正常功能状态。同时还应有文件化的预防性维护计划并记录(见4.2.5),该计划至少应遵循制造商的建议。如果有制造商的使用说明、操作手册或其他文件可供使用,可用其建立要求,以符合相关标准或规定定期校准的要求,适用时,可部分或全部满足本要求。

5.3.3 每件设备均应有唯一性标签、标记或其他识别方式。

5.3.4 应保持影响检验性能的每件设备的记录,至少应包括以下几种。

a)设备标识。

b)设备的制造商名称、型号、序列号或其他唯一性识别。

c)制造商的联系人和电话(适用时)。

d)到货日期和投入运行日期。

e)当前的位置(适用时)。

f)接收时的状态(例如新品,使用过,修复过)。

g)制造商的说明书或其存放处(如果有)。

h)证实设备可以使用的设备性能记录。

i)已执行及计划进行的维护。

j)设备的损坏、故障、改动或修理。

k)预计更换日期(可能时)。

h)项中提到的性能记录应包括所有校准和(或)验证报告/证明的复件,内容包括日期、时间、结果、调整、可接受标准以及下次校准和(或)验证的日期,在两次维护/校准之间的核查频次。如适用,部分或全部满足本要求。可根据制造商的说明确定可接受标准,维护、验证和(或)校准的程序和频次,如适用,部分或全部满足本要求。应保持这些记录,并保证在设备的寿命期内或在国家、地区和当地的法规要求的任何时间内随时可用。

5.3.5 只有经授权者可操作设备。实验室人员应随时可得到关于设备使用和维护的最新指导书(包括设备制造商提供的所有相关的使用手册和指导书)。

5.3.6 应维持设备的安全工作状态,包括检查电气安全,紧急停止装置,以及由授权人员安全操作及处置化学、放射性和生物材料。适用时,应使用制造商提供的规格说明和(或)使用说明。

5.3.7 无论何时,只要发现设备故障,应停止使用。清楚标记后妥善存放至其被修复,应经校准、验证或检测表明其达到规定的可接受标准后方可使用。实验室应检查上述故障对之前检验的影响,并实施本准则4.9的规定。实验室应采取合理措施在设备投入使用、修理或退役之前对其去污染。

5.3.8 应将所采取降低污染措施的清单提供给该设备工作人员。实验室应留出合适的空间以供设备修理和放置适当的个人防护装备。

5.3.9 只要可行,实验室控制的需校准或验证的设备,应贴标签或以其他编码标明设备的校准或验证状态,并标明下次校准或验证的日期。

5.3.10 如果设备脱离实验室直接控制,或已被修理、维护过,该设备在实验室重新使用之前,实验室应对其检查,并确保其性能满足要求。

5.3.11 如果使用计算机或自动化检验设备进行收集、处理、记录、报告、存储或检索检验数据,实验室应确保以下几种。

a)计算机软件,包括仪器设备内置的软件,应文件化并经确认适用于该设备。

b)制定并执行相应程序以随时保护资料的完整性。

c)应维护计算机和自动化设备,以确保其正常运转,并应提供相应的环境和操作条件,以保证资料的完整性。

d)应充分保护计算机程序和常规操作,以防止无意的或未经授权者访问、修改或破坏。

5.3.12 实验室应制定安全处理、运输、存放和使用设备的程序,以防止污染或损坏。

5.3.13 若校准给出一组修正因子,实验室应有程序确保之前的修正因子及所有备份得到正确更新。

5.3.14 包括硬件、软件、参考物质、消耗品、试剂和分析系统在内的设备均应设防,以避免因调整或篡改而使检验结果无效。

5.4 检验前程序

5.4.1 检验申请表应包括足够信息以识别患者和经授权的申请者,同时应提供患者的临床资料。国家、区域或地方的要求适用。

检验申请表或电子申请表宜留有空间以填入下述(但不限于)内容。

a)患者的唯一标识。

b)医师或其他依法授权的可要求检验或可使用医学资料者的姓名或其他唯一标识,及报告的目的地。申请检验医师的地址宜作为申请表的一部分内容。

c)适用时,原始样品的类型和原始解剖部位。

d)申请的检验项目。

e)患者的相关临床资料,至少应包括性别和出生日期,以备解释检验结果之用。

f)原始样品采集日期和时间。

g)实验室收到样品的日期和时间。

申请表的格式(电子或书面的)及申请表送达实验室的方式宜与实验室服务用户讨论后决定。

　　5.4.2 实验室管理层应对正确采集和处理原始样品的过程文件化,制定作业指导书并要求实施(见 4.2.4)。这些指导书可供负责采集原始样品者使用,并包括在原始样品采集手册中。

　　5.4.3 原始样品采集手册应包括以下内容。

　　a)以下资料的复件或出处:①实验室可提供检验项目之目录;②知情同意书(适用时);③在原始样品采集前提供给患者的有关自我准备的信息和指导;④为实验室服务用户提供的医学指征和选择适当的可利用程序的信息。

　　b)以下程序:①患者准备(如:为护理人员或负责静脉穿刺医师提供的指导书);②原始样品识别;③采集原始样品(如静脉穿刺,皮肤穿刺,血、尿和其他体液)并描述原始样品采集所用容器及必需添加物。

　　c)以下说明:①申请表或电子申请表的填写;②原始样品采集的类型和量;③特殊采集时机(如要求);④从样品采集到实验室接收样品期间所需的任何特殊处理(如运输要求、冷藏、保温、立即送检等);⑤原始样品标记;⑥临床资料(如用药史);⑦提供原始样品患者的明确且详细的标识;⑧原始样品采集者身份标识的记录;⑨采集样品所用材料的安全处置。

　　d)以下说明:①已检样品的存放;②申请附加检验项目的时间限制;③附加检验项目;④因分析失败而需再检验或对同一原始样品做进一步检验。

　　5.4.4 原始样品采集手册应作为文件控制系统的一部分(见 4.3.1)。

　　5.4.5 原始样品应可追溯到具体的个体(通常由检验申请表)。实验室不应接受或处理缺乏正确标识的原始样品。若原始样品识别方式不确定或原始样品中的被分析物不稳定(如脑脊液、活检标本等)及原始样品不可替代或很关键,实验室可选择先处理样品,待申请医师或采集原始样品者承担识别和接受样品的责任和(或)提供适当的信息后再发布结果。这种情况下,负责识别原始样品者宜在申请表上签字或可被追溯至申请表。无论何种原因,若在无法满足上述要求的情况下进行了检验,宜在报告上明确责任人。留待进一步检验(如病毒抗体,与临床症状有关的代谢产物)的样品也宜同样标识。

　　5.4.6 实验室应监控样品运送到实验室的过程,样品运送应符合如下要求。

　　a)根据申请检验项目的性质和实验室相关规定在一定时间内运达。

　　b)在原始样品采集手册规定的温度范围内运送并使用指定的保存剂以保证样品的完整性。

　　c)应以确保对运送者、公众及接收实验室安全的方式运送,并应遵守国家、区域和地方法规的要求。

　　5.4.7 应在接收记录簿、工作记录单、计算机或其他类似系统中对收到的所有原始样品进行记录。应记录收到样品的日期和时间,同时应记录样品接收者的标识。

　　5.4.8 应制定有关接受或拒收原始样品的标准并文件化。如果接受了不合格原始样品,应在最终报告中说明问题的性质,如果适用,在解释结果时也应说明。

　　5.4.9 实验室应定期评审静脉穿刺取血(及取其他样品如脑脊液)所需的样品量,以保证采样量既不会不足也不会过多。

　　5.4.10 被授权者应对申请和样品系统地评审,并决定所做检验项目及所用检验方法。

　　5.4.11 如适用,实验室应对接收、标记、处理和报告其所收到的有特殊紧急标记的原始样品的程序文件化。程序应包括对申请表和原始样品上所有特殊标记的详细说明、原始样品送达实验室检验区的机制、应用的所有快速处理模式和所有应遵循的特殊报告标准。

5.4.12 取自原始样品的部分样品应可追溯至最初的原始样品。

5.4.13 实验室应有针对口头申请检验的书面政策。

5.4.14 样品应于规定的一定时间内在保证其性状稳定的条件下保存,以能在出具结果报告后复检或做附加检验。

5.5 检验程序

注:部分下述条款可能不适用于实验室医学范畴内的所有学科。

5.5.1 实验室应使用检验程序,包括选择/分取样品,程序应符合实验室服务用户的需求并适用于检验。优先使用在公认/权威教科书,经同行评议的书刊或杂志,或国际、国家或区域的指南中发表的程序。如果使用内部程序,则应适当确认其符合预期之用途并完全文件化。

5.5.2 实验室应只用确认过的程序证实所用检验程序适合其预期用途,证实应尽量充分以满足给定用途或满足某领域应用的需求。实验室应记录证实所得的结果及使用的程序。应评估所选用方法和程序,在用于医学检验之前应证实其可给出满意结果。实验室负责人或指定的人员应在开始即对程序评审并定期评审。评审通常每年一次。评审应文件化。

5.5.3 所有程序应文件化并使相关人员可在工作站得到。已文件化的程序及必要的指导书应使用实验室工作人员通常可理解的语言。在有完整手册可供参考的前提下,可以利用总结有关键信息的卡片文件或类似系统供工作人员在工作台上快速查阅。卡片文件或类似系统应与完整手册的内容相对应。任何类似节略性程序均应是文件控制系统的一部分。只要制造商提供的使用说明书(如包装插页)符合 5.5.1 和 5.5.2 的要求,其描述符合实验室的操作程序,所用语言通常可被实验室工作人员理解,则检验程序应基于此说明书制定。

任何偏离均应评审并文件化。进行检验可能需要的附加信息也应文件化。每个新版检验试剂盒在试剂或程序方面发生重要变化时,应检查其性能和对预期用途的适用性。与其他程序一样,任何程序性变化都应注明日期并经授权。

除文件控制标识,当适用时,文件还宜包括以下几点。

a)检验目的。

b)检验程序的原理。

c)性能参数(如线性、精密度、以测量不确定度表示的准确性、检出限、测量区间、测量真实性、分析灵敏度和分析特异性)。

d)原始样品系统(如血浆、血清和尿液)。

e)容器和添加物类型。

f)要求的设备和试剂。

g)校准程序(计量学溯源性)。

h)程序步骤。

i)质量控制程序。

j)干扰(如乳糜血、溶血、胆红素血)和交叉反应。

k)结果计算程序的原理,包括测量不确定度。

l)生物参考区间。

m)检验结果的可报告区间。

n)警告/危急值(适用时)。

o)实验室解释。

p)安全防护措施。

q)变异的潜在来源。

只要具备上述规定信息,可以使用电子手册。文件控制要求同样适用于电子手册。实验室负责人应负责确保检验程序内容完整、现行有效并经过全面评审。

5.5.4 用于检验的每个程序的性能参数应与其预期用途相关。

5.5.5 应定期评审生物参考区间。如果实验室有理由相信某一特定参考区间不再适用于参考人群,则应调查,如必要,应采取纠正措施。当实验室更改检验程序或检验前程序时,如适用,也应评审生物参考区间。

5.5.6 在实验室服务用户提出申请时,实验室应将现行的检验程序包括对原始样品的要求、相关的性能参数和要求列成清单,以供其使用。

5.5.7 若实验室拟更改检验程序并可能导致结果及解释出现明显差异,应在更改被采用之前以书面方式向实验室服务用户解释其含义。

注:根据当地情况,可通过不同方式实现本要求,包括直接邮寄、实验室通讯或作为检验报告本身的一部分。

5.6 检验程序的质量保证

5.6.1 实验室应设计内部质量控制体系以验证检验结果达到预期的质量标准。重要的是,该控制体系为工作人员提供的作为技术和医学决定基础的信息应明确易懂。宜特别注意消除在样品处理、申请、检验和报告等过程中的错误。

5.6.2 适用且可能时,实验室应确定检验结果的不确定度。应考虑所有重要的不确定度分量。不确定度来源可包括采样、样品制备、样品部分的选择、校准品、参考物质、输入量、所用设备、环境条件、样品状态和操作人员的变更。

5.6.3 应设计并实施测量系统校准和正确度验证计划,以确保结果可溯源至 SI 单位,或可参比至自然常数或其他规定的参考值。如果上述无法实现或不适用,应用其他方式提供对结果的可信度,包括但不限于以下方法。

a)参加适当的实验室间比对计划。

b)使用有证书说明其材料特性的适当参考物质。

c)用其他程序进行检验或校准。

d)比率或倒易型测量。

e)使用已明确建立的、经规定的、性能已确定的、被各方承认的协议标准或方法。

f)若由供应商或制造商提供溯源性,应有关于试剂、程序或检验系统溯源性的声明文件。

5.6.4 实验室应参加如外部质量评价计划组织的实验室间比对活动。实验室管理层应监控外部质量评价结果,当未达到控制标准时,还应参与实施纠正措施。实验室间比对计划应充分符合 ISO/IEC 指南 43-1。

外部质量评价计划宜尽可能提供与临床相关的测试,以能模拟患者样品并有检查整个检验过程包括检验前和检验后程序的作用。

5.6.5 当确实无正式的实验室间比对计划可供利用时,实验室应建立机制,用于决定未经其他方式评估程序的可接受性。只要有可能,比对机制应利用外部测试材料,如与其他实验室交换样品。实验室管理层应监控实验室间比对机制的结果并参与实施和记录纠正措施。

5.6.6 当同样的检验应用不同程序或设备,或在不同地点进行,或以上各项均不同时,应有确切机制以验证在整个临床适用区间内检验结果的可比性。应按适合于程序和设备特性的规定周期验证。

5.6.7 实验室应文件化并记录比对活动,适用时,针对其结果迅速采取措施。对识别出的问题或不足应采取措施并保留记录。

5.7 检验后程序

5.7.1 被授权者应系统地评审检验结果,评价其与可利用的患者有关临床信息的符合性,并授权发布结果。

5.7.2 原始样品及其他实验室样品的保存应符合经批准的政策。

5.7.3 不再用于检验样品的安全处置应符合当地关于废弃物处置的法规或有关废弃物管理的建议。

5.8 结果报告

5.8.1 实验室管理层应负责规范报告的格式。报告格式(即电子或书面的)及其传达方式宜与实验室服务用户讨论后决定。

5.8.2 实验室管理层与检验申请者应共同负责确保检验报告在约定时间内送达适当的人员。

5.8.3 检验结果应清晰易懂,填写无误,应报告给授权接收和使用医学信息者。报告中应包括但不限于以下内容。

a)清晰明确的检验标识,适用时,包括测量程序。

b)发布报告实验室的标识。

c)患者的唯一性标识和地点,如可能,报告的送达地。

d)检验申请者姓名或其他唯一性标识和申请者地址。

e)原始样品采集日期和时间,以及实验室接收样品的时间,可获得并与患者医护有关时。

f)报告发布日期和时间,若未在报告中注明,也应保证在需要时随时可供利用。

g)原始样品来源和系统(或原始样品的类型)。

h)以 SI 单位或可溯源至 SI 单位报告的检验结果(见 ISO 指南 31)(适用时)。

i)生物参考区间(适用时)。

j)结果解释(适用时)。

k)其他评注(例如:可能影响检验结果的原始样品的品质或量;委托实验室的结果/解释;研发中程序的使用;报告中宜标识正在研发中的检验部分,不对其测量性能做特别要求;适用时,宜按要求提供检出限和测量不确定度信息)。

l)授权发布报告者的标识。

m)若有关,原始结果和修正结果。

n)只要可能,审查或报告发布者的签名或授权。

注1:关于第 i 条,在某些情况下,将生物参考区间清单或表于取报告之处发给所有实验室服务用户可能更为合适。

注2:国家、区域和地方法规可要求检验(或委托)实验室的名称和地点显示在最终报告中。

5.8.4 适用时,宜使用以下组织建议的词汇和句法描述所做的检验及其结果。

国际血液学标准委员会(International Council for Standardization in Haematology,IC-SH);

国际血液学学会(International Society of Haematology,ISH);

国际临床化学和实验医学联盟(International Federation of Clinical Chemistry and Laboratory Medicine,IFCC);

国际理论化学和应用化学联合会(International Union of Pure and Applied Chemistry,IUPAC);

国际血栓与止血学会(International Society of Thrombosis and Haemostasis,ISTH);

欧洲标准化委员会(European Committee for Standardisation,CEN)。

适用时,应使用下述组织建议的命名法描述检验结果:

国际生物化学与分子生物学联合会(International Union of Biochemistry and Molecular Biology,IUBMB);

国际微生物学会联合会(International Union of Microbiological Societies,IUMS);

国际免疫学会联合会(International Union of Immunological Societies,IUIS);

国际医学规范术语全集(美国病理学家学会)[SNOMED International (College of American Pathologists)];

世界卫生组织(World Health Organization,WHO)。

5.8.5 如果所收到的原始样品质量不适于检验或可能影响检验结果,应在报告中说明。

5.8.6 实验室应保存所报告结果的文档或复件,并可快速检索。所报告数据保留时间的长短可不同,但无论如何,可检索期限应满足医学相关事务的需要,或符合国家、区域或地方法规的要求。

5.8.7 当关键指标的检验结果处于规定的"警告"或"危急"区间内时,实验室应有立即通知有关医师(或其他负责患者医护的临床人员)的程序。送至委托实验室检验样品的结果包括在内。

5.8.8 为服务于地方临床需求,实验室应与使用本实验室的临床医师协商一致后确定关键指标及其"警告/危急"区间。此适用于所有检验,包括定名性和定序性检验。

5.8.9 若检验结果以临时报告形式传送,还应向检验申请者送交最终报告。

5.8.10 应保持检验结果出现危急值时所采取措施的记录。记录应包括日期、时间、实验室责任人、通知的人员及检验结果。在执行本要求中遇到的任何困难均应记录,并在审核时评审。

5.8.11 实验室管理层在咨询检验申请者后,应为每项检验确定检验周期。检验周期应满足临床需要。

应制定在检验延迟时通知申请者的政策。实验室管理层应对检验周期及临床医师对该周期的反馈意见监控、记录并评审。必要时应对所识别出的问题采取纠正措施。

并非所有检验延迟都需通知临床医师,而是只有当检验延迟可能影响患者医护的情况下才通知。宜通过临床医师与实验室人员的合作建立该程序。

5.8.12 当实验室需要对来自委托实验室的检验结果进行转录时,应有程序验证所有转录内容正确无误。

5.8.13 实验室应有明确的发布检验结果的文件化程序,包括结果由谁发布及发给何人的详细规定,还包括用于将检验结果直接发给患者的指南。

5.8.14 实验室应制定政策及规范,以确保经电话或其他电子方式发布的检验结果只能送达被授权接收者。口头报告检验结果后应随后提供适当的有记录的报告。

5.8.15 实验室应有关于更改报告的书面政策和程序。

只要报告被更改,记录必须显示出更改的时间、日期及负责更改者的姓名。

经更改后,原内容还应清晰可辨。

应保留原始的电子记录并利用适当的编辑程序将改动加入该记录,以清楚地标明对报告所做的更改。

5.8.16 已用于临床决策的检验结果应与对其的修改一同保留在随后的累积报告中,并可清楚地识别出其已被修改。如果报告系统不能发现修改、变更或更正,应使用审核日志。

附录 B　CNAS－GL22

医学实验室质量和能力认可准则
在临床免疫学检验领域的指南

Guidance on the Medical

Laboratory Quality and Competence

Accreditation Criteria in the Field of

Clinical Immunology

中国合格评定国家认可委员会

2008 年 12 月 1 日发布,2008 年 12 月 1 日实施

1 目的和适用范围

本文件针对 CNAS-CL02:2008《医学实验室质量和能力认可准则》第 5 章中的相关技术要求在临床免疫学检验领域的实际应用提供了建议。本文件适用于为医学实验室申请认可以及评审员在医学实验室认可现场评审时提供在临床免疫学检验领域可以参考的相关建议，不作为强制性要求。

2 引用文件

CLSI EP9-A2 用病人样品进行方法比较和偏倚分析。

3 术语和定义

（略）

4 技术要求的指南

4.1 人员

4.1.1 实验室需有明确的组织结构图和所有人员的岗位描述。

4.1.3 实验室负责人至少具有以下资格。

a)医学实验室工作经历或培训 2 年以上。

b)医学实验室相关专业高级技术职称。

c)检验、生物化学、化学、生物科学等主修专业博士，医学实验室工作经历或培训 2 年以上。

d)检验、生物化学、化学、生物科学等主修专业硕士，医学实验室工作经历或培训 4 年以上；或检验、生物化学、化学、生物科学等主修专业学士，医学实验室工作经历或培训 8 年以上。临床免疫学实验室作为医学实验室的一部分申请认可时，其负责人需有大学本科以上学历或中级以上技术职称，五年以上本专业工作经历。

4.1.6 实验室宜有每年对各级工作人员制定培训计划并进行质量保证/质量管理培训、客户服务培训、安全培训、继续教育培训等。按实验室的规定至少每 6 个月对人员进行胜任该岗位的考核，没有通过岗位职责考核人员需再培训和再考核，并记录。

4.1.7 实验室各级人员所从事的工作需有实验室管理层的授权记录。

4.1.8 实验室需针对各级人员设置不同的管理权限，并提供清单。

4.1.10 实验室需提供训练员工防止事故发生及控制事故后果恶化的培训记录和（或）图片。

4.1.11 实验室需每年评估员工的工作能力，按实验室规定至少每半年评估新员工工作能力并记录。当职责变更时，需有政策规定对员工进行再培训。HIV 检测实验室和检测人员、产前筛查检测人员需具有相应的资格证明。从事应用免疫荧光技术检测人员（阅片并签发报告者）除专业背景外还需具有至少 3 年以上的阅片经验。

4.1.13 实验室需有对患者相关资料保密的程序。

4.2 设施与环境条件

4.2.6 实验室需有明确标识将洁净区与污染区分开。感染血清学试验需要独立的工作区域。免疫荧光检测需有暗室条件。放射免疫检测需符合并执行国家有关放射性核素管理的规定。

4.2.7 实验室需有外部人员出入实验室的管理制度和相应记录。且需建立相应制度管理感染血清学阳性标本。

4.3 实验室设备

4.3.2 实验室内的自动和可调移液设备、自动化分析系统包括定性与定量分析、酶标仪、洗板机、荧光显微镜（亮度）需有定期校准与维护程序和相应记录。温度计在使用前需以标准温度计检查。实验室的水浴箱、温箱、冰箱和其他与温度有关的仪器均需正确记录温度。所有试剂需定期评估批间差（对于定性试验，至少平行测定一份阳性、阴性病人样本；如果以弱阳性的形式报告结果，也需平行测定一份弱阳性病人样本）。

4.5 检验程序

4.5.2 在正式应用之前，实验室需有相应程序对所选用的方法和程序进行评估以证实其结果符合要求，以后需定期进行（至少每年 1 次），并保存相应记录。

4.6 检验程序的质量保证

4.6.1 实验室需有室内质量控制程序以保证每个检验项目包括定量分析和定性分析的结果可靠性（质控材料的来源可用质控品、自制或其他替代方案）。对于定量试验，需选择多水平室内质控，并采用可满足要求的质量控制规则；对于 ELISA 定性试验，需使用阳性、弱阳性、阴性的质控材料，如果 ELISA 定性试验报告弱阳性结果，需有弱阳性质控物。每板均需做室内质控。实验室需对室内质控数据进行周期性评价。

4.6.4 实验室需有室间质量控制程序以保证每个检验项目包括定量分析和定性分析的结果准确性，如参加 PT、室间质量评价活动等；且有相应程序处理失控，并记录。

4.6.5 对没有 PT 或室间质量评价项目，实验室需通过其他方式定期（至少每 6 个月 1 次）判断该检验程序的可接受性；例如：与权威实验室比对，每次不少于 5 份真实临床样本，评估检验结果与临床诊断的一致性等。发生此种情况，在初次认可和复审时，实验室的评价报告需通过由 CNAS 组织的技术评估后给予承认。

4.6.6 如果同一检验项目应用不同的方法或设备，或在不同地点进行，或以上各项均不同时，实验室需建立相应程序来定期评估在整个临床适用区间内检验结果的可比性〔例如：进行比对实验时，可参考 CLSI EP9-A2《用病人样品进行方法比较和偏倚分析》进行，样本例数 n≥40；对于定性试验可计算卡帕值（k）来判断结果的一致性〕。